SEIN LETZTER FALL

Håkan Nesser

Sein letzter Fall

Roman

Aus dem Schwedischen
von Christel Hildebrandt

Die Originalausgabe erschien unter dem Titel
»Fallet G« bei Albert Bonniers Förlag, Stockholm

Umwelthinweis:
Dieses Buch und der Schutzumschlag wurden auf
chlorfrei gebleichtem Papier gedruckt.
Die Einschrumpffolie – zum Schutz vor Verschmutzung –
ist aus umweltverträglichem und recyclingfähigem
PE-Material.

Ungekürzte Lizenzausgabe
der RM Buch und Medien Vertrieb GmbH
und der angeschlossenen Buchgemeinschaften

Umschlag- und Einbandgestaltung: Guido Klütsch, Köln
Umschlagfoto: Getty Images/Philippe Colombi
Satz: IBV Satz- und Datentechnik GmbH, Berlin
Druck und Bindung: GGP Media GmbH, Pößneck
Printed in Germany 2005
Buch-Nr. 015372
www.derclub.de
www.donauland.at

Wer einen Strand entlang wandert,
wird früher oder später
einem anderen Menschen begegnen.

Unbekannt

1987

Sie wusste, dass sie nachts ins Bett pinkeln würde, und sie wusste, dass Tante Peggy dann böse werden würde.

Das war immer so. Immer, wenn sie bei Tante Peggy schlief und nicht bei ihrer eigenen Mama, passierte es.

Mami. Sie wollte bei Mami sein. In ihrem eigenen Bett in ihrem eigenen Zimmer schlafen mit der Puppe Trudi unter der Decke und der Puppe Bamba unter dem Kopfkissen. So sollte es sein. Wenn es so war und wenn sie mit Mamis gutem Geruch in der Nase einschlief, dann passierte es nie, dass das Bett nass war, wenn sie aufwachte. Jedenfalls fast nie.

Tante Peggy roch überhaupt nicht wie Mami. Sie wollte nicht, dass Tante Peggy sie anfasste, und das tat sie glücklicherweise auch nie. Aber sie schlief im selben Zimmer, auf der anderen Seite eines blauen und ein bisschen roten Vorhangs mit irgendwelchen Drachen drauf, vielleicht waren es auch Schlangen, und manchmal schlief da noch jemand. Sie mochte das nicht.

Trudi und Bamba mochten es auch nicht. Bei Tante Peggy waren sie gezwungen, beide unter dem Kopfkissen zu schlafen, damit sie kein Pipi abbekamen. Das war unbequem und hart, aber sie konnte die Puppen natürlich nicht zu Hause lassen, wie Mami es vorgeschlagen hatte. Manchmal kam Mami wirklich auf die merkwürdigsten Ideen.

Eine Woche, hatte sie beispielsweise gesagt. Du musst für eine Woche zu Peggy, ich werde wegfahren und viel Geld ver-

dienen. Wenn ich zurückkomme, kriegst du ein neues Kleid und so viel Eis und Bonbons, wie du willst.

Eine Woche, das waren viele Tage. Sie wusste nicht genau, wie viele, aber es waren mehr als drei, und die ganze Zeit würde sie gezwungen sein, in diesem ekligen Zimmer zu schlafen, vor dessen Fenster Autos und Busse auf der Straße entlang fuhren, hupten, bremsten und die ganze Nacht mit den Reifen quietschten. Sie würde ins Bett pinkeln, und Tante Peggy würde gar nicht auf die Idee kommen, das Bettzeug zu wechseln, sondern es nur tagsüber zum Trocknen über den Stuhl hängen, und Trudi und Bamba würden so traurig sein, oh, so traurig, dass sie sie nicht würde trösten können, wie sehr sie es auch versuchte.

Ich will nicht bei dieser blöden Tante Peggy sein, dachte sie. Ich wünschte, Tante Peggy wäre tot. Wenn ich Gott bitte, sie wegzubringen, und er das tut, dann verspreche ich, nicht einen einzigen Tropfen mehr ins Bett zu pinkeln, und wenn es dann Morgen ist, dann kommt Mami statt Tante Peggy, nimmt mich mit nach Hause, und ich muss nie wieder hierher zurück. Nie wieder.

Hörst du, lieber Gott, lass Mami zurückkommen, nimm das Pipi und Tante Peggy weg. Lass sie sterben oder setze sie in ein Flugzeug und flieg mit ihr zum Land der Tausend Inseln.

Sie faltete die Hände so fest, dass ihr die Finger wehtaten, und Trudi und Bamba beteten zusammen mit ihr mit all ihrer Kraft, deshalb würde es vielleicht, ja vielleicht doch so geschehen, wie sie es sich wünschte.

1

Auf dem Weg zu seiner Arbeit kaufte der Privatdetektiv Maarten Verlangen am Dienstag, dem 3. Juni, sechs Bier und sechs Staubsaugerbeutel ein.

Ersteres war Routine, Zweiteres war außergewöhnlich. Seit Martha sich vor fünf Jahren hatte von ihm scheiden lassen, waren seine Putzambitionen nicht mehr so ausgeprägt gewesen wie jetzt, und mit dem etwas fremden Gefühl eines guten Gewissens schloss er die rostschutzfarbene Eisentür auf und nahm sein Büro in Beschlag.

Das war schnell geschehen. Der Raum maß drei mal vier Meter, und kein Architekt der Welt wäre auf die Idee gekommen, »Büroraum« auf seine Zeichnung zu schreiben. Der Raum lag in einer der verrußten alten Mietskasernen an der Armastenstraat, gleich neben den Eisenbahngleisen. Vom Hauseingang ging es eine halbe Treppe nach unten; das Zimmer war offenbar anfangs als eine Art Lagerraum für den Hausmeister gedacht gewesen, ein Platz, wo das eine oder andere, was die Mieter nicht mehr brauchten, verwahrt werden konnte: Toilettenschüsseln, Duschschläuche, Kochplatten und sonstige Utensilien der abgenutzten Sorte.

Aber jetzt war es also ein Büro. Wenn auch kein besonders schickes. Die Wände waren von Beginn an mit schmutzigem, erdfarbenem Putz bedeckt gewesen, der Boden war vor zwei oder drei Jahrzehnten dunkelblau gestrichen worden, und die einzige natürliche Lichtquelle war ein klein bemessenes Fenster auf Bodenhöhe, ganz oben unter der Decke. Die Möblierung war einfach und funktionell. Ein Schreibtisch mit einem Schreibtischstuhl. Ein grauer Aktenschrank aus Metall. Ein niedriges Bücherregal, ein brummender Fünfzig-Liter-Kühlschrank, ein Wasserkocher sowie ein abgewetzter Besuchersessel. An einer Wand hing ein Kalender mit Reklame für eine Tankstelle, an einer anderen die Reproduktion einer düsteren Piranesi-Lithographie. Die anderen beiden waren leer.

Abgesehen von dem Kalender, den Verlangen mit schlafwandlerischer Sicherheit jedes Jahr Ende Januar oder Anfang Februar austauschte, sah das Büro haargenau so aus wie in den letzten vier Jahren. Seit er eingezogen war. Man sollte nicht unterschätzen, wie sehr es die Umgebung vermag, dem Leben Sicherheit und Stabilität zu geben, pflegte er gern zu denken. Man sollte nicht den Staub der Jahre verachten, der sich auf unsere Schultern legt.

Er schaltete die Deckenlampe ein, weil die Schreibtischlampe kaputt war. Hängte seine dünne Windjacke an einen Haken an der Türinnenseite und stellte das Bier in den Kühlschrank.

Ließ sich sodann auf dem Schreibtischstuhl nieder und legte die Staubsaugerbeutel in die rechte, oberste Schublade. Er wollte sie nicht hier im Büro benutzen. Ganz und gar nicht. Den Staubsauger der Marke Melfi, den er besaß – eines der wenigen Dinge, die er nach der Scheidung mitbekommen hatte, möglicherweise, weil er bereits zur Zeit seiner Ehe so schlecht funktioniert hatte –, verwahrte er in seiner Wohnung in der Heerbanerstraat. Und dort wollte er sie auch benutzen. Womit die Grenze erreicht war. Er überlegte einen Moment, ob er die Tüten nicht doch lieber auf dem Schreibtisch platzieren sollte; das Risiko, dass sie nach Ende des Arbeitstages in der Schublade zurückbleiben würden, war zweifellos vorhanden, aber er entschloss sich, es zu riskieren. Staubsaugertüten passten nun mal nicht gerade zu dem Inventar, das ein Besucher in einem renommierten Detektivbüro vorzufinden erwartete.

Verlangens Detektivbüro. So stand es auf dem einfachen,

aber stilvollen Schild draußen an der Tür. Er hatte es selbst gedruckt, es hatte ihn einen Vormittag gekostet, aber das Ergebnis sah gar nicht so schlecht aus.

Er schaute auf seinen Terminkalender. Da gab es eine Notiz wegen eines Termins mit der Versicherungsgesellschaft am Nachmittag. Ansonsten war er leer. Er kontrollierte den Anrufbeantworter, ob er irgendwelche aufgezeichneten Mitteilungen enthielt. Nahm ein Bier aus dem Kühlschrank, öffnete es und zündete sich eine Zigarette an.

Schaute auf die Uhr. Es war zehn Minuten nach zehn.

Wenn ich keinen Kunden vor zwölf Uhr kriege, dann esse ich schnell was im Oldener Maas, und anschließend gebe ich mir die Kugel, dachte er und lächelte verbissen vor sich hin.

Das war ein Zwangsgedanke, der ihm jeden Morgen in den Sinn kam, und eines Tages würde er ihn in die Tat umsetzen. Er war siebenundvierzig Jahre alt, und die Menschen, die ihn vielleicht vermissen könnten, waren an dem Daumen einer Hand abzulesen.

Sie hieß Belle und war seine Tochter. Siebzehn, fast achtzehn. Er betrachtete eine Zeit lang ihr lachendes Gesicht auf dem Foto neben dem Telefon und trank noch einen Schluck Bier. Zwinkerte die Tränen fort, die der bittere Geschmack hochkommen ließ, und rülpste.

Wie hat so ein Schwein wie ich nur so eine Tochter kriegen können?, überlegte er.

Auch das war ein immer wiederkehrender Gedanke. Überhaupt gab es viele Wiederholungen in Maarten Verlangens Gehirn. In erster Linie alte, trübe Fragen ohne Antwort. In klaren Stunden kam es vor, dass diese Tatsache ihn erschreckte.

Aber es gab ein Gegenmittel gegen klarsichtige Ängste. Zum Glück. Er trank noch einen Schluck und nahm einen tiefen Zug von der Zigarette. Stand auf und stellte das Fenster auf Kipp. Setzte sich wieder.

Inzwischen war es dreizehn Minuten nach zehn geworden.

Sie rief kurz vor elf Uhr an und tauchte eine halbe Stunde später auf. Eine ziemlich große Frau um die fünfunddreißig. Braunrotes, schulterlanges Haar. Schmales Gesicht mit hohen Wangenknochen und klar gezeichneten Zügen. Schlank und sportlich, aber dennoch mit einer sich deutlich abzeichnenden Brust. Sie trug eine eng anliegende schwarze Hose und eine weinrote Bluse mit sehr kurzen Ärmeln. Sorgsam gezupfte Augenbrauen. Er fand, sie sah gut aus.

Sie ließ schnell den Blick durch den Raum schweifen. Verweilte eine Sekunde auf dem Piranesi-Druck, bevor sie schließlich ihre Aufmerksamkeit auf Verlangens düstere Visage richtete.

»You mind, if we speak English?«

Verlangen erklärte, dass er die Sprache nicht vergessen hätte in den letzten dreißig Minuten. So lange war es her, dass sie miteinander telefoniert hatten. Sie verzog leicht den Mund und setzte sich auf den Besucherstuhl. Schlug ein Bein über das andere und räusperte sich. Verlangen streckte ihr die Zigaretten hin, aber sie schüttelte abwehrend den Kopf. Holte stattdessen ihr eigenes Päckchen Gauloises aus der Handtasche und zündete sich eine davon mit einem schlanken goldenen Feuerzeug an.

»Sie sind Privatdetektiv?«

Verlangen nickte.

»Davon gibt es nicht so viele?«

»Na, schon den ein oder anderen.«

»Fünf Stück hier im Ort.«

»Woher wissen Sie das?«

»Ich habe im Telefonbuch nachgesehen.«

»Alle stehen da wahrscheinlich nicht drin.«

»Nein? Na, jedenfalls habe ich Sie dort gefunden.«

Verlangen zuckte mit den Schultern. Registrierte, dass sie eine kleine Tätowierung ganz oben am linken Arm hatte, direkt unterhalb des Blusenärmels. Es sah aus wie eine Schwalbe. Oder jedenfalls wie ein Vogel.

Er registrierte auch, dass sie ziemlich braun gebrannt war. Muss offenbar schon mehrfach die Gelegenheit dazu gehabt haben, sich zu sonnen, dachte er, obwohl es doch erst Anfang Juni war. Ihre Haut hatte einen angenehmen Farbton, wie Café au lait. Er überlegte, was für ein Gefühl es wohl war, mit den Fingerspitzen darüber zu streifen.

Aber vielleicht war sie ja auch nur ein gewöhnliches Solariumhuhn.

»Womit kann ich dienen?«, fragte er.

»Ein Überwachungsauftrag.«

»Ein Überwachungsauftrag?«

»Oder wie Sie es auch nennen. Das gehört doch in Ihr Repertoire?«

»Natürlich. Und was ist das für ein Objekt, das ich für Sie beobachten soll?«

»Mein Mann.«

»Ihr Mann?«

»Ja. Ich möchte, dass Sie ihn ein paar Tage lang beobachten.«

»Verstehe.«

Er blätterte auf eine neue Seite seines Notizblocks und klickte zweimal mit dem Kugelschreiber.

»Ihr Name, wenn ich darum bitten darf?«

Am Telefon hatte sie ihn nicht angeben wollen, und sie hatte sich nicht vorgestellt, als sie hereinkam. Sie schien auch jetzt noch eine Sekunde zu zögern, während sie den Rauch der Zigarette einsog.

»Barbara Hennan.«

Verlangen schrieb auf.

»Ich bin Amerikanerin. Mein Mädchenname ist Delgado. Ich bin mit Jaan G. Hennan verheiratet.«

Er war erst zu der einzeln stehenden Versalie gekommen, als er innehielt.

Jaan G?, dachte er. Verdammt noch mal. *Jaan G. Hennan.*

»Wir wohnen seit ein paar Monaten hier im Land. Obwohl,

mein Mann kommt ja ursprünglich aus Maardam. Wir haben ein Haus unten in Linden gemietet ... dreißig Kilometer von hier, ich nehme an, Sie wissen, wo das liegt?«

»Ja, natürlich.«

Gab es noch weitere Jaan G. Hennans? Vermutlich. Aber wie groß war die Wahrscheinlichkeit, dass es einer der anderen war? Und wie ...?

»Wie viel nehmen Sie an Honorar?«

»Das kommt darauf an.«

»Kommt worauf an?«

»Auf die Art des Auftrags. Zeitumfang. Kosten ...«

»Ich möchte, dass Sie meinen Mann ein paar Tage lang observieren. Von morgens bis abends, Sie werden kaum Zeit für andere Aufträge haben.«

»Warum wollen Sie, dass er überwacht wird?«

»Darauf möchte ich nicht näher eingehen. Ich wünsche mir nur, dass Sie kontrollieren, was er vorhat, und es mir hinterher berichten. Okay?«

Sie zog eine Augenbraue hoch und wurde noch schöner.

Klassisch, dachte er. Das ist verflucht noch mal einfach klassisch. Es kam nicht oft vor, dass er sich wie Philip Marlowe fühlte, zumindest nicht in nüchternem Zustand. Vielleicht sollte er es einfach genießen, so lange es anhielt.

»Das ist kein ungewöhnlicher Auftrag«, sagte er. »Aber ich habe noch einige Fragen.«

»Bitte schön.«

»Distanz und Diskretion, beispielsweise?«

»Distanz und ...?«

»Wie detailliert möchten Sie es haben? Wenn er ins Restaurant geht, wollen Sie auch wissen, was er isst, mit wem er sich unterhält, was gesprochen wird ...«

Sie unterbrach ihn, indem sie die rechte Hand zehn Zentimeter über den Tisch hob. Die Schwalbe bewegte sich sinnlich.

»Ich verstehe, was Sie meinen. Nein, es genügt, wenn ich alles in groben Zügen erfahre. Sollten mir überdies spezielle Einzelheiten interessant erscheinen, dann kann ich Ihnen das ja noch mitteilen, oder?«

»Selbstverständlich. Sie bestimmen die Regeln. Und er soll nicht merken, dass ich ihn beschatte?«

Wieder zögerte sie.

»Möglichst nicht.«

»Darf ich fragen, was er arbeitet?«

»Er hat eine Importfirma. Gerade erst gegründet natürlich ... aber so was Ähnliches hat er schon in Denver gemacht.«

»Welche Produkte?«

Sie zuckte mit den Schultern.

»Verschiedene. Teile für Computer beispielsweise. Was spielt denn der Beruf meines Mannes in diesem Zusammenhang für eine Rolle? Ich will doch nur, dass Sie ihn im Auge behalten.«

Verlangen faltete die Hände vor sich auf dem Schreibtisch und machte eine kurze Pause.

»Darf ich Sie darauf aufmerksam machen, Frau Hennan«, sagte er dann mit einem, wie er hoffte, rauen und männlichen Ton, »... darf ich Sie darauf aufmerksam machen, dass ich den Auftrag noch nicht angenommen habe. Sie möchten, dass ich Ihren Mann beschatte, aber wenn ich es tue, dann muss ich wissen, worauf ich mich einlasse ... Ich bin es nicht gewohnt, die Katze im Sack zu kaufen. Wer das tut, wird in dieser Branche nicht alt.«

Sie runzelte die Stirn. Offensichtlich war ihr die Möglichkeit, er könnte ablehnen, gar nicht in den Sinn gekommen.

»Ich verstehe«, sagte sie. »Entschuldigen Sie. Aber Sie sind doch dennoch einer gewissen ... Diskretion verpflichtet, oder?«

»Aber natürlich. In den angemessenen Grenzen. Aber ohne gewisse Informationen habe ich einfach nicht die Möglichkeit, den Auftrag in zufrieden stellender Art und Weise auszuführen. Ich muss etwas über die Gewohnheiten Ihres Mannes wissen. Wie sein Arbeitstag aussieht. An welchen Orten er sich aufhält, welche Menschen er zu treffen pflegt. Und so weiter. Am liebsten würde ich natürlich erfahren, was dahinter steckt … warum Sie möchten, dass er überwacht wird, aber ich akzeptiere es, dass Sie mir diese Informationen nicht geben möchten.«

Sie machte eine leichte Kopfbewegung von rechts nach links und betrachtete erneut den Piranesi-Druck einige Sekunden lang.

»Nun ja, ich respektiere natürlich Ihren Berufscodex. Was seine Gewohnheiten angeht, so sind sie nicht besonders ausgefallen. Wir wohnen, wie gesagt, in diesem Haus am Rande von Linden. Er hat sein Büro im Zentrum, wo er jeden Tag sechs, sieben Stunden verbringt. Manchmal essen wir mittags zusammen, wenn ich etwas in der Stadt zu tun habe. Ich bereite gewöhnlich das Abendessen für sieben Uhr vor, aber ab und zu isst er auch mit einem Geschäftspartner … unser Bekanntenkreis ist ziemlich begrenzt, wir wohnen ja erst seit ein paar Monaten hier. Ja, das ist im Großen und Ganzen alles. Die Wochenenden sehen natürlich ganz anders aus, da sind wir meistens die ganze Zeit zusammen, da brauche ich Ihre Hilfe nicht.«

Verlangen hatte sich eifrig Notizen gemacht, während sie redete. Jetzt kratzte er sich im Nacken und schaute auf.

»Was für Bekannten haben Sie?«

Sie fischte eine neue Zigarette heraus.

»Eigentlich gar keine. Mein Mann trifft natürlich durch seine Arbeit so einige Leute, aber ich für meinen Teil habe eigentlich nur die Trottas, an die ich mich wenden kann, wenn etwas sein sollte … das sind unsere direkten Nachbarn, ehrlich gesagt, ziemliche Langweiler, aber jedenfalls haben wir uns schon gegenseitig zum Essen eingeladen. Er ist Pilot, sie ist zu Hause. Außerdem haben sie noch zwei ungezogene Kinder.«

»Im Trotzalter?«

»Ja.«

Verlangen machte sich Notizen.

»Ein Foto?«, fragte er. »Ich brauche ein Foto von Ihrem Mann.«

Sie holte einen weißen Umschlag aus der Handtasche und reichte ihm den. Er nahm zwei Fotos heraus, beide im Format zehn mal fünfzehn Zentimeter.

Jaan G. Hennan betrachtete ihn mit ernstem Blick.

Zehn Jahre älter, aber der gleiche Jaan G., da gab es keinen Zweifel. Die Fotos schienen ziemlich neu zu sein, nach allem zu urteilen, stammten beide vom selben Film, und beide waren im Seitenprofil aufgenommen. Das eine von rechts, das andere von links. Die gleichen intensiv bohrenden Augen. Die gleichen strammen Lippen und die gleiche kräftige Wangenpartie. Das selbe, kurz geschnittene dunkle Haar. Er schob die Fotos zurück in den Umschlag.

»All right«, sagte er. »Ich mache es. Unter der Voraussetzung, dass wir uns bezüglich der Details einig werden.«

»Welcher Details?«

»Der Zeit. Der Art der Durchführung. Des Honorars.«

Sie nickte.

»Nur ein paar Tage, wie gesagt. Auf jeden Fall nicht länger als zwei Wochen. Wenn Sie morgen anfangen könnten, wäre ich Ihnen dankbar ... Was meinen Sie mit der Art der Durchführung?«

»Vierundzwanzig Stunden am Tag oder nur zwölf? Der Grad der Diskretion und der Intensität ... ja, was ich schon erwähnt habe.«

Sie zog an der Zigarette und blies den Rauch in einem schmalen, langen Strang aus. Einen Augenblick kam ihm der Gedanke, dass sie normalerweise gar nicht rauchte. Dass sie sich nur ein Päckchen Gauloises gekauft hatte, um Eindruck zu schinden. Was für ein Eindruck das auch immer sein mochte.

»Wenn er nicht zu Hause ist«, entschied sie. »Das genügt. Sie beobachten ihn von dem Moment an, wenn er morgens losgeht, bis zu dem Zeitpunkt, wenn er nach Hause kommt ...«

»Und er soll mich nicht entdecken.«

Es entstand eine weitere kurze Pause, und er notierte sich, dass sie sich in diesem Punkt noch nicht voll und ganz entschieden hatte.

»Nein«, sagte sie. »Achten Sie darauf, dass er Sie nicht sieht. Wenn ich meine Meinung ändere, dann werde ich Sie das wissen lassen. Wie viel muss ich zahlen?«

Er schien nachzudenken und kritzelte ein paar Ziffern auf den Block.

»Dreihundert Gulden pro Tag plus Unkosten.«

Das schien sie nicht zu überraschen.

»Vorschuss für drei Tage. Es kann sein, dass ich gezwungen bin, mir ein Zimmer in Linden zu nehmen ... Wie möchten Sie den Bericht haben?«

»Einmal am Tag«, sagte sie, ohne zu zögern. »Es wäre mir lieb, wenn Sie mich jeweils irgendwann vormittags anrufen. Dann bin ich immer zu Hause. Wenn ich denke, dass es notwendig ist, können wir uns treffen, aber ich hoffe, das wird erst einmal nicht der Fall sein.«

Verlangen hatte ein weiteres »Warum?« auf der Zunge, aber es gelang ihm, es hinunterzuschlucken.

»Gut«, sagte er stattdessen und lehnte sich auf seinem Stuhl zurück. »Dann gehe ich davon aus, dass wir uns einig sind. Darf ich Sie noch um Ihre Adresse und Telefonnummer bitten, dann werde ich morgen früh anfangen ... und um meinen Vorschuss natürlich.«

Sie zog eine dunkelrote Brieftasche heraus und holte zwei Fünfhundertguldenscheine hervor. Und eine Visitenkarte.

»Tausend«, erklärte sie. »Sagen wir erst einmal bis auf weiteres tausend.«

Er nahm das Geld und die Karte entgegen. Sie stand auf und streckte ihm über den Tisch hinweg die Hand entgegen.

»Danke, Herr Verlangen. Ich bin Ihnen sehr dankbar, dass

Sie die Sache übernehmen. Das wird … das wird mein Leben leichter machen.«

Wirklich?, dachte er und ergriff ihre Hand. Und wie? Sie schaute ihm für einen langen Bruchteil einer Sekunde direkt in die Augen, und er überlegte wieder, was für ein Gefühl das wohl wäre, einen anderen Teil ihres Körpers anzufassen als nur die feste und angenehm kühle Handfläche.

»Ich werde mein Bestes tun«, versprach er.

Sie verzog kurz den Mund. Kehrte auf dem Absatz um und verließ ihn.

Er blieb stehen und lauschte ihren verhallenden Schritten die Treppe hinauf. Erwartete fast, dass eine Art schwarzer Vorhang fallen würde.

Dann öffnete er den Kühlschrank und nahm sich ein Bier.

2

In dem Moment, als er die Tür zu seiner engbrüstigen Wohnung in der Heerbanerstraat öffnete, fiel ihm ein, dass die Staubsaugertüten noch in der Schreibtischschublade im Büro lagen.

Andererseits stand keine einzige der Bierdosen mehr im Kühlschrank, sozusagen als ausgleichende Gerechtigkeit.

Seine Putzwut musste sich jedenfalls noch etwas gedulden, aber auf einen Tag mehr oder weniger kam es natürlich auch nicht an. Der Geruch nach altem, muffigem Schmutz und etwas Verrottetem, was wahrscheinlich der Schimmel unter der Badewanne war, schlug ihm wie eine Art Willkommensgruß entgegen. Man soll das Gewohnte nicht verachten und einfach über Bord schmeißen, dachte er. Und auch Staub hat was für sich ... wie schon gesagt.

Unter dem Briefschlitz lagen ein Stapel Werbebroschüren und zwei Rechnungen. Er hob alles zusammen auf und warf es auf den Korbsessel, wo schon mehr von der gleichen Sorte lag. My home is my castle, dachte er und öffnete die Balkontür. Wandte sich wieder der Trübsal drinnen zu. Betrachtete eine Weile das ungemachte Bett, das schmutzige Geschirr und das allgemeine Durcheinander. Schaltete die Stereoanlage aus, die schon mindestens seit einem Tag an gewesen sein musste. Dachte daran, dass der rechte Lautsprecher kaputt war und dass er etwas daran ändern musste.

Ging ins Badezimmer. Warf einen Blick in den schmierigen

Spiegel und stellte fest, dass er zehn Jahre älter aussah als am Morgen.

Warum interessiert es mich überhaupt, weiterzuleben?, wunderte er sich, nachdem er sich in die Dusche gestellt und das Wasser aufgedreht hatte.

Und warum stelle ich mir selbst tagein, tagaus immer die gleichen optimistischen Fragen?

Eine Stunde später war es acht Uhr geworden, und er hatte den gesammelten Abwasch von drei Tagen bewältigt. Er ließ sich vor dem Fernseher nieder und schaute sich zehn Minuten lang eine Nachrichtensendung an. Ein Polizistenmord in Groenstadt und ein Ministertreffen in Berlin wegen der Währungsschwankungen. Ein verrückter Schwan, der eine Massenkarambolage auf der Autobahn außerhalb von Saaren verursacht hatte. Er schaltete ab und rief seine Tochter an.

Sie war nicht zu Hause, deshalb musste er stattdessen mit dem neuen Freund seiner früheren Ehefrau ein paar Sätze wechseln. Dazu brauchte er eine halbe Minute, und hinterher konnte er sich auf die Schulter klopfen, dass er kein einziges Mal geflucht hatte. Das war doch schon mal was.

Im Kühlschrank gab es noch vier Bier und eine Flasche Mineralwasser. Er machte sich ein Brot mit Salami, Käse und Gurke – aber ohne Butter, weil er vergessen hatte, welche einzukaufen – und entschied sich nach einem inneren Kampf für das Wasser. Setzte sich wieder auf das Wohnzimmersofa und holte den Collegeblock mit den Aufzeichnungen hervor.

Barbara Hennan. Die schöne Amerikanerin.

Geborene Delgado, aber jetzt also Hennan.

Nachdem sie den Stinkstiefel Jaan G. Hennan geheiratet hatte.

Aus irgendeinem verfluchten Grund.

G., dachte er. Warum ausgerechnet G.?

Und warum sollte er, Maarten Baudewijn Verlangen, in Herrgotts Namen seine so knapp bemessene Zeit mit etwas so unglaublich Simplem vergeuden, wie Jaan G. Hennan zu beschatten?

Dem er vor ... er überschlug es kurz im Kopf, ja, es war jetzt tatsächlich fast auf den Tag genau zwölf Jahre her, – mehr oder minder eigenhändig – dazu verholfen hatte, hinter Schloss und Riegel zu kommen. Ende Mai 1975. Als er noch als anständiger Polizist in der Truppe gearbeitet hatte.

Als er noch einen ordentlichen Job, eine Familie und ein gewisses Recht gehabt hatte, sich selbst im Spiegel anzusehen, ohne den Blick abwenden zu müssen.

Als er noch eine Zukunft gehabt hatte.

Anfang der Achtziger war es dann bergab gegangen. 1981–82. Der Hauskauf draußen in Dikken. Streitereien mit Martha. Ihr Liebesleben, aus dem die Luft entwich ... wie aus einem benutzten Kondom.

Die Bestechungsgelder. Die plötzlich sich bietende Chance, ein bisschen nebenher zu verdienen, indem er einfach nicht so genau hinsah. Übrigens nicht gerade nur ein bisschen. Ohne diese Zusatzeinkünfte hätten sie nie die Zinsen und Abzahlungsraten für das Haus bezahlen können; das hatte er Martha hinterher zu erklären versucht, nachdem alles aufgeflogen war, nach dem großen Knall, aber sie hatte nur wortlos den Kopf geschüttelt und geschnaubt.

Und diese Dame da?, hatte sie wissen wollen. Inwieweit sei es denn für ihre Ehe wichtig gewesen, dass er die Nächte mit ihr verbrachte? Ob er die Güte haben könnte, ihr das auch zu erklären? Das konnte er nicht.

Fünf Jahre, dachte er. Seit dem Absturz sind fünf Jahre vergangen, und ich lebe immer noch.

Mittlerweile gab es Momente, in denen ihn das nicht einmal mehr verwunderte.

Er kippte den Rest des Wassers in sich hinein und holte sich ein Bier. Zog um in den Sessel mit der Leselampe und lehnte sich zurück.

Barbara Hennan, dachte er und schloss die Augen.

Verdammt noch mal, wieso konnte eine so schöne Frau mit so einem Arschloch wie G. zusammen sein?

Sicher, das war ein Rätsel, aber kein neues. Was die Urteilskraft der Frauen in Bezug auf Männer anging, so war ihnen die sehr früh im Laufe der Weltgeschichte abhanden gekommen. Sie verirrten sich zwischen aufgeplusterten Pfauen und allen möglichen Äußerlichkeiten. Er nahm die Fotos heraus und betrachtete sie eine Weile voller Verachtung.

Warum?, überlegte er. Warum will sie ihn beschatten lassen?

Gab es mehr als eine Antwort darauf? Mehr als eine Möglichkeit?

Er nahm es nicht an. Es war natürlich immer das gleiche Lied. Der untreue Ehemann und die eifersüchtige Ehefrau. Die einen Beweis haben will. Für seine Untreue, schwarz auf weiß.

Maarten Verlangen war inzwischen seit vier Jahren im Geschäft, und wenn er es einmal schätzen sollte, dann waren zwei Drittel seiner Aufträge von dieser Art.

Natürlich nur, wenn man seine Dienste für die Versicherung nicht mit berechnete, aber diese Aufgaben fielen eigentlich nicht unter seine Tätigkeiten als Privatschnüffler. Das war etwas anderes: F/B Trustor benötigten eine Art Detektiv, der verdächtige Unregelmäßigkeiten mit etwas unorthodoxen Methoden überprüfen konnte, und was eignete sich dazu besser als ein Polizist, der gefeuert worden war? Oder, genauer gesagt, der *sich lieber dafür entschieden hatte, den Dienst zu quittieren, als öffentlich gehängt zu werden.* Gentlemen's Agreement. An eine feste Stelle war gar nicht zu denken gewesen, aber so langsam war mit der Zeit ein Auftrag zum anderen gekommen – meistens mit einem für die Gesellschaft erfreulichen Ergebnis –, und die Zusammenarbeit wurde fortgeführt. Wenn Verlangen seine spärlichen Einkünfte zusammenrechnete, konnte er feststellen, dass es ungefähr fifty-fifty war. Die Hälfte von der Versicherungsgesellschaft, die Hälfte aus anderen Privataufträgen.

Er zündete sich eine Zigarette an, wahrscheinlich die vierzigste des Tages, und versuchte sich wieder das Bild der amerikanischen Frau ins Gedächtnis zu rufen. Frau Barbara Hennan. Siebenunddreißig, achtunddreißig? Älter konnte sie nicht sein. Also mindestens zehn Jahre jünger als ihr Ehemann.

Und zehn Mal attraktiver. Nein, nicht zehn Mal. Zehntausend Mal. Wieso wurde jemand untreu, wenn er eine Frau wie Barbara hatte? Unbegreiflich.

Er rauchte und dachte nach. War es wirklich so selbstverständlich, dass es das alte, übliche Motiv war? War Barbara Hennan, geb. Delgado, zu ihm gekommen, weil sie glaubte, ihr Mann könnte mit einer anderen Frau zusammen sein? Nach wenigen Monaten in dem neuen Land?

Oder handelte es sich hier um etwas anderes? Und wenn ja, um was?

Er hätte sie am liebsten geradewegs danach gefragt – hatte es im Laufe des Gesprächs ein paar Mal auf der Zunge gehabt, und normalerweise pflegte er in dieser Beziehung nicht um den heißen Brei herumzureden – aber irgendetwas hatte ihn zurückgehalten.

Vielleicht nur der Wunsch, sie nicht zu beleidigen. Vielleicht gab es aber auch noch andere Gründe.

Welche genau, darüber war er sich selbst nicht im Klaren. Jedenfalls nicht, als sie ihm auf der anderen Seite des Schreibtischs gegenüber saß, und auch jetzt nicht, während er hier in seiner staubigen Bude saß und sich zu erinnern und eine Strategie zu entwickeln versuchte.

Strategie?, dachte er. Blödsinn. Ich brauche ja wohl keine Strategie. Ich fahre einfach morgen früh hin. Bleibe den ganzen Tag vor seinem Büro im Auto sitzen und glotze vor mich hin. Werde mich zu Tode rauchen. So, wie ich gealtert bin, wird er mich unter keinen Umständen wiedererkennen.

Einfacher Job. Klassisch, wie gesagt. Wenn es ein Film wäre, würde das Haus irgendwann so gegen halb fünf Uhr explodieren.

Er trank sein Bier aus und überlegte, ob er sich noch eins genehmigen sollte, bevor er ins Bett ging. Im Laufe des Tages hatte er insgesamt acht konsumiert. Das war hart an der Grenze – die bei zehn verlief –, aber warum sich nicht ausnahmsweise einmal den Luxus eines guten Gewissens gönnen?

Noch zwei gut? Irgendwo in ihm gab es natürlich eine Stimme, die zaghaft flüsterte, dass der Deal mit den zehn erlaubten Bieren am Tag wahrlich zu diskutieren wäre. Aber was soll's, dachte er, alles ist relativ außer dem Tod und der Wut einer dicken Frau. So what?

Letzteres hatte er irgendwo gehört. Wahrscheinlich vor ziemlich langer Zeit, zu einem Zeitpunkt, als er sich noch an Dinge, die in Büchern standen, erinnern konnte.

Er rülpste und drückte die letzte Zigarette des Tages aus. Verrichtete seine Abendtoilette in gut einer Minute und krabbelte in sein ungemachtes Bett. Das Kopfkissen roch vage unsauber, nach alter, kranker Kopfhaut, schmutzigem Kummer oder Ähnlichem. Es nützte nichts, wenn er es umdrehte.

Er stellte die Uhr auf sieben und löschte das Licht.

Linden?, überlegte er. Wenn ich ein Zimmer im Hotel nehme, brauche ich zumindest ein paar Nächte lang nicht in schmutziger Wäsche zu schlafen.

Fünf Minuten später schnarchte Maarten Baudewijn Verlangen mit offenem Mund.

3

Belle rief genau in dem Moment an, als er aus der Dusche kam. Wie üblich genügte schon der Klang ihrer Stimme, um etwas in seiner Brust zu entfachen. Ein Irrlicht von Vaterstolz.

Ansonsten gab ihre Botschaft nicht viel Grund zur Fröhlichkeit. Sie hatten vage verabredet, sich am Wochenende zu treffen. Einen Tag zusammen zu verbringen. Oder zwei. Er hatte sich darauf gefreut – auf diese düster zurückhaltende Art, auf die er sich immer noch traute, sich auf Dinge und Ereignisse zu freuen –, aber jetzt war stattdessen ein Bootsausflug zu den Inseln aufgetaucht. Ob es ihm etwas ausmachte …?

Es machte ihm nichts aus. Wer war er denn, der das seiner siebzehnjährigen Tochter nicht gönnen würde, die er mehr als alles auf der Welt liebte, eine Bootstour mit Gleichaltrigen – statt mit einem verfetteten, vorzeitig ergrauten, leicht alkoholisierten Vater herumzulatschen? Gott bewahre.

Sicher?, wollte sie wissen. Du bist nicht traurig? Vielleicht können wir es nächstes Wochenende nachholen?

Ja, ganz sicher, versicherte er ihr. Natürlich, genau betrachtet passte ihm das nächste Wochenende sogar besser. Er hatte im Augenblick ziemlich viel zu tun.

Vielleicht glaubte sie ihm sogar, sie war trotz allem noch nicht so alt.

Sie schickte ihm ein Küsschen durch die Leitung und legte auf. Er schluckte einen Kloß hinunter und zwinkerte die Feuchtigkeit fort. Ging nach unten zum Kiosk und kaufte die

Allgemejne. Iss dein Frühstück und lies die Neuigkeiten, du verdammtes Weichei!, dachte er.

Und das tat er dann auch.

Ein paar Minuten nach neun war er am Aldemarckt in Linden, und eine Viertelstunde später hatte er den Kammerweg gefunden. Er parkte schräg gegenüber der Villa Zephir, kurbelte das Seitenfenster hinunter und stellte sich darauf ein, warten zu müssen.

Linden war an und für sich kaum mehr als ein Dorf. Zwanzig-, dreißigtausend Einwohner schätzungsweise. Ein wenig Kleinindustrie. Eine ziemlich bekannte Brauerei, eine Kirche aus dem frühen 12. Jahrhundert – und eine Bebauung, die hauptsächlich nach dem Krieg entstanden war und sich aus Einzelhäusern und kleineren Mietblöcken zusammensetzte. Keine zu große Entfernung für Pendler von und nach Maardam. Er erinnerte sich daran, dass er einmal irgendwann in seiner Jugend ein Mädchen aus Linden kennen gelernt hatte; sie war kühl und schön gewesen, und er hatte sich nie getraut, sie zu küssen. Sie hieß Margarita, er überlegte, was wohl aus ihr geworden war.

Ansonsten gab es nicht viel. Das träge dahinfließende Flüsschen Megel – auch das hübsch und wahrscheinlich ziemlich kühl und, soweit er sich erinnern konnte, ein Nebenfluss der Maar – schlängelte sich gemächlich durch den Ort und weiter durch die Hügellandschaft nach Nordwesten hin. Südlich des Wasserwegs verlief ein Bergrücken, und auf diesem lag der Kammerweg. Gut und gern vier Kilometer vom Lindener Zentrum mit Rathaus, Polizeistation, Markt und all diesen zivilisatorischen Erfindungen und Bequemlichkeiten entfernt. Und einer Kirche aus dem 12. Jahrhundert, wie gesagt.

Und einer Brauerei, er registrierte, wie er langsam durstig wurde.

Verlangen seufzte. Setzte sich die dunkle Sonnenbrille auf, obwohl es der Sonne bis jetzt noch nicht gelungen war, durch die grauweiße Wolkendecke zu brechen, und zündete sich eine Zigarette an. Spähte zum Haus hinüber, das mit Mühe und Not zwischen Baumreihen und dicht stehenden blühenden Büschen zu erahnen war, die sicher zur Straße hin gepflanzt worden waren, um den Einblick zu verhindern. Er versuchte den Marktwert zu schätzen.

Nicht unter einer Million, zu dem Schluss kam er. Vermutlich nicht unter eineinhalb. Aber sie hatten es ja nur gemietet, wenn er Frau Hennan richtig verstanden hatte.

Die Lage schien in vielerlei Hinsicht ideal zu sein. Ein großes Grundstück und eine Art Wald oder verwachsener Park auf der einen Seite. Ein mindestens genauso großes Grundstück auf der anderen, mit einer Hütte, die auch halb im Grünen begraben war. Er nahm an, dass hier die Trottas wohnten, die Pilotenfamilie mit den ungezogenen Töchtern, aber beschwören wollte er das natürlich nicht.

Auf der anderen Straßenseite, dort, wo er parkte, gab es gar keine Bebauung, nur einen schroff nach unten verlaufenden Abhang, der auf einen asphaltierten Radweg führte, der wiederum neben einem Bach zur Stadt hin verlief.

Ziemlich splendid isolation, stellte Verlangen mit einem automatischen Stich von Neid fest. Das Hennansche Haus selbst, das er da hinten kaum sehen konnte, war blassblau, nicht die schönste Variante an Hausfarben, die es gab, aber wen kümmerte das? Seine eigenen fünfundvierzig Quadratmeter enthielten mehr verdammte Nuancen, als Kandinsky es sich hätte erträumen können. Und außerdem ragte ein richtiggehend klinisch weißer Sprungturm ganz rechts auf dem Grundstück auf … ja, soweit er es beurteilen konnte, handelte es sich tatsächlich um einen Sprungturm.

Also auch ein Pool. Und warum nicht ein Tennisplatz und ein reichlich bemessener Wintergarten auf der Rückseite? Er überlegte eine Weile, wie kompliziert es wohl sein würde, den ganzen Mist niederzubrennen – gern mit G. in den Flammen, während der Privatschnüffler selbst heldenmutig dessen junge Ehefrau daraus errettete und auf behänden Beinen mit ihr über der Schulter ins Freie sprang –, wurde aber gezwungen, die Spekulationen abzubrechen, als ein glänzend blauer Saab langsam zwischen den schwarzen Granitpfeilern herausrollte, die die Einfahrt zum Haus markierten. Wie zwei starre, aber ordentlich uniformierte und etwas überheblich erscheinende Lakaien standen sie dort und drückten ihre stumme Verachtung gegenüber allen nicht willkommenen Besuchern aus.

Es saß nur ein Mann hinter dem Steuer, und Verlangen hegte keinerlei Zweifel daran, dass es sich dabei um Jaan G. Hennan höchstpersönlich handelte – obwohl er nur ein sehr getrübtes Bild von ihm bekam.

Wer sollte es auch sonst sein? Man durfte ja wohl voraussetzen, dass Barbara Hennan ihm zumindest die richtige Adresse genannt hatte.

Er ließ dem Saab fünfzig Meter Vorsprung, dann startete er seinen guten alten Toyota und nahm die Verfolgung auf.

Klassisch, dachte er mit hartnäckiger Monotonie.

Hennan parkte auf einem der schmalen Grundstücke hinter der Kirche und ging die hundert Meter zum Marktplatz zu Fuß. Er verschwand durch das Tor eines Geschäfts- und Bürokomplexes in traditionellem, beigefarbenem Fünfzigerjahreschnitt mit drei Stockwerken. Verlangen gelang es, den Toyota in eine enge Parklücke auf der anderen Straßenseite zu manövrieren. Er stellte den Motor ab, zündete sich eine neue Zigarette an und kurbelte wieder die Scheibe hinunter.

Er hielt seine Aufmerksamkeit auf die Reihen leerer, geschlechtsloser Fenster über den Geschäften im Erdgeschoss gerichtet. Ein Schuhgeschäft. Ein Beerdigungsinstitut. Eine Schlachterei.

Nach knapp zwei Minuten wurde eines der Fenster über dem Beerdigungsinstitut geöffnet. Jaan G. Hennan beugte sich hinaus und kippte eine halbe Tasse Kaffee auf den Bürgersteig. Anschließend schloss er das Fenster.

Typisch, dachte Verlangen. Ein geborener Stinkstiefel bleibt sein Leben lang ein Stinkstiefel. Er hatte sich nicht einmal die Mühe gemacht, nachzusehen, ob er jemanden erwischen könnte.

Verlangen kurbelte die Rückenlehne zurück, damit er bequemer sitzen konnte. Er holte den Sportteil der Allgemejne hervor und schaute auf die Uhr. Es war Viertel vor zehn.

Nun denn, dachte er. Da ist man also wieder mal bei der Arbeit.

Als er sogar die Todesanzeigen zum zweiten Mal gelesen und an die zehn Zigaretten geraucht hatte, begann Verlangen seinen Vorsatz eines nüchternen Tages zu bereuen.

Es war zwanzig nach elf, und er veränderte ihn schnell in einen nüchternen Vormittag. Ein paar Biere beim Mittagessen – wenn es denn überhaupt ein Mittagessen geben würde – durfte er sich doch wohl nach diesen blaugrauen Beschattungsstunden gönnen. Monoton wie Meditationsübungen in einem buddhistischen Kloster. Verlangen hatte einen guten Freund, der vor ein paar Jahren auf diesem Weg verschwunden war. Nach Tibet oder Nepal oder zum Teufel wohin.

Hennan war auch ziemlich unsichtbar. Er zeigte sich ein einziges Mal am Fenster, das war alles. Stand bewegungslos ein paar Sekunden da und starrte auf die Wolkendecke, als dächte er über irgendetwas nach. Oder als bekäme er soeben eine leichtere Hirnblutung. Anschließend hatte er sich umgedreht und war aus Verlangens Horizont verschwunden.

Das Objekt. Das Bewachungsobjekt. Der Grund, warum Verlangen hier in seinem abgehalfterten japanischen Reistopf saß, um für sein verpfuschtes Leben dreihundert Gulden am Tag zu verdienen. Carpe diem, oh Scheiße.

Seine Gedanken wanderten zurück zu Hennan. Zu den wenigen Eindrücken, die er während der Voruntersuchung gegen ihn vor zwölf Jahren hatte gewinnen können.

Der Prozess selbst war ziemlich schmerzfrei verlaufen. Die Beweise gegen Jaan G. Hennan waren, nachdem man ein paar

Handlanger dazu gebracht hatte, den Mund aufzumachen, überwältigend gewesen. Er hatte bereits seit ein paar Jahren Cannabis, Heroin und Amphetamine via Kurier ge- und verkauft, hatte ein gut funktionierendes Netzwerk aufgebaut und wahrscheinlich gut und gerne die eine oder andere Million eingesackt. Was vor allem der Tatsache zu verdanken war, dass er offenbar selbst nie irgendeiner Sucht zum Opfer gefallen war.

Mit anderen Worten: keine besonders interessante Geschichte, aber es war vor allem der hartnäckigen Lauferei und Kleinarbeit von Verlangen und seinem Kollegen Müller zu verdanken, dass er ihnen ins Netz gegangen war. Woraufhin G. bekam, was er verdiente – zwei Jahre und sechs Monate –, und die Gewissheit, dass die beiden, er und Verlangen, vermutlich nie wieder einander schätzen oder die jeweiligen Geburtstage und Jubiläen zusammen feiern würden. Nicht einmal, wenn sie fünfhundert Jahre alt werden sollten.

Er erinnerte sich an Hennans eiskalte, fast persönliche Verachtung beim Verhör. Seine unerschütterliche Weigerung, irgendeine Art von moralischem Aspekt in Bezug auf sein schmutziges Handwerk anzuerkennen. Es gab keinen moralischen Bereich bei G., wie Müller einmal angemerkt hatte, und da war etwas dran. Seine Selbstsicherheit – und die Rachlust, die ab und zu tief in seinem schwarzen, leicht schielenden Blick aufblitzte – war von einer Art, die man nicht einfach beiseite schob.

Und seine Kommentare. Wie aus einem vergessenen B-Movie aus den Vierzigern:

»Eines Tages komme ich zurück. Und dann nehmt euch in Acht, ihr Würmer!«

Oder: »Glaubt ja nicht, dass ich euch vergessen werde. Ihr denkt, ihr hättet gewonnen, aber das ist nur der Anfang eurer Niederlage. Glaubt mir, ihr Wichser, haut lieber ab und lasst mich in Ruhe!«

Selbstsicher? Ja, das konnte man wohl sagen. Wenn Verlangen zurückdachte, konnte er sich nicht daran erinnern – zumindest nicht so auf die Schnelle –, jemals einem sturen und egozentrischeren Menschen begegnet zu sein, solange er im Polizeidienst tätig war. In all den vierzehn Jahren. Denn dieser Jaan G. Hennan, der hatte etwas Bedrohliches an sich, nicht wahr? Eine Art langsam aufkochender Hass, den man nicht so ohne weiteres abschüttelte. Die unterschwellige Ankündigung von Repressalien und Vergeltungsmaßnahmen – natürlich waren Drohungen der einen oder anderen Art Alltag in dieser Branche, aber in Hennans Fall hatten sie sich ungewöhnlich selbstbewusst und entschlossen angehört. Geradezu eine Form des Bösen. Wenn Hennan eine Krankheit und kein Mensch gewesen wäre, dachte Verlangen, dann würde er ein Krebsgeschwür sein. Da gab es gar keinen Zweifel.

Ein bösartiges, verdammtes Geschwür mitten im Stirnlappen.

Er schüttelte den Kopf und setzte sich auf. Spürte, dass ihm langsam das Kreuz wehtat, und entschied sich für einen kurzen Spaziergang. Nur eine kleine Runde hinunter zum Markt und zurück, das waren nicht mehr als fünfzig Meter, die konnte er zurücklegen, ohne sein Objekt direkt aus den Augen zu verlieren.

Und wenn Hennan wirklich daran interessiert sein sollte, ihn abzuschütteln, dann wäre das natürlich die einfachste Sache der Welt. Er brauchte sich nur auf die Rückseite des Gebäudes zu begeben und zu verschwinden. Kein Problem.

Aber warum sollte er das tun? Er wusste ja nicht, dass er beschattet wurde.

Und sein Schatten hatte keine Ahnung, warum er ihn beobachtete.

Mein Gott, dachte Maarten Verlangen und schlug die Autotür zu. Gib mir zwei Gründe, warum ich auf dieser Welt nüchtern bleiben soll.

Um halb eins trat Jaan G. Hennan ins Freie und ging zum Mittagessen. Verlangen verließ erneut sein Auto und folgte ihm über den Markt bis zu einer Gaststätte namens Cava del Popolo. Hennan setzte sich an einen Tisch am Fenster, Verlangen in eine Nische weiter hinten im Lokal. Es waren nicht viele Leute dort, obwohl es die Zeit der Mittagspause war; der Schatten hatte freien Blick auf sein Objekt und bestellte optimistisch zwei Bier sowie das Pastagericht des Tages.

Hennan saß vierzig Minuten dort, und es geschah nichts, außer dass er Zeitung las, eine Art Fischsuppe aß und eine kleine Flasche Weißwein trank. Verlangen seinerseits schaffte es ebenfalls bis zu Kaffee und Cognac, und mit der frommen Hoffnung, eine oder eineinhalb Stunden Mittagsschlaf zu bekommen, kehrte er zum Auto zurück.

Und das klappte auch. Er erwachte gegen halb drei davon, dass die Sonne durch die Wolkendecke gebrochen und durch seine schmutzige Windschutzscheibe gedrungen war. Es war heiß wie in einem Backofen, und er registrierte, dass der Alkoholkonsum langsam Nägel in seinen Kopf schlug. Er überprüfte, ob Hennans dunkelblauer Saab noch da stand, stieg aus und kaufte sich ein Bier und eine Selters unten am Kiosk vor dem Rathaus.

Nachdem er beides ausgetrunken hatte, zeigte die Uhr zehn Minuten nach drei. Die Sonne hatte den Nachmittag erobert, und die Kleidung klebte ihm am Leib. Hennan hatte sich erneut in seinem Fenserviereck gezeigt, mit einem Telefonhörer am Ohr, und eine Parkwächterin war gekommen und hatte sich unverrichteter Dinge wieder davongemacht. Das war alles.

Verlangen zog die Socken aus und stopfte sie ins Handschuhfach. Das Leben fühlte sich ein wenig leichter an, aber nicht sehr viel. Er zündete die fünfundzwanzigste Zigarette des Tages an und überlegte, ob er etwas unternehmen sollte.

Nach Nummer sechsundzwanzig war das Haus immer noch nicht explodiert, und es war nicht kühler geworden. Verlangen ging zu der Telefonzelle vor der Schlachterei und rief seine Auftraggeberin an. Nach eineinhalb Klingeltönen hob sie ab.

»Schön«, sagte sie. »Schön, dass Sie anrufen. Wie läuft es?«

»Ausgezeichnet«, sagte Verlangen. »Wie geschmiert. Ich habe nur gedacht, dass es keinen Sinn hätte, schon heute Vormittag anzurufen. Er ist im Büro, Ihr Mann. Er hat da nahezu den ganzen Tag zugebracht.«

»Ich weiß«, erklärte Barbara Hennan. »Ich habe gerade mit ihm telefoniert. Er kommt in einer Stunde nach Hause.«

»Das wissen Sie?«, fragte Verlangen.

»Ja, er hat das behauptet.«

Ach so?, dachte Verlangen. Und warum zum Teufel willst du dann, dass ich hier noch herumsitze und mir den Arsch wund scheure?

»Ich denke, Sie können für heute Schluss machen«, fuhr Frau Hennan fort. »Wir werden den ganzen Abend zusammen sein, es genügt, wenn Sie Ihre Arbeit morgen Nachmittag wieder aufnehmen.«

»Morgen Nachmittag?«

»Ja. Wenn Sie morgen nach der Mittagspause an Ort und Stelle sind und beobachten, was er dann vorhat und wo er den Nachmittag und Abend verbringt ... in erster Linie den Abend ... ja, das wäre von großer Bedeutung für mich, wenn Sie ihn dann nicht aus den Augen verlieren würden.«

Verlangen überlegte zwei Sekunden lang.

»Ich verstehe«, sagte er. »Ihr Wunsch ist mir Befehl. Dann bekommen Sie übermorgen den nächsten Bericht, ist das in Ordnung?«

»Ausgezeichnet«, sagte Barbara Hennan und legte den Hörer auf.

Er blieb einen Augenblick in der stickigen Telefonzelle stehen, bemerkte dann aber, dass sich die beerdigungsgraue Uniform des weiblichen Parkwächters näherte, und eilte zu seinem Auto.

Leben, wo ist dein Stachel?, dachte er, startete und fuhr davon.

Obwohl er mehr Zeit hatte, als gut für ihn war, entschied sich Verlangen, nicht nach Hause nach Maardam zu fahren. Die Saubere-Laken-Alternative erschien ihm doch zu verlockend, und um Viertel vor fünf nahm er sich ein Zimmer im Belvedere, einem einfachen, aber sauberen Hotel in der Lofterstraat, in dem Viertel hinter dem Rathaus.

Zwischen sieben und acht aß er unten in dem sepiabraunen Speiseraum zusammen mit einem Schwimmclub aus Warschau. Irgendeine Art von Ragout, das ihn vage an seine frühere Schwiegermutter erinnerte. Nicht an sie selbst als Person, sondern eher an die Sonntagsessen, die sie zuzubereiten pflegte, und das war eine Erinnerung, auf die er gern verzichtet hätte. Er kaufte sich zwei dunkle Bier, nahm sie mit auf sein Zimmer, schaffte es, den immer dringlicheren Wunsch, seine Tochter anzurufen, zu bezwingen, und schlief mitten in einer amerikanischen Krimiserie irgendwann zwischen elf und halb zwölf Uhr ein.

Die Laken waren kühl und frisch gemangelt, und auch wenn der Tag letztendlich doch nicht so trocken abgelaufen war, wie es ihm vorgeschwebt hatte, gab es immerhin noch eine Spanne bis zur zehn.

Eine reichliche Spanne.

4

Die Kneipe hieß Colombine, und nach zwei Schluck Bier sah sie aus wie alle Kneipen auf der Welt.

Endlich war es Abend geworden. Die alte Maasleitneruhr, die über den Whiskyflaschen hinter der Bar hing, zeigte fünf nach halb acht – an diesem absolut wolkenfreien Donnerstag hatte Hennan bis sieben im Büro herumgetrödelt. Aus irgendeinem verfluchten Grund. Verlangen war es schon seit vier Uhr leid gewesen.

Aber er war es gewohnt, etwas überdrüssig zu sein. Dieses Gefühl war in den letzten vier Jahren sein treuer Weggefährte gewesen, und manchmal hatte er den Eindruck, als wäre es die Zeit selbst – und nichts sonst –, die sich an ihm rieb. Wie ein altes, muffiges Kleidungsstück, das er am liebsten so schnell wie möglich von sich gerissen hätte. Den Rausch einfach wegschlafen, irgendwo ganz woanders aufwachen und sich schließlich eine neue Zeit überstreifen.

In der die Sekunden und Minuten nach etwas schmeckten.

Aber es gab auch am nächsten Morgen nie eine neue Zeit. Nur die gleichen ungewaschenen Tücher, die an der Haut klebten, Tag für Tag, Jahr für Jahr. So war es nun einmal, und die wenigen Abende, an denen er es wagte, nüchtern ins Bett zu gehen, hatten jedes Mal dazu geführt, dass der Versuch, einzuschlafen, gescheitert war.

Er leerte sein Glas bis auf den Grund und warf einen Blick zu Hennan hinüber. Es standen nur zwei Tische zwischen ihnen, aber an dem einen saß eine ziemlich aufgekratzte Gesellschaft: vier mit Schnurrbärten versehene, leicht verfettete Männer so um die achtundzwanzig, die immer wieder in wiehernde Lachsalven ausbrachen, auf ihren Stühlen kippelten und mit den Fäusten auf den Tisch schlugen. Aus ihrem harten Akzent zog Verlangen den Schluss, dass sie aus den südlichen Provinzen stammten. Wahrscheinlich aus Groenstadt. Oder aus Balderslacht oder so.

Auch ansonsten gab es ziemlich viele Gäste im Lokal, deshalb kostete es ein gewisses Maß an Konzentration, das Beobachtungsobjekt im Auge zu behalten. Trotz allem.

Andererseits sah es ganz so aus, als hätte Hennan die Absicht zu essen, und das in aller Ruhe. Er hatte seine Jacke über die Stuhllehne gehängt. Blätterte in der Speisekarte, während er von einem durchsichtigen Getränk nippte, vermutlich einem Gin Tonic, und alle Zeit der Welt zu haben schien. Vielleicht wartete er auf jemanden – der Platz ihm gegenüber an dem Zweiertisch war frei. Vielleicht auf eine Frau, dachte Verlangen, das war ja nun, wenn man alles in Betracht zog, die wahrscheinlichste Variante. Und die Lösung, die er von Anfang an erwartet hatte.

Also hieß es nur warten und die Zeit verstreichen lassen.

Verlangen beschloss, ebenfalls etwas zu essen. Er bekam eine Kellnerin zu fassen, bestellte noch ein Bier und bat um die Speisekarte. Wie es aussah, gab es allen Grund, davon auszugehen, dass er eine Weile hier sitzen würde.

Zwei Stunden später saß Jaan G. Hennan immer noch allein an seinem Tisch. Verlangen war zwei Mal auf dem Weg zur Toilette dicht an ihm vorbeigekommen und hatte feststellen können, dass sein Beobachtungsobjekt sich eine ordentliche Mahlzeit gönnte. Mindestens drei Gänge und zwei verschiedene Sorten Wein, und im Augenblick saß er da und sog an einer schmalen schwarzen Zigarre, während er aus dem Fenster schaute und etwas gedankenverloren einen Cognacschwenker in der Hand drehte. Soweit Verlangen sehen konnte, hatte er während des ganzen Abends nicht ein einziges Wort mit einem Menschen gewechselt, von der Kellnerin einmal abgesehen. Er war einmal zur Toilette gegangen, und was sich verdammt noch mal in seinem Kopf abspielte – oder warum er hier herumhing, statt zu Hause bei seiner schönen Ehefrau zu sein – ja, diese Fragen entzogen sich seiner Beurteilung.

Zumindest wirkte es nicht so, als wartete er auf jemanden oder hätte auf jemanden gewartet. Zwar hatte er ab und zu auf die Uhr geschaut, aber ansonsten gab es keinerlei Zeichen, die auf eine ausbleibende Verabredung hätten hindeuten können, kein Telefongespräch draußen im Eingang, kein längeres Zögern bei der Bestellung, keine entschuldigenden Erklärungen an die Kellnerin. Nichts.

Und keine Zeitung, kein Buch dabei, um sich damit zu beschäftigen. Das hatte Verlangen zwar auch nicht, aber er befand sich zumindest beruflich hier. Ein paar Minuten lang spielte er mit dem Gedanken, hinzugehen und Hennan ein Bier in den Nacken zu kippen. Oder jemand anderen zu bestechen, es zu tun. Es gab genügend leicht berauschte Jünglinge im Lokal, sicher wäre es nicht unmöglich gewesen, einen von ihnen dazu zu bringen.

Einfach nur, damit etwas passierte. Verlangens Verdruss hatte ihn wieder eingeholt. Er hatte etwas gegessen, was Kalb gewesen sein sollte, aber das musste dann das älteste Kalb der Welt gewesen sein.

Dazu hatte er vier oder fünf Bier getrunken und war schließlich zu Kreuze gekrochen und Jaan G. Hennans Beispiel gefolgt. Kaffee und Cognac.

Er zündete sich eine neue Zigarette an, obwohl die alte immer noch im Aschenbecher vor sich hin glimmte.

Schaute auf die Uhr. Zehn Minuten vor zehn.

Verdammte Scheiße, dachte er und wies mechanisch einen weiteren Gast ab, der wissen wollte, ob der Platz ihm gegenüber besetzt sei.

Trink deinen beschissenen Cognac aus und bezahl deine Rechnung! Und sieh zu, dass du endlich wegkommst!

Kaum hatte er sich diesen frommen Wünschen hingegeben, sah er, dass Hennan auf dem Weg zu seinem Tisch war.

Oh, verfluchte Sch …, konnte er gerade noch denken.

»Darf ich mich setzen?«

»Bitte.«

»Hennan. Jaan G. Hennan.«

»Verlangen.«

Hennan zog den Stuhl heraus und setzte sich.

»Verlangen?«

»Ja.«

»Doch nicht Maarten Verlangen?«

»Doch.«

»Da habe ich also Recht gehabt.«

»Was meinen Sie damit?«

»Du. Ich würde vorschlagen, dass wir uns duzen.«

»Aber gern. Aber ich glaube nicht, dass …?

»Was?«

»Na, dass ich weiß, wer Sie … wer du bist.«

Hennan hatte seine Zigarre in den Aschenbecher gelegt und stützte sich jetzt mit beiden Ellbogen auf dem Tisch ab.

»Tu doch nicht so, Maarten Verlangen. Ich weiß verdammt gut, wer du bist, und du weißt ebenso gut, wer ich bin. Warum sitzt du denn hier?«

Verlangen trank einen Schluck Cognac und dachte schnell nach.

»Das ist eine ziemlich merkwürdige Frage.«

»Findest du? Ja, jedenfalls wäre es nett, wenn du drauf antworten würdest.«

»Warum ich hier sitze?«

»Ja.«

»Weil ich gegessen habe natürlich.«

»Ach, tatsächlich. Und das soll der einzige Grund sein?«

Verlangen spürte plötzlich Wut in sich hochsteigen.

»Und wie wäre es, wenn du mir erklärst, worauf du zum Teufel noch mal hinaus willst? Ich habe nicht den blassesten Schimmer, wer du bist oder was du im Schilde führst. Wenn du keinen guten Grund nennen kannst, dann möchte ich dich bitten, von hier zu verschwinden, bevor ich jemanden vom Personal hole, um dich rauszuschmeißen!«

Hennan saß schweigend da und betrachtete ihn leicht blinzelnd. Nicht die Andeutung eines Lächelns. Etwas sagte Verlangen, dass es hätte vorhanden sein müssen. Er spürte, dass er ganz instinktiv die Hände zu Fäusten ballte, und schob den Stuhl ein paar Zentimeter nach hinten.

Um schnell auf die Füße zu kommen und sich verteidigen zu können. Blödsinn, dachte er, meine Fantasie geht mit mir durch. Er kann ja wohl verdammt noch mal nicht hier drinnen anfangen, sich zu prügeln. Das wäre ja der reine ...

»Bulle. Du bist doch immer noch Bulle, oder?«

Verlangen zögerte den Bruchteil einer Sekunde. Dann schüttelte er den Kopf.

»Und du?«

»Was?«

»Du selbst. Was machst du so? Wie war noch dein Name, was hast du gesagt?«

Hennan gab keine Antwort. Schürzte die Lippen nur zu einer verächtlichen Grimasse. Verlangen brach den Blickkontakt zu ihm ab. Lehnte sich zurück und schaute stattdessen an die Decke. Ein paar Sekunden lang herrschte Schweigen.

»Und warum bist du kein Bulle mehr? Haben sie dich gefeuert?«

Verlangen zuckte mit den Schultern.

»Ich habe aufgehört.«

»Freiwillig?«

»Sozusagen. Und jetzt erklär mir endlich, was du eigentlich willst, oder geh zurück an deinen Tisch. Ich habe keine Lust, hier länger rumzusitzen und ...«

Er brach ab und suchte nach den richtigen Worten.

»Und was?«

»Belästigt zu werden.«

Wieder ballte er die Fäuste und machte sich bereit, sich zu verteidigen.

»Mein Gott, was bist du empfindlich«, sagte Hennan, und plötzlich grinste er über das ganze Gesicht. »Und dabei bin ich doch derjenige, der eine Scheißwut auf dich haben sollte. Und nicht umgekehrt.«

Verlangen zündete sich eine Zigarette an.

»Wütend? Warum?«

»Jaan G. Hennan. Behauptest du immer noch, dass du dich nicht erinnerst?«

Verlangen schüttelte den Kopf. Etwas zu heftig, er merkte, wie der Raum um ihn schwankte. Verdammte Scheiße, dachte er. Ich bin viel zu besoffen.

»Nicht die geringste Ahnung.«

Hennan stützte sein Kinn auf die Hand und schien nachzudenken.

»Wollen wir uns nicht lieber an die Bar setzen? Dann können wir das klären. Ich gebe einen aus.«

Einen kurzen Moment lang zögerte Verlangen. Dann nickte er vorsichtig und stand auf.

»Du hast zehn Minuten«, sagte er. »Und keine Sekunde mehr.«

Beim ersten Whisky erklärte Hennan, wieso er Verlangen wiedererkannt und sich an seinen Namen erinnert hatte.

Beim zweiten erinnerte Verlangen sich an die zwölf Jahre zurück liegenden Ermittlungen und sagte, dass ihm das einfach entfallen war. Aber jetzt, wo Hennan alles wieder hochholte, ja, da …

Beim dritten ergriff Hennan erneut die Initiative und berichtete, wie es war, zwei und ein halbes Jahr im Gefängnis zu sitzen, obwohl man unschuldig war.

Unschuldig?, dachte Verlangen und spürte von Neuem eine gewisse Wut. Du bist schuldiger als Crippen, du Arschloch!

Aber er ließ es nicht darauf ankommen. Stellte nur fest, dass er sich nicht mehr an die Einzelheiten des Falles erinnern konnte, im Laufe der Zeit waren da so einige zusammengekommen. Außerdem merkte er, dass er Probleme mit der Artikulation bekam, und stellte eilig eine Regel auf, an die er sich – komme da, was da wolle – für den Rest des Barhockens und Abends halten wollte:

Lass Hennan nicht erahnen, warum du hier bist! Unter gar keinen Umständen. Halte deiner Auftraggeberin die Treue!

Hennan laberte über das eine und andere, aber der vierte Whisky schlug ganz offensichtlich auf Verlangens Gehörzentrum. Er war ganz einfach nicht mehr für die gleichen Geräuscheindrücke empfänglich – konnte sich aber dennoch dazu überwinden, stilvoll in den Pausen zu brummen und etwas zu murmeln. Als er das erste Mal auf die Uhr sah, war es fünf vor halb eins. Auch Hennan schien genug zu haben.

»Feierabend«, sagte er. »Ich muss nach Hause.«

Verlangen stimmte zu und rutschte vom Barhocker.

»Ich wohne gleich um die Ecke«, erklärte er.

»Ich muss ein Taxi nehmen«, berichtete Hennan.

Der Barkeeper, ein verdammt junger Mann mit rotem lockigem Haar, richtete sich auf und informierte sie, dass es gleich um die Ecke immer Autos gab. Nur fünfzig Meter, zum Kleinmarckt hin, das war einfacher, als anzurufen und eins zu bestellen.

Sie traten gemeinsam in den warmen Vorsommerabend hinaus. Verlangen hatte leichte Probleme mit dem Gleichgewicht, aber Hennan legte ihm einen Arm um die Schulter und schob ihn voran. Als sie an den gelb-schwarzen Autos angekommen waren, verabschiedete er sich ohne weitere Umschweife, krabbelte auf den Rücksitz, winkte und schenkte ihm noch ein breites Grinsen durch die Autoscheibe.

Verlangen hob die Hand und sah, wie der Wagen losfuhr.

Plötzlich verspürte er einen heftigen Anfall von Unlust, den er nicht so recht deuten konnte. Insgesamt hatte Hennan sich friedlich verhalten, und der Grund, warum seine Ehefrau ihn unter Beobachtung haben wollte, war noch unklarer als je zuvor.

Aber Verlangen hatte sich mit seinem Objekt verbrüdert. Auf das Gröbste. Hatte mit ihm zusammengehockt und verdammt viel Whisky gesoffen .. neben Bier und Cognac, und nur Gott wusste, was er gesagt und was er nicht gesagt hatte.

Auf seinem Weg zum Hotel schlug er ein paar Mal die falsche Richtung ein. Landete stattdessen auf dem Friedhof, wo er die Gelegenheit nutzte, im Schutze einer Art von Leichenschauhaus und einiger Mülltonnen zu pinkeln.

Aber mit der Zeit gelang es ihm doch, sich in Richtung des Belvedere zu orientieren, und als er auf seinem Zimmer angekommen war, zeigte die Uhr Viertel nach eins. Verlangen selbst war sich dessen nicht bewusst, doch der Zeitpunkt konnte später mit Hilfe einiger unabhängiger Beobachter mit ziemlich großer Gewissheit festgestellt werden.

5

Polizeianwärter Wagner gähnte und schaute auf die Uhr. Sie zeigte fünf Minuten nach halb zwei.

Dann schaute er auf das Kreuzworträtsel. Es war noch ungelöst.

Zumindest zum überwiegenden Teil. Er hatte acht Kästchen ausgefüllt. Zwei Worte. Und war sich nicht einmal sicher, ob sie auch richtig waren.

Um die Zeit totzuschlagen, begann er, die leeren Kästchen zu zählen.

Vierundneunzig Stück. Man konnte nicht behaupten, dass er sehr weit gekommen war.

Einen Moment lang überlegte er, ob er sich nicht doch lieber in die Koje legen sollte. Man musste schließlich nicht wach bleiben, wenn man Bereitschaftsdienst hatte. Es genügte, wenn man da war und ans Telefon ging, falls etwas sein sollte. In dieser Beziehung waren die Anweisungen ebenso klar und eindeutig wie alles andere auch auf dem Revier.

Auf dem Polizeirevier von Linzhuisen. Wagner arbeitete jetzt seit einem Jahr hier, und es gefiel ihm. Er war fünfundzwanzig Jahre alt und konnte sich gut vorstellen, für den Rest seines Lebens Polizist zu bleiben. Und erst recht in einer kleineren Dienststelle wie dieser. Hier gab es eine klare Ordnung, gute Pensionsbedingungen, und die Verbrechen waren nicht der Rede wert.

Außerdem nette Arbeitskollegen, sowohl Gaardner, sein

Chef, als auch Willumsen, mit dem er ab und zu Tennis spielte.

Linzhuisen war kein eigener Polizeidistrikt, er hing mit Linden zusammen, wo auch der Polizeichef, Kommissar Sachs, seinen Sitz hatte. Dort in Linden gab es eine etwas größere Mannschaft, zwei Inspektoren und drei oder vier Beamte in Uniform sowie Assistenten.

Und des Nachts teilte man sich den Dienst. Es wäre schließlich unnötig gewesen, jeweils sowohl in Linden als auch in Linzhuisen einen Anwärter oder einen Inspektor vor sich hin dösen zu lassen, schließlich lagen nur zwölf Kilometer zwischen den Ortschaften, und wenn ein Einsatz notwendig war, dann musste man ja sowieso Hilfe holen. Kollegen wecken, die zu Hause dafür eingeteilt waren, oder in Maardam anrufen.

Was Wagner betraf, so hatte er laut Plan vier Bereitschaftsdienste im Monat, und dagegen hatte er nichts einzuwenden.

Ganz im Gegenteil. Diese einsamen, nächtlichen Stunden hatten etwas Besonderes an sich. Er mochte das. Auf dem dunklen Revier zu sitzen und über Recht und Ordnung zu wachen, während die ganze Welt ihren wohlverdienten Schlaf genoss. Bereit, einen Einsatz anzuweisen, sobald ein betroffener Mitbürger seine Aufmerksamkeit begehrte, ja, hatte diese Rolle nicht etwas von dem wichtigsten, wenn auch nicht immer angeführten Motiv an sich, das ihn bewogen hatte, sich vor vier Jahren auf die Polizeischule zu bewerben? Über das Leben und den Besitz der Menschen zu wachen und der äußerste Garant für ihre Sicherheit zu sein.

Manchmal, wenn ihm derartige Gedanken kamen, überlegte Polizeianwärter Wagner, dass er sie eigentlich aufschreiben sollte. Vielleicht konnte man sie im Unterricht oder bei der Anwerbung benutzen. Warum eigentlich nicht?

Und sicher waren letztendlich genau diese Gefühle wohl schuld daran, dass er sich nicht zum Schlafen hinlegen mochte. Obwohl er doch zum Morgen hin unweigerlich einnicken würde, wenn vorher nichts passierte, das wusste er selbst – und eigentlich passierte so gut wie nie etwas. Nach halb drei war alle Mühe vergebens, sich wach zu halten, da halfen nicht einmal alle Kreuzworträtsel der Welt.

Er kaute auf seinem Stift herum, trank einen Schluck Kaffee und versuchte, sich zu konzentrieren.

Vier senkrecht, sieben Buchstaben, der zweite war ein a: Literarischer Bluthund in Paris.

Man sollte ab und zu mal ein Buch lesen, dachte Wagner und seufzte.

Schaute erneut auf die Uhr. Viertel vor zwei.

Da klingelte das Telefon.

Kommissar Sachs träumte, er wäre ein Delfin.

Ein junges, durchtrainiertes Delfinmännchen, das im salzigen, smaragdgrünen Meereswasser inmitten eines ganzen Schwarms von Weibchen herumschwamm. Sie spielten miteinander, glitten dicht nebeneinander, machten schöne Sprünge hoch in die Sonne oberhalb der glitzernden Wasseroberfläche und tauchten tief hinab zum Meeresboden. Rieben Brust, Rücken und Bauch in einem fröhlichen und wollüstigen Tanz aneinander.

Hier möchte ich für alle Zeiten bleiben, dachte er. Ich möchte immer ein geschmeidiges Delfinmännchen bleiben, umgeben von geilen Weibchen.

Das Läuten des Telefons schnitt ihm wie ein Sägeblatt durch Rückenmark und Gehirnrinde. Er bekam den Hörer zu fassen, ohne die Augen zu öffnen.

»Sachs.«

»Herr Kommissar?«

»Mhm ...«

»Wagner hier.«

»Wer?«

»Polizeianwärter Wagner aus Linzhuisen. Ich habe Bereitschaftsdienst und habe soeben ...«

»Wie spät ist es?«

»Sieben Minuten vor zwei. Ich habe gerade einen Anruf erhalten ... um 01.45 Uhr, um korrekt zu sein ... wegen einer toten Frau.«

Sachs öffnete die Augen. Schloss sie gleich wieder.

»Ja, und?«

»Es war ein Mann. Der anrief, meine ich. Und seine Ehefrau ist tot ... Hennan, so hieß er ... Jaan G. Hennan. Sie wohnen in Linden, deshalb habe ich gedacht ...«

»Einen Moment. Ich gehe ans andere Telefon.«

Sachs kam auf die Beine und schlurfte in sein Arbeitszimmer. Nahm das Telefon auf dem Schreibtisch.

»Weiter.«

»Ja, ich werde natürlich den Arzt und so weiter alarmieren, aber ich dachte, es wäre das Beste, wenn ich den Kommissar als Ersten vorwarne.«

»In Ordnung. Aber was ist eigentlich passiert? Sei so gut und versuche, das Ganze etwas ruhiger anzugehen.«

Wagner räusperte sich und holte tief Luft.

»Sie heißt Barbara Hennan. Sie wohnt im Kammerweg, das ist wahrscheinlich ein wenig außerhalb vom Zentrum ...«

»In Linden also?«

»Ja.

»Ich weiß, wo das liegt.«

»Ja, natürlich. Ja, dieser Mann, Jaan G. Hennan also, er ist offensichtlich ziemlich spät nach Hause gekommen ... ungefähr gegen halb zwei ... und da hat er seine Frau im Pool gefunden.«

»Im Swimmingpool?«

»Ja.«

»Ertrunken?«

»Nein, im Gegenteil.«

»Im Gegenteil? Was zum Teufel meinst du denn damit?«

»Sie lag ... sie liegt auf dem Grund, wie er gesagt hat ...«

»Ohne ertrunken zu sein?«

»Ja. Offensichtlich ist kein Wasser im Pool.«

Sachs starrte vor sich hin, und dabei fiel ihm das eingerahmte Foto seiner Kinder, das über dem Schreibtisch hing, ins Auge. Es waren Zwillinge, aber abgesehen von der gleichen Hautfarbe und den gleichen Eltern waren sie so unterschiedlich, wie zwei Menschen nur sein konnten.

»Kein Wasser?«

»Nein, das behauptet er jedenfalls. Sie liegt unten auf dem Boden, er sagt, sie müsse hineingefallen und dabei umgekommen sein.«

Sachs dachte nach.

»Und was hast du ihm für Anweisungen gegeben?«

»Dass er dort bleiben und auf uns warten solle.«

»Gibt es Grund zur Annahme, dass es sich um ein Verbrechen handeln könnte?«

»Nun ja ... nein, aber ich dachte trotzdem, es wäre das Beste ...«

»Natürlich. Hast du noch weitere Informationen von ihm bekommen? Wie klang er?«

»Etwas betrunken, wie mir schien.«

»Aha. Und was meinst du, wie sehr?«

»Ich weiß nicht. Das ist schwer zu sagen, aber ich denke schon ... ziemlich.«

Sachs seufzte.

»Dann kann es auch ein schlechter Witz sein? Jemand, der Scherze mit uns treibt? Ich meine, so im Prinzip.«

»Im Prinzip ja. Aber ich würde das nicht so sehen. Wir müssen wohl auf jeden Fall ...«

»Natürlich. Aber natürlich. Wie war noch die Adresse?«

»Kammerweg 4. Der Name ist Hennan, wie gesagt.«

Sachs gelang es, einen Stift zu finden und sich die Angaben aufzuschreiben.

»Dann sehen wir uns dort in zehn Minuten«, sagte er. »Warte auf mich, bevor du reingehst. Und ruf den Arzt an, alles andere hat Zeit, bis wir selbst nachgesehen haben. Verstanden?«

»Verstanden«, versicherte Wagner.

»Ausgezeichnet. Dann man los!«, schloss Sachs und legte den Hörer auf.

Er ging zurück ins Schlafzimmer. Als er seine Nachttischlampe einschaltete, um seine Kleidung zu finden, drehte sich Irene, seine Ehefrau, im Bett um und murmelte etwas im Schlaf. Er betrachtete sie einen Augenblick lang.

Tatsächlich, dachte er. Irgendwie hat sie etwas von einem Delfin an sich. Zumindest im Gesicht.

Er schnappte sich seine Kleidung, löschte das Licht und schlich sich in die Küche.

Polizeianwärter Wagner war noch nicht angekommen, dafür aber der Gerichtsmediziner Santander. Als Sachs sich seinen Weg durch den ziemlich zugewachsenen Garten bahnte, konnte er sehen, wie dieser sich gerade mit einem kräftigen Mann in den Fünfzigern unterhielt, der neben einer Gruppe von Liegestühlen am Swimmingpoolrand stand.

Er sah sie schon von weitem deutlich, da das gesamte Poolgelände in Licht getaucht war. Eine Anzahl Scheinwerfer, die in den Bäumen rundherum hingen, waren eingeschaltet, und als der Kommissar aus dem Dunkel heraustrat, zuckte der Arzt zusammen und sah fast erschrocken aus. Sachs hatte einen Augenblick das Gefühl, als wäre er geradewegs in eine Filmaufnahme geraten, und es war nicht so einfach, diesen Eindruck wieder abzuschütteln, obwohl Santander ein breites Lächeln zeigte, sobald er ihn erkannte. Er stellte ihm den breitschultrigen Mann vor.

»Willkommen«, sagte dieser und streckte die Hand aus. »Mein Name ist Hennan. Jaan G. Hennan. Das da unten, das ist meine Frau.«

Er deutete mit der Hand, die eine dünne schwarze Zigarre zwischen Zeige- und Mittelfinger hielt, in die betreffende Richtung. In der anderen hielt er ein Glas. Sachs trat an den Rand und schaute hinab.

Auf dem Boden des leeren und überraschend tiefen Bassins, ein paar Meter von der Stirnseite entfernt, lag ein Frauenkörper, ausgestreckt auf dem Bauch. Die Frau trug einen roten einteiligen Badeanzug, die Arme waren in merkwürdigem Winkel ausgestreckt, und unter ihrem Kopf war eine kleine Blutpfütze herausgesickert, die sich scharf von den weißen Kacheln abhob. Ihr Haar war ebenfalls rötlich, aber etwas heller. Dass sie tot war, daran zweifelte Sachs nicht eine Sekunde, obwohl er sich sicher in fünfzehn, zwanzig Metern Abstand befand.

»Wie kommt man da runter?«, fragte er.

»Es gibt da hinten eine Leiter.«

Jetzt war es Santander, der deutete.

»Ich habe sie mir kurz angeschaut«, erklärte er und schob seine schwere Hornbrille zurecht. »Es scheint so passiert zu sein, wie Hennan es sagt. Sie muss hinuntergefallen sein und ... ja, sieht so aus, als wäre sie sofort tot gewesen.«

Sachs ließ den Blick ein paar Mal zwischen dem Arzt und Hennan hin und her wandern. Hennan stellte sein Glas ab.

»Wann haben Sie sie gefunden?«, fragte Sachs.

Hennan schaute auf seine goldene Armbanduhr.

»Vor gut einer Stunde«, erklärte er. »Ich bin nach Hause gekommen und konnte sie nirgends finden, deshalb bin ich nach draußen gegangen, und ... ja ...«

Er breitete die Arme mit einer unsicheren Geste aus. Drehte sich um und betrachtete einen Moment lang den Körper unten im leeren Schwimmbecken. Sachs versuchte, Blickkontakt mit Santander aufzunehmen, aber dieser hatte seine Arzttasche hochgenommen und war dabei, einige Instrumente herauszuholen.

»Es ist einfach zu schrecklich«, begann Hennan erneut und zog an seiner Zigarre. »Einfach zu schrecklich.«

Sachs nickte und versuchte sich ein Bild von ihm zu machen. Er war offensichtlich betrunken, gleichzeitig hatte er sich aber unter Kontrolle und hielt eine Distanz, die unter den gegebenen Umständen schon absurd erschien. Als ginge es um so etwas wie einen kranken Hund statt um eine tote Ehefrau. Er trug eine helle Baumwollhose und ein kurzärmliges blaues Hemd, das über die Hose hing. War barfuß, hatte sicher seine Schuhe und Strümpfe ausgezogen, bevor er sich auf die Suche nach seiner Ehefrau machte.

Braun gebrannt und durchtrainiert. Dunkles, leicht grau meliertes, kurz geschnittenes Haar, das nicht so aussah, als würde es langsam schütter werden, nicht einmal in den Geheimratsecken. Ein kräftiges Gesicht mit breitem Mund und sehr tiefen Augenhöhlen.

»Wie geht es Ihnen?«

Hennan schien einige alternative Antwortmöglichkeiten zu erwägen, bevor er sich äußerte.

»Ich weiß nicht so recht«, sagte er dann. »Tut mir Leid, aber ich bin ja auch nicht mehr ganz nüchtern.«

Sachs nickte.

»Aber ich nehme an, dass ich einen Schock bekommen habe ... so etwas in der Richtung.«

»Die Reaktion kommt meistens erst später«, sagte der Arzt. »Das dauert eine Weile.«

»Ich muss Sie natürlich ausführlich befragen«, erklärte Sachs. »Aber ich schlage vor, dass wir auf meinen Kollegen warten, er muss jeden Augenblick hier eintreffen.«

»Warum müssen Sie ...?«, setzte Hennan an, aber Sachs unterbrach ihn.

»Es sieht natürlich ganz nach einem Unfall aus. Dennoch können wir nicht ausschließen, dass es sich um etwas anderes handelt.«

»Um etwas anderes?«, wiederholte Hennan, aber die Antwort schien ihm selbst sofort in den Sinn zu kommen. »Sie meinen ...?«

»Genau«, sagte Sachs. »Man weiß ja nie. Sehen Sie, da haben wir ja den Polizeianwärter!«

Polizeianwärter Wagner tauchte aus der Dunkelheit auf und begrüßte alle Anwesenden. Seine Uniform sah aus, als wäre er erst vor zehn Minuten vom Schneider gekommen, wie Sachs registrierte.

»Ich habe Verstärkung aus Maardam angefordert«, erklärte Santander. »Aber vielleicht wollen Sie schon mal runtergehen und einen Blick auf sie werfen, bevor die hier sind?«

Sachs überlegte einen Augenblick.

»Nein, danke«, sagte er. »Ich warte. Polizeianwärter Wagner wird Sie nach unten begleiten, währenddessen kann ich mich mit Herrn Hennan unterhalten.«

Wenn es Anhaltspunkte für ein Verbrechen gibt, dann werden die aus Maardam sowieso den Fall übernehmen, dachte er. Und seine jungen Augen sehen besser als meine alten.

Arzt und Polizeianwärter begaben sich zur Leiter am gegenüberliegenden Ende des Beckens. Sachs deutete auf die Liegestühle. Hennan nickte etwas zerstreut, und beide ließen sich jeweils in einem nieder. Sachs holte seinen Notizblock hervor.

»Ich werde Ihnen eine Reihe von Fragen stellen«, sagte er. »Das ist reine Routine. Wir sind gezwungen, so vorzugehen, bitte nehmen Sie es nicht persönlich.«

»Ich verstehe«, sagte Hennan und zündete seine Zigarre an, die ausgegangen war.

»Ihr vollständiger Name?«

»Jaan Genser Hennan.«

»Und der Ihrer Ehefrau?«

»Barbara Clarissa Hennan.«

»Ihr Mädchenname?«

»Delgado.«

»Alter?«

»Sie … sie wäre jetzt im August fünfunddreißig geworden.«

»Also etwas jünger als Sie?«

»Fünfzehn Jahre. Aber was hat das mit der Sache zu tun?«

Sachs zuckte mit den Schultern.

»Nichts, nehme ich mal an. Und Sie leben hier?«

»Ja, natürlich.«

»Kinder?«

»Nein.«

»Hübsches Plätzchen. Wie lange wohnen Sie schon hier?«

Hennan zog an der Zigarre und fummelte an seinem Glas, ohne es hochzunehmen.

»Wir haben es nur gemietet. Meine Frau ist ... war ... Amerikanerin. Wir haben viele Jahre in Denver gelebt, bevor wir im Frühling hierher gezogen sind.«

»Sie stammen von hier?«

»Geboren und aufgewachsen in Maardam.«

»Ich verstehe. Was arbeiten Sie?«

»Ich habe eine Importfirma.«

»Wo?«

»Hier in Linden. Fürs Erste nur ein kleines Büro am Aldemarckt.«

»Was importieren Sie?«

»Verschiedenes. Was sich halt lohnt, in erster Linie elektronische Produkte aus Südostasien. Teile für Musikanlagen, Minirechner und solche Sachen.«

Sachs nickte und beschloss, dass das als Hintergrundinformation zunächst einmal genügte.

»Erzählen Sie mir, was heute Nacht geschehen ist«, bat er.

»Da gibt es nicht viel zu erzählen«, erklärte Hennan. »Wie gesagt, ich bin nach Hause gekommen und habe sie da unten gefunden ...«

»Sind Sie hinuntergestiegen und haben nachgesehen, ob sie tot ist, bevor Sie die Polizei angerufen haben?«

»Ja, natürlich. Ich habe sogar nach ihrem Puls gesucht, obwohl mir irgendwie klar war, dass es keine Hoffnung mehr gab. Sie war schon ganz kalt.«

»Hat der Arzt gesagt, wie lange sie da wohl gelegen hat?«

Hennan nickte.

»Ein paar Stunden nimmt er an.«

»Und was glauben Sie, was vorgefallen ist?«

Hennan zog überrascht die Augenbrauen hoch und schaute den Kommissar ein paar Sekunden lang an.

»Das ist doch wohl ziemlich offensichtlich. Sie ist hinuntergefallen ... oder gesprungen.«

»Gesprungen? Sie meinen, dass sie sich das Leben genommen hat? Warum glauben Sie ...?«

»Das glaube ich überhaupt nicht!«, unterbrach Hennan ihn aufgebracht. »Passen Sie auf, was Sie sagen, Mann! Meine Frau liegt tot da unten, und ich will nicht so einen Blödsinn hören, sie hätte das mit Absicht gemacht ... das ist ausgeschlossen. Vollkommen ausgeschlossen, hören Sie?«

»Ich höre«, beschwichtigte Sachs ihn. »Aber ich finde es doch etwas merkwürdig, dass sie ...«

»Es ist kein Wasser im Pool«, erklärte Hennan wütend. »Vielleicht haben Sie das ja auch schon bemerkt?«

Sachs faltete die Hände um sein rechtes Knie und machte eine Pause.

»Was wollen Sie damit sagen?«

»Das sie das vergessen hat, natürlich.«

»Was vergessen hat?«

»Dass ich gestern das Becken geleert habe.«

»Aha.«

»Aha? Was zum Teufel meinen Sie denn damit?«

»Sie haben gesagt, Sie hätten das Becken geleert. Und warum?«

Hennan schnaubte verächtlich und schüttelte melancholisch den Kopf angesichts der Ignoranz des Kommissars.

»Weil man das ab und zu tun muss. Und jetzt waren einige Reparaturen vorzunehmen. Morgen, äh, heute kommen die Handwerker.«

Er schaute auf die Uhr. Sachs tat es ihm nach.

Zehn Minuten vor drei.

»Sie haben also das Wasser aus dem Becken gelassen. Ihre Frau hat vergessen, dass es leer war, und ist gesprungen. Das ist Ihre Ansicht von der Sache?«

»Verflucht, wie soll es denn sonst gewesen sein?«

Sachs wartete erneut ein paar Sekunden, in denen er versuchte, die Wahrscheinlichkeit von Hennans Theorie abzuwägen.

»Jemand hat sie runtergestoßen. Sie zum Beispiel.«

Hennans Gesichtsfarbe verfärbte sich.

»So ein Blödsinn«, sagte er. »Ich war den ganzen Tag in Linden.«

»In Ihrem Büro?«

»Ja. Am Morgen habe ich erst das Ablaufen überwacht, das dauert ein paar Stunden. Kurz nach elf war ich bei der Arbeit, wenn ich mich recht erinnere.«

»Und Ihre Frau?«

»Ist heute ziemlich früh nach Aarlach gefahren. Sie war auf der Suche nach bestimmten Porzellanteilen ... die wir sammeln. Sie hoffte, bei Hendermaag's vielleicht fündig zu werden.«

»Hendermaag's?«, wiederholte Sachs, der in Sachen Porzellan einen weißen Fleck hatte.

»Ja. Aber langsam werde ich des Ganzen hier ein wenig überdrüssig, Herr Kommissar. Ich komme nach Hause und finde meine Frau tot auf, und als ich die Polizei rufe, da fangen Sie gleich an, mich zu verhören, als ob ...«

»Als ob?«

»Als ob ich in irgendeiner Weise verdächtig wäre. Ich habe nie ein übertriebenes Vertrauen in die Ordnungsmacht gehabt, das gebe ich gerne zu, aber das hier überschreitet nun wirklich meine ...«

»Schon gut«, unterbrach ihn Sachs. »Nehmen Sie es nicht so persönlich. Ich habe Ihnen doch gesagt, dass es nur Routine ist. Nur noch ein paar Fragen, dann lasse ich Sie in Ruhe. Wo waren Sie am vergangenen Abend?«

Hennan zeigte seinen Missmut, indem er eine Weile schweigend rauchte, bevor er antwortete. Sachs betrachtete ihn geduldig und wartete.

»Nachdem ich mit der Arbeit fertig war, bin ich essen gegangen. Wir hatten das so verabredet, meine Frau wusste nicht, wann sie aus Aarlach wieder zurückkommen würde, und sie hätte es auf keinen Fall geschafft, noch zu kochen.«

»Hatten Sie im Laufe des Tages Kontakt mit ihr?«

»Nein.«

»Oder am Abend?«

Hennan schüttelte den Kopf.

»Kein einziges Mal?«

»Nein. Am Nachmittag habe ich mal versucht, zu Hause anzurufen, aber keine Antwort bekommen.«

»Wann war das?«

»Ich denke, so gegen fünf, halb sechs.«

»Sie wissen also nicht, wann Ihre Frau von ihrem Ausflug nach Aarlach zurückgekehrt ist?«

»Keine Ahnung«, stellte Hennan fest und drehte sein Glas. »Ich habe absolut keine Ahnung.«

Sachs beschloss, das Thema zu wechseln.

»Ein ungewöhnlich großer Swimmingpool«, sagte er.

Hennan nickte abwesend und murmelte etwas.

»Und tief. Auch so ein Sprungturm ist nicht gerade üblich, oder?«

»Das liegt an dem, der den ganzen Mist gebaut hat«, erklärte Hennan.

»Wie meinen Sie das?«

»Na, an dem, der die Hütte gebaut hat. Seine Frau war Kunstspringerin. Er hat ihr diesen verfluchten Pool gebaut ... und den Sprungturm ... als Hochzeitsgeschenk. Meine Frau ...«

»Ja?«

»Meine Frau tauchte auch gern. Wissen Sie, wie weit der Abstand zwischen dem Turm und dem Grund ist?«

Sachs schüttelte den Kopf und spürte plötzlich, wie es ihm eiskalt den Rücken hinunterlief, als er einen Blick auf die blendend weiße Betonkonstruktion warf.

»Vierzehn Meter! Zehn plus vier. Vierzehn Meter, kapieren Sie? Ist doch logisch, dass sie dabei umgekommen ist.«

Sachs klappte seinen Block zu und streckte sich.

Er hat Recht, dachte er. Es ist logisch, dass sie umgekommen ist.

Aus dem Gartendunkel waren Schritte zu hören, doch dem Kommissar gelang es, noch eine Frage zu stellen, bevor das Team aus Maardam sich zeigte.

»Aber dass sie nichts gesehen hat?«, wunderte er sich. »Ich meine, dass kein Wasser drinnen war.«

Hennan schien zu überlegen, ob er antworten sollte oder nicht.

»Es muss dunkel gewesen sein«, sagte er. »Die Scheinwerfer habe ich erst eingeschaltet, als ich nach ihr gesucht habe. Außerdem nehme ich an, dass sie leicht angetrunken war.«

»Wie kommen Sie zu der Annahme?«

»Weil dieser Arzttyp das behauptet hat. Aber ich finde, jetzt reicht es langsam.«

»In Ordnung«, sagte Sachs. »Vielen Dank für die Zusammenarbeit.«

Er stand auf, um Gerichtsmediziner Meusse zu begrüßen, den er seit seiner Jugend kannte, ohne jemals wirklich aus ihm schlau geworden zu sein. Aber so weit er es verstand, war er in diesem Punkt gewiss nicht der Einzige.

»Guten Abend«, sagte er.

»Guten Morgen«, sagte Meusse. »Wo ist die Leiche?«

»Meine Frau liegt auf dem Grund des Bassins«, sagte Hennan, der ebenfalls aufgestanden war. »Wird das hier eine richtige Invasion? Ich jedenfalls werde jetzt ins Bett gehen.«

Meusse betrachtete ihn ein paar Sekunden lang interessiert über den Rand seiner Brille hinweg.

»Tun Sie das«, sagte er dann und strich sich mit der Hand über den kahlen Kopf. »Und schlafen Sie gut.«

6

Als Kommissar Van Veeteren zusammen mit Bismarck auf die Straße trat, war es fast halb sieben Uhr morgens, und die Sonne war noch nicht über die dicht an dicht stehenden schmutzig braunen Mietblocks auf der anderen Seite der Wimmergraacht gestiegen.

Dennoch schien es ein erträglicher Tag zu werden. Die Temperatur lag wohl so um die zwanzig Grad, und wenn man bedachte, dass er in einer Stadt wohnte, in der es an drei Morgen von fünf kräftig wehte und an jedem zweiten regnete, so gab es momentan keinen Grund zur Klage.

Zumindest nicht über das Wetter.

Höchstens über die Uhrzeit. Seine Ehefrau Renate hatte ihn mit einem Knuff mit dem Ellbogen geweckt und behauptet, Bismarck würde jammern und wolle raus. Ohne groß nachzudenken, war er aufgestanden, hatte sich angezogen, das große Neufundländerweibchen an die Leine genommen und war losmarschiert. Erst an der Kreuzung Wimmerstraat-Boolsweg, wo eine quietschende Straßenbahn durch die Kurve fuhr und eine Wunde ins Trommelfell riss, wurde er richtig wach.

Hellwach wie ein Neugeborenes.

Bismarck schnupperte mit der Nase auf dem Asphalt. Das Ziel war klar. Randers Park. Fünf Minuten dorthin, zehn Minuten botanisieren und Verrichtung der Notdurft in den Büschen, fünf Minuten zurück. Van Veeteren war diese Strecke schon früher gegangen, und manchmal überlegte er, ob der treue alte Hund eigentlich besonders große Lust zu diesem obligatorischen Morgenspaziergang hatte.

Vielleicht machte er ihn nur, um den Menschen, bei denen er wohnte, einen Gefallen zu tun. Sie mussten jeden Morgen raus an die frische Luft und sich ein wenig bewegen, immer abwechselnd, seltsame Sache, aber Bismarck war bei Wind und Wetter bereit.

Es war ein schrecklicher Gedanke, doch Bismarck war so ein Hund, wie sollte man es also wissen?

Anfangs war es ganz und gar nicht so gedacht gewesen, dass Van Veeteren sich mit diesen Morgenexerzitien befassen sollte. Bismarck war der Hund seiner Tochter Jess, war es, seit sie ihn vor acht Jahren geschenkt bekommen hatte. Nach elf Monaten intensiver Verhandlungen.

Da war sie dreizehn gewesen. Jetzt war sie einundzwanzig und studierte für ein Jahr an der Sorbonne in Paris. Wohnte in irgend so einer Art Lyzeum in einem winzigen Zimmer, wo es nicht angesagt war, einen Neufundländer einzuquartieren.

Übrigens auch keine anderen Tiere. Kaum einen französischen Freund.

Also hatte Bismarck in Maardam bleiben müssen.

Eigentlich gab es ja auch noch einen Sohn im Haus. Er hieß Erich, war fünfzehn Jahre alt und hatte keine Lust, morgens mit dem Hund rauszugehen. Er tat es zwar ab und zu, seit die große Schwester nach Paris gezogen war, aber an diesem Morgen war er nicht zu Hause.

Weiß der Himmel, wo der sich herumtreibt, dachte Van Veeteren plötzlich.

Er hatte um elf Uhr abends angerufen, mit seiner Mutter gesprochen und erklärt, dass er sich draußen in Löhr befand und bei einem Kumpel übernachten würde. Der in die gleiche Klasse ging – oder in die Parallelklasse –, und die beiden würden von dem Vater des Freundes direkt in die Schule gebracht werden.

Wie der Freund denn hieße?, hatte Van Veeteren von seiner

Frau wissen wollen, als die den Hörer aufgelegt und die Lage erklärt hatte.

Das fiel ihr nicht mehr ein. Irgendetwas mit M, sie war sich nicht sicher, den Namen früher schon einmal gehört zu haben.

Ob er denn eine saubere Unterhose und eine Zahnbürste dabei habe?, hatte Van Veeteren auch noch wissen wollen, aber dann keine Lust gehabt, sich weiter mit seiner Frau zu streiten.

Bismarck bog in den Park ein und ignorierte überheblich einen frisch ondulierten Pudel, der nach wohlverrichteten Geschäften mit seinem Herrchen auf dem Rückweg war.

Ich muss mich mal in den nächsten Tagen mit Erich unterhalten, dachte Van Veeteren und fand das Päckchen West in der Jackentasche. Es ist höchste Zeit.

Er zündete sich eine Zigarette an und musste sich eingestehen, dass er diesen Gedanken schon seit mehr als einem Jahr hegte. In regelmäßigen Abständen.

Er frühstückte zusammen mit seiner Frau. Keiner von beiden sprach auch nur ein Wort, obwohl sie gut und gern eine halbe Stunde am Küchentisch saßen und Zeitung lasen.

Vielleicht sollte ich mich demnächst auch mal mit Renate unterhalten, stellte er fest, als er die Haustür hinter sich zuschlug. Das wäre ebenfalls an der Zeit.

Oder hatten sie bereits alle Worte aufgebraucht?

Das war nicht so einfach zu sagen. Sie waren fünfzehn Jahre lang verheiratet gewesen, hatten sich scheiden lassen, ohne dass es ihnen zwei Jahre lang gelungen wäre, auseinander zu ziehen, und hatten dann vor sieben Jahren noch einmal geheiratet.

Vierundzwanzig Jahre, dachte er. Das ist grob gesehen mein halbes Leben.

Er war auch seit vierundzwanzig Jahren bei der Polizei. Als ob das irgendwie zusammenhinge. Die Hälften meines Lebens, die zusammen ein Ganzes bilden?, kam ihm in den Sinn.

Ach, Quatsch. Auch wenn man eine halbe Ente und einen halben Adler hat, so bedeutet das noch lange nicht, dass man damit einen Vogel aus einem Guss hat.

Er sah selbst ein, dass das Bild idiotisch war, und während seines Spaziergangs zur Polizeiwache versuchte er stattdessen auszurechnen, wie oft er im letzten Jahr mit seiner Frau geschlafen hatte.

Er kam auf drei Mal.

Wenn man es etwas großzügig berechnete. Das letzte Mal – im April – konnte man wohl nicht unter die Kategorie Lieben einordnen.

Andererseits auch kaum unter eine andere Kategorie.

So ist das Leben, dachte er und vermied um Haaresbreite, in die Pfütze von etwas Erbrochenem auf dem Bürgersteig zu treten. Es hätte sicher schlimmer sein können, aber es hätte verdammt noch mal auch deutlich besser sein können.

Auf dem Weg zu seinem Zimmer im vierten Stock traf er auf Inspektor Münster.

»Der Kaunis-Fall«, erinnerte er ihn. »Wie läuft's da so?«

»Sendepause«, erklärte Münster. »Keines der Verhöre, über die wir gesprochen haben, kann vor nächster Woche stattfinden.«

»Wieso das?«

»Einer ist in Japan, und einer soll heute Vormittag operiert werden.«

»Aber er wird doch überleben?«

»Der Arzt geht davon aus. Es handelt sich um eine Krampfader.«

»Ich verstehe«, sagte der Kommissar. »Sonst noch was?«

»Ich fürchte ja«, antwortete Münster. »Hiller wird sich noch bei dir melden ... da ist eine Geschichte in Linden.«

»In Linden?«

»Ja. Wenn wir nichts Wichtigeres zu tun haben, und das haben wir ja wohl im Augenblick nicht ...«

»Wir werden sehen«, sagte Van Veeteren. »Du bist in deinem Zimmer, falls ich dich brauche, oder?«

»Unter einem Stapel von Papieren«, seufzte Münster und ging weiter den Flur entlang.

Van Veeteren betrat sein Büro und stellte fest, dass es wie in einem Junggesellenhotel roch. Nicht, dass er in so einer Einrichtung je gewohnt hätte, aber er hatte so einige dienstlich aufgesucht.

Er öffnete das Fenster sperrangelweit und zündete sich eine Zigarette an. Sog den Rauch in die Lunge. Wieder ein Morgen im Leben, dachte er und musste sich eingestehen, dass es sein größter Wunsch gewesen wäre, sich noch für ein Weilchen hinzulegen.

Gab es eigentlich irgendeine Vorschrift, die verbot, dass man ein Bett in seinem Büro hatte?

»Ja, also, da ist dieser Vorfall in Linden«, sagte Hiller und goss Wasser in einen Krug mit gelben Gerbera. »Ich denke, wir müssen hinfahren und uns das mal anschauen.«

»Worum handelt es sich?«, fragte Van Veeteren und schaute sich dabei die Pflanzen des Polizeipräsidenten an. Er schätzte sie so auf die dreißig Stück: vor dem großen Panoramafenster, auf dem Schreibtisch, auf einem kleinen Ecktisch und auf den Bücherregalen. Entwickelt sich langsam zu einer Sucht, dachte er. Die Anzeichen sprechen für sich. Rosen zu züchten, das war ein Ersatz für Leidenschaft, hatte er irgendwo einmal gelesen, aber Hillers Züchtungen in seinem Dienstraum im fünften Stock der Polizeiwache waren von deutlich wechselnder Natur. Van Veeterens botanische Kenntnisse waren begrenzt, aber er meinte dennoch, eine Aspidistra zu erkennen, eine Hortensie und eine Yuccapalme.

Und die Gerbera, wie gesagt. Der Polizeipräsident stellte die Gießkanne weg.

»Eine tote Frau«, erklärte er. »Auf dem Boden eines Swimmingpools.«

»Ertrunken?«

»Nein. Definitiv nicht ertrunken.«

»Nicht?«

»Es war kein Wasser im Becken. Dann ist es wohl schwer zu ertrinken. Um nicht zu sagen – unmöglich.«

Ein schiefes Millimeterlächeln deutete an, dass Hiller gerade seiner Freude an Scherzen nachgegeben hatte. Van Veeteren setzte sich auf den Besucherstuhl.

»Mord? Totschlag?«

»Offenbar nicht. Sie ist wahrscheinlich einfach unglücklicherweise hineingefallen. Oder aus Versehen gesprungen. Aber das ist etwas unklar, und Sachs hat um Hilfe gebeten. Nach dieser kleinen Blutung ist er nicht mehr so richtig belastbar … du erinnerst dich doch? Er scheint das auch einzusehen, aber er hat ja nur noch ein Jahr bis zur Pensionierung.«

Van Veeteren seufzte. Er hatte Kommissar Sachs kennen gelernt – und mit ihm in drei oder vier Fällen zusammengearbeitet. Hatte keine feste Meinung von ihm – weder positiv noch negativ, wusste aber, dass er vor ein paar Monaten eine leichte Gehirnblutung gehabt hatte, und das könnte möglicherweise sein Einschätzungsvermögen etwas beeinträchtigen. Zumindest war etwas in dieser Richtung angedeutet worden, aber ob es sich tatsächlich so verhielt oder ob es eher auf Sachs' eigener Unsicherheit basierte, nachdem er eine mikrometerdünne Adernwand vom Tod entfernt gewesen war, ja, das war natürlich schwer zu sagen.

»Wann ist es passiert?«, fragte er.

»Heute Nacht«, sagte der Polizeipräsident und fingerte an seinem tadellosen Krawattenknoten. »Du kannst natürlich jemanden hinschicken, aber wenn es bei dir nicht zu eng ist, würde ich vorschlagen, dass du es selbst übernimmst. Im Hinblick auf Sachs, meine ich. Aber wir haben nichts, was auf irgendwelche Unstimmigkeiten hindeutet, vergiss das nicht. Da reichen wahrscheinlich ein paar Stunden und der gesunde Menschenverstand.«

»Ich werde es übernehmen«, entschied Van Veeteren und stand auf. »Gegen eine kleine Autofahrt ist sicher nichts einzuwenden.«

»Hmpff«, sagte Hiller.

»Jaan G. Hennan!«, rief Van Veeteren aus, während Münster ihn aus dem Garagenlabyrinth der Polizeiwache lotste. »Das kann ich einfach nicht glauben.«

»Wieso nicht?«, wollte Münster wissen. »Wer ist dieser Hennan?«

Aber Van Veeteren gab keine Antwort. Er hatte eine dreiseitige Zusammenfassung des Falls bekommen, geschrieben von einem gewissen Wagner, und mit einer kürzeren Abhandlung des Rechtsmediziners Meusse dabei. Diese Papiere hielt er jetzt in den Händen und versuchte, sich ein Bild zu machen. Münster warf einen Blick auf seinen Vorgesetzten und sah ein, dass es wohl am Besten war, zu warten, und sich auf das Fahren zu konzentrieren.

»Hennan ...«, brummte der Kommissar und begann zu lesen.

Aus Wagners Bericht ging hervor, dass die tote Frau Barbara Hennan hieß und dass die Polizei durch einen Telefonanruf (eingegangen 01.42 Uhr) zum Ort des Geschehens (Kammerweg 4 in Linden) gerufen worden war, und zwar von dem Ehemann der Verstorbenen.

Einem gewissen Jaan G. Hennan, wie gesagt. Die Polizei war um 02.08 Uhr eingetroffen, hatte festgestellt, dass die Frau auf dem Boden eines leeren Pools lag und tatsächlich tot war. Das Verhör von Hennan war unmittelbar danach durchgeführt worden, und daraus hatte sich ergeben, dass er um ca. 01.15 Uhr nach Hause gekommen war und seine Frau nicht hatte finden können, sie dann erst im besagten Swimmingpool entdeckte. Sowohl einer der örtlichen Ärzte, Doktor Santander, wie auch der Gerichtsmediziner Meusse vom Gerichtsmedizinischen Institut in Maardam hatten die Tote untersucht, und ihre Ergebnisse stimmten vollkommen überein: Barbara Hennan war in Folge umfassender Verletzungen an Kopf, Rückgrat, Nacken und Rumpf gestorben, und es gab nichts, was gegen die Annahme sprach, dass sie sich sämtliche Blessuren durch einen Fall in den momentan trockenen Pool zugezogen hatte. Eventuell war sie gesprungen. Eventuell war sie gestoßen worden. Die Obduktion war noch nicht abgeschlossen, ergänzende Informationen waren also noch zu erwarten.

Der Zeitpunkt des Todes sollte zwischen 21.00 und 23.00 Uhr gelegen haben. Laut eigenen Aussagen hatte Hennan sich zu dieser Zeit im Restaurant Colombine in Linden befunden, er hatte seine Ehefrau das letzte Mal lebend um acht Uhr morgens gesehen, als sie das Haus verließ, um mit dem Auto nach Aarlach zu fahren. Es war nicht bekannt, wann sie von dieser Fahrt zurückkam, und auch nicht, was dazu geführt hatte, dass sie im Schwimmbecken landete. Alle Informationen, die man in diesem Fall bis jetzt bekommen hatte, rührten von besagtem Jaan G. Hennan her.

In Meusses kurz gefassten Angaben wurde nur erwähnt, dass sämtliche Brüche und Verletzungen mit der Annahme übereinstimmten, dass die tote Frau ins Becken gefallen (alternativ: gesprungen; alternativ: ihr dabei geholfen worden) war sowie dass die Alkoholkonzentration in ihrem Blut sich auf 1,74 Promille bemaß.

»Besoffen«, brummte der Kommissar, als er zu Ende gelesen hatte. »Eine besoffene Frau, die in ein leeres Becken purzelt. Kannst du mir vielleicht erzählen, warum die Kriminalabteilung aus Maardam in so einem Fall ausrücken muss?«

»Was ist mit diesem Hennan?«, versuchte Münster es noch einmal. »Du hast gesagt, du würdest es nicht glauben können, oder so ähnlich …«

Van Veeteren faltete die Bögen zusammen und schob sie in die Aktentasche.

»G.«, sagte er. »So haben wir ihn immer nur genannt.«

»G.?«

»Ja. Ich bin mit ihm zur Schule gegangen. Sechs Jahre lang in eine Klasse.«

»Ach? Jaan G. Hennan. Warum ... äh ... und warum hat er sozusagen nur den einen Buchstaben abgekriegt?«

»Weil es zwei gab«, sagte Van Veeteren, zog an einem Griff und ließ die Rückenlehne so weit zurückgleiten, dass er auf dem Beifahrersitz halb zum Liegen kam. »Zwei mit dem gleichen Namen ... Jaan Hennan. Die Lehrer waren natürlich gezwungen, sie irgendwie zu unterscheiden, und wahrscheinlich stand auf der Klassenliste oder in irgend so einem Klassenbuch Jaan G. Hennan. Ich glaube, eine Woche lang nannten wir ihn Jaan G., dann war es nur noch G. Ihm selbst gefiel das auch, er hatte somit den einfachsten Namen in der ganzen Schule.«

»G.?«, wiederholte Münster. »Ja, das hat eine ... irgendwie schon ein Gewicht.«

Der Kommissar nickte gedankenverloren. Zog einen Zahnstocher aus der Brusttasche und schaute ihn genau an, bevor er ihn zwischen die Schneidezähne im Unterkiefer schob.

»Wie war er?«

»Wie er war? Was meinst du damit?«

»Ja, zu der Zeit, damals, meine ich. Wie war G. da?«

»Warum fragst du das?«

»Weil du so etwas in der Richtung angedeutet hast.«

Van Veeteren drehte den Kopf und schaute eine Weile durchs Seitenfenster, bevor er antwortete. Trommelte mit den Fingerspitzen gegeneinander.

»Münster«, sagte er schließlich. »Das bleibt lieber erst einmal unter uns, aber dieser Jaan G. Hennan ist eines der größten Arschlöcher, die mir jemals in meinem Leben begegnet sind.«

»Was?«, wunderte Münster sich.

»Du hast es doch gehört.«

»Ja, schon. Aber ... ich meine, was bedeutet das in diesem

Zusammenhang? Das kann doch nicht so ohne jede Bedeutung sein? Wenn er jetzt ...«

»Wie läuft es mit deiner Familie?«, unterbrach ihn Van Veeteren. »Immer noch das reinste Idyll?«

Die Familie?, dachte Münster und fuhr schneller. Typisch. Hat man einmal A gesagt, darf man unter keinen Umständen B sagen.

»Was man sät, das erntet man«, antwortete er, und zu seiner großen Verwunderung war vom Kommissar ein Laut zu vernehmen, der an ein Lachen erinnerte.

Kurz und flüchtig, aber trotzdem.

»Bravo, Inspektor«, sagte er. »Ich werde einiges über G. berichten, zu einem späteren Zeitpunkt, das verspreche ich. Aber ich will dir nicht die Möglichkeit nehmen, dir einen eigenen, unverfälschten ersten Eindruck von ihm zu verschaffen. Bist du einverstanden?«

Münster zuckte mit den Schultern.

»Bin ich«, bestätigte er. »Und das mit dem größten Arschloch der Welt, das habe ich natürlich schon vergessen.«

»Natürlich«, sagte der Kommissar. »Keine vorgefassten Meinungen, das ist unser Credo im Kader. Auf jeden Fall werden wir erst einmal mit Meister Sachs reden. Und vergiss, dass er eine Hirnblutung hatte, wenn wir ihn treffen.«

»Ja, natürlich«, sagte Münster. »Interessanter Einsatz, den wir hier haben.«

»Zweifellos«, stimmte Van Veeteren zu.

7

Am Freitag wachte Verlangen von einem Feuerwerk auf.

Es fand in seinem eigenen Kopf statt und war in seiner Struktur ziemlich eintönig. Eine Batterie weiß glühender Explosionen ohne Ende. Lass mich sterben, dachte er. Bitte, lieber Gott, lass mich hier und jetzt sterben.

Sein Flehen wurde nicht erhört. Er öffnete vorsichtig ein Auge, um genau diese Koordinaten zu präzisieren. Hier und jetzt.

Hier erwies sich als ein fremdes Zimmer. Ein Hotel wahrscheinlich. Er lag in einem Bett zwischen zerknüllten Laken und erkannte nichts wieder. Es sah verhältnismäßig ordentlich aus, und eine große Morgensonne strahlte durchs Fenster herein.

Jetzt war 09.01 Uhr. Da stand ein Wecker auf dem Nachttisch neben dem Bett und klingelte. Er erkannte das Gerät, es war sein eigener Reisewecker, den er vor ein paar Monaten im Kaufhaus Merckx erstanden hatte. Nicht, weil er oft verreiste, aber man konnte ja nie wissen. Kostenpunkt: 12.50.

Er dachte einen Augenblick lang nach. Es gab wahrscheinlich einen blöden Knopf irgendwo auf der Rückseite, mit dem man dieses Ungetüm ausschalten konnte. Einen kleinen, unerreichbaren Mistknopf ... Er versetzte der Uhr einen rechten Haken, so dass sie auf den Boden fiel und verstummte. Die Anstrengung ließ die Explosionen im Kopf an Kraft zunehmen.

Verdammte Scheiße, dachte er. Nicht schon wieder. Wo bin ich? Was für ein Tag ist heute?

Drei Stunden später hatte er so einiges erledigt.

Er hatte es geschafft, ins Badezimmer zu kommen. Hatte sich übergeben, gepinkelt und einen Liter Wasser getrunken.

Drei Kopfschmerztabletten geschluckt.

Zurück ins Bett gefunden und war wieder eingeschlafen.

Dieses Mal war es nicht der Wecker, der ihn weckte. Es war ein kleines, dunkelhäutiges Zimmermädchen, das in der Türöffnung stand und sich entschuldigte.

Sie war jung und niedlich, und er beschloss zu versuchen, ihr seine Situation zu erklären.

Sie brauchen sich nicht zu entschuldigen, wollte er sagen. Sie sind jung und frisch wie eine taufeuchte Lilie ... und hier sehen Sie ein Schwein erster Klasse. Lassen Sie sich das eine Lehre sein.

Aber es wurde nicht mehr als ein Zischen. Seine Zunge war geschmeidig wie ein Hühnerschnabel – und die Luft tief unten in seiner voll gerauchten Lunge, die seine ausgetrockneten Stimmbänder in eine schöne Vibration hätten versetzen sollen, nicht mehr als ein heißer Dampf eines verlöschenden Wüstenbrands.

Mach die Tür zu, damit du mich nicht mehr sehen musst, dachte er und versuchte etwas mit seinem Gesicht zu machen. Zu lächeln oder so. Es tat weh.

Jetzt bat sie wieder um Verzeihung. Aber war es nicht so, dass er heute das Zimmer verlassen sollte?, wollte sie wissen. Vor elf Uhr, das war so üblich. Nicht nur hier im Hotel, das war in der ganzen Kette so, und das stand auch in der Informationsbroschüre.

Und jetzt war es zwölf.

Jetzt begriff er. Hexe, dachte er und spürte, wie sich wieder das Eisenband um seinen Kopf zusammenzog. Du bist auch nur Blendwerk.

»Zehn Minuten«, gelang es ihm zu krächzen. »Geben Sie mir noch zehn Minuten.«

Sie nickte und verschwand. Verlangen holte tief Luft. Es pfiff empört aus den Bronchien. Er rollte sich aus dem Bett und kroch ins Badezimmer.

Er nahm ein einfaches Frühstück in einem Café namens Henry's zu sich. Zwei Tassen schwarzen Kaffee, ein Bier und ein Wasser. Der Nebel im Kopf lichtete sich langsam, und als es ihm sogar gelang, eine Zigarette zu rauchen, begann er langsam zu verstehen, dass er wahrscheinlich auch diesen Tag überleben würde.

Wozu immer das auch gut sein sollte.

Mit der gesegneten Rückkehr des Nikotins in die Adern war er sogar in der Lage, den gestrigen Tag zu rekapitulieren – zumindest Teile von ihm – und seine eigene Funktion in diesem verdammten Kaff von einer Stadt.

Linden, verdammte Scheiße, dachte er. Noch nie ging es mir so dreckig wie hier.

Er verließ das Henry's nach einer halben Stunde. Es gelang ihm, den Toyota auf dem Hotelparkplatz zu lokalisieren, er warf seine Tasche auf den Rücksitz und fuhr langsam über den Aldemarckt bis zur Landemaarstraat und zu Hennans Büro. Das Wetter war an diesem Tag etwas kühler, Gott sei Dank, Wolken kamen von Südwest her angesegelt, und wenn er die Zeichen nicht ganz falsch deutete, dann würde es noch vor dem Abend regnen.

Er parkte an seiner üblichen Position und betrachtete die stummen Fenstervierecke über der Ladenreihe. Schaute auf die Uhr. Es war Viertel vor zwei. Man konnte nicht gerade behaupten, dass er seinen Beschattungsauftrag an diesem Tag mit besonders großem Pflichtgefühl oder viel Effektivität erfüllte.

Er erinnerte sich, dass er Barbara Hennan eine Art von Bericht versprochen hatte, und überlegte eine Weile, wie er den gestalten sollte.

Was zum Teufel sollte er sagen?

Dass er mit seinem Bewachungsobjekt zusammengesessen und sich verbrüdert hatte? Einen Whisky nach dem anderen mit ihm in dieser verfluchten Kneipe gekippt hatte, wie immer sie auch noch hieß? Dann besoffen wie eine Haubitze ins Bett gefallen war, weiß Gott, wann. Wenn Gott überhaupt noch wach gewesen war.

Es war kaum so gelaufen, wie man es von einem seriös arbeitenden Privatdetektiv erwartete, das begriff sogar Maarten Verlangen.

Zumindest hatte er sich nicht verplappert, so viel wusste er noch. Trotz allem hatte er Geistesgegenwart genug besessen, Hennan nicht zu erzählen, dass ihn dessen reizende Ehefrau als Privatschnüffler engagiert hatte, um herauszufinden, was Hennan in den Stunden so trieb, in denen sie selbst ihn nicht im Auge behalten konnte. Das zumindest. Nun gut.

Also in dieser Beziehung alles in Ordnung. Aber was sonst noch ließ sich über die Lage jetzt sagen?

Dass er einen halben Tag verpennt hatte und mit einem Kater dritten Grades ausgestattet war, der ihn leider etwas arbeitsunfähig machte? Dass er keine Ahnung hatte, wo sein Objekt sich im Augenblick befand?

Ob Barbara Hennan wirklich daran interessiert war, seine Dienste weiterhin in Anspruch zu nehmen – nach solchen offensichtlichen Versäumnissen? Und dafür auch noch zu bezahlen? Wohl kaum.

Also, was tun?

Das Auto!, fiel ihm ein. Hennans blauer Saab.

Natürlich. Verlangen zündete sich eine Zigarette an und begann optimistisch, in der näheren Gegend herumzulaufen. Wenn Hennan sich im Büro befand, dann müsste sein Wagen irgendwo in der Nachbarschaft stehen. Das war so sicher wie das Amen in der Kirche und die Huren in Zwille.

Nach einer ganzen Weile schwerster Fußarbeit kreuz und quer durch Lindens zentralere Stadtteile konnte Verlangen feststellen, dass Hennans Auto sich nirgends befand. Nirgendwo stand ein blank polierter blauer Saab geparkt, sowieso nur zwei andere Saabs, keiner von beiden war blau, keiner von beiden besonders glänzend.

Mit anderen Worten: Es schien, als würde Hennan heute gar nicht ins Büro kommen. Eine Schlussfolgerung, die nur zu gut zum Whiskykonsum des Vortages passte, wenn Verlangen es genauer bedachte, und nachdem er zwei weitere Flaschen Selters am Kiosk auf dem Marktplatz gekauft hatte, ließ er sich auf einer Bank nieder und überlegte. Er hatte keine Telefonnummer von Hennans Firma, wusste nicht einmal, wie sie hieß, die Möglichkeit, ihn über diesen Weg zu erreichen, war also begrenzt.

Er trank die Selters in zwei Zügen aus und rülpste. Blieb noch eine Weile sitzen, und als er meinte, einen leichten Regentropfen auf seinem Handrücken zu verspüren, beschloss er, das als Zeichen zu nehmen und seine Auftraggeberin zu kontaktieren. Am besten, den Stier gleich bei den Hörnern packen, dachte er. Falls er nun weiterhin dieses leicht verdiente Geld einsacken wollte, und das wollte er.

Auch dieses Mal rief er vom Automaten vor der Schlachterei an. Ließ es zehn Mal läuten und zog dann den Schluss, dass niemand in der Villa Zephir daheim war. Oder dass zumindest niemand Lust hatte, ans Telefon zu gehen. Er trat aus der Telefonzelle und schob die Hände in die Hosentaschen. Es war inzwischen nach drei Uhr, und wie es aussah, erschien es ziemlich sinnlos, an diesem Tag noch mehr Energie auf das Objekt Hennan zu verschwenden, als er es bisher getan hatte. Und das erst recht, da er im Augenblick über höchst begrenzte Ressourcen an Energie und Geduld verfügte.

Was an den Umständen lag.

Und daran, dass der Regen jetzt so richtig einsetzte. Eigentlich kein starker Regen, aber ein dichter, durchdringender. Er beschloss, etwas zu essen und dann nach Hause zu fahren. Die Absprache mit Barbara Hennan besagte, dass er Jaan G. nur unter der Woche beschatten sollte. Und jetzt fehlten nur noch wenige Stunden bis zum Freitagabend. Wenn er also von Maardam aus noch einmal versuchte, sie zu erreichen, konnte er hinterher Wochenende machen, um dann am Montagmorgen seinen Dienst wieder anzutreten. Mit neuem Schwung.

Gesagt, getan. Er aß eine Pizza Medium im Ristorante Goldoni, trank ein großes Bier und spürte, wie seine Lebensgeister so langsam wieder zurückkehrten. Viertel vor fünf kroch er in seinen guten alten Toyota, startete und fuhr nach Maardam.

Eine Stunde später machte er einen erneuten Versuch bei der Villa Zephir, ohne eine Antwort zu bekommen, und da an diesem gottverdammten Freitag offenbar überhaupt nichts klappen wollte, ging er kurz nach neun Uhr ins Bett.

Eine Arbeitswoche im Leben des Privatdetektivs Maarten Verlangen war zu Ende gegangen.

»Ein Unfall«, konstatierte Kommissar Sachs und fummelte vorsichtig an seinem dünnen Schnurrbart. »Das ist natürlich die nahe liegendste Erklärung. Aber man weiß ja nie.«

»Ganz recht«, stimmte ihm Van Veeteren zu. »Könnten wir eine grobe Zusammenfassung bekommen? Wir werden uns natürlich nachher noch mit Hennan unterhalten, aber es ist immer gut zu wissen, wo der Hund begraben liegt, bevor man den Spaten nimmt. Sozusagen.«

Sachs räusperte sich.

»Ja, gut. Ja, solche Fälle, in denen jemand fällt und dabei stirbt, die sind ja immer sehr verzwickt.«

»Verzwickt?«

»Ja, verzwickt. Wenn wir davon ausgehen, dass A und B auf dem Balkon eines Hochhauses stehen – oder an einem Felsabgrund oder wo auch immer. Und ein paar Sekunden später liegt B tot fünfzig Meter tiefer. Wie zum Teufel kann man dann beweisen, dass A ihn geschubst hat?«

Van Veeteren nickte.

»Oder dass er es nicht getan hat?«

»Das Motiv«, sagte Van Veeteren. »Man versucht herauszufinden, ob es ein Motiv gibt. Wenn dem so ist, dann verhört man den Betreffenden, bis der aufgibt. Es gibt keine andere Methode, zumindest keine bessere.«

»Aber in diesem Fall«, warf Münster ein, »da war sie doch wohl allein zu Hause, oder?«

»Soweit wir wissen, ja«, bestätigte Sachs. »Oder es gibt zumindest bis jetzt nichts, was auf etwas anderes hindeutet. Sie scheint hier allein gesessen und sich einen angetüddelt zu haben, diese Frau Hennan, und dann ist sie wohl auf die Idee gekommen, eine Runde zu schwimmen ... oder alternativ, sich das Leben zu nehmen, indem sie in das leere Becken springt.«

Van Veeteren trank seinen Kaffeebecher aus und holte einen Zahnstocher hervor.

»Nicht sehr wahrscheinlich«, sagte er.

»Was?«, wollte Sachs wissen.

»Dass sie sich das Leben genommen hat. Wie war sie angezogen?«

»Badeanzug ... ein roter Badeanzug. Du meinst, sie ...?«

»Ja. Zum einen ist es eine verdammt unangenehme Art und Weise zu sterben. Und unsicher.«

»Ich weiß nicht, ob ...«

»Es besteht das Risiko, dass man überlebt«, verdeutlichte Van Veeteren. »Und dann bedeutet es mit größter Wahrscheinlichkeit einen Schaden fürs ganze Leben. Rollstuhl ist das Mindeste, was man zu erwarten hat.«

»Ich verstehe. Das ist natürlich ein Argument.«

»Aber wenn wir dennoch annehmen, dass sie diesen Weg gehen wollte, warum zum Teufel hat sie sich dann einen Badeanzug angezogen?«

Einige Sekunden lang blieb es still.

»Weil sie wollte, dass es wie ein Unfall aussieht«, schlug Münster vor.

»Nicht unmöglich«, sagte Van Veeteren. »Wir werden wohl sehen müssen, ob es Dinge gibt, die diese These unterstützen. Aber im Augenblick wäre es eher hilfreich, eine kurze Zusammenfassung zu kriegen, wie gesagt. Die Situation des Ehepaars Hennan und solche Dinge ... wenn ihr schon etwas habt zusammentragen können, heißt das?«

Sachs nickte und setzte sich eine schmale Lesebrille auf. Er blätterte ein paar Mal in seinem Notizblock herum, der vor ihm auf dem Tisch lag.

»Da gibt es nicht viel«, erklärte er dann entschuldigend. »Die Hennans wohnen hier im Ort ja erst seit April. Knapp zwei Monate. Sie sind Mitte März aus den USA gekommen, haben ein paar Wochen in einem Hotel in Maardam gewohnt, während sie ein Haus zur Miete suchten ... ja, das sind natürlich alles Informationen, die ich von Hennan selbst bekommen habe, aber es gibt keinen Grund, sie anzuzweifeln.«

»Bis auf weiteres erst einmal nicht«, stimmte Van Veeteren zu.

»Er ist in Maardam geboren, hat aber die letzten zehn Jahre an verschiedenen Orten auf der anderen Seite des Atlantiks verbracht. New York. Cleveland. Austin. Denver. Er hat eine Firma, die hier in Linden unter dem Namen G. Enterprises eingetragen ist. Das Büro ist in der Landemaarstraat gleich hier in der Nähe. Irgend so ein Geschäftsmann also ... nach eigenen Angaben hat er schon immer in dieser Branche gearbeitet. Er und seine Frau haben beschlossen, nach Europa zu ziehen, weil die Konjunktur hier besser ist, wie er behauptet. Ich weiß nicht, ob das stimmt, ich bin nicht so bewandert in diesen Sphären ...«

»Das sei dir verziehen«, sagte Van Veeteren. »Wir wissen ja, welcher Sorte von Geschäften er sich gewidmet hat, bevor er über den Atlantik gezogen ist, aber es ist natürlich möglich, dass er jetzt eine saubere Weste hat. Und wie steht es um die Ehefrau? Die beiden haben sich in Denver kennen gelernt und dort geheiratet, stimmt das?«

»Ja, genau«, bestätigte Sachs. »Barbara Clarissa, Mädchenname Delgado. Fünfzehn Jahre jünger als ihr Ehemann. Wir wissen nichts über sie, aber es lassen sich da sicher Informationen einholen ... Sie haben jedenfalls dieses Haus hier im Kammerweg gemietet. Der Besitzer heißt Tieleberg und wohnt irgendwo in Spanien. Ehrlich gesagt, ist das eine der teuersten Hütten in ganz Linden. Acht, zehn Zimmer und Küche, ein paar Tausend Quadratmeter Grundstück und eine vollkommen abgeschiedene Lage ... und der Pool mit dem Sprungturm, wie gesagt. Kammerweg ist sowieso ein Sahnestückchen. Er muss gut situiert sein, der Hennan.«

»Mhm«, brummte Van Veeteren und brach den Zahnstocher durch. »Und was sagt er zu dem so genannten Unfall?«

»Ein tragischer Unfall. Er ist sich dessen vollkommen sicher. Seine Frau hatte keinerlei Grund, sich das Leben zu nehmen, und dass jemand sie heruntergeschubst haben sollte ... ja, wer denn? Sie hatte so gut wie keine Bekannten. Und warum? Hennan sagt, dass sie eine ausgezeichnete Beziehung hatten. Er liebte sie, sie ihn ... sie waren etwas länger als zwei Jahre verheiratet ... hatten sogar überlegt, ob sie sich irgendwann Kinder anschaffen sollten. Sie war ja trotz allem nicht älter als vierunddreißig.«

»Und der Alkohol?«, wollte Münster wissen. »Warum sitzt sie dann mutterseelenallein da und lässt sich voll laufen, wenn alles Friede, Freude, Eierkuchen ist?«

Sachs nahm die Brille ab und rieb sich mit Daumen und Zeigefinger über den Nasenrücken.

»Da wird er etwas ungenau«, meinte er dann. »Fand ich zumindest. Offensichtlich hat sie so einige Gin Tonic plus einen Teil Sherry in sich gekippt, aber Hennan behauptet steif und fest, dass sie normalerweise nicht trank. Jedenfalls nicht solche Mengen. Dass sie sich ab und zu ein Glas genehmigte – auch allein – ja, das gibt er zu. Aber nicht in dem Ausmaß.«

»1,74 Promille, das ist schon eine ganze Menge«, sagte Münster.

»Auf jeden Fall«, nickte Sachs. »Und es ist Hennan rausgerutscht, dass sie sich nur schlecht unter Kontrolle hatte, wenn sie betrunken war … was wohl darauf hindeutet, dass so etwas schon früher vorgekommen ist. Er sagt, dass sie mehr Körper als Kopf war, wenn sie blau war. Was wohl bedeuten soll, dass sie sich auf den Beinen halten konnte, es aber um ihren Verstand schlechter bestellt war.«

»Hm«, meinte Münster. »Das könnte dazu passen, dass sie auf den Turm gestiegen und runtergesprungen ist, ohne sich zu vergewissern, dass Wasser drin war.«

»Ja, sicher«, stimmte Van Veeteren zu. »Das passt genau. Aber ich glaube, wir sollten uns besser daran erinnern, wer für all das unsere Informationsquelle ist.«

Münster nickte, und Sachs blätterte um.

»Was Hennan selbst betrifft«, fuhr er fort, »so befand der sich wie gesagt in diesem Lokal. Colombine. Gleich hinterm Rathaus. Von halb acht bis ungefähr halb eins, wie er behauptet. Wir haben noch nicht mit dem dortigen Personal sprechen können, aber wir sind dabei. Ich werde später am Nachmittag einen Bericht von Inspektor Behring kriegen. Vielleicht hat er ein Alibi, zum Kammerweg hätte es mindestens eine halbe Stunde gedauert und wieder zurück … vierzig Minuten vielleicht, ja, wir werden ja sehen, was sie sagen. Barbara Hennan soll so zwischen halb zehn und halb elf gestorben sein, soweit ich das verstanden habe?«

Er warf Van Veeteren einen fragenden Blick zu.

»Stimmt«, bestätigte Van Veeteren. »Ich habe Meusse angerufen, und er tippt so auf zehn Uhr … er verschätzt sich selten um mehr als eine halbe Stunde. Was für einen Eindruck hast du von Hennan gehabt? Hat er etwas zu verbergen?«

Sachs klappte den Block zu und schob die Hände in die Hemdsärmel. Lehnte sich auf dem Stuhl zurück und dachte nach.

»Weiß der Henker«, sagte er schließlich. »Er war ja angetrunken, als ich mit ihm gesprochen habe, aber trotzdem …

ja, irgendwie erschreckend gesammelt. Wenn er nun unter Schock stand oder so – und das sollte er ja eigentlich –, dann hat er sich zumindest nichts in der Richtung anmerken lassen. Obwohl … ja, ich bin mir überhaupt nicht sicher, welchen Eindruck ich eigentlich von ihm habe. Ich bin dankbar, dass ihr kommt und euch selbst ein Bild verschafft. Wie schon gesagt, so neige ich natürlich dazu, das Ganze als einen Unfall anzusehen, aber beschwören möchte ich nichts.«

»Und kein Zeichen, dass sie im Haus Besuch gehabt haben könnte? Von jemand Fremdem, meine ich?«

»Zumindest nicht, soweit wir bemerkt haben. Nur ihr eigenes Glas und so weiter. Aber wir sind natürlich nicht mit dem Staubsauger durchgegangen. Es gab … es gab irgendwie keine Veranlassung dafür.«

Van Veeteren nickte und umfasste mit den Händen die Armlehnen seines Sessels.

»All right«, sagte er. »Dann wollen wir mal sehen, was Inspektor Münster und ich so zu Wege bringen. Wenn es etwas von unmittelbarem Interesse sein sollte, dann schauen wir möglicherweise auf dem Rückweg noch mal vorbei. Ansonsten telefonieren wir miteinander.«

»Ihr seid hier immer herzlich willkommen«, versicherte Kommissar Sachs und breitete die Arme aus. »Waidmannsheil, wie man zu sagen pflegt.«

8

Eine alte Borkmann-Regel tauchte in Van Veeterens Kopf auf, Sekunden nachdem er Jaan G. Hennan Auge in Auge gegenübergetreten war.

Das war nicht das erste Mal. Kommissar Borkmann war während der frühen Jahre in Frigge sein Lehrmeister gewesen, aber zu der Zeit war ihm noch nicht klar gewesen, wie viele der leisen Hinweise des alten Bluthunds ihn während seiner Karriere begleiten würden.

Aber so war es nun einmal. Ganz gleich, welcher Art die Ermittlungen waren, es gab so gut wie immer einen Rat von Borkmann aus dem Brunnen der Erinnerung heraufzuholen. Wenn man sich nur die Zeit dafür nahm. Er konnte die sanfte Stimme seines Mentors klar und deutlich im Kopf hören, durch zwei Jahrzehnte hektische und chaotische Polizeiarbeit hindurch.

Dieses Mal – gerade als er und Inspektor Münster sich langsam der kräftigen Gestalt oben auf der Terrasse der Villa Zephir näherten – ging es um die Fähigkeit, den Mund zu halten.

Lerne zu schweigen!, hatte Borkmann ihm eingeschärft. Für jemanden, der ein schlechtes Gewissen hat, gibt es nichts Unangenehmeres als Schweigen.

Und er hatte weiter ausgeführt: Wenn du es nur schaffst, die Klappe zu halten, kannst du allein durch einen Blick oder eine erhobene Augenbraue jeden Mörder oder Bankräuber dazu bringen, die Fassung zu verlieren und sich zu verplappern.

Aus reiner Nervosität. Mache das Schweigen zu deinem Bundesgenossen, und du behältst in jedem Verhör die Oberhand!

Kurz bevor sie in Hörweite kamen, hielt er Münster am Arm zurück.

»Sag nicht zu viel«, wies er ihn an. »Lass mich das hier machen.«

»Aj aj«, sagte Münster. »Kapiert.«

Hennan trug eine weiße, weite Hose und eine Art blauen Seglerpullover. Oder vielleicht auch Golf, Münster konnte das schwer beurteilen. Er sah verkniffen und leicht verärgert aus. Kurz geschnittenes, dunkles Haar. Eine Spur von Grau an den Schläfen. Ein kräftiges Gesicht. Als er die Hand gab, drückte er ordentlich zu, als ginge es um eine Art Reviermarkierung.

»VV«, sagte er. »Lange nicht gesehen.«

»G.«, erwiderte Van Veeteren. »Ja, einige Jahre.«

»Münster«, sagte Münster. »Kriminalinspektor.«

Sie ließen sich an einem Tisch aus dickem Edelholz nieder. Wahrscheinlich Teak. Darauf stand ein Eiskübel mit ein paar Bierflaschen darin.

»Ein Glas Bier?«, schlug Hennan vor. »Es ist heiß.«

»Wird wohl regnen«, sagte Van Veeteren. »Doch, gern, danke.«

Hennan schenkte drei Gläser ein. Jeder nahm einen Schluck, dann saßen sie zehn Sekunden schweigend da.

»Ja ha?«, fragte Hennan.

Van Veeteren zog ein Päckchen West hervor und zündete sich umständlich eine Zigarette an. Münster verschränkte die Arme vor der Brust und wartete. Musste plötzlich feststellen, dass es deutlich einfacher war, ein Verhör durchzuführen, wenn man Raucher war.

»Verzwickte Geschichte«, sagte Van Veeteren und stieß den Rauch aus.

»Kann man wohl sagen«, bemerkte Hennan.

Wieder vergingen fünf Sekunden.

»Möchte verdammt gern wissen, wie das abgelaufen ist«, sagte Van Veeteren.

»Was meinst du damit?«

Van Veeteren zuckte mit den Schultern und betrachtete Hennan eine Weile. Hennan verzog keine Miene.

»Du nicht?«

»Was?«

»Möchtest du nicht wissen, wie es abgelaufen ist?«

Hennan trank einen Schluck Bier und zog eine schlanke schwarze Zigarre aus einem Holzetui, das auf dem Tisch lag. Auch Teak, stellte Münster fest. Oder vielleicht auch Walnuss, der Farbton war nicht ganz der gleiche.

Hennan zündete sie an und pflückte einen Tabakkrümel von der Zungenspitze.

»Ich verstehe nicht, was ihr hier zu tun habt«, sagte er. »Meine Frau ist durch einen schrecklichen Unfall gestorben. Ich habe die halbe Nacht mit bescheuerten Polizisten geredet, und das soll jetzt offenbar noch so weitergehen.«

Van Veeteren nahm einen Zug von seiner Zigarette und nickte sehr langsam und nachdenklich.

»Wie lange hast du gesessen?«, fragte er.

Jaan G. Hennans Gesichtszüge wurden deutlich straffer, wie Münster bemerkte. Als hätte jemand seine Ohren nach hinten gezogen und somit die Haut im Gesicht gespannt und irgendwie dünner werden lassen. Eine Art Gesichtslifting, seitlich in Szene gesetzt. Das Bild eines Wolfs flimmerte durch Münsters Kopf.

»Fahr zur Hölle«, sagte Hennan.

Van Veeteren gähnte und putzte sich die Nase. Zog einen kleinen gelben Notizblock und einen Stift aus der Tasche und schrieb etwas auf. Hennan betrachtete sein Treiben mit zunehmender Wut.

»Was willst du verdammt noch mal?«, brauste er schließlich auf. »Wenn ihr mir etwas zu sagen habt, dann spuckt es aus! Aber wenn ihr hier nur rumsitzen und die hart gesottenen

Bullenidioten spielen wollt, dann ohne mich. Ich habe so einiges zu erledigen.«

»Ach, wirklich?«, fragte Van Veeteren. »Was denn?«

»Was?«

»Was hast du zu erledigen?«

»Das ...«, Hennan zögerte eine Sekunde lang, »... das geht euch gar nichts an.«

Er schob die Ärmel seines Segler-Golfpullovers hoch und entblößte zwei kräftige, braun gebrannte Unterarme. Van Veeteren beugte sich über den Tisch.

»Warum bist du so nervös?«, fragte er freundlich. »Gibt es etwas, das du letzte Nacht vergessen hast, der Polizei zu erzählen?«

Hennan wandte den Kopf ab und spuckte einen weiteren Tabakkrümel ins Gras. Er schlug ein Bein über das andere und begann mit den Fingern auf die Lehnen zu trommeln. Wieder vergingen einige Sekunden.

»Dein Waffenträger hier«, sagte er und deutete auf Münster. »Ist er stumm?«

»Habe nur ein bisschen Halsschmerzen«, erklärte Münster. »Redet ihr nur miteinander, ich werde schon sagen, wenn etwas ist.«

Van Veeteren nickte teilnahmsvoll in Münsters Richtung, bevor er seine Aufmerksamkeit wieder Hennan zuwandte.

»G.«, sagte er. »Ich habe diesen Buchstaben nie gemocht.«

Hennan reagierte nicht.

»Glaubst du wirklich, dass deine Frau so gestorben ist, wie du es der Polizei letzte Nacht hast weismachen wollen?«

Hennan verzog keine Miene. Aber das Trommeln hielt an. Van Veeteren wartete. Münster wartete.

»Könntest du die Güte haben und mir erklären, was du damit meinst?«

Der Kommissar leistete sich ein Lächeln.

»Was ich damit meine? Ich frage mich, ob sie blind war? Welchen IQ hatte sie denn?«

»Das ist ja wohl ...«, protestierte Hennan.

»Denkst du nicht auch, dass sie jemand geschubst hat?«

»Warum sollte ich das denken?«

»Kein vernünftiger Mensch springt in ein leeres Becken.«

»Barbara hat das aus Versehen gemacht.«

»Das willst du uns weismachen, ja.«

Hennan schien einige Sekunden lang mit sich selbst zu Rate zu gehen. Dann stand er auf und schob den Stuhl zurück, dass dieser auf den Rasen kippte. »Das reicht«, erklärte er. »Ich werde nicht länger zulassen, dass ich hier heruntergemacht werde. Kein Wort mehr ohne meinen Anwalt.«

Van Veeteren drückte seine Zigarette aus. Dann trank er noch einen Schluck Bier. Anschließend betrachtete er seinen alten Schulkamerad mit deutlicher Verwunderung.

»Einen Anwalt? Warum um alles in der Welt solltest du denn einen Anwalt brauchen? Du verschweigst uns doch wohl nichts, oder?«

»Ich denke nicht daran ...«

Van Veeteren streckte einen warnenden Zeigefinger in die Luft und wandte seinen Blick Münster zu.

»Glaubst du, dass Herr Hennan uns etwas verschweigt?«

Münster überlegte eine Weile.

»Ich wüsste nicht, was das sein könnte«, sagte er dann.

»Verschwindet!«, sagte Hennan. »Lasst mich in Ruhe! Das ist ja wohl das Schlimmste ...«

»Ich will nur noch mein Bier austrinken«, sagte Van Veeteren und hob das Glas. »Ist zwar nichts Besonderes, aber man kann es trinken. Prost und auf Wiedersehen.«

»Nicht schlecht«, gab Van Veeteren seinen Kommentar ab, als sie wieder im Auto saßen. »Die erste Runde geht an uns.«

»Zugegeben«, sagte Münster. »Aber ich verstehe nicht so recht den Witz bei der Sache.«

»Nein?«, meinte Van Veeteren überrascht. »Was will denn der Herr Inspektor damit sagen?«

Münster startete den Wagen.

»Meinst du, dass Hennan derjenige ist, der hinter allem steckt … oder was? Vergessen wir dabei nicht, dass er ein Alibi zu haben scheint?«

»Pah!«, rief Van Veeteren aus. »Alibi? Bis jetzt haben wir in dieser Richtung nichts bestätigt bekommen. Er kann sicher für eine halbe oder drei viertel Stunde aus diesem Lokal abgehauen sein … du kannst erst von einem Alibi reden, wenn wir die Version des Personals gehört haben.«

»All right«, sagte Münster. »Dann warte ich solange.«

»Oder aber er hat einen Helfer gehabt«, fuhr Van Veeteren fort. »Hat einen Gorilla engagiert, der hingefahren und sie runtergeschubst hat.«

Münster seufzte.

»Meint der Herr Kommissar das jetzt wirklich ernst?«

Wieder schaute ihn sein Vorgesetzter ungläubig an.

»Münster, ich weiß, dass Barbara Hennans Tod aussieht wie eine Art Unfall, und es gibt einen verdammt guten Grund dafür, dass dem so ist.«

»Ach ja?«, wunderte Münster sich. »Und welchen?«

»Dass G. will, dass es so aussieht.«

Münster schwieg.

»Es ist doch wohl nicht möglich, dass du glaubst, ich würde mich irren?«, fuhr Van Veeteren fort und kurbelte sein Seitenfenster ein paar Zentimeter hinunter. »Ich glaube, jetzt kommt der Regen, habe ich doch gesagt!«

»Es würde mir nie einfallen, die Beurteilung des Kommissars in Frage zu stellen«, erklärte Münster diplomatisch. »Und wir haben ja auch keine Fakten, von denen wir ausgehen können, solange sind Spekulationen sowieso erlaubt.«

»Spekulationen?«

»Ja.«

Van Veeteren saß eine Weile schweigend da.

»Aber er scheint eine harte Nuss zu sein, dieser Hennan«, sagte Münster. »Da stimme ich dir zu.«

»Auch harte Nüsse kann man knacken«, sagte der Kommissar und begutachtete einen abgebrochenen Zahnstocher. »Warte nur ab.«

»Das wird interessant«, sagte Münster. »Und diese alten Einblicke in seine Psychologie, über die wir gesprochen haben ... wie war das noch? Das größte Arschloch ...?«

Doch Van Veeteren winkte nur ab.

»Nächste Woche«, sagte er. »Gönnen wir uns vorher noch ein friedliches Wochenende. Wie geht es Synn und dem kleinen Bart?«

Manchmal bin ich ihn herzlich leid, dachte Münster.

Den Samstag über blieb Maarten Verlangen nüchtern. Er wechselte die Bettwäsche, wusch drei Maschinen Wäsche und brachte den Müll hinunter. Joggte am Nachmittag ein und ein viertel Kilometer im Megsje Bois und rief danach eine Frau an, die er kannte.

Sie hieß Carla Besbarwny, und genau wie er gehofft und gedacht hatte, sagte sie, dass er kommen könne, wenn er wollte. Sie wollte nur erst noch mit den Hunden raus, aber nach acht Uhr wäre gut. Er bedankte sich und legte auf. Seufzte hörbar vor Erleichterung. Gut, dass es wenigstens Carla gibt, dachte er.

Er kannte sie seit etwas mehr als drei Jahren, sie hatten sich ein halbes Dutzend Mal getroffen, und jedes Mal hatten sie so gut wie die gesamte Zeit in ihrem großzügigen Wasserbett verbracht. Er wusste, dass sie wahrscheinlich eine Reihe anderer Männer hatte, die sie zu ungefähr den gleichen Bedingungen besuchten, aber das war ihm gleichgültig. Frauen wie Carla konnte man nicht besitzen. Sie wohnte am Ende der Alexanderlaan in einer großen Vier-Zimmer-Wohnung, mit ihr drei Hunde, ein paar Katzen sowie eine unbekannte Anzahl an kleinen Vögeln, Meerschweinchen und japanischen Zwergmäusen. Wodurch sie ihr Auskommen hatte, das stand in den Sternen, und rein medizinisch gesehen war sie wahrscheinlich verrückt.

Aber das spielte auch keine größere Rolle. Er wollte sie an diesem Abend schließlich nicht wegen der geistigen Übereinstimmung besuchen. Und auch sie ließ ihn nicht deshalb zu sich kommen.

An diesem Samstagabend klingelte er um Viertel nach acht an ihrer Tür, und genau sechzehn Stunden später verließ er sie in einem gespaltenen Zustand von erschöpfter Harmonie und schlechtem Gewissen. Den gleichen Gefühlen wie immer.

Warum heiratest du nicht, Carla?, hatte er sie ein paar Mal im Laufe der Nacht gefragt. Eine Frau wie du?

Hältst du um meine Hand an?, hatte sie wissen wollen.

Nein, hatte er geantwortet. Ich … ich bin noch nicht reif, um wieder zu heiraten.

Da hast du die Antwort.

Er kehrte zur Einsamkeit und dem sauberen Bettzeug in der Heerbanerstraat zurück. Überlegte, seine Tochter anzurufen, verschob das aber auf später. Er wollte nicht zu oft von sich hören lassen. Wollte nicht, dass sie das Gefühl bekam, es wäre eine Pflicht, ihn zu treffen oder mit ihm zu reden. Lieber mehr Qualität als Quantität, wie er immer dachte. Ein bitterer und kaum heroischer Gedanke wahrscheinlich, denn es war doch wohl so, dass ein gewisses Maß an Quantität vorhanden sein musste, damit sich überhaupt eine Art von Qualität entwickeln konnte?

Vielleicht mit Ausnahme der Beziehung zu Carla Besbarwny?

Er schob den Gedanken zur Seite und machte stattdessen einen neuen Versuch in der Villa Zephir. Wäre nicht schlecht zu erfahren, wie er weiter vorgehen sollte, und außerdem war ja noch der Freitagsrapport abzuliefern.

Und falls es G. sein sollte, der ans Telefon ging, dann konnte er immer noch den Hörer auflegen.

Es war G.

Zumindest soweit Verlangen es beurteilen konnte. Er klang

mürrisch. Verlangen erwog eine Sekunde lang, eventuell seine Stimme zu verstellen und zu sagen, er habe sich verwählt, aber selbst so ein Vorstoß wäre schon riskant gewesen.

Er schluckte und legte den Hörer auf.

Streng genommen ist ja erst morgen wieder ein Arbeitstag, beschloss er. Achte den Sonntag und halte ihn in Ehren, und kommt Zeit, kommt Rat.

Er holte sich ein Bier aus dem Kühlschrank und schaltete den Fernseher ein.

Als Van Veeteren am späten Sonntagabend endlich Pergolesis Stabat mater auflegen konnte, hatte er sich bereits das ganze Wochenende danach gesehnt, das zu tun.

Es hatte nämlich so einige häusliche Pflichten gegeben. Ein Essen mit Renates Bruder und seiner Schwägerin am Samstagabend – und Frühstück und Mittag mit dem gleichen dubiosen Paar am Sonntag, da sie in Chadów wohnten und bei ihnen übernachtet hatten. Eine ernsthafte Diskussion mit Renate über Erichs Situation in der Schule (und im Leben überhaupt) am Sonntagnachmittag (aber ohne die Hauptperson, da die mit guten Freunden unterwegs war), und dann zwei Abendstunden lang eine verfluchte Geschirrspülmaschine, die zu reparieren er bereits vor einem Monat versprochen hatte. Und die noch sehr viel kaputter war, nachdem er mit ihr fertig war, als sie es gewesen war, bevor er überhaupt mit der Reparatur angefangen hatte.

Was hatte er zu Münster gesagt? Etwas in der Richtung von friedlichem Wochenende?

Er hatte es nicht einmal geschafft, einen Blick auf die Schachaufgabe in der Allgemejne zu werfen.

Aber um halb zwölf Uhr sank er jedenfalls in den Sessel, mit Pergolesi in den Ohren. Das Zimmer dunkel. Renate im Bett, Erich im Bett. Die Platte war achtundfünfzig Minuten lang, er hatte es überprüft, bevor er sie aufgelegt hatte. Enthielt auch die Orpheuskantaten.

Schön, dachte er. Endlich eine Stunde Lebensqualität.

Und endlich eine Chance, über seine Beziehung zu G. nachzudenken.

Und wovon konnte das besser begleitet werden als von dem Dolorosa-Duett, gesungen von Julia Gouda und Anna Faulkner? Er tat drei tiefe Atemzüge und versank fünfunddreißig Jahre zurück in der Zeit. Da war sie. Die stärkste Erinnerung an G.

Schwärzer als schwarz.

Winterhalbjahr in der Manneringschule an der Poostlenergraacht. Alter: frühe Vorpubertät. Hauptpersonen: G., VV sowie ein kleiner jüdischer Junge namens Adam Bronstein.

G., der Große, Starke, Gefürchtete. Adam Bronstein, der Begabte, Brillenschlange, Schnelldenkende, Anämische. VV, der Zögernde, der sich nicht traut, den Konflikt mit G. aufzunehmen, der nicht dazwischengeht und dessen Terror gegenüber Schwächeren einen Riegel vorschiebt. Es ist nicht nur Adam Bronstein, dem übel mitgespielt wird, aber er ist das Hauptopfer.

Das entscheidende Ereignis findet nach einer Sportstunde statt. Als der Lehrer (der beispiellos unbeliebte Magister Schwaager) sich davongemacht hat – und nachdem die meisten Jungs mit ihrer Katzenwäsche und dem Umkleiden fertig sind und die nach Schweiß riechenden Räume verlassen haben (die sich in einem frei stehenden alten Holzgebäude zwischen dem Schulgebäude und dem Kanal befinden) –, zwingt G. Adam Bronstein, sich längs auf die große graue Matte zu legen, die benutzt wird, um Purzelbäume und ähnliche nützliche Dinge zu üben. Der magere Junge tut, wie ihm befohlen wird, und G. rollt ihn in die Matte ein. Die wird zu einem großen, festen Zylinder, einen guten Meter lang, einen guten Meter im Durchmesser. Ein Lederband drum herum verhindert, dass sie sich wieder aufrollt. Mit Hilfe seiner ansehnlichen Kräfte und eines der dagebliebenen Jungen (er heißt Claus

Fendermann und sollte später in seinem Leben ein ziemlich berühmter Pianist werden) stellt G. den Zylinder hoch. Adam Bronsteins Kopf nach unten. Die Arme eng am Körper, die Füße mit den erbärmlichen blaugrauen Socken und dem ausgeleierten Gummiband ragen ein Stück heraus. Wie in einem dunklen, eisenharten Schraubstock steckt der Junge fest, während sich sein Kopf langsam mit Blut füllt und sein Atem immer angestrengter wird, und so verlässt man ihn. G., Claus Fendermann, VV und noch ein paar. Man schnappt sich seine Sachen und eilt zu dem Klassenraum. G. geht als Letzter und macht die Türe zu.

In der folgenden Stunde findet kein Unterricht in der Turnhalle statt, so dass Adam Bronstein fast eine Stunde lang in dem Zylinder verbleibt. Eine der Putzfrauen findet ihn. Er ist noch am Leben, aber sein Zustand ist kritisch. Er verbringt zwei Monate im Krankenhaus. Kommt nie wieder zurück in die Klasse.

Im Januar wird erzählt, dass er sich erhängt hat.

Es ist ungewöhnlich, dass ein Dreizehnjähriger sich erhängt. Zumindest war es das zu der Zeit.

Da hätte er doch genauso gut gleich in der blöden Matte abkratzen können, meint G. Das kleine Judenschwein.

Stabat mater.

Der Quis-est-homo-Satz setzte ein, und Van Veeteren merkte, dass er schwitzte. Kalter Schweiß. Adam Bronstein war nur eine Erinnerung an G. Es gab weitere. Aber die eine reichte wohl für den Augenblick.

Er versuchte stattdessen, seine Gedanken auf die Konfrontation am Freitag zu konzentrieren.

Was hatte sie eigentlich gebracht? Wenn man es genau nahm.

Warum hatte er sich beim Gespräch in der Villa Zephir für diese absurd hart gesottene Art entschieden? Schweigen und blanker Stahl. Warum? Kein Zweifel, er hatte Borkmanns Schweigeregel überstrapaziert.

Und warum war er so überzeugt von Hennans Schuld gewesen, als er anschließend mit Münster im Auto gesprochen hatte? Der Inspektor hatte skeptisch geklungen, und das mit allem Recht.

Glaubte er wirklich, G. hätte sich seiner Frau entledigt? Sie getötet? Hand aufs Herz.

War es nicht eher ein plötzlich aufkeimendes Bedürfnis – und eine ebenso plötzlich aufkeimende Möglichkeit, G. das zu geben, was ihm zustand? Die Dinge zurechtzurücken und ihn dreieinhalb Jahrzehnte später zu bestrafen? Ein für alle Mal.

War es so einfach?

Es war auf jeden Fall schwer, dieses private Rachemotiv außer Acht zu lassen, aber vielleicht war es auch gar nicht so schlecht, dass er sich zugestanden hatte, darin zu schwelgen? Gleich von Anfang an. Es war schwerer, mit Beweggründen umzugehen, die man nicht zugab, als mit solchen, die man zuließ, das wusste er. Darauf hatte auch Borkmann bei irgendeiner Gelegenheit hingewiesen – obwohl es damals wohl eher um das Motiv für ein Verbrechen ging als um einen ermittelnden Polizeibeamten.

Aber wenn er nun – zumindest in der Theorie – von seiner tiefen Abscheu, die er gegenüber Jaan G. Hennan verspürte, absah, sein Gefühl für einen Moment beiseite schob, wie sah es dann eigentlich mit den Umständen betreffend den Tod seiner Ehefrau aus?

Gab es wirklich einen Grund, ein Verbrechen zu vermuten?

Und wenn ja – gab es überhaupt irgendeinen objektiven Grund, diesen Verdacht gegen G. zu lenken?

Van Veeteren schloss die Augen und versuchte, sich zu entspannen. Die Fragen waren sinnlos. Zu früh gestellt. Aus den alten, klassischen Puzzleteilchen Motiv-Methode-Gelegenheit war nur das mittlere bisher einigermaßen betrachtet worden. Wenn es tatsächlich so sein sollte, dass jemand Barbara Hennan ermordet hatte, dann herrschte wohl kaum ein Zweifel an seiner Methode. Seinem Vorgehen. Ein Stoß in den Rücken – oder so viel Gewalt, wie nötig war, damit sie das Gleichgewicht verlor und vom Sprungbrett herunterfiel.

Eine andere Sache war natürlich, sie zunächst da hoch zu bekommen. Hier wäre wohl kaum rohe Gewalt angebracht. Eher List ... vermutlich eine Art ziemlich ausgeklügelter List. Oder aber ein Schlag auf den Kopf, so dass sie ohnmächtig wurde? Sicher, es wäre schwer, sie die Stufen hinaufzuschleppen, aber vermutlich nicht unmöglich. Er nahm sich in Gedanken vor, Meusse zu fragen, ob man eventuell feststellen konnte, ob bestimmte Verletzungen etwas früher entstanden waren – und auf andere Art und Weise – als die, die das Ergebnis der unsanften Landung auf dem Beckenboden waren.

Das war wohl im Groben erst einmal alles, was man über die Methode sagen konnte, dachte Van Veeteren. Er spielte eine Weile mit dem Gedanken, in die Küche zu gehen und sich ein Bier zu holen, ließ es dann aber doch bleiben.

Also, die Gelegenheit? Ja, darüber zu spekulieren war auch nicht so schwierig.

Wer immer sich am Donnerstagabend so gegen zehn Uhr in der Nähe der Villa Zephir befunden haben mochte, der hatte natürlich die Gelegenheit – zumindest rein hypothetisch –, den Mord laut besagter Methode zu begehen. Das Problem war, dass die interessanteste Figur in diesem Zusammenhang – Jaan G. Hennan – für den bewussten Zeitpunkt ein Alibi zu haben schien.

Schien, wie gesagt. Es war natürlich noch zu überprüfen, wie hieb- und stichfest dieses Alibi war. Sachs und seine Männer hatten inzwischen wohl ausreichend Zeit gehabt, diese Sache zu untersuchen.

Blieb also noch die Frage nach dem Motiv. Wer hatte einen Grund gehabt, Barbara Hennan zu töten? Und speziell: Welches Motiv konnte G. selbst gehabt haben?

Van Veeteren sah ein, dass es ganz genau diese Frage war, der er sich in den nächsten Tagen etwas intensiver widmen sollte.

Wenn es auch nur den Bruchteil der Möglichkeit gibt, dass er dahinter steckt, dachte der Kommissar und biss die Kiefer zusammen … dass G. irgendetwas mit dem Tod seiner Ehefrau zu tun hat, ja, dann werde ich ihn dafür festnageln. Um Adam Bronsteins willen und für all die anderen armen Teufel, die er im Laufe seines Lebens gequält hat.

Das war nicht mehr und nicht weniger als seine Pflicht. Eine zwingend notwendige Pflicht.

Was mache ich eigentlich?, dachte er entsetzt. Ich sitze hier und wünsche mir, dass ein Unfall sich in einen Mord verwandelt. Und das nur … nur, um meine privaten Racheinstinkte zu befriedigen. Und da rede noch einer von objektiver Polizeiarbeit! Reden wir lieber über Beweggründe!

Er hörte Pergolesi bis zum Schluss an. Hörte Stabat mater und die Orpheuskantaten ganz bis zum Ende. Es war Viertel nach eins, als er ins Doppelbett neben seine Frau krabbelte. Leise und vorsichtig, um sie nicht zu wecken.

Ich liebe sie nicht mehr, dachte er plötzlich. Tue das schon lange nicht mehr, warum wahren wir dann immer noch den Schein der Konventionen?

Wem zuliebe?

Das war eine idiotische Frage, kurz bevor man einschlafen wollte, und eine Stunde später lag er immer noch wach.

9

Als Maarten Verlangen am Montagmorgen, dem 9. Juni, sein Büro in Besitz nahm, hatte er seit dem Mittwoch der vergangenen Woche seinen Fuß nicht mehr hineingesetzt. Folglich hatte er – unter anderem – das Neuwe Blatt der letzten fünf Tage, um sich die Zeit zu vertreiben. Laut einem unausgesprochenen Gentleman's Agreement schob ihm die Witwe Meredith ihr Exemplar immer durch den Briefschlitz, nachdem sie es gelesen und das Fernsehprogramm ausgeschnitten hatte. Die Geste war als Dank für Verlangens Einsatz vor eineinhalb Jahren anzusehen, als dieser den perversen Übeltäter aufgespürt hatte, der eine Zeit lang davon besessen war, seine Exkremente in ihren Briefkasten zu stopfen, ein junger und zeitweise viel versprechender Jurist aus dem Bankenwesen, wie sich herausstellen sollte, der eine Persönlichkeitsveränderung durchgemacht hatte, nachdem er bei einer Radtour auf der Keymer Plejn direkt mit dem Kopf gegen eine Straßenbahn gestoßen war. Als er entlarvt worden war, hatte Verlangen ein gewisses Mitleid mit dem armen verwirrten Mann empfunden und ihn ein halbes Jahr lang regelmäßig im Krankenhaus Majorna besucht.

Es gab trotz allem immer noch Leute, denen es schlechter ging als ihm selbst.

Er stapelte die Zeitungen chronologisch auf seinem Schreibtisch. Zündete sich eine Zigarette an und hörte den Anrufbeantworter ab. Nichts von Barbara Hennan. Insgesamt nur drei

Nachrichten: eine von der Versicherungsgesellschaft, eine von jemandem namens Wallander, der wieder anrufen wollte, und einmal falsch verbunden.

Er wählte die Nummer der Villa Zephir.

Keine Antwort.

Er las die Mittwochsausgabe des Neuwe Blatt und versuchte es noch einmal.

Keine Antwort.

Er zündete sich eine neue Zigarette an und ging die Donnerstags- und Freitagsausgaben durch.

Das dritte Mal gilt, dachte er.

Zum Teufel auch. Die Klingeltöne hallten genauso einsam wie seine Gedanken. Er legte den Hörer auf und überlegte, was er tun sollte. Hatte es überhaupt einen Sinn, die Hennan-Beschattung fortzuführen?

Hatte er eine Art Schuldigkeit, das zu tun?

Wohl kaum. Er hatte drei Tage an der Sache gearbeitet (war zumindest drei Tage lang in Linden an Ort und Stelle gewesen), sein Tageshonorar waren dreihundert Gulden, und er hatte immerhin tausend von Frau Hennan erhalten. Unter Berücksichtigung der Hotelrechnung und dem einen oder anderen konnte man also sagen, dass der Betrag so ziemlich die Ausgaben deckte, die er bisher gehabt hatte.

Vielleicht am besten, alles auf sich beruhen zu lassen. Die elegante Amerikanerin und ihren zweifelhaften Ehemann zu vergessen und sich anderen Dingen zu widmen.

Andererseits: noch so ein Tausender und ein paar Tage auf der halben Pobacke absitzen, das wäre auch nicht zu verachten. Und schon gar nicht, da es im Augenblick nichts anderes gab, dem er sich hätte widmen können. Abgesehen von einem so genannten Job auf Erfolgsbasis, der eine Bande Graffiti-Vandalen betraf, die seit ein paar Monaten ihr Unwesen trieben. Die Geschäftsleute von Linden hatten eine Belohnung von fünftausend Gulden ausgeschrieben für denjenigen, der die Jugendlichen schnappen würde, aber auch wenn Verlangen ein oder zwei mögliche Namen und ein paar Gesichter vor Augen hatte, die in Erwägung zu ziehen waren, so war die Sache noch lange nicht im Kasten.

Er seufzte. Öffnete das erste Bier des Tages und entschied sich für noch einen Kompromiss in der Hennan-Frage: zuerst das Neuwe Blatt vom Wochenende, anschließend ein weiterer Versuch mit dem Telefon.

Die Notiz stand auf Seite fünf der Samstagsausgabe.

Frau tot aufgefunden lautete die Überschrift, und er las den kurzen Text ungefähr mit dem gleichen Gefühl, das er häufig auf der Toilette des Pubs Gerckwinckel hatte, wenn er einsehen musste, dass dieses verschwitzte, gerötete Gesicht im Spiegel über der Pinkelrinne sein eigenes war.

Ist das die Möglichkeit?, dachte er.

Aber wer sollte es verdammt noch mal sonst sein?

Eine Frau um die fünfunddreißig, stand da.

Von amerikanischer Abstammung.

Tot auf dem Boden eines trockenen Swimmingpools gefunden. Am Rande von Linden. Die Umstände waren noch unklar, aber nach allem zu urteilen, hatte sie geglaubt, dass der Pool mit Wasser gefüllt war und sich von großer Höhe hineingestürzt. Kein Zeuge. Kein Verdacht auf ein Verbrechen.

Verlangen las den ganzen Artikel – nicht mehr als sechzehn Zeilen in einer Spalte – drei Mal, während er das Bier in sich schüttete und eine weitere Zigarette rauchte.

Amerikanische Frau?

Wie viele amerikanische Frauen gab es wohl in Linden?

Wahrscheinlich nicht besonders viele.

Und an den Sprungturm konnte er sich erinnern. Was für eine ausgeklügelt sinnlose Art zu sterben.

Zum Teufel, dachte er. Was verdammt noch mal hat das zu bedeuten?

Am Donnerstagabend? Aber das war doch dieser beschissene Abend, an dem er dagesessen und …

Ein paar Sekunden lang hatte Maarten Verlangen das Gefühl, sein Bewusstsein würde sich in die berühmte Badezimmerseife verwandeln, die man einfach nicht zu packen kriegte und auf der nicht einmal eine Laus Halt finden konnte. Nach einem weiteren Schluck Bier bekam er aber dennoch wieder eine gewisse Ordnung in seine Gedanken, und zwei alternative Handlungspläne kristallisierten sich heraus.

Oder zumindest zwei erste Züge zweier verschiedener Handlungspläne.

Entweder er konnte die Polizei anrufen. Das wäre natürlich das Klügste. Oder aber er konnte sich noch einmal nach Linden begeben, um zu sehen, ob dort etwas herauszufinden war.

Nach fünf Sekunden simulierter Bedenkzeit entschied er sich für die zweite Alternative. Die Polizei konnte er immer noch anrufen. Es wäre dumm, übereifrig aufzutreten, bevor er wusste, ob es sich auch um die richtige Frau handelte, redete er sich ein. Dass es wirklich Barbara Clarissa Hennan war, die da unten im Pool lag.

Gesagt, getan. Er verließ sein Büro und eilte zum Auto.

»Ja, wirklich?«, fragte Van Veeteren nach. »So schlecht ist es bestellt?«

Er hörte der Stimme am Telefon zu, wobei sein Gesicht sich immer mehr verfinsterte. Wie ein Tiefdruckgebiet, dachte Inspektor Münster, der seinem Vorgesetzten gegenübersaß und mit der Zungenspitze an einem Backenzahn spielte, von dem er am vergangenen Abend eine Plombe verloren hatte. Englisches Toffee, es war nicht das erste Mal.

»Ich verstehe«, brummte Van Veeteren. »Ja, ja, es war ja auch nichts anderes zu erwarten ... nein, verdammt noch mal, so schnell lassen wir nicht locker. Ich lasse von mir hören, was das weitere Vorgehen betrifft.«

Er hörte noch eine Weile zu. Dann verabschiedete er sich und legte den Hörer auf. Lehnte sich auf seinem Stuhl zurück und zwinkerte Münster zu.

»Sachs«, erklärte er. »Sie haben jetzt mit den Leuten von diesem Restaurant geredet.«

»Ja, und?«, fragte Münster.

»Sieht leider so aus, als hätte er da die ganze Zeit herumgehangen, unser Freund G.«

»Verdammte Scheiße. Aber vielleicht ist er ...«

»Den ganzen Abend.«

»Sind sie sich da ganz sicher?«

Das Tiefdruckgebiet vertiefte sich noch um einige Grade.

»Offensichtlich. Verdammter Mist.«

Münster zuckte mit den Schultern.

»Na gut. Dann können wir wohl ...«

»Aber wer weiß? Er ist gegen halb acht gekommen ... hatte außerdem vorher angerufen und einen Tisch reserviert. Als hätte er es wirklich darauf abgesehen, sich ein Alibi zu verschaffen, dieser Windhund.«

Van Veeteren bohrte seinen Blick in Münster.

»Und dann?«, fragte Münster gut erzogen.

»Dann? Ja, dann saß er da und hat getrunken und ist dann später in die Bar umgezogen, wie sie behaupten. Scheint so gegen Viertel vor eins ein Taxi genommen zu haben, sie sind noch dabei, den Fahrer zu suchen. Verdammte Scheiße ... wie gesagt.«

Münster nickte.

»Dann ist er wohl sauber. Und er kann nicht für eine Stunde oder so abgehauen sein?«

»Woher soll ich das denn wissen? Natürlich hat ihn niemand den ganzen Abend im Blick gehabt, aber so lange, wie es dauern würde, zum Kammerweg zu kommen und wieder zurück ... ja, vollkommen ausgeschlossen ist es möglicherweise nicht. Bezahlt hat er offenbar irgendwann so gegen halb zehn ... hm ...«

»Hatte er keine Begleitung?«

»Nicht am Tisch. Er hat anscheinend später an der Bar mit einem Mann geredet ... oder mit mehreren, aber sie haben sich nicht die Mühe gemacht, in diesem Punkt weiter zu recherchieren, die Kollegen aus Linden. Nein, wir müssen wohl zusehen, dass wir für das hier eine andere Lösung finden, Münster.«

»Und welche zum Beispiel?«

Der Kommissar brach einen Zahnstocher ab und schaute aus dem Fenster.

»Also, theoretisch gesehen ... theoretisch gesehen kann er so gegen halb zehn abgehauen sein, ist dann wie ein Wahnsinniger zum Kammerweg gerast und hat dort seine Frau ins Becken geschubst ... und war eine halbe Stunde oder vierzig Minuten später wieder in der Bar des Colombine. Aber, wie gesagt, wenn dir eine bessere Lösung einfällt, dann habe ich nichts dagegen.«

Münster saß eine Weile schweigend da.

»Diese Geschichte da vor zehn Jahren ...?«

»Vor zwölf«, korrigierte Van Veeteren. »1975.«

»Also vor zwölf Jahren. War der Kommissar damals in irgendeiner Form involviert?«

Van Veeteren schüttelte den Kopf.

»Nicht die Bohne. Die Drogenabteilung hat das alles geregelt, ich habe nur davon reden hören. Zu schade, dass es ihnen nicht gelungen ist, ihn noch mehr dranzukriegen. Ich habe den Verdacht, dass er deutlich mehr als zwei und ein halbes Jahr hätte abkriegen müssen ... wenn so einer nicht einmal Berufung einlegt, dann bedeutet das meistens eine ganze Menge.«

Münster schüttelte sich.

»Entschuldige die Frage«, sagte er dann. »Aber wie kommt es, dass du so sicher bist, dass er auch dieses Mal schuldig ist? Trotz allem scheint es doch ...«

»Ich habe nie behauptet, dass ich sicher bin«, unterbrach Van Veeteren ihn verärgert. »Aber ich denke verdammt noch mal nicht daran, diese Möglichkeit gleich von vornherein auszuschließen.«

»Es gibt eine Variante«, sagte Münster nach einer kurzen Pause.

»Eine Variante?«, fragte Van Veeteren. »Was meinst du damit?«

Münster räusperte sich und zögerte einen Moment lang.

»Sieh mal«, sagte er dann. »Rein hypothetisch, meine ich. Hennan verlässt das Restaurant, sagen wir, so gegen Viertel vor zehn. Er geht raus und trifft seine Frau irgendwo im Zentrum von Linden. Er erschlägt sie und stopft sie in den Kofferraum seines Autos. Das dauert ungefähr zehn Minuten. Danach geht er zurück ins Lokal. Als er nach Hause kommt ... so gegen ein Uhr ... ja, da holt er sie aus dem Wagen wieder raus und wirft sie in den Pool. Anschließend ruft er die Polizei an.«

Van Veeteren arbeitete eine Weile mit einem neuen Zahnstocher im Unterkiefer, bevor er etwas sagte.

»Das ist so ziemlich das Unwahrscheinlichste, was ich gehört habe, seit Renate auf die Idee gekommen ist, dass ... nun ja, das hat nichts hiermit zu tun. Was meinst du?«

»Ich habe doch gesagt, dass es etwas verdreht ist.«

»Weißt du, wie G. in der Nacht nach Hause gekommen ist?«

»Nein, ich ...«

»Mit dem Taxi. Er ist mit dem Taxi gefahren. Glaubst du, er hat sie in einem Bodybag auf den Rücksitz verfrachtet und dann mit Hilfe des Fahrers in die Villa geschleppt?«

»Hör auf«, sagte Münster. »Wir haben noch keine Bestätigung dafür bekommen, dass er wirklich Taxi gefahren ist, oder? Nur dass er gesagt hat, dass er es tun wollte.«

Van Veeteren betrachtete ihn kritisch.

»All right«, sagte er. »Da ist was dran. Wir müssen bei Meusse nachfragen, ob die Verletzungen auch auf andere Art und Weise zu Stande gekommen sein können als durch einen Sturz. Das müssen wir sowieso machen. Aber wenn es sich tatsächlich so zugetragen haben sollte, wie du behauptest, dann verspreche ich dir, ein Jahr lang deine Zehennägel zu schneiden.«

»Ausgezeichnet«, sagte Münster. »Da freue ich mich schon jetzt drauf. Aber ich möchte den Herrn Kommissar doch darauf hinweisen, dass er derjenige war, der G. festnageln wollte, nicht ich.«

»Ach, Blödsinn«, wehrte Van Veeteren ab. »Wir führen hier nur theoretische Überlegungen durch, ich dachte, du hättest dafür die Voraussetzungen. Ein paar Theorien testen, wenn man das nicht mehr darf, dann kommt man ja gar nicht mehr weiter.«

Münster blieb noch ein paar Sekunden lang sitzen und dachte nach. Dann stand er auf.

»Ich habe noch einiges anderes zu erledigen, wenn der Kommissar mich entschuldigt. Soll ich sagen, was ich glaube, wie Barbara Hennan umgekommen ist?«

»Wenn du meinst, dass es wichtig ist.«

»Danke. Ein Unglücksfall. Klar wie Kloßbrühe, der Herr Kommissar kann alle Nagelscheren wegpacken.«

Van Veeteren schnaubte.

»Inspektor Münster, vergiss nicht, dass du hier bei der Kripo nicht eingestellt worden bist, um Unglücksfälle zu untersuchen. Deine Aufgabe ist es, Verbrechen aufzudecken und aufzuklären. Und nicht einfach locker darüber hinwegzusehen.«

»Kapiert«, sagte Münster. »Sonst noch was?«

»Sowie mit deinem direkten Vorgesetzten Badminton zu spielen. Wann hast du Zeit? Morgen Nachmittag?«

»Kapiert«, wiederholte Münster und schlüpfte durch die Tür.

Er wird immer besser, dachte der Kommissar, als er wieder allein war. Kein Zweifel.

Aber er hat ja auch ein gutes Vorbild.

Inspektor Münster arbeitete jetzt seit gut zehn Jahren bei der Maardamer Polizei, war aber erst drei Jahre bei der Kripo. Der Übergang war zeitlich fast parallel damit verlaufen, dass Van Veeteren den Posten des alten Kommissars Mort übernommen hatte – und dass er immer häufiger ausgerechnet Münster in seiner unmittelbaren Nähe haben wollte. In den Fällen, in denen er aussuchen konnte, mit wem er zusammenarbeiten wollte, entschied er sich fast immer für ihn.

Es war natürlich nichts verkehrt mit Reinhart, deBries, Rooth, Nielsen oder Heinemann, aber nur mit Münster konnte er diese sich gegenseitig befruchtende Lehrer-Schüler-Beziehung entwickeln. Ein Spiel, das in unserem modernen Zeitalter viel zu misstrauisch beäugt wird, dachte er, und das er eigentlich auf Hesses *Das Glasperlenspiel* zurückführte. Ein Werk, von dem er annahm, dass es wohl nie auf irgendeiner Literaturliste in der Kriminologie erscheinen würde.

Und das sich auch nicht immer voll und ganz mit dem leicht dissonanten Ton vereinbaren ließ, der ab und zu zwischen den beiden ebenso selbstverständlich auftauchte wie zwischen zwei unterschiedlichen Geschwistern.

Das dazu, dachte er und schaute aus dem Fenster auf die Stadt, die erneut in üppigem Sonnenschein badete. Spekulationen und neunmalkluge Psychologie. Und offenbar keine gute Gelegenheit, um über Hesse nachzudenken. Oder über Münster.

Besser, eine Möglichkeit zu finden, wie mit diesem verfluchten G. umzugehen war.

Er sah ein, dass auch das leichter gesagt als getan war, zog seine Jacke aus und ging in die Kantine hinunter, um einen Kaffee zu trinken.

Verlangen fuhr langsam an der Villa Zephir vorbei und hielt fünfzig Meter weiter an. Er blieb fünf Minuten lang hinter dem Steuer sitzen, während er eine Zigarette rauchte und überlegte, wie er sich verhalten sollte. Hatte das Gefühl, dass es das Beste wäre, seine spontanen Gefühle zurückzuhalten. Keine Schlussfolgerungen zu ziehen, bevor er Gewissheit in der Grundfrage erlangt hatte.

War Barbara Hennan am Donnerstagabend gestorben, oder

handelte die Zeitungsnotiz von einer ganz anderen Frau? Während der Fahrt von Maardam nach Linden hatte er darüber nachgedacht, wie er am einfachsten Antwort auf diese Frage bekommen könnte, aber ihm war keine wirklich einfache Methode in den Sinn gekommen.

Er konnte natürlich irgend so einen Redakteur der Zeitung anrufen, aber die würden höchstwahrscheinlich keinen Namen herausrücken.

Er konnte bei Jaan G. Hennan vorbeischauen und ihn geradewegs danach fragen, aber etwas erschreckte ihn an dieser schroffen, direkten Alternative. Rein intuitiv. Wenn er über die Sache genauer nachdachte, dann wurde ihm klar, dass ein gewisses Gefühl der Furcht durchaus angebracht war. Ganz objektiv gesehen. Wenn Barbara Hennan tatsächlich tot war, dann lag der Hund offensichtlich woanders begraben. Sie hatte einen Privatdetektiv engagiert, um ihren Mann zu beschatten, und auch wenn die Zeitungen schrieben, dass die Polizei nicht glaubte, dass es sich um ein Verbrechen handelte ... ja, verdammt noch mal, Maarten Verlangen war auch nicht erst gestern geboren. Ganz und gar nicht. Hennan war ein hinterhältiger Kerl, das war er schon vor zwölf Jahren gewesen, und sein Auftreten im Colombine hatte kaum darauf hingedeutet, dass sein Charakter sich zum Besseren gewandelt hatte.

Deshalb erschien es naiver als erlaubt, wenn er einfach wie ein unschuldiger Zeuge Jehovas an der Tür der Villa Zephir klingeln würde. Idiotisch wäre das, sonst nichts.

Aber welche anderen Möglichkeiten gab es?

Er konnte die Polizei anrufen und einen vom Pferd erzählen. Vielleicht eine mögliche Alternative, wenn es ihm nur gelang, eine einigermaßen glaubwürdige Geschichte hinzukriegen. Aber es gab zumindest noch einen Weg, der deutlich einfacher zu sein schien, und er beschloss, den zuerst zu versuchen.

Die Nachbarn.

Die Nachbarn wussten immer Bescheid, das war ein altes,

zuverlässiges Gesetz. Verlangen stieg aus dem Wagen und ging langsam auf die Villa Vigali zu, wie das Haus der Familie Trotta offenbar hieß. Es war das einzige Grundstück, das an das der Hennans grenzte, und nachdem Barbara Hennan erzählt hatte, dass sie einen lockeren Kontakt zu den Trottas hatten, wäre es doch merkwürdig, wenn sie sich bezüglich der Ereignisse am Donnerstagabend als vollkommen unwissend herausstellen sollten.

Die *möglichen* Ereignisse des Donnerstagabends.

Er überquerte die Straße und kam erneut an der Villa Zephir vorbei, diesmal zu Fuß. Im gleichen Augenblick fuhr ein schwarzer Peugeot in entgegengesetzter Richtung heran und hielt direkt vor dem Eingang des Nachbarhauses. Ein dunkel gekleideter Mann stieg aus – und auch wenn Verlangen nicht die Erfahrung gehabt hätte, die er trotz allem hatte, so hätte er ihn vermutlich auf jeden Fall als Polizisten identifiziert. Ohne einen Blick in irgendeine Richtung zu werfen, begab sich der Mann durch das Ziegelsteinportal, das die Einfahrt zur Villa Vigali markierte, und wurde sofort vom dumpfen Grün dort drinnen geschluckt. Verlangen blieb abrupt stehen.

Oho, dachte er. Vielleicht ist ein zweiter Besucher im Augenblick nicht gerade angesagt.

Aber andererseits: Wenn ein Kriminalbeamter sich veranlasst sah, die Nachbarn von Barbara Hennan aufzusuchen, dann war es eigentlich nicht mehr nötig, dass er selbst sich die gleiche Mühe machte, um Klarheit zu bekommen. Deutlicher konnte es ja kaum werden.

Er kehrte zu seinem Wagen zurück. Wendete und fuhr zurück in Richtung Zentrum. Eine Viertelstunde später rief er von einer Telefonzelle am Bahnhof beim Polizeirevier an; eine Sekretärin war am Apparat, und er bat, mit dem Revierchef verbunden zu werden.

Er musste eine Minute warten, dann hatte er Kommissar Sachs am Apparat.

»Guten Tag, mein Name ist Edward Stroop«, erklärte Verlangen freundlich. »Ich habe einige Informationen zum Fall Barbara Hennan.«

Drei Sekunden lang blieb es still.

»Ich verstehe«, sagte der Kommissar dann. »Befinden Sie sich in Linden?«

»Ja.«

»Darf ich Sie dann bitten, so schnell wie möglich aufs Polizeirevier zu kommen?«

»Selbstverständlich«, sagte Verlangen und legte auf.

Die Sache war klar. Glasklar. Seine Auftraggeberin, Barbara Clarissa Hennan, hatte ihre Tage auf dem Boden eines leeren Schwimmbeckens beendet. Verlangen verließ das Bahnhofsgebäude und blieb eine Weile draußen auf der Treppe stehen, während er sich eine Zigarette anzündete und überlegte, was er nun tun sollte.

Und worum um alles in der Welt es hier eigentlich ging.

10

All right, all right«, sagte Münster. »Natürlich weiß ich das. Ich weiß, dass die Lindener Polizei bereits hier war und mit Ihnen gesprochen hat, aber ich komme von der Kriminalpolizei Maardam. Mein Kommissar ist ein sehr gewissenhafter Mann, und er hat darauf bestanden, dass wir auch noch einmal mit Ihnen sprechen. Sie haben doch wohl nichts dagegen, dass wir unseren Job so gut wie möglich machen, oder?«

Amelia Trotta betrachtete ihn kritisch. Ihr großes, flaches Gesicht sah besorgt aus, obwohl es nicht einmal die Andeutung einer Falte darin gab. Das blondierte Haar war schulterlang und tadellos und erinnerte Münster an irgendein vergessenes, keusches Filmsternchen aus seiner frühen Jugend. Er nahm an, dass das auch ungefähr der Eindruck war, den Frau Trotta gern vermitteln wollte. Oder einmal hatte vermitteln wollen.

Inzwischen war sie um die fünfundvierzig, groß, hellblau gekleidet und leicht verärgert.

»Wozu soll das denn gut sein?«, fragte sie. »Ich habe doch gar nichts zu erzählen.«

Sie machte eine Art unklarer Geste, die alles Mögliche bedeuten konnte. Münster nahm sie jedenfalls zum Anlass, an ihr vorbei ins Wohnzimmer zu treten.

»Er ist ziemlich stur, mein Chef«, entschuldigte er sich und setzte sich auf einen Cretonne-Sessel. »Und er ist bekannt dafür, dass er nichts dem Zufall überlässt.«

Sie nickte vage und setzte sich auf den äußersten Rand des

Cretonne-Sessels Nummer zwei. Strich seufzend einige Falten aus ihrem Rock.

»Aber nur ein paar Minuten«, räumte sie ein. »Ich habe noch einiges zu erledigen.«

Münster holte Stift und Notizblock aus seiner Aktentasche.

»Danke«, sagte er. »Ich werde versuchen, mich kurz zu fassen. Barbara Hennan, wie gesagt. Wie gut haben Sie sie gekannt?«

»Überhaupt nicht«, antwortete Amelia Trotta.

»Überhaupt nicht?«

»Na, fast überhaupt nicht. Wie ich schon gestern den Inspektoren zu erklären versucht habe. Wir wohnen jetzt seit fünfzehn Jahren hier, das Paar Hennan ist im April eingezogen. Wir haben miteinander gegessen, das war alles. Wie man es unter guten Nachbarn halt tut.«

»Natürlich«, nickte Münster. »Und das waren sie?«

»Was?«

»Gute Nachbarn.«

Sie zuckte mit den Schultern.

»Ich nehme es an.«

»Sie nehmen es an?«

»Ja. Es gab keinen Grund zur Klage. Nur, dass sie nicht ganz unseren Stil hatten.«

»Ach so«, bemerkte Münster neutral und schaute sich kurz in dem geräumigen, ordentlichen Zimmer um. Sitzgruppe und Fernseher. Zwei große, blasse Ölgemälde, Ton in Ton mit dem Möbelstoff und den Gardinen. Sowie eine Regalkombination aus solider Eiche, die so ziemlich alles, nur keine Bücher enthielt.

Stil?, dachte er. Nun ja.

»Was meinen Sie zu dem Unfall?«

Frau Trotta versuchte erneut, eine Falte zu formen.

»Ich meine natürlich gar nichts«, sagte sie. »Was sollte ich dazu meinen?«

»Wissen Sie, ob Frau Hennan an Depressionen litt?«

»Keine Ahnung. Warum fragen Sie das?«

»Es gibt ja die Möglichkeit, dass sie den Unfall selbst verschuldet hat … sozusagen.«

»Dass sie sich das Leben genommen hat?«

»Wir können es nicht ausschließen. Das ist doch eine merkwürdige Art zu sterben, oder was meinen Sie?«

Amelia Trotta überlegte ein paar Sekunden lang.

»Die Menschen sterben heutzutage oft auf merkwürdige Art.«

Heutzutage?, dachte Münster. Ja, dem konnte man vielleicht sogar zustimmen. Er erinnerte sich daran, dass er vor gar nicht langer Zeit von einer Prostituierten in Oosterdam gelesen hatte, die an einem Kondom erstickt war.

»Mochten Sie sie?«, fragte er.

Sie antwortete mit einem erneuten Achselzucken.

»Nicht besonders«, interpretierte er das.

»Ich habe ja gesagt, dass wir sie gar nicht gekannt haben. Weder ihn noch sie.«

»Aber Sie hatten auch keine Lust, den Kontakt mit den beiden weiter zu vertiefen … mehr als es unter Nachbarn notwendig ist, meine ich?«

Sie zögerte einen Augenblick.

»Nein«, sagte sie dann. »Das hatten wir nicht.«

»Ihr Mann auch nicht?«

»Nein.«

Münster wartete ab.

»Sie hatten … sie hatten so etwas Billiges an sich.«

»Billiges? Was meinen Sie damit?«

»Das verstehen Sie schon.«

»Nein«, widersprach Münster ganz unschuldig. »Könnten Sie das ein wenig ausführen?«

Sie seufzte und rutschte ein wenig weiter auf dem Sessel nach hinten.

»Ich weiß nicht«, sagte sie. »Das fühlt man einfach. Sie war zum Beispiel tätowiert.«

»Tätowiert?«, wiederholte Münster.

»Hier«, sagte Amelia Trotta und zeigte weit oben auf ihren im Ärmel steckenden linken Oberarm. »Ein Vogel oder so. Da kann man sagen, was man will, aber schön ist das nicht.«

Münster nickte und machte sich Notizen.

»Wann haben Sie sie zum letzten Mal gesehen?«

»Am Samstag.«

»Am Samstag?«, fragte Münster überrascht nach. »Aber da war sie ja schon tot.«

»Das weiß ich auch. Aber ich war im Leichenschauhaus und habe sie identifiziert. Das muss wohl auch jemand Außenstehendes machen.«

»In bestimmten Fällen ja«, bestätigte Münster. »Aber wenn wir uns auf ihre Lebzeiten konzentrieren. Wann haben Sie sie das letzte Mal vor dem Unfall gesehen?«

»Am Morgen des Tages, als sie gestorben ist«, antwortete Frau Trotta, ohne zu zögern. »Kurz nach acht Uhr. Sie ist in die Stadt gefahren. Wir haben uns nur kurz gegrüßt, ich war mit Ray draußen.«

»Ray?«

»Unserem Hund. Ein Zwergspitz.«

»Ach so«, sagte Münster. »Und danach haben Sie sie nicht mehr gesehen?«

»Erst wieder im Leichenschauhaus.«

»Und Herrn Hennan. Wie war es mit dem?«

»Was?«, fragte Amelia Trotta nur.

»Haben Sie ihn irgendwann am Donnerstag gesehen?«

»Nein. Wie Sie vielleicht bemerkt haben, gibt es keine Einsicht von Haus zu Haus.«

»Doch, das habe ich schon bemerkt«, sagte Münster. »Sie haben also zwei Autos?«

»Ja, natürlich«, sagte Amelia Trotta, als wäre eine geringere Anzahl an Fahrzeugen im Kammerweg undenkbar. »Einen Saab und so einen kleinen Japaner. Ich nehme meistens den Kleinen.«

»Ja, natürlich«, sagte Münster. »Waren Sie am Donnerstagabend zu Hause?«

»Wir waren zu einem kleinen Empfang bei guten Freunden eingeladen, aber gegen zehn Uhr schon wieder zurück. Die Mädchen brauchen ihren Schlaf.«

»Das kann ich mir denken«, bestätigte Münster. »Ist Ihnen irgendetwas Besonderes bei der Villa Zephir aufgefallen, als Sie nach Hause gekommen sind?«

»Nein.«

»Oder später am Abend?«

»Nein, nichts. Aber wir haben auch keinen Blick auf die Villa, wie schon gesagt.«

»Haben Sie bemerkt, ob jemand zu Hause war? Ob Licht brannte oder so?«

»Ich habe Ihnen doch schon erklärt, dass wir keinen Blick darauf haben. Wir können von hier aus gar nicht sehen, ob sie Licht anhaben oder nicht.«

Die Verärgerung war wieder stärker geworden. Münster schaute ein paar Sekunden auf seinen Block und dachte nach.

»Jaan G. Hennan«, sagte er dann. »Könnten Sie mir Ihre persönliche Meinung über ihn sagen?«

»Warum denn das?«

»Weil ich Sie darum bitte.«

Sie wog dieses gewichtige Argument eine Weile ab, während sie ihre Fingernägel betrachtete, von denen es zehn an der Zahl gab, die diskret beige lackiert waren.

»Er ist nicht unser Typ.«

»Das ist mir schon klar geworden. Können Sie das ein wenig präzisieren?«

»Ganz und gar nicht unser Typ. Aufdringlich und ... ja, unzuverlässig. Er macht keinen angenehmen Eindruck.«

»Unverschämt?«, wollte Münster wissen.

»Vielleicht nicht direkt. Aber unsere Mädchen mögen ihn nicht. Und die spüren so etwas immer ziemlich genau. Haben Sie auch Kinder?«

»Ja«, bestätigte Münster. »Einen kleinen Jungen. Wissen Sie etwas über Hennans Vergangenheit?«

»Nur dass er zehn Jahre in Amerika gelebt hat. Und eine Art Geschäftsmann ist.«

»Wie war das Verhältnis zwischen Herrn und Frau Hennan? Falls Ihnen irgendetwas aufgefallen ist, meine ich …«

Sie kratzte einen Fleck von dem Fingernagel des einen kleinen Fingers, bevor sie antwortete.

»Sie war wohl genauso«, stellte sie dann fest. »Irgendwie passten die beiden zusammen … obwohl er natürlich älter war.«

»Aber keine Streitigkeiten zwischen den beiden, soweit Sie wissen?«

Sie schüttelte den Kopf.

»Ich denke nicht. Obwohl mich das nicht wundern würde. Glauben Sie, dass er … dass er etwas mit ihrem Tod zu tun haben könnte?«

Sie versuchte die Frage in dem gleichen neutralen, abweisenden Tonfall zu stellen, den sie während des ganzen Gesprächs gehabt hatte, aber Münster konnte eine unterdrückte Anspannung in ihrer Stimme erkennen.

»Wir schließen die Möglichkeit nicht aus«, sagte er. »Mein Chef schließt sowieso nur ungern irgendwelche Möglichkeiten aus.«

»Ja?«, sagte Amelia Trotta und vergaß für einen Augenblick, den Mund zu schließen.

»Aber es gab nichts irgendwie Dramatisches?«, fragte Münster. »Keinen Streit oder so, bei dem Sie zufällig anwesend waren?«

Es war deutlich zu erkennen, dass Frau Trotta nur allzu gern mit ein wenig Nachbarschaftsstreit hätte aufwarten wollen. Sie saß eine Weile schweigend da und durchforstete ihr Gedächtnis, aber schnell übernahm wieder ihr reines Herz das Kommando.

»Nein«, sagte sie. »Es gibt da wirklich nichts. Aber … aber

es besteht ja ein ziemlich großer Abstand zwischen unseren Häusern, wie gesagt.«

Münster nickte.

»Haben die beiden getrunken?«, fragte er. »Übermäßig, meine ich?«

Und auch zu diesem Punkt konnte Amelia Trotta keine dramatischen Erkenntnisse beisteuern. Stattdessen seufzte sie und schaute auf die Uhr.

»Ich denke …«, setzte sie an, brach dann aber ab, von einer plötzlichen Ahnung überrascht. »Sie meinen doch nicht?«, wollte sie stattdessen wissen. »Sie glauben doch nicht im Ernst, dass …?«

Sie bekam die Frage nicht so recht in den Griff, aber ihr Sinn blieb dennoch über dem Tisch des ordentlichen Wohnzimmers hängen. Wie ein Ketchupfleck auf einer weißen Leinendecke, dachte Münster und machte sich bereit, dieses Idyll zu verlassen.

»Wir haben bis jetzt noch keine bestimmte Theorie«, erklärte er ihr und stand auf. »Aber verschiedene Alternativen zu untersuchen, das gehört zu unserer Arbeit bei der Kriminalpolizei. Vielleicht kann ich irgendwann auch noch ein paar Worte mit Ihrem Mann wechseln, oder glauben Sie, er könnte etwas dagegen haben?«

»Ich werde ihn vorwarnen«, erwiderte Frau Trotta entgegenkommend. »Aber er ist sehr viel unterwegs, Sie müssen wohl mit ihm eine Zeit abmachen. Er ist Pilot.«

»Ich weiß«, nickte Münster. »Und welchen Beruf haben Sie?«

»Ich bin Dermatologin«, antwortete Amelia Trotta und streckte sich. »Aber solange die Mädchen zur Schule gehen, bleibe ich zu Hause. Das brauchen sie.«

Was ich bezweifle, dachte Münster und versuchte, sich zu erinnern, womit verdammt noch mal ein Dermatologe eigentlich zu tun hatte. Mit der Haut, wie er meinte. Aber es konnten auch ebenso gut Süßwasserfische oder Insekten sein.

Er beschloss, das bei Gelegenheit nachzuschlagen. Dann bedankte er sich bei Frau Trotta für ihr Entgegenkommen und verließ die Villa Vigali. Während er durch den Garten ging, konnte er feststellen, dass ihre Aussage hinsichtlich des Blickes stimmte. Er sah nicht einmal den Schatten der hellblauen Fassade der Villa Zephir. Nur ein kleiner Streifen des weißgekalkten Sprungturms stach durch einen Spalt in dem dichten Laubwerk hindurch.

Erinnert mich an was, dachte er und stieg in seinen Wagen. Wenn man es recht betrachtet, dann ist es nicht besonders viel, was wir so sehen.

Van Veeteren starrte den abgebrochenen Zahnstocher an, den er in seiner linken Hand hielt.

In der rechten hielt er einen Telefonhörer, und eigentlich war er es, den er anstarren wollte. Aber da seine Physiognomie, zumindest in gewissen Punkten, ganz normal war, blieb das ein Ding der Unmöglichkeit.

Wenn er nicht Kommissar Sachs' Stimme verlieren wollte, und das wollte er im Augenblick nicht. Ganz und gar nicht.

»Was zum Teufel erzählst du da?«, rief er. »Ein Privatschnüffler?«

»Verlangen«, bestätigte Sachs. »Er heißt Maarten Verlangen. Er ist ein Ehemaliger von uns, wie er behauptet.«

»Das ist mir scheißegal«, sagte Van Veeteren. »Aber er behauptet jedenfalls, er hätte den Auftrag gehabt, Jaan G. Hennan zu beschatten?«

»Ganz genau«, bestätigte Sachs. »Auf Veranlassung der Ehefrau ... die jetzt tot ist. Mittwoch, Donnerstag, Freitag letzter Woche ... Obwohl es mit dem Freitag wohl nicht mehr so viel geworden ist. Weiß der Geier, was das zu bedeuten hat, aber das Merkwürdigste dabei ist, dass er Hennan den ganzen Donnerstagabend im Blick gehabt hat. In diesem Restaurant da. Dem Colombine's. Ja, ich weiß wirklich nicht, was wir davon halten sollen ...«

»Was wir davon halten sollen!«, schnaubte Van Veeteren. »Hier wird gar nichts von irgendwas gehalten. Wo ist er?«

»Wer?«

»Na, der Privatschnüffler natürlich. Wo ist er jetzt zu finden?«

»Äh ...«, sagte Kommissar Sachs.

»Wie bitte?«, rief Kommissar Van Veeteren. »Sprich lauter!«

»Er ... er ist gegangen. Aber ich ...«

»Du hast ihn gehen lassen? Wie bitte?«

»Ich habe natürlich seinen Namen und seine Telefonnummer. Ich habe ihm gesagt, dass wir von uns hören lassen.«

Van Veeteren zerbrach den Zahnstocher ganz und gar und stach sich dabei in den Daumen.

»Au«, stöhnte er. »Und was hat er noch gesagt? Er muss doch zumindest etwas ...«

»Nicht besonders viel«, unterbrach Sachs ihn. »Aber er hat keine Ahnung, warum er Hennan beschatten sollte. Hat die meiste Zeit in seinem Auto vor dessen Büro gesessen ... abgesehen von dem Donnerstagabend, wie gesagt.«

»Und es war Barbara Hennan, die ihm den Auftrag erteilt hat?«

»Ja.«

»Und warum?«

»Das hat er nicht gewusst, habe ich doch schon gesagt.«

»Ich bin nicht taub. Was hat er denn verflucht noch mal selbst geglaubt?«

»Nichts.«

»Nichts?«

»Nein, er behauptet, dass ...«

»Verdammte Scheiße. Nun gut, schieb mir seine Telefonnummer rüber, damit wir das in Ordnung bringen.«

»Ja, natürlich, gern«, sagte Kommissar Sachs und las Maarten Verlangens Nummern vor, sowohl die private als auch die seines Büros.

»Danke«, sagte Van Veeteren. »Und leg jetzt auf, ich habe keine Zeit mehr für dich.«

Er versuchte es zunächst mit der Privatnummer.

Vergeblich.

Dann mit der Büronummer.

Auch vergeblich – außer einem automatischen Anrufbeantworter, der verkündete, dass Verlangens Detektivbüro im Augenblick nicht besetzt war, man aber gern Aufträge der unterschiedlichsten Art zu reellen Preisen entgegennahm und dass es möglich war, eine Nachricht zu hinterlassen.

Van Veeteren überlegte seine Worte, während er den Pieptton abwartete.

»Maarten Verlangen«, brummelte er dann in den Hörer. »Wenn dir dein Leben lieb ist, dann sieh verdammt noch mal zu, Kommissar Van Veeteren bei der Kripo Maardam zu kontaktieren. Und zwar sofort!«

Er gab seine Nummer zweimal mit bewusst langsamer Stimme an und schmiss den Hörer hin.

Anschließend blieb er eine Weile sitzen, fluchte innerlich und betrachtete seinen schmerzenden Daumen – während die Wirklichkeit hinter Kommissar Sachs' Enthüllung langsam, aber sicher seine Erregung dämpfte.

Die Botschaft an sich. Dass die tote Frau, die Leiche in dem Badeanzug in dem verfluchten leeren Schwimmbecken in Linden, erst vor wenigen Tagen einen Privatdetektiv engagiert hatte.

Einen Privatbullen, der nachsehen sollte, was ihr Mann so trieb. Dieser immer wieder verfluchte Jaan G. Hennan!

Van Veeteren suchte sich eine Zigarette und zündete sie an.

Verflucht noch mal, dachte er. Verflucht noch mal, was hat das zu bedeuten? Dann muss sie doch … sie muss irgendetwas geahnt haben. Das bedeutet es doch, oder? Nun ruf schon an, du beschissener Schnüffler!

Er warf dem schweigenden Telefon einen Blick zu. Sah ein,

dass erst wenige Minuten vergangen waren, seit er seine Nachricht aufs Band gesprochen hatte, und dass er kaum erwarten konnte, dass Verlangen mit derart exemplarischer Pünktlichkeit in seinem Büro auftauchen würde. Er sog heftig an seiner Zigarette und schaute auf die Uhr.

Halb drei. Mit anderen Worten höchste Zeit, sich zum Badmintonspiel mit Münster aufzumachen. Er drückte die Kippe aus, stand auf und holte Schläger und Tasche aus dem Schrank.

Hüte dich, Inspektor, dachte er. Heute kenne ich keine Gnade.

Im Fahrstuhl auf dem Weg nach unten musste er sich eingestehen, dass er wusste, wer Maarten Verlangen war. Und warum er die Truppe verlassen hatte.

11

Als Verlangen das Polizeirevier in Linden verließ, beherrschten ihn drei mehr oder weniger miteinander unvereinbare Gefühle. Zum einen war es schön, diese blöde Hennan-Geschichte los zu sein. Es war jetzt ganz exakt eine Woche vergangen, seit die schöne Amerikanerin in seinem Büro aufgetaucht war, und jetzt war sie tot, und was da eigentlich geschehen war, das herauszufinden war Sache der Polizei. Und nicht die von Maarten Baudewijn Verlangen.

Zum Zweiten fühlte er sich innerlich leer. Als hätte er etwas aufgegeben, wobei nicht klar war, was, aber dass er in gewisser Weise seinen Auftrag nicht erfüllt hatte, das war kaum zu leugnen. Wenn ein Privatdetektiv in der Gesellschaft irgendeine Art moralischer Funktion ausübt, dann doch wohl die, einzugreifen und die Dinge ins rechte Licht zu rücken, wenn der Polizeiapparat dazu nicht in der Lage ist. So pflegte er zumindest seine Existenz zu rechtfertigen, wenn er wieder einmal eine Rechtfertigung brauchte.

Eine theoretische Rechtfertigung. Das Leben war nun einmal so, und Maarten Verlangen wusste, wie wichtig es war, die eigenen Beweggründe entsprechend auszutarieren, um das Elend ertragen zu können. An diesem Punkt war er nicht besser oder schlechter als die so genannten ehrbaren Mitbürger.

Was nun Barbara Hennan betraf, so war er aus dem Rahmen gefallen, das konnte er kaum leugnen. Sie war mit einer dubiosen Bitte um Hilfe zu ihm gekommen, und er hatte nicht die Bohne ausgerichtet, jetzt war sie tot, und er hatte das Problem der Polizei anvertraut. Wie immer es sich verhalten mochte, so war das kein ehrenhafter Abgang.

Ach, scheiß drauf, dachte er. Ich bin nun einmal ein elender Stinkstiefel.

Das dritte Gefühl war von trivialer, alltäglicher Art. Er hatte Durst. Sehnte sich infernalisch nach einem großen Bier, und bevor er mit dem Wagen zurück nach Maardam fuhr, kehrte er in Henrys Bar ein und sah zu, dass zumindest dieses Ungleichgewicht wieder ins Lot kam.

Immerhin etwas, dachte er. Eins nach dem anderen.

Direktor Kooperdijk von der Versicherungsgesellschaft F/B Trustor erinnerte an einen kleinen Stier.

Außerdem erinnerte er – fast zum Verwechseln – an Verlangens ehemaligen Schwiegervater. Er hatte immer ein Gefühl des Unbehagens empfunden, wenn er versucht hatte, der Kraft in den stahlblauen Augen zu begegnen. Der ganze Kerl strahlte so viel Energie aus, dass sie förmlich zu explodieren schien. Ab und zu musste sie sich in Form von Aggressivität oder Verhöhnung Luft schaffen. Eine Art Sicherheitsventil, wie Verlangen zu denken pflegte. Ganz einfach, damit sie nicht überkocht. Genauso hatte es sich mit Marthas Vater, diesem Kraftpaket, verhalten; wenn es etwas gab, was er nach der Scheidung absolut nicht vermisste, dann waren es die Konfrontationen – und die kaum verdeckten Anspielungen hinsichtlich seiner Unzulänglichkeit und Nachlässigkeit – in Zusammenhang mit den obligatorischen monatlichen Sonntagmittagessen in der großen Villa in Loewingen. Immerhin etwas Gutes.

Aber Direktor Kooperdijks Pistolenmündungsblick über den Schreibtisch hinweg in dem luxuriösen Büro am Keymer Plejn weckte jedes Mal eine Erinnerung daran.

Wie auch jetzt wieder. Es war halb drei Uhr am Nachmittag; Verlangen war eine Viertelstunde zu spät gekommen, er schob die Schuld auf Parkprobleme im Zentrum, da es taktisch unklug wäre, zuzugeben, dass das Bier bei Henry's schuld an seiner Verspätung war.

»Setzen Sie sich«, sagte Kooperdijk. »Wir haben ein Problem.«

Verlangen setzte sich auf den niedrigen Stuhl gegenüber dem Schreibtisch. Der Stuhl des Direktors war mindestens fünfzehn Zentimeter höher, was natürlich kein Zufall war.

»Ein Problem?«, wunderte Verlangen sich und warf zwei Halspastillen in den Mund. »Was für ein Problem?«

»Genauer gesagt zwei«, erklärte Kooperdijk.

»Aha?«, sagte Verlangen.

»Das erste betrifft Ihre Arbeit.«

»Meine Arbeit?«

»Ihre so genannte Arbeit bei uns, ja. Wir fangen an, unser Arrangement zu überdenken. Das Ganze lässt um einiges zu wünschen übrig.«

»Meiner Auffassung nach war es doch zu Ihrer Zufriedenheit«, widersprach Verlangen.

»Was wohl zu diskutieren wäre.«

»Ich verstehe nicht ganz«, gab Verlangen zu. Komm zur Sache, du kleines Arschloch, dachte er.

»Ich kann mir denken, dass das Meiste zu Ihrer Zufriedenheit war«, führte Kooperdijk aus und faltete die Hände vor sich auf dem Schreibtisch. »Aber nicht immer zu unserer.«

»Zum Beispiel?«, wollte Verlangen wissen.

»Die Sache Westergaade«, sagte Kooperdijk. »Nicht besonders geglückt. Diese Geschichte mit der Anwaltskanzlei. Absolut nicht geglückt.«

Verlangen dachte nach.

»Man kann nicht erwarten, dass ich Hunde aufspüre, wo gar keine Hunde begraben sind«, sagte er.

»Nein, kann man das nicht?«, fragte Kooperdijk, ohne das Gesicht zu verziehen. »Auch das ist eine Meinung, die zu diskutieren wäre. Und dann wäre da noch der persönliche Lebenswandel.«

»Wie bitte?«, fragte Verlangen und versuchte sich auf dem Stuhl aufzurichten, um zumindest in Augenhöhe mit der Schreibtischplatte zu kommen. »Mein persönlicher ...?«

Kooperdijk lehnte sich auf den Ellbogen nach vorne.

»Frau Donk, eine unserer Ermittlerinnen, hat Sie vor zwei Wochen im Oldener Maas gesehen. Das war nicht gerade zu Ihrem Vorteil.«

Verlangen schwieg.

»›Breit wie eine Haubitze‹, wie sie sagte. Sie wollten ihre Freundin an der Bar angrabschen.«

Weshalb sonst sitzen Frauen denn an der Bar?, dachte Verlangen und sank zurück auf seinen Stuhl. Wenn nicht, um begrabscht zu werden?

»Das muss ein Missverständnis gewesen sein«, sagte er.

»Natürlich«, stimmte Kooperdijk zu. »Ist nur die Frage, wessen.«

Verlangen schloss die Augen für eine Sekunde und überlegte, ob er nicht einfach aufstehen und gehen sollte. Plötzlich wünschte er sich, auf einer griechischen Insel zu sein. Obwohl – nicht auf Kreta, von Minotauren hatte er genug.

»Ich verstehe«, sagte er. »Soll nicht wieder vorkommen.«

»Vermutlich nicht«, sagte Kooperdijk. »Nun ja, wie dem auch sei, so überlegen wir momentan, ob wir Ihre Dienste tatsächlich weiterhin in Anspruch nehmen sollen. Haben Sie irgendwelche Kommentare in diesem Punkt?«

»Absolut keine«, sagte Verlangen.

»Das heißt, wenn wir nicht eine Verbesserung irgendeiner Art feststellen können. Das würde die Sache natürlich in ein anderes Licht rücken.«

»Das hoffe ich«, sagte Verlangen.

»Wie ich schon sagte, so haben wir außerdem noch ein kleines Problem.«

»Ja, ich erinnere mich, dass der Herr Direktor es erwähnt hat.«

»Genauer gesagt, ein großes Problem.«

»Und das wäre?«

»Falls Sie in dieser Angelegenheit ein wenig mehr Zielstrebigkeit an den Tag legen könnten, dann würde das natürlich Ihre Position um einiges verbessern.«

Verlangen räusperte sich. Da es bei Direktor Kooperdijk nicht erlaubt war zu rauchen, warf er sich noch zwei Halsbonbons in den Rachen.

»Lassen Sie hören«, schlug er optimistisch vor. »Ein größeres Problem?«

Direktor Kooperdijk schlug eine rote Mappe auf und holte ein Papier heraus. Setzte sich umständlich eine Lesebrille auf, die seine Stierphysiognomie um einige Grade abmilderte.

»Hm«, sagte er. »Es geht um eine Lebensversicherung. Ziemlich kostspielig, wenn wir die Karten nicht richtig mischen.«

Verlangen wartete ab.

»Eins Komma zwei Millionen Gulden, um ganz genau zu sein.«

»Eins Komma …?«

»… zwei, ja. Viel Geld. Verdammt viel. Und da liegt der Hund begraben, um einen zweifelhaften Redner zu zitieren. Ein verdammt großer Hund wahrscheinlich.«

»Ja?«, erwiderte Verlangen. »Ja, wenn das so ist, dann bin ich natürlich bereit, alles zu tun, was ich kann. Wie sieht es aus?«

Kooperdijk nahm seine Brille ab.

»Es sieht nicht gut aus«, erklärte er. »Überhaupt nicht gut. Wir haben vor einem Monat eine Lebensversicherung für eine gewisse Person abgeschlossen. Die erste Rate ist ordnungsgemäß bezahlt worden, und jetzt sieht es so aus, als ob das Objekt verschieden ist.«

»Tot?«, fragte Verlangen.

»Tot«, bestätigte Kooperdijk und putzte sich die Nase in einem karierten Taschentuch, das er aus der Hosentasche gezogen hatte. »Von uns gegangen, in die ewigen Jagdgründe. Wie auch immer Sie es nennen wollen.«

»Ich verstehe«, nickte Verlangen.

»Trustor hat ja immer hoch gepokert«, konstatierte Kooperdijk und hob den Blick zu der Reihe von Urkunden, die an der gegenüber liegenden Wand hingen. »Wir haben Versicherungen abgeschlossen, die andere Gesellschaften abgelehnt haben. Hoher Risikofaktor, entsprechende Prämie. Unser Renommee ist seit dreißig Jahren ungebrochen hoch ...«

Wenn er jetzt anfängt, von dem Hund der Opernsängerin zu sülzen, dann zünde ich mir eine Zigarette an und haue ab, dachte Verlangen.

»... das brauche ich Ihnen natürlich nicht zu erzählen. Aber es gibt Grenzen, und es gibt Kunden, die sich nicht scheuen, ein großzügiges Geschäftsverhalten auszunutzen. Und diese Geschichte fällt zweifellos in diese Kategorie. Der Name der Versicherungsnehmerin ist Barbara Hennan, vielleicht haben Sie über sie in den Zeitungen gelesen?«

Verlangen blieb das Herz stehen.

»Barb ...?«, war alles, was er herausbrachte.

»Barbara Hennan, ja. Ist letzte Woche gestorben. Die Versicherungssumme fällt ihrem Ehemann zu – wenn wir es nicht verhindern können –, einem gewissen Jaan G. Hennan. Eins Komma zwei, wie gesagt.«

Verlangen schluckte die Halspastillen, sein Herz begann wieder zu schlagen.

»Was ist los mit Ihnen?«, fragte Kooperdijk.

»Mit mir?«, erwiderte Verlangen. »Nichts ... nur ein leichtes Schwindelgefühl.«

»Ein Schwindelgefühl, während Sie sitzen?«, wunderte Kooperdijk sich. »Wie alt sind Sie?«

Verlangen versuchte wieder, sich auf dem Stuhl aufzurichten.

»Ich hatte eine leichte Grippe«, erklärte er. »Nicht der Rede wert. He ... Hennan haben Sie gesagt?«

Ich träume, dachte er, wagte es aber vor Kooperdijks wachsamen Stieraugen nicht, sich in den Arm zu kneifen.

»Hennan, ja. Das riecht meilenweit nach Betrug, das kapiert ja jeder Esel. Apropos Esel – die Polizei ist auch eingeschaltet, aber die scheint von einem Unfall auszugehen.«

»Wirklich?«, meinte Verlangen. »Und was waren das für Bedingungen? Ich meine, in der Versicherungspolice?«

»Natürlicher Tod. Dazu gehören leider auch Unfälle. Wenn jemand ihr von der Schippe geholfen hat oder sie es selbst getan hat, dann können wir uns schadlos halten. Totschlag, Mord, Selbstmord … das spielt keine Rolle. Und in diese Richtung wollen wir den Karren schieben.«

Den Karren schieben?, dachte Verlangen. Der spinnt doch.

»Haben Sie die Bedingungen verstanden?«, wollte Kooperdijk wissen und zwinkerte ihm zu.

Verlangen antwortete nicht. Ich weiß mehr über Bedingungen, als du ahnst, du kleiner Wicht, dachte er. Aber kapieren tue ich sie trotzdem nicht.

Verdammt, ich kapiere sie einfach nicht.

»Sie können zu Krotowsky gehen, der wird Sie detaillierter ins Bild setzen«, erklärte Kooperdijk. »Und sehen Sie verdammt noch mal zu, dass Sie uns hier einen kleinen Dienst erweisen können, dann werden wir die alten Geschichten vergessen. Ich brauche wohl nicht erst darauf hinweisen, dass Geld in dieser Hinsicht keine Rolle spielt …«

Verlangen kämpfte sich vom Stuhl hoch und fühlte einen Augenblick lang wirklich eine Art von Schwindelgefühl.

»Krotowsky jetzt sofort, oder …?«

»Jetzt sofort«, bestätigte Direktor Kooperdijk.

Inspektor Münster holte bei dem Badmintonmatch gegen Van Veeteren alle vier Sätze nach Hause. Wie üblich. Nur während einer kurzen Zeitspanne zu Anfang war es etwas ungewiss, aber von 5:5 kämpfte er sich über 9:6 und 12:8 zu beruhigenden 15:11. Die übrigen Sätze ähnelten eher der Routine: 15:6, 15:8 und 15:4.

»Das ist dieses Ziehen im Rücken«, kommentierte der

Kommissar auf dem Weg zur Dusche. »Das hemmt mich, nächste Woche werde ich dich vom Platz fegen.«

»Kommt Zeit, kommt Rat«, sagte Münster.

»Außerdem geht mir diese Hennan-Geschichte nicht aus dem Kopf«, fuhr Van Veeteren fort. »Ich kriege das einfach nicht in den Griff. Wenn ich ein aufgeweckter Inspektor wäre, würde ich die Gelegenheit nutzen, um zu zeigen, was ich kann.«

»Botschaft angekommen«, meinte Münster nur.

Bereits auf dem Weg zur Sporthalle war er im Auto über die neue Entwicklung im Fall informiert worden. Diese Missgeburt von Privatschnüffler!, wie der Kommissar ihn zu nennen beliebte. Außerdem hatte er erzählt, dass er wisse, wer Maarten Verlangen war – offensichtlich einer dieser Polizeibeamten, die auf lange Sicht nicht zwischen richtig und falsch unterscheiden können – und die mit eingekniffenem Schwanz ihren Dienst quittieren, um einer unsicheren Zukunft entgegenzugehen. Offensichtlich. Fünf, sechs Jahre oder so war es her. Wenn der Kommissar sich recht erinnerte.

Münster blieb nichts anderes übrig, als ihm zuzustimmen. Das war wirklich eine merkwürdige Geschichte. Er dachte darüber nach, nachdem er Van Veeteren am Randers Park rausgelassen und den Wagen Richtung Zuhause gelenkt hatte.

Denn wenn Barbara Hennan tatsächlich einen Privatdetektiv engagiert hatte, um ihren Mann überwachen zu lassen, dann musste doch etwas dahinter stecken. Was?, fragte Münster sich. *Was?* Vielleicht hatte sie geahnt, dass etwas im Busche war. Das musste doch so sein, oder? Vielleicht hatte sie Angst, dass ihr Mann irgendwie hinter ihr her sein könnte. Auf jeden Fall müsste dieser Verlangen irgendwelche Informationen darüber haben.

Und der Kommissar lief grübelnd herum. Münster hatte inzwischen gelernt, dass Van Veeterens Ahnungen und intuitive Einfälle nicht zu verachten waren. Vor drei Jahren – als er gerade frisch bei der Kripo angefangen hatte – war es ihm noch schwer gefallen, sich nicht von den vielen schrägen und bizarren Ideen des Kommissars irritieren zu lassen, aber mit der Zeit war der Zweifel in Respekt umgeschlagen.

Respekt und eine gewisse widerwillige Bewunderung.

Darüber, dass der Kommissar sich fast nie irrte. Bei einer Ermittlung nach der anderen war es Van Veeteren immer wieder geglückt – mit schlafwandlerischer Sicherheit –, die richtigen Fäden zu ziehen. Genau die richtige Person für ein erneutes Verhör auszusuchen oder eine sorgfältige Überprüfung dessen anzuordnen, was Herr X, Frau Y oder Fräulein Z an dem Mittwochabend der vergangenen Woche unternommen hatten. In diesem Wirrwarr von Informationen und Desinformationen, die sich bei jedem neuen Fall schneller anhäufen, als ein Schwein zwinkern kann.

Intuition, wie man es nannte. Man musste einfach zugeben, dass Van Veeteren in Besitz dieser strittigen, aber doch äußerst geschätzten Eigenschaft war. Und zwar in hohem Maße.

Und ebenso gut konnte er zugeben, überlegte Münster weiter, während er von der Hauptstraße abbog und zwischen einen Bus und einen Fischwagen eingeklemmt wurde, dass auch in diesem Fall etwas dran war.

Wenn Van Veeteren glaubte, dass es dieser merkwürdige G. war, der hinter dem Tod seiner Frau steckte, ja, dann war es wahrscheinlich auch so. In irgendeiner Art und Weise.

Aber *wie?* Wie hatte er es angestellt? Gute Frage. War er aus diesem Lokal so lange entwischt, wie nötig gewesen war? War das zeitmäßig überhaupt möglich? Oder hatte er einen Handlanger gehabt?

Letzteres erschien glaubwürdiger. Einen Auftragsmörder? Das war ungewöhnlich, äußerst ungewöhnlich – wenn man nicht zu der so genannten Verbrecherszene gehörte, und dazu gehörte das Paar Hennan doch wohl nicht? Oder?

Und wie sollten sie es anstellen, ihn festzunageln?

Der Fragezeichen gab es viele, wie Inspektor Münster sich eingestand, als er auf der Straße vor seinem Reihenhaus parkte. Viele und wahrscheinlich keine, die reif genug waren, um jetzt schon wirklich geklärt zu werden, beschloss er. Nicht bevor man nicht etwas mehr darüber wusste, was der Privatdetektiv und Exbulle Verlangen noch zu bieten hatte. Und möglicherweise auch, was die Informationen über Hennan bringen könnten, die der Kommissar in den USA angefordert hatte.

Es war nicht klug, zu früh zu spekulieren, das war eine gute, alte Regel. Da war es schon besser, sich stattdessen Frau und Kind zu widmen.

Das war eine noch bessere Regel; vor allem, wenn man eine Frau hatte, die Synn hieß und die attraktivste Frau auf der Welt war. Und einen Sohn, der Bart hieß und in gut einer halben Minute lachend angelaufen kommen und sich einem in die Arme werfen würde, um in die Luft geschleudert zu werden, bis er aus vollem Herzen juchzte.

Mein Gott, dachte Inspektor Münster. Ich bin der glücklichste verdammte Bulle in der Stadt, wie kommt es eigentlich, dass ich das ab und zu fast vergesse?

Kurz nach Mitternacht, nachdem sie damit fertig waren, sich zu lieben, erzählte er Synn die Geschichte und fragte sie nach ihrer Meinung. Sie blieb eine Weile mit dem Kopf auf seinem Arm liegen und atmete direkt in sein Ohr, bevor sie antwortete.

»Ich würde mich nie im Leben in der Dunkelheit von einem Sprungturm fallen lassen«, flüsterte sie schließlich. »Nie im Leben.«

»Das ist genau das, was ich mir auch gedacht habe«, sagte Münster. »Und jetzt lass uns schlafen.«

12

Am Mittwochmorgen hatte Kommissar Van Veeteren einen Streit mit seiner Ehefrau. Es war nicht ganz klar, worum es eigentlich ging, vermutlich sprachen sie von verschiedenen Dingen. Auf jeden Fall war es Renate, die das letzte Wort hatte, indem sie mit der flachen Hand auf den Tisch schlug und erklärte, dass es kein Wunder sei, dass Erich nun einmal so war, bei dem Vater.

Van Veeteren hatte entgegnen wollen, dass ja all die guten Gene und Eigenschaften der Mutter vielleicht die Mängel kompensieren könnten, zumindest zu einem gewissen Teil, aber da hatte sie die Küche bereits verlassen. Während er die Schachaufgabe in der Allgemejne löste, überlegte er wieder einmal, warum er nicht reinen Tisch machte und ein für alle Mal auszog – und welchen Einfluss eine derartige Entwicklung wohl auf den missratenen Sohn haben könnte.

Jedenfalls konnte es nicht schlimmer werden. Soviel stand fest. Man wusste, was man hatte, aber nie, was man bekam. Wie bekannt.

Die kleine Frühstückskontroverse hatte auch eine gute Seite gehabt, wie er erkannte, als er in den Sonnenschein der Wimmerstraat trat. Sie hatte für eine Weile G. aus seinen Gedanken verscheucht, und das konnte er gut gebrauchen. Er war es nicht gewohnt, dass die Ermittlungen ununterbrochen in ihm rumorten, und was Hennan betraf, so konnte man ja noch nicht einmal von Ermittlungen sprechen. Der Fall, wenn es sich denn überhaupt um einen Fall handelte, befand sich immer noch auf Kommissar Sachs' Schreibtisch in Linden. Die Kripo von Maardam hatte eine Art beratender Funktion inne, aber die Arbeit noch nicht offiziell übernommen.

Noch nicht?, dachte er, während er auf der Fußgängerbrücke über die Wimmergraacht stehen blieb und sich eine Zigarette anzündete. Was meine ich denn damit? Wenn es nur eine Zeitfrage ist, dann gibt es doch wohl keinen Grund, es hinauszuzögern?

Und schon gar nicht, wenn ich nachts wach liege und darüber nachgrübele. Verdammter Mist!

Am gestrigen Abend hatte er den Privatdetektiv Verlangen endlich zu fassen gekriegt. Hatte sich damit zufrieden gegeben, die Informationen von Kommissar Sachs bestätigt zu bekommen, und ein Treffen mit Verlangen in seinem Dienstzimmer auf dem Revier vereinbart.

Heute Vormittag. In einer halben Stunde, genauer gesagt, wie er feststellte, als er an der Keymerkirche vorbeiging und einen Blick auf das große, blassgelbe Zifferblatt warf.

Das würde so einiges klarstellen. Verlangen sollte doch zumindest so viel Stoff liefern, dass der Kommissar entscheiden konnte, ob er die Ermittlungen übernehmen sollte oder nicht. Ob es sich überhaupt lohnen würde, eine Voruntersuchung mit diesem verfluchten G. in der Hauptrolle einzuleiten und schließlich der ganzen Geschichte ein bisschen Schwung zu geben.

Aber es war schon eigentümlich. Verdammt eigenartig. Sowohl die Art selbst, wie Barbara Hennan gestorben war, als auch die dubiose Rolle dieses Privatschnüfflers. Van Veeteren überlegte, wie er sich wohl verhalten und den Fall beurteilt hätte, wenn jemand anderes als ausgerechnet G. darin verwickelt gewesen wäre.

Auf jeden Fall wäre ihm dieses irritierende Engagement erspart geblieben, wie ihm selbst klar wurde – aber der private Aspekt musste doch nicht bedeuten, dass er auf Grund dubioser Vorurteile keinen klaren Blick mehr hatte? Nicht unbedingt. Die Kenntnis der Personen war natürlich ein vorteilhafter Faktor bei den Ermittlungsarbeiten. Wenn man recht damit umzugehen wusste, sie sozusagen auf entsprechendem Abstand hielt.

Er beschloss, diese notwendige Distanz gut in Erinnerung zu behalten. Blieb einen Moment vor Kooners Buchladen stehen, während er zu dem wolkenfreien Himmel emporschaute und sich die Jacke auszog. Die Sonne wärmte, und die Touristenscharen auf dem Keymer Plejn wurden langsam dichter. Er blieb eine Weile stehen und betrachtete das Schauspiel. Die obligatorische südamerikanische Folkloremusikgruppe war dabei, ihre Instrumente vor Kellner's aufzubauen, obwohl es erst halb zehn war, zwei Mädchen um die zwölf liefen mit einem Eis in der Hand quer über den Marktplatz, und an den Tischen des Straßencafés saßen bereits blauhaarige Damen und dickbäuchige Herren und tranken ihr Frühstück.

Sommer, dachte er. Es sieht so aus, als sollte es auch dieses Jahr wieder Sommer werden. Ei der Daus.

Privatdetektiv Verlangen kam zehn Minuten zu spät, trotzdem hatte er es am Morgen nicht geschafft, sich zu rasieren. Vermutlich am Tag zuvor auch nicht, soweit Van Veeteren das beurteilen konnte, als er ihn fragte, ob er einen Kaffee haben wollte.

Den wollte er. Der Kommissar nahm an, dass er es nur zu einem Bier zum Frühstück geschafft hatte, und bestellte außerdem noch ein paar Schinkenbrote bei Frau Katz unten im Empfang.

»Danke«, sagte Verlangen. »Bin etwas spät hochgekommen. Manchmal findet man einfach keinen Schlaf.«

Der Kommissar notierte sich insgeheim, dass Verlangen ungepflegt aussah. Kurzärmliges, verwaschenes Baumwollhemd, an dem ein Knopf fehlte. Abgetragene schwarze Jeans und ausgetretene Sandalen. Ringe unter den Augen und fettiges, rattenfarbenes Haar, das schon seit längerem hätte geschnitten oder ganz vernichtet werden sollen.

Offenbar waren die fünf Jahre, die vergangen waren, seit er die Truppe verlassen hatte, für Maarten Verlangen kein Zuckerschlecken gewesen. Was Van Veeteren auch nicht erwartet hatte, dennoch spürte er einen Hauch von Mitleid mit dem schäbigen Kerl, der jetzt mit flackerndem Blick vor ihm saß und nach einer Zigarette suchte.

»Darf ich rauchen?«

»Aber bitte«, sagte Van Veeteren. »Kaffee und Brote kommen gleich.«

Verlangen zündete eine Zigarette an und machte einen tiefen Zug.

»Ich konnte einfach nicht schlafen«, sagte er. »Das ist schon eine vertrackte Geschichte mit dieser Frau Hennan.«

»Warum hast du dich nicht früher gemeldet?«, fragte Van Veeteren. »Es ist inzwischen schon fast eine Woche vergangen.«

»Da muss ich um Entschuldigung bitten«, erklärte Verlangen. »Aber mir ist erst am Montag klar geworden, was passiert ist ... also vorgestern. Du darfst nicht denken, dass ich ... dass ich euch noch eins auswischen will wegen der Sache damals vor fünf Jahren. Das war meine Schuld, und ich habe meine Lektion gelernt.«

»Ich kenne die Geschichte«, erklärte der Kommissar. »Manchmal kommt man in eine Situation, die man nicht mehr in den Griff kriegt. Du hast die Konsequenzen gezogen, das reicht für meinen Teil.«

Verlangen betrachtete ihn ein paar Sekunden lang mit leicht flackerndem Blick.

»Danke«, meinte er dann. »Ja, so ist es nun einmal. Auf jeden Fall denke ich doch, dass wir, wenn es um diesen Hennan geht, auf einer Seite stehen. Er ist ein unangenehmer Schweinehund, und es würde mich nichts mehr freuen, als wenn er wieder einfahren würde.«

Van Veeteren nickte.

»Wenn ich richtig unterrichtet bin, dann warst du es, der ihn das letzte Mal geschnappt hat.«

»Das stimmt«, nickte Verlangen. »Mit einem Kollegen zusammen. Er hat zweieinhalb Jahre gekriegt, vermutlich wäre das Doppelte richtig gewesen.«

»So denke ich auch«, sagte Van Veeteren. »Aber manchmal muss man schon dankbar sein für das, was man hat.«

»Das habe ich auch gelernt«, sagte Verlangen und leistete sich ein schiefes Lächeln. »Im Laufe der letzten Jahre. Wollen wir jetzt den Ablauf der Geschehnisse durchgehen? Ich habe noch eine fantastische Neuigkeit, aber ich denke, die heben wir uns bis zum Schluss auf.«

»Eine Neuigkeit?«, fragte Van Veeteren nach. »Die Hennan betrifft?«

»Eine Bombe«, bestätigte Verlangen. »Du kannst wohl davon ausgehen, dadurch einiges an Verstärkung zu bekommen. Aber erst einmal von Anfang an, ja …?«

Der Kommissar schaltete das Tonbandgerät ein, stellte es aber gleich wieder aus, als es an der Tür klopfte und Frau Katz mit Kaffee und einem Teller mit belegten Broten hereinkam. Verlangen wartete, bis sie das Zimmer wieder verlassen hatte, biss zweimal von einem Brot ab, spülte mit einem Schluck Kaffee nach und begann.

Es dauerte eine halbe Stunde – mit Nachfragen des Kommissars, Präzisierungen und Wiederholungen – insbesondere, als Verlangen zum Donnerstagabend und dem Restaurant Colombine kam. Als Van Veeteren zeigte, dass er bis dahin ganz zufrieden war, war es an der Zeit, die besagte Bombe platzen zu lassen.

»F/B Trustor, kennt der Herr Kommissar die Gesellschaft?«

»Die Versicherungsgesellschaft?«

»Ja. Ich arbeite ab und zu für sie … oder habe zumindest für sie gearbeitet. Gestern Nachmittag bin ich zum Direktor gerufen worden. Aus zwei Gründen. Zum einen, weil er mich feuern wollte, weil er nicht mit meinen Ergebnissen zufrieden ist, zum anderen, weil er mir die Chance geben wollte, das wieder gutzumachen ... sozusagen. Kannst du raten, worum es sich dabei handelt?«

Der Kommissar schüttelte den Kopf. Woher zum Teufel soll ich das erraten können?, dachte er.

»Jaan G. Hennan.«

»Hennan?«

»Ja, genau. Höchstpersönlich. Die Sache ist nämlich die, dass er vor einem Monat eine Lebensversicherung auf seine Frau abgeschlossen hat. Wenn es sich herausstellt, dass sie eines natürlichen Todes gestorben ist, dann kriegt er eins Komma zwei Millionen.«

»Wie bitte?«, stieß Van Veeteren hervor.

»Eine Million und zweihunderttausend Gulden. Was sagst du nun?«

Van Veeteren starrte Verlangen an.

»Eine Million ...«

»... zweihunderttausend, ja. Das darf doch einfach nicht wahr sein. Wenn es überhaupt einen Menschen gibt, der ein Motiv hat, sich seiner Ehefrau zu entledigen, dann ist es dieser Jaan G. Hennan ... sich ihrer auf natürlichem Weg zu entledigen, heißt das.«

Van Veeteren merkte, dass er mit offenem Mund dasaß. Er schloss den Mund und schüttelte langsam den Kopf.

»Das ist doch ...«, sagte er. »Und das hast du mir gestern Abend am Telefon verschwiegen. Warum um alles in der Welt ...«

»Du hast doch selbst gemeint, es wäre besser, unter vier Augen zu reden. Außerdem brauchte ich auch ein bisschen Zeit, erst einmal selbst darüber nachzudenken.«

»Wieso das? Worüber nachdenken?«

Verlangen sah für einen kurzen Moment peinlich berührt aus.

»Über meine eigene Rolle natürlich. Gegenüber Trustor. Wenn ich Hennan auf eigene Faust überführe, dann bin ich für eine ganze Weile saniert ... wenn du verstehst, was ich meine. Aber dann bin ich darauf gekommen, dass es vielleicht besser wäre, wenn wir Hand in Hand arbeiten.«

»Verdammte Scheiße«, entfuhr es dem Kommissar. »Du klingst wie so ein eingebildeter amerikanischer Privatdetektiv aus den Vierzigern.«

»Das macht der Job«, sagte Verlangen. »Tut mir Leid. Ja, jetzt weißt du jedenfalls alles, was ich weiß. War nett, mal wieder in diesem Haus zu Besuch sein zu dürfen.«

»Das kann ich verstehen«, sagte Van Veeteren. »Und es war sicher nicht das letzte Mal.«

»Nein«, bestätigte Verlangen. »Das nehme ich auch an. Tatsache ist, dass ich selbst äußerst daran interessiert bin, diesen Schweinehund festzunageln. Ehrlich gesagt ... ja, ehrlich gesagt, macht er mir Angst.«

Mir auch, dachte Van Veeteren, aber er sagte es nicht.

Nach dem Gespräch mit Maarten Verlangen fuhr der Kommissar hinunter in den Keller des Polizeigebäudes und ging dort für eine Stunde in die Sauna. Wahrscheinlich handelte es sich bei dieser Aktion auch wieder um eine Variante einer Borkmann-Regel.

Wenn du das Gefühl hast, dass dir der Kopf vor Gedanken und Tatenkraft platzt, dann klinke dich für eine Weile aus und beruhige dich erst einmal, so hatte Borkmann es ihm vor zwanzig Jahren eingeschärft. Eile mit Weile, sonst bleiben Vernunft und Scharfsinn auf der Strecke. Während er grübelnd auf der Pritsche saß, wurde ihm aber trotz allem nicht besonders viel klar, höchstens, dass diese Regel wahrscheinlich in außergewöhnlich hohem Grad gerade in diesem Fall anzuwenden war.

Eile war das Letzte, was er jetzt brauchte, das sah er ein, als der Prozess des Schwitzens so richtig in Gang kam. Wenn G. –

auf welche Art und Weise auch immer – seine Ehefrau des Lebens beraubt hatte, dann hatte er es getan, um an das Versicherungsgeld zu kommen – eins Komma zwei Millionen Gulden! Der Kommissar hatte nicht wenig Lust, einmal zu untersuchen, wie es eigentlich um die Urteilskraft und Gehirnwindungen der Herrschaften von F/B Trustor bestellt war.

Aber sie würden unter keinen Umständen auch nur einen einzigen Gulden herausrücken, solange polizeiliche Ermittlungen liefen, so viel stand fest. Jaan G. Hennan würde es nichts nützen, zu fliehen oder sich versteckt zu halten. Versicherungsgesellschaften waren nicht gerade bekannt dafür, Leute eigenhändig aufzuspüren, um ihnen das Geld zu überreichen.

Van Veeteren goss Wasser auf die heißen Steine, so dass der Dampf bis zum Unerträglichen aufstieg.

Also konnte G. nur warten, sonst nichts. Darauf warten, dass die Mühlen der Justizmaschinerie in ihrem üblichen langsamen Trott mahlten. Mit anderen Worten mussten die Polizei und die Staatsanwaltschaft eigentlich nur dafür sorgen, dass ein Voruntersuchungsverfahren eröffnet wurde und die Zeit verging. Und somit dafür sorgen, dass G. schwitzte und grübelte. Zwei Monate war die normalerweise festgesetzte Zeit dafür, aber der Staatsanwalt war sicher zu ein oder ein paar Monaten mehr zu überreden, falls die Lage es erforderlich machte.

Für den Fall, dass man nichts herausfinden würde, aber, verdammt noch mal, man würde alles daran setzen, etwas herauszufinden. Gegen einen so außergewöhnlich unsympathischen Menschen müssten sich doch wohl genügend Beweise finden lassen! Den Mörder Jaan G. Hennan!

Und jetzt sollten alle Kräfte dafür freigesetzt werden.

Er kippte noch einmal eine Kelle Wasser über die Steine, und plötzlich tauchte vor seinem inneren Auge das Bild eines Tiers auf. Eine Art mentaler – oder vielleicht psychophysischer – Bastard aus Drachen und Sphinx, soweit er das beurteilen konnte. Aber das Böse sprühte geradezu wie glühende Lava aus den Augen und dem Maul, und er selbst, der unerschütterliche, unbestechliche Kommissar Van Veeteren, gab wie ein ... wie eine edle Rittergestalt des Lichts und der Güte seinem weißen Springer die Sporen, den langen Arm des Gesetzes wie eine Lanze oder ein aufblitzendes Schwert vorgestreckt ...

Es flimmerte ihm vor den Augen, und er wankte aus der Sauna. Mein Gott!, dachte er. Was für einen Sinn hat es, jetzt auch noch das Gehirn zu überhitzen?

Bevor er mit Polizeipräsident Hiller zusammentreffen sollte, hatte er gemeinsam mit Münster die Richtlinien abgesteckt. Das war nicht besonders kompliziert; Münster machte sich Notizen und kam schließlich zu dem Schluss, dass die Arbeit in sechs verschiedene Richtungen weitergehen konnte. Zumindest ansatzweise.

Zum Ersten musste eine sorgfältige Durchsuchung der Villa Zephir stattfinden. Mit Leuten von der Spurensicherung, mit Staubsaugern und dem ganzen Drum und Dran, zwar hatte G. Äonen von Zeit gehabt, alle Spuren zu beseitigen, aber man durfte trotzdem nichts dem Zufall überlassen.

Zum Zweiten musste man Barbara Hennans Unternehmungen an jenem schicksalsschweren Donnerstag so genau wie möglich aufdecken. War sie wirklich nach Aarlach gefahren? Was hatte sie dort gemacht? Wann war sie nach Linden zurückgekommen? Warum hatte sie so große Mengen Alkohol getrunken? Et cetera. Hier gab es jede Menge Fragen, und wenn man einige klären konnte, durfte man wahrscheinlich schon dankbar dafür sein.

Zum Dritten waren Informationen über den Hintergrund des Paares in den USA notwendig. Zunächst musste man sich wohl damit begnügen, auf die Information, die man bereits angefordert hatte, zu warten. Es war zu hoffen, dass sie heute oder am folgenden Tag eintreffen würde. Abhängig von ihrem

Inhalt musste man dann entscheiden, ob es einen Grund gab, diese Spur weiter zu verfolgen oder nicht.

Zum Vierten musste Jaan G. Hennans Bekanntenkreis unter die Lupe genommen werden. Womit hatte er sich seit seiner Rückkehr aus den Staaten beschäftigt? Welche Kontakte hatte er geknüpft? Gab es noch Freunde oder Bekannte aus den Siebzigern ... und hatte das Paar Hennan tatsächlich keine anderen Kontakte als die Nachbarn Trotta gehabt, mit denen sie ganz offensichtlich nicht besonders viel gemeinsam hatten?

Zum Fünften – und hier war es Münster, der darauf insistierte – wäre es nützlich, den Kontakt zum Privatdetektiv Verlangen weiter aufrecht zu erhalten. Vielleicht hatte er bei seinem Gespräch mit dem Kommissar irgendwelche Details vergessen? Vielleicht konnte er auch in anderer Hinsicht nützlich sein? Genau wie er unterstrichen hatte, standen sie in dieser Geschichte ja in höchstem Grad auf der gleichen Seite; Verlangen hatte ein rein persönliches Interesse daran, Hennan festzunageln, und es wäre doch eine verschenkte Gelegenheit, diese Tatsache nicht auszunutzen. In irgendeiner Form. Auch wenn man es mit einem noch so heruntergekommenen Privatdetektiv zu tun hatte.

Der Kommissar dachte über Münsters Argumentation in diesem Punkt einige Sekunden lang nach. Dann brummte er zustimmend. Es konnte, wie gesagt, ja nicht schaden.

Zum Sechsten – und zum Allerletzten – war es natürlich äußerst wichtig, den entscheidenden Stoß selbst zu versetzen. Mit größtmöglicher Präzision.

Das Verhör des Jaan G. Hennan. Hier ging es darum, keinen Fehler zu machen. Bereits beim letzten Gespräch hatte Van Veeteren die bevorstehende Kraftprobe erahnt, und G. war natürlich nicht so blauäugig, dass er nicht wusste, was ihn erwartete. Musste eigentlich genauso gut darüber Bescheid wissen wie über seinen Mundgeruch am Montagmorgen, dachte der Kommissar.

Keine Seidenhandschuhe. Keine alberne Rücksichtnahme. Van Veeteren wusste, dass Jaan G. Hennan schuldig war, und Hennan wusste, dass er es wusste.

Klarer konnte es kaum sein.

Oder schwerer.

Da es keinen Zeitdruck gab, wurden Münster und Van Veeteren sich darüber einig, die erste wichtige Konfrontation noch ein paar Tage aufzuschieben. Besser, wenn die Spurensicherung ihn erst einmal heimsuchte. Besser, ihn warten und grübeln zu lassen. Vorläufig entschied der Kommissar sich für den Freitagabend, bis dahin waren es noch zwei Tage, und wenn man schon die Wahl hatte, dann war es immer ein Vorteil, während einer ungewöhnlichen Tageszeit zuzuschlagen.

Am liebsten hätte er G. in einem schwarzen Lieferwagen mitten in der Nacht abholen lassen – manchmal überkam es ihn einfach, da spielte er mit dem Gedanken, wie es wohl wäre, ein Kommissar in der Sowjetunion der Dreißiger Jahre gewesen zu sein –, aber er brachte diese Variante nie zur Sprache, schon mit Rücksicht auf Inspektor Münsters reines Herz.

»Das war's«, stellte er stattdessen fest und nahm die Notizen an sich. »Ich nehme an, dass es jetzt Zeit für einen kleinen Vorstoß bei unserem Blumenkönig ist. Willst du mitkommen?«

Münster lachte kurz auf und lehnte das Angebot dankend ab.

»Es wird doch sicher keine Probleme geben, Verstärkung zu bekommen, oder?«, fragte er.

»Kann ich mir nicht vorstellen«, antwortete der Kommissar. »Das hier ist eine üble Geschichte … ich spendiere ein Bier, wenn wir ihn eingebuchtet haben.«

Jetzt wird es ernst, dachte Münster. Todernst.

13

Nachdem er dem Polizeipräsidenten die Sache in groben Zügen vorgetragen hatte – und die Zusicherung bekommen hatte, alle Kräfte nutzen zu können, die zugänglich waren –, zog Van Veeteren sich mit einer Tasse Kaffee und einem Päckchen Zigaretten in sein Büro zurück.

Nachdem er die Schuhe ausgezogen und die Füße auf den Schreibtisch gelegt hatte, kam ihm als Erstes in den Sinn, dass sie vergessen hatten, die Versicherungsgesellschaft Trustor auf Münsters Maßnahmenliste zu setzen. Um das Versäumnis wieder gutzumachen, griff er zum Telefonhörer und bat darum, direkt mit Direktor Kooperdijk verbunden zu werden.

Dieser saß in einer Besprechung, wie ihm mitgeteilt wurde, aber er würde so schnell wie möglich zurückrufen. In zehn Minuten ungefähr.

Van Veeteren rauchte zwei Zigaretten und trank seinen Kaffee aus, während er wartete, und nach zwanzig Minuten war es tatsächlich so weit: Er hatte den Direktor am Apparat.

Der Kommissar berichtete von seinem Gespräch mit Verlangen und wunderte sich mit wohl gewählten Worten darüber, dass es offensichtlich zulässig war, die verrücktesten Versicherungen abzuschließen.

Das sei so, erklärte Kooperdijk hochnäsig. Alles nur eine Frage der Einsätze und des kalkulierten Risikos. Ein Geschäft zwischen Versicherung und Klient, zwei freie Akteure auf einem freien Markt.

Van Veeteren erkundigte sich nach den genauen Bedingungen von Barbara Hennans Lebensversicherung, und bald war ihm klar, dass es sich tatsächlich genau so verhielt, wie Verlangen ihm erzählt hatte. Der Gesamtbetrag – eins Komma zwei Millionen Gulden – fiel dem Begünstigten – Jaan G. Hennan – in dem Moment zu, in dem D/B Trustor schwarz auf weiß bestätigt bekam, dass die Todesursache nicht unter die Kategorien Totschlag, Mord oder Selbstmord fiel.

War es üblich, solche Konditionen aufzustellen?, wollte der Kommissar wissen.

Das käme schon mal vor, erklärte Kooperdijk. Man hätte nun einmal das Recht, alle gewünschten Bedingungen in eine Versicherungspolice aufzunehmen. Das war einzig und allein eine Sache zwischen Versicherungsgesellschaft und Versicherungsnehmer, wie schon gesagt. Im Prinzip war es sogar möglich, eine Versicherung zu zeichnen, die ausschließlich bei Mord oder Totschlag zur Anwendung kam. Aber das war natürlich äußerst ungewöhnlich, wie er selbst zugab, das war nur *im Prinzip.* Ihm selbst war nie eine derartige Klausel untergekommen, und er war schließlich schon seit mehr als dreißig Jahren in der Branche. Einunddreißigeinhalb, wenn man es ganz genau nahm.

Van Veeteren bat, wieder auf ihn zurückkommen zu dürfen. Bedankte sich und legte den Hörer auf.

Muss mal nachsehen, bei welcher Versicherungsgesellschaft ich bin, dachte er. Wenn es Trustor ist, dann kündige ich gleich morgen.

Anschließend schaute er auf seine Armbanduhr und musste feststellen, dass er es vor der Besprechung um zwei nicht mehr schaffen würde, zu Mittag zu essen.

Es reichte nur für ein Butterbrot, das noch von Verlangens Besuch übrig geblieben war und das zwischen all dem Gerümpel auf dem Schreibtisch lag. Er holte sich eine weitere Tasse Kaffee und dachte, dass es immerhin besser als nichts war.

Bis auf zwei waren alle zur Besprechung gekommen. Kommissar Nielsen war bei einer Brandstiftung draußen in Sellsbach, und Inspektor deBries hatte frei.

Alle anderen waren an Ort und Stelle im Konferenzraum.

Kommissar Heinemann. Die Inspektoren Reinhart und Rooth und der frisch gebackene Assistent Jung. Und natürlich Münster. Sechs qualifizierte Kriminalbeamte, inklusive Van Veeteren selbst. Das war nicht schlecht, dann musste man wohl sehen, wie viel Fußvolk es noch zu mobilisieren galt, er rechnete damit, dass sie für ein paar Tage eine ziemlich große Anzahl bräuchten, später würde es hoffentlich weniger werden.

Kommissar le Houde, der der Technikergruppe vorstand, war bereits informiert und mit der Situation einverstanden. Eine genaue Durchsuchung von Hennans Haus in Linden sollte am folgenden Tag in Angriff genommen werden.

Van Veeteren räusperte sich und begrüßte die Anwesenden. Er bat alle, Augen und Ohren aufzusperren und zehn Minuten lang mit beiden Gehirnhälften zuzuhören. Anschließend würde es Kaffee und Aufgabenverteilung geben.

Gab es so weit noch irgendwelche Fragen?

Dem war nicht so.

Er ging den Fall chronologisch durch. Nicht so, wie bei ihm die Informationen eingegangen waren, sondern er begann mit der Ankunft des Paares Hennan in Linden und ging dann weiter bis zu Verlangens Besuch im Polizeigebäude am Vormittag des heutigen Tages.

Als er fertig war, sagte Reinhart, das sei das Schlimmste, was er seit langem gehört hätte. Rooth meinte, es sei das Sonnenklarste, was er doppelt so lange gehört hätte, und der schüchterne Heinemann äußerte die Ansicht, es handle sich um eine ziemlich sonderbare Geschichte.

»Und was machen wir, wenn dieser Hennan einfach nichts zugibt?«, fragte Assistent Jung.

»Er wird nichts zugeben«, erklärte der Kommissar. »Es

spielt gar keine Rolle, wie viele Indizien wir finden oder wie viele auf ihn hindeuten. Er wird nie ein Geständnis ablegen. Alles erscheint ja so sonnenklar, wie Rooth schon gesagt hat, das Problem wird nur sein, ob es auch für ein Gerichtsverfahren reicht.«

»Das ist mir schon klar«, sagte Rooth. »Aber sollte die Fragestunde nicht mit der Kaffeepause zusammenfallen?«

Van Veeteren griff zum Telefonhörer und rief Frau Katz an.

Diskussion, Kaffeetrinken und Aufgabenverteilung dauerten alles in allem eine Stunde. Während dieser Zeit merkte Van Veeteren zu seiner Verwunderung, dass seine Konzentration langsam nachließ. Die Fragen nach Barbara Hennans Aarlachreise, nach Hennans Geschäftsaktionen, nach dem Bekanntenkreis des Paares und wie man es anstellen sollte, eventuelle Bekannte überhaupt aufzustöbern – all das entzog sich auf eine eigenartige Art und Weise nach und nach seiner Aufmerksamkeit. Eine Wolke der Teilnahmslosigkeit legte sich langsam, aber entschlossen über sein Bewusstsein, es schien, als wäre sie nicht zu bremsen.

Zu viel Kaffee und Nikotin, dachte er. Morgen werde ich eine Apfelsine essen.

Dafür achteten vor allem Münster und Reinhart darauf, dass keine Details vergessen würden. Die Arbeitsbelastung in der Abteilung war so schon relativ hoch, besonders Rooth und Jung hatten in den letzten Tagen intensiv an einem Raubüberfall in Löhr gearbeitet, und es gab natürlich Prioritäten der einen oder anderen Art. Bei Reinhart waren beispielsweise so viele Urlaubstage aufgelaufen, dass es reichte, um zweimal um die ganze Welt zu reisen, wie er behauptete.

»Mit dem Flugzeug?«, wollte Rooth wissen.

»Mit dem Fahrrad«, erklärte Reinhart.

Was den Kommissar in erster Linie ablenkte und seine müden Gedanken beschäftigte, das war das bevorstehende Verhör mit Hennan selbst. Daran gab es keinen Zweifel. Als die Besprechung beendet war, zog er sich erneut in sein Büro zurück, um die Voraussetzungen dieser so wichtigen Begegnung zu analysieren.

Wenn es einen Teil in der Polizeiarbeit gab, den er besser als alle anderen beherrschte, dann war es dieser. Die Verhörtechnik. Darin waren sich alle Kollegen einig, das wusste er, und nur eine falsche Bescheidenheit würde ihn dazu veranlassen, diese Tatsache zu leugnen.

Er wusste ganz einfach, wie man sich Leute vornahm, die etwas auf dem Gewissen hatten. Er konnte – in elf von zehn Fällen, wie einige behaupteten – bereits nach ein paar einleitenden Fragen und Bemerkungen, fragenden Blicken oder Äußerungen übertriebener Selbstsicherheit sagen, ob er es mit einer unschuldigen oder schuldigen Person zu tun hatte. Das war natürlich eine Gabe, ein Geschick, von dem er nicht sagen konnte, woher er es hatte, das ihn aber nie im Stich ließ und bei einer Ermittlung Hunderte von Arbeitsstunden ersparen konnte.

Denn wenn man eine Antwort auf die Frage nach dem Wer hatte, dann reduzierten sich die übrigen Möglichkeiten beträchtlich. Das Ganze wurde zu einer anderen Art von Spiel. Meistens Mann gegen Mann. In festem Blickkontakt über einen wackeligen Resopaltisch hinweg. *Wir wissen, dass du es warst. Schau mir in die Augen. Du siehst, dass ich es sehe, nicht wahr? Du siehst, dass ich es weiß. Wir sind da ganz einer Meinung, ich sehe, dass du weißt, dass ich weiß. Willst du gleich gestehen, oder willst du noch einige Runden mitgehen? All right, ich habe alle Zeit der Welt … nein, du darfst hier nicht rauchen. Noch zwei Stunden, okay? Dann lass ich dich über Nacht in die Zelle sperren und werde morgen früh wiederkommen …. nein, Kaffee gibt es leider keinen mehr.* Bedächtigkeit und Pausen. Es hatte eine Schönheit an sich. Eine Art grausamer Ästhetik, die an den Stierkampf erinnerte oder an den vergeblichen Todeskampf eines eingekreisten Tieres.

Er versuchte gar nicht erst zu analysieren, warum ihm das gefiel. Und jetzt ging es also um G.

Wieder dachte er über Dinge wie Antipathie und Distanz nach. Auf welche Art und Weise sie wohl die Verhöre beeinflussen würden – dass es mehrere werden würden, daran zweifelte er nicht eine Sekunde –, also diese Tatsache, dass er einen so tiefen Widerwillen, eine so starke Abscheu gegenüber dem Verdächtigen hegte? Dass er ihn, offen gesagt, als einen Feind betrachtete.

Schwer zu sagen. Es gab einen privaten Plan und einen beruflichen, wenn man die beiden zusammenführte, konnte das möglicherweise eine besondere Stärke bedeuten, wenn man alles in Betracht zog. Das musste so sein, dachte er. Für einen Boxer oder einen Duellanten war es trotz allem einfacher, seinen Gegner zu besiegen, wenn er ihn wirklich hasste, als wenn er das nicht tat. Oder etwa nicht?

Das war ein schiefer, verwirrender Vergleich, und er beschloss, diese Spur nicht weiter zu verfolgen. Es war sicher besser, sich etwas zu zügeln. Konkretere Fragen zu stellen.

War Jaan G. Hennan wirklich schuld am Tod seiner Ehefrau? Gab es daran einen Zweifel?

Beyond a reasonable doubt, wie der Leitstern besagte.

Er holte Papier und Stift heraus und notierte sich wieder einmal seine alten Steckenpferde.

Motiv?

Methode?

Gelegenheit?

Das Ganze war natürlich ein Schulexempel erster Klasse. Motive gab es reichlich. Mindestens eins Komma zwei Millionen Gulden. Mit der Methode war es im Großen und Ganzen genauso einfach: Ein Stoß in den Rücken und ein vierzehn Meter tiefer Fall auf den weiß gekachelten Betonboden – vielleicht auch erst ein Schlag auf den Kopf und dann das Opfer über den Rand geschubst.

Mit der Gelegenheit war es schlecht bestellt. Da es nach aller

Erfahrung für eine Person unmöglich war, sich an zwei Orten gleichzeitig zu befinden, konnte Jaan G. Hennan die Tat nicht selbst ausgeführt haben, wenn er im Restaurant Colombine im Zentrum von Linden gesessen hatte, als sie begangen wurde.

Und es oblag dem Staatsanwalt, in allen drei Punkten eine Erklärung abzugeben – eine überzeugende Erklärung. Nicht nur in einem. Nicht nur in zweien.

Ergo?, dachte Kommissar Van Veeteren und schwankte zwischen einer Zigarette und einem Zahnstocher.

Bedeutet das, dass ich an seiner Schuld zweifle?

Er entschied sich für einen Zahnstocher und begann auf ihm herumzukauen.

Nicht die Bohne. Er ist schuldig wie Kain.

Noch einmal ergo?

Er dachte fünf Sekunden lang nach.

Ergo gab es zwei Alternativen.

Eins: G. hatte das Colombine an dem besagten Abend irgendwann doch verlassen. Trotz Verlangens wachsamer, aber wahrscheinlich leicht betrunkener Augen.

Zwei: Es gab einen Helfer.

Das war das zehnte Mal innerhalb der letzten vierundzwanzig Stunden, dass er zu dem gleichen Schluss kam.

Ausgezeichnet, dachte er. Die Analyse geht mit Siebenmeilenschritten voran.

Er sah auf der Uhr, dass es halb fünf geworden war, und beschloss, nach Hause zu fahren. Da es ein Mittwoch war, hatte er zumindest eine Schachpartie gegen Mahler im Vereinslokal vor sich, auf die er sich freuen konnte.

Im Fahrstuhl auf dem Weg nach unten überlegte er, ob G. wohl auch Schach spielte.

Hoffentlich nicht, dachte er und fragte sich gleichzeitig, warum er das eigentlich hoffte.

Es wurden drei Partien. Ein Sieg, eine Niederlage, ein Remis. Und auch aus dem Remis hätte ein Sieg werden können, wenn er nicht zum Schluss seine Bauernübermacht vermurkst hätte. Es war halb zwölf, als er das Vereinslokal im Styckargränd verließ, und er konnte feststellen, dass sich die Sommerwärme vom Tag noch hielt.

Das ist kein Abend, um sich in ein zweifelhaftes Ehebett zu legen, dachte er, während er zu Fuß die Alexanderlaan und die Wimmergraacht entlang ging. Ganz und gar nicht. Also, was war zu tun? Welche Alternative gab es?

Den Entschluss fasste er, als er an seinem parkenden Wagen vorbeikam, der zwanzig Meter vom sicheren Tor seines Heimes stand, er suchte in der Jackentasche nach den Schlüsseln und fand sie auch.

Warum eigentlich nicht?, dachte er und schloss die Wagentür auf. Eine Stunde mehr oder weniger, das machte doch wohl keinen Unterschied.

Die Villa Zephir lag still und unzugänglich wie ein Leichenschauhaus da, als er fünfundzwanzig Minuten später im Kammerweg anhielt. Er schaltete den Motor aus und betrachtete das dunkle Grün hinter der meterhohen Ziegelmauer. Nicht ein Licht war dort drinnen zu sehen. Ob G. wohl zu Hause war? Wahrscheinlich nicht, sonst wäre sicher in irgendeiner Form Licht zu sehen gewesen. Drinnen oder draußen, und so dicht konnten Buschwerk und Gestrüpp doch wohl nicht sein. Irgend ein kleiner Lichtstreifen wäre schon durchgedrungen. Andererseits schlief er ja vielleicht auch nur. Es war nach zwölf Uhr, man konnte nicht ausschließen, dass selbst G. die eine oder andere gute Angewohnheit hatte. Auch wenn das unwahrscheinlich erschien. Van Veeteren kurbelte das Seitenfenster herunter, konnte aber trotzdem keinerlei Konturen entdecken, weder die des Sprungturms noch die vom Haus an sich.

Ideal, dachte er. Ein idealer Platz, um seine Ehefrau loszuwerden.

Er stieg aus dem Wagen und zündete sich eine Zigarette an.

Überlegte einen Moment, ob er über die Mauer klettern und das Herz der Dunkelheit ein wenig genauer in Augenschein nehmen sollte, ließ es dann aber bleiben.

Melodramatisches nächtliches Eindringen stand nicht auf seinem Spielplan, und eine Begegnung mit einem hellwachen Mörder konnte kaum einem sinnvollen Zweck dienen. Stattdessen ging er langsam die Straße entlang in Richtung auf die Villa Vigali. Dort sah es genauso tot aus. Eine Straßenlaterne warf einen schmutzig gelben Schein ein paar Meter weit in den Garten hinein, das war alles. Er ließ die Zigarette auf den Bürgersteig fallen und trat die Glut aus.

Was mache ich hier eigentlich?, überlegte er. Was für Mächte sind das, die ich zu beschwören versuche?

Er schüttelte den Kopf und ging zurück zum Auto. Verspürte plötzlich Hunger.

Verdammt, wie kann ich nur in dem ganzen Wirrwarr an Essen denken?, wunderte er sich. Da muss etwas mit meinen Säften nicht stimmen.

Um dennoch die Signale seines Körpers nicht ganz und gar zu ignorieren, kehrte er um ins Zentrum von Linden und fand dort eine geöffnete Hamburgerbar. Mit beträchtlicher Selbstüberwindung ging er hinein und bestellte sich etwas, das sich Doppel-Hawaiiburger Special nannte. Aß die Hälfte auf einer Bank draußen auf dem Marktplatz sitzend auf und warf den Rest den Tauben hin. Zwei Frauen mit ebenso offensichtlichem wie zweifelhaftem Lebenswandel zogen ihre Kreise um ihn herum, während er dort saß, aber keine von beiden machte einen ernsthafteren Versuch, ihn einzuladen. Mit einer plötzlichen Welle von Schamgefühl erinnerte er sich an seinen einzigen Besuch bei einer Hure. Er war neunzehn Jahre alt und hatte gemeinsam mit einem Freund ein Liebesnest in Hamburg aufgesucht. In einem nach süßlichem Parfüm und frittiertem Fisch stinkenden Zimmer hatte er die peinlichsten zwanzig Minuten seines Lebens durchlitten. Der Kumpel an seiner Seite hatte gemeint, das Ganze hätte ihm Lust auf mehr gemacht, und ihre Freundschaft war ebenso schnell abgeebbt, als hätte man den Stöpsel aus einem Waschbecken gezogen.

Als er wieder in seinem schon schwer ramponierten Ford saß, war es bereit zehn Minuten nach eins, und während seiner Rückfahrt nach Maardam führte die Müdigkeit einen ebenbürtigen Kampf mit der Übelkeit.

Hawaiiburger, igitt, dachte er. Nie wieder.

14

Mein Name ist Rooth«, sagte Rooth. »Kriminalinspektor. Ich habe angerufen.«

Der Blick der Frau in der Türöffnung flackerte. Sie war bleich, mager, und wenn er es nicht besser gewusst hätte, hätte er angenommen, dass sie schon weit über fünfzig war. Ihr Haar hatte die gleiche Farbe wie eine Sorte Weichkäse, den er immer morgens aß, und es hing wie zwei verwaschene, traurige Gardinen zu beiden Seiten des Gesichts herunter. Sie trug Jeans und einen übergroßen, grauen Pullover. Rooth spürte, wie er in der Hoffnung lächelte, dass sie nicht zusammenbrechen würde.

»Ja?«, sagte sie.

»Darf ich reinkommen?«

Sie blieb zögernd auf der Stelle stehen. Ihr breiter Mund zuckte ein wenig, aber es kam kein Wort heraus. Rooth hustete peinlich berührt.

»Es geht nur um ein kurzes Gespräch, wie schon gesagt«, erklärte er. »Sie brauchen sich keine Sorgen zu machen.«

»Ich weiß nicht ...«

»Wenn Sie meinen, dass es unangenehm wird, dann brauchen Sie es mir nur zu sagen. Aber es wäre uns eine große Hilfe, wenn ich Ihnen ein paar Fragen stellen dürfte.«

Sie biss sich auf die Lippen.

»Sie sind also von der Polizei?«

Rooth zog seine Brieftasche hervor und reichte ihr seinen

Polizeiausweis. Ließ sie ihn genau betrachten und drehen und wenden.

»Kriminalinspektor?«, fragte sie. »Was hat das zu bedeuten?«

Er nahm seinen Ausweis wieder und schob die Brieftasche zurück in die Innentasche.

»Lassen Sie uns kurz reingehen, dann erkläre ich Ihnen das.«

Sie betrachtete ihn erneut ein paar Sekunden lang mit großen, hilflosen Augen. Dann wich sie zurück in den Flur und ließ ihn eintreten.

»Ich verstehe nicht, worum es eigentlich geht. Ich habe doch gar keinen Kontakt mehr zu ihm. Außerdem bin ich heute nicht ganz fit.«

Rooth nickte und bog nach rechts in die Küche ab.

»Hier?«

»Ich weiß nicht, ob ...«

Sie folgte ihm, und die beiden ließen sich jeder auf einer Seite eines kleinen Tisches mit einer blau-weiß-karierten Wachsdecke nieder. Sie schob eine Wochenzeitschrift und eine halb ausgetrunkene Teetasse mit einem Herzen drauf zur Seite.

»Elizabeth Hennan, nicht wahr?«, begann Rooth. »Das sind Sie doch, oder?«

»Ja«, antwortete sie reserviert, als wäre das ein Geheimnis, das sie möglichst nicht preisgeben wollte.

»Sie haben einen Bruder, der Jaan Hennan heißt? Jaan G. Hennan?«

Sie nickte stumm.

»Sie finden meine Fragen unangenehm, das kann ich Ihnen ansehen. Aber ich verspreche Ihnen, dass wir Ihre Angaben in keiner Weise missbrauchen werden.«

Verdammt, wovor hat sie denn so große Angst?, überlegte er.

»Ich verkehre nicht mit ihm, und ich weiß nichts über sein Leben.«

Rooth zeigte eine verständnisvolle Miene und wartete ein paar Sekunden lang.

»Wenn ich es richtig verstehe, dann sind Sie seine einzige noch lebende Verwandte.«

»Ja.«

Sie schaute auf den Tisch. Rooth drehte eine Weile die Daumen.

»Was hat er gemacht?«

»Haben Sie nicht die Zeitungen gelesen?«

»Sie meinen ... Sie meinen das mit seiner Frau? Das war doch seine Frau, oder?«

»Barbara Hennan, ja«, bestätigte Rooth. »Sie ist letzte Woche umgekommen, deshalb brauchen wir einige Informationen über Ihren Bruder.«

»Wozu denn? Ich will nichts mit ihm zu tun haben.«

»Fräulein Hennan«, sagte Rooth ernst und beugte sich ein Stück über den Tisch vor. »Es wird einfacher, wenn Sie nicht so viele Fragen stellen. Bei der Polizei haben wir so unser routinemäßiges Vorgehen, wir müssen so viele Informationen wie möglich sammeln, wenn wir mit Ermittlungen beschäftigt sind. Es ist nicht immer so leicht zu wissen, was dabei relevant ist und was nicht ... wenn Sie verstehen?«

Sie dachte über seine Äußerung eine Weile nach, während sie ihre Hände immer wieder faltete und wieder öffnete, faltete und wieder öffnete.

»Was wollen Sie eigentlich wissen?«, fragte sie schließlich.

»Eigentlich zwei Dinge«, erklärte Rooth freundlich. »Welches Verhältnis hatten Sie während Ihrer Kindheit zu Ihrem Bruder und ... zum anderen: Welche Kontakte hatten Sie zu ihm, seit er zurück ist aus den USA?«

»Darf ich die zweite Frage zuerst beantworten?«

»Aber natürlich.«

»Ich habe überhaupt keinen Kontakt zu meinem Bruder gehabt, seit er zurückgekommen ist. Überhaupt keinen. Ich habe erst vor drei Wochen erfahren, dass er offenbar in Linden wohnt, nachdem mich eine … eine Freundin angerufen und es mir erzählt hat.«

»Eine Freundin?«

»Ja.«

»Wie heißt sie?«

Elizabeth Hennan zögerte.

»Doris Sellneck. Sie war irgendwann vor fünfundzwanzig Jahren mal mit ihm verheiratet. Es hat fünf Monate lang gehalten.«

Rooth machte sich Notizen.

»Haben Sie ihre Adresse und Telefonnummer?«

»Ich möchte lieber, dass Sie sie in Ruhe lassen.«

»All right«, sagte Rooth großzügig. »Dann respektieren wir das.«

Es sollte nicht so schwer sein, eine Person dieses Namens in einem Ort wie Linden zu finden, dachte er.

»Und Ihr Bruder hat sich niemals bei Ihnen gemeldet, seit er wieder da ist?«

»Natürlich nicht.«

Rooth überlegte.

»Ich habe vier Geschwister«, erklärte er dann. »Die mögen mich alle nicht so besonders, aber sie rufen zumindest ein paar Mal im Jahr an. Alle. Es muss in der Beziehung zwischen Ihrem Bruder und Ihnen schon ernsthaft etwas nicht stimmen.«

Elizabeth Hennan gab keine Antwort.

»Hatten Sie während der USA-Zeit auch keinen Kontakt?«

Sie schüttelte den Kopf.

»Warum nicht?«

Sie faltete ihre Hände und betrachtete ihre Handflächen. Ein Bus hielt direkt vor dem Küchenfenster, nach allem zu urteilen befand sich genau hier eine Haltestelle, und ein Schwarm Schulkinder quoll heraus. Ihre fröhlichen Rufe und ihr Gelächter verklangen bereits wieder, als sie antwortete.

»Jaan und ich haben seit sechsundzwanzig Jahren nicht mehr miteinander geredet.«

»Seit sechsundzwanzig Jahren?«, rief Rooth aus. »Warum um alles …«

»Seit dem Tag nicht mehr, als ich achtzehn geworden bin.«

»Ach so, ja, ich verstehe«, sagte Rooth. »Aber jetzt müssen Sie mir auch noch sagen, warum das so ist.«

»An dem Tag bin ich zu Hause ausgezogen.«

»Ja?«

»Meine Mutter ist gestorben, als ich vier Jahre alt war. Ich bin zusammen mit meinem Vater und meinem Bruder aufgewachsen, ich möchte nicht weiter darüber reden, Sie müssen mich jetzt in Ruhe lassen, ich fühle mich nicht so gut …«

Jetzt hatte sie eine andere Stimme, wie Rooth bemerkte. Er begriff, dass etwas kurz vor dem Zerbersten war, und versuchte wie ein netter Sozialpädagoge oder eine Art Beichtvater auszusehen. Das fiel ihm nicht besonders leicht, aber es war auch egal, denn Elizabeth Hennans Blick ruhte unentwegt auf ihren Händen.

»… mein Bruder war sechs Jahre älter als ich. Mein Vater war krank, das habe ich aber erst verstanden, als ich erwachsen war und er in ein Heim kam. Sie haben sich bei mir abgewechselt, seit ich zehn war. Jeden Abend, fünf Jahre lang, jeden Abend, haben Sie verstanden? War es das, was Sie wissen wollten? Na, dann bitte schön, jetzt ist es heraus. Ernst Hennan und sein Sohn haben die kleine Elizabeth fünf Jahre lang jeden verdammten Abend gebumst! Wundern Sie sich immer noch, warum ich meinem Bruder keine Weihnachtskarte schicke? Wundern Sie sich immer noch, warum ich ihn und seine blöden Frauen nicht zum Essen einlade? Und jetzt lassen Sie mich in Ruhe, ich habe sonst nichts weiter zu erzählen!«

Sie verstummte. Ihr Gesicht glühte jetzt. Rooth schluckte. Fünf Sekunden vergingen.

»Danke«, sagte er. »Danke, dass Sie mir das erzählt haben … und verzeihen Sie mir, dass ich gezwungen war, mich Ihnen so aufzudrängen. Kann ich … kann ich irgendetwas für Sie tun?«

Warum frage ich das?, dachte er verwirrt. Ob ich etwas für sie tun könnte. Das muss wohl das Letzte sein, was überhaupt möglich ist.

Sie strich die Haare nach hinten, schaute ihn einen kurzen Moment lang an und schüttelte dann den Kopf. Rooth stand auf, sie machte jedoch keinerlei Anstalten, ihn zur Tür zu begleiten.

»Ja, dann auf Wiedersehen und vielen Dank, dass ich kommen durfte.«

»Auf Wiedersehen.«

Als er die Tür hinter sich zugezogen hatte, fiel ihm die Sonne ins Gesicht. Er hatte nicht das Gefühl, es verdient zu haben.

Am Donnerstag hatte Maarten Verlangen Geburtstag. Seinen siebenundvierzigsten, er wurde bereits um halb acht Uhr morgens von seiner Tochter Belle an diese riesige, wenn auch krumme Zahl erinnert, als sie anrief und ihn somit weckte. Sie sang kurz, gratulierte ihm und erklärte, dass sie sich beeilen müsse, in die Schule zu kommen. Sie hatte es auch noch nicht geschafft, für ihn ein Geschenk zu besorgen, aber sie würden sich ja sowieso am Samstag treffen, ob es denn reiche bis dahin?

Er versicherte ihr, dass es reiche, und schlief wieder ein.

Der nächste Gratulant ließ erst um halb vier Uhr nachmittags von sich hören. Verlangen hatte sich zu diesem Zeitpunkt bereits seit drei Stunden in seinem Büro in der Armastenstraat befunden, zwei Bier getrunken, gut zehn Zigaretten geraucht und überlegt, wie er sich in dieser verfluchten Barbara-Hennan-Geschichte weiter verhalten sollte, dass ihm der Kopf rauchte.

Die Ressourcen eines Privatdetektivs waren trotz allem ein wenig begrenzt – und er hatte nicht sonderlich Lust, Kommissar Van Veeteren anzurufen und mit ihm die Sache zu diskutieren oder ihm seine Dienste anzubieten. Das könnte irgendwie vermessen erscheinen – doch wenn der Wunsch nach einem Gespräch aus der anderen Richtung kommen würde, dann wäre das natürlich eine ganz andere Sache.

Aber dem war nun einmal nicht so. Es ging an diesem heißen Juninachmittag überhaupt kein Telefongespräch in Verlangens Detektivbüro ein. Jedenfalls nicht, bis Bertram Grouwer anrief und ihm zum Geburtstag gratulierte, wie schon gesagt.

Es war schon möglich, wie Verlangen selbst vermutete, dass es nur einen Menschen auf der Welt gab, der trauern würde, wenn er von der Erdoberfläche verschwand (seine Tochter Belle), aber Bertram Grouwer würde auf jeden Fall zur Beerdigung erscheinen. Leute, die sich an Geburtstage erinnerten, tauchten auch bei Beerdigungen auf, das hatte Verlangen so im Gefühl. Aber in Grouwers Fall kam noch etwas dazu. Er hatte nämlich auch Geburtstag. Am selben Tag und wurde auch noch genauso alt.

Abgesehen von dieser Übereinstimmung – sowie der Tatsache, dass sie sechs Jahre lang in Weivers Schule in die gleiche Klasse gegangen waren – hatten sie nicht viel gemeinsam.

Vielleicht abgesehen davon, dass beide geschieden waren und kein Abstinenzgelübde abgelegt hatten.

Und deshalb rief Grouwer auch an. Auch er war an diesem Morgen von seinen Kindern (zwei Jungs, vierzehn beziehungsweise zwölf Jahre alt) per Telefon geweckt worden und fand das etwas unangenehm. Wäre es nicht eine gute Idee, wollte er nun wissen, abends einen Zug durch die Gemeinde zu unternehmen und bei einigen Bierchen gemeinsam über das Leben und seine unerträgliche Kürze zu lamentieren?

Grouwer war fester Freier beim Neuwe Blatt, und es gefiel ihm, sich elegant auszudrücken. Verlangen überlegte ein paar Sekunden und erklärte sodann, dass er das für eine verdammt gute Idee hielt.

Sie fingen bei Kraus an. Aßen dort eine preiswerte (meinte zumindest Grouwer) Fischsuppe, tranken zwei Flaschen Riesling und einen Cognac zum Kaffee. Verdammt (meinte Grouwer), man hat nur einmal im Jahr Geburtstag, und manchmal musste man sich auch mal was gönnen.

Weiter ging es zum Adenaar's, dort wurden ein paar Biere gekippt, dann kam das Gespräch auf das wahre Wesen der Frau. Grouwer hatte im letzten Halbjahr ein paar Mal eine langbeinige, leckere Schönheit getroffen, aber sie war von komplizierter Natur, wie sich herausgestellt hatte. Schön wie die Sünde, wunderbar im Bett, aber mit so schlechten Nerven, dass es schon wehtat. Außerdem gefiel es ihr nicht, dass er zweimal die Woche zum Fußball ging oder dass er zum Morgenkaffee schon eine Zigarre rauchte.

Verlangen fühlte sich ziemlich betrunken, als sie das Adenaar's verließen, und wäre am liebsten nach Hause gegangen, aber Grouwer bestand darauf, dass sie den Abend im Jazzclub Vox in der Ruyders Allee ausklingen ließen. Nach kurzem innerem Kampf gab Verlangen nach, und beide lenkten ihre Schritte dorthin. Vor dem Club stand eine kleine Schlange, also mussten sie zwanzig Minuten in einem feinen Nieselregen verbringen, bevor sie eingelassen wurden. Zumindest Verlangen nüchterte dadurch beträchtlich aus. Und als sie also endlich drinnen eine freie Ecke gefunden hatten, genehmigten sie sich schnell jeweils einen anständigen Whisky. Der war auch nötig, um die Feuchtigkeit aus dem Körper zu vertreiben. Vier farbige Musiker spielten auf der Bühne, es war eng und verqualmt im Lokal, aber trotzdem dauerte es nur wenige Minuten, bis Verlangen Jaan G. Hennan an einem Tisch ein paar Meter entfernt entdeckte. Er saß dort zusammen mit einigen anderen Männern und Frauen, aber sie schienen keine gemeinsame Gruppe zu bilden. Um Tischplätze war es schlecht bestellt, man setzte sich irgendwohin, sobald ein Stuhl frei war.

»Na, so was«, sagte Verlangen und zündete sich eine Zigarette an.

»Was?«, fragte Grouwer.

»Na, so was«, wiederholte Verlangen. »Da hinten sitzt ein Mörder.«

»Was zum Teufel redest du da?«, fragte Grouwer und schaute sich suchend um.

Verlangen sah sofort ein, wie idiotisch seine Bemerkung gewesen war, aber manchmal schien es so, als könnte man gewisse Äußerungen einfach nicht zurückhalten. »Da hinten sitzt ein Mörder«, das war zweifellos so eine Äußerung.

»Ich habe nur Spaß gemacht«, sagte er. »Prost!«

Grouwer rührte sein Glas nicht an.

»Ich fress einen Besen, wenn du Spaß gemacht hast«, widersprach er. »Wen meinst du?«

Verlangen trank einen Schluck Whisky. Ich bin ein Idiot, dachte er. Er wird erst Ruhe geben, wenn ich ihn ihm gezeigt habe. Ich kenne doch Grouwer.

»Ich muss mal pinkeln«, sagte er. »Entschuldige mich einen Augenblick.«

Grouwer nickte.

»In der Zeit versuche ich rauszukriegen, wen du gemeint hast«, sagte er. »Wenn ich richtig geraten habe, dann gibst du ein Bier aus. Wenn ich falsch rate, gebe ich eins aus.«

Verlangen stand auf und spürte, wie der Rausch zurückkam. Er warf schnell einen Blick auf Hennan, der dasaß und rauchte und ganz in *Take the A-train* versunken zu sein schien, den Song, der gerade auf der Bühne gespielt wurde.

»Fahr zur Vorhölle«, sagte Verlangen und bahnte sich seinen Weg zu den Toiletten.

Als er zurückkam, saß Grouwer da wie eine Katze, die sich einen Kanarienvogel geschnappt hatte.

»Es ist der Typ in dem karierten Hemd«, sagte er, konspirativ zwinkernd.

»Wer?«, fragte Verlangen und schaute sich erneut um.

Grouwer machte eine Drehung mit dem Kopf.

»Schräg hinter mir. Direkt an der Bühne. Neben dieser heißen Biene in Rot.«

Verlangen spähte in die angegebene Richtung und entdeckte das Objekt. Ein kleiner, magerer Mann in den Fünfzigern mit schwarzem, sorgfältig gekämmtem Haar und einem kleinen, hässlichen Schnurrbart.

»Verflucht«, sagte er. »Du schuldest mir ein Bier.«

»Verdammte Scheiße«, sagte Grouwer und hielt den Arm einer Kellnerin fest, die gerade vorbei ging. Er bestellte zwei Pils und eine Schale Erdnüsse.

»Dann musst du mir aber wenigstens sagen, wen du gemeint hast«, forderte er anschließend. »Wenn ich auch aufs Klo muss, will ich doch verdammt noch mal wissen, ob ich neben einem Mörder stehe und pisse oder nicht. Das ist ja wohl das Mindeste.«

Verlangen seufzte. Dachte eine Weile über das Für und Wider nach, während Grouwer ihn erwartungsvoll betrachtete. Leerte sein Whiskyglas bis auf den Grund.

Ach, was soll's, dachte er. Was spielt es noch für eine Rolle?

Es war kurz nach halb zwei, als Maarten Verlangen nach seiner Geburtstagsfeier in sein Bett daheim in der Heerbanerstraat fiel. Was die Zehn-Bier-Regel betraf, so hatte er sie reichlich überschritten, das war deutlich zu spüren, aber er hatte noch nicht länger als eine halbe Stunde geschlafen, als er aufwachte und sich hellwach wie ein neugeborenes Fohlen fühlte.

Verdammt noch mal?, dachte er und begann in der Schreibtischschublade nach seinem Adressbuch zu suchen. Wieso bin ich nur nicht darauf gekommen?

Nach ein paar Minuten fand er die Nummer, aber als er sie gewählt und mindestens zwanzig Freizeichen abgewartet hatte, begriff er, dass es sinnlos war.

Gewisse Menschen stehen auf und gehen ans Telefon, wenn sie nachts um zwei angerufen werden, andere nicht.

15

Es dauerte bis Freitag, bis das Faxgerät des Maardamer Polizeigebäudes den bestellten Rapport aus den USA ausspuckte. Dafür war er unerwartet lang: sechs eng beschriebene Seiten, verfasst von einem gewissen Chief Lieutenant Horniman vom Denver Police District. Van Veeteren bekam kurz nach zehn Uhr die Papiere in die Hand und ging sofort mit ihnen in sein Büro, schloss die Tür hinter sich, um sie in aller Ruhe durchlesen und einschätzen zu können.

Er wusste nicht, was er erwartet hatte – aber zumindest nicht, und zwar unter keinen Umständen, diesen merkwürdigen Inhalt, dachte er bereits, als er eine halbe Seite gelesen hatte. Ganz und gar nicht.

Es begann mit Informationen zu Barbara Clarissa Hennan, geborene Delgado. Sie stammte aus einem kleinen Kaff in Iowa, Clarenceburg, mit einer Einwohnerzahl von gut tausend Seelen. Sie war die Jüngste in einer Geschwisterschar von acht, die Familie war tiefgläubig, gehörte zu einer obskuren Vereinigung, von der Van Veeteren noch nie etwas gehört hatte. *The Sons and Daughters of the Second Holy Grail.* Barbara hatte aber sowohl ihren Glauben als auch ihre Familie verlassen und war ein paar Wochen nach ihrem sechzehnten Geburtstag mit einem Fernfahrer abgehauen. Danach war sie zehn Jahre lang zwischen verschiedenen Städten und Staaten hin und her gependelt, wie es schien, war irgendwann Anfang der Siebziger in einer anderen dubiosen Sekte untergetaucht und ein paar Jahre lang mehr oder weniger wie vom Erdboden verschluckt gewesen. Wahrscheinlich in Kalifornien, wie Horniman meinte. Dann war sie so um 1980 herum in Denver, Colorado, gelandet, hatte dort ein paar Jahre in einem Schönheitssalon gearbeitet, bis sie Jaan G. Hennan traf.

Die beiden hatten im Herbst 1984 geheiratet und anschließend in einem Vorort von Denver bis zum Frühling 1987 gewohnt, um dann nach Europa zu emigrieren. Abgesehen von einigen Strafen wegen zu schnellem Fahren und einer niedergeschlagenen Anklage wegen Besitz von Cannabis gab es keine Flecken auf Barbara Hennans Weste.

Die gab es im Großen und Ganzen auch nicht auf der Weste ihres Gatten, aber sowohl in als auch zwischen den Zeilen konnte Van Veeteren lesen, dass Chief Lieutenant Horniman starke Zweifel an dessen Ehrenhaftigkeit hegte.

Hennan war im Herbst 1979 mit einem Drei-Monats-Visum nach New York gekommen. Es war ihm gelungen, noch im gleichen Winter eine Arbeitserlaubnis zu bekommen, er hatte einige kurzfristige Jobs und verschiedene Geschäftsprojekte sowohl in New York als auch in New Jersey wie in Cleveland und Chicago gehabt. 1982 hatte er eine Frau namens Philomena McNaught geheiratet und war mit ihr nach Denver gezogen. Irgendwann im Laufe des Sommers 1983 verschwand seine Gattin in Zusammenhang mit einer Autotour in den Bethseda Park in den Rocky Mountains; der Verdacht war entstanden, dass Hennan mit dem Verschwinden etwas zu tun haben könnte, aber es fehlte an Beweisen, und eine Anklage wurde nie erhoben. Im Juni 1984 wurde Philomena McNaught für tot erklärt und Hennan konnte eine Versicherungssumme von vierhunderttausend Dollar für seine Ehefrau abheben. Sowohl die Polizei von Denver (nach den Formulierungen zu urteilen, vermutete Van Veeteren, dass Chief Lieutenant Horniman persönlich in dieser Sache engagiert war, und anscheinend sogar ziemlich intensiv) wie auch die Detektive der Versicherungsgesellschaft hatten sich große Mühe gegeben, die

Umstände des mysteriösen Verschwindens von Frau Hennan offen zu legen, aber es war ihnen nie geglückt, ausreichend belastendes Material beizubringen, um Hennan vor Gericht zu stellen. Die Heirat zwischen Jaan G. Hennan und Barbara Delgado fand einen Monat nach Auszahlung des Versicherungsbetrags statt, und ungefähr ein Jahr später liquidierte Hennan seine Firma G. Enterprises, die sich in erster Linie mit dem Import von Obstkonserven aus Südostasien beschäftigt hatte. Das Paar blieb noch bis zu seinem Umzug nach Europa im März des nächsten Jahres in Denver wohnen.

Van Veeteren las den Bericht zweimal durch.

Anschließend stellte er sich vor das offene Fenster und zündete sich eine Zigarette an.

Unglaublich, dachte er. Absolut unglaublich.

Und jetzt versucht der Satan es noch einmal.

Nach dem Essen hatten auch Reinhart und Münster Hornimans Bericht gelesen, und anschließend versammelte man sich zur Beratung im Arbeitszimmer des Kommissars.

»Eine Sache ist jedenfalls schon mal klar«, sagte Reinhart und stopfte Tabak in seine Pfeife. »Ich habe in meinem ganzen Berufsleben nie etwas Verdächtigeres erlebt. Wenn Hennan nicht schuldig ist, dann werde ich den Boden küssen, auf dem der Kommissar steht und geht. Und den vom Inspektor übrigens auch.«

Münster erinnerte sich noch an das Versprechen mit dem Nägelschneiden von Van Veeteren, wagte aber keine weiteren Wetteinsätze.

»Das ist ja so offensichtlich, dass einem die Spucke wegbleibt«, sagte er stattdessen. »Wie kann er es nur wagen?«

Der Kommissar ließ sich auf seinen Schreibtischstuhl sinken.

»Das ist ja gerade das Problem«, seufzte er. »Er wagt offenbar alles Mögliche, und er weiß verdammt gut, dass es an uns ist, ihm die Schuld nachzuweisen.«

Reinhart nickte.

»Im Prinzip kann man ja einer ziemlich großen Anzahl von Frauen das Leben nehmen, wenn man es nur richtig anstellt. Wie hieß noch dieser englische König? Heinrich, der ...?«

»Achte«, sagte Van Veeteren.

»Ja, der Achte, genau. Aber er war nicht hinter irgendwelchem Versicherungsgeld her, wenn ich mich recht erinnere. Er wollte nur einen männlichen Erben, hatte die Erblehre nicht richtig studiert.«

»Und er brauchte sich auch nicht so schrecklich um Gesetze, Verordnungen und die Kriminalpolizei zu kümmern«, warf Münster ein. »Das war damals ein bisschen anders.«

»Dann meint der Inspektor also, dass unser Freund G. sich um die Gesetze kümmert?«, wunderte Van Veeteren sich spöttisch. »Das wäre eine Neuigkeit.«

»Er kümmert sich nicht drum«, korrigierte Münster. »Er kennt sie.«

Reinhart zündete seine Pfeife an.

»Auf jeden Fall brauchen wir keine Liste möglicher Verdächtiger aufzustellen«, konstatierte er. »Immerhin etwas. Nun ja, und wie geht es jetzt weiter? Können wir den Teufel festnehmen? Das wäre doch wohl das Mindeste, was zu wünschen wäre.«

Der Kommissar suchte in seiner Brusttasche nach einem Zahnstocher und schaute düster drein.

»Da bin ich mir nicht so sicher«, sagte er. »G. weiß natürlich, dass er früher oder später festgenommen werden wird. Er ist auf den ganzen Zirkus vorbereitet, er hat das ja alles schon einmal im Land, wo Milch und Honig fließen, durchgemacht. Eine Art verdammte Wiederholung. Wir müssen noch einmal Kontakt mit Horniman aufnehmen, vielleicht gibt es da etwas, woran man anknüpfen könnte ...«

»Ein frommer Wunsch«, sagte Reinhart. »Aber sicher. Ich kann ihn anrufen, wenn du willst.«

»Tu das«, sagte Van Veeteren. »Das Paradoxe ist dabei ja,

dass dieser Bericht unsere Position nicht sonderlich verändert. Uns ist nur noch klarer geworden, was für ein Typ G. ist, und neunundneunzig von hundert Geschworenen müssten von seiner Schuld überzeugt sein. Doch das nützt ja alles nichts. Im Gerichtssaal geht es um Beweise und nicht um Glauben, wie die Herren vielleicht wissen, und wir sind gefragt, genau diese beizubringen. Beweise.«

»Beyond a reasonable doubt«, murmelte Reinhart und stieß eine Rauchwolke aus. »Irgendwie klingt das fast klassisch. Oder meine ich vielleicht eher klinisch?«

»Ist mir scheißegal, was du meinst«, entgegnete der Kommissar. »Was wir unter allen Umständen machen müssen: Wir müssen zeigen, wie er es geschafft hat, seine Frau ins Schwimmbecken zu schubsen. Und soweit ich sehen kann, gibt es da eine Alternative, die eher in Frage kommt als alle anderen. Oder?«

»Ein Mittäter«, sagte Münster.

»Genau. Wir müssen den Mistkerl finden, der die Tat für ihn ausgeführt hat ... oder aber wir müssen sein Restaurantalibi platzen lassen. Dieser Verlangen spielt, gelinde gesagt, eine dubiose Rolle dabei ...«

»Vielleicht können wir ihn dazu bringen, den Mund zu halten?«, schlug Reinhart vor.

»Vermutlich kein Ding der Unmöglichkeit«, nickte Van Veeteren. »Wenn auch nicht gerade ethisch korrekt. Schließlich ist er ja wichtig für das Alibi ... obwohl es schon sonderbar ist, dass ein Opfer dem Täter auf diese Art und Weise zu einem Alibi verhilft ...«

»... und dass Verlangen außerdem selbst äußerst interessiert daran ist, Hennan zu schnappen«, fügte Münster hinzu. »Ja, ich bin auch der Meinung, dass das merkwürdig ist.«

»Die Götter treiben da ihre Scherze«, sagte Van Veeteren und warf einen abgekauten Zahnstocher aus dem Fenster. »Obwohl ich glaube, dass es uns schwer fallen wird, zu beweisen, dass Hennan das Colombine's für eine Stunde verlassen hat – mit oder ohne Verlangen. Vergesst nicht, dass wir beweisen müssen, dass er es getan hat, nicht, dass er die Möglichkeit dazu hatte. Und übrigens hat ihn ja nicht nur unser Privatschnüffler dort gesehen.«

Einen Moment lang blieb es still.

»Nicht gerade viele Unbekannte in dieser Gleichung«, sagte Reinhart dann und sah dabei nachdenklich aus. »Irgendwie haben wir alle Karten in der Hand, und trotzdem …«

»Zum Teufel auch«, unterbrach ihn der Kommissar wütend. »Wir haben nur eine einzige Karte in der Hand. Einen großen, höhnischen Joker, der Jaan G. Hennan heißt und dem es gefällt, uns an der Nase herumzuführen.«

»All right«, stimmte Reinhart zu. »So sieht es offenbar aus. Und wann planst du, ihn zu verhören?«

Der Kommissar verzog das Gesicht.

»Bald.«

»Das hoffe ich«, sagte Reinhart. »Unterschätze deine Fähigkeiten nicht. Vielleicht bricht er ja zusammen und gesteht alles.«

»Glaubst du das?«, fragte Van Veeteren.

»Nein, aber sollten wir ihn nicht trotz allem ein wenig unter Beobachtung halten? Wenn wir ihn schon nicht umgehend einbuchten?«

Van Veeteren stand auf, um das Zeichen dafür zu geben, dass langsam genug überlegt worden war.

»Bereits angeordnet«, sagte er. »Er wird seit gestern Morgen beschattet.«

»Ach?«, warf Münster überrascht ein. »Und von wem?«

»Von Polizeiwachtmeister Kowalski.«

»Kowalski!«, rief Reinhart aus. »Warum um alles in der Welt denn ausgerechnet von Kowalski? Der ist doch so unauffällig wie ein … wie ein läufiger Labradorrüde.«

»Gerade deshalb«, bestätigte Van Veeteren.

Reinhart überlegte eine Sekunde lang.

»Verstehe«, sagte er dann.

Gerichtsmediziner Meusse strich sich mit der Hand über die Glatze und schob dann die Brille zurecht.

»Bist du so weit?«, fragte Van Veeteren.

»So weit, wie man es nur wünschen kann.«

»Und?«

»Hm. Da gibt es in erster Linie eine Sache, die du wissen willst, wenn ich dich recht verstanden habe.«

»Stimmt«, bestätigte Van Veeteren. »Lass hören.«

»Es ist absolut unmöglich, einen klaren Befund abzugeben«, erklärte Meusse. »Aber genauso unmöglich, etwas auszuschließen. Die Schäden nach so einem Sturz sind ziemlich umfangreich.«

»Sie kann also vorher bewusstlos geschlagen worden sein?«

»Wie gesagt, das halte ich nicht für ausgeschlossen. Das ist alles. Auf jeden Fall ist sie mit dem Kopf zuerst gelandet.«

»Wäre es kompliziert, sie so runterzustoßen, dass es zu diesem Ergebnis kommt?«

»Absolut nicht. Schon gar nicht, wenn sie bewusstlos war.«

»Ich verstehe«, sagte Van Veeteren. »Sonst noch etwas?«

»Was willst du wissen? Den Grad der Trunkenheit? Den Mageninhalt?«

»Den kenne ich bereits.«

»Vielleicht noch eins«, sagte Meusse und blätterte in den Papieren, die vor ihm auf dem Tisch lagen. »Sie hat ein Kind geboren.«

»Ein Kind?«, fragte Van Veeteren nach.

»Ja«, sagte Meusse. »Wahrscheinlich nur eins. Das könnte vielleicht von Bedeutung sein.«

»Ja ha?«, zweifelte Van Veeteren. »Schon möglich. Ist das dann alles?«

Meusse zuckte mit den Achseln.

»Absolut nicht. Du hast den ganzen Bericht in den Akten. Bitte schön, nein, kein Grund, sich zu bedanken.«

Ich hätte ihn auf ein Bier einladen sollen, sah der Kommissar ein und verließ das Büro.

Ein Kind?, dachte er, als er wieder in seinem Zimmer war.

Stand in Hornimans Bericht etwas über ein Kind?

Er las ihn zum dritten Mal durch und stellte fest, dass dem nicht so war.

Hätte das nicht drin stehen müssen?, überlegte er, kam aber in der Frage zu keinem klaren Standpunkt. Er stellte fest, dass es schon nach vier Uhr war und damit höchste Zeit, sich zur Besprechung ins Konferenzzimmer zu begeben.

Besprechung nach zwei Tagen Arbeitsmühen im Fall Hennan. Im Fall G.

Ihm gefiel diese Bezeichnung nicht, aber ihm war schon klar, dass auch er sie benutzen würde. Während er ihn bearbeitete und in der Zukunft.

Der Fall G.

16

Wenn wir uns an die übliche Vorgehensweise halten«, begann Van Veeteren, »dann müssten wir das Technische zuerst betrachten. Nun haben wir aber bis jetzt auf diesem Gebiet noch keine Ergebnisse. Ich habe gerade mit le Houde gesprochen, und der hat mir gesagt, dass der Bericht am Montag oder Dienstag bei uns sein wird. Sie haben anderthalb Tage lang die Villa Zephir auf den Kopf gestellt, aber da sie nicht wissen, wonach sie eigentlich suchen, glaube ich kaum, dass es von dieser Seite her einen Durchbruch geben wird.«

»Ein blutiger Fingerabdruck auf dem Sprungturm wäre doch nicht schlecht, oder?«, schlug Rooth vor. »Von jemandem, den wir in der Kartei haben.«

»Le Houde hätte so etwas sicher schon erwähnt«, entgegnete Van Veeteren. »Wer will anfangen? Heinemann?«

Kommissar Heinemann wechselte die Brille und befragte seine Aufzeichnungen, die er seit Menschengedenken und aus unerschütterlicher Gewohnheit in blaulilafarbenen, abgegriffenen Heften vermerkte. Laut einer Theorie von Reinhart hatte er irgendwann im Laufe seiner schulischen Karriere eine Unmenge davon als Prämie für Fleiß und gute Noten bekommen, und es gab eigentlich nichts, was dieser Hypothese widersprach.

»Ja, hm, also …«, begann Heinemann. »Zuerst also dieser Aarlachausflug, nicht wahr?«

»Warum nicht?«, fragte der Kommissar.

»Hm. Es ist eindeutig belegt, dass Frau Hennan ihr Haus in Linden so gegen acht Uhr am Donnerstagmorgen verließ. Das bezeugt die Nachbarin. Außerdem hat sie bei Exxon an der Autobahnauffahrt getankt, die können sich dort noch an sie erinnern, sie hat einen Kaffee und ein Käsebrotchen gekauft und ...«

»Weiter«, sagte der Kommissar.

»Ja, sicher. Also, außerdem ist belegt, dass sie in Hendermaags Geschäft in der Keyserstraat in Aarlach so ungefähr zwischen zwölf und Viertel vor eins war. Sie hat sich dort Geschirr angeguckt und zwei Sätze Teller bestellt, die hatten sie nämlich nicht auf Lager ... von einer Serie, die Osobowsky heißt, königlich minzgrün ... sechs Suppenteller und sechs normale flache. Sie hat eine Anzahlung von hundert Gulden getätigt, den Rest bei Lieferung, hm, ja, dazu wird es für sie wohl nicht mehr kommen ...«

»Und dann?«, ermahnte Reinhart ihn.

»Dann hat sie den Laden verlassen.

»Aha?«, warf Reinhart ein.

»Ich weiß nicht, wohin sie dann gegangen ist.«

»Wie lange dauert es, nach Aarlach zu fahren?«, fragte Münster. »Drei Stunden?«

»Höchstens«, nickte Reinhart. »Sie kann um vier Uhr wieder zurück gewesen sein. Was bringt uns das?«

»Es ist uns nicht gelungen herauszubekommen, wann sie zurück war, oder?«, wollte Münster wissen. »Sie kann auch noch andere Dinge erledigt haben.«

»Sicher«, sagte der Kommissar. »Hat ein paar Flaschen Sherry gekauft, beispielsweise. Sonst noch etwas, Heinemann?«

»Es ist nicht zufällig so, dass sie auch auf dem Heimweg bei Exxon gehalten hat?«, wollte Rooth wissen.

»Leider nicht«, antwortete Heinemann.

»Sonst noch etwas?«, wiederholte Van Veeteren.

»Ja«, murmelte Heinemann und blätterte in seiner Kladde.

»Ich habe mir außerdem ein wenig diese Firma angeschaut, wie wir verabredet hatten. Hennans Firma ... G. Enterprises, er hat den gleichen Namen benutzt wie in den USA, offensichtlich gibt es nichts, was das verbietet. Aber bisher scheint es nicht viele Geschäftsbewegungen gegeben zu haben ... außer dass er es im Mai angemeldet und ein kleines Büro in der Landemaarstraat in Linden gemietet hat, ... nein, eigentlich gar nichts.«

»Was?«, fragte Rooth.

»Was willst du damit sagen?«, fragte Reinhart. »Eine Firma, die überhaupt nichts macht?«

»Das ist ja nicht verboten«, erklärte Heinemann. »Üblicherweise ist es zwar so, dass man irgendwelche Geschäfte betreibt, aber auf jeden Fall scheint es bei ihm nicht so gewesen zu sein.«

»Muss man denn nicht irgendeine Zielsetzung oder so angeben?«, fragte Münster. »Zumindest für das Finanzamt?«

»Doch, Hennan hat unter Spezifikation ›Handelstätigkeiten‹ geschrieben. Aber das besagt ja nicht viel. Ich werde mir das natürlich noch genauer anschauen.«

»Natürlich«, nickte der Kommissar mit einem schweren Seufzer. »Und das war soweit erst einmal alles?«

Heinemann nahm seine Brille ab und begann sie mit seinem Schlips zu putzen.

»Ja«, gab er zu. »Fürs Erste.«

»Wunderbar«, sagte Reinhart.

»Ja, zweifellos«, knurrte der Kommissar. »Nun gut, wir machen weiter. Vielleicht mit Rooth und Jung?«

Rooth berichtete etwas verhalten von seinem Besuch bei Elizabeth Hennan und stellte zusammenfassend fest, wenn es jemals ein Riesenarschloch gegeben habe, dem er wünsche, hinter Schloss und Riegel zu landen, dann hieße es Jaan G. Hennan.

»Wenn man damit anfängt, fünf Jahre lang seine kleine Schwester zu vergewaltigen, dann hat man damit seine Bahn schon abgesteckt«, kommentierte Reinhart voller Abscheu.

»Verdammte Scheiße, wenn es uns nicht gelingt, dieses Monster zu packen, bin ich fast bereit, es auf eigene Faust zu versuchen.«

»Nun mal langsam«, ermahnte Van Veeteren ihn. »Und übrigens habe ich noch bessere Gründe als der Inspektor, aber dennoch müssen wir auch bei diesem Fall darauf achten, uns an die Regeln zu halten.«

Reinhart schaute verwirrt zum Kommissar auf.

»Jetzt komme ich nicht mehr ganz mit«, sagte er. »Was für einen Grund hast du denn, der besser ist als meiner?«

»Darüber reden wir ein andermal«, sagte Van Veeteren. »Auf jeden Fall wäre es gut, wenn wir ihn mit den Mitteln schnappen könnten, die uns zur Verfügung stehen, und keinen anderen. Sind wir uns darin einig?«

»All right«, sagte Reinhart. »Es war ja auch nur bildlich gesprochen.«

»Rooth, weitermachen«, sagte der Kommissar. »Die Schwester ist die einzige Verwandte, wie ich vermute.«

»Das stimmt«, nickte Rooth. »Der Vater starb vor fünfzehn Jahren in einem psychiatrischen Pflegeheim. Die Mutter noch früher, wie gesagt. Ja, und außerdem sind wir die Liste mit Namen durchgegangen, die aktuell waren, als er das erste Mal eingebuchtet wurde. 1975. Wir haben einige seiner alten Bekannten gefunden, aber keiner von ihnen hat etwas davon gewusst, dass Hennan zurückgekommen ist … behaupten sie wenigstens. Ja, es sind nur zwei, mit denen wir bisher geredet haben, aber weder Jung noch ich haben irgendeinen Grund gesehen, ihre Angaben zu bezweifeln, es scheint, als …«

»Stop«, unterbrach ihn Reinhart. »Schließlich kann er sich in diesem Bereich seinen Helfer gesucht haben. Einen alten Bekannten aus der Drogenzeit. Wir müssen hier vorsichtig vorgehen, ich hoffe, das ist euch klar.«

»Absolut klar«, bestätigte Rooth irritiert. »Unsere beiden Jungs heißen Siegler und deWylde. Siegler sitzt in Kaarhuijs ein wegen Bankraub. Er hat seinen ersten Freigang erst am kommenden Donnerstag. DeWylde war oben in Karpatz, das haben wir auch überprüft.«

»Gut«, sagte Reinhart.

»Wie viele Namen habt ihr auf eurer Liste?«, wollte Münster wissen.

»Sechs, sieben bis jetzt«, antwortete Jung. »Plus diese beiden, wie gesagt. Aber es kommen natürlich noch weitere dazu.«

»Das wollen wir doch hoffen«, sagte der Kommissar. »Ich nehme jedoch an, dass euch auch aufgefallen ist, dass sie keinen besonders umfangreichen Bekanntenkreis gehabt haben, die Eheleute Hennan.«

»Genau«, nickte Rooth. »Wir haben noch keine Menschenseele gefunden, die Monsieur Hennan auch nur Guten Tag gesagt hat. Zumindest nicht in den letzten fünfzehn Jahren.«

»Wir dürfen die Nachbarn nicht vergessen«, warf Heinemann ruhig ein. »Die Familie Trotta. Haben sie nicht bei denen mal gegessen? Da müssen sie sich doch über irgendetwas unterhalten haben ... vielleicht könnte uns das einen Hinweis geben.«

»Das stimmt«, bestätigte der Kommissar. »Wir müssen noch einmal Kontakt mit ihnen aufnehmen.«

»Ich habe sie bereits vorgewarnt«, erklärte Münster. »Ich habe bisher nur mit der Frau gesprochen. Aber wie ist das eigentlich mit dem Büro? Da muss es doch irgendwo in der Umgebung Menschen geben.«

Jung räusperte sich.

»Er hat es durch eine Anzeige bekommen. Das Gebäude gehört dem Besitzer des Beerdigungsinstituts im Erdgeschoss. Er heißt Mordenbeck, kein besonders aufgeweckter Bursche. Offensichtlich haben sie nicht mehr als zwanzig Worte miteinander gewechselt, Hennan und er.«

»Und das Haus?«, fragte Reinhart. »Im Kammerweg ... wie haben sie das gefunden?«

»Durch einen Makler«, sagte Münster, der dieser Sache

nachgegangen war. »Tielebergs, denen der Schuppen gehört, wohnen in Almeira in Spanien und mussten nicht einmal herkommen und die Papiere unterschreiben. Die Hennans haben es übrigens nur für ein halbes Jahr gemietet ... ja, das sieht alles verdammt nach Theaterkulissen aus.«

»Kulissen, ja genau«, stimmte der Kommissar schlecht gelaunt zu. »Notdürftig zusammengeschusterte Kulissen, um zuzuschlagen und eins Komma zwei Millionen Gulden zu verdienen. Ich muss wohl gar nicht erst erwähnen, dass beide Wagen nur Mietwagen waren ... der Saab wie auch der Mazda.«

»Verdammte Scheiße«, sagte Reinhart. »Das darf doch nicht wahr sein.«

»Doch, es ist wahr«, erklärte der Kommissar und sah verdrießlich aus. »Es ist verdammt wahr. Und Barbara Hennan ist ermordet worden. Und wir sind die Kripoleute, die den Fall aufklären sollen. Wollt ihr noch mehr Wahrheiten hören?«

»Danke, es reicht«, erdreistete sich Rooth. »Richtig ermunternd, nein, wirklich.«

Van Veeteren warf ihm einen langen Blick zu und drückte seine Zigarette aus, die ihm schon die Fingerspitzen verbrannte.

»Okay«, sagte er. »Münster, berichte du vom Colombine's!«

Münster streckte sich.

»Ja, gut«, sagte er. »Sehr gern. Es ist eigentlich noch nicht hundertprozentig sicher, aber es scheint leider so zu sein, dass das Personal Hennan für den kritischen Zeitpunkt ein Alibi gibt. Barbara Hennan ist ja irgendwann zwischen halb zehn und halb elf gestorben, und einer der Kellner im Restaurant ist sich sicher, dass Hennan seine Rechnung Viertel vor zehn bezahlt hat ... plus minus fünf Minuten. Der Typ an der Bar ist genauso sicher, dass er ihm kurz vor halb elf einen Whisky serviert hat. Er hat nämlich dann Feierabend gemacht. Es gibt eine Lücke von höchstens fünfundvierzig Minuten, aber wir finden wahrscheinlich andere, die auch diese noch ausfüllen können. Unser Freund Verlangen zum Beispiel.«

Eine Weile blieb es still. Dann stand der Kommissar auf und trat ans Fenster.

»Ist den Herren klar, was das bedeutet?«, fragte er mit müder Stimme.

»Er war es nicht«, sagte Reinhart. »Jaan G. Hennan kann seine Ehefrau nicht ermordet haben.«

»Genau«, sagte der Kommissar. »Da sind wir immerhin zu einem Ergebnis gekommen. Kommentare?«

»Kaffeepause?«, versuchte Rooth es vorsichtig.

Die zweite Hälfte der Konferenz verlief genauso spröde wie die erste.

Van Veeteren informierte über Hornimans Bericht, und diejenigen, die darüber bisher noch nichts wussten (Rooth, Jung und Heinemann), reagierten im Großen und Ganzen in gleicher Weise, wie die bereits Informierten (Van Veeteren, Reinhart und Münster) jeweils reagiert hatten. Der Kommissar referierte außerdem, was aus seinem Gespräch mit dem Gerichtsmediziner Meusse herausgekommen war, und es wurde mindestens eine Theorie betreffs des nicht registrierten Kindes angeführt.

»Sie hat es bestimmt geboren, als sie in dieser blöden Sekte war«, schlug Rooth vor. »Wahrscheinlich tot geboren, die leben da doch nur von Wurzeln und Grashüpfern und kriegen nie richtig was zu essen.«

Rooths Hypothese erhielt nicht gerade standing ovations, aber es gab auch keine größeren Einwände.

Münster berichtete, dass ein erneuter Kontakt mit der Versicherungsgesellschaft F/B Trustor ergeben hatte, dass Frau Hennan bei der Unterzeichnung der Versicherungspolice nicht anwesend gewesen war, dass so etwas laut gängiger Praxis aber auch nicht notwendig war. Schließlich las der Kommissar einen zwei Seiten langen Bericht des Schutzmannes Kowalski vor – zweiundvierzig Rechtschreibfehler inklusive, die man aber nicht hörte, während er vorlas –, betreffend den

Verdächtigen Jaan G. Hennan und dessen Tun und Lassen von Donnerstagmorgen bis Freitagmittag der vergangenen Woche. Nichts Kriminelles – oder auf irgendeine Weise Bemerkenswertes – hatte der Unterzeichnende beobachten können, trotz genauer und intensiver Beobachtung – abgesehen vielleicht davon, dass besagter Hennan bei einem Besuch im Jazzclub Vox am Donnerstagabend seinen Schatten zu einem sog. doppelten Whisky an der Bar einlud. Um unnötiges Misstrauen zu vermeiden, akzeptierte der Schatten den Drink sowie das neunzig Minuten dauernde Gespräch mit dem Bewachungsobjekt über allgemeine und neutrale Themen. Nach der Verlesung von Kowalskis Bericht erklärte Van Veeteren die Besprechung für beendet.

»Das darf doch einfach nicht wahr sein«, sagte Münster, als er sich eine halbe Stunde später mit dem Kommissar zu ihrem Freitagsbier bei Adenaar's traf.

»Nein«, bestätigte Van Veeteren. »Das mögen die Götter wissen, dass das nicht wahr sein darf.«

Sowohl in seiner Stimme als auch in seinem Gesichtsausdruck war ein Hauch von Resignation zu finden, den Münster nicht gewohnt war. Geradezu eine Art Introvertiertheit, die nichts mit der normalen verschleierten Konzentration zu tun hatte, die Münster im Laufe der Jahre an ihm kennen gelernt hatte.

Kurz überlegte er, was wohl dahinter stecken mochte. Es gab einen rein persönlichen Aspekt zwischen G. und Van Veeteren, das war ja bereits durchgesickert, aber wie weit er in etwas Ernsterem begründet war als in der Tatsache, dass die beiden vor dreißig, vierzig Jahren Schulkameraden gewesen waren, das konnte er nicht sagen. Nachdem er eine Weile gezögert hatte, fragte er geradewegs, was denn eigentlich los sei, und der Kommissar musste zugeben, dass er nicht direkt in Topform war.

»Unser Kollege Mort hat auch davon berichtet«, fügte er

hinzu, nachdem er von dem Bier probiert hatte. »Aber du hast Mort wohl nie kennen gelernt?«

»Nur ein paar Mal ganz kurz«, erklärte Münster. »Aber ich habe nie mit ihm gesprochen.«

»Er ist in den letzten Jahren so müde geworden. Es ging ganz schnell, als wäre er plötzlich durch eine Wand gegangen. Er hat mir davon erzählt ... aber eher in Andeutungen, ich weiß nicht, ob er wirklich darüber reden wollte, jedenfalls war es der Job, der ihn zum Schluss aufgefressen hat.«

»Und worum ging es dabei?«, fragte Münster.

Van Veeteren zündete sich eine Zigarette an und schaute eine Weile aus dem Fenster, bevor er antwortete.

»Offenbar auch um so eine Geschichte. Oder vielleicht um ein paar. Ermittlungen, bei denen alles glasklar war und er trotzdem zu keinem Ergebnis kommen konnte. Bei denen er gezwungen war, den Täter laufen zu lassen.«

»So was passiert allen«, sagte Münster. »Man muss nur einen Weg finden, damit klarzukommen.«

»Natürlich«, sagte der Kommissar. »Aber manchmal findet man den Weg eben nicht. Ich glaube, in Morts Fall war da auch etwas ganz Persönliches dabei. Ein naher Verwandter, der darin verwickelt war, habe ich im Kopf, aber er ist nie ins Detail gegangen. Wie gesagt.«

Münster dachte eine Weile nach.

»Es gibt in den USA einen Ausdruck, der Blue Cops heißt, kennst du den?«

Van Veeteren nickte leicht, gab aber keine Antwort.

»Polizeibeamte, die ausbrennen«, sagte Münster, »da gibt es in der Selbstmordstatistik eine Überrepräsentation, die ziemlich erschreckend ist ... ich habe vor ein paar Wochen darüber gelesen.«

Van Veeteren trank einen Schluck Bier.

»Ja, ich kenne das Phänomen. Vielleicht sollte man eine Seele aus Stahl haben, aber leider kommt man auch damit nicht besonders weit. Man verliert sozusagen die Fähigkeit zu sehen, wenn man nicht eine gewisse Art von Dunkelheit in sich hat ... ich glaube, Churchill war es, der darüber geschrieben hat. Dass er in gewisser Weise Hitler *verstanden* hat. Auch in die schlimmste Psyche ist ein gefühlvoller Blick nötig, vergiss das nicht, Münster.«

Münster dachte wieder eine Weile schweigend nach.

»Und G. hat so eine schwarze Seele?«

Van Veeteren hob die Augenbrauen und schien sich über die Frage zu wundern.

»Zweifellos. Wenn er überhaupt eine Seele hat.«

»Und wir müssen also ...?«

Münster brach von allein ab und lachte laut auf, aber der Kommissar schaute ihn weiterhin ernst an.

»Dann stimmt es also ...?«, fragte Münster vorsichtig. »Dann stimmt es also, dass es in diesem Fall einen ganz persönlichen Aspekt gibt? Genau wie bei Mort. Der Kommissar hatte ja schon früher mit Jaan G. Hennan zu tun, nicht wahr?«

Van Veeteren schien nicht gewillt zu sein, den Faden aufzunehmen, und Münster fürchtete, zu weit gegangen zu sein. Er trank einen Schluck und lehnte sich zurück. Schaute diskret auf seine Armbanduhr und stellte fest, dass er bald nach Hause gehen musste.

Oder es schon lange hätte tun sollen. Er hatte Synn versprochen, vor sechs Uhr zu Hause zu sein, es sollten Gäste kommen ... zwar nur ihre Schwester mit Ehemann, aber trotzdem. Und sollte er nicht auf dem Heimweg auch noch einkaufen ...?

»Ja, sicher«, unterbrach der Kommissar seinen Gedankengang. »Das stimmt. Obwohl es schon verdammt lange her ist, aber da gab es eine Frau ... oder, besser gesagt, ein Mädchen.«

»Ein Mädchen?«, fragte Münster nach.

»Ja, ein Mädchen. Neunzehn, zwanzig Jahre alt ...«

»Ja?«, fragte Münster mit einer plötzlichen Neugier, die so groß war, dass er sie nicht mehr verstecken konnte.

»Wie schon gesagt«, sagte der Kommissar. »Aber darüber reden wir ein andermal.«

Was ich nicht glaube, dachte Münster und biss seiner Neugier den Kopf ab. Es hatte offenbar keinen Sinn, weiter nachzubohren. Er trank sein Bier aus und bereitete sich darauf vor, das Andenaar's zu verlassen.

»Und wann will der Kommissar das Verhör mit Hennan stattfinden lassen?«, fragte er.

Van Veeteren drückte seine Zigarette aus, und dann leerte auch er sein Glas.

»Heute Abend«, sagte er. »Ich plane, ihn heute am späten Abend holen zu lassen.«

»Heute Abend?«

»Ja. Wenn es dich interessiert, bist du herzlich willkommen, das Schauspiel durch das Spiegelfenster mit zu betrachten. Um elf Uhr. Reinhart wird auch da sein, und ein Paar Ohren und Augen mehr können ja weiß Gott nicht schaden.«

Münster dachte kurz nach und fasste dann einen Entschluss.

»Ich komme«, sagte er. »Um elf Uhr?«

»Vielleicht auch erst um halb zwölf«, sagte Van Veeteren und stand auf. »Ich habe mir gedacht, dass die Nacht ein passendes Szenario für diese Art Übung sein könnte. Aber wie gesagt, nur, wenn du Zeit hast.«

»Ich werde mir die Zeit nehmen«, versprach Inspektor Münster und folgte dem Kommissar zum Ausgang.

17

Neben Reinhart und Münster war auch noch Inspektor Rooth in dem engen Raum vor dem Spiegelzimmer zur Stelle, als das Verhör mit Jaan G. Hennan seinen Lauf nahm. Rooths so genanntes Date hatte angerufen und sich krank gemeldet, wie er erklärte, und das hier sah so aus, als könnte es genauso unterhaltsam werden wie ein schlechter Fernsehkrimi.

Hennan war von den Schutzmännern Kowalski und Klempje kurz vor halb elf in seinem Haus abgeholt worden. Er war leicht grinsend und vollkommen freiwillig mitgekommen und hatte dann das zweifelhafte Vergnügen gehabt, fünfundvierzig Minuten auf einem Stuhl im kalten Verhörraum zu verbringen, bis Van Veeteren durch eine der beiden Türen hereinkam und sich ihm gegenüber hinsetzte.

»Das wird aber auch Zeit«, sagte Hennan, aber ohne jeden Ansatz von Verärgerung in der Stimme.

Van Veeteren ging nicht darauf ein. Fummelte stattdessen eine Weile am Tonbandgerät herum und zündete sich eine Zigarette an. Dann las er Hennan seine Rechte vor und fragte ihn, ob er einen Anwalt wolle.

Hennan lehnte sich zurück, lachte breit und erklärte, dass er einen Anwalt genauso dringend brauche wie eine Warze am Arsch. Der Kommissar nickte und stellte das Band an. Gab Zeit, Platz und Befragungsgrund an und bat Hennan, seinen vollständigen Namen zu nennen, Geburtsort und Geburtsdatum. Das tat Hennan auch, breit lächelnd.

»Gut«, sagte der Kommissar und hängte sein Jackett über die Stuhllehne. »Du sitzt also hier, weil du unter dem Verdacht stehst, deine Ehefrau, Barbara Clarissa Hennan, ermordet zu haben. Du sitzt noch nicht in Untersuchungshaft, aber das ist nur eine Frage der Zeit.«

»Mord?«, fragte Hennan. »Untersuchungshaft?«

»Richtig verstanden«, sagte Van Veeteren. »Willst du gleich gestehen, oder müssen wir das Ganze noch in die Länge ziehen?«

»Quatsch«, sagte Hennan.

»Ich habe die Antwort nicht verstanden«, sagte Van Veeteren.

»Quatsch«, wiederholte Hennan.

»Jetzt habe ich es verstanden«, sagte Van Veeteren. »Soll ich das dahingehend interpretieren, dass es dich wundert, dass du unter Verdacht stehst?«

Hennan stützte sein Kinn auf die Knöchel der rechten Hand und dachte drei Sekunden lang nach.

»Ja und nein«, stellte er dann fest. »Ich kenne ja die Inkompetenz der Polizei und habe schon lange aufgehört, mich darüber zu wundern, aber in diesem Fall übertrefft ihr euch wirklich selbst.«

»Erklär mir das«, bat der Kommissar.

»Oh nein«, sagte Hennan. »Diese Art der Ausführungen kannst du dir selbst machen. Ich persönlich ziehe es vor, nach Hause zu fahren und ins Bett zu gehen.«

»Das hatten wir uns aber nicht so gedacht«, sagte der Kommissar. »Wie lange warst du mit Philomena McNaught verheiratet?«

Hennans Antwort kam ohne offensichtliche Überraschung.

»Gut ein Jahr.«

»Sie starb während einer Autoreise in den Bethseda Park, ist das richtig?«

»Das weiß ich nicht. Sie ist verschwunden und später für tot erklärt worden.«

»Wenn ich dir jetzt sagen würde, dass man ihre Leiche gefunden hat, würde dich das überraschen?«

Hennan zögerte einen Augenblick. Dann lächelte er wieder.

»Nein«, sagte er. »Früher oder später muss sie ja wohl gefunden werden. Wie ist es denn passiert?«

»Was meinst du damit?«

»Ich möchte natürlich gern wissen, wie man sie gefunden hat. Und unter welchen Umständen. Da sie höchstwahrscheinlich einem größeren Raubtier zum Opfer fiel, ist es doch ein wenig überraschend, von einer vollständigen Leiche zu hören, das musst du zugeben. Mein Gott, denkst du nicht, dass ich lange genug im Spiel bin, um mitzukriegen, ob ein Bulle lügt oder nicht?«

Van Veeteren blieb eine Weile schweigend sitzen und fixierte einen Punkt direkt über Hennans Kopf. Verzog keine Miene.

»Bist du wirklich so einfältig?«, fragte er dann, »so schrecklich einfältig, dass du glaubst, du könntest die gleiche Geschichte zweimal durchziehen? Wir wissen, dass du zwei Frauen getötet hast, du wirst die folgenden fünfundzwanzig Jahre deines Lebens im Gefängnis sitzen. Ich schlage vor, du besorgst dir sofort einen Anwalt, da dir offensichtlich nicht klar ist, in welcher Situation du dich befindest.«

»Was für ein Gelaber«, sagte Hennan. »Ich brauche keinen Anwalt. Dafür muss ich aber mal pinkeln.«

»Fünf Minuten«, sagte Van Veeteren und stellte das Tonbandgerät ab.

»In einer Sache muss ich dich jetzt schon enttäuschen«, erklärte der Kommissar, nachdem Hennan zurückgekommen war.

»Ach, wirklich? Wie eintönig.«

»Auch wenn du nicht hinter Schloss und Riegel kommst, wirst du trotzdem keinen Gulden von der Versicherungsprämie erhalten.«

»Was du nicht sagst!«, erwiderte Hennan und verzog spöttisch den Mund. »Ja, ich werde mich wohl mit deinen Verhöhnungen abfinden müssen, da wir nun einmal hier beieinander sitzen. Also bitte, fahre nur damit fort, ich bin ganz Ohr.«

»Danke. Wir werden beweisen können, dass es sich nicht um einen Unfall handelte, ja, jetzt rede ich von dem Mord an deiner zweiten Ehefrau, und damit tritt die Klausel in den Versicherungsbedingungen in Kraft.«

Hennan zuckte mit den Achseln.

»Ihr habt natürlich das Recht, Beweise für alles Mögliche finden zu wollen. Daran will ich euch gar nicht hindern. Aber es würde mich schon wundern, wenn ihr damit Erfolg habt.«

»Sie war bewusstlos, bevor sie ins Becken gestoßen wurde«, fuhr Van Veeteren fort und zündete sich eine weitere Zigarette an. »Du hast dich also dazu entschlossen, die ganze Zeit den Dummen zu spielen, ich muss sagen, ich hatte ein wenig mehr Widerstand erwartet.«

»Widerstand?«, wiederholte Hennan mit theatralischer Verwunderung. »Wovon labert der Herr Kommissar denn jetzt schon wieder?«

»Du langweilst mich«, erklärte Van Veeteren gähnend. »Du hast deine kleine Schwester fünf Jahre lang vergewaltigt, war es nicht so?«

»Wie bitte?«, fragte Hennan.

»Ich habe gefragt, ob du deine Schwester, Elizabeth Hennan, fünf Jahre lang vergewaltigt hast. Oder war es noch länger? Warum hast du denn aufgehört? War dir eine Fünfzehnjährige zu alt?«

Es dauerte einige Sekunden, bis Hennan seine Gesichtszüge wieder unter Kontrolle hatte. Aber dann zeigte er doch wieder ein Lächeln, wenn auch eines der zurückhaltenderen Sorte.

»Vielleicht sollte ich mir doch einen Anwalt besorgen«, sagte er. »Du scheinst ja vollkommen von der Rolle zu sein.«

»Na, du kannst ja auch während der Gerichtsverhandlung drauf antworten«, schlug der Kommissar vor. »Hattet ihr auch normalen Kontakt ... ich meine, so wie es bei Geschwistern eigentlich normal ist?«

Hennan gab keine Antwort.

»Kannst du mir die Namen von ein paar Bekannten von dir geben?«, fragte Van Veeteren.

»Warum sollte ich?«

»Na, beispielsweise könntest du die eine oder andere Stimme brauchen, die zu deinen Gunsten aussagt. Kannst du mir einige nennen, die für deinen guten Charakter sprechen könnten?«

»Nein«, sagte Hennan. »Da musst du schon selbst nachforschen.«

»Maarten Verlangen vielleicht?«, schlug der Kommissar vor.

»Verlangen? Wer zum Teufel ist denn das ... ach, du meinst diesen Exbullen? Was habe ich denn mit dem zu tun?«

»Du hast ihn an dem Abend getroffen, an dem deine Frau gestorben ist.«

Hennan überlegte.

»Ja, das stimmt. Wir haben ein paar Drinks genommen. Armes Schwein, hat ziemlich abgebaut.«

»Woher kanntest du ihn eigentlich?«

»Das weißt du doch ganz genau. Wir haben so unseren Strauß ausgefochten vor ein paar Jahren. Er hat mich eingebuchtet, ich war unschuldig und habe seinetwegen eine ganze Weile gesessen. Aber das ist jetzt vergessen. Ich bin ja nicht nachtragend.«

»Du weißt, womit er sich jetzt so beschäftigt?«

»Keine Ahnung«, sagte Hennan. »Jetzt könnte ich mir eine Zigarette vorstellen.«

»Bitte schön«, bot Van Veeteren ihm eine an. »Verlangen hat als Privatdetektiv gearbeitet.«

Hennan sah verwundert aus.

»Als Privatschnüffler? Davon hat er mir keine Silbe gesagt. Nun ja, der Arbeitsmarkt für gefeuerte Bullen ist wahrscheinlich ziemlich eingeschränkt, wie ich annehme.«

Van Veeteren ließ ein paar Sekunden verstreichen.

»Aber du weißt sicher, dass er auch deine Frau kannte?«

»Meine Frau? Wen soll sie gekannt haben?«

»Verlangen.«

Hennan gelang es fast, seine Überraschung zu verbergen, indem er eine Zigarette anzündete.

»Blödsinn«, sagte er. »Warum sollte Barbara so jemanden wie Verlangen kennen?«

»Wenn sie noch am Leben wäre, hätte sie es dir erklären können. Aber Verlangen wird das natürlich während der Gerichtsverhandlung erklären.«

Einen Augenblick lang, nur für den Bruchteil einer Sekunde, hatte Van Veeteren den Eindruck, als würde Hennan seine Maske verlieren. Vielleicht war es auch nur Einbildung, aber während eines unerhört kurzen Zeitraums schien es dem Kommissar, als könne er direkt in sein Gegenüber hineinschauen – und wenn er bis dahin irgendeinen Zweifel an der Schuldfrage gehegt hätte, dann hätte dieser nackte Blick genügt. Jaan G. Hennan hatte Barbara Clarissa Delgados Leben auf dem Gewissen, ebenso wie das von Philomena McNaught. Blitzschnell überlegte er, wie man diese vollkommene Enthüllung in Worte fassen könnte, diese absolute Schuld, in zwei solchen Augen – für die Geschworenen beispielsweise –, aber das Einzige, was er vor sich sah, das war der tiefe Abgrund, der Einsicht und Tat voneinander trennt. Und das war nicht das erste Mal.

Er wurde durch Hennans Räuspern wieder in die Wirklichkeit zurückgeholt.

»Ist es heutzutage der Polizei erlaubt, während eines Verhörs alle möglichen Lügen aufzutischen?«, fragte er.

Van Veeteren schnaubte.

»G.«, sagte er. »Es ist eine Sache, sich mit Mördern befassen zu müssen. Aber es ist eine andere, sich mit einem hoffnungslos einfältigen Mörder abgeben zu müssen, und das finde ich ziemlich langweilig. Wir machen eine halbe Stunde Pause.«

Hennan schüttelte den Kopf und machte Miene aufzustehen.

»Nein, nein«, hielt der Kommissar ihn zurück. »Du bleibst hier. Es gibt den Fußboden, wenn du dich ein wenig ausstrecken willst.«

»Ich bin gegen meinen Willen beeindruckt«, musste Inspektor Reinhart während der Pause zugeben. »Aber ich glaube, es wäre doch besser, wenn wir unsere Methoden nicht über den Äther hinausposaunen.«

»Wie habt ihr seine Reaktion auf Verlangen empfunden?«, wollte der Kommissar wissen. »Es gab da eine Unsicherheit, aber ich habe sie erst im Nachhinein registriert.«

»Eine Unsicherheit?«, fragte Münster. »Was für eine Unsicherheit?«

Der Kommissar schüttelte den Kopf und schob sich einen Zahnstocher in den Mundwinkel.

»Ich hatte das Gefühl, dass er nur überrascht spielt. Aber nur zur Hälfte … und ich weiß nicht, welche Hälfte nun echt war.«

»Übrigens dieser Verlangen«, seufzte Rooth. »Wir haben ja keine Ahnung, was er da in diesem Lokal gesagt und was er nicht gesagt hat. Er war offenbar ziemlich beschickert, da kann ihm doch alles Mögliche über die Lippen gerutscht sein.«

»Vollkommen richtig«, stimmte der Kommissar zu. »Bis jetzt haben wir noch keine Antwort auf diese Frage. Aber warum um alles in der Welt ist sie zu einem Privatdetektiv gegangen? Das ist eine wichtige Frage. Genügt es, dass sie sich irgendwie bedroht gefühlt hat? Ich denke nicht, es müsste doch möglich sein, hier eine Präzisierung hinzukriegen.«

»Wenn Verlangen selbst diese Frage nicht beantworten kann, wie sollten wir das dann können?«, warf Rooth ein. »Diejenige, die das weiß, ist bekanntlich tot.«

»Das ist mir bekannt«, sagte Van Veeteren.

»Wie sieht das Drehbuch für die nächste Runde aus?«, fragte Reinhart.

»Hundertachtzig Grad Drehung der Windrichtung«, antwortete der Kommissar. »Holt mich in einer Viertelstunde, ich lege für eine Weile die Füße auf den Schreibtisch. Und haltet bitte die Augen auf, wie er sich da drinnen verhält.«

Münster schaute auf die Uhr. Es war fünf Minuten nach halb eins.

»Ich möchte, dass du dich konzentrierst«, erklärte Van Veeteren. »Deshalb hast du die Tasse Kaffee bekommen.«

»Ich bin überwältigt«, sagte Hennan.

Während der gesamten Unterbrechung hatte er zurückgelehnt auf dem Stuhl gesessen, die Arme vor der Brust verschränkt, die Augen geschlossen. Das Lächeln war jetzt aus seinem Gesicht verschwunden, aber ansonsten sah er gefasst aus.

»Zunächst einiges für das Protokoll. Vor zwölf Jahren wurdest du wegen Drogendelikten verurteilt und hast zwei und ein halbes Jahr im Gefängnis verbracht. Stimmt das?«

»Ich habe bereits ...«

»Antworte mit Ja oder Nein.«

»Ja«, antwortete Hennan mit einem Achselzucken.

»Vor knapp zehn Jahren bist du in die USA emigriert?«

»Ja.«

»Unmittelbar nach deiner Entlassung?«

»Im Großen und Ganzen, ja.«

»1983 hast du eine gewisse Philomena McNaught geheiratet?«

»Ja.«

»Sie verschwand im Jahr darauf, und du hast ihre Lebensversicherung über vierhunderttausend Dollar kassiert. Korrekt?«

»Korrekt«, sagte Hennan.

»Wusste deine damalige Ehefrau, dass du eine so hohe Lebensversicherung auf sie abgeschlossen hast?«

»Selbstverständlich.«

»1984 hast du Barbara Delgado geheiratet?«

»Ja.«

»Dieses Jahr seid ihr zurück nach Europa gezogen, und kurz darauf hast du eine hohe Lebensversicherung auf sie abgeschlossen. Eins Komma zwei Millionen Gulden. Stimmt das?«

»Ja.«

»Wusste sie, dass du diese Versicherung abgeschlossen hast?«

»Natürlich.«

»Aber sie war nicht dabei, als du es gemacht hast?«

»Sie war zu der Zeit mit etwas anderem beschäftigt.«

»Womit?«

»Daran kann ich mich nicht mehr erinnern.«

»Ich notiere mir das. Einen Monat nachdem du die erste Prämie bezahlt hast, wird deine Frau tot auf dem Beckenboden des Schwimmbads des Hauses gefunden, das ihr im Kammerweg in Linden gemietet habt, ja?«

»Ja. Was soll das ...?«

»Bitte jetzt keine Fragen. Wie ich bereits erklärt habe, werden wir beweisen können, dass deine Frau keines natürlichen Todes gestorben ist. Die Versicherungssumme wird dann nicht fällig werden. Du musst dich jetzt für eine von zwei Alternativen entscheiden.«

»Ach ja?«, fragte Hennan. »Und was zum Teufel meinst du damit?«

»Während der Gerichtsverhandlung wirst du die gleiche Entscheidung treffen müssen, da ist es nur gut, wenn du es jetzt schon einmal übst.«

Hennan gab keine Antwort, aber seine linke Augenbraue zuckte.

»Entweder entscheidest du dich dafür, mit uns zusammenzuarbeiten, um den Täter zu finden«, erklärte der Kommissar. »Das würden neunundneunzig von hundert Ehemännern wohl tun. Oder aber du entscheidest dich dazu, die Ermittlungen zu behindern. Was nur in einer Weise interpretiert werden kann. Dass du selbst derjenige bist, der hinter dem Tod deiner Ehefrau steht. Einer von Hundert, wie gesagt. Hast du verstanden?«

»Haha«, bemerkte Hennan nur trocken.

»Und welche Alternative wählst du?«

»Ich würde mich nie im Leben dafür entscheiden, Polizeiermittlungen zu behindern«, erklärte Hennan mit Honig in der Stimme. »Ich begreife gar nicht, wie der Kommissar überhaupt auf so eine Idee kommen kann.«

»Ausgezeichnet«, nickte Van Veeteren. »Ich möchte die Namen eurer nächsten Bekannten haben.«

»Wir haben keine Bekannten.«

»Wer war zu Besuch in der Villa Zephir, seit ihr dort eingezogen seid?«

»Die Trottas«, sagte Hennan. »Sonst niemand.«

»Sonst niemand?«

»Nicht soweit ich mich erinnern kann.«

»Lüge«, sagte Van Veeteren.

»Vielleicht der eine oder andere Warenlieferant«, korrigierte Hennan sich. »Die Möbelpacker natürlich, sicher kann ich noch irgendwo den Firmennamen finden ... unsere Putzfrau ...«

»Mit welchen deiner früheren so genannten Freunde hattest du Kontakt, seit ihr zurückgekommen seid?«

»Mit keinem.«

»Überleg noch mal.«

Hennan lächelte, gab aber keine Antwort.

»Ach, mein Junge«, sagte der Kommissar. »Ich fürchte, die Geschworenen werden nicht verstehen, für welche Taktik du dich entschieden hast. Aber eine Sache werden sie verstehen, da kannst du dir ganz sicher sein.«

»Und welche?«

»Dass du selbst es warst, der deiner Frau an dem besagten Abend vom Sprungbrett geholfen hat.«

»Ich fürchte, die Sache hat einen Haken«, sagte Hennan.

»Ach ja? Und welchen?«

»Soweit ich weiß, habe ich ein Alibi.«

»Wie bitte?«, rief Van Veeteren erstaunt aus. »Du glaubst, du hättest ein Alibi? Wer hat dir das denn weisgemacht?«

Hennan zögerte eine Sekunde lang.

»Ich habe ein Alibi, weil ich mich nun einmal im Restaurant Colom ...«

»Stop!«, unterbrach ihn der Kommissar. »Das ist nicht mehr von Bedeutung. Du scheinst vergessen zu haben, dass wir wissen, wie der Mord ausgeübt wurde.«

»Was?«, fragte Hennan. »Was ist das für ein idiotisches ... nein, ich habe jetzt genug von diesem Quatsch hier.«

»Willst du es erzählen oder soll ich es?«, fragte der Kommissar.

»Was erzählen?«

»Wie es sich zugetragen hat.«

Hennan schaute ihn ein paar Sekunden lang mit dunklem Blick an. Dann verschränkte er die Arme vor der Brust und schloss die Augen.

»Sei so gut und mach das Licht aus, wenn du gehst«, sagte er. »Ich habe dem Ganzen nichts mehr hinzuzufügen.«

Van Veeteren blieb noch eine Minute lang sitzen. Dann stellte er das Aufnahmegerät aus, nahm die Kassette heraus und stand auf. Blieb eine Weile stehen, Hennan betrachtend, bevor er das Zimmer verließ, ohne das Licht auszuschalten.

»Achtundvierzig Stunden«, erklärte er den anderen, als er die Tür hinter sich geschlossen hatte. »Wir haben achtundvierzig Stunden Zeit. Seht zu, dass er in eine Zelle kommt. Ich werde in meinem Büro schlafen und morgen früh einen neuen Durchgang mit ihm machen.«

»Er wird bald aufgeben«, meinte Reinhart. »Eine nette Falle, das zum Schluss.«

Der Kommissar schaute ihn leicht blinzelnd an.

»Es freut mich, dass du ein Optimist bist«, sagte er. »Gute Nacht, meine Herren.«

18

Er wurde vom Telefon geweckt. Einen Moment lang wusste er nicht, wo er sich befand, spürte dann jedoch den Schmerz im Rückgrat und wusste, dass er auf dem Sofa seines Arbeitszimmers geschlafen hatte.

Er schaute auf die Uhr. Sie zeigte Viertel vor acht. Ächzend begab er sich zum Schreibtisch und nahm den Hörer ab. Reinhart war dran.

»Liest du das Neuwe Blatt?«, wollte er wissen.

»Nein«, sagte Van Veeteren. »Du?«

»Äußerst selten«, sagte Reinhart. »Aber heute habe ich es gelesen. Weil ich an der Schlagzeile vorbeigelaufen bin.«

»Gelaufen?«, fragte Van Veeteren nach.

»Ich war joggen. Das mache ich meistens am Samstagmorgen. Vielleicht solltest du das auch machen.«

»Joggen?«, fragte der Kommissar nach.

»Vielleicht auch das«, antwortete Reinhart. »Aber ich meine, du solltest das Neuwe Blatt heute lesen. Da steht was über Hennan.«

»Was? Wieso steht da was über …?«

»Eine ganze Seite. Einer mit Namen Grouwer hat es geschrieben. Verdammt informativ, wir haben eine undichte Stelle.«

»Eine undichte Stelle?«, wiederholte der Kommissar und versuchte, seinen Rücken zu strecken. »Verdammt, wovon redest du eigentlich? Hast du jetzt im Nachrichtendienst angefangen?«

»Besorg dir den Schund und lies selbst«, schlug Reinhart vor. »Bleibst du noch im Polizeipräsidium?«

»Ich denke schon«, sagte der Kommissar.

»Ich bin in einer Stunde da. Muss nur noch duschen. Dann können wir die Sache diskutieren.«

Damit legte er auf. Der Kommissar stand da mit dem Hörer in der Hand und starrte eine Weile in die Luft. Dann wählte er die Nummer des Wachhabenden im Empfang und bestellte ein Exemplar des Neuwe Blatt in sein Arbeitszimmer.

Anschließend folgte er Reinharts Beispiel. Er ging unter die Dusche.

Reinhart hatte nicht gelogen, das konnte er auf den ersten Blick feststellen. Ganz oben auf der ersten Seite stand eine fette Überschrift mit dem Wortlaut:

Kaltblütiger Mord in Linden?

Zumindest mit Fragezeichen, dachte der Kommissar milde gestimmt. Immerhin etwas. Bereits in der Einleitung wurden die Namen von Barbara Hennan und Jaan G. Hennan genannt. Van Veeteren blätterte weiter auf Seite fünf, die ganz und gar dem Fall gewidmet war.

Der Unfall im Kammerweg in Linden, von dem letzte Woche berichtet wurde, kann sich sehr wohl als eine Mordgeschichte der raffinierten Art entpuppen.

stand unter einem großen Foto der Villa Zephir, auf dem der geheimnisvolle Sprungturm durchs Blätterwerk zu erahnen war. Man hatte einen Fotografen hingeschickt, der einfach nur von der anderen Straßenseite seine Bilder geschossen hatte, wie Van Veeteren feststellte. Er wappnete sich gegen die holprige Sprache und las weiter.

Es war, wie Reinhart gesagt hatte. Verdammt informativ.

Die makabre Bassinszene wurde äußerst detailgetreu nacherzählt, und anschließend wurde sich ausführlich der Versicherungsfrage gewidmet. Jaan G. Hennan, so wurde berichtet, hatte ohne jedes Zögern eine Schwindel erregend hohe Lebensversicherung auf seine junge amerikanische Ehefrau abgeschlossen, nur wenige Wochen bevor sie tot in ihrem Heim aufgefunden wurde. Direktor Kooperdijk von F/B Trustor äußerte starke Zweifel hinsichtlich Hennans Ehrenhaftigkeit, und man hoffte, dass die Polizei ihn so schnell wie möglich vor Gericht bringen könnte. Dass es sich hier um Betrug und noch viel schlimmere Verbrechen handelte, das erschien dem Schreiber außerhalb jeglichen Zweifels zu stehen. Gegen Ende des Artikels wurde von Hennans früherer krimineller Vergangenheit berichtet und dass er sich fast ein Jahrzehnt lang in den USA mit unklarem Tätigkeitsfeld aufgehalten hatte. Zum Schluss unterstrich Grouwer, wie wichtig es nun sei, dass die Maardamer Kripo, auf deren Tisch der Fall lag, endlich kein Blatt mehr vor den Mund nahm und die Bevölkerung umfassend informierte.

Oder hatte die Polizei vielleicht etwas zu verbergen?, wurde rhetorisch gefragt. Warum gab es keine Verhaftung? Wann würde endlich die erste Pressekonferenz anberaumt werden? Schließlich lief ein Mörder frei herum.

Es stand nicht ausdrücklich in dem Artikel, dass der Mörder Jaan G. Hennan hieß, aber ein des Lesens kundiger Siebenjähriger konnte das schnell zwischen den Zeilen aufschnappen.

Van Veeteren trank zwei Tassen Kaffee, während er den Artikel las. Er versuchte außerdem, ein Käsebrot mit Paprikaringen und einem traurigen Salatblatt hinunterzukriegen, aber es gelang ihm nicht.

Ja ha, ja, dachte er. Da haben wir die schreibende Zunft also wieder am Hals. Und der Tanz beginnt.

Wie eine unmittelbare Bestätigung dieser Annahme klingelte im gleichen Moment das Telefon. Es war ein leicht verärgerter Redakteur Aronsen vom Telegraaf am Apparat, der wissen wollte, warum zum Teufel und was um alles in der Welt? Van Veeteren erklärte ihm, dass er gerade im Begriff stand, ein wichtiges Verhör zu führen, und verwies auf eine Pressemitteilung, die noch vor zwölf Uhr rausgeschickt werden würde.

»Habt ihr ihn eingebuchtet?«, fragte Aronsen.

»Ja, natürlich«, antwortete der Kommissar neutral. »Er sitzt hier unten im Keller.«

Er beendete das Gespräch und rief in der Zentrale an. Gab die Anweisung, dass in den nächsten Stunden nichts zur Presse durchdringen durfte, dann ging er sich die Zähne putzen.

Als er zurückkam, war Reinhart aufgetaucht.

»Nette Geschichte, nicht wahr?«, sagte dieser und verzog das Gesicht.

»Sehr nett«, bestätigte der Kommissar. »Ich habe eine Pressemitteilung vor zwölf Uhr versprochen. Fühlst du dich in der Form, sie aufzustellen?«

»Nichts, was ich lieber täte«, beteuerte Reinhart. »Gib mir sieben Minuten und eine Tasse schwarzen Kaffee. Wo hat er verdammt noch mal seine Informationen her?«

Der Kommissar schüttelte den Kopf.

»Keine Ahnung. Wie viele sind wir, die davon wissen?«

Reinhart zählte nach.

»Sechs, glaube ich. Plus der eine oder andere halb informierte Schutzmann und Assistent natürlich. Aber ich kann mir nur schwer vorstellen, dass einer von uns ...«

»Verdammter Mist!«, unterbrach ihn Van Veeteren. »Verlangen natürlich! Es war dieser Privatschnüffler, der alles ausgeplaudert hat. Kannst du ihn anrufen und nachfragen, wenn du mit der Pressegeschichte fertig bist?«

»Das mache ich sofort«, erklärte Reinhart. »Du hast sicher Recht. Es würde mich nicht wundern, wenn er es war. Ich glaube ... ich glaube, das verändert die Lage jedenfalls um einiges.«

»Wie meinst du das?«

»Wenn hier ein Mörder herumläuft und die Leute wissen,

wie er heißt, dann werden bald Stimmen laut werden, die fordern, dass wir etwas tun sollen.«

»Ach, meint der Inspektor das wirklich?«, seufzte Van Veeteren. »Ja, die Einschätzung ist wahrscheinlich richtig. Dann ist es wohl nicht verkehrt, gleich mal den Staatsanwalt anzurufen ... bevor er uns anruft ... das macht doch immer einen guten Eindruck.«

»Glaubst du, da liest man das Neuwe Blatt?«, fragte Reinhart.

»Vielleicht sind da ja auch welche am Joggen«, erwiderte der Kommissar.

Reinhart lachte kurz und verkniffen auf.

»Okay. Ruf nur an. Und wann gedenkst du die nächste Runde mit dem Herrn Mörder auszutragen?«

Van Veeteren machte ein paar halbherzige Rückenstreckübungen.

»Schmerzen?«

»Das Sofa.«

»Da hast du selbst Schuld. Nun?«

»Ich weiß nicht so recht«, sagte Van Veeteren. »Ich hatte eigentlich vorgehabt, jetzt gleich weiterzumachen, aber ich glaube, ich schiebe das noch um ein paar Stunden auf. Willst du dabei sein?«

»Meinst du am Tisch oder hinterm Fenster?«

»Am Tisch«, sagte Van Veeteren. »Könnte doch ganz interessant sein, ihn einem kleinen Kreuzverhör auszusetzen.«

»Auf jeden Fall«, stimmte Reinhart zu. »Du kannst mit mir rechnen.«

Anschließend verließ er das Zimmer, und Van Veeteren wählte die Nummer des zuständigen Staatsanwalts.

Nachdem Reinhart die Pressemitteilung verfasst und herausgeschickt hatte – ein nur wenig informatives Aktenstück von fünfundfünfzig Worten, das im Großen und Ganzen höchstens ein Drittel dessen preisgab, was bereits in der Zeitung gestanden hatte, sowie darüber informierte, dass im Laufe des kommenden Montags eine Pressekonferenz stattfinden sollte –, rief er beim Neuwe Blatt an und bekam dort die Privatnummer von Bertram Grouwer.

Grouwer hatte seine Augen noch nicht so ganz aufbekommen, so klang es zumindest, aber er war geistesgegenwärtig genug, seine Quelle nicht preiszugeben. Reinhart fragte, ob sie vielleicht Maarten Verlangen hieß, und da legte Grouwer den Hörer auf.

Tintenkleckser, dachte Reinhart, der ein etwas angespanntes Verhältnis zur vierten Staatsmacht hatte. Du spielst schlecht Theater.

Verlangen klang nicht viel munterer als Grouwer; zumindest solange ihm noch nicht klar war, worum es eigentlich ging.

Nein, er hatte heute noch keine Zeitung gelesen. Aber ja, er erinnerte sich daran, dass er sich am Donnerstagabend mit seinem guten Freund Grouwer unterhalten hatte. Sie waren aus gewesen und hatten den gemeinsamen Geburtstag gefeiert, das konnte man schon sagen, und sie hatten sich auch das eine oder andere Glas dabei genehmigt.

»Wie schnell kannst du hier sein?«, wollte Reinhart wissen. »In zehn Minuten? Wir müssen mit dir reden.«

Er wusste eigentlich gar nicht genau, ob das wirklich notwendig war, aber er dachte gar nicht daran, einen sich verplappernden Schlappschwanz gemütlich im Bett liegen zu lassen an einem so schönen Frühsommersamstag wie diesem. Auf keinen Fall.

Verlangen versprach mit reuevoller Stimme, sich sofort in Bewegung zu setzen und in einer Stunde im Polizeigebäude zu erscheinen.

Na also, dachte Reinhart. Legte den Hörer auf und zündete sich die Pfeife an. Wenn ich Heinemann finde, dann kann der dich den ganzen Tag lang verhören!

Der Staatsanwalt hieß Silwerstein. Van Veeteren hatte mit ihm schon mehrfach zu tun gehabt, und er wusste, dass er es absolut nicht schätzte, an einem freien Samstag dienstlich belästigt zu werden. Da spielte er lieber Golf. Diese Präferenz führte er auch sofort an, als er durch die Tür trat. Van Veeteren erklärte ihm, dass er persönlich sich nie mit dieser Sportart beschäftigt hatte, dass aber auch er bestrebt war, Wochenendarbeit zu vermeiden.

Nun sah es jedoch anders aus. Er versprach, sich kurz zu fassen. Dann servierte er Silwerstein eine Tasse Kaffee und setzte ihn innerhalb von zehn Minuten ins Bild. Er beendete seinen Bericht mit der Frage, ob der Staatsanwalt vielleicht zu der treuen Anhängerschar der Zeitung Neuwe Blatt gehörte.

Das tat er nun ganz und gar nicht, wie Silwerstein entschieden erklärte. Warum um alles in der Welt wollte der Kommissar das wissen?

Van Veeteren reichte ihm die Zeitung, und der Staatsanwalt las mit hochsteigenden Augenbrauen und fallendem Unterkiefer.

»Ich verstehe«, sagte er, nachdem er fertig war. »Das allgemeine Rechtsempfinden fordert und so weiter … Warum habt ihr die Presse das alles wissen lassen?«

»Es ist ein Lapsus passiert«, erklärte der Kommissar. »Die Informationen stammen nicht von uns.«

Der Staatsanwalt nahm seine Brille ab.

»Und von wem stammen sie dann?«

Van Veeteren brach einen Zahnstocher ab und schaute aus dem Fenster. Silwerstein seufzte und gab auf.

»Na gut. Und wie sieht es mit Beweisen aus? Halten die?«

»Schwer zu beurteilen«, sagte Van Veeteren. »Nicht, wie es im Augenblick aussieht. Aber bis jetzt haben wir ihn erst einmal richtig verhört.«

»Und er leugnet?«

»Ja. Wird das wohl auch weiterhin tun.«

»Sicher?«

»Ich wette drauf um eine Golfpartie.«

Silwerstein schwieg.

»Ich denke, wir können hier kein Geständnis irgendeiner Art oder irgendwelche Kompromisse erwarten. So liegt der Fall nicht.«

»Aber es sieht ja ziemlich eindeutig danach aus, dass er es war. Oder?«

»Da besteht nicht viel Zweifel«, bestätigte Van Veeteren. »Wir hätten es natürlich vorgezogen, noch eine Weile weiter im Verborgenen arbeiten zu können, aber nach diesem Zeitungsartikel, da ...«

»Ich verstehe«, unterbrach Staatsanwalt Silwerstein ihn. »Und ihr habt ihn jetzt festgenommen?«

»Gestern Abend.«

»Was brauchst du? Sofort einen Haftbefehl?«

»Was meinst du selbst?«, gab der Kommissar den Ball zurück und faltete die Zeitung zusammen.

Silwerstein überlegte eine Weile und schaute auf die Uhr.

»Ich lege nicht gern zu früh los«, sagte er. »Aber ich nehme an, dass ihr ihn hier behalten wollt?«

»Sein Name stand in der Zeitung«, erklärte der Kommissar. »Es würde einigen Staub aufwirbeln, wenn er wieder frei käme.«

»Hm, ja«, nickte der Staatsanwalt und kratzte sich am Nasenrücken. »Ich muss mich erst noch besser informieren. Wenn ihr achtundvierzig Stunden extra kriegt, dann können wir am Dienstagabend erst einmal sehen ... bis dahin werdet ihr wohl genug Stoff zusammen haben, dass es reicht?«

»Wir werden tun, was wir können«, versprach der Kommissar.

Nach gründlicherem Nachdenken kam Reinhart zu dem Schluss, dass es am besten wäre, das Gespräch mit Maarten Verlangen selbst zu führen. Abgesehen von dem Inquisitionsaspekt gab es noch zwei andere Dinge, die er gern mit ihm diskutieren wollte. Und Heinemann konnte sicher einen freien Samstag gut gebrauchen.

Verlangen trat in Reinharts Zimmer wie ein bußwilliger Sünder. Er sah erschöpft und ungepflegt aus, und es umgab ihn eine Aura von abgestandener Trunkenheit.

»Es tut mir Leid«, begann er. »Ich wollte nicht ...«

»Es tut dir Leid?«, wiederholte Reinhart. »Du hast unsere Arbeit auf unüberschaubare Art und Weise sabotiert. Wenn Jaan G. Hennan davonkommt, dann kann er es dir auf Knien danken.«

»Was?«, fragte Verlangen.

»Wenn Hennan davonkommt, dann kann er es dir ...«

»Ja, ich habe es gehört«, unterbrach ihn Verlangen. »Aber das kann doch gar nicht stimmen, ich habe doch nur erzählt, was war, und ...«

»Setz dich«, sagte Reinhart. »Du stinkst nach Alkohol.«

Verlangen setzte sich.

»Ist gestern Abend etwas spät geworden. Ich ...«

»Ach, gestern auch? Und da hast du natürlich die Gelegenheit genutzt, einem anderen Schmierfinken die Geschichte aufzutischen, was?«

Verlangen schüttelte den Kopf und schaute zu Boden.

Armer Teufel, dachte Reinhart plötzlich. Er ist ja nur noch ein Schatten seiner selbst.

»Reiß dich zusammen«, sagte er. »Ich will mit dir über einige andere Dinge reden, einmal ganz abgesehen von diesem Zeitungsgewäsch. Hast du einen Kater? Brauchst du einen Kaffee?«

»Habe ich schon getrunken«, erklärte Verlangen. »Es tut mir so schrecklich Leid, wie schon gesagt, aber worüber willst du mit mir reden? Wäre schön, wenn es nicht zu lange dauert, weil ich demnächst meine Tochter treffen will.«

»Wir werden sehen, wie wir das schaffen«, sagte Reinhart.

»Danke«, sagte Verlangen.

»Also, Barbara Hennan. Über sie möchte ich mit dir reden.«

»Warum das?«

»Weil wir uns klar darüber werden müssen, warum sie dich überhaupt aufgesucht hat. Sie muss schließlich einen Grund gehabt haben, und der einzige Grund, den ich mir denken kann, ist, dass sie ahnte, dass da etwas im Busche war ... dass sie ihren Mann verdächtigte, er könnte in irgendeiner Weise hinter ihr her sein. Was meinst du dazu?«

Verlangen runzelte die Stirn.

»Ich weiß nicht«, sagte er. »Ich habe natürlich auch schon in dieser Richtung nachgedacht, aber sie hat ja nie darüber gesprochen, worum es eigentlich ging ... warum ich ihn beschatten sollte, meine ich.«

»Das wissen wir«, sagte Reinhart. »Aber wenn wir einmal von der These ausgehen, dass sie vor etwas Angst hatte und du sie mit dem Ergebnis in den Händen jetzt betrachtest ... ja, könnte das zutreffen? Hat Barbara Hennan einen Eindruck in der Richtung gemacht?«

Verlangen pulte ein zerknittertes Zigarettenpäckchen aus der Tasche.

»Dass sie Angst gehabt hat, meinst du? Nein, das kann ich nicht behaupten. Obwohl sie irgendwie die ganze Zeit eine reichlich geschäftsmäßige Maske aufrechterhalten hat. Kontrolliert, wie man so sagt. Ich fand ... ja, ich fand sie in erster Linie einfach unbegreiflich.«

»Unbegreiflich?«

»Ja.«

»Was hast du denn geglaubt? Du musst dir doch irgendwelche Gedanken gemacht haben.«

Verlangen zündete eine Zigarette an.

»Nein, eigentlich nicht«, sagte er. »Aber irgendwie bin ich wohl davon ausgegangen, dass es das Übliche war. Untreue.«

»Dass du sehen solltest, ob Hennan sich mit einer anderen Frau trifft?«

»Ja. Obwohl ...«

»Ja?«

»Obwohl es keinen Grund dafür in ihrem Verhalten gab ... es war nur eine Vermutung, weil es fast immer darum geht.«

»Verstehe«, sagte Reinhart. »Und Hennan traf sich mit keiner anderen Frau, während du ihn beschattet hast?«

»Nein.«

»Wie lange hast du ihn beobachtet?«

Verlangen zuckte mit den Schultern.

»Nur zwei Tage lang. Mittwoch und Donnerstag. Es war verdammt langweilig ... abgesehen vom Donnerstagabend natürlich.«

»Was hat er gemacht?«

»Gemacht? Er ist in sein Büro in der Landemaarstraat gefahren ... hat da gehockt, hat zu Mittag gegessen, hat dann wieder im Büro gehockt und ist nach Hause gefahren.«

»War das alles?«

»Ja.«

»Hat er jemanden getroffen?«

»Habe ich zumindest nicht bemerkt. Es kann ihn jemand in seinem Büro aufgesucht haben, aber ich glaube es nicht.«

»Und die Mittagspausen?«

»Da gab es nur eine. Am Mittwoch ... auch die hat er allein verbracht.«

»Ausgezeichnet«, sagte Reinhart unzufrieden. »Und in diesem Restaurant am Donnerstagabend war es ebenso?«

»Genau so«, bestätigte Verlangen. »Soweit ich weiß, hat er nur mit mir geredet.«

»Soweit du weißt?«

»Er hat nur mit mir geredet«, korrigierte Verlangen sich.

Reinhart holte seufzend Luft.

»Verdammter Mist«, sagte er. »Hast du irgendwelche Ideen? Etwas, das dir eingefallen ist, seitdem wir uns das letzte Mal gesprochen haben?«

Verlangen rauchte nachdenklich.

»Er hat es getan«, sagte er. »Ich bin mir sicher, dass es Hennan ist, der sie auf dem Gewissen hat, aber ich weiß nicht, wie er es gemacht hat. Die einzige Möglichkeit ist wohl, dass er einen Helfer hatte ... Ich sehe zumindest keine andere Lösung.«

Reinhart drehte sich um ein Viertel auf seinem Stuhl und schaute zur Decke. Dachte eine Weile nach und wandte sich dann wieder Verlangen zu.

»Nein«, sagte er. »Wir auch nicht. Wenn du uns jetzt noch sagen kannst, wo wir diesen Helfer finden, dann ist dir dieser Zeitungsmissgriff vergeben.«

Verlangen wand sich und schaute auf die Uhr.

»Ist sonst noch was?«, wollte er vorsichtig wissen.

»Im Augenblick nicht«, antwortete Reinhart. »Du triffst dich mit deiner Tochter?«

»Ja.«

»Wie alt ist sie?«

»Siebzehn.«

»Darf ich dir einen Rat geben?«, fragte Reinhart.

»Ja? Ja, natürlich.«

»Geh erst nach Hause und mach dich ein wenig frisch. Keine Siebzehnjährige möchte mit jemandem zusammen gesehen werden, der aussieht, als hätte er auf der Parkbank geschlafen.«

Verlangen versprach, dem Rat zu folgen, und trottete hinaus. Reinhart schüttelte den Kopf und öffnete das Fenster.

Zehn Sekunden später rief der Kommissar an.

»Bist du so weit?«, fragte er. »Ich habe mir gedacht, dass wir uns demnächst wieder Hennan widmen sollten.«

»Ich bin so weit«, bestätigte Reinhart. »Bin in einer Minute da.«

19

Als er am Samstagnachmittag nach Hause kam, war es fünf Uhr, und das einzige lebende Wesen, das ihn empfing, war Bismarck.

Dieser freute sich dafür aber, ihn zu sehen. Auf dem Küchentisch lag eine Nachricht von Renate, in der sie ihn darüber informierte, dass sie nach Chadów gefahren sei, um ihre Mutter zu deren Geburtstag zu besuchen. Vielleicht würde sie bis Sonntag dort bleiben, wenn er es genauer wissen wollte, konnte er sie ja jederzeit anrufen.

Was Erich betraf, so befand sich dieser draußen am Meer bei guten Freunden. Sie hatte ihm das Versprechen abgerungen, vor Mitternacht zu Hause zu sein, aber ob er das auch einhalten würde, wusste sie nicht. Es würde nichts schaden, wenn der Vater anwesend wäre und ihr in dieser Hinsicht ein wenig helfen würde.

Van Veeteren zerriss die Nachricht in vier Teile und warf diese in den Mülleimer. Er spürte eine jähe Wut in sich aufsteigen und sehnte sich mit einem Mal danach, im Auto zu sitzen und vor allem davonzufahren. Vor der Arbeit, dem Zuhause, der Ehefrau, dem Sohn – weg von dem ganzen aufreibenden, sich aufdrängenden Leben, das manchmal mit nichts anderem verglichen werden konnte als mit einer Art chronischem Juckreiz. Tief unter der Haut und weit unten in der Seele. Es war ein primitives, kindliches Gefühl, das wusste er auch, und es machte die Sache nicht gerade besser.

Als ob genau das der Grundzustand wäre, dachte er. Dieser trübe Ursumpf, aus dem man die ganze Zeit versucht herauszukriechen und den man mit allen zur Verfügung stehenden Mitteln bekämpft. Jeden Morgen, jeden Tag bis ans Ende der Zeit. Sobald man nicht auf der Hut war, war man wieder gefangen und zappelte darin. Zurück auf Start.

Er trank ein Bier, ging unter die Dusche und zog sich saubere Kleidung an. Das half ein wenig. Er drehte im Randers Park mit Bismarck eine Runde. Das Wetter war erträglich, bewölkt, aber ohne Wind, und sicher einige Grad über zwanzig. Er beschloss, auswärts zu essen.

Und unter keinen Umständen seine Frau anzurufen.

Aber es war dumm, sich weiterhin selbst zu betrügen, das dachte er auch noch. Einfältig, sich einzubilden, sie wäre das Problem in dem Drama.

Das war nicht Renate. Das war er selbst.

Er kehrte gegen neun Uhr nach Hause zurück, und auch dieses Mal war der Hund der Einzige, der ihn empfing. Sie machten noch einen Parkspaziergang, jetzt in leichtem Nieselregen, aber danach bat er Bismarck, sich doch schlafen zu legen, damit er die Chance bekäme, in aller Ruhe sich so einigen Menschengedanken zu widmen. Bismarck nickte, gähnte und nahm seinen Platz auf seinem Lieblingssessel in Jess' altem Zimmer ein.

Van Veeteren las die Allgemejne und hörte eine halbe Stunde Sibelius zu, stellte diesen aber nach dem Valse triste ab. Er schaute nach, ob es nicht irgendeinen Film im Fernsehen gab, der ihm hätte zusagen können, ging dann aber, um seine Aktentasche und ein Bier zu holen.

Er holte das Tonband heraus, legte es in das Tonbandgerät und setzte sich zurecht. Machte das Licht aus. Schenkte sich ein Glas ein und drückte auf den Startknopf.

Auch gut, dachte er. Wenn man ein Masochist ist, dann ist es halt so, und früher oder später muss ich es ja doch tun.

Nach den üblichen Angaben zu Zeit, Ort, Grund und Anwesenden ging es los. Es waren noch keine sechs Stunden vergangen, seit das Verhör im Polizeigebäude beendet worden war, aber er spürte sofort, dass der Ortswechsel – allein schon die andere Umgebung, das verdunkelte Wohnzimmer, der eingesessene Sessel, die späte Stunde und die Einsamkeit – auf irgendeine Weise die Bedingungen veränderte. An den Voraussetzungen rüttelte und die Perspektive in einer Art verschob, die er nicht so recht bestimmen konnte.

Aber vielleicht handelte es sich auch nur um die simple Tatsache, dass man manchmal besser hören kann, wenn man nichts sehen muss.

Er schloss die Augen und lauschte seiner eigenen Stimme.

VV: Willkommen zu einem neuen Gespräch, Herr Hennan.

G: Danke.

VV: Lass mich eingangs gleich sagen, dass weder ich noch Kommissar Reinhart hier sitzen, weil wir sonst nichts Besseres zu tun haben. Wenn du nichts zu sagen hast oder nicht auf Fragen antworten willst, dann brechen wir lieber gleich ab.

G: Ich stehe den Herren natürlich zur Verfügung. Je eher wir feststellen können, dass meine Ehefrau durch einen Unfall gestorben ist, umso besser.

R: Warum schließen Sie so locker aus, dass auch andere Kräfte dahinter stecken könnten? Ich habe mir vorher das Band von dem ersten Gespräch angehört und habe Probleme, die Logik in Ihrer Haltung zu sehen.

G: Das glaube ich gern. Entschuldigung, wie hießen Sie noch?

R: Reinhart.

G: All right, Wachtmeister Reinhart. Sie suchen nach dem, was Sie finden wollen, und sehen nur das, was Sie sehen wollen. Diese Logik ist so offensichtlich, dass selbst Sie in der Lage sein sollten, sie zu verstehen.

R: Gewäsch.

G: Meine Frau starb durch einen Unfall.

VV: Ich habe gehört, dass du das gesagt hast. Aber ich habe dir bereits erklärt, dass wir hinreichend Informationen haben, die in eine ganz andere Richtung weisen. Wenn du dich weigerst, überhaupt nur in Erwägung zu ziehen, dass jemand sie getötet haben könnte, dann müssen wir das so interpretieren, dass du selbst deine Finger mit im Spiel gehabt hast. Ich dachte, du hättest genügend Zeit gehabt, darüber nachzudenken und dir klar zu werden, wie die Sache steht.

G: Ich fürchte, dass ich euch in diesem Punkt enttäuschen muss. Und ich fürchte, dass ihr mich ein wenig unterschätzt.

R: Es ist Ihnen noch nicht in den Sinn gekommen, dass Sie sich etwas merkwürdig verhalten?

G: Es ist Ihnen … oder euch … noch nicht in den Sinn gekommen, dass ihr mich ein wenig merkwürdig behandelt? Gelinde gesagt.

R: Das müssen Sie näher erklären.

G: Gern. Ich habe gerade unter traumatischen Umständen meine Frau verloren. Man kann nicht gerade behaupten, dass Sie bis jetzt besonders viel Rücksicht gezeigt hätten.

R: Nein? Wenn Sie entschuldigen, dann möchte ich Ihnen sagen, dass es so scheint, als würden Sie mit Ihrer Trauer und dem Verlust recht gut zurechtkommen.

G: Davon kann der Herr Wachtmeister gar nichts wissen. Warum sollte ich meinen Henkern mein Herz öffnen?

R: Henker? Mein Gott …

VV: Dann trauerst du also um deine Frau?

G: Aber natürlich.

VV: Mehr als um deine frühere?

G: Für derartige Vergleiche habe ich keinen Maßstab.

R: Dann machen eine oder zwei tote Frauen also keinen Unterschied?

G: Zu derartigen Unterstellungen habe ich nichts zu sagen.
R: Das kann ich verstehen.
VV: Deine Firma war nur ein Bluff, oder?
G: Ein Bluff? Warum sollte sie ein Bluff sein?
VV: Mit welcher Art von Geschäften beschäftigst du dich eigentlich?
G: Natürlich mit Handelsgeschäften.
R: Welcher Art?
G: Import und Vertrieb.
VV: Wovon?
G: Ich bin dabei, erst einmal verschiedene Märkte zu untersuchen ... Ich denke nicht, dass ihr etwas von der Sorte Business versteht. Auf jeden Fall ist das bedeutungslos. Wann gedenkt ihr, mich hier rauszulassen?
R: Sie rauslassen? Warum zum Teufel sollten wir das tun?
G: Glaubt bloß nicht, ich würde meine Rechte nicht kennen! Ich habe euch darum gebeten, mich nicht zu unterschätzen, sonst wird es nur peinlich für euch.
VV: Für wie lange läuft der Mietvertrag für die Villa Zephir?
G: Auf sechs Monate. Wenn er nicht gekündigt wird, verlängert er sich automatisch um ein halbes Jahr.
VV: Hast du ihn gekündigt?
G: Warum sollte ich?
R: Nun, beispielsweise, weil Ihre Frau tot ist.
G: Damit habe ich mich bis jetzt noch nicht befasst.
VV: Wenn man bedenkt, dass du ein paar Jahrzehnte einsitzen wirst, wäre es sicher besser, das zu tun.
G: Blödsinn.
R: Und wollen Sie mit Ihrer so genannten Firma weitermachen?
G: Das muss ich nicht mit euch diskutieren. Aber ich erwäge, einen Anwalt einzuschalten, wenn ihr nicht langsam zur Vernunft kommt ... oder euch zumindest an eure Vorschriften haltet.

VV: Um wie viel Uhr kam deine Ehefrau am Mordabend von Aarlach nach Hause?

G: Mordabend?

VV: Häng dich nicht am Wort auf. Um wie viel Uhr war sie zu Hause?

G: Das weiß ich nicht.

R: Haben Sie nicht zu Hause angerufen und überprüft, ob sie schon zurück ist?

G: Ich habe bereits gesagt, dass ich das gemacht habe.

VV: Also, um wie viel Uhr?

G: Ein paar Mal. Sie ist nicht rangegangen.

VV: Um wieviel Uhr hast du das letzte Mal angerufen?

G: Gegen halb sieben.

VV: Was denkst du, warum sie Kontakt mit einem Privatdetektiv aufgenommen hat?

G: Keine Ahnung. Ich glaube auch nicht daran.

VV: Du hast ja nun einen Tag lang darüber nachdenken können. Da müssen dir doch irgendwelche Ideen gekommen sein.

G: Ich glaube nicht daran, das habe ich doch schon gesagt.

R: Sie hat nicht schon früher ähnliche Abmachungen getroffen?

G: Natürlich nicht.

VV: Worüber habt ihr gesprochen, Verlangen und du, an diesem Abend?

G: Über nichts Besonderes.

R: Was meinen Sie damit? Fußball? Whiskysorten? Frauen?

G: Zum Beispiel.

VV: Aber du hast ihn wieder erkannt?

G: Bestimmte Bullenvisagen vergisst man nicht.

R: Waren Sie in den USA auch im Drogenhandel aktiv?

G: Ich war nie im Drogenhandel aktiv.

VV: Hatte Ihre Frau irgendwelche Feinde?

G: Feinde? Warum sollte sie Feinde gehabt haben? Sie kannte doch kaum einen Menschen in diesem Land.

R: Sie hatten keinen Bekanntenkreis?
G: Bis jetzt wollten wir noch keinen haben.
VV: Warum nicht?
G: Das ist doch unsere Sache. Seid ihr das Ganze hier nicht genauso leid wie ich?
R: Das können Sie uns glauben. Blödmänner haben nur begrenzten Unterhaltungswert.
VV: Claus Doorp, kannst du uns etwas über ihn erzählen?
G: Claus Doorp? Warum soll ich etwas über Claus Doorp erzählen?
VV: Weil er ein guter alter Freund von dir ist, oder?
G: Das würde ich nicht gerade behaupten.
VV: Er wohl auch nicht. Aber ihr wart beide in diese Drogengeschichte vor zwölf Jahren verwickelt. Stimmt das nicht?
G: So what?
VV: Hast du mit ihm Kontakt gehabt, nachdem du wieder zurückgekommen bist?
G: Nein.
R: Und Christian Müller? Ernst Melnik? Andreas von der Heugen?
G: Bravo. Fleißige Bullen. Nein, ich habe keinen von ihnen in den letzten zwölf Jahren gesehen.
VV: Als du nach Hause gekommen bist und deine Frau auf dem Grund des Schwimmbeckens gefunden hast, kannst du uns genau sagen, was du da getan hast?
G: Das habe ich doch schon mehrfach erzählt. Wenn ihr es wirklich noch einmal hören wollt, dann könnt ihr es euch auf dem Band anhören.
R: Sie werden es auf jeden Fall noch einmal bei der Gerichtsverhandlung erzählen müssen.
G: Umso weniger Grund, es jetzt zu tun. Außerdem wird es keine Gerichtsverhandlung geben, das wisst ihr ebenso gut wie ich.
R: Wollen wir drum wetten?

G: Um was?

R: Vielleicht um eins Komma zwei Millionen Gulden? Das ist doch eine hübsche Summe.

G: Der Wachtmeister beliebt zu scherzen.

R: Natürlich. Ich will nicht mit Ihnen wetten. Ich lasse mich doch nicht mit jedem ein.

G: Dafür bin ich aber dankbar. Darf ich euch eine Sache erklären? So von Mann zu Mann sozusagen.

VV: Bitte schön.

G: Ihr spielt schlecht Theater, ich kann nicht sagen, wer von euch am schlechtesten ist. Ihr wisst, dass das, was ihr hier gegen mich aufzubauen versucht, in einem Gerichtssaal nur lächerlich wirken würde. Ich weiß das, und ihr wisst das auch. Ein jämmerliches Kartenhaus, da braucht nur ein höchst mittelmäßiger Rechtsanwalt zu niesen, damit es zusammenfällt. Warum gebt ihr nicht zu, dass die Lage ist, wie sie ist? Dann könnten wir uns diese lächerlichen Pirouetten ersparen.

R: Was für ein Gefühl ist es, die eigene kleine Schwester zu vergewaltigen? Fühlt man sich irgendwie gut anschließend?

Es folgte ein langes Schweigen auf dem Band. Nur das Geräusch Jaan G. Hennans, der sich eine Zigarette anzündete, und das von Reinhart, der leicht nervös mit einem Stift auf den Tisch klopfte. Van Veeteren schaltete aus.

Mehr will ich nicht hören, dachte er. Reinhart kann sich den Rest anhören und sehen, ob er etwas herausbekommt.

Herausbekommt?, fragte er sich gleich danach. Wonach sollte man eigentlich beim Zuhören suchen?

Nach einem unabsichtlichen Versprecher?

Etwas, was G. herausgerutscht war, obwohl er es gar nicht wollte?

Eine Information, die weiterführen oder zumindest andeuten konnte, in welcher Richtung sie suchen sollten?

Er glaubte es nicht. Ehrlich gesagt glaubte er nicht daran, das musste er sich eingestehen, und ehrlich gesagt war er mit G. in diesem Punkt einer Meinung. Diese Verhöre – Gespräche – waren sinnlos.

In Anbetracht der Voraussetzungen.

Sie *wussten,* dass G. hinter dem Tod seiner Frau steckte.

Und G. *wusste,* dass sie es wussten.

Es würde ihm nicht einmal nennenswert schaden, wenn er sich verplapperte und zugab, dass er es getan hat, dachte Van Veeteren. Das Einzige, was ihm schaden würde: wenn sie herausbekamen, *wie.*

Oder *wer*? Wenn G. der Name seines Helfers herausrutschen würde, den er ja wohl – wenn man alles in Betracht zog – gehabt haben musste?

Auf so etwas zu hoffen, das erschien fast schwachsinnig.

Er machte das Licht an und nahm das Band aus dem Gerät. Suchte eine Weile zwischen den Platten und blieb schließlich bei Bartóks zweitem Klavierkonzert hängen. Er wusste, er war gezwungen, auch die ganze Christa-Geschichte noch einmal zu überdenken, es war an der Zeit, und dazu gab es kaum eine bessere Begleitung als Bartók.

Es gab da nicht nur Adam Bronstein, es hatte auch noch Christa Koogel gegeben.

Christa Koogel, die einen Raum in ihm geöffnet hatte, von dem er nie gewusst hatte, dass es ihn gab. Den Raum der Liebe. Einen Ort und einen Zustand, an dem es möglich war, eine Frau zu lieben und geliebt zu werden. Fern von … wie hatte er das noch genannt? … von dem Ursumpf des Daseins?

Er war einundzwanzig gewesen, sie neunzehn. Vier Monate lang – einen Sommer lang und noch ein bisschen länger – hatten sie in diesem … diesem Zauberkreis intensivierten Lebensgefühls gelebt. Ja, er fand keine anderen Worte als diesen feierlichen Notbegriff. Ein Dasein, wie es ihm damals schien, in dem jede Aufgabe, jede Handlung, jeder Blick und jede Berührung, jede alltägliche Beschäftigung mit einem zutiefst bedeutungsvollen und magischen realen Inhalt gefüllt wurde.

Immer und immer wieder. Allein zu wissen, dass sie sich in seiner Nähe befand, in der gleichen Stadt und im gleichen Leben, dass es immer wieder möglich war, die Hand auszustrecken und ihren Arm oder ihren Rücken zu berühren und dafür ihren bestätigenden Blick zu erhalten, hatte ihm ein unbegreifliches Gefühl von Leichtigkeit und Unverwundbarkeit gegeben. Und *Schwere.*

Einundzwanzig und neunzehn.

Sie zu küssen, ihre Bereitwilligkeit zu spüren und ihre nackte Haut, vorsichtig mit dem Handrücken ihren ausgestreckten Arm entlang bis zur Achselhöhle zu streichen, dann weiter über die Brust und ihren sich weich wölbenden Bauch ... er konnte sich immer noch – nach fast dreißig Jahren, das war ja wohl unglaublich! – die körperliche Empfindung gerade dieser Bewegungen und Berührungen ins Gedächtnis rufen. Seine linke Hand, ihr rechter Arm.

Der rote Raum der Liebe. Die Leichtigkeit und die Schwere. Gut einen Sommer lang. Dann kam ihr Zögern, und er lernte etwas anderes kennen. Das schwarze Loch der Abwesenheit. Zurück auf Start.

Sie machten nie Schluss. Das war nicht nötig.

Beschlossen einfach nur, sich nicht mehr so oft zu treffen. Sie musste über ihre Gefühle nachdenken. Eine Woche später sah er sie in einem Café. Er sah sie, sie sah ihn nicht. Ihre Augen waren mit etwas anderem beschäftigt. Sie saß an einem Tisch zusammen mit einem jungen Mann, einem anderen jungen Mann. Sie tranken Wein und hatten die Köpfe dicht zusammengesteckt. Sie unterhielten sich lachend. Er hatte seine Hand auf ihre gelegt. Beide rauchten, auch sie, die doch nie geraucht hatte, während sie mit ihm im roten Raum der Liebe gewesen war. Da hatte sie höchstens mal einen Schluck Wein getrunken. Der neue Mann war G.

Sie machten nie Schluss. Das war nicht nötig.

Und durch sie lernte er noch etwas Drittes kennen.

Den weiblichen Defekt. Dieses schrecklich Unbegreifliche. Dass eine schöne, begabte, geliebte junge Frau so einem Stinkstiefel verfallen konnte, der es nicht wert war, die Erde zu küssen, auf der sie ging und stand.

Und die Tür zum Zimmer der Liebe wurde geschlossen. Mehrere Jahre später traf er sie aus reinem Zufall, fasste überstürzt Mut, sie zu fragen, warum sie sich überhaupt die Mühe gemacht hatte, sie ihm zu öffnen. Die Tür der Liebe. Oder konnte sie diese Tür jedem öffnen? War es so einfach?

Sie sprachen ziemlich lange miteinander. Sie weinte und erklärte, dass sie alles bereute. Dass G. sie sehr schlecht behandelt hatte. Er hatte sie geschwängert und dann verlassen. Nach der Abtreibung glaubte auch sie nicht mehr an das Zimmer der Liebe. Sie sagte – und er glaubte ihr –, dass sie sich wünschte, sie wären zusammen geblieben und sie hätte niemals G. getroffen. Aber da war es zu spät. Renate war im siebten Monat, und die Lage war nicht mehr wie früher.

So. Ungefähr so konnte es in Worte gefasst werden. Es war nicht einmal besonders Aufsehen erregend. Wahrscheinlich ein höchst ordinäres Lebensmelodram. Ein Stück Erfahrung, wie sie jeder mit sich in seinem Rucksack trägt, und vielleicht war genau dieser Aspekt das Traurigste daran.

Er schaute auf die Uhr. Viertel nach zwölf. Erich hatte nicht angerufen, Renate auch nicht. Bartók ging zu Ende, aber er machte sich nicht die Mühe, vom Sessel aufzustehen und etwas anderes aufzulegen. Trank stattdessen sein Glas leer und versuchte, Christa Koogel aus seinem Gedächtnis zu spülen. Oder sie auf den Platz zu schieben, auf den sie gehörte. Alternative Lebenswege, die nicht beschritten worden waren. Geschlossene Räume.

Zurück blieb G.

Zurück blieb Jaan G. Hennan.

Wie eine Art makabrer Inkarnation der verschiedensten

Teufeleien und alter Lebenssünden. Das Böse in Person. Ein Mensch ohne mildernde Umstände.

Ich hasse ihn, dachte er plötzlich. Wenn es einen Menschen auf der Welt gibt, den ich hasse, dann ist es G. Ich könnte ihn verbrennen, wie man eine Kakerlake verbrennt. Ja, wirklich. Er blieb noch eine halbe Stunde im Dunkeln sitzen. Anschließend fasste er einen Entschluss und ging ins Bett.

20

Polizeipräsident Hiller war nervös.

Das war aus einer ganzen Reihe kleiner Zeichen zu ersehen, die Münster problemlos deuten konnte. Nach jedem zehnten Wort befeuchtete er die Lippen mit der Zungenspitze. Er knipste ununterbrochen mit dem Kugelschreiber. Er schwitzte, obwohl die Temperaturen im Raum ganz normal waren, und er veränderte seine Sitzhaltung auf dem Stuhl, als hätte er Juckpulver zwischen den Pobacken.

Er ist ein Hanswurst, dachte Münster.

Das dachte er nicht zum ersten Mal. Oder etwas in der gleichen Richtung. Vor sich auf dem großen Schreibtisch hatte Hiller einen Stapel Tageszeitungen ausgebreitet. Nach dem Artikel über den »Bassinmord« im Neuwe Blatt vom Samstag war die Flora der Schreibkunst ordentlich ins Kraut geschossen. Sowohl die Allgemejne als auch Poost und Telegraaf hatten am Sonntag fette Schlagzeilen, und heute – am Montagmorgen – hatte Brouwer erneut den Taktstock ergriffen und gefordert, dass die Polizei endlich und ein für alle Mal versuchen sollte, die Forderungen – diese minimalen Forderungen! – zu erfüllen, die die Allgemeinheit und die Steuerzahler – jawohl, die Steuerzahler! – vollkommen zu Recht an sie stellten. Das allgemeine Rechtsbewusstsein konnte keine endlose Anzahl von Verstößen ertragen. Menschen wie Jaan G. Hennan durften einfach nicht frei herumlaufen!

»Treffer!«, stellte Hiller fest und wischte sich die Stirn mit einem Papiertaschentuch ab. »Da hat er einen Treffer gelandet, dieser verdammte Journalist! Wir müssen Ordnung in die Sache bringen. Das Ganze ist ja so offensichtlich wie nur was. Er hat seine Frau um die Ecke gebracht, um an das Versicherungsgeld zu kommen!«

»Er saß in diesem Lokal, als sie starb«, warf Van Veeteren ruhig ein.

»Er hat ein Alibi«, unterstrich Reinhart.

»Das spielt doch keine Rolle«, gab der Polizeichef Kontra und fegte mit dem Arm über die Zeitungen. »Guckt euch das an! Wir stehen wie inkompetente Plattfußindianer da, wenn wir das nicht lösen können. Der Kerl hat ja schließlich genau das Gleiche schon mal gemacht!«

»Vollkommen richtig«, bestätigte Van Veeteren. »Und auch damals ist er damit durchgekommen. Wir stehen nicht allein mit der Schande da.«

»Schande!«, fauchte Hiller. »Das hier ist keine Frage von Schande! Hennan muss für das hier verhaftet und verurteilt werden, und es ist an euch, genügend Beweise herbeizuschaffen, damit es klappt. Ich habe heute Morgen schon mit dem Staatsanwalt gesprochen.«

»Das habe ich bereits am Samstag«, erklärte Van Veeteren. »Er ist einer Meinung mit uns.«

»Wir sind unter allen Umständen gezwungen, ihn vor Gericht zu stellen«, erklärte Hiller und klopfte mit dem Kugelschreiber auf ein Stück freie Schreibtischoberfläche. »Unter allen Umständen. Es ist mir gelungen, den Staatsanwalt von der Notwendigkeit zu überzeugen ... auch wenn die Beweislage dürftig ist.«

»Er war schon am Samstag damit einverstanden«, bestätigte Van Veeteren. »Ich denke, darüber brauchen wir uns nicht den ganzen Vormittag zu streiten, die Lage ist trotz allem ziemlich eindeutig. Es müsste ...«

»Hennan muss einen Helfer gehabt haben!«, beeilte sich der Polizeipräsident einzuwerfen. »Ich habe mich über den Fall informiert und bin zu dem Schluss gekommen, dass das die einzige Lösung ist.«

»Tatsächlich?«, fragte Reinhart.

»Eine Art gedungenen Mörder, ja. Der Staatsanwalt ist der gleichen Auffassung. Eure Aufgabe ist es, den Betreffenden zu finden und Hennan so unter Druck zu setzen, dass er sich verrät. Wir werden so viele Kräfte wie nur möglich auf den Fall verwenden, keine Möglichkeit darf ungenutzt bleiben. Hennans gesamter Bekanntenkreis muss unter die Lupe genommen werden. Schließlich hat er ja, wie schon gesagt, eine Vergangenheit.«

»Das wissen wir«, sagte Reinhart. »Wir sind keine Idioten. Aber wie die Situation im Augenblick nun einmal ist ... ja, ist der Staatsanwalt denn bereit, mit dem wenigen, was wir in den Händen haben, loszulegen?«

Der Polizeichef nickte ernsthaft und befeuchtete seine Lippen. »Ja. Wir werden heute Nachmittag Untersuchungshaft beantragen. Rechtzeitig vor der Pressekonferenz. Der Kommissar und ich werden sie leiten, die gleichen Richtlinien wie immer. Offenheit und Zurückhaltung. Wir wollen die Medien in diesem Fall nicht gegen uns aufbringen. Wir stehen alle auf der gleichen Seite, darauf muss ich wohl nicht erst hinweisen?«

»Wohl kaum«, seufzte Van Veeteren und schaute auf seine Armbanduhr. »War sonst noch etwas? Pressekonferenz also um drei?«

»Fünfzehn null null«, bestätigte Hiller. »Also, wenn ihr sonst keine Fragen habt, dann war's das.«

»Aha«, sagte Reinhart und zündete sich die Pfeife an. »Dann war's das also, um einen bekannten Redner zu zitieren.«

Er saß auf einem der beiden Besucherstühle in Van Veeterens Büro. Münster saß auf dem anderen, und der Kommissar selbst stand mit dem Rücken zu den Kollegen da und schaute durch das offene Fenster über die Stadt. Der Himmel war unruhig. Ein Tiefdruckgebiet war in den frühen Morgenstunden von Südwesten herangezogen und hatte dem Sommer einen Dämpfer verpasst, aber vielleicht passte das besser zum Stimmungsbarometer, wenn man es genau betrachtete.

»Ja«, sagte der Kommissar. »Und leider müssen wir wohl zugeben, dass er die Lage ausnahmsweise einmal ziemlich gut zusammengefasst hat. Wir treten auf der Stelle, und wenn wir nicht weiterkommen, dann wird es Sache des Staatsanwalts sein zu beweisen, dass es trotzdem reicht ... wie immer das auch zugehen mag.«

»Was hat le Houde denn herausgekriegt?«, fragte Münster.

Der Kommissar zuckte mit den Schultern, ohne sich umzudrehen.

»Nicht viel«, sagte er. »Oder gar nichts, wenn man es genau nimmt. Beim Sprungturm nichts außer ein paar Fingerabdrücken von Herrn und Frau Hennan. Vor allem von ihr, was unsere Aktien nicht gerade stärkt. Ebenso im Haus ... daneben auch der eine oder andere unbekannte Fingerabdruck, aber das ist nur normal. Schließlich hatten sie ja auch eine Putzfrau, Heinemann hat mit ihr gesprochen, sie kam nur einmal die Woche. Und es war nie jemand zu Hause, wenn sie dort war ... drei Mal war sie insgesamt da, sie haben sie Anfang Mai eingestellt.«

»Kein Zeichen dafür, dass an diesem Abend sonst noch jemand da war?«

»Absolut keins.«

»Schade«, sagte Reinhart und stieß eine Rauchwolke aus. »Obwohl es eigentlich auch nicht anders zu erwarten war.«

»Manchmal ist es nicht schlecht, wenn man seine Erwartungen etwas herunterschraubt«, sagte der Kommissar.

»Hat jemand schon mit Denver gesprochen?«, wollte Münster wissen.

Reinhart seufzte.

»Doch, ja. Ich habe Lieutenant Horniman gestern Abend zu fassen gekriegt. Übrigens kam er gerade von der Beerdigung seiner Mutter, war nicht besonders gut drauf. Was Hennan und Philomena McNaught betrifft, so hat er eine Theorie, die ich stehenden Fußes unterschreiben würde. Er hat sie auf diesem Trip in die Wildnis umgebracht … sie erwürgt oder erschossen oder ihr den Kopf mit einer Axt abgeschlagen, was auch immer … sie dann einen Meter tief in die Erde eingebuddelt … oder einen Yard, um die Quelle korrekt zu zitieren … und dann angegeben, sie wäre verschwunden. Dieser verdammte Nationalpark ist ungefähr so groß wie Irland, es würde einigen Aufwand bedeuten, zu versuchen, sie zu finden.«

Van Veeteren verließ seine Wetterstation und nahm hinter dem Schreibtisch Platz.

»Das haben wir doch immer schon gewusst«, sagte er.

»Was?«, wollte Münster wissen.

»Wenn Mörder insgesamt so viel Verstand hätten, die Leichen anständig loszuwerden, dann würden wir nicht so viele von ihnen schnappen. Wir können nur dankbar dafür sein, dass die Leute nicht gelernt haben, diese einfache Regel zu befolgen. Dann hatte er also nichts für uns Hilfreiches anzubringen, dieser Horniman?«

»Nichts«, fasste Reinhart zusammen. »Aber er ist ebenso überzeugt davon wie wir, dass Jaan G. Hennan ein verdammter Schweinehund ist.«

»Ein Schweinehund?«, brummte der Kommissar und zwinkerte Reinhart zu. »Machst du schon keinen Unterschied mehr zwischen Schweinehunden und Mördern?«

»Man kann problemlos beides sein«, erklärte Reinhart. »Wie ist es denn Rooth und Jung auf ihrer Jagd nach dem Mittäter gegangen? Das ist doch wohl der Punkt, in dem wir einen Durchbruch haben müssen, oder?«

»Bis jetzt nichts Neues«, stellte Van Veeteren fest und starrte wieder ins graue Wetter hinaus. »Leider. Sie haben so an die zwanzig Namen, und nachdem sie sich die vorgenommen haben, werde ich mich selbst mit denen unterhalten, die interessant erscheinen. Ich habe von Rooth unter allen Umständen fünf gefordert ... auch wenn es nicht einen Einzigen gibt, der wirklich interessant ist.«

»Wir müssen den finden, der etwas weiß«, sagte Münster. »Es ist nicht das erste Mal, dass wir nach so einem Schlüssel suchen.«

»Nein«, bestätigte Van Veeteren. »Aber das Problem in diesem Fall ist möglicherweise, dass derjenige, der mit dem Wissen dasitzt, identisch mit dem Mörder selbst ist. Was mit sich bringen kann, dass er es vorzieht, den Mund zu halten.«

»Auch das wäre nicht das erste Mal«, sagte Münster.

Reinhart nickte und schaute dabei hilflos drein.

»Es ist ja so verdammt einfach, dass man wahnsinnig werden könnte«, knurrte er. »Dieser Teufel mietet sich einen Gorilla, der die Drecksarbeit für ihn erledigt, zahlt ihm eine anständige Summe Geld, und wir kriegen ihn nicht zu fassen. Keinen von beiden. Übrigens, reden wir hier dann auch noch von Mord ... wenn er die Handlung, buchstäblich gesehen, nicht selbst ausgeführt hat.«

»Natürlich«, nickte Van Veeteren. »Anstiftung zum Mord beispielsweise, da gibt es einige Varianten, die zur Auswahl stehen. Das kann auch so acht, zehn Jahre bringen. Doch du vergisst ein paar Kleinigkeiten.«

»Das weiß ich selbst«, sagte Reinhart.

»Zum Ersten«, fuhr der Kommissar fort, »müssen wir beweisen können, dass Barbara Hennan nicht durch einen Unfall gestorben ist, wie G. es behauptet. Zum Zweiten müssen wir beweisen, dass Hennan tatsächlich einen Mörder beauftragt hat. Ehrlich gesagt sind wir noch in keinem der beiden Punkte sehr weit gekommen, oder?«

»Ich weiß«, wiederholte Reinhart. »Ich bin ja nicht von gestern. So eine Scheiße ... aber irgendwie beginnt es mir langsam zu gefallen, dass unser freier Detektiv alles im Suff ausgeplaudert hat.«

»Wieso das?«, fragte Münster.

»Weil ich ein noch schlechteres Gefühl gehabt hätte, wenn wir Hennan schon in diesem Stadium wieder hätten laufen lassen müssen. Jetzt gibt es wenigstens einen Prozess.«

»Stimmt«, nickte Van Veeteren. »Ich bin geneigt, dir zuzustimmen. Aber es besteht natürlich immer das Risiko, dass der Richter die Verhandlung absetzt, wenn er meint, es bringt eh nichts. Auch wenn der Staatsanwalt offensichtlich bereit ist, den ganzen Zirkus durchzuziehen. Ich weiß nicht, wer es sein wird, aber es gibt ja den einen oder anderen, der sich um die Meinung der Allgemeinheit so viel schert wie ein reißender Bär um eine Beerenlaus.«

»Sehr poetisch«, sagte Reinhart. »Du denkst an Hart?«

»Sicher«, bestätigte Van Veeteren. »Nun ja, jedenfalls bleiben uns noch ein paar Wochen, um nachzubohren. Das kann ja nichts schaden, und wir sind schon früher über Informationen gestolpert. Jegliche Initiative ist willkommen ... und alle, die den Drang verspüren, sich Aug in Aug mit G. zu begeben, sind herzlich eingeladen, dieses zu tun. Lasst es mich nur im Vorfeld wissen.«

»Ich weiß nicht, ob ich dazu Lust habe«, meinte Reinhart.

»Lust hat in diesem Fall nicht viel zu suchen«, schloss der Kommissar ab.

Die Pressekonferenz plätscherte so dahin.

Der Beschluss, Hennan in Untersuchungshaft zu nehmen, war natürlich ein Happen, den die Reporter dankbar schluckten, und Van Veeteren wurde wieder einmal an die Lieber-eingebuchtet-als-frei-Mentalität erinnert, die Medienleute in so einem frühen Stadium der Ermittlungen immer prägte. Zunächst einmal ging es darum, den Mord zu finden, das spektakuläre Verbrechen, und das hatte man getan. Anschließend begann der Wettlauf darum, den Mörder vorzuweisen. Von diesem Detail würden die Schlagzeilen und Artikel des folgenden Morgens handeln. Im dritten Akt machte man gern eine vollkommene Kehrtwendung (zumindest, wenn es möglich war, und der Kommissar hegte keinen Zweifel daran, dass es auch in diesem Fall gewisse Voraussetzungen dafür gab) und versuchte, eine Art Partei für den Angeklagten zu ergreifen. War er wirklich schuldig? Hatte die Polizei nicht in diesem Fall den falschen Mann verhaftet? Sollte ein Unschuldiger verurteilt werden? Wie war es eigentlich um die Rechtssicherheit bestellt?

Und wenn der Angeklagte schließlich verurteilt worden war: War es möglich, eine Geschichte über ihn zu schreiben? Seine Kindheit, Jugend und alle möglichen mildernden Umstände?

Doch, nach diesen Leitlinien sollte der ganze Zirkus ablaufen, und Van Veeteren hatte im Laufe der Jahre gelernt, diese Regeln zu akzeptieren. Wäre er Journalist und nicht Kriminalkommissar, dann würde er vermutlich in gleicher Weise den Spielregeln folgen, wie er sich jetzt – zumindest soweit nötig – nach der Nomenklatur richtete, die den Rahmen für die Arbeit der Kriminalpolizei bildete. Es gab die Verlockung, sie ab und zu zu verlassen, von Fall zu Fall, aber bis jetzt – nach fast einem Vierteljahrhundert in der Branche – hatte er sich nie irgendwelche Übertretungen zu Schulden kommen lassen. Zumindest keine schwer wiegenden.

Nach dem Schlagabtausch mit den Presseleuten, der nach weniger als einer halben Stunde beendet war, zog er sich in sein Büro zurück und dachte eine Weile über diese Umstände nach. Und darüber, ob er wohl eines Tages so weit kommen würde, das Gesetz in die eigenen Hände zu nehmen. Wenn die Bedingungen so aussahen, als gäbe es dafür irgendeine Art von Berechtigung. Moralisch und existenziell.

Auch in der privaten Sphäre seiner Überlegungen versuchte er, die Gedanken auf einer prinzipiellen Ebene zu halten. Versuchte zu vermeiden, G. ins Spiel zu bringen – so dass es bei der Frage blieb, was man machen sollte, nicht, was zu tun er Lust hatte. Um mit Reinharts Worten zu sprechen.

Das war leichter gesagt als getan, und als er merkte, dass er die größte Lust hatte, Jaan G. Hennan in diese stinkende alte Turnmatte einzurollen, die Adam Bronsteins zerbrechliche Seele erdrückt hatte, gab er auf.

Erinnerte sich stattdessen an seinen Entschluss vom Vortag, ein ernstes Gespräch mit seiner Ehefrau zu führen, und verließ das Polizeigebäude.

Und auch das verlief wie erwartet.

Nachdem sie sich darüber einig geworden waren, dass eine Trennung eine Art unleugbarer Tatsache war, konnten sie plötzlich wieder miteinander reden – aber er fragte sich insgeheim, ob nicht dieser leicht wehmütige gegenseitige Respekt an sich das deutlichste Zeichen dafür war, dass das Schicksal ihrer Ehe ein für alle Mal besiegelt war. Wenn man nicht einmal seinen Gefühlen in einem handfesten Streit Luft machen konnte, dann fiel es ihm schwer zu glauben, dass es noch irgendeine Basis gab, auf der etwas aufzubauen möglich war. Was immer es auch gewesen war, was er sich ein halbes Leben früher gewünscht hatte, so war es auf keinen Fall diese lauwarme, trübsinnige Distanz.

Vielleicht war ja Renate sogar der gleichen Meinung, aber diesen Aspekt des vermeintlichen Zusammenlebens brachten sie nie zur Sprache. Stattdessen näherten sie sich einer Art zögerlicher Übereinkunft, die beinhaltete – wenn er es recht interpretierte –, dass sie noch ein halbes Jahr weitermachen und dann sehen wollten, wie sich die Dinge entwickelt hatten.

Sowie eine gemeinsame, stärkere Verantwortung für Erich zu übernehmen, der – und hier bemerkte er, dass es bei Renate nicht mehr weit bis zu den Tränen des schlechten Gewissens war – wahrlich alle elterliche Unterstützung brauchte, die aufzubringen war. Darin waren sie sich rührend einig, und wenn an diesem regnerischen Montagabend der auf der Kippe stehende Sohn zu Hause gewesen wäre, dann wäre sicher umgehend ein ernstes Gespräch unter sechs Augen zu Stande gekommen.

Aber das war er nun einmal nicht, und als Van Veeteren ihn gegen halb zwölf vorsichtig durch die Tür und in sein Zimmer huschen hörte, war Renate bereits eingeschlafen, und er ließ die Sache auf sich beruhen.

Ich weiß ja so verdammt wenig über sein Leben, dachte er.

Was denkt er? Wie sehen seine Träume, Pläne und Fantasien aus?

Warum weiß ich nicht mehr über meinen eigenen Sohn?

Und mit dem bitteren Geschmack eines Versäumnisses im Mund schlief er ein.

21

Der Vorsommer wurde zum Hochsommer.

Ob es nun mit privaten oder beruflichen Beweggründen zu tun hatte, das machte er sich selbst nie so recht klar, aber während der nächsten drei Wochen führte er kein weiteres Verhör mehr mit G. durch.

Reinhart und Münster spielten ein paar Mal das Böser-Bulle-guter-Bulle-Spiel, mit Reinhart in der Rolle des Unsympathischen, Münster in der des etwas Humaneren. Das Spiel war alt und leicht zu durchschauen, aber trotzdem funktionierte es meistens. Zumindest bis zu einem gewissen Grad. Wenn einem Menschen nach Aggressivität und Feindlichkeit Freundlichkeit und Verständnis entgegengebracht werden, dann fällt es ihm schwer, dem nicht nachzugeben und sein Herz zu erleichtern. Ganz gleich, ob er das Theater durchschaut oder nicht.

Aber so war es nicht in diesem Fall. Nach ein paar ziemlich langen vergeblichen Sitzungen waren Reinhart und Münster sich darin einig, dass Jaan G. Hennan inzwischen ihre Besuche als eine Art willkommene – und fast unterhaltsame – Unterbrechung des eintönigen Wartens auf die Gerichtsverhandlung ansah, worauf sie beschlossen, ihre Tätigkeit einzustellen. Wenn es nicht möglich war, durch ein Verhör irgendwelche Punkte klarzulegen, so konnten ihn vielleicht Einsamkeit und Isolation dazu bringen, ein wenig ins Wanken zu geraten.

Der Kommissar seinerseits übernahm die Arbeit, sich mit Leuten zu unterhalten, die von Rooth und Jung für ein weiteres Gespräch empfohlen worden waren. Er selbst hatte ja die Namen von mindestens einer Hand voll Personen gefordert, die möglicherweise Informationen über Hennans Treiben nach seiner Rückkehr aus den USA haben konnten, und die Inspektoren hatten der Anweisung Folge geleistet. Sie hatten ihm eine Liste mit fünf Namen überreicht. Nicht sechs oder sieben – woraus er ersehen konnte, dass er, wenn er mindestens drei gefordert hätte, genau diese Anzahl auch bekommen hätte.

Das Ganze kostete einige Arbeitstage, und hinterher konnte Van Veeteren den Schluss ziehen, dass es vergeudete Liebesmühe gewesen war, wie Inspektor Rooth prophezeit hatte. Keiner der fünf hatte – genau wie die übrigen zweiundzwanzig, die man interviewt hatte – überhaupt in der letzten Zeit Kontakt mit Hennan gehabt. Zumindest gab es keinen, der das zugab, und als der Kommissar an dem Tag, bevor der Prozess im Lindener Gericht beginnen sollte, das Ergebnis der Arbeit eines Monats resümieren wollte, die das Ziel gehabt hatte, Klarheit über die Umstände von Barbara Hennans Tod zu verschaffen, kam er nur auf die ausgewogene, unangenehm runde Zahl Null.

Keinen Fetzen. Man wusste nicht mehr, als man bereits Anfang Juni gewusst hatte. Nichts hatte sich von einer Ahnung in Wissen veredelt, nichts war aus unerwarteter Ecke aufgetaucht – wie es manchmal wie eine Art Belohnung für das blinde Schuften geschah.

Kurz gesagt hatten die Dinge nicht ihren Lauf genommen, und vermutlich war es diese düstere Wahrheit, die in seinem Hinterkopf brütete, als er beschloss, einen letzten Versuch mit dem Hauptdarsteller zu unternehmen. Als er an einem frühen Montagmorgen noch einmal ihm gegenüber in dem kalten Verhörzimmer Platz nahm, hatte er das Gefühl, als ließe er sich zu einer hoffnungslosen alten Schachpartie nieder, bei der es so wenige Spielsteine gab und die Lage so verrannt war, dass vor dem unwiderruflich eintretenden Remis als Einziges eine zu nichts führende Gegenrechnung der Züge möglich war.

Und vermutlich beschloss er genau aus diesem Grund, die Abläufe ein wenig zu verändern.

»Rechtsanwalt?«

Hennan schüttelte den Kopf.

»Nicht nötig. Ich will mir diesen Quatsch nicht zumuten.«

»All right. Dann schlage ich ein Gespräch off the record vor.«

»Off the record?«, wiederholte Hennan. »Wieso denn das?«

»Weil es vielleicht interessant sein könnte«, antwortete Van Veeteren. »Ohne Tonbandgerät und ohne Zeugen.«

»Jetzt verstehe ich den Witz an der Sache nicht so ganz.«

»Das macht nichts. Wir setzen uns in ein anderes Zimmer.«

»Von mir aus. Aber nur um der Abwechslung willen. Soweit ich weiß, wird sogar auf den Toiletten bei euch abgehört.«

»Du hast mein Wort«, sagte Van Veeteren.

»Dein Wort?« Hennan brach in ein kurzes Lachen aus und stand auf. »Okay! Off the record, wenn du meinst, das würde einen Unterschied machen.«

Der Kommissar entschied sich für ein so genanntes Besprechungszimmer im zweiten Stock. Fragte, ob Hennan ein Bier wollte, rief dann in der Kantine an und bat darum, dass ihnen zwei Bier gebracht würden.

»Wollen wir es nicht erst mit dem Lügendetektor versuchen?«, schlug Hennan vor, nachdem er den ersten Schluck getrunken hatte. »Vielleicht wäre das ja auch ganz interessant!«

»Ich sehe keine Veranlassung dafür«, sagte Van Veeteren. »Ich weiß ja auch so, dass du lügst.«

»Ja, mir ist schon klar, dass du dir das einbildest. Aber in einer Woche bin ich wieder ein freier Mann, und nun komm nicht und behaupte, dass du das nicht wüsstest.«

»Deine Zeitauffassung ist wohl etwas aus den Fugen geraten«, konterte der Kommissar. »Nach meiner Einschätzung musst du eher fünfzehn Jahre darauf warten. Und nicht eine Woche.«

Hennan lächelte.

»Wir werden sehen«, sagte er. »Meine Anwältin behauptet, sie hätte selten oder nie einen Staatsanwalt mit so weit heruntergelassener Hose gesehen.«

»Ach, sagt sie das wirklich?«, fragte Van Veeteren. »Nun gut, ich schlage vor, dass wir diese Floskeln jetzt mal beiseite lassen und stattdessen ernsthaft miteinander reden.«

»Ernsthaft?«, fragte Hennan nach. »Off the record?«

Der Kommissar nickte und zündete sich eine Zigarette an.

»Exakt. Ich denke, das wäre gut für dich, und du hast mein Wort darauf, dass nichts nach außen dringt. Wie schon gesagt.«

Hennan betrachtete ihn einen Augenblick lang mit etwas, das als Interesse interpretiert werden konnte.

»Warum sollte es gut für mich sein?«, fragte er.

»Einfache Psychologie«, erklärte Van Veeteren und machte eine kurze Pause, während er sich die Hemdsärmel hochkrempelte.

»Psychologie?« fragte Hennan. »Das riecht eher nach Verzweiflung, wenn du entschuldigst, dass ich ...«

»Quatsch. Lass mich das erklären. Du siehst das hier als eine Art Kräftemessen an ... zwischen dir selbst und uns. Du bist von dem Gedanken besessen, gewinnen zu wollen. Aber wenn du wirklich unschuldig wärst, dann wäre es ja wohl kaum der Rede wert, wenn du tatsächlich freigesprochen werden solltest. Oder?«

Hennan antwortete nicht. Er trank einen Schluck.

»Eins Komma zwei Millionen Gulden reichen natürlich ziemlich weit, aber dein Triumph liegt doch darin, dass du es schaffst, obwohl du eigentlich schuldig bist. Also wäre es ein Punkt, ein ziemlich wichtiger Punkt, wenn einer von uns ...

beispielsweise ich ... wüsste, wie es genau steht. Kannst du mir folgen? Das hat etwas mit Ästhetik zu tun.«

Hennan lehnte sich zurück und verzog erneut kurz den Mund.

»Ja, natürlich«, sagte er. »Ich kann dir folgen. Aber wenn dem so wäre, wie du sagst, dann scheinst du ja bereits davon überzeugt zu sein, dass ich hinter dem Tod meiner Ehefrau stecke. Genügt das denn nicht? Wenn ich mich mit dem Geld zufrieden gebe, dann kann ich doch auch damit zufrieden sein, dass du es weißt?«

»Nicht so ganz«, widersprach Van Veeteren. »Ich bin ein gewissenhafter Mensch, und es gibt da einige Fragezeichen. Ich habe nicht das ganze Bild vor mir.«

»Aha?«, sagte Hennan. »Der Kommissar möchte also Details wissen. Wie ich vorgegangen bin? Wie es möglich war, dass ich da in dem Lokal gesessen habe und sie trotzdem getötet habe? Hast du schon mal an Hypnose gedacht?«

Der Kommissar nickte.

»Ja, natürlich. Aber du bist nicht hypnotischer als ein Esel.«

»Vielen Dank«, sagte Hennan. »Nein, ich gebe zu, dass es nicht so abgelaufen ist.«

»Gut. Dann sind wir zumindest in einer Sache einer Meinung. Und wie ist es dann abgelaufen?«

»Du willst, dass ich es aufdecke, ja?«

»Ja.«

Hennan drehte den Kopf und schaute eine Weile an die Wand, und eine Sekunde lang – oder, besser gesagt, den verschwindend kleinen Bruchteil einer Sekunde – hatte der Kommissar das Gefühl, als wollte er gestehen.

Erklären, dass er tatsächlich seine Ehefrau, Barbara Clarissa Hennan, geborene Delgado, ermordet hatte, in einer Art, die so genial und ausgekocht war, dass kein Kriminalkommissar auf der ganzen Welt es sich überhaupt vorstellen konnte.

Aber dann schloss sich dieser Augenblick wie eine Muschel, und hinterher war es nicht mehr möglich auszumachen, ob es nur Einbildung gewesen war oder nicht. Hennan streckte langsam seinen Rücken und holte tief Luft. Wandte seinen Blick wieder dem Kommissar zu und schaute ihn mit einem Ausdruck sanfter Verachtung an.

»Scheint draußen schönes Wetter zu sein.«

»Es könnte schlechter sein.«

»Danke für das Bier. Vielleicht kann ich mich ja nächste Woche revanchieren. Ich kenne da ein Lokal in Linden.«

Oh ja, ich hasse diesen Teufel, dachte der Kommissar. Ich hasse ihn wirklich.

In der Nacht träumte er, dass er mit Christa Koogel schlief.

Sie waren verheiratet, hatten vier Kinder und wohnten in einem großen Haus am Meer. In Behrensee, soweit er beurteilen konnte, südlich vom Pier. Wie das in seine Träume kam, war äußerst unklar, aber es war nichtsdestotrotz ein Faktum. Es war auch keine heiße, plötzliche, leidenschaftliche Liebe, sondern ein ruhiger, behutsamer Beischlaf mit einer Frau, die seit einer langen Reihe von Jahren seine Lebensgefährtin war, und als er aufwachte, war ihm klar, dass er eine Reise zu einem dieser alternativen Lebenswege gemacht hatte. Nach einer Möglichkeit, die nie zu Stande gekommen war, einer Richtung, die sein Leben hätte einschlagen können, wenn nicht etwas anderes eingetroffen wäre.

Wenn er keine andere Wahl getroffen hätte. Oder es unterlassen hätte, sie zu treffen.

Er schaute auf die Uhr. Es war erst halb sechs. Er merkte, dass er schweißnass war. Ob das nun vom illusorischen Liebesakt kam oder kalter Schweiß der morgendlichen Angst war, das wusste er nicht. Der Traum saß wie ein Messer der Trauer in ihm, und ihm war klar, dass er nicht wieder würde einschlafen können.

Er stand leise auf – um seine tatsächliche Lebensgefährtin nicht zu wecken – und stellte sich stattdessen unter die Dusche. Dort blieb er lange in der Hoffnung stehen, dass das heiße Wasser auch einen Teil der Schlacke im Inneren wegspülen würde, war aber im Zweifel, ob es gelingen könnte. Als er sich mit der Allgemejne am Frühstückstisch niederließ, war es zwanzig nach sieben. Die Gerichtsverhandlung in Linden sollte nicht vor zehn Uhr begingen, und er wusste, dass er einen langen Tag vor sich haben würde.

Wieder mal einen.

22

Der Gerichtssaal in Linden bot – abgesehen von den tatsächlichen Akteuren der Verhandlung – Platz für gut fünfzig Zuschauer inklusive Repräsentanten der Journalistenzunft, und als die Türen geschlossen wurden, damit die einleitenden Formalitäten beginnen konnten, war die Anzahl der Interessierten, die den Raum nicht mehr hatten betreten können, ungefähr dreimal so groß wie die Anzahl derjenigen, die hineingekommen waren.

Im Hinblick auf die Aufmerksamkeit, die der Fall mit der toten Amerikanerin geweckt hatte, hatte es Überlegungen dahingehend gegeben, die Verhandlung in Maardam stattfinden zu lassen, aber Richter Hart hatte diesen Vorschlag hartnäckig abgelehnt. Es gehe hier trotz allem nicht um ein Fußballmatch, wie er alle wissen ließ, und der Lauf der Gerechtigkeit beruhe schließlich nicht auf solchen zu vernachlässigenden Faktoren wie Publikumsgröße und Medienaufmerksamkeit. Ganz und gar nicht.

Der Kommissar hatte Hart als eine träge Kröte beschrieben mit dem Intellekt und der Bildung von einem halben Dutzend Nobelpreisträgern, und als Münster die schwere Gestalt da oben auf dem Podium betrachtete, ahnte er, dass es sich bei dem Bild um eine ziemlich treffende Charakteristik handelte. Er sah aus, als wäre er an diesem Morgen nur höchst widerwillig aufgestanden und als hätte er in seiner Richterrobe geschlafen, jedenfalls war sie im letzten halben Jahr nicht mehr gebügelt worden. Er begann damit, sich nachdrücklich zu räuspern und dreimal die Brille zu wechseln. Anschließend schlug er mit dem Hammer auf das Gesetzbuch, dass der Staub aufwirbelte, erklärte die Verhandlung für eröffnet und forderte den Staatsanwalt dazu auf, seine einleitende Erklärung abzugeben.

Staatsanwalt Silwerstein erhob sich von seinem Platz und ergriff das Wort. Seine Rede dauerte knapp fünfundvierzig Minuten, und der Kern der langen Ausführungen bestand darin, dass geplant war, zu beweisen, dass der Angeklagte, Jaan G. Hennan, vorsätzlich und mit eiskalter Berechnung seine Ehefrau, Barbara Clarissa Hennan, geborene Delgado, am Donnerstag, dem 4. Juni, ermordet habe, indem er sie in das trockengelegte Schwimmbecken bei dem vom Ehepaar gemieteten Haus, der Villa Zephir im Kammerweg 4 in Linden, hinunterstieß oder sie hinunterstoßen ließ. Ziel war es aufzuzeigen, dass Hennan ohne den geringsten Zweifel dieser gewissenlosen Tat schuldig war, obwohl man – und das wurde bereits in diesem frühen Stadium offen und ohne Umschweife erklärt – davon ausging, die Argumentation nicht in erster Linie auf so genannten technischen Beweisen aufbauen zu können, da derartige Beweise – im eigentlichen Sinne – in einem Fall dieser Art gar nicht aufzufinden sein könnten. Ganz einfach.

Stattdessen plante der Staatsanwalt, die Anklage auf Indizien aufzubauen – aber auf gewichtigen Indizien, die ihre deutliche Sprache sprachen und deren Gewicht und Bedeutung zusammengenommen kaum bei jemandem noch irgendeinen Zweifel offen lassen könnten – und schon gar nicht bei den fünf ehrenwerten Geschworenen –, wenn es um die Frage ging, wer den besagten Mord angestiftet, geplant und durchgeführt hatte. Außerdem werde man – auch das mit einer mehr als wünschenswerten Deutlichkeit – das offensichtliche Motiv der Straftat aufdecken und es in messerscharfe Relation zu dem stellen, was einer früheren Ehefrau des Angeklagten vor nicht allzu langer Zeit in den Vereinigten Staaten von

Amerika zugestoßen sei. Zum zweiten Mal innerhalb von vier Jahren war die Ehefrau des Angeklagten unter mysteriösen Umständen gestorben (hier reagierten ein paar semantische Pedanten im Publikum mit einem leisen Kichern), und zum zweiten Mal wollte Jaan G. Hennan eine außergewöhnlich – äußerst außergewöhnlich! – hohe Versicherungssumme kassieren. Eins Komma zwei Millionen Gulden!

Der Staatsanwalt hegte keinen Zweifel daran, dass alle Anwesenden im Saal vom Scheitel bis zur Sohle davon überzeugt sein würden, dass Jaan G. Hennan nicht nur am Tod einer Ehefrau, sondern am Tod von zwei Ehefrauen schuldig war, wenn alles vorgestellt und präsentiert worden sei. Es sei die Pflicht aller Involvierten, dafür zu sorgen, dass er zu einer langjährigen, gerechten Strafe verurteilt werde.

Während des größten Teils dieser einleitenden staatsanwaltlichen Tirade hielt Münster seinen Blick auf die fünf Geschworenen gerichtet – drei Frauen und zwei Männer (möglicherweise eine Aufteilung, die dem Angeklagten zum Nachteil gereichen könnte, wenn auch nur peripher, wie der Kommissar erklärt hatte, da Frauen traditionellerweise und eingedenk ihres eigenen Geschlechts weniger dazu neigten, einen Ehegattinnenmörder davonkommen zu lassen, als Männer) – und versuchte anhand ihrer zurückhaltenden Mimik und ihrer subtilen Reaktionen abzulesen, wie ihre Meinung sozusagen an der Startlinie wohl war.

Es war natürlich unmöglich, ein besonders deutliches Bild in dieser Beziehung zu bekommen. Als Silwerstein gerade seine wortreiche Einleitung abgeschlossen hatte, zog einer der beiden Männer in der Jury – ein ergrauter Herr um die fünfundsechzig, der Münster schwach an den Schauspieler Jean Gabin erinnerte – ein kariertes Taschentuch heraus und schnäuzte sich mit einem dumpfen, aber deutlich vernehmbaren Trompetenstoß die Nase. Und wenn dieses Zeichen irgendwie gedeutet werden konnte, dachte Münster, dann war es auf jeden Fall kein besonders gutes Omen.

Was die Hauptperson selbst, Jaan G. Hennan, betraf, so saß er fast während der gesamten Ausführungen des Staatsanwalts mit gesenktem Kopf da, die Hände sittsam vor sich auf dem Tisch gefaltet. Er trug einen diskreten mittelgrauen Anzug mit einem Trauerband am Revers. Weißes Hemd und schwarzen Schlips. Es war nicht schwer zu erkennen, dass er es darauf anlegte, den Trauernden zu spielen.

Es war auch nicht schwer zu begreifen, dass ihm das in seiner Aufmachung ziemlich gut gelang.

Nach dem Staatsanwalt war der Verteidiger an der Reihe.

Es war eine Frau, was möglicherweise Hennans Position wieder zurechtrückte. Wenn eine Frau bereit war, einen vorgeblichen Gattinnenmörder zu verteidigen, ja, dann machte sich zumindest bei allen normal beschaffenen Frauen (wie der Kommissar mit einem Seufzer des Bedauerns feststellte) eine leise biologische Stimme bemerkbar, die flüsterte, dass es sich ja dann wohl, wenn man alles in Betracht zog, doch um keinen Ehegattinnenmörder handeln konnte.

Rechtsanwältin Van Molde selbst ging auf diesen Aspekt nicht näher ein, aber dennoch sparte sie nicht an ihrem Pulver. Eine gute halbe Stunde lang widmete sie sich stattdessen der Aufgabe aufzuzeigen, dass diese so genannte Anklage wie ein schlecht gestapeltes Kartenhaus ohne auch nur einen einzigen Trumpf in sich zusammenfallen würde. Sie beschrieb ihren Mandanten, den angeklagten Jaan G. Hennan, als einen rechtschaffenen und ehrlichen Mann, der einen unmenschlichen Verlust erlitten hatte – und das zum zweiten Mal! Und der, statt auf der Anklagebank zu sitzen und seine Ehre verteidigen zu müssen, umgehend freigelassen werden müsste, um sich seiner Trauerarbeit widmen zu können. Dies war eine Frage des Anstands. Er war auf die tragischste Art und Weise seiner Ehefrau beraubt worden, und es war ein Skandal, dass man ihn – ohne auch nur einen Funken eines Beweises! – vor Gericht gestellt hatte, und vor diesem Hintergrund gab es nur eine einzige Handlungsmöglichkeit, die wieder ein gewisses

Vertrauen in das Rechtsdenken und die Gerichtsbarkeit herstellen konnte. Dass man umgehend die Anklage niederlegte und den Angeklagten freiließ.

Münster konnte auch nach Aufstellung dieser Forderungen bei den Geschworenen keine offensichtlichen Reaktionen erkennen, und Richter Hart legte die Anklage nicht nieder. Stattdessen wechselte er wieder die Brille, gähnte und erklärte, dass es Zeit für die Mittagspause sei. Die Verhandlung sollte um zwei Uhr wieder aufgenommen werden.

Während der Nachmittagssitzung verbrachten Kommissar Sachs und Van Veeteren jeweils ungefähr eine halbe Stunde auf dem Zeugenstuhl. Sachs berichtete detailliert von seinem Vorgehen und dem des Polizeianwärters Wagner in jener Nacht, als Barbara Hennan tot aufgefunden worden war, und Van Veeteren präsentierte ein Bild der weiteren Umstände des Falls. Er berichtete von der dubiosen Rolle des Privatdetektivs Verlangen, von Hennans Hintergrund, von der Geschichte mit Philomena McNaught und brachte die Sache mit der Versicherung zur Sprache. Münster konnte sehen, dass der Kommissar sich nicht besonders wohl fühlte, weder während der gezielten Fragen des Staatsanwalts noch bei dem leicht arroganten Tonfall der Verteidigerin, die versuchte, die Bearbeitung des Falls durch die Polizei als reinen Dilettantismus darzustellen.

»Aber warum um Himmels willen haben Sie nicht die Ermittlungen eingestellt, nachdem es Ihnen nicht geglückt war, auch nur den geringsten technischen Beweis zu finden?«, fragte sie bei einer Gelegenheit.

»Weil wir bei der Kriminalpolizei es als unsere Aufgabe ansehen, Mörder festzusetzen«, antwortete Van Veeteren. »Im Gegensatz zu Ihnen, Frau Van Molde, die Sie ihn laufen lassen wollen.«

Dann war Meusse an der Reihe. Falls das noch möglich war, gefiel es ihm noch weniger als dem Kommissar, auf dem Zeugenstuhl zu sitzen – obwohl Münster sich nicht daran erinnern konnte, jemals erlebt zu haben, dass dem introvertierten Gerichtsmediziner überhaupt etwas gefiel. Unter keinen Umständen. Auf jeden Fall berichtete er glasklar über die unklare Lage. Es gab nichts, was unterstrich, dass Barbara Hennan von dem Sprungturm gestoßen worden sein sollte, und nichts, was bestätigte, dass sie vorher bewusstlos geschlagen worden war. Andererseits gab es auch nichts, was sowohl der erstgenannten Annahme als auch der letztgenannten widersprach. Die Verletzungen an Kopf, Hals, Nacken und Rückgrat waren umfassend, erklärte Meusse, und ein leichter Stoß in den Rücken hinterließ nur selten Spuren. Im Allgemeinen nicht und auch nicht in diesem Fall.

Weder der Staatsanwalt noch die Verteidigerin hatten besonders viele Fragen an den Gerichtsmediziner, da beide sozusagen eine carte blanche für ihre jeweiligen Auffassungen erhalten hatten, und Meusse konnte seinen Platz nach weniger als einer Viertelstunde verlassen. Obwohl es erst halb vier war, erklärte der Richter Hart nunmehr die Arbeit für abgeschlossen. Er wünschte allen einen angenehmen Abend, ermahnte die Geschworenen, den Fall nicht untereinander oder mit anderen Personen zu diskutieren, und erwartete, dass sich alle Beteiligten am folgenden Tag um zehn Uhr wieder an derselben Stelle einfinden würden.

»Man hätte sich vielleicht ein wenig mehr vom Staatsanwalt wünschen können«, meinte Münster im Auto auf dem Weg zurück nach Maardam.

»Silwerstein ist ein Esel«, bemerkte Reinhart vom Rücksitz her.

»Gut möglich«, sagte der Kommissar. »Aber das ist nicht unsere Sache. Und es sind garantiert nicht die Geplänkel von heute, die schließlich den Ausschlag geben werden.«

»Das ist nur zu hoffen«, sagte Reinhart. »Du meinst, Hennan selbst hat die Entscheidung in der Hand? Ich fand, es ist ihm heute gelungen, ziemlich niedergedrückt auszusehen, diesem Schwein. Als wäre er auf einer Beerdigung ... oder im Wartezimmer seines Zahnarztes oder so.«

Van Veeteren seufzte.

»Ja, was hast du denn verdammt noch mal erwartet? Wenn er zu allem Überdruss auch noch blöd wäre, dann würde er natürlich schon lange hinter Gittern sitzen.«

Reinhart dachte eine Weile nach.

»Was ich erwartet habe?«, wiederholte er dann. »Das kann ich dir sagen. Ich habe erwartet, dass wir diesen verfluchten Helfershelfer finden ... denjenigen, der Barbara Hennan wirklich umgebracht hat. Schließlich sind wir schon seit einem Monat an der Sache dran, und etwas Dürftigeres habe ich noch nie gesehen. Oder was meint ihr?«

Weder der Kommissar noch Münster hatten einen Kommentar dazu.

»Wir haben ja noch Kooperdijk und Verlangen«, erinnerte Münster nach einer Weile.

»Ja, sicher«, brummte der Kommissar. »Die Zeugen der Anklage. Na, dann wollen wir mal hoffen, dass die nicht zum Schluss als Zeugen des Beklagten auftreten.«

»Hat die Verteidigung nicht einen einzigen Zeugen aufgerufen?«, wunderte Münster sich.

»Nein«, bestätigte Van Veeteren. »Das hat sie nicht. Es ist zu hoffen, dass Silwerstein zumindest dadurch einen Punkt macht. Dass es nicht möglich war, einen einzigen Zeugen zu finden, der für Hennan sprechen könnte. Das sagt doch auch schon was.«

»Man ist nicht gezwungen, eigene Zeugen aufzurufen«, sagte Reinhart. »Und wenn es niemanden gibt, der für den Angeklagten sprechen könnte, dann wäre es doch geradezu dumm, es zu tun.«

»Sage ich doch«, nickte Van Veeteren. »Verflucht noch mal, fahr zum Adenaar's. Ihr habt doch hoffentlich noch Zeit für ein Bier?«

Münster schaute auf die Uhr.

»Na gut, ein kleines«, sagte er. »Es hat sich ja nicht gerade in die Länge gezogen. Immerhin etwas.«

»Man muss sich an den kleinen Dingen erfreuen«, fügte Reinhart hinzu. »Wenn die großen den Bach runtergehen. Also, eine halbe Stunde bei Adenaar's ist schon in Ordnung, ein bisschen Smalltalk ist immer noch besser, als immer nur diesen Mist wiederzukäuen.«

23

Das Haus lag in Westerkade fast ganz hinten am Loornkanal, und als Verlangen es erblickte, konnte er nicht begreifen, warum die Behörden es nicht schon lange hatten abreißen lassen.

Er konnte auch nicht begreifen, wie ein Mensch auf die Idee kommen konnte, hier zu wohnen. Das verrußte und übel zugerichtete Ziegelgebäude hatte vier Stockwerke, war aber nicht mehr als zwölf, fünfzehn Meter breit auf der Straßenseite und wurde auf der einen Seite von einem Schrottplatz und auf der anderen Seite von einer Art Lagerhalle mit verrostetem Wellblechdach flankiert. Als er durch die marode Holztür trat, konnte er dennoch nicht umhin, einen leichten Stich von Genugtuung zu verspüren – darüber, dass es trotz allem immer noch Menschen gab, die unter schlimmeren Bedingungen lebten als er selbst.

Unter dem Gewölbe war es dunkel wie in einem Kohlensack, und er war gezwungen, ein Streichholz anzuzünden, um die Tür zu finden, die weiter zum Treppenhaus führte. An keiner der Türen, an denen er vorbeiging, gab es ein Nummernschild, aber der Rollstuhl hatte ihm gesagt, ganz oben, also ging er davon aus, dass er einfach weitergehen musste. Er konnte sich kaum vorstellen, dass in den Wohnungen, die er passierte, Menschen hausten, wollte aber lieber nichts beschwören. Ein schmutziges Dämmerlicht fiel durch kaputte Treppenfenster, und über dem Ganzen hing ein Gestank von

Pissoir und Verwesung. Der Putz war hier und da von den Wänden gefallen, und etwas, was wohl eine große Ratte war, schlüpfte in ein Loch in der Wand zwischen dem zweiten und dritten Stock.

Ganz oben gab es drei Türen, zwei von ihnen waren jedoch mit kräftigen Brettern vernagelt. Nachdem er ein paar lang gezogene Sekunden zögernd dagestanden hatte, riss er sich zusammen und hämmerte gegen die dritte.

Nichts geschah, also hämmerte er noch einmal, ein wenig härter.

Wieder verging eine Weile, dann war ein schurrendes Geräusch von drinnen zu hören. Als schleppte jemand ein Klavier oder einen Sarg über den Boden. Der gleiche Jemand hustete eine Zeit lang und schien Schleim zu spucken, dann rasselte eine Sicherheitskette, und die Tür wurde zehn Zentimeter aufgeschoben.

»Kekkonen?«, fragte Verlangen.

Kekkonen hieß eigentlich nicht Kekkonen, aber er ähnelte dem alten Präsidenten eines nördlichen Landes, und niemand kannte einen anderen Namen für ihn.

»Verlangen?«

»Ja.«

Er löste die Kette und öffnete die Tür. Eine grau gesprenkelte Katze schlüpfte heraus, und Verlangen schlüpfte hinein.

Kekkonen schloss die Tür. Verlangen schaute sich um. Die Wohnung bestand aus einem Zimmer, einem Fenster, einem brummenden Kühlschrank und einer Matratze auf dem Boden. Vielleicht gab es auch eine Toilette, auf jeden Fall roch es so.

»Scheiße, herzlich willkommen«, sagte Kekkonen. »Was willst du?«

»Wohnst du hier?«, fragte Verlangen.

»Zufällig ja«, sagte Kekkonen. »Hast du eine Zigarette?«

Verlangen gab ihm eine und betrachtete ihn kurz, während sein Gegenüber sie mit zitternden Händen anzündete. Kekkonen war unglaublich gealtert, seit er ihn das letzte Mal gesehen hatte. Er sah aus wie ein zusammengefallener Greis, obwohl er wahrscheinlich kaum älter als fünfundvierzig war, und sein vollkommen kahler Kopf, der früher zumindest ein gewisses Funkeln aufzuweisen hatte, erinnerte jetzt eher an einen Totenschädel. Verlangen überlegte, welche Drogen Kekkonen wohl nahm und wie viele Jahre er noch hatte. Oder Monate.

»Was willst du?«, wiederholte dieser und ließ sich auf eine Matratze zwischen Decken, zerknitterten Tageszeitungen und etwas, was wohl einmal ein Schlafsack gewesen sein mochte, fallen. Verlangen hatte keine Lust, ihm Gesellschaft zu leisten, und blieb deshalb stehen.

»Ich dachte, Rollstuhl hätte dir das erklärt. Hennan. Jaan G. Hennan.«

»Kenne ich nicht«, sagte Kekkonen.

»Red keinen Scheiß. Du hast Duijkert und dem Rollstuhl erzählt, dass du ihn getroffen hast, ich suche dich schon seit mehr als einer Woche.«

»Ich kenne keinen Hennan«, beharrte Kekkonen.

Verlangen holte einen Fünfzig-Gulden-Schein aus der Tasche und hielt ihn Kekkonen unter die Nase.

»Du hast uns beim letzten Mal auch geholfen, ihn festzunageln, und wir haben dich als Dank für deine Hilfe laufen lassen. Hast du das vergessen?«

Es lag auf der Hand, dass Kekkonens Gedächtnis sich nicht unendlich weit in die Vergangenheit erstreckte, aber fünfzig Gulden waren immerhin fünfzig Gulden.

Kekkonen setzte sich ein wenig aufrechter hin, lehnte sich an die Wand und nahm ein paar Züge.

»Hundert«, sagte er.

»Fünfzig«, sagte Verlangen. »Das hier ist eine schmutzige Sache. Du hast Hennan aus irgendeinem Grund getroffen, aus welchem?«

Kekkonen schnappte sich den Schein und schob ihn unter die Matratze.

»Nicht getroffen«, erklärte er. »Gesehen.«

»Na gut, dann gesehen. Aber jetzt erzähl mal, ich muss dich ja wohl nicht offiziell verhören, oder?«

»Ich bin mir da nicht sicher.«

»Nicht sicher?«

»Ja. Dass er es war.«

»Dass es Hennan war?«

»Ja, es war ... irgendwie ein bisschen undeutlich. Es kann auch jemand anderes gewesen sein.«

»Das hast du dem Rollstuhl aber nicht gesagt.«

»Ich scheiße auf den Rollstuhl.«

»Das glaube ich gern. Nun gut, jetzt spuck mal aus, worum es ging.«

»Du bist kein Bulle mehr, oder?«

»Du weißt genau, dass ich schon länger kein Bulle mehr bin.«

»Herzlichen Glückwunsch«, sagte Kekkonen grinsend. »Geil, wenn es aufwärts mit den Leuten geht. Hast du noch eine Ziggi?«

»Verdammt, du hast deine doch noch nicht mal aufgeraucht«, sagte Verlangen wütend und nickte auf Kekkonens rechte Hand.

»Na, so was«, sagte Kekkonen verwundert und nahm einen neuen Zug. Ließ dann die Kippe in eine leere Flasche fallen und bekam eine neue Zigarette.

Verdammte Scheiße, dachte Verlangen. Lange halte ich es nicht mehr aus, in diesem Dreck herumzuwühlen.

»Nun komm schon«, ermahnte er Kekkonen. »Du hast also Jaan G. Hennan gesehen? Erzähl mir davon, dann lasse ich dich auch in Ruhe.«

Kekkonen hustete wieder eine Weile. Dann blieb er ein paar Sekunden lang mit halb geöffnetem Mund und leerem Blick vollkommen unbeweglich sitzen. Verlangen erkannte, dass es sich um eine Art mentaler Kraftanstrengung handelte.

»Doch, ja, ich habe ihn gesehen«, sagte Kekkonen schließlich. »Wenn er es denn war.«

»Ja?«, fragte Verlangen.

»Im Park, in diesem blöden Park … wie heißt er noch … Wollerspark oder so?«

»Wollerimspark?«

»Ja, im Wollerimspark. Ich habe da vor einer Weile ein paar Nächte geschlafen … Ich schlafe manchmal draußen, wenn das Wetter gut ist.«

»Das kann ich mir denken«, sagte Verlangen. »Du hast Hennan mit jemand anderem zusammen gesehen, stimmt das?«

»Ja, natürlich«, sagte Kekkonen. »Er hat sich mit diesem Typen getroffen, der für ein paar Tage in der Stadt gewesen ist …«

»Mit wem?«, wollte Verlangen wissen.

Kekkonen zuckte mit den Schultern.

»Wann?«

»Weiß der Teufel. Vor einem Monat oder so. Ein großer Kerl mit Pferdeschwanz … so'n Killertyp … sah verdammt gefährlich aus, ich glaube, es war ein Engländer … oder Ire oder so etwas …«

»Name?«, fragte Verlangen.

»Keine Ahnung«, sagte Kekkonen. »Ich glaube, sie haben ihn Liston oder so genannt …«

»Liston?«

»Ja, da gibt es doch einen Boxer … oder …?«

»Ich weiß«, nickte Verlangen. »War er denn farbig?«

»Nicht die Bohne«, antwortete Kekkonen. »Aber es war ein verdammt starker Kerl.«

»Ich verstehe. Na, und was haben Hennan und dieser Liston dann im Park gemacht?«

Kekkonen runzelte die Stirn und konzentrierte sich erneut.

»Sie haben auf einer Bank gesessen«, sagte er. »Die haben da gesessen und geredet … ziemlich lange … ich lag sozusagen direkt hinter ihnen in den Büschen. Ich weiß noch, dass sie ziemlich viel geredet haben, weil ich mal pissen musste, aber mich irgendwie nicht getraut habe … es war morgens.

Ein schöner Morgen, verdammt viel Vogelgezwitscher und so, das ist das Schöne, wenn man …«

»Hast du gehört, worüber sie geredet haben?«

Kekkonen schüttelte den Kopf.

»Nicht einen Funken«, sagte er. »Ich habe einfach nur dagelegen und gewartet. Fast hätte ich mir in die Hosen gepisst, aber ich habe es gerade noch geschafft. Als sie gegangen sind, hat er einen verdammt großen Umschlag gekriegt …«

»Wer hat einen Umschlag gekriegt?«

»Na, Liston natürlich, dieser hünenhafte Typ … er hat einen Umschlag gekriegt von demjenigen, der möglicherweise Hennan war, und dann sind sie weggegangen.«

»Und was ist dann passiert?«

»Dann bin ich aufgestanden und habe gepisst.«

Verlangen überlegte.

»War das alles?«, fragte er.

Kekkonen schnaubte.

»Ja, zum Teufel«, erklärte er. »Ich hab doch gesagt, dass es nichts war … aber jetzt hast du jedenfalls alles erfahren. Und es ist sicher, dass du kein Bulle mehr bist?«

»Ich bin kein Bulle«, versicherte Verlangen. »Dieser Liston, hast du ihn nach dieser Geschichte noch mal in der Stadt oder so gesehen?«

Kekkonen überlegte.

»Nein«, antwortete er. »Ich denke nicht. Ich habe ihn auch vorher nur einmal gesehen … ich glaube bei Kooper's.«

»Aber nicht zusammen mit Hennan?«

»Nein, nicht mit Hennan. Oh Scheiße, was du alles wissen willst.«

»All right«, sagte Verlangen. »Ich will dich nicht länger stören. Du hast sicher viel um die Ohren, wie ich mir denken kann, oder?«

»Das geht dich einen Scheißdreck an«, sagte Kekkonen. »Aber ich denke trotzdem, dass es auf jeden Fall mehr als nur fünfzig wert war.«

»Leck mich am Arsch«, sagte Verlangen und verließ die Wohnung.

Ja ha?, dachte er, als er in den Nieselregen von Westerkade hinaustrat. Und was zum Teufel soll ich jetzt damit anfangen?

Er schaute auf die Uhr. Es war halb acht. In nicht einmal vierundzwanzig Stunden würde er im Gerichtsgebäude von Linden als Zeuge aussagen müssen.

Liston?

Wenn nun Kekkonen sich nicht alles mit Hilfe seines verkorksten Gehirns ausgedacht hatte, dann hatte es also Anfang Juni eine Person in der Stadt gegeben, die Liston hieß. Oder die zumindest Liston genannt wurde.

Die eines Morgens im Wollerimspark von Jaan G. Hennan einen Umschlag bekommen hatte. *Von einer Person, die vielleicht Hennan war.*

Das war alles.

Während er am Kanal entlang zurückging, versuchte er, sich Kekkonen auf dem Zeugenstuhl vorzustellen. Es war kein schöner Anblick – wenn es überhaupt möglich wäre, ihn dorthin zu bekommen. Wahrscheinlich nicht, wie Verlangen es einschätzte.

Kekkonen hatte das Geschick, sich in Luft aufzulösen, wenn es seinen Zielen diente. Das war wohl das einzige Talent, das er sich im Laufe der Jahre noch bewahrt hatte.

Und sollte man es auf irgendeine Art und Weise trotzdem schaffen, was würde Kekkonen dann sagen? So wie Verlangen ihn einschätzte, würde er sich verschließen wie eine Auster oder aber behaupten, dass er sich an nichts mehr erinnern konnte. So war es schon vor zwölf Jahren gewesen, und so würde es vermutlich auch heute ablaufen.

Vielleicht würde er aber auch erzählen, dass er von Verlangen einen Fünfziger bekommen hatte, um den Mund aufzumachen, und da hätte er sich halt eine Geschichte ausgedacht.

Verdammter Mist, dachte Maarten Verlangen, als er in dem

zunehmenden Regen nach Hause wanderte. Das hat doch keinen Sinn.

Ist vollkommen sinnlos.

Als er endlich den Kleinmarckt erreicht hatte, war er vollkommen durchnässt. Er zögerte einen Augenblick, dann kehrte er ins Café Kloisterdoom ein und bestellte sich ein Bier und einen Genever.

Nein, es würde ihm nur selbst schaden, wenn er diesen glatzköpfigen Idioten mit hineinziehen würde, beschloss er. Es ging halt seinen Lauf.

24

Silwerstein begann auf die einfachste Art und Weise.

»Haben Sie am Abend des Donnerstags, des 5. Juni, Ihre Ehefrau Barbara Hennan getötet?«

»Nein.«

»Haben Sie eine andere Person beauftragt, sie zu töten?«

»Nein.«

Hennans Stimme war klar und deutlich. Van Veeteren stellte fest, dass er in Erwartung der beiden Neins den Atem angehalten hatte – und mit ihm der ganze Gerichtssaal.

Irgendwie war es die gleiche unterdrückte Spannung wie vor dem Ja der Braut und des Bräutigams bei einer Hochzeit, und kurz überlegte er, wie einfach und rein doch unsere grundlegenden Anforderungen an Dramatik waren.

Ein Ja oder ein Nein. Das Zünglein an der Waage.

»Haben Sie Ihre damalige Ehefrau, Philomena McNaught, während Ihrer Reise in den Bethseda Park in den USA im Juni 1983 getötet?«

Die Verteidigerin kam auf die Beine.

»Einspruch. Mein Mandant ist nicht für etwas angeklagt, was vor vier Jahren passiert ist.«

Richter Hart wechselte die Brille und betrachtete sie eine Weile mit etwas, was fast als wissenschaftliches Interesse gedeutet werden konnte. Wie ein Biologe, der auf einen sonderbaren lebenden Organismus gestoßen war und sich nun um eine Artbestimmung bemühte.

»Die Frau Anwältin sieht doch sicher ein, dass uns ein wenig Hintergrundinformation nützen kann«, brummte er dann und richtete einen Brillenbügel auf sie, als ob es eine Waffe wäre. »Bitte, setzen Sie sich! Herr Hennan, würden Sie so gut sein und die Frage des Staatsanwalts beantworten?«

Hennan nickte.

»Nein«, sagte er. »Ich habe Philomena nicht getötet. Es war unsere Hochzeitsreise, ich habe sie geliebt.«

Billiger Punkt, dachte Van Veeteren verbittert. Aber trotzdem ein Punkt.

»Welchen Beruf haben Sie?«, fuhr Silwerstein fort.

»Ich bin Geschäftsmann.«

»Geschäftsmann?«

»Ja.«

»Und um welche Art von Geschäften handelt es sich da?«

Hennan beugte sich vor und legte die Hände auf die Schranke. Van Veeteren registrierte, dass er an diesem Tag einen Ehering trug, was er während all der Verhöre im Polizeigebäude nicht getan hatte.

»Wie Sie vielleicht wissen, sind wir gerade aus den USA gekommen, meine Frau und ich, als der Unfall geschah … Ich habe in Denver eine Importfirma gehabt, und es war meine Absicht, das Gleiche hier in Linden aufzubauen.«

»Eine Importfirma?«, fragte Silwerstein nach. »Und was importieren Sie?«

»Wie ich schon versucht habe darzustellen, so habe ich es bis jetzt noch nicht geschafft, mich zu etablieren. In Denver hat es sich in erster Linie um Konserven aus Südostasien gehandelt … Gemüse und Obst. Teilweise auch technische Produkte. Bevor man anfängt, sind einige Marktuntersuchungen und Patentnachfragen nötig.«

Silwerstein hatte während der einleitenden Fragen und Antworten die ganze Zeit auf demselben Fleck gestanden, drei Meter vor dem Angeklagten, jetzt trat er zwei Schritte zur Seite und wandte sich den Geschworenen zu.

»Dann kann man wohl sagen, dass Ihre so genannte Firma bis jetzt überhaupt noch keine größeren Aktivitäten getätigt hat?«

»Ja, das kann man natürlich ...«

»Man könnte auch behaupten, dass sie nur als Tarnung diente für das, was Sie eigentlich mit Ihrem Umzug in dieses Land bezweckten?«

»Ich fürchte, ich verstehe nicht, was Sie meinen.«

»Nein? Ich denke, Sie verstehen es ganz ausgezeichnet. Oder ist es nicht so, Herr Hennan, dass Sie mit Ihrem Umzug von Denver und aus den USA nur ein einziges Ziel verfolgten? Das Gleiche machen zu können, was Sie bereits einmal, damals mit Philomena McNaught, gemacht haben? Ihre Gattin aus dem Weg räumen und erneut eine Schwindel erregend hohe Versicherungsprämie kassieren? Eins Komma ...«

»Einspruch!«, rief die Verteidigerin. »Der Vertreter der Anklage wirft mit grundlosen Beschuldigungen nur so um sich. Ich muss wirklich ...«

»Danke«, unterbrach sie Richter Hart. »Das genügt. Ich möchte den Staatsanwalt ermahnen, sich ein wenig zu mäßigen.«

Silwerstein nickte untertänig.

»Stimmt es, dass Sie bei der Versicherungsgesellschaft F/B Trustor eine Versicherung auf Ihre Frau abgeschlossen haben?«

»Ja.«

»Können Sie dem Gericht sagen, auf welche Summe sich die Versicherung beläuft?«

Hennan räusperte sich.

»Eins Komma zwei Millionen.«

»Eins Komma zwei Millionen Gulden?«

»Ja.«

»Finden Sie das nicht einen ungewöhnlich hohen Betrag?«

»Nein.«

Silwerstein kehrte dem Angeklagten erneut den Rücken.

»Wenn wir in dieser Runde eine Umfrage machen würden«, sagte er und breitete die Arme in einer theatralischen Geste aus. »Was glauben Sie, wie viele es hier gibt, die Lebensversicherungen über einen entsprechenden Betrag haben? Ich meinerseits habe eine über einhundertfünfzigtausend laufen, und als ich gestern bei meiner Versicherung angerufen habe, da wurde mir gesagt, dass das eine relativ hohe Summe ist. Deshalb möchte ich meine Frage an Sie noch einmal wiederholen: Meinen Sie nicht, dass eins Komma zwei Millionen Gulden ein außergewöhnlich hoher Versicherungsbetrag ist?«

»Ich weiß es nicht«, sagte Hennan. »Ich denke nicht, dass diese Höhe in den USA so ungewöhnlich ist ... und ich habe schließlich zehn Jahre dort gelebt.«

Der Staatsanwalt versuchte, zufrieden auszusehen. Er lief ein paar Mal hin und her, bevor er wieder vor Hennan stehen blieb.

»Genau«, sagte er. »Sie haben nur gemacht, was Sie bereits in Amerika gemacht haben. Können Sie uns erzählen, wie hoch die Summe war, die Sie nach dem Tod Ihrer ersten Ehefrau, Philomena McNaught, bekommen haben?«

»Ich erhebe Einspruch«, warf Van Molde erneut ein. »Das hier hat nicht das Geringste damit zu tun, dass ...«

»Abgelehnt«, erklärte Hart, ohne die Anwältin auch nur eines Blickes zu würdigen. »Bitte beantworten Sie die Frage, Herr Hennan.«

»Vierhunderttausend«, sagte Hennan.

»Gulden?«, wollte Silwerstein wissen.

»Dollar«, gab Hennan zu.

»Vierhunderttausend Dollar?«, wiederholte Silwerstein im Stakkato. Legte einen Zeigefinger auf die Kinnspitze und tat so, als rechne er nach. »Das entspricht wohl ungefähr dem Doppelten in Gulden, nicht wahr? Achthunderttausend. Kann das stimmen?«

»Grob gesehen, ja«, bestätigte Hennan. »Ich weiß nicht, wie der Kurs im Augenblick steht.«

»Nein? Nun, wenn wir die Lage einmal grob zusammenfassen, dann bedeutet das, dass Sie im Laufe von vier Jahren zwei Ehefrauen unter ungeklärten Umständen verloren haben und dass Sie dabei sind, dadurch insgesamt zwei Millionen an Versicherungsgeld zu kassieren. Könnte es nicht sein, dass Sie das auch selbst ein wenig ... merkwürdig finden?«

Hennan betrachtete seinen Ehering, ohne zu antworten. Der Staatsanwalt machte eine kurze Pause.

»Wussten Sie, dass Ihre Frau sich von Ihnen bedroht fühlte?«

Hennan hob den Blick und schaute die Geschworenen an. Einen nach dem anderen, wie es schien.

»Sie fühlte sich nicht bedroht. Das ist Gewäsch.«

»Ich bitte, erneut Einspruch einlegen zu dürfen«, warf die Anwältin ein. »Wenn der Vertreter der Anklage nicht langsam mit diesen grundlosen Beschuldigungen aufhört, haben wir es hier kaum noch mit einer Gerichtsverhandlung zu tun.«

»Hrrmff«, knurrte der Richter Hart. Wechselte die Brille und fixierte Van Molde. »Jetzt mäßigen Sie sich, Frau Anwältin! Wenn Sie Einspruch erheben wollen, dann tun Sie das in Herrgotts Namen. Aber hören Sie auf, so zu kokettieren!«

Die Anwältin setzte sich. Hart wandte sich Silwerstein zu.

»Erläutern Sie bitte, was Sie meinen«, sagte er. »Bedroht?«

Silwerstein leistete sich eine demütige Verbeugung.

»Sie wussten also nichts davon?«, fragte er.

»Wovon?«, erwiderte Hennan die Frage.

»Davon, dass Ihre Frau Angst hatte, es könnte ihr etwas passieren.«

»Sie hatte keine Angst, und sie hat sich nicht bedroht gefühlt, das habe ich doch schon gesagt.«

»Und wie erklären Sie sich dann, dass sie einen Privatdetektiv engagiert hat, der Sie beschatten sollte?«

»Ich habe keine Ahnung«, sagte Hennan und breitete die Arme aus.

»Aber Sie wissen, dass dem so war?«

»Ich weiß, dass die Polizei das behauptet. Vorher wusste ich es nicht ... und ich zweifle dran.«

»Sie zweifeln daran, dass Ihre Frau Sie durch einen Privatdetektiv hat beschatten lassen?«

»Ja. Es gibt ... es gab keinen Grund dafür.«

»Oh doch«, widersprach Silwerstein. »Ich muss sagen, dass ich da ganz anderer Meinung bin. Wenn sie zu einem besseren Detektiv gegangen wäre oder gleich zur Polizei, ja, dann wäre sie vielleicht noch am Leben.«

»Einspruch«, rief die Verteidigerin, jetzt mit einer deutlichen Dosis an Resignation in der Stimme.

»Stattgegeben«, sagte Hart. »Die Geschworenen werden aufgefordert, die letzte Behauptung des Staatsanwalts aus ihrem Gedächtnis zu streichen.«

Silwerstein machte wieder eine kleine Wanderung und blieb neben dem Angeklagten stehen, wobei er sich mit dem Ellbogen auf die Schranke stützte.

»Können Sie uns berichten, was Sie am Morgen des Donnerstags, des 5. Juni, getan haben?«, fragte er.

»Ich hatte einiges zu Hause zu erledigen«, erklärte Hennan. »Ich habe es erst kurz vor Mittag geschafft, ins Büro zu fahren.«

»Ich habe dabei in erster Linie daran gedacht, was Sie mit dem Swimmingpool gemacht haben.«

»Der musste gereinigt werden.«

»Berichten Sie, was Sie getan haben.«

»Ich habe das Wasser ablaufen lassen. Das wissen Sie doch.«

»Sie haben das gesamte Wasser ablaufen lassen?«

»Ja.«

»Warum?«

»Das muss man machen. Es ging um eine Reinigung, und außerdem sollten einige Risse abgedichtet werden.«

»Wusste Ihre Frau davon?«

»Natürlich.«

»War sie daheim, als Sie mit dem Ablassen beschäftigt waren?«

»Nein, sie ist frühmorgens nach Aarlach gefahren.«

»Ich verstehe. Dann haben Sie also im Laufe des Vormittags das Wasser ablaufen lassen, sind anschließend in Ihr so genanntes Büro gefahren, und am Abend, als Ihre Frau aus Aarlach zurückkam, ist sie reingesprungen und dabei umgekommen. Möchten Sie, dass wir die Sache so sehen, Herr Hennan? Sie ist aus zehn Metern Höhe gesprungen – mit dem Kopf voran – in ein Schwimmbecken, von dem sie wusste, dass es leer ist!«

»Ich kann es mir nicht anders erklären«, sagte Hennan. »Sie lag auf dem Boden, als ich nach Hause kam. Was hätte ich denn da Ihrer Meinung nach glauben sollen?«

»Es interessiert mich nicht, was Sie glauben«, erklärte der Staatsanwalt. »Aber ich weiß auf jeden Fall, was *wir* Ihrer Meinung nach glauben sollen. Und das tun wir nicht, Herr Hennan. Sehen Sie nicht selbst, wie widersinnig die ganze Geschichte ist?«

»Ich kann es mir nicht anders erklären«, wiederholte Hennan.

»Aber ich«, deklarierte Silwerstein. »Eine Erklärung, von der ich überzeugt bin, dass jeder Einzelne hier in dieser Runde ihr zustimmen wird. Ihre Ehefrau starb nicht durch einen Unfall. Sie starb, nachdem jemand sie zunächst bewusstlos geschlagen hat, um sie dann vom höchsten Absatz des Sprungturms hinunterzustoßen. Jemand, den Sie engagiert haben, um diese Tat auszuführen. Ein gedungener Mörder. Ist das nicht an und für sich eine viel plausiblere Erklärung als diese zweifelhafte ...«

»Ich erhebe Einspruch«, unterbrach ihn die Anwältin wütend. »Kann der Staatsanwalt irgendeine Art von Beweisen für diese horrible Behauptung bringen? Ein gedungener Mörder! Bitte Beweise!«

Eine gewisse Unruhe begann sich in den Zuhörerreihen breit zu machen, und Hart schlug mit dem Hammer auf den Tisch.

»Ruhe!«, rief er. »Der Einspruch ist abgewiesen, aber es obliegt dem Staatsanwalt, seine Äußerungen zu untermauern.«

»Der gesunde Menschenverstand untermauert sie«, stellte Silwerstein nach einer Kunstpause trotzig fest. »Der gesunde Menschenverstand! Und wenn noch mehr nötig ist: eins Komma zwei Millionen Gulden! Und wenn das nicht reicht: Philomena McNaught und vierhunderttausend Dollar! Ich habe im Augenblick keine weiteren Fragen mehr an den Angeklagten.«

Worauf er eine weitere diskrete Verbeugung vollführte und sich dann an seinen Tisch setzte.

Die Verteidigerin Van Molde erhob sich.

»Wo befanden Sie sich am Abend des 5. Juni, Herr Hennan?«

»Im Restaurant Colombine hier in Linden.«

»Von wann bis wann ungefähr?«

»Ich kehrte kurz nach acht Uhr dort ein und blieb bis zirka halb eins.«

»Haben Sie das Restaurant an diesem Abend aus irgendeinem Grund einmal verlassen?«

»Nein.«

»Danke.« Sie wandte sich dem Richter zu. »Ich habe hier die schriftlichen Zeugenaussagen des Colombine-Personals, die versichern, dass Jaan G. Hennan sich den gesamten betreffenden Abend über im Restaurant befand. Ich habe mir nicht die Mühe gemacht, sie als Zeugen zu laden, da wir heute Nachmittag noch andere Zeugen hören werden, die das Gleiche bestätigen können. Laut Gerichtsmediziner Meusse, den wir gestern gehört haben, starb Barbara Hennan irgendwann zwischen 21.30 Uhr und 22.30 Uhr an dem besagten Donnerstag. Während dieser Zeitspanne, wie auch während der übrigen Zeit an diesem Abend, befand sich der Angeklagte im Restaurant Colombine. Er kann nicht, ich wiederhole es, er kann *nicht* seine Ehefrau getötet haben. Haben Sie eine andere Person beauftragt, Ihre Ehefrau zu töten, Herr Hennan?«

»Natürlich nicht.«

»Nein, natürlich nicht. Haben Sie Ihre Ehefrau geliebt, Herr Hennan?«

»Ja. Wir haben uns sehr geliebt.«

»Danke. Sind Sie der Meinung, dass jeder das Recht in diesem Land hat, eine Lebensversicherung auf jemanden abzuschließen, den er liebt?«

»Das hoffe ich doch.«

»Ja, das hoffe ich auch. Danke, ich habe keine weiteren Fragen an den Angeklagten.«

Bevor Hennan den Zeugenstand verließ, blieb er noch eine Weile dort sitzen, als wollte er etwas hinzufügen. Er ließ seinen Blick über die drei Reihen von Zuhörern wandern, und als er zu Van Veeteren in der zweiten Reihe kam, hielt er einen kurzen Moment inne und vollführte eine Art nachdenkliches Nicken, das sicher von den meisten im Saal gar nicht bemerkt wurde. Anschließend stand er auf und nahm seinen Platz neben seiner Anwältin wieder ein.

Dieser Satan, dachte Van Veeteren und musste den Impuls unterdrücken, auch aufstehen zu wollen. Aufzustehen und den Gerichtssaal zu verlassen. Warum habe ich das hier kaum unter Kontrolle?, wunderte er sich. Wie kommt es, dass ich sofort zum Angriff bereit bin, wenn er mich nur eine Sekunde lang anschaut? Verdammt noch mal, ich hätte heute nicht herfahren sollen.

Er ballte die Fäuste und schloss die Augen. Richter Hart wechselte die Brille und rief Direktor Kooperdijk in den Zeugenstand.

Die Befragung des kräftigen Versicherungsdirektors durch den Staatsanwalt und die Verteidigerin bot keinerlei Überraschungen. Kooperdijks Antworten waren sachlich und bis ins geringste Detail vorhersehbar, und während das Ganze ablief, überlegte der Kommissar – wie sicher viele andere der Anwesenden auch –, ob er nicht Versicherungsnehmer bei F/B Trustor werden sollte. Wenn die Gesellschaft bereit war, eine so großzügige Vereinbarung wie jene mit Hennan zu unterschreiben – und eventuell die betreffende Summe auszuzahlen (doch, ja, die Liquidität war da, versicherte Kooperdijk, Liquidität genug, dass es für zehn derartige Fälle reichte) –, ja, dann müsste es hier doch auf die eine oder andere Art Geld zu verdienen geben.

Kooperdijk verließ den Zeugenstand nach knapp zwanzig Minuten. Da war es dann Viertel vor zwölf, und Richter Hart setzte bis halb zwei eine Mittagspause an. Ermahnte alle, pünktlich wieder zurück zu sein, und schlug mit dem Hammer auf das Gesetzbuch.

Van Veeteren aß im Colombine zu Mittag. Die Anzahl an Gaststätten in Linden war, wenn man es genau nahm, nicht gerade unbegrenzt, und zumindest hatten sie hier keinen Hawaiiburger Special auf dem Speiseplan.

Stattdessen aß er Kalbsfilet und trank zwei Gläser teuren Rioja, der jedoch seinen Preis wert war, während er überlegte, ob er möglicherweise an demselben Tisch saß, an dem Hennan an jenem besagten Donnerstagabend gesessen hatte – und ob er wirklich Lust hatte, auch der nachmittäglichen Sitzung im Gericht beizuwohnen.

Das hatte er nicht, zu diesem Schluss kam er sehr schnell, weiß Gott nicht, aber eine Art düsteres Pflichtgefühl ließ ihn dennoch wieder seinen Platz in der Zuhörerschar einnehmen, als es soweit war.

Bis zum bitteren Ende, dachte er verbissen. Gebe Gott, dass dieser hoffnungslose Verlangen schließlich doch noch etwas ausrichten kann!

Doch als nächsten Zeugen rief der Staatsanwalt nicht Maarten Verlangen auf, sondern Doris Sellneck.

25

Fräulein Sellneck, können Sie uns sagen, in welcher Beziehung Sie zu dem Angeklagten Jaan G. Hennan stehen?«

Doris Sellneck machte ein paar eigenartige Zuckungen mit dem Kopf, bevor sie antwortete. Soweit Van Veeteren es beurteilen konnte, war sie in den Fünfzigern, eine große, magere Frau mit einem Zug von Introvertiertheit an sich. Als ob sie nicht so recht anwesend wäre. Sobald er ihren Namen gehört hatte, hatte er sich wieder an sie erinnert. Und auch gleich wieder gewusst, warum er sich gar nicht die Mühe gemacht hatte, sie zu vernehmen.

»Ich begreife wirklich nicht, warum Sie mich hierher bestellt haben«, begann sie. »Jaan G. Hennan ist ein abgeschlossenes Kapitel in meinem Leben. Das ist jetzt über zwanzig Jahre her.«

»Ganz genau«, beeilte sich die Anwältin einzuwerfen. »Ich beantrage, dass Fräulein Sellneck umgehend den Zeugenstand verlässt.«

»Ja, bitte«, sagte Doris Sellneck.

»Abgelehnt«, sagte Hart.

»Liebes Fräulein Sellneck«, begann Silwerstein erneut. »Wir haben doch schon darüber gesprochen. Es ist zwar lange her, seit Sie mit dem Angeklagten verheiratet gewesen sind, aber wir versuchen, hier sozusagen eine Art Hintergrundbild zu zeichnen. Bezüglich seines Charakters und so. Wenn Sie ...«

»Er hat überhaupt keinen Charakter«, unterbrach Doris

Sellneck mit plötzlichem Eifer. »Er ist ein Mensch ohne Rückgrat.«

»Einspruch«, rief die Verteidigerin.

»Ich fordere die Zeugin auf, ihre Worte genauer zu wählen«, sagte Hart.

»Was?«, fragte Doris Sellneck.

Van Veeteren schloss die Augen. Der Staatsanwalt räusperte sich.

»Sie waren also während einer kürzeren Periode mit Hennan verheiratet. 1964, nicht wahr?«

»1964«, bestätigte Fräulein Sellneck. »Wir haben im Mai geheiratet und sind im Oktober auseinander gezogen.«

»Können Sie uns ein wenig über Ihre Ehe berichten?«, bat Silwerstein. »Und über Hennan.«

»Er hat mich nicht gut behandelt«, erklärte Doris Sellneck, und ihr Nacken zuckte. »Ich war diejenige, die die Scheidung beantragt hat. Er hatte eine andere daneben.«

»Eine andere Frau?«

»Ja. Sie hieß Friedel.«

»Tatsächlich? Und inwiefern hat er Sie sonst noch schlecht behandelt?«

»Er hat mich betrogen, und er hat mir Geld abgeluchst.«

»Ich muss Einspruch erheben«, rief Van Molde erneut aus. »Es ist vollkommen abwegig, mit einer Zeugin zu kommen, die meinen Mandanten sei fast einem Vierteljahrhundert nicht mehr gesehen hat. Sie haben doch keinerlei Kontakt mehr zu Ihrem früheren Ehemann gehabt, seit Sie geschieden wurden, oder, Fräulein Sellneck?«

»Das würde mir im Traum nicht einfallen«, erklärte Doris Sellneck.

Hart schlug mit dem Hammer auf den Tisch und blinzelte die Anwältin böse an.

»Sie können der Zeugin Fragen stellen, wenn der Vertreter der Anklage fertig ist«, erklärte er ihr. »Können wir uns zumindest in diesem kleinen Detail einig werden?«

»Aber natürlich doch«, nickte Frau Van Molde und setzte sich.

Silwerstein wischte sich hastig die Stirn mit einem Taschentuch ab.

»Ihr Mann hat Ihnen Geld abgeluchst, sagten Sie?«

Doris Sellneck nickte.

»Eine größere Summe, ja. Ich war gezwungen, ihn aus der Wohnung freizukaufen, die wir mit meinem Geld bezahlt hatten. Dreizehntausend Gulden.«

»Ich verstehe. Wie lange kannten Sie ihn schon, bevor Sie ihn geheiratet haben?«

»Ein halbes Jahr. Er hat um meine Hand angehalten, und ich habe Ja gesagt. Ich war so gutgläubig, dabei hat er mich nur wegen des Geldes genommen. Er wollte nie etwas anderes als eine Scheinehe führen.«

»Wie meinen Sie das?«

»Er hatte doch die ganze Zeit diese andere Frau … Friedel. Mich wollte er nie bei sich im Bett haben. Ich war dazu nicht gut genug, oh mein Gott, was für ein mieser Kerl!«

Von Neuem begann sich eine gewisse Unruhe unter den Zuhörern auszubreiten, aber es genügte, dass Hart seinen Hammer hob, um wieder Stille eintreten zu lassen.

»Sie haben mir erzählt, dass er Sie geschlagen hat?«, fuhr Silwerstein fort.

»Einspruch!«, rief die Anwältin und sprang auf. »Diese Zeugin ist so befangen, wie man es nur sein kann. Eine enttäuschte Frau, die sich nach einem Vierteljahrhundert rächen will. Das ist doch empörend! Selbst Mord verjährt nach fünfundzwanzig Jahren, Fräulein Sellneck gehört einfach in eine andere Zeit!«

»Danke für diesen Gesichtspunkt«, sagte Hart. »Aber bitte, setzen Sie sich wieder, Frau Van Molde, ich bin überzeugt davon, dass die Geschworenen auch die eine oder andere psychologische Einschätzung selbst treffen können. Sind Sie so gut und beantworten die Frage des Anklägers, Fräulein Sellneck?«

»Welche Frage?«, wollte Doris Sellneck wissen.

»Ob Jaan G. Hennan Sie geschlagen hat.«, erklärte der Staatsanwalt.

»Das stimmt«, bestätigte Doris Sellneck eifrig. »Er hat mich einmal geohrfeigt. Direkt ins Gesicht, das war, nachdem ich die Scheidung gefordert habe. So darf man mit seiner Frau doch nicht umgehen.«

Die Anwältin wedelte mit der Hand.

»Darf mein Mandant dazu direkt etwas sagen? Um diese Aussage zurechtzurücken?«

Van Veeteren bemerkte, dass Richter Hart langsam fast amüsiert wirkte. Er nickte der Anwältin zustimmend zu, und Hennan erhob sich von seinem Stuhl.

»Es stimmt, dass ich meine damalige Frau einmal geschlagen habe«, sagte er. »Sie hatte sich in meinen Arm verbissen, deshalb war ich gezwungen, ihr mit der anderen Hand eine Ohrfeige zu geben, damit ich mich wieder befreien konnte.«

Er setzte sich. Doris Sellneck zeigte ihm aus dem Zeugenstand heraus eine gehobene Faust, und eine größere Anzahl der Zuhörer reagierte lautstark darauf. Aber nicht Kommissar Van Veeteren.

Reinhart hat Recht, dachte er. Silwerstein ist ein Esel. Man kann nur dankbar dafür sein, dass er nicht auch noch die Schwester angeschleppt hat.

Richter Hart ließ das Gemurmel verebben, bevor er dem Staatsanwalt ein Zeichen gab, weiterzumachen. Der fand es mittlerweile besser, nicht noch weitere Risiken einzugehen, stattdessen wandte er sich nun den Geschworenen zu.

»Ich denke, Sie haben einen ganz guten Einblick in den Charakter des Angeklagten erhalten«, stellte er fest. »Bereits vor mehr als zwanzig Jahren hat er Frauen finanziell ausgenutzt, und seitdem hat er damit weitergemacht. Doris Sellneck ist es gelungen, am Leben zu bleiben, im Gegensatz zu Philomena McNaught und Barbara Delgado. Danke, Fräulein Sellneck, ich habe keine weiteren Fragen an Sie.«

Aber die hatte die Verteidigerin Van Molde. Wenn auch nur ein paar.

»Welchen Beruf üben Sie aus, Fräulein Sellneck?«

»Ich bin krankgeschrieben.«

»Krankgeschrieben?«

»Vorzeitig verrentet, genauer gesagt.«

»Wo wohnen Sie?«

»Ich wohne im Liljeheim.«

»Ich verstehe. Das ist ein Heim für Menschen mit verschiedenen psychischen Behinderungen, nicht wahr?«

»Das ist ein Krankenhaus, ja. Ich bin ja krankgeschrieben.«

»Wie lange leben Sie schon im Liljeheim?«

Doris Sellnecks Nacken zuckte noch ein letztes Mal.

»Seit achtzehn Jahren«, sagte sie. »Jetzt im August werden es achtzehn Jahre.«

»Gefällt es Ihnen in dem Heim?«

»Oh ja, es gefällt mir da sehr gut«, erklärte Fräulein Sellneck zufrieden. »Es ist ein schöner Ort, gleich an der Seegergraacht. Und donnerstags und sonntags haben wir auch Kino.«

Nach dieser Aussage durfte sie den Zeugenstand verlassen.

Verlangen war frisch rasiert und trug ein weißes Hemd.

Auf die einleitenden Fragen des Staatsanwalts hin erklärte er, dass er als Privatdetektiv mit eigenem Büro arbeite, dass er siebenundvierzig Jahre alt sei und dass er früher im Polizeidienst gewesen sei.

Silwerstein fragte, ob er vor dem aktuellen Fall bereits einmal Kontakt mit dem Angeklagten gehabt habe, worauf Verlangen relativ ausführlich von seiner Arbeit vor zwölf Jahren berichtete, als Hennan wegen Drogendelikten verurteilt worden war. Van Veeteren bemerkte, dass Anwältin Van Molde mehrmals während der Befragung Anstalten machte, Einspruch zu erheben, aber dennoch auf ihrem Platz sitzen blieb, vielleicht auch weil Hennan eine Hand auf ihren Arm gelegt hatte.

»Und vor einem Monat tauchte er also erneut in Ihrem Leben auf?«, fragte der Staatsanwalt.

Verlangen fuhr mit einem weiteren ausführlichen Rapport darüber fort, wie es zuging, als Barbara Hennan mit ihm Kontakt aufnahm, und über seine Beschattung in Linden.

»Schätzen Sie sich selbst als einen routinierten Detektiv ein?«, wollte Silwerstein wissen, als Verlangen fertig war.

»Ich bin seit fünf Jahren in der Branche«, erklärte Verlangen. »Außerdem liegt meine frühere Arbeit bei der Polizei ja auf der gleichen Linie ... ja, deshalb kann ich wohl mit Fug und Recht behaupten, dass ich ziemlich viel Erfahrung habe.«

»Sie haben schon vorher Beschattungsaufträge durchgeführt?«

»Diverse Male.«

»Worum handelt es sich dabei meistens?«

»Wenn es eine Ehefrau ist, die ihren Mann beobachtet haben möchte, dann ist es meistens eine Frage der Untreue. Diese Frauen wollen wissen, ob ihre Männer eine andere Frau treffen.«

»Das ist das üblichste Motiv?«

»Zweifellos.«

»Und wie verhielt es sich mit Barbara Hennan?«

»Sie gab keinerlei Begründung an.«

»Ist das normal?«

»Es kommt schon vor. Aber meistens erzählen sie einem den Grund.«

»Hatten Sie den Eindruck, dass Frau Hennan etwas in dieser Richtung vermutete und Sie deshalb beauftragte, den Angeklagten zu beobachten?«

»Einspruch«, unterbrach die Anwältin. »Der Zeuge wird aufgefordert zu spekulieren.«

»Abgelehnt«, sagte Hart. »Aber die Geschworenen möchten berücksichtigen, dass dem Zeugen gestattet wird, eigene Urteile zu äußern.«

»Ich habe keinen bestimmten Eindruck bekommen«, erklärte Verlangen nach einer kurzen Denkpause. »Aber ich habe mir schon gedacht, dass es sich wohl eher um etwas anderes handelt.«

»Und was hätte das sein können?«

»Keine Ahnung. Sie wollte wissen, was er so trieb. Ich sollte ihr jeden Tag Bericht erstatten.«

»Und das haben Sie getan?«

»Ja.«

»Aber Ihre Arbeit fand nach ziemlich kurzer Zeit ein Ende.«

»Ja. Meine Klientin wurde nach zwei Tagen tot aufgefunden.«

»Zwei Tage, nachdem Barbara Hennan Sie damit beauftragt hat, ihren Ehegatten zu überwachen, wurde sie tot auf dem Kachelboden eines trockengelegten Schwimmbads gefunden, ist das korrekt wiedergegeben?«

»Ja.«

Staatsanwalt Silwerstein nickte nachdenklich und wandte sich den Geschworenen zu.

»Ich will den Zeugen nicht bitten, daraus irgendwelche Schlussfolgerungen zu ziehen, da meine liebe Kollegin so begeistert davon ist, Einspruch zu erheben. Aber es muss mir erlaubt sein, eine offene Frage zu stellen – dahingehend, welche Schlussfolgerungen sich wohl logischerweise aus dem ziehen lassen, was Detektiv Verlangen uns berichtet hat. Es gibt nur eine einzige Schlussfolgerung, meine Damen und Herren. Barbara Hennan war klar, dass ihr Ehemann, der Angeklagte, etwas plante. Sie fürchtete sich und hatte Angst um ihre eigene Sicherheit, und sie engagierte einen Privatdetektiv, um Hilfe zu bekommen. Leider konnte er ihr nicht in der von ihr gewünschten Form beistehen, und zwei Tage später war es zu spät. Gibt es hier noch einen unter uns, der auch nur den geringsten Zweifel daran hegt, wer die Schuld an ihrem Tod trägt? Ich jedenfalls nicht. Jaan G. Hennan!«

»Einspruch«, erklärte die Rechtsanwältin mit müder Stimme.

»Stattgegeben«, sagte Hart. »Das Schlussplädoyer findet morgen statt, Herr Staatsanwalt, nicht heute. Gibt es noch weitere Fragen an Herrn Verlangen?«

»Nein«, sagte Silwerstein und setzte sich auf seinen Platz. »Keine weiteren Fragen.«

Frau Van Molde näherte sich Verlangen, wie eine Katze sich einem verletzten Vogel nähert.

»Warum haben Sie den Polizeidienst quittiert, Herr Verlangen?«, begann sie.

»Ich wollte eine andere Art von Arbeit«, sagte Verlangen.

»Eine *andere* Art von Arbeit?«

»Ja.«

»Und deshalb haben Sie bei der Polizei gekündigt und sind Privatdetektiv geworden. Nennen Sie das eine andere Art von Arbeit?«

»Da bin ich freier«, sagte Verlangen und wand sich auf seinem Stuhl.

Merkwürdig, dachte Van Veeteren. Sie kann doch unmöglich etwas wissen. War es nur ihre Intuition, dass sie den wunden Punkt erwischte?

»Ich erhebe Einspruch«, sagte Silwerstein. »Was will die Frau Anwältin damit eigentlich andeuten?«

»Nichts«, antwortete Van Molde, bevor Hart sich auch nur hatte äußern können. »Ich mache weiter. – Während der Zeit, diesem kurzen Zeitraum, als Sie diese so genannte Beschattung meines Mandanten ausführten, hat er sich während dieser Zeit in irgendeiner Weise kriminell verhalten?«

»Nein.«

»Hat er irgendwelche Handlungen ausgeführt, die Ihnen verdächtig erschienen?«

»Nein, er hat ...«

»Es genügt, wenn Sie mit Ja oder Nein antworten. So sparen wir Zeit. Hat er irgendwelche Personen getroffen, von denen Sie Ihrer Auftraggeberin berichten konnten?«

»Nein.«

»Hat er sich überhaupt in irgendeiner Weise so verhalten, als hätte er irgendwelche kriminellen Absichten?«

»Nein.«

»Hatten Sie irgendwann im Laufe Ihrer Beschattung den Verdacht, Ihre Klientin könnte in Gefahr schweben?«

»Nein, ich konnte …«

»Ja oder nein?«

»Nein.«

»Haben Sie beobachtet, dass Hennan irgendwann einmal mit anderen Personen als dem Restaurantpersonal und Ähnlichem Kontakt aufgenommen oder gesprochen hat?«

»Nein.«

»Und Sie hatten ihn zu dem Zeitpunkt, als seine Ehefrau starb, im Restaurant Colombine unter Aufsicht?«

»Ja.«

»Danke.«

Sie wandte sich den Geschworenen und den Zuhörern zu und zeigte eine Miene leichter Verwunderung.

»Wie hat der Staatsanwalt in Herrgotts Namen ausgehend von dem, was Privatdetektiv Verlangen berichtet, zu dem Schluss kommen können, dass Jaan G. Hennan irgendetwas mit dem Tod seiner Ehefrau zu tun haben könnte? Das ist unbegreiflich, meine Damen und Herren, vollkommen unbegreiflich. Schließlich gibt dieser Zeuge meinem Mandanten selbst ein Alibi für den betreffenden Zeitpunkt, und zwar ein absolut wasserdichtes. Ich muss schon sagen, ich kann nicht verstehen, worauf man eigentlich hinaus will.«

Richter Hart beugte sich über den Richtertisch vor, und die Anwältin ging zu einem anderen Thema über.

»Stimmt es, dass Sie Direktor Kooperdijk von der Versicherungsgesellschaft Trustor kennen?«

Verlangen zögerte eine Sekunde lang, gab dann auf.

»Ja.«

»In welcher Form?«

»Ich mache so einige Jobs für ihn.«

»Ach ja? Sie arbeiten also auch für F/B Trustor, die Gesellschaft, bei der mein Mandant seine Versicherungen abgeschlossen hat?«

»Ein klein wenig, ja.«

»Als eine Art Versicherungsdetektiv?«

»Das kann man so sagen.«

»Danke. Und ist es unter anderem Ihre Aufgabe, so genannte Versicherungsbetrügereien aufzudecken?«

»Unter anderem, ja.«

Die Anwältin machte eine Kunstpause, die Van Veeteren auf mindestens fünf Sekunden schätzte, um diese Information bei allen Geschworenen so richtig sacken zu lassen.

»Dann kann man also behaupten«, griff sie den Faden wieder auf, »dass Sie ein berufsmäßiges Interesse daran haben, dass mein Mandant wegen des Todes seiner Ehefrau zur Verantwortung gezogen wird? Denn wenn dem so ist, dann muss ja die Versicherung nicht ...«

»Ich habe natürlich nicht ...«

»Ja oder nein, Herr Verlangen?«

»Nein, ich habe nichts damit zu tun.«

Die Anwältin machte erneut eine Pause, während sie Verlangen mit leicht gehobenen Augenbrauen betrachtete.

»Herr Verlangen«, sagte sie dann. »Ich habe ein Gespräch mit Direktor Kooperdijk geführt, und er hat mir die Situation dargelegt. Ist es denn nicht so, dass man mit Ihrer Arbeit als Versicherungsdetektiv nicht zufrieden ist und dass es ziemlich viel für Sie bedeuten würde, wenn die Gesellschaft Herrn Hennan die Versicherungssumme nicht auszahlen müsste? Ist es nicht so, dass Sie – abgesehen von dem rein berufsmäßigen – auch ein rein persönliches Interesse daran haben, dass genau dies passiert?«

»Ich kann wirklich nicht ...«

»Möchten Sie, dass wir Herrn Direktor Kooperdijk noch einmal aufrufen, damit er diese Angaben bestätigt?«

Verlangen gab keine Antwort. Er rieb sich ein paar Mal mit den Knöcheln der rechten Hand über Kinn und Wangen und sah ein wenig verwirrt aus – als ob es ihn überraschte, sein Gesicht ausnahmsweise einmal rasiert vorzufinden. Unruhig ließ er seinen Blick zwischen der Anwältin, den Geschworenen und den Zuhörern hin und her wandern. Wieder vergingen fünf Sekunden.

»Ich stelle fest, dass der Zeuge es vorzieht, meine Frage nicht zu beantworten«, konstatierte Van Molde. »In diesem Fall sehe ich keinen Sinn darin, fortzufahren. Keine weiteren Fragen.«

Sie setzte sich. Richter Hart forderte Verlangen auf, den Zeugenstand zu verlassen. Anschließend stopfte er alle Brillen in verschiedene Taschen, schaute aus nächster Entfernung auf seine Armbanduhr und erklärte die heutige Sitzung für beendet.

Als Van Veeteren aus Linden hinausfuhr, begann es zu regnen. Ein kräftiger Gewitterschauer, der offensichtlich schon den ganzen schwülen Nachmittag lang auf der Lauer gelegen und sich aufgeladen hatte. Er fuhr an den Straßenrand und hielt an. Wühlte eine Weile zwischen den Kassetten in seinem Handschuhfach und fand schließlich Faurés Requiem. Er legte es auf. Überlegte einen Moment und entschied sich dann für einen Umweg. Zwanzig Minuten Autofahrt waren zu kurz, er brauchte mindestens eine Stunde. Wieder fuhr er los, bog am äußeren Kreisverkehr nach rechts ab und fuhr Richtung Süden nach Linzhuisen und Weil statt geradeaus weiter.

Das geht einfach nicht, dachte er. Das geht ganz und gar nicht. G. wird davonkommen, und es gibt nichts, was ich dagegen tun kann. Ganz gleich, wie die Schlussplädoyers morgen ablaufen werden, die Geschworenen werden ihn freisprechen. Ich habe es die ganze Zeit gewusst, und jetzt sind wir so weit.

Irgendwie verwunderte es ihn, dass er nicht verwundert

war. Oder erschöpft. Es war das erste Mal, dass er einen Mörder laufen ließ.

Aber so ein Tag hatte natürlich irgendwann kommen müssen, das hatte er gewusst. Kommissar Mort hatte ihm erzählt, was für ein Gefühl es war, wenn man seinen ersten Fall verlor, Borkmann auch. Was Van Veeteren betraf, so hatte es über zwanzig Jahre gedauert, bis es dazu kam, das war wahrscheinlich irgendeine Art Rekord, aber gerade jetzt interessierte ihn dieser Aspekt des Problems nicht die Bohne. Er hatte Zeit gehabt, sich darauf vorzubereiten, und zwar mehr als genug, die gesamten Ermittlungen waren von Anfang an schwierig gewesen, und nichts irgendwie Erfreuliches war in ihrem Verlauf eingetreten.

Wie gesagt. Es waren keine neuen Umstände aufgetaucht, kein Verhör hatte einen Weg geöffnet oder die bereits bekannten Rahmenbedingungen verändert; der verfluchte G. hatte sich ruhig zurücklehnen und einfach auf das unvermeidliche Ende warten können. Auf seine Freilassung und seine eins Komma zwei Millionen Gulden.

So war es nun einmal, und es nützte nichts, dass sowohl die Geschworenen als auch der Richter wie alle übrigen Beteiligten vermutlich auch genauso überzeugt von Gs. Schuld waren wie der Kommissar selbst.

Es nützte nicht die Bohne. So war es nun einmal um die Gerechtigkeit bestellt, bei der die Mühlen buchstabengetreu und nach anerkannter Praxis mahlten.

Auf jeden Fall war es klassisch, um einen von Reinharts Ausdrücken zu benutzen. Alle Zutaten waren bereits von Anfang an da gewesen: die Versicherungsgeschichte, das Alibi, der Privatdetektiv, Hennans Vergangenheit – keine neuen Fakten waren aufgetaucht, trotz zäher und zielgerichteter Polizeiarbeit, auch diese buchstabengetreu und nach allen Regeln der Kunst ausgeführt. Nein, es würde auch nichts nützen, wenn hunderttausend Menschen davon überzeugt wären, dass G. einen Mörder gedungen hatte, um seine Frau zu töten, dachte der Kommissar resigniert. Er würde dennoch davonkommen.

Wenn man nicht den Täter selbst fände.

Und solange es nicht gelang zu beweisen, dass Barbara Hennan nicht durch einen Unfall gestorben war. Nicht einmal das hatten sie geschafft.

Rausgeschmissene Zeit, mit anderen Worten. Zumindest kam man schnell zu diesem Schluss. Er überlegte, ob es überhaupt zu einer Gerichtsverhandlung gekommen wäre, wenn nicht dieser verdammte Verlangen sich verplappert und die Presse alarmiert hätte.

Schon möglich, vielleicht auch nicht. Aber genau wie Reinhart gesagt hatte – auf jeden Fall war es ein besseres Gefühl, nicht gezwungen zu sein, G. so ohne weiteres auf freien Fuß zu setzen. Da war es, trotz allem, besser, dass die Mühlen gemahlen hatten.

Der Regen wurde weniger, als er auf der Höhe von Linzhuisen war, und er bog nach Korrim und Weill ab, eine schmale, wenig befahrene Straße durch die flache Landschaft, von der er nicht sagen konnte, wann er sie das letzte Mal genossen hatte. Er dachte weiter darüber nach, wie die Verhandlung im Lindener Gericht verlaufen war, und fragte sich, ob er eigentlich etwas anderes als dieses düstere – und gleichzeitig leicht absurde – Gerichtstheater erwartet hatte, dem er zwei Tage beigewohnt hatte.

Wahrscheinlich nicht, zu diesem Ergebnis kam er, als er seine insgeheimen Hoffnungen überdachte. Es war gekommen, wie es kommen musste. Wenn die Geschworenen morgen oder übermorgen zu dem unerwarteten Beschluss kommen sollten, G. für schuldig zu erklären, dann würde er keine wirkliche Befriedigung empfinden, das wusste er. Ein derartiges Urteil würde niemals eine Revision überleben, es würde nur alles unnötig in die Länge ziehen.

Nein, es waren nicht die Mechanismen und Abstrusitäten der Gerichtsmaschinerie, die ihn quälten, es war etwas anderes.

Auch nicht das eigene Zukurzgekommensein nach zwanzig Jahren vermeintlicher Fortschritte oder seine persönliche Beziehung zu G. – sondern noch etwas Drittes.

Etwas Drittes?, dachte er. Der dritte Faktor einer Gleichung? Vielleicht hätte er besser Mathematiker werden sollen ... er fühlte sich plötzlich ganz schwindlig, und die Worthaken, mit denen er zu fischen versuchte, wurden wohl doch etwas zu abstrakt ... oder abstrus, wie gesagt, verdammt, wonach suchte er eigentlich?

Was versuchte er zu überprüfen, was er bis jetzt noch nicht überprüft hatte?

Er stellte Fauré ab und bog auf den Parkplatz vor dem Friedhof der Stadt Korrim ein. Stieg aus dem Auto und zündete sich eine Zigarette an. Jetzt hatte der Regen ganz aufgehört, und die Sonne war dabei, sich durch die Wolkendecke zu arbeiten.

Der Helfer?, dachte er. Der Mörder?

Die zwei bekannten Faktoren der Gleichung: Jaan G. Hennan und Barbara Hennan. Und dann der dritte, der Unbekannte.

Gab es überhaupt einen dritten Faktor?

Er schaute über den dicht bewaldeten, ländlichen Friedhof. Ein älterer Mann im blauen Overall ging drinnen unter tropfenden Ulmen und Linden herum und harkte zwischen den Gräbern. Es sah ruhig und friedlich aus – und einen Moment lang kam ihm in den Sinn, dass er diesen unbekannten Hausmeister beneidete. Er rauchte eine Zigarette, während er dessen geruhsame Arbeit beobachtete und seinen Gedanken freien Lauf ließ.

Ich verstehe es nicht, dachte er. Ich verstehe nicht einmal mehr die Fragen, die ich mir schon seit längerem selber stelle.

Dann stieg er wieder in sein Auto und machte sich daran, den Rückweg nach Maardam zu suchen.

26

Er machte sich nicht die Mühe, am Donnerstag nach Linden zu fahren, um sich die Schlussplädoyers anzuhören, und als Münster spätnachmittags in sein Zimmer kam, um ihm das Urteil zu verkünden, saß er bereits mit Heinemann zusammen über einem anderen Fall.

»Der Teufel ist davongekommen«, sagte Münster.

»Hennan?«, fragte Heinemann.

»Hennan, ja.«

»War nicht anders zu erwarten«, sagte Van Veeteren.

»Nein, war es wohl nicht«, stimmte Münster ihm zu.

Heinemann putzte sich umständlich die Nase.

»Weißt du, wie lange das Gericht beraten hat?«, fragte der Kommissar.

Münster setzte sich auf die Fensterbank.

»Nicht einmal eine halbe Stunde, wenn ich es recht verstanden habe. Es ist wirklich so gelaufen, wie der Kommissar gesagt hat. Obwohl ich es trotz allem als Skandal betrachtete, dass er so davonkommt. Silwerstein wollte sich hinsichtlich einer Revision noch nicht äußern.«

Van Veeteren schlug den Ordner zu, in dem er geblättert hatte.

»Es wäre ein noch größerer Skandal, wenn er verurteilt worden wäre«, stellte er fest. »Wirklich. Und eine Revision erfordert natürlich, dass neue Tatsachen zu Tage getreten sind.«

»Ja«, stimmte Münster ihm resigniert zu. »Das denke ich

auch. Es war irgendwie nie ... nie richtig Substanz in der Sache. Wir hätten uns auf den Täter konzentrieren müssen, ohne ihn war es eigentlich nie möglich, Hennan festzunageln. Auch wenn das Ganze irgendwie in der Luft schwebte.«

Van Veeteren erwiderte nichts.

»Ich frage mich, wie man vorgeht, wenn man einen Mörder anheuern will«, fuhr Münster fort. »Eigentlich hätte ich gedacht, dass wir auf einen Mittelsmann hätten stoßen müssen. Man kann doch einen Berufskiller nicht einfach mittels einer Anzeige suchen.«

»Hoffentlich nicht«, erwiderte der Kommissar. »Aber es spricht ja nichts dagegen, dass wir es vielleicht sogar mit einem Mittelsmann zu tun hatten. Warum um alles in der Welt sollte er sich preisgeben, nur weil wir ankommen und ein paar Fragen stellen?«

»Ja, warum?«, nickte Münster.

Van Veeteren verschränkte die Arme vor der Brust und lehnte sich auf seinem Stuhl zurück. Er schaute eine Weile aus dem Fenster, bevor er wieder das Wort ergriff.

»Wir müssen das Ganze zu den Akten legen, Münster. Je eher wir das akzeptieren, desto besser. Vielleicht taucht ja noch mal was auf ... in einem Jahr ... oder in fünf oder zehn Jahren ... das uns einen neuen Anknüpfungspunkt bietet. Aber im Augenblick gibt es nichts, wir haben schon genügend Arbeitsstunden an G. verschwendet. Also, geh in dein Büro und widme dich lieber nützlicheren Dingen.«

»All right«, sagte Münster. »Ja, ich habe da tatsächlich einiges liegen, um das ich mich kümmern muss.«

Er stand auf, nickte Heinemann zu und verließ den Raum.

Nachdem Münster gegangen war, blieb es eine Weile still. Der Kommissar sah, dass Heinemann über etwas nachdachte, und schließlich kam es:

»Dieser G.«, sagte er und begann umständlich seine Brille mit seinem Schlips zu putzen. »Ich habe nie wirklich das Gefühl gehabt, dass er so ein Typ ist.«

»Was für ein Typ?«

»Ein Typ, der sich jemanden kauft, um die Drecksarbeit zu erledigen. Ich weiß nicht, warum, aber ich habe schon die ganze Zeit dieses Gefühl …«

Der Kommissar betrachtete ihn und wartete auf eine Fortsetzung, die aber nicht kam. Na gut, dachte er und öffnete den Ordner wieder. Heinemann war schon immer bekannt dafür gewesen, dass er einfach ins Blaue spekulierte.

»Wollen wir weitermachen?«, fragte er.

»Was?«, entgegnete Heinemann. »Ja, natürlich.«

Verlangen war nicht mehr nüchtern, als Krotowsky ihn am Donnerstagabend anrief, aber es hätte auch nichts geändert, wenn er es gewesen wäre. Das Gespräch wäre höchstens ein wenig anders verlaufen.

»Direktor Kooperdijk hat mich gebeten, Sie anzurufen«, sagte Krotowsky.

»Ist mir doch scheißegal«, sagte Verlangen.

»Sie wissen wohl, worum es geht?«

»Habe nicht den geringsten Schimmer.«

»Wie geht es Ihnen? Sie klingen ein wenig …«

»Was? Wie klinge ich?«

»Ist ja auch gleich«, sagte Krotowsky. »Jedenfalls hat der Direktor mich gebeten, Sie anzurufen und Ihnen mitzuteilen, dass wir die Zusammenarbeit mit Ihnen aufkündigen.«

»Zusammenarbeit?«, wiederholte Verlangen. »Was für eine verdammte Zusammenarbeit denn? Er hat wohl Sklavenarbeit gemeint! Da musst du dich verhört haben, du verfluchtes Schoßhündchen!«

»Nun hör mal«, erwiderte Krotowsky. »Es gibt keinen Grund, dass du dich deshalb so aufregst. Du wusstest doch, wie die Sache steht, und …«

»Weißt du, was du tun kannst, du verdammter Arschlecker«, fuhr Verlangen jetzt aufgekratzt fort. »Du kannst dir deinen fetten Direktor nehmen und ihn dir in deinen eigenen beschissenen Mopshintern stopfen. Glaubst du denn, dass ich nichts Wichtigeres zu tun habe, als hier deinem debilen Geschwafel zuzuhören?«

»Also, jetzt ist aber ...«, sagte Krotowsky. »Wenn ich dich das nächste Mal sehe, dann kannst du gleich ...«

»Piss off!«, erklärte Verlangen und knallte den Hörer auf.

Denen habe ich es aber gegeben, dachte er und rülpste zufrieden. Streckte sich nach der Bierdose auf dem Tisch aus und überlegte, wo die Fernbedienung wohl hin entschwunden war.

Der Journalist behauptete, Hoegstraa zu heißen und bei der Poost zu arbeiten.

»Wieso rufen Sie mich zu Hause an?«, fragte Van Veeteren.

»Ich habe es in der Polizeizentrale versucht, aber da wurde mir gesagt, dass Sie für heute bereits Schluss gemacht haben.«

»Was wollen Sie?«

»Es betrifft die Anklage gegen Jaan G. Hennan, er ist ja heute freigesprochen worden, und man sagt, dass Sie bisher noch jeden Fall geklärt haben ...«

Er machte eine Pause, die Van Veeteren aber nicht füllte.

»Darum sind wir einfach an einem Kommentar des Kommissars interessiert.«

»Ich habe keinen Kommentar abzugeben.«

»Aber wenn es nun wirklich so ist, dass ...«

»Haben Sie Probleme, das zu kapieren? Ich habe gerade gesagt, dass ich keinen Kommentar abgebe.«

Drei Sekunden lang blieb es still.

»Ach so«, sagte der Journalist. »Ja, dann vielen Dank.«

»Keine Ursache«, sagte der Kommissar.

Das Gespräch mit Erich dauerte eine halbe Stunde.

Zumindest vergingen dreißig Minuten von dem Moment an, als Van Veeteren in dessen Zimmer trat, bis zu dem, als er es wieder verließ. Erich saß auf dem Bett, er selbst auf der

Schreibtischkante. Das, was eigentlich gesagt wurde, hätte auf einer Serviette oder in einem Sonett Platz gefunden, dachte er, wenn jemand auf die Idee gekommen wäre, es aufzuschreiben – aber dennoch gab es so eine Art Verständnis zwischen ihnen. Zumindest bildete er sich das ein, und als Bestätigung dieser neuen, unerwarteten Ebene ergriff Erich ganz am Ende des Gesprächs die Initiative.

»Es gibt eigentlich nur ein Problem«, sagte er.

»Lass hören«, erwiderte der Vater.

»Mir gefällt es nicht auf der Welt«, sagte der Sohn. »Wie soll man sich verhalten, wenn man eigentlich nicht leben will?«

Zuerst verstand er nicht, was Erich sagte, aber dann formten sich die Worte zu ... zu einer geballten Faust aus Eis, die immer tiefer glitt und irgendwo gleich unter dem Herzen stecken blieb.

Wenn man eigentlich nicht leben will?

Sein eigener Sohn.

Eine Unendlichkeit kleiner, winzig kleiner Zeitabschnitte eilte vorbei, während das Eis sich mal verfestigte, mal ein wenig schmolz, und währenddessen schienen beide, Vater und Sohn, in einer Art privater Grundeinsamkeit eingekapselt dazusitzen. Zurück auf Start. Oder auf Null.

Er fand keine Antwort. Keine Worte.

Genauer gesagt, fand er ein Dutzend vielleicht möglicher Dinge, die er hätte sagen können, aber ihnen allen haftete eine lauwarme Altklugheit an, so dass er es lieber sein ließ. Stattdessen saßen sie in einer Form von Respekt vor Erichs Worten und vor dem Schweigen an sich beieinander. Es vergingen fünf Minuten, vielleicht zehn. Dann nahm er seinen Sohn unbeholfen in die Arme und stand auf.

Blieb noch eine Weile in der Türöffnung stehen.

»Vergiss nicht, dass ich dich liebe«, sagte er. »Wenn ich glauben würde, dass es einen Gott gibt, dann würde ich für dich beten.«

»Ich weiß«, sagte Erich. »Danke.«

Er wusste, dass er nicht würde schlafen können, also machte er gegen Mitternacht einen langen Abendspaziergang mit Bismarck. Trieb sich so lange im Randers Park herum, bis er an jeder verfluchten Parkbank und an jedem verdammten Mülleimer mindestens drei Mal vorbeigekommen war.

Warum will man nicht mehr leben, wenn man sechzehn ist?, fragte er sich.

Er versuchte, sich daran zu erinnern, ob er selbst das Leben als eine absolute Unumgänglichkeit angesehen hatte, als er in Erichs Alter gewesen war, konnte sich seine Gefühle von damals aber nicht mehr zurückrufen.

Man bildet sich ja gerne ein, dass Kinder und Jugendliche das Leben einfacher finden als die Erwachsenen, dachte er. Das ist irgendwie eine Art Voraussetzung für das Elternsein, aber natürlich ist es eine Lebenslüge und eine falsche Vorstellung. Das auch.

Und wo er schon dabei war, sich darüber Gedanken zu machen, fielen ihm – gänzlich unerwünschterweise – diese haltlosen und neunmalklugen Überlegungen hinsichtlich des dritten Faktors einer Gleichung ein, die ihn vor kurzem beschäftigt hatten – wie auch Heinemanns intuitive Äußerung über G.

Dass er nicht der Typ sei, der sich einen Helfer holt.

Dass es keinen dritten Faktor geben müsste.

Ich muss das zu den Akten legen, dachte der Kommissar.

Zumindest für eine Weile. Sonst werde ich noch verrückt.

Er zündete sich eine Zigarette an, schlug den Mantelkragen hoch, um sich vor dem Regen zu schützen, und machte sich auf den Heimweg.

Mami ist weggefahren.

Weit weg, sagen sie. Tante Peggy und der einäugige Adam, der gekommen war, um sie und ihre Sachen zu holen.

Vielleicht in ein anderes Land. Das wussten sie nicht so genau, aber sie konnte jedenfalls nicht mehr bei Peggy wohnen. Es war schon lange Zeit verstrichen. Tage und Nächte und Tage. Viel mehr als eine Woche, wie Mami gesagt hatte, das wusste sie. Vielleicht zwei Wochen, vielleicht noch mehr. Die ganze Zeit war Sommer gewesen. Sie hatte bei Tante Peggy viele, viele Nächte geschlafen, aber jetzt war Adam hier, um sie zu holen.

Sie sollte in ein Heim, sagten sie.

Ein Heim.

Nein, kein Heim, in dem es Mami gab. Eine andere Art von Heim, sie wusste nicht, welche verschiedenen Arten von Heimen es so gab. Adam hatte eine große, grüne, weiche Tasche dabei, in die sie ihre Sachen und Kleidung packten. Tante Peggy hatte wenigstens alles gewaschen, es gab nichts mehr, was nach Pipi roch. Adam trug ein Unterhemd, so eines mit Löchern, durch die man sehen konnte, dass er auf Brust und Bauch ganz behaart war. Und ein bisschen auch auf dem Rücken, das war eklig.

Mami würde bestimmt eines Tages zurückkommen, sagten sie. Sie würde kommen und sie aus diesem Heim holen, aber im Augenblick eben nicht. Im Augenblick war sie irgendwo anders, hatte viel zu tun und keine Zeit herzukommen und sich um sie zu kümmern.

Sie würde es gut haben. Andere Kinder zum Spielen und ein eigenes Bett und einen Schrank für ihre Sachen. Ein kleiner See zum Baden auch, der lag gleich neben dem Heim, da gab es einen Steg, von dem aus man ins Wasser springen konnte, und es war ja immer noch Sommer.

Sie würden ein paar Stunden mit Adams Auto fahren. Würden am Abend ankommen, dann würde sie dort Essen bekommen und ihre neuen Freunde kennen lernen.

Tante Peggy hob sie hoch und nahm sie in die Arme – mit ihrem schlechten Geruch und ihren großen Brüsten. Adam schob seine schwarze Augenklappe zurecht und forderte sie auf, sich verdammt noch mal zu beeilen, damit sie endlich losfahren könnten.

Und diese blöden Puppen auch in die Tasche zu packen.

Sie zog den Reißverschluss auf und stopfte Trudi hinein, aber Bamba behielt sie im Arm. Bamba war keine Puppe, die man einfach so wegpacken konnte, aber das begriffen Adam und Peggy nicht. Adam nahm die Tasche, und dann gingen sie.

Sie wusste nicht, ob sie froh oder traurig sein sollte. Es war ein komisches Gefühl, und es würde viele Tage dauern, bis Mami zurückkäme, das war ihr schon klar. Wochen und Wochen. Aber sie müsste nie wieder bei dieser blöden Peggy schlafen.

Nie wieder.

2002

April – Mai

27

Er träumte, er säße im Antiquariat und schliefe.

Natürlich in dem Ohrensessel im Hinterzimmer, mit einem aufgeschlagenen Buch auf den Knien, einem Kaffeebecher in der Halterung auf der Armlehne, und der Regen trommelte auf das Fensterblech zur Gasse hin.

April wahrscheinlich, der schlimmste aller Monate. Später Nachmittag, wenn es schlecht um Kunden bestellt war, zwischen fünf und sechs. Da vermochte er sich selten die ganze Zeit wach zu halten. So war es nun einmal, und es gab ja auch nichts, was dagegen sprach, sich eine Viertel- oder eine halbe Stunde zu gönnen, absolut keinen Grund in diesem Abschnitt seines Lebens …

Die Türglocke klingelte, und er wachte auf.

Er saß im Hinterzimmer des Antiquariats, Nootebooms Spanienbuch aufgeschlagen auf dem Schoß. Ein leer getrunkener Kaffeebecher stand in der Halterung auf der Armlehne, und der Regen trommelte auf das Fensterble …

Was zum Teufel?, dachte er. Träume ich oder wache ich?

Bin ich gerade aufgewacht oder bin ich gerade eingeschlafen?

Er schüttelte den Kopf, und es überlief ihn ein Schauer. Was hatte das zu bedeuten, wenn Wirklichkeit und Traumleben zusammenfielen? War das das äußerste Zeichen von Armseligkeit oder war es etwas anderes? Etwas absolut anderes?

Er hörte, wie jemand im Verkaufsraum die Tür hinter sich

schloss. Das Rascheln einer Regenjacke, die ausgezogen wurde. Ein leises Räuspern. Er entschied, dass er wach war.

»Hallo? Ist hier jemand?«

Er kämpfte sich aus seinem Sessel hoch und gab zu, dass er existierte.

Die Frau war blond und sah aus, als wäre sie in den Dreißigern. Es genügte ein schneller Blick, um zu begreifen, dass sie nicht der Bücher wegen gekommen war, sondern etwas anderes auf dem Herzen hatte. Wobei unklar war, was. Unklar, wie er es deuten sollte. Er wartete, während sie sich ihre Brille an einem blaugrauen Pulloverärmel abtrocknete.

»Van Veeteren? Ich suche jemanden, der Van Veeteren heißt.«

»Worum geht es?«

»Sind Sie das ...?« Sie lächelte unsicher.

»Das ist möglich. Warum erzählen Sie mir nicht, was Sie möchten, dann werden wir sehen. Wollen Sie sich setzen?«

Später – drei, vier oder fünf Monate später – redete er sich gern ein, dass er eine Art Vorahnung gehabt hätte. Dass er irgendwie gewusst hätte, was kommen würde, als sie noch dastand und nach einem Platz für ihre nasse Regenjacke suchte. Worauf er sich – zum letzten Mal? – einlassen würde.

Doch, es musste das letzte Mal sein.

Aber das war hinterher, im Rückblick – wir begreifen das Leben rückwärts, müssen es aber vorwärts leben, er kannte seinen Kierkegaard –, und als er jetzt ihre rote Jacke entgegennahm und sie über den Stuhl hinter dem massiven Hoegermaasschreibtisch mit den Katalogen und neuen, noch nicht sortierten Bücherstapeln warf, mit Quittungsblock und Kassenlade, Aschenbecher und der alten, verwaschenen Büste von Rilke ... ja, da war wohl, ehrlich gesagt, nicht die Rede davon, den Vorhang zu lüften und das Rätsel der Zukunft zu lösen. Höchstens von einem kleinen Streifen an Neugier. Einer Art freudiger Erwartung, mehr nicht.

Aber gewisse Dinge sieht man eben nur im Nachhinein. Was zweifellos das Beste ist. Er führte sie in die enge Kochnische, sie setzte sich auf einen der Korbstühle, und er ließ sich ihr gegenüber nieder.

»Ein Kommissar Münster hat mich geschickt.«

»Kommissar Münster?«

»Ja.«

»Und ...?«

»Von der Kriminalpolizei. Ich habe gestern mit ihm telefoniert. Er hat vorgeschlagen, dass ich mit Ihnen Kontakt aufnehmen soll ... wenn Sie Hauptkommissar Van Veeteren sind, wie gesagt?«

Er wedelte abwehrend mit dem Zeigefinger.

»Sowohl als auch.«

»Sowohl als auch?«

»Ja und nein, aber in erster Linie nein. Einmal am Anfang der Zeit war ich tatsächlich Kommissar. Inzwischen bin ich nur noch Herr Van Veeteren, der Retter in der Not und Buchhändler antiquarischer Bücher. Dass er das nicht lernen kann, dieser Kommissar Münster. Aber ich denke, es ist langsam an der Zeit, dass Sie damit herausrücken, was Sie auf dem Herzen haben, Fräulein ... oder muss ich Frau sagen?«

»Ja, Frau.«

»Natürlich. Warum sollte eine so schöne Frau wie Sie ledig herumlaufen?«

Sie lächelte kurz, und er sah, dass seine Worte besser gewählt waren, als er gedacht hatte. Sie war keine Aufsehen erregende Schönheit, aber ihre Gesichtszüge waren rein, und in ihren Augen befand sich ein warmes, aufrichtiges Glänzen.

»Mein Name ist Belle Vargas.«

Ihm kam in den Sinn, dass er das aufschreiben sollte, hatte aber weder Stift noch Papier zur Hand.

»Ich komme zu Ihnen, weil ich mir Sorgen um meinen Vater mache. Er ist ... ich weiß nicht genau, aber ich denke schon, dass man sagen muss, dass er verschwunden ist.«

»Verschwunden?«

»Ja. Deshalb bin ich gestern zur Polizei gegangen … um mitzuteilen, dass er vermisst wird. Und als ich wieder zu Hause war, da hat mich dieser Kommissar angerufen …«

»Münster?«

»Ja, Kommissar Münster. Er machte mir den Vorschlag, Sie um ein Gespräch zu bitten, er behauptete, die Sache würde Sie interessieren.«

Van Veeteren räusperte sich.

»Ich fürchte, ich verstehe nicht so richtig, was das Ganze …«

»Entschuldigen Sie. Bis zu meiner Heirat hieß ich Verlangen. Der Name meines Vaters ist Maarten Verlangen.«

Es dauerte zwei Sekunden, vielleicht auch drei, bis er den Zusammenhang begriff. Dann aber überrollte es ihn mit der Wucht eines Dreitonners. Wie ein … wie ein Messerkratzen auf einem Topfboden oder ein Nagel, der über eine Tafel gezogen wird. Er schaute auf die Uhr. Es war noch eine halbe Stunde bis zum Ladenschluss. Belle Vargas zupfte unruhig an ihrer Schultertasche herum. Er begriff, dass sie darauf wartete, ob er sie abweisen würde oder nicht.

»Ich glaube …«, sagte er. »Ich glaube, wir brauchen erst einmal eine Tasse Kaffee.«

Ich bin doch wach?, dachte er.

»Es ist fünfzehn Jahre her, ich hoffe, das ist Ihnen klar?«

»Ich weiß. Kommissar Münster hat mich auch schon darauf hingewiesen, aber daran brauche ich nicht erinnert zu werden. In den letzten Jahren ist es mit meinem Vater bergab gegangen, am besten sage ich Ihnen das gleich. Ich will nicht behaupten, dass es mit dieser Geschichte anfing, aber sie war doch in gewisser Weise entscheidend … sie hat ihn zerbrochen.«

Sie zögerte und rührte in ihrer Kaffeetasse um.

»Belle?«, fragte Van Veeteren. »Sie heißen Belle? Ich erinnere mich sogar noch daran, dass er von seiner Tochter gesprochen hat. Wie alt waren Sie damals?«

Man soll eine Frau nie nach ihrem Alter fragen, dachte er, aber wenn er wissen wollte, wie alt sie vor einer gewissen Anzahl von Jahren gewesen war, dann war es doch irgendwie etwas anderes.

»Sechzehn, siebzehn«, sagte sie. »Er hatte damals noch sein Detektivbüro, mein Vater, aber nach dieser G.-Geschichte hat er es nie wieder in Schwung bekommen. Sicher, er hat sein Büro bis vor ein paar Jahren behalten, aber fast nie wieder einen Auftrag gekriegt ...«

»Verstehe«, sagte Van Veeteren und holte seine Zigarettendrehmaschine heraus. »Ich denke, es wäre gut, wenn Sie mir jetzt erzählen könnten, was eigentlich passiert ist. In der Gegenwart sozusagen.«

»Entschuldigen Sie«, sagte Belle Vargas erneut, und eine leichte Röte huschte über ihr Gesicht. »Ja, ich weiß also nicht, was passiert ist ... außer, dass er verschwunden ist. Normalerweise habe ich so einmal die Woche Kontakt mit ihm ... aber jetzt ist schon fast ein Monat vergangen.«

»Wo wohnt er?«

»In der Heerbanerstraat. In derselben muffigen kleinen Wohnung wie seit seiner Scheidung ... mehr als zwanzig Jahre lang, nein, ich fürchte, mein Vater hat kein besonders lustiges Leben geführt.«

»Vielleicht hat er das auch eingesehen und irgendwo anders von vorn angefangen.«

Sie lachte kurz auf.

»Mein Vater? Nein, Sie kennen ihn nicht, sonst würden Sie das nicht sagen. Und er würde nie weggehen, ohne es mich wissen zu lassen. Er ist ...«

Sie suchte nach den richtigen Worten.

»... er ist ziemlich einsam. Ich glaube, ich bin der einzige Mensch, der in seinem Leben von Bedeutung ist. Ich und die Kinder, ich habe einen Jungen und ein Mädchen ...«

»Verstehe«, wiederholte Van Veeteren. »Doch, ja, ich habe auch den Eindruck gehabt, dass er so eine Art einsamer Wolf ist ... bereits damals. Vor fünfzehn Jahren. Aber jetzt soll er also verschwunden sein?«

Sie nickte und schluckte. »Ja. Soweit ich weiß, ist er seit dem Dritten oder Vierten nicht mehr zu Hause gewesen. Ich bin vorgestern in der Heerbanerstraat gewesen und habe jede Menge Post und Reklame gefunden, natürlich in erster Linie Reklame. Es ... es muss ihm etwas zugestoßen sein.«

Ihre Stimme zitterte, und ihm war klar, dass sie sehr viel beunruhigter war, als sie sich den Anschein gab.

»Womit hat er sich in letzter Zeit beschäftigt?«

Ich hätte sagen sollen, woran arbeitet er, dachte er, aber nun war es zu spät.

»Er war in den letzten Jahren arbeitslos ... abgesehen von dem einen oder anderen Gelegenheitsjob. Ja, ich kann wohl gleich zugeben, dass er mehr getrunken hat, als gut für ihn war. Ich denke, das war auch schon so, als Sie ihn kennen gelernt haben. Und es ... es ist nicht besser geworden.«

Van Veeteren nickte.

»So kann es gehen«, sagte er. »Es tut mir Leid für Sie, und ich kann mir denken, dass es nicht einfach ist. Aber ich verstehe nicht so recht, warum Sie zu mir kommen. Oder warum Kommissar Münster der Meinung ist, dass Sie mich aufsuchen sollten. Ich nehme doch an, dass man eine Suchmeldung herausgeschickt hat?«

»Ja. Und sie haben in den Krankenhäusern nachgefragt und all das ... Ich bin darauf eingestellt, dass er durch einen Unfall im Rausch oder so ums Leben gekommen ist, aber da war nichts ... ja, und dann sind da noch so ein paar Dinge.«

»Dinge?«, fragte Van Veeteren. »Was für Dinge?«

Sie wühlte in der Schultertasche, die sie auf den Boden gestellt hatte, und holte einen Umschlag hervor. Öffnete ihn und zog ein Papier heraus.

»Das da lag auf dem Küchentisch.«

Van Veeteren nahm den Zettel entgegen und schaute ihn sich an. Ein normales DIN-A4-Blatt, offensichtlich aus einem Collegeblock herausgerissen. Auf zwei Zeilen stand etwas:

14.42

und

G. Verdammt noch mal, jetzt aber

Das war alles. Holprige Handschrift. Blauer Kugelschreiber, der ein paar kleine Tintenkleckse hinterlassen hatte. Das G. war etwas größer und kräftiger als die übrigen Buchstaben geschrieben. Zweifellos aggressiv. Die oberen Ziffern waren unterstrichen. Ganz unten rechts auf dem Papier befand sich ein leicht gelblicher Fleck in Form eines ungenauen Dreiviertelkreises, er ging davon aus, dass er von einem Bierglas stammte.

Er gab das Papier zurück und betrachtete sie.

»Ja?«

Sie zögerte.

»Das ist natürlich nicht ... besonders viel, aber Sie müssen wissen, dass er von dieser Geschichte mit Hennan wie besessen war. Zumindest zeitweise. Als wäre sie – und ganz allein sie – die Ursache seines eigenen Scheiterns. Sie können nicht ahnen, wie viele Stunden ich bei ihm gesessen und mir das habe anhören müssen ... als Folge davon hat er seinen Job bei dieser Versicherungsgesellschaft verloren, ich weiß nicht, ob Sie das wissen, und wenn es stimmt, dass einige Menschen etwas brauchen, dem sie die Schuld geben können, dann ist es Jaan G. Hennan, der den Sündenbock im Leben meines Vaters abgibt ... Ich gehe davon aus, dass Sie verstehen, was ich meine?«

»Ich bilde es mir jedenfalls ein«, sagte Van Veeteren. »Das

Leben gestaltet sich nicht immer so, wie wir es uns wünschen. Aber Sie sagten, es wären da einige Dinge? Also nicht nur dieses Papier?«

Sie nickte.

»Ja. Allein dieses Gekritzel besagt ja nicht besonders viel, aber da gab es auch noch ein Telefongespräch.«

»Ein Telefongespräch?«

»Mein Vater rief an und hat mit meinem Sohn, Torben, gesprochen. Wir haben versucht nachzurechnen, wann das gewesen sein muss, aber Kinder sind ja nun einmal … Torben ist zehn Jahre alt. Wahrscheinlich war es Anfang letzter Woche, so vor zehn, elf Tagen, aber er kann sich nicht mehr so genau erinnern. Es ist ihm erst jetzt wieder eingefallen, als wir über den Opa sprachen und darüber, dass nach ihm gesucht wird …«

»Um was ging es in dem Gespräch?«

»Mein Vater rief an, und Torben ging ran. Er war allein zu Hause, deshalb gehe ich davon aus, dass es in der Woche gewesen sein muss, nachdem er von der Schule nach Hause gekommen ist und ich und mein Mann noch bei der Arbeit waren … wahrscheinlich Montag oder Dienstag. Ja, ich habe es, so weit es geht, überprüft, und ich kann wohl für meinen Sohn bürgen.«

»Und was war es, das Ihr Vater wollte?«

Sie machte eine kurze Pause, bevor sie antwortete. Hielt seinen Blick eine halbe Sekunde ganz bewusst fest. Ihm war klar, dass sie sich seiner ehrlichen Aufmerksamkeit vergewissern wollte. Ob er ihr auch glaubte.

»Er bat Torben, uns etwas auszurichten«, erklärte sie. »Unglücklicherweise hat er das dann für ein paar Tage vergessen. Mein Vater sagte Folgendes: ›Es geht um Jaan G. Hennan. Jetzt weiß ich, wie es abgelaufen ist. Heute Abend werde ich es beweisen.‹ Das hat er zweimal wiederholt und Torben gebeten, uns das wörtlich auszurichten.«

Van Veeteren runzelte die Stirn.

»Hm«, sagte er. »Und Ihr Sohn hat es vergessen.«

»Ja, leider. Es kamen andere Dinge dazwischen. Aber ihm fiel es wortwörtlich wieder ein, als die Sprache darauf kam … Sie wissen, wie Zehnjährige sein können!«

Van Veeteren nickte vage.

»›Jetzt weiß ich, wie es abgelaufen ist. Heute Abend werde ich es beweisen.‹ So soll er das gesagt haben?«

»Und dass es um Hennan ging, ja.«

»Klingt ein wenig … ja, wie soll ich sagen? Melodramatisch.«

»Ich weiß. Er kann manchmal so sein.«

»Vor zehn, zwölf Tagen?«

»Auf jeden Fall ist es nicht länger als zwei Wochen her.«

»Und Sie haben ausgerechnet, dass er wie lange nicht mehr bei sich zu Hause gewesen ist?«

»Seit vier Wochen, soweit ich es beurteilen kann.«

»Und Sie wissen nicht, von wo aus er angerufen hat?«

»Nein.«

»Hat er ein Handy?«

»Nein.«

»Hat er etwas dahingehend gesagt, dass er die Polizei benachrichtigen will oder so?«

»Nein, offenbar nicht. Und ich bin mir ziemlich sicher, dass Torben sich daran erinnert hätte, wenn dem so gewesen wäre.«

Van Veeteren drückte eine Zigarette aus seiner Maschine und blieb einen Augenblick lang schweigend sitzen.

»Wie klang er, als er anrief? Hat Ihr Sohn etwas in der Richtung auffangen können? Ich meine, im Hinblick darauf, dass …«

»Ich weiß, worauf Sie hinauswollen. Ich habe das Torben natürlich auch gefragt, und er behauptet, dass der Opa nüchtern war. Er hat ein paar Mal miterleben müssen, als dem nicht so war, also weiß er, worum es geht. Er hat gesagt, dass der Opa eher eifrig, emsig klang … als ob er es eilig hätte. Und es war offensichtlich ein äußerst kurzes Gespräch.«

»Und er sagte nichts davon, dass er noch mal anrufen würde?«

»Nein, das hat er nicht … ja, ich weiß ja nicht, wie Sie das sehen, aber jetzt habe ich Sie jedenfalls darüber ins Bild gesetzt. Es war ja dieser Kommissar, der mich dazu aufgefordert hat …«

»Ausgezeichnet«, versicherte Van Veeteren. »Vielen Dank, es ist ganz ausgezeichnet, dass Sie zu mir gekommen sind. Kommissar Münster hat genau die richtige Entscheidung getroffen.«

Er ergriff noch einmal das Papier und studierte es eine Weile schweigend.

»Diese Ziffern hier«, sagte er. »14.42 … das sieht aus wie eine Abfahrtszeit. Von einem Zug oder einem Bus.«

Sie nickte.

»Vermutlich. Kommissar Münster meinte das auch … ja, vielleicht ist er irgendwohin gefahren. Aber mein Gott, seitdem ist ja so viel Zeit vergangen!«

»Und er erwähnte mit keinem Wort, von wo aus er anrief? Es kann demnach nicht von seiner Wohnung aus gewesen sein?«

»Er kann überall gewesen sein. Torben ist sich sicher, dass er mit keinem Wort erwähnt hat, wo er sich befand.«

»Ich gehe nicht davon aus, dass Sie so einen … wie heißt das? Anruf …?«

»Einen Nummernspeicher. Nein, den haben wir leider nicht.«

Van Veeteren lehnte sich zurück und dachte nach. Belle Vargas trank ihren Kaffee aus und schien zu überlegen, ob es noch etwas hinzuzufügen gäbe oder ob sie sich verabschieden sollte. Er betrachtete sie verstohlen aus den Augenwinkeln, während die Gedanken in seinem Kopf kreisten.

»Unglaublich«, brummte er schließlich. »Nach fünfzehn Jahren. Aber andererseits … andererseits ist es ja nicht sicher, dass es überhaupt irgendetwas bedeutet. Er ist etwas besessen von der Geschichte, haben Sie gesagt?«

»Zumindest hin und wieder. Ich bilde mir ein, dass er ziemlich … engagiert werden kann, wenn er wirklich von etwas Witterung aufgenommen hat. Ich bin mir nicht sicher, ob Sie verstehen, wie …?«

»Absolut«, unterbrach Van Veeteren sie. Räusperte sich und setzte sich aufrecht hin. »Unterschätzen Sie mich nicht, Witterungen sind meine Spezialität. Ich hatte 1987 die Verantwortung für den Fall Barbara Hennan, und ich habe Ihren Vater mehrere Male getroffen. Ich werde Kontakt mit Kommissar Münster aufnehmen, dann werden wir sehen, was wir machen können. Es ist also noch nie zuvor vorgekommen, dass Ihr Vater auf diese Art und Weise verschwunden ist?«

»Nie«, beteuerte Belle Vargas mit Nachdruck. »Ich bin mir sicher, dass ihm etwas zugestoßen sein muss, und ich bin Ihnen sehr dankbar dafür, dass Sie sich die Mühe geben wollen und mir helfen. Mein Vater ist ein … wohl ein ziemlich unbedeutender Mensch, wenn Sie verstehen, was ich meine.«

»Unbedeutend?«, wiederholte Van Veeteren. »Nun ja, es ist ja nicht allen vergönnt, im Rampenlicht zu stehen. Aber erwarten Sie nicht zu viel. Lassen Sie uns nur hoffen, dass das Ganze eine vollkommen natürliche Erklärung findet und dass wir Ihren Vater wohlbehalten wiederfinden.«

Sie nickte. Stand auf, gab ihm die Hand und verließ das Antiquariat. Durch das Schaufenster sah er, wie sie sich die Kapuze ihrer Jacke als Schutz gegen den Regen überwarf und zur Kellner Plejn lief.

Als sie hinter einem Möbelwagen vor Gestener's verschwunden war, kniff er sich endlich in den Arm. Es tat weh.

Natürliche Erklärung?, dachte er fünf Sekunden später. Maarten Verlangen wohlbehalten?

Er musste sich eingestehen, dass er weder an das eine noch an das andere glaubte, und als er die Tür zur Straße schloss, durchfuhr ihn ein kurzes Frösteln. Er setzte sich wieder in einen der Lesesessel.

G?, überlegte er. Noch einmal?

Die letzte Runde?

Es waren nur Worte, die sich in seinem Kopf mangels Gedanken einfanden, das wusste er, und er spürte, wie gern er sie zurückgehalten hätte. Sie waren zu schwer für die leichte Ahnung, die sich plötzlich in ihm befand. Das prickelnde Gefühl, der einzige nicht aufgeklärte Fall seiner mehr als dreißigjährigen Polizeiarbeit könnte trotz allem noch eine bisher nicht gesungene Strophe haben – eine Ahnung, die er niemals am Leben erhalten könnte, wenn er anfangen würde, genauer hinzuschauen, Worte zusammenzufügen und festzulegen.

Vorsicht!, dachte er. Mach dir keine Illusionen, Buchhändler!

Er stand auf und ließ die Türjalousie herunter. Kehrte zurück in den Hinterraum zu dem Sessel. Holte die Portweinflasche und das Glas hinter Schiller und Klopstock hervor und goss sich bis zum Rand ein. Setzte sich zurecht und zündete die Zigarette an, die er während seines Gesprächs mit Belle Vargas gedreht, aber nicht angezündet hatte – und wie auf Bestellung tauchte das alte Bild aus der Turnhalle vor seiner inneren Netzhaut auf, sobald er die Augen geschlossen hatte und wehrlos geworden war.

Diese eingefrorene Szene aus der Halle mit Adam Bronstein in der stinkenden Matte – und dann noch eine, ein paar Minuten später. Ein teuflischer Moment.

Als … als sie bereits auf dem Weg nach draußen waren. Als G. die Turnhallentür geschlossen und den Rückzug angeordnet hatte, und als er selbst die Eingebung hatte, wie er Adam das Leben retten könnte. Er blieb auf dem Schulhof stehen und tat so, als hätte sich ein Schnürband gelöst und müsste neu geknotet werden. Hockte sich in dem roten und gelben Herbstlaub neben einem der Fahrradständer nieder und simulierte so eine Art Bindeprozedur – und es lief genau, wie er erhofft hatte: G. blieb nicht stehen, um auf ihn zu warten, warf ihm nur einen kurzen Blick zu und ging mit den anderen weiter zum Schultor. Und dann traut er sich plötzlich doch nicht. Statt hocken zu bleiben und G. und seine Kameraden durch das dunkle Tor gehen zu lassen, um dann wieder zur Turnhalle zurückzukehren – statt dieser selbstverständlichen Tat richtet er sich auf und läuft den anderen hinterher.

Schließlich ist ja nicht er derjenige, der Adam Bronstein in die Matte eingerollt hat.

Es ist nicht dafür verantwortlich.

Er ist nicht …

Er öffnete die Augen, und das Bild verschwand.

Hasse ich ihn deshalb?, dachte er. Weil er mich geprüft und zum Mitschuldigen gemacht hat? Zum ersten Mal mitschuldig. Vor fünfzig Jahren.

Er schaute auf die Uhr. Es war Viertel nach sechs … und plötzlich fiel ihm ein, dass sie Gäste haben sollten, zwei von Ulrikes Kindern, seine eigene Enkeltochter Andrea und ihre Mutter. Ulrike hatte eine Paella geplant und brauchte zweifellos seine Hilfe am Herd.

Er fühlte, dass er sich nach ihr sehnte, danach, mit ihr in der Küche zu stehen und das Essen vorzubereiten, jeder mit seinem Glas Chianti in der Hand und dem Duft des Brotes, das im Ofen backte. Eine starke Sehnsucht.

Mein Gott, dachte er. Ich bin fünfundsechzig Jahre alt und verliebt wie ein Teenager.

Er stand auf und verließ das Antiquariat.

Spät am Abend rief er Münster an. Er hatte seit mehreren Monaten nicht mehr mit ihm – oder mit einem anderen seiner alten Kollegen – gesprochen, und er fühlte sich fast wie ein Eindringling. Es war sonderbar, aber so war es nun einmal.

Wie sich herausstellte, hatte Münster über Verlangen keine weiteren Informationen als die, die Van Veeteren bereits von Belle Vargas erhalten hatte. Man hatte am vergangenen Tag eine Suchmeldung herausgegeben, aber bis jetzt – nach etwas mehr als vierundzwanzig Stunden – waren noch keine Hinweise eingegangen. Sie vereinbarten, sich in ein paar Tagen zu treffen und die Sache zu diskutieren. Wenn etwas von Bedeutung einträfe, versprach der Kommissar, dem *Hauptkommissar* das umgehend mitzuteilen.

Münster sprach das Wort nie aus, aber Van Veeteren hörte dennoch – sehr deutlich – dass es ihm auf der Zungenspitze lag. *Der Hauptkommissar.*

Im Herbst würde ich in Pension gehen, wenn ich geblieben wäre, dachte er. Vielleicht soll es ja so sein, dass ich auf jeden Fall noch eine Runde mit G. drehe. Vielleicht hatte der Regisseur es sich genau so gedacht?

War das möglich? Der Regisseur?

Er schüttelte den Kopf und versuchte, den Gedanken mit einem Schluck Chianti hinunterzuspülen.

Aber er blieb hartnäckig an Ort und Stelle sitzen.

28

Es war ein halbes Jahr vergangen, seit er Münster das letzte Mal getroffen hatte – und zehn Monate, seit sie Badminton miteinander gespielt hatten –, und es wurde ein überraschend denkwürdiges Treffen.

Der Kommissar hatte noch am selben Morgen mit Grippe krank im Bett gelegen (38,3 Grad Fieber am vergangenen Abend) und war bleich wie eine Leiche. Van Veeteren hatte keine Probleme, den ersten Satz mit 15:10 nach Hause zu holen, und beim Stand von 10:3 im zweiten Satz war Münster gezwungen, das Handtuch zu werfen, nachdem er wie ein waidwundes Reh von seinem schonungslosen Gegner von einer Ecke in die andere gejagt worden war.

»Was mich betrifft, so bin ich in ziemlich guter Form«, erklärte Van Veeteren bescheiden, während er seinem geschlagenen Gegner auf dem Weg zum Umkleideraum eine helfende Hand anbot. »Aber das brauche ich vielleicht gar nicht zu erwähnen.«

Münster keuchte schwer, gab aber keine Antwort. Van Veeteren suchte einen Moment lang nach irgendwelchen tröstenden Worten, fand aber keine und ließ es also darauf beruhen. Sie duschten, zogen sich um und ließen sich in der Cafeteria nieder, um ein Bier beziehungsweise ein Wasser zu trinken und sich über Maarten Verlangen zu unterhalten.

»Was hältst du davon?«, wollte Van Veeteren wissen. »Kann da etwas dahinter stecken?«

Seit Belle Vargas' Besuch im Antiquariat waren drei Tage vergangen, und Verlangen war noch genauso verschwunden wie vorher. Münster trank einen halben Liter Eiswasser und schaute zögernd drein.

»Soweit ich es verstanden habe, ist gar nichts davon zu halten«, sagte er. »Wir haben ein paar Nachforschungen hinsichtlich Hennan betrieben, genau wie der Hauptkomm … wie du uns gebeten hast … oder besser gesagt, wir *haben versucht*, ein paar Nachforschungen anzustellen.«

»Ja, und?«

»Es ist nicht das Geringste dabei herausgekommen, obwohl Krause sich fast die Finger am Computer wund gehackt hat. Er ist nicht gerade der Typ, der eine eigene Homepage hat, dieser Hennan.«

»Das kann ich mir denken«, sagte Van Veeteren.

»Offenbar hat er das Land ein paar Monate nach dem Prozess verlassen … also 1987. Natürlich erst, nachdem er das Geld von der Versicherung bekommen hat, und … ja seitdem haben wir nicht einmal den Schatten von ihm gesehen. Buenos Aires oder Kalkutta oder Oslo? Er kann sich überall auf der Welt befinden, da kann man nur raten.«

»Nein, danke«, brummte Van Veeteren. »Wahrscheinlich hat er auch noch ein paar neue Ehefrauen gefunden … es sind ja inzwischen fünfzehn Jahre vergangen. Und was Verlangen betrifft, sieht es ebenso finster aus, wie ich vermute?«

Münster schenkte sich Wasser ein und atmete schwer.

»Sicher. Obwohl er sich bestimmt nicht in Kalkutta befindet. Krause hat diese Zugabfahrtszeit überprüft, oder was es nun immer war …«

»Das war eine Zugabfahrtszeit«, bestätigte Van Veeteren. »Vielleicht auch von einem Bus, aber das halte ich nicht für wahrscheinlich. Flugzeuge starten immer auf runde fünf Minuten. Zumindest von Sechshafen … auf jeden Fall haben sie die Absicht, was nicht immer dasselbe ist. Aber was soll's, wir sagen, es ist ein Zug.

»Von mir aus gern«, sagte Münster. »Wie dem auch sei, so gibt es keinen Zug, der Maardam um 14.42 Uhr verlässt. Auch keinen, der um diese Uhrzeit ankommt, übrigens … auf jeden Fall nicht laut Fahrplan.«

Er suchte in der Innentasche und holte einen Umschlag hervor.

»Aber wo wir schon einmal mit Computern ausgerüstet sind …«

Er überreichte Van Veeteren den Umschlag.

»Was ist das?«

»Eine Aufstellung«, erklärte Münster. »Wie von dir gewünscht, haben wir uns auf den Zugverkehr konzentriert. Auf dem einen Blatt hast du alle Bahnhöfe im Land, von denen ein Zug um achtzehn Minuten vor drei abfährt. Auf dem anderen die, an denen einer zu dem Zeitpunkt ankommt.«

Van Veeteren holte die Blätter heraus, entfaltete sie und starrte ungläubig auf die aufgelisteten Bahnhofsnamen.

»Das ist ja …«, sagte er. »Und was soll ich damit anfangen?«

Münster breitete die Arme aus.

»Das weiß ich auch nicht. Aber es hat höchstens eine Minute gedauert, um das herauszukriegen, behauptet Krause. Ja, so weit sind wir bisher gekommen.«

»Trink dein blödes Wasser aus und lass uns zusehen, dass wir hier wegkommen«, sagte Van Veeteren.

Ein paar Tage später, an einem Dienstagmorgen Anfang Mai – und nachdem er sich drei Nächte nacheinander mit Träumen abgekämpft hatte, in die G. auf die eine oder andere Weise verwickelt war –, reichte es ihm. Er rief Belle Vargas an und bat um ein neues Treffen. Es gab irgendwie keine andere Lösung.

Wie sich herausstellte, arbeitete sie als Physiotherapeutin in einer privaten Praxis nur ein paar Straßen von der Kupinski-Gasse entfernt und hatte zwischen zwölf und ein Uhr Mittagspause.

Van Veeteren schlug als Treffpunkt ein Straßencafé am Keymer Plejn vor, da das Wetter schön war, und sie antwortete, dass sie das für eine gute Idee hielte.

Sie klang fast ein wenig erwartungsvoll, wie ihm schien, nachdem er den Hörer aufgelegt hatte. Er hoffte nur, dass sie nicht glaubte, er würde mit etwas Neuem kommen, was ihren Vater betraf.

Denn so war es nicht. Maarten Verlangen war immer noch genauso spurlos verschwunden wie vor einem Monat – ungefähr halb so lange, wenn man das Telefongespräch mit dem Enkelsohn Torben als sein letztes Lebenszeichen rechnete.

Also nicht gerade ein Grund zum Optimismus, dachte Van Veeteren, aber zumindest war es schönes Wetter. Wie gesagt. Ein lauer Wind und sicher mehr als zwanzig Grad in der Luft. Sie fanden einen Tisch direkt unter dem Alexanderdenkmal, und nachdem sie sich hingesetzt und ihre Bestellungen gemacht hatten, sah er, dass sie aufgegeben hatte.

So einfach war es. Belle Vargas hatte für sich beschlossen, dass ihr Vater nicht mehr am Leben war. Und der Beschluss hatte ihr eine Art Kraft verliehen, das war natürlich paradox, aber er kannte das Phänomen aus ähnlichen Situationen in seinen letzten Jahren als Kriminalkommissar.

Denn Trauer ist leichter zu tragen als Ungewissheit.

Zumindest auf Dauer. Es gibt diesbezüglich keine Verhaltensregeln. Keine Methode, sie zu handhaben, dachte er, diese Ungewissheit. Der Tod dagegen ist umrahmt von Ritualen.

»Ich weiß, dass er tot ist«, erklärte sie selbst, als wollte sie seine unausgesprochenen Ahnungen bestätigen.

»Ja, ich denke, es ist das Beste, wenn wir davon ausgehen.«

Sie schaute ihn mit einem Ausdruck vorsichtiger Verwunderung an. Er begriff, dass sie erwartet hatte, er würde ihr widersprechen.

»Ich will … ich meine, ich finde es auf jeden Fall wichtig, dass man ihn findet.«

»Natürlich.«

»Wir haben darüber vor kurzem gesprochen, mein Mann und ich ... er hat irgendwo gelesen, dass die Beerdigungszeremonie das älteste Zeichen für ... ja, für so eine Art Zivilisation ist. Dass wir uns um unsere Toten kümmern und so.«

»Zweifellos«, stimmte Van Veeteren ihr zu. »Außerdem ist es das einzige Mal im Leben, dass Form und Inhalt vollkommen zusammenfallen. Natürlich ist das wichtig.«

Er sah, dass sie nicht so recht verstand, was er meinte, machte sich aber nicht die Mühe, seine Gedanken weiter auszuführen.

»Ich habe eine kleine Bitte«, sagte er stattdessen.

»Eine Bitte?«

»Ja. Wenn Sie immer noch wünschen, dass ich mich um die Angelegenheit irgendwie kümmere. Aber Sie dürfen nichts erwarten, ich bin alt und aus der Übung ... fünf Jahre in einem staubigen Antiquariat schärfen nicht gerade den Spürsinn, das müssen Sie sich klarmachen.«

Sie lächelte kurz.

»Ich denke doch, dass Ihnen noch einiges an geistigen Fähigkeiten zur Verfügung steht. Wie kann ich Ihnen helfen?«

»Ich würde gern einen Blick in seine Wohnung werfen.«

Sie nickte.

»Die Polizei war schon mal da.«

»Ich weiß. Ich bilde mir natürlich nicht ein, dass ich etwas finden werde, was sie übersehen haben, aber es kann ja trotzdem nichts schaden.«

Sie zögerte einen Augenblick lang.

»Es ... es ist kein schöner Anblick.«

»Das erwarte ich auch gar nicht. Aber Sie haben den Schlüssel?«

»Ja, sicher. Und natürlich ... natürlich dürfen Sie gern hingehen und sich umsehen, wenn Sie sich die Mühe machen wollen. Ich glaube, ich habe den Schlüssel sogar bei mir.«

Sie suchte eine Weile in ihrer Handtasche, fand dann ein Lederetui mit Schlüsselbund und löste einen Schlüssel davon.

»Ich hoffe, dass Sie nicht wollen, dass ich mitkomme?«

»Nicht, wenn Sie mir das Vertrauen schenken, allein hinzugehen.«

»Aber natürlich tue ich das. Wann … wann haben Sie vor, dort hinzugehen?«

Er dachte eine Sekunde lang nach.

»Heute Abend. Wenn ich mich heute Abend eine Weile dort umschauen kann, dann …«

»Dann hole ich den Schlüssel morgen Nachmittag bei Ihnen im Antiquariat wieder ab«, ergänzte sie. »Ich bin Ihnen dankbar, dass Sie sich Zeit dafür nehmen. Ich möchte Ihnen das gern irgendwie entgelten. Wenn ich …«

»Blödsinn«, schnitt er ihr das Wort ab. »Hier muss gar nichts entgolten werden. Ich schleppe diesen Fall Hennan seit fünfzehn Jahren mit mir herum. Wenn es nur die geringste Chance gibt, ein wenig Licht in das Ganze zu bringen, dann bin ich dankbar.«

Sie betrachtete ihn mit plötzlich steigendem Interesse.

»Ich verstehe. Sie wollen damit sagen, dass es Sie auch verfolgt hat. Nicht nur meinen Vater.«

Verfolgt?, überlegte er. Das Wort ist wohl etwas zu stark dafür.

»Auf jeden Fall ist es mir nicht gelungen, es voll und ganz zu vergessen«, gab er zu.

Sobald er die Wohnung in der Heerbanerstraat betreten und die Tür hinter sich geschlossen hatte, war er bereit, Belle Vargas' Einschätzung zu unterschreiben.

Maarten Verlangens Heim war kein schöner Anblick.

Der Flur war zwei Quadratmeter groß und mit ein paar ausgebreiteten Tageszeitungen auf dem Boden, einer dreibeinigen Mahagonikommode und einem gesprungenen Spiegel möbliert. Die Küche lag gleich rechts, und deren Einrichtung war klassisch einfach: ein Küchentisch mit Resopalscheibe ohne Tischdecke, zwei Holzstühle und ungefähr zweihundert leere Flaschen. Letztere lagen kreuz und quer – in Bierkästen auf dem Boden, auf dem Tisch, auf der Spüle, oben auf dem klapprigen, ziemlich laut brummenden Kühlschrank … Er beschloss, ihn um alles in der Welt nicht zu öffnen.

Das Schlafzimmer lag links. Die Jalousien waren heruntergelassen, aber ein schmutziges Dämmerlicht sickerte dennoch herein, da ein paar der Lamellen kaputt waren. Er konnte ein ungemachtes Bett und einen Nachttisch ausmachen, eine mausetote Topfpflanze auf einem Sockel und einen Berg unsortierter Kleider, die wahrscheinlich irgendein Sitzmöbel verbargen.

Im Wohnzimmer gab es eine Art von Einrichtung. Ein schiefes Bücherregal mit Vitrine, einen Tisch, ein Cordsofa und einen Sessel. Einen Fernseher und eine Stereoanlage. Beide so verstaubt, dass sie fast schimmlig aussahen. Ein moderner Schreibtisch aus hellem Holz mit einem Stuhl auf Rädern. An zwei Wänden hingen an den Rändern eingerissene Van-Gogh-Reproduktionen. Die dritte wurde von einem riesigen Ölgemälde in diesigem Grün bedeckt, und die vierte bestand aus einem bleichen Fenster und einer krankhaft blassen Tür, die hinaus auf einen winzigen Balkon mit Blick auf ein Parkhaus führte. Zeitungen und Zeitschriften lagen überall verstreut herum, nur auf dem Schreibtisch konnte man einen Ansatz von Ordnung in all dem Chaos erkennen. Mit ein wenig gutem Willen. Dort stand ein Telefon, ein graues Metallregal mit schmalen horizontalen Fächern für Rechnungen und andere wichtige Dokumente auf dem dornenbestreuten Weg des Lebens – sowie ein aufgeschlagener Spiralblock (derselbe, aus dem er die Seite mit der Zugzeit und der Zeile über G. herausgerissen hatte, wie Van Veeteren vermutete). Ein paar hingekritzelte Lottoreihen zeugten davon, dass es auch bei Maarten Verlangen die Hoffnung auf eine Zukunft gab. Oder zumindest *gegeben hatte.*

Aber wie gesagt, ein schöner Anblick war es nicht.

Und leider auch nichts für den Geruchssinn. Das Odeur war

ziemlich greifbar, wie Van Veeteren notierte. Ein süßlich-saurer Geruch nach alten Essensresten, alter, ungewaschener Kleidung, altem, schmutzigem Boden und altem Mann. Und zwar überall. Und ein verschimmeltes Badezimmer, in das er nur einen kurzen Blick warf, um festzustellen, dass die Beleuchtung kaputt war.

Er blieb im Wohnzimmer stehen und kämpfte mit sich selbst.

Verdammte Scheiße, dachte er. Ich sollte, aber ich will nicht, was habe ich hier zu suchen?

Hatte er wirklich geglaubt, dass er in der Lage sein würde, in diesem widerlichen Abfallhaufen herumzuwühlen?

Wenn zwei Kriminalbeamte dafür sechs Stunden geopfert und nichts gefunden hatten, was als ein Hinweis angesehen werden konnte – wie viele Stunden brauchte dann ein halb versteinerter Buchhändler, um etwas zu finden?

Er schüttelte den Kopf über diese Fragestellung. Zündete sich eine Zigarette an und drehte noch eine Runde durch die Wohnung.

Anschließend gab er auf und fuhr heim.

Früher einmal war ich Kriminalkommissar, dachte er. Damals.

Am Abend ging er mit Ulrike ins Kino. Sie sahen sich zwei von Kieslowskis Dekalogfilmen an, und er fragte sich die ganze Zeit, wie zum Teufel es möglich war, etwas so hundertprozentig Echtes mit so minimalen Ressourcen zu Stande zu bringen. Das reine Wunder!, erklärte er Ulrike, während sie langsam zu Fuß an der Langgraacht entlang nach Hause gingen, und sie stimmte ihm zu. Wenn wir das Leben durch eine Kieslowskikamera sehen könnten, meinte sie, ja, dann würden wir vielleicht eines schönen Tages sogar so einiges begreifen.

Später, irgendwann nach Mitternacht, als dieses Wunderwerk von Frau eingeschlafen war, spürte er, dass ihm die Bilder dieses düsteren Wohnviertels in Warschau immer noch nachhingen und dass sie es irgendwie schafften, langsam mit den nachmittäglichen Bildern aus Verlangens Wohnung zu verschmelzen.

Er blieb eine Weile im Bett liegen und versuchte, mit dieser merkwürdigen Mischung auf der Netzhaut einzuschlafen, musste aber bald feststellen, dass das unmöglich war. Also stand er leise auf und legte stattdessen im Wohnzimmer Preisner in den CD-Player. Schaltete die Lampe in der Sofaecke ein und holte die Aufzeichnungen heraus, die er von Münster in der vergangenen Woche bekommen hatte.

Alle Bahnhöfe, von denen um 14.42 Uhr ein Zug abging. Und alle Bahnhöfe, an denen zum gleichen Zeitpunkt ein Zug ankam.

Er blieb eine Weile mit einer Liste in jeder Hand sitzen, dann legte er die Abfahrtsliste beiseite. Wenn man annahm, dachte er, wenn man es wagte anzunehmen, dass Verlangen irgendwann von Maardam aus losgefahren war, von wo aus kein Zug um 14.42 losfuhr, dann musste es sich bei der Notiz um eine Ankunftszeit handeln.

Warum auch immer jemand sich die Mühe machen sollte, aufzuschreiben, wann ein Zug ankam, aber vielleicht wollte ihn jemand abholen? Vielleicht gab es eine Art von Anschluss?

Sechsundzwanzig. Es gab sechsundzwanzig Bahnhöfe im Land, an denen um 14.42 Uhr ein Zug einlief. An siebzehn von ihnen an allen Wochentagen. An vieren nur an den Werktagen. An dreien an Sonn- und Feiertagen und an zweien nur am Samstag.

Zumindest laut Inspektor Krauses Computer.

Er streckte sich auf dem Sofa aus. War Maarten Verlangen an einen dieser Orte gefahren? Hatte er an seinem dreckigen Küchentisch oder an seinem Schreibtisch gesessen und diese vier Ziffern notiert, nachdem er die Auskunft des Maardamer Hauptbahnhofs angerufen hatte?

Es war nicht auszuschließen. Absolut nicht. Er gähnte. Begann zu frieren und deckte sich mit einer Wolldecke zu.

Und schließlich: War es an diesem Ort geschehen – an einem dieser sechsundzwanzig –, dass er dann seiner letztendlichen Bestimmung begegnete, dieser moralisch verkorkste Detektiv?

Letztendliche Bestimmung?, dachte Van Veeteren. Moralisch verkorkst! Was sind das bloß für Worte, die da aus dem Sumpf meiner müden Gedanken herausblubbern? Was bilde ich mir nur ein? Zeit, damit Schluss zu machen ... allerhöchste Zeit.

Er schaltete das Licht aus und schlief ein.

Und genau in diesem durchsichtigen Augenblick zwischen Wachsein und Schlaf sah er eine Möglichkeit, wie es weitergehen konnte.

Es war glasklar. Als zählte man eins plus eins zusammen.

29

Was?«, fragte Inspektor Krause nach. »Jetzt komme ich nicht mehr ganz mit.«

»Na gut, ich wiederhole«, sagte Van Veeteren. »Du erinnerst dich doch, dass du auf deinem Wundercomputer letzte Woche einen Knopf gedrückt und eine Anzahl von Ortsnamen herausbekommen hast, ausgehend von einem bestimmten Zeitpunkt auf einem Eisenbahnfahrplan ... 14.42? Das muss Mittwoch oder Donnerstag gewesen sein, wie ich ...«

»Natürlich«, unterbrach Krause ihn beleidigt. »Das ist es nicht, worüber ich mich wundere. Wenn der Hauptkommissar nur ...«

»Hör auf damit«, unterbrach ihn wiederum Van Veeteren. »Ich habe seit fünf Jahren nichts mehr mit diesem Titel zu tun, selbst der Herr Polizeiinspektor sollte mittlerweile genügend Zeit gehabt haben, das zu lernen.«

»Tut mir Leid«, sagte Krause. »Das war nicht böse gemeint. Aber was war das nun mit dem Telefon?«

»Weißt du, dass Verlangen so ungefähr vor drei Wochen angerufen und mit seinem Enkelsohn gesprochen hat?«

»Ich habe davon gehört, ja ...«

»Ich möchte herausfinden, von wo aus er angerufen hat.«

»Ja? Und wie ...?«

»Das sollte doch heutzutage keine Kunst sein.«

»Aber wenn er von seinem Handy aus angerufen hat, dann kann man nicht ...«

»Handy?«

»Ja.«

»Nicht alle Menschen haben ein Handy, im Gegensatz zu dem, was einige so glauben. Maarten Verlangen hatte beispielsweise keins.«

»Nein. Ja, ich habe nicht daran gedacht, dass ...«

»Was bedeutet, dass er von einem fest installierten Apparat angerufen haben muss. Vielleicht von einem Karten- oder Münzautomaten, und dass es für einen aufgeweckten Kriminalinspektor kein größeres Problem bedeuten dürfte, herauszufinden, von wo.«

»Danke«, sagte Krause. »Ich verstehe.«

»Gut. Es handelt sich also um einen Anruf bei der Familie Vargas in der Palitzerstraat. Die Nummer ist 213 32 35. Irgendwann zwischen dem zwölften und achtzehnten April können wir sagen, um es etwas einzugrenzen. Das Interessante wird sein, es anschließend zu vergleichen ...«

»... zu vergleichen mit der Liste der Zugabfahrts- und -ankunftszeiten«, ergänzte Krause. »Jetzt habe ich verstanden, und ich bitte um Entschuldigung, dass wir nicht gleich darauf gekommen sind. Ich werde das gleich in Angriff nehmen. Wo kann ich den Hauptkomm ... wo kann ich dich erreichen, wenn ich fertig bin?«

»In Krantzes Antiquariat«, sagte Van Veeteren. »Da bin ich und warte. Du hast doch die Nummer?«

Krause versicherte, dass er sie hatte, und fragte, ob sonst noch etwas sei.

Dem war nicht so, zumindest nicht im Augenblick, versicherte Van Veeteren und legte den Hörer auf. Lehnte sich im Sessel zurück und nahm sich den Nooteboom wieder vor.

Eins plus eins, wie gesagt.

Hätten sie nicht von selbst darauf kommen können?, fragte er sich, während er wartete. Warum hatte man diese einfache Querverbindung übersehen?

Ein Telefongespräch von einem unbekannten Ort und eine Zugreise an einen unbekannten Ort.

Das waren doch die einzigen beiden Hinweise, die man hatte, und trotzdem war man nicht in der Lage gewesen, sie miteinander zu verknüpfen. Wenn das nicht erbärmlich war!

Andererseits war es vielleicht auch gar nicht so merkwürdig. Verlangens Verschwinden stand sicher nicht besonders weit oben auf der Tagesordnung in der Maardamer Polizeizentrale. Wenn es überhaupt auf irgendeiner Tagesordnung stand. Eine Vermisstenmeldung unter hundert anderen, vielleicht sollte man es eher als ein Plus vermerken, dass Münster überhaupt die Verbindung mit dem Fall G. hergestellt hatte.

Die *eventuelle* Verbindung. Plötzlich war er allem gegenüber ziemlich skeptisch und bereute es, dass er so vermessen gegenüber Krause gewesen war. Wie groß war die Chance eigentlich, dass die beiden Spuren sich kreuzten? War es überhaupt sicher, dass man herausbekommen konnte, von wo aus Verlangen an diesem Tag im April angerufen hatte? Und wenn es ein Dutzend Anrufe in diesem Zeitraum gegeben hatte, die aus Orten von der Liste kamen! Aus Saaren oder Malbork beispielsweise ... Wer sagte ihm denn, dass Belle Vargas' Ehemann nicht seine kränkelnden alten Eltern irgendwo da oben wohnen hatte, die ihn jeden Tag anriefen und von diesem und jenem berichteten und davon, wie ihre Gedärme funktionierten?

Ich bin ein eingebildeter Esel, stellte er verbittert fest und ging nach hinten in die Kochnische, um Kaffeewasser aufzusetzen. Die sollen froh sein, dass ich rechtzeitig gekündigt habe.

»Zwei«, sagte Krause. »Es gibt zwei denkbare Alternativen hinsichtlich des Gesprächs.«

»Gut«, nickte Van Veeteren. »Ich bin dir dankbar, dass du dir dafür die Zeit genommen hast.«

»Was?«, fragte Krause ungläubig.

»Ich habe gesagt, dass ich dir dankbar … ach, ist ja auch egal. Lass hören.«

»Ja, also«, begann Krause und räusperte sich. »Ich bin alle eingehenden Gespräche zwischen dem zwölften und dem achtzehnten April zusammen mit Frau Vargas durchgegangen … laut den Angaben, die ich von der Telefongesellschaft bekommen habe. Und es gibt also zwei, von denen sie annimmt, dass sie es sein könnten. Ja, die einzigen, die in Frage kommen, um genau zu sein. Vielleicht kann man eines auch noch ausschließen, wenn wir mit ihrem Mann gesprochen haben, aber bis jetzt hatten wir noch nicht die Gelegenheit dazu …«

»Ich verstehe«, sagte Van Veeteren. »Und um welche beiden Orte handelt es sich?«

»Um Karpatz und Kaalbringen«, sagte Krause. »Am vierzehnten beziehungsweise sechzehnten. Ich bin, äh, ich weiß, dass Kaalbringen auf der 14.42-Uhr-Liste steht.«

»Aber Karpatz steht nicht auf der Liste.«

»Nein«, sagte Krause. »Also …«

»Also kann man sagen, dass es eigentlich nur eine Alternative gibt.«

»Hm«, sagte Krause. »Wenn es miteinander zusammenhängt, ja.«

Ich wusste es, dachte Van Veeteren. Verdammt noch mal! In irgendwelchen vollkommen kurzgeschlossenen Synapsen in meinem vertrockneten Hirn wusste ich es. Das ist doch nicht die Möglichkeit, das darf doch nicht wahr sein, dass bestimmte Muster sich schließen oder verknüpfen …

»Hallo?«

»Ja?«

»Ist der Hauptkommissar noch dran? Entschuldigung, ich …«

»Macht nichts. Ich bin noch dran. Also Kaalbringen … ja, wir dürfen natürlich nicht zu hohe Erwartungen haben, aber wenn man meint, es wäre der Mühe wert, nach Maarten Verlangen zu suchen, dann ist das zumindest ein kleiner Wink in eine bestimmte Richtung. Oder?«

»Zweifellos«, stimmte Krause zu. »Ich muss sagen, ich ...«

»Ihr müsst natürlich in Prioritäten denken, dafür habe ich jedes Verständnis. Danke für deine Mühe, vielleicht bietet sich die Gelegenheit, sich mal zu revanchieren.«

Krause stotterte etwas Unverständliches. Van Veeteren bedankte sich noch einmal und legte den Hörer auf.

Er ist zu jung, dachte er. Er war nicht bei Hennan dabei und auch nicht in Kaalbringen.

Aber Kommissar Münster hatte damit zu tun gehabt!

Sowohl mit dem einen als auch mit dem anderen.

Er ließ sich auf den Stuhl sinken.

Mit dem einen und dem anderen? Linden und Kaalbringen? Van Veeteren schüttelte den Kopf. Welch willkürliche Verknüpfung ...

Natürlich hatten Jaan G. Hennan und der Axtmörder in der kleinen nördlichen Küstenstadt nichts miteinander zu tun; einzig und allein in seiner eigenen privaten Geschichtsschreibung nahmen die Erscheinungen dieselbe Reiseroute.

Kaalbringen und der Fall G.

Und trotzdem war es merkwürdig. Ein Muster oder Gesetzmäßigkeiten?, dachte er. Und wenn schon. Er drehte sich eine Zigarette und zündete sie an, während er überlegte, ob er Münster sofort anrufen sollte oder ob er sich vorher selbst ein wenig Zeit zum Nachdenken und für praktische Überlegungen gönnen sollte. Er entschied sich schnell für Letzteres – zu welchen Schlussfolgerungen und Handlungsstrategien er auch immer kommen würde, so herrschte in diesem Fall wohl kaum höchste Eile. Denn eines war sicher: Verlangen war seit mindestens drei Wochen verschwunden, und auch wenn sein Schicksal und seine Abenteuer seit seiner Abreise aus Maardam immer noch äußerst nebulös und undurchsichtig waren, so konnte man die krasse Einschätzung seiner Tochter nur unterschreiben.

Es gab recht wenig Hoffnung, dass er noch am Leben war.

Van Veeteren seufzte. Er fragte sich, aus welchen Gründen er so eine Schlussfolgerung ziehen konnte, fand darauf aber keine Antwort. Er verließ die Kochnische und holte stattdessen die Portweinflasche.

Polizeipräsident Hiller war gerade damit beschäftigt, zwei Zwergakazien umzutopfen, als Münster in sein Zimmer im fünften Stock eintrat. Nicht, dass Münster aus eigener Anschauung gewusst hätte, dass es sich um Akazien handelte (höchstens, dass es um eine Zwergvariante ging, denn sie sahen nicht nach viel aus), aber Hiller erklärte ihm die ganze Sache, bevor er sich überhaupt hatte setzen können.

Fast als würde es sich um eine gegenseitige Vorstellung handeln, dachte Münster. Akazie, Zwerg – Münster, Kriminalkommissar! Angenehm. Der Polizeichef hatte Zeitungen auf dem Schreibtisch ausgebreitet und arbeitete mit aufgekrempelten Hemdsärmeln, den Schlips auf den Rücken geworfen. Er füllte Erde aus einem großen Plastiksack in terrakottafarbene Töpfe und drückte vorsichtig mit den Daumen rundherum, damit die Pflanzen feststanden.

»Diese Verlangen-Geschichte«, sagte er, ohne seine Arbeit zu unterbrechen oder den Blick zu heben.

»Ja?«, fragte Münster.

»Ich habe durch Zufall davon gehört. Wir dürfen nicht die Fantasie mit uns durchgehen lassen.«

»Was meint der Polizeipräsident damit?«, fragte Münster.

»Nur das, was ich sage«, erklärte Hiller. »Verlangen ist ein alter Zausel, der verschwunden ist, das ist alles. Er hat vor langer Zeit mal bei uns gearbeitet, und er hatte etwas mit einem alten Fall zu tun, der aber inzwischen Geschichte ist. Geschichte, Münster!«

»Geschichte«, sagte Münster.

»Mit neunundneunzigprozentiger Sicherheit ist er im betrunkenen Zustand in irgendeinen Kanal gestolpert, bei den

Problemen, die er mit dem Alkohol gehabt hat. Er wird schon irgendwann wieder auftauchen, das ist nichts, woran wir unsere Kräfte verschwenden sollten ... wir haben wahrlich genug zu tun. Diese verfluchte Geschichte da draußen in Bossingen und diese verfluchten Brüder Holt und ...«

»Ich weiß, was wir zu tun haben«, warf Münster ein. »Und ich glaube nicht, dass Reinhart die Absicht hat, Leute abzustellen, um Verlangen aufzuspüren. Aber ich werde ihm den Standpunkt des Polizeipräsidenten mitteilen, sobald ich ihn treffe, das verspreche ich.«

»Ausgezeichnet«, sagte Hiller. »Selbstverständlich. Übrigens – wo ist er eigentlich?«

»Wer? Reinhart?«

»Ja. Oder haben wir von jemand anderem gesprochen?«

»Nein, natürlich nicht. Er verhört gerade Rassisten unten in der Zweiundzwanzig, wie ich annehme. Die diese Schule angezündet haben.«

»Rassisten? Igitt, ja. Ich verstehe. Ja, das wollte ich nur gesagt haben. Sie können zurück zu Ihrer Arbeit gehen.«

»Danke«, sagte Münster.

Wie alt ist er eigentlich?, überlegte er, als er durch die Tür war und hörte, wie Hiller etwas Freundliches zu seinen Akazien sagte. Müsste es nicht bald an der Zeit sein, dass er pensioniert wird?

Mahler hatte die Steine aufgestellt und kritzelte in einem schwarzen Notizbuch, als Van Veeteren am Samstagabend an den üblichen Tisch im Vereinslokal trat.

»Neue Gedichte?«, fragte er.

»Neu ist ein großes Wort«, sagte Mahler. »Gedichte ist ein großes Wort. Moderne Abstraktionen rund um das schwarze Loch eher. Ungereimt.«

»Klingt lustig«, sagte Van Veeteren.

»Ich weiß. Ich glaube, ich werde sie auch genau so nennen. Was hältst du davon?«

»Moderne Abstraktionen rund um das schwarze Loch?«

»Ja.«

»Erinnert eher an eine Warendeklaration als an einen Buchtitel.«

Mahler kratzte sich nachdenklich am Bart.

»Kann sein. Na ja, ich muss das sowieso erst mit Inhalt füllen, bevor der Titel dran ist. Das wird übrigens meine zwölfte Sammlung, und ich denke, damit wird es genug sein.«

»Deine zwölfte? Herzlichen Glückwunsch. Das Dutzend voll in .. wie lange bist du schon dabei?«

»Es sind vierzig Jahre her seit meinem Debüt. Ich habe ausgerechnet, dass es über den ganzen Zeitraum verteilt gut zwei Worte pro Tag waren.«

»Zwei Worte pro Tag?«, sagte Van Veeteren. »Das kann ja so schwierig nicht sein.«

»Von wegen«, widersprach Mahler. »Das ist der schwierigste Job der Welt. Du vergisst, dass diese Wortteufelchen sich jeweils unter fünfundzwanzigtausend anderen verstecken. Und bei jedem Neuen musst du mit der Suche von vorn anfangen.«

Van Veeteren winkte nach zwei Bieren und überlegte.

»Entschuldige«, sagte er. »Du hast natürlich Recht, ich bin nur ein wenig übermütig geworden. Spielen wir eine Partie?«

»Du bist dran mit Weiß«, sagte Mahler und zündete seine Zigarre an.

»Das war mangelnde Konzentration. Du hättest den Läufer auf g6 durchschauen müssen. Grübelst du über irgendetwas?«

Van Veeteren stellte die Steine in ihre Ausgangspositionen.

»Irgendwie schon«, gab er zu. »Da ist eine alte Geschichte, die offenbar wieder zum Leben erwacht ist.«

Mahler leerte sein Bierglas und wischte sich den Bart ab.

»Nichts ist schöner, als es einem endlich heimzuzahlen. Ist es ein Fall, den ich kenne?«

Van Veeteren nahm einen der schwarzen Springer hoch und

hielt ihn eine Weile abwägend in der Hand, bevor er antwortete.

»Ich denke schon«, sagte er. »Der Fall G.«

»Der Fall G.!«, rief Mahler aus. »Dein einziger Fleck auf der Weste, na, ich danke. Was ist denn passiert?«

Es lag eine unverschämte Fröhlichkeit und eine unverschämte Neugier in dem Tonfall des alten Dichters, wie Van Veeteren fand. Aber das war vielleicht nichts, über das man sich aufregen sollte. Oder weswegen man sich beunruhigen sollte. Wenn es jemanden gab – abgesehen von Ulrike natürlich –, dem er seinen Wankelmut anvertrauen konnte, dann war das Mahler. Das hatte er durch die Jahre hindurch gelernt. Was die Verschwiegenheit betraf, so war es, als spräche er in einen Brunnen. In einen außergewöhnlich begabten Brunnen außerdem, bei dem Worte und Geständnisse zu Boden sanken und dort für ewige Zeiten in hermetisch verschlossenem Schweigen verwahrt wurden.

Und von wo aus später ein oder zwei Worte – äußerst sorgfältig gewählte, wie gesagt – zurückkamen.

Er zündete sich eine neue Zigarette an und begann zu erzählen.

»Eine Suppe mit unbekannten Zutaten«, fasste Mahler zwanzig Minuten später zusammen. »Und die Polizei denkt also nicht daran einzugreifen?«

»Nicht mehr, als die Routine es vorschreibt. Sie haben offensichtlich genug mit anderen Dingen zu tun … mit dieser verdammten Nazigeschichte beispielsweise. Ich muss sagen, ich verstehe sie auch. Der Verlangen-Faden ist dünner als dünn.«

Mahler saß eine Weile schweigend da.

»Der Meinung bin ich nicht«, sagte er. »Soweit ich es beurteilen kann, muss da irgendwas dran sein. Frag mich nicht, was und wie, aber es wäre doch sonderbar, wenn Verlangens Verschwinden *nichts* mit G. zu tun hätte. Oder? Nach diesem Zettel auf dem Küchentisch und diesem Telefongespräch.«

»Ich weiß«, brummte Van Veeteren. »Ich bin noch nicht senil. Jedenfalls noch nicht ganz.«

»Danke, gleichfalls«, gab Mahler zu und schaute finster drein. »Klar im Schädel wie ein Gebirgsbach und moralisch wie ein Dreizehnjähriger. Es wäre wahrscheinlich leichter zu leben, wenn man nicht so wäre. Was gedenkst du zu tun?«

Van Veeteren zog nachdenklich an der Zigarette.

»Ich weiß es nicht.«

»Du weißt es nicht?«

Mahler betrachtete ihn kritisch durch den Rauch. Van Veeteren erwiderte nichts.

»Du lügst. Und das weißt du auch!«

Van Veeteren drehte das Schachbrett so, dass die weißen Figuren auf Mahlers Seite zu stehen kamen.

»Ja, stimmt, ich lüge. Ich habe natürlich vor, nach Kaalbringen zu fahren. In den nächsten Tagen. Bitte schön, der Poet ist am Zuge.«

»Das habe ich mir doch gedacht«, sagte Mahler und schob seine Brille zurecht. »Aber jetzt halt den Mund, du störst meine Konzentration.«

30

Ulrike war skeptisch.

»Ich kann ja verstehen, dass du dich da engagierst«, sagte sie. »Natürlich kann ich das. Aber ich kann nicht verstehen, was du mit deiner Fahrt dorthin zu gewinnen glaubst.«

Sie hatten ein vereinfachtes Bœuf bourguignon gegessen, einen 97er Barolo dazu getrunken, und er hatte ihr von beiden Fällen erzählt. Sowohl von G. als auch von dem Axtmörder in Kaalbringen. Einen Teil kannte sie schon von früher, aber von seinen Zusammenstößen mit G. in seinen frühen Jahren hatte sie noch nichts gewusst.

Bis jetzt. Es war schön, es erzählen zu können, wie er merkte. Erstaunt stellte er fest, dass es überhaupt das erste Mal war, dass er jemandem von Adam Bronstein berichtete.

Das ist doch nicht gescheit, dachte er. Warum läuft man herum und kapselt sein ganzes Leben lang solche wunden Punkte in sich ein? Warum redet man nicht darüber? Das ist doch verdammt noch mal mehr als fünfzig Jahre her!

Und dann wunderte er sich über dieses »man«. War das ein Euphemismus für »ich« oder für »Mann«? Wobei das eine das andere natürlich nicht ausschloss, aber vielleicht gab es so eine Art Übergewicht? Ulrike hatte – in ihrer Eigenschaft als Frau und denkendes Wesen, wie sie behauptete – Probleme, den Witz an dieser Art von bösartiger Verdrängung zu begreifen, und fragte ihn, ob er noch weitere Leichen im Schrank seiner Seele habe.

»Einen ganzen Friedhof«, versicherte er ihr. »Aber die Fahrt nach Kaalbringen bedeutet, sie in Angriff zu nehmen. Zumindest eine.«

Was sie, wie gesagt, nicht so ohne Gegenwehr schluckte.

»Ich glaube, deine Gründe sind viel banaler«, erklärte sie mit einem plötzlichen Lächeln.

»Ach ja?«

»Du willst nur diesen Bausen wiedersehen, da drückt der Schuh.«

»Ich würde doch niemals ...«

»Ein paar Abende lang Schach spielen und Wein trinken. Gib es zu, du primitiver Motivfälscher, du bildest dir doch selbst nicht ein, dass du da oben Verlangen finden wirst.«

»Darauf möchte ich lieber nicht antworten«, antwortete Van Veeteren.

Als er im Auto saß und durch die sonnenbeschienene, flache Landschaft fuhr, dachte er über ihre Argumente und Einwände nach. Musste zugeben, dass er sie selbst nicht besser hätte formulieren können. Bildete er sich wirklich ein, dass er dort etwas würde ausrichten können?

Stellte er sich vor, dass herauszufinden sein würde, was mit diesem alkoholisierten ehemaligen Privatdetektiv passiert war? Mit diesem ehemaligen betrügerischen Polizisten. Glaubte er denn im Ernst, dass Verlangen sich wirklich in Kaalbringen befand oder befunden hatte?

War diese Reise nicht eher eine Art ... symbolischer Handlung? Eine verwässerte Geste?

Kaalbringen. Diese verschlafene kleine Küstenstadt, in der er selbst vor zehn, nein vor neun Jahren eineinhalb Spätsommermonate gemeinsam mit Münster verbracht hatte, während sie einen der sonderbarsten Fälle aufklärten, auf die er in all seinen Jahren als Kriminalkommissar gestoßen war.

Gab es tatsächlich eine reale Möglichkeit? Dass Verlangen sich ausgerechnet dorthin begeben hatte?

War es nicht, ehrlich gesagt, genau so, wie Ulrike vermutete – dass er sich danach sehnte, Bausen wiederzusehen? Ihm in dessen verwildertem Garten am Schachbrett gegenüberzusitzen, bei einem alten, gut gelagerten Wein über dies und das zu theoretisieren und eine Stimmung und eine Art von Zusammengehörigkeitsgefühl wiederzubeleben, das er nicht näher präzisieren oder in Worte fassen konnte?

Dass es aber nichtsdestotrotz gegeben hatte. Und zwar in höchstem Maße. Man muss doch wohl verflucht noch mal nicht alles in Worte fassen, oder?

Er schaute über die wogenden Felder und merkte plötzlich, dass er mit den Fingern auf das Lenkrad trommelte. Unruhe oder Erwartung? Schwer zu sagen. Und schwer, die Motive und privaten Beweggründe aufzudecken, wie immer. Aber das Zusammentreffen war schon merkwürdig, das konnte nicht geleugnet werden. Dass der Fall G. nach fünfzehn Jahren auf diese Art und Weise wieder auftauchte und ihn ausgerechnet nach Kaalbringen führte. Ein Zufall, der so unwahrscheinlich war, dass man gar nicht umhin kam, ihn ein wenig genauer zu untersuchen. Zumindest *versuchte,* ihn zu untersuchen.

Ein Zeichen? Ein Knotenpunkt im Muster?

Eine Art Bußfahrt vielleicht?, kam ihm in den Sinn. Dafür, dass er vor fünfzig Jahren nicht das Leben dieses jüdischen Jungen gerettet hatte. Dafür, dass er Jaan G. Hennan damals und auch später hatte laufen lassen.

Dafür, dass er den Kontakt mit Kommissar Bausen nicht hatte aufrechterhalten, wie er es hätte tun sollen ... und vielleicht auch für Erich?

Und jetzt öffnete sich plötzlich eine Tür einen Spalt weit und gab ihm die Möglichkeit, das eine und andere und auch ein Drittes zurechtzurücken. Oder war es nicht erlaubt, es so zu sehen?

Bullshit, dachte er. Was hat denn Erich damit zu tun?

Es war wie immer. Der vergebliche Versuch des Statisten, eine Regie zu verstehen, von der er keine Ahnung hat. Fünf

Sekunden auf der Bühne, und du meinst, den Odem der Ewigkeit zu schnuppern!

Er suchte unter den Scheiben und entschied sich für Schnittke. Scharfe Streicher und scharfe Rhythmen, die die Gedanken etwas schärfen könnten.

G. Es war der Fall G., um den es hier ging, nichts anderes, wie er entschied. Keine schwammigen persönlichen Motive, keine Umschreibungen, nur die alte Frage, der ich seit fünfzehn Jahren hinterherjage.

Wer hat Barbara Clarissa Hennan getötet?

Oder besser: Wie hatte Jaan G. Hennan es angestellt, sie zu töten?

Er erinnerte sich daran, dass jemand den Begriff »klassisch« bereits angewendet hatte, als die Ermittlungen 1987 noch am Laufen waren. Münster oder Reinhart wahrscheinlich. Oder vielleicht sogar Verlangen selbst? Es war jedenfalls kein Problem, dieser Einschätzung zuzustimmen. Denn die Geschichte mit der toten Amerikanerin in dem trockengelegten Schwimmbecken in Linden war so klassisch simpel, dass ihr fast die Substanz fehlte. Keine verdunkelnden Umstände. Keine verwirrenden Hinweise, die hierhin und dorthin zeigten. Keine schiefen Motivbilder und unklaren Zeugenaussagen.

Nur eine tote Frau und eins Komma zwei Millionen Gulden. Und G.

Und dann dieser Verlangen.

Doch, Verlangen hatte den klassischen Aufbau gestört, das musste er zugeben. Die Rolle des heruntergekommenen Privatdetektivs war bereits zu der Zeit verwirrend gewesen, und das war sie natürlich heute noch genauso.

Wenn er, wie gesagt, überhaupt jetzt wieder eine Art Rolle gespielt hatte? War es logisch, davon auszugehen?

Konnte es tatsächlich so sein, dass Maarten Verlangen eine Spur von G. aufgespürt hatte? Wie war es dann gelaufen? Am Wahrscheinlichsten war, dass er ganz einfach zufällig über etwas gestolpert war – und das erst recht, wenn man den Zustand bedachte, in dem er sich befand.

Und dann diese Worte am Telefon zu seinem Enkelsohn.

Jetzt weiß ich, wie es abgelaufen ist!

Stimmte das? War das möglich? Was um alles in der Welt hatte dieser verkommene Exdetektiv denn gemacht, um die Lösung eines Rätsels zu finden, an dem er selbst seit mehr als anderthalb Jahrzehnten knackte?

Unwahrscheinlich, dachte Van Veeteren und fuhr schneller. Absolut unwahrscheinlich.

Und dennoch war es ebenso schwer, eine andere Möglichkeit zu sehen.

Er aß zu Mittag in einem Rasthaus in Höhe von Ulming. Rief Bausen an und erzählte ihm, dass er in ungefähr zwei Stunden da sein würde. Bausen klang munterer denn je. Van Veeteren konnte sich kaum vorstellen, dass er schon über siebzig sein sollte, aber dem war nun einmal so. Vielleicht hatten die Gefängnisjahre ihm auf irgendeine paradoxe Art gut getan. Beim gestrigen Telefongespräch hatte er so etwas in dieser Richtung angedeutet, und vielleicht war das auch nichts, worüber man sich wundern musste.

Wenn man beispielsweise den Begriff der Buße betrachtete.

Eine Wolkenbank hatte sich im Laufe des Vormittags langsam aus Nordwesten herangeschoben, und als er nach der Mittagsrast fünf Minuten gefahren war, hatte er den Regen über sich. Die Landschaft, diese weiten, wogenden Felder, verloren ihre Konturen und ihre Farbe. Er tauschte Schnittke gegen Preisner und fand wieder die Stimmungsebene von Kieslowski.

Wenn ich mit Menschen- und mit Engelszungen redete und hätte der Liebe nicht, so wäre ich ein tönend Erz oder eine klingende Schelle.

Das stimmte. Im Laufe der letzten fünf Jahre hatte er gelernt, dass sie so verdammt richtig waren, diese wunderschönen Worte aus dem Ersten Korintherbrief.

Es hatte fast ein ganzes Leben lang gedauert, aber zum Schluss hatte er es gelernt.

Lieber spät als nie. Er nahm zwei Pfefferminzpastillen, um den schlechten Geschmack des schalen Essens loszuwerden, und begann dann an Erich, seinen toten Sohn, zu denken.

Und er merkte, dass es fast nicht mehr wehtat.

Als er vor Bausens Haus in Kaalbringen parkte, hatte der Regen aufgehört, und er konnte feststellen, dass es noch genauso aussah, wie er es in Erinnerung hatte.

Praktisch vollkommen zugewachsen. Praktisch undurchdringlich. Damals wie heute war von der Straße her kein Haus zu erkennen, Büsche, Bäume, Rankgewächse und hohes Gras hatten sich zu einer dichten lebendigen Wand vereint, und er konnte sehen, dass Bausen das Haus während seiner siebenjährigen Abwesenheit nicht vermietet hatte. Es war ganz einfach noch weiter zugewachsen, und warum auch nicht?

Er trat durch die Pforte, fand die rudimentäre Wegöffnung, bückte sich und tauchte in den Dschungel ein.

Bausen saß unter dem Vordach auf der Veranda in einem Korbstuhl und las ein Buch. Auch hier sah es unverändert aus. Der Korbtisch mit den beiden Stühlen. Leere Bierkästen und Zeitungsstapel und jede Menge Gerümpel an den Wänden. Damals wie heute. Ein kaputtes Fahrrad, ein und ein halbes Ruder und etwas, was Van Veeteren vorläufig als eine zusammengerollte Yogamatte identifizierte. Das Schachbrett und die rot lackierte Schachtel mit den Spielsteinen standen ganz oben auf einem wackligen Regal voller Farbtöpfe und diversen Werkzeugs.

Bausen erblickte ihn, und sein Gesicht öffnete sich zu einem Lächeln.

»Sieh einer an«, sagte er. »Jünger und hübscher denn je.«

»Du nimmst mir die Worte aus dem Mund«, gab Van Veeteren zurück. »Alterst du rückwärts, oder wie machst du das?«

Es gab zweifellos einen Grund für die Schmeichelei. Bausen sah ganz und gar nicht wie über siebzig aus. Eher wie die Gesundheit in Person, kurz und sehnig, noch eine ganze Menge seines dünnen grauweißen Haars war erhalten, und mit einem Paar Augen in dem grob geschnittenen Gesicht, die er von einem Vierzehnjährigen gestohlen zu haben schien.

Er stand auf und schüttelte Van Veeteren die Hand.

»Yoga«, sagte er. »Das ist das halbe Geheimnis. Ich habe damit im Gefängnis angefangen und hinterher keinen Grund gesehen, damit aufzuhören. Jeden Tag fünfundvierzig Minuten, und ich bin heute gelenkiger, als ich es bei meiner Konfirmation war.«

Van Veeteren nickte.

»Und was ist die andere Hälfte?«

Bausen lachte.

»Na, was glaubst du wohl? Eine Frau natürlich ... keine feste Beziehung, aber wir treffen uns ab und zu. Das ist irgendwie zu einem wichtigen Punkt in meinem Dasein geworden. Mein Gott, so alt, wie ich bin, da ist es wahrlich an der Zeit, dass man so einiges anfängt zu begreifen. Schön, dich zu sehen. Ist lange her.«

»Neun Jahre«, sagte Van Veeteren. »Tja, und nun bin ich wieder hier.«

»Auf der Jagd nach einem neuen Mörder ... Ja, ich kann dir zumindest versprechen, dass es sich diesmal nicht um den gleichen wie beim letzten Mal handelt. Wie wäre es mit einem Bier und einem Brot? Ich denke, richtig essen werden wir erst später.«

»Bier und ein Brot ist genau das, was ich mir erhofft hatte«, sagte Van Veeteren. »Wir können doch draußen sitzen?«

»Aber natürlich«, stimmte Bausen zu. »Ja, ich kann mich erinnern, wie gern du das getan hast. Setz dich und genieße die Umgebung, ich springe eben rein und hole alles.«

Van Veeteren ließ sich auf einen Korbstuhl sinken und seufzte tief vor Wohlbehagen.

Dieser Dschungel, dachte er. Dieser merkwürdige Bausen.

Bausen studierte die beiden Fotos genau.

»Also um diese Herren geht es? Ja, so auf den ersten Blick kann ich nur sagen, dass ich keinen von beiden kenne. Aber mit meinem Überblick darüber, was so in der Stadt passiert, ist es nicht mehr weit her. Aus natürlichen Gründen.«

»Aus natürlichen Gründen«, wiederholte Van Veeteren. »Das kann ich mir vorstellen. Außerdem fürchte ich, dass die Bilder nicht gerade die neuesten sind ... wie man so sagt. Hennan ist heute fünfzehn Jahre älter, und Verlangens Tochter hat kein besseres Foto von ihm als dieses hier gefunden. Das ist von einer Weihnachtsfeier von vor vier Jahren.«

»Sieht etwas erschöpft aus«, sagte Bausen.

»Und damit ist es bestimmt nicht besser geworden«, nickte Van Veeteren. »Wenn er überhaupt noch lebt.«

»Du zweifelst daran?«

Van Veeteren zuckte mit den Schultern.

»Ich kann keinen sinnvollen Grund sehen, es auszuschließen. Das letzte Lebenszeichen war dieses Telefongespräch von hier vor drei Wochen.«

Bausen runzelte die Stirn.

»Ich verstehe. Und die Hypothese lautet also, dass er auf irgendeine Weise auf Jaan G. Hennan gestoßen ist?«

»Nun ja, Hypothese ist vielleicht zu viel gesagt«, meinte Van Veeteren.

»Hm. Was hat Hennan während dieser fünfzehn Jahre so getrieben? Weißt du etwas darüber?«

»Weder ich noch sonst jemand. Er scheint im Herbst 1987 aus unserem Land verschwunden zu sein, und danach gibt es keine Angaben mehr über ihn. Das heißt, abgesehen von der kleinen Andeutung von Verlangen ... die darauf hindeutet, dass er wohl zurückgekommen ist.«

Bausen betrachtete die beiden Fotos noch eine Weile. Van Veeteren trank einen Schluck Dunkelbier und lehnte sich in dem knarrenden Stuhl zurück.

»Es handelt sich natürlich von meiner Seite aus nur um eine fixe Idee«, erklärte er. »Wenn es nicht ausgerechnet Kaalbringen gewesen wäre, dann hätte ich es vermutlich auf sich beruhen lassen.«

»Meinst du wirklich?«, fragte Bausen mit einem Hauch von sanfter Ironie in der Stimme. »Nun ja, aber jetzt bist du hier, und warum auch nicht? Wenn wir nun deine fixe Idee mit ein paar anständigen Weinen und ein paar anständigen Schachpartien verbinden können, dann war es doch wohl der Mühe wert? So oder so.«

»Genau so habe ich auch gedacht«, gab Van Veeteren zu. »Gibt es deinen Weinkeller noch?«

»Und wie. Und die meisten Sorten haben durch die sieben Jahre unfreiwilliger Lagerung nur gewonnen, das kann ich dir versichern.«

»Ausgezeichnet. Hast du heutzutage noch Kontakt zu der Polizeibehörde hier vor Ort? Es würde das Ganze ja erleichtern, wenn wir aus dieser Richtung ein wenig Hilfe bekämen.«

»Nicht besonders viel«, musste Bausen zugeben. »Zu deiner Zeit waren es Kropke und Moerk, du erinnerst dich doch noch an sie?«

»Aber sicher«, sagte Van Veeteren. »Sind die noch da?«

»Inspektorin Moerk ist noch da. Kropke ist vor ein paar Jahren nach Groenstadt verschwunden. Wir haben einen neuen Amtsleiter, der deKlerk heißt, er scheint ganz gut zu sein, aber ich kenne ihn nicht näher ...«

»Aus natürlichen Gründen?«, wollte Van Veeteren wissen.

»Aus natürlichen Gründen«, bestätigte Bausen glucksend. »Auf jeden Fall hat er ein halbes Jahr nach mir hier angefangen, es gab da wohl so gewisse Verzögerungen. Nun ja, ich denke nicht, dass sie uns direkt im Wege stehen würden, wenn wir einen vorsichtigen Vorstoß machen. Schließlich hat das hier ja auch etwas mit Polizeiarbeit zu tun, und ich gehe davon aus, dass sie zu dieser Jahreszeit nicht gerade in Arbeit ersticken. Die Touristensaison hat noch nicht angefangen. Wenn Verlangen hier in der Stadt war, dann muss er ja irgendwo gewohnt haben, zumindest dieses Detail herauszufinden, dürfte nicht besonders schwer sein.«

»Hoffentlich nicht. Inspektorin Moerk ...?

»Ja?«

»Sie war eine ziemlich fähige Person, wenn ich mich recht erinnere. Ich vermute, dass sie im Laufe der Jahre nicht schlechter geworden ist ... wenn du mir erlaubst, so etwas zu sagen.«

»Aber nicht doch«, wehrte Bausen ab und schaute ihn nachdenklich an. »Nein, sie ist sicher immer noch ein zuverlässiger Partner. Und die alte Rechnung, die wir miteinander offen stehen hatten, ist beglichen. Aber was diese Gestalt, diesen G. betrifft ... verstehe ich dich da recht, dass du zu ihm eine etwas spezielle Beziehung hast?«

Van Veeteren dachte ein paar Sekunden lang nach, bevor er antwortete.

»Eine spezielle Beziehung?«, meinte er dann. »Ja, das ist wohl noch eine ziemlich vorsichtige Umschreibung. Ehrlich gesagt ... ja, ehrlich gesagt, hat dieser Satan mich verfolgt, seit ich noch mit kurzen Hosen herumgelaufen bin. Wenn es auch nur einen Menschen gäbe, bei dem es mir ein Vergnügen wäre, ihn auf dem Richtblock zu sehen, dann ist er es. Danach könnte ich in Frieden und Würde alt werden.«

Bausen verzog kurz den Mund.

»Du warst die letzten Jahre nicht mehr im Dienst, stimmt das?«

»Ja, das stimmt. Ich bin auf meine alten Tage Buchhändler geworden, wie ich schon gesagt habe. Für ein paar Ermittlungen bin ich noch ausgerückt, aber eigentlich ist es nur der Fall G., der mich wieder auf die Beine gebracht hat.«

»Ach?« Bausen lehnte sich zurück und betrachtete ihn interessiert. »Dann stimmt deine Behauptung doch nicht so ganz, dass du alles hättest fallen lassen, wenn die Spur nicht direkt hier nach Kaalbringen geführt hätte.«

Wieder überlegte Van Veeteren.

»Wahrscheinlich nicht«, gab er zu. »Im Prinzip hätte ich Probleme gehabt, der Witterung zu widerstehen, ganz gleich, aus welcher Himmelsrichtung sie geweht hätte. Das ist so eine verflixte Geschichte, die einen nachts nicht schlafen lässt, wenn man nicht vorher unter jeden Stein geguckt hat.«

»So etwas gibt's«, bestätigte Bausen. »Bestimmte Dinge wird man einfach nicht los.«

»Ich weiß, dass du das kennst«, sagte Van Veeteren.

Sie prosteten sich zu und blieben eine Weile schweigend sitzen.

»Nun gut«, nahm Bausen dann den Faden wieder auf, »dann lass uns doch morgen früh dem Polizeirevier einen Besuch abstatten. Aber jetzt schlage ich erst einmal eine Partie vor dem Essen vor. Und da du mein Gast bist, darfst du mit Weiß anfangen.«

»Man dankt«, sagte Van Veeteren. »War es das Nimzo-Indische, das deine Schwäche war? Ich habe das noch so vage in Erinnerung.«

»Nicht dass ich wüsste«, sagte Bausen. »Aber mach dir keine Hoffnungen. Ich habe überhaupt keine schwachen Punkte mehr.«

31

Bei näherem Nachdenken – und im klaren Morgenlicht eines so gut wie wolkenfreien Himmels – hatte Bausen doch keine größere Lust, Kaalbringens Polizeirevier am Kleinmarckt aufzusuchen. Er hatte seinen Fuß seit neun Jahren dort nicht mehr hineingesetzt, und nachdem er Van Veeteren seine Bedenken mitgeteilt hatte, beschränkte sich sein Einsatz auf einen telefonischen Kontakt, bei dem er die Wünsche des *Hauptkommissars* überbrachte, ihnen einen Besuch abzustatten und gewisse Dinge zu diskutieren.

Polizeichef deKlerk war an diesem Samstag an anderer Stelle beschäftigt, wie sich herausstellte, aber Inspektorin Moerk würde bis drei Uhr an Ort und Stelle sein, wie sie behauptete, und sie drückte auch gleich ihre große Begeisterung darüber aus, Van Veeteren nach all diesen Jahren wiederzusehen.

Zumindest formulierte Bausen die Sache so, als er das Gespräch beendet und erklärt hatte, dass alles im Kasten sei.

»Jetzt ist es zehn«, stellte er dann fest. »Wollen wir sagen, dass wir uns gegen ein Uhr in der Blauen Barke auf einen kleinen Mittagsimbiss treffen? Du weißt doch noch, wo die liegt?«

»Ich erinnere mich noch an jede Gasse und jeden Laternenpfahl in diesem gottverlassenen Kaff«, versicherte Van Veeteren freundlich. »Dann sagen wir um eins.«

Beate Moerk sah aus, als wäre sie in diesen neun Jahren um

ungefähr neun Monate gealtert, hatte aber dennoch eine Art Grenze überschritten, wie ihm schien. Sie machte auch gar kein Geheimnis daraus, was hinter ihrem ach so zarten Veredelungsprozess lag.

»Ich habe mich etabliert«, erklärte sie, nachdem sie Kaffee eingeschenkt und einen Teller mit Kopenhagenern aus Sylvies Luxusbäckerei hingestellt hatte, die immer noch direkt neben dem Polizeigebäude lag. »Ich bin verheiratet und habe inzwischen zwei Kinder. Man lebt nur einmal, deshalb hatte ich nichts dagegen.«

»Nur zu verständlich«, stimmte Van Veeteren ihr zu. »Grüße deinen Mann und sage ihm meinen herzlichen Glückwunsch. Ich bin überzeugt davon, dass er auch der Meinung ist, das Große Los gezogen zu haben.«

»Ach, hören Sie auf«, wehrte Inspektorin Moerk ab und errötete dabei sehr kleidsam. »Ich dachte, der Herr Hauptkommissar hätte etwas auf dem Herzen?«

»Buchhändler«, korrigierte Van Veeteren. »Ich habe inzwischen ein Antiquariat. Und ich würde vorschlagen, dass wir uns wieder duzen.«

»Hast du aufgehört?«, fragte sie verwundert. »Davon hat Bausen mir gar nichts erzählt.«

»Vor fünfeinhalb Jahren. Aber jetzt habe ich doch noch etwas zu erledigen ... einen Fall, der mich die ganzen Jahre hindurch verfolgt hat, das kann man wohl behaupten.«

Sie schaute ihn plötzlich bekümmert an.

»Ja, Bausen hat so etwas angedeutet. Und wenn wir irgendwie helfen können, dann tun wir natürlich alles, was in unserer Macht steht ... und so weiter.«

Van Veeteren nickte und fuhr sich mit der Hand über Wange und Kinn. Bemerkte, dass er sich nicht rasiert hatte.

»Dafür wäre ich dankbar«, sagte er. »Ja, wenn ich dir die Geschichte in groben Zügen erzählt habe, dann könntet ihr vielleicht für mich ein paar Dinge herauskriegen. Es dürfte nicht schwer sein herauszufinden, ob ich auf der richtigen Spur bin oder nicht. In erster Linie geht es um eine gewisse Person namens Maarten Verlangen ...«

Es war das dritte Mal innerhalb nur weniger Tage, dass er den Fall G. detailliert schilderte – zuerst Ulrike, dann Bausen und jetzt Beate Moerk –, und langsam hatte er das Gefühl, als würden die Geschehnisse in jeder neuen Situation, in der er gezwungen war, alles zu berichten, immer weiter wegrücken

Vielleicht war das gar nicht so merkwürdig. Denn schließlich war es ja Jaan G. Hennan, an dem sein geplantes Memoirenbuch letztendlich gescheitert war, also lag vermutlich auch so etwas Verborgenes, Eingekapseltes in dieser alten Geschichte – abgesehen von allem anderen traumatischen Gerümpel. Etwas, das sich gegen alle Formen der Beschreibung und der Relativierung wehrte. Oder zumindest seine eigenen zögerlichen Versuche torpedierte.

Vielleicht eine Art Therapie, die mich eines Tages heilen wird?, dachte er überrascht. Die es zumindest versucht. Aber verdammter Scheiß, warum kann ich nicht den ganzen Dreck amputieren und damit ein für alle Mal loswerden?

Beate Moerk schien an allen Einzelheiten aufrichtig interessiert zu sein. Sie fragte und wollte alles wissen. Machte sich Notizen und bat ihn um genauere Erklärungen – so dass die ganze Prozedur drei Tassen Kaffee, ebenso viele Kopenhagener und fast eine Stunde dauerte.

Was den Einsatz der Kaalbringer Polizei betraf, ging es dagegen bedeutend schneller.

Allein schon deshalb, weil es nicht besonders viele Aufgaben gab, die in dieser Hinsicht zu verteilen waren.

Außer der einen: zu versuchen, Verlangen zu finden.

Oder zumindest etwas zu finden, was einen Hinweis darauf gab, dass er in der Stadt gewesen war. Vor ungefähr drei Wochen. Am fünfzehnten April und um dieses Datum herum.

Beate Moerk versprach, sich sofort um diese Nachforschungen zu kümmern, und wenn man Glück hatte, dann würde man alle Hotels und Pensionen in ein paar Stunden überprüft haben, und ganz gleich, wie das Ergebnis ausfallen würde, so beschlossen die beiden, dass sie irgendwann im Laufe des Abends bei Bausen von sich hören lassen würden.

Was Jaan G. Hennan betraf, so konnte man natürlich nicht viel mehr tun, als eine ähnliche – aber möglichst etwas diskretere – Fahndung nach ihm zu starten. Und wenn er sich tatsächlich in Kaalbringen befand und wenn er tatsächlich unter seinem richtigen Namen auftrat, dann dürfte es nicht besonders schwer sein, ihn auch zu finden. Wenn er es aber – aus irgendeinem Grund – vorzog, sich einer anderen Identität zu bedienen, ja, dann sähe die Sache natürlich ganz anders aus.

Dass G. – wo immer er sich auch befinden mochte – ein freier Mann war mit den gleichen Menschenrechten wie jeder andere, das war natürlich auch ein Faktum, auf das Rücksicht genommen werden musste.

Van Veeteren erklärte, dass er irgendwann am Sonntagabend die Rückfahrt nach Maardam antreten wollte – vorausgesetzt, dass nichts wirklich Aufsehen Erregendes bis dahin eintreten würde –, und fragte, ob es möglich war, Inspektorin Moerk zu einem späten Mittagessen oder einem frühen Abendessen einzuladen, bevor er Kaalbringen wieder verließ.

Eventuell in Gesellschaft von Bausen. Vielleicht am kommenden Tag?

Ihm schien, als zögere sie eine Sekunde, bevor sie im Prinzip zusagte.

Sie musste das nur zuerst mit ihrem Mann besprechen.

Das war natürlich nicht mehr als recht und billig. Sie versprach, ihm einen endgültigen Bescheid zu geben, wenn sie am Abend anriefe.

Er hatte bis zu dem verabredeten Treffen mit Bausen noch eine gute Stunde totzuschlagen, also machte er einen Spaziergang zum Hafen und Jachtgelände hinunter. Er überquerte den Fischmarkt, erinnerte sich an die örtlichen Namen, sobald die jeweiligen Punkte auftauchten: die Doomsgasse, die Esplanade, See Wharf – das Hotel, in dem er gut einen Monat lang gewohnt hatte –, die Hoistraat und Minders Steg.

Es war schon merkwürdig, hier wieder herumzuschlendern. Der Axtmörderfall lag jetzt fast ein Jahrzehnt zurück, aber der Abstand schrumpfte schnell – wie es immer der Fall ist, wenn durch einen erneuten Besuch die Erinnerung plötzlich wieder neue Nahrung erhält. Die Boote, die da im Jachthafen vor sich hin dümpelten, hätten haargenau die gleichen sein können wie beim letzten Mal; die Eisbude und die Mädchen, die davor herumstanden, auch, und als er den vielbenutzten Fuß- und Fahrradweg durch den Stadtwald einschlug, ging er davon aus, dass er ohne Probleme den Platz wiederfinden würde, an dem eines der Opfer damals der scharf geschliffenen Klinge des Mörders zum Opfer gefallen war.

Aber dem war nicht so. Er kam im Villenviertel Rikken heraus, ohne den genauen Tatort gefunden zu haben, und ihm wurde klar, dass auch das Wiedersehen und das Wiedererkennen seinen gehörigen Anteil an Illusion und Einbildung enthielt. Was nur logisch war.

Während er versuchte, den kürzesten Weg zum Restaurant Blaue Barke zu finden, überlegte er stattdessen, inwieweit er wohl G. wiedererkennen würde, wenn er ihm zufällig Aug in Aug gegenüberstand.

Das war alles andere als sicher, so viel stand fest.

Zumindest, wenn es die Frage einer kurzen Begegnung im Menschengetümmel sein würde.

Und wenn G. sich – entgegen aller Wahrscheinlichkeit, überlegte er weiter – tatsächlich hier in Kaalbringen befand und inkognito bleiben wollte, ja, dann gab es natürlich alle Möglichkeiten der Welt für ihn, dieses Vorhaben auch erfolgreich anzusetzen.

Innerhalb von fünfzehn Jahren war jede Zelle im Körper

zweimal ausgetauscht worden, wenn Van Veeteren sich noch recht an die Biologiestunden im Gymnasium vor Urzeiten erinnerte. Dann war man sozusagen verjährt.

Ein paar Minuten nach eins erreichte er die Blaue Barke mit etwas trübseligen Gedanken, und Bausen hatte sich bereits an einen Fenstertisch mit guter Aussicht gesetzt.

Ulrike hatte sicher Recht, wenn man es genau betrachtete, dachte Van Veeteren. Das hier führt doch zu nichts.

Aber es ist sehr nett, einen alten Henker wiederzutreffen. Zweifellos.

Beate Moerk begann ihre Arbeit, sobald Van Veeteren die Polizeizentrale von Kaalbringen verlassen hatte. Laut Telefonbuch gab es achtundzwanzig Hotels und Pensionen, unter denen man auswählen konnte, wenn man ein oder mehrere Nächte in der kleinen Küstenstadt übernachten wollte, aber sie wusste, dass nur ungefähr die Hälfte dieser Herbergen das ganze Jahr über geöffnet waren. Wie es sich genau in dem normalerweise ziemlich regnerischen und ungastlichen Monat April verhielt, war ihr nicht ganz klar, aber sie beschloss, nichts dem Zufall zu überlassen und alle Etablissements dem Alphabet nach durchzugehen.

Nach fünf Anrufen wechselte sie die Taktik. Beschloss, das Fax statt des Telefons zu benutzen, und eine halbe Stunde später hatte sie die Informationen an alle denkbaren Logierplätze in der Stadt gesandt, die nicht mehr im Winterschlaf lagen. Aber ohne Foto des Gesuchten. Verlangen sah in kopierter Version noch armseliger aus als in Wirklichkeit – wie ein missglückter Rorschachtest oder etwas in der Richtung –, und eingedenk Van Veeterens Einschätzung, dass er keinen Grund sähe, warum er unter falschem Namen aufgetreten sein sollte, spielte das hoffentlich keine so große Rolle.

Stand also der Name Maarten Verlangen im Gästebuch?

Irgendwann im April dieses Jahres – oder sonst überhaupt irgendwann?

Antwort bitte an Inspektorin Moerk in der Polizeizentrale. Möglichst vor siebzehn Uhr. Negativ oder positiv.

Routinesache, aber eilig.

Als sie ihr Zimmer ein paar Minuten nach drei verließ, hatte sie elf von neunzehn Antworten erhalten.

Alle negativ.

Van Veeteren hatte einen Sieg und ein Remis im Gepäck von den Partien des Vorabends, aber am Samstag Nachmittag holte Bausen zum 2:2 auf. Sie beschlossen, ein entscheidendes fünftes Match bis zum späten Abend aufzuschieben, bereiteten gemeinsam (aber unter Bausens maßgeblicher Leitung) einen Eintopf mit Rotbarsch, Seehecht, Muscheln, Oliven, Knoblauch, geschälten Tomaten und Petersilie vor und genossen ihn zusammen mit Safranreis und dünnen Streifen knusprig gebratenen Specks.

Van Veeteren konnte Bausen nur zustimmen, dass man nach Besserem verdammt lange suchen musste. Und das erst recht, wenn man, wie in ihrem Falle, das Gericht mit einer Flasche weißem Meursault kombinierte, eine der absolut letzten 73er aus Bausens Weinkeller.

Schwarzer Kaffee, ein Calvados und eine Monte-Canario-Zigarre zur Abrundung – sowie, etwas später, ein paar einfache, aber überzeugende Yogaübungen nach Iyenghir, besonders geeignet für Leute mit steifen Lendenwirbeln und zu kurzen hinteren Oberschenkelmuskeln. Kurz gesagt, für Männer über fünfzehn.

Aber nicht direkt nach dem Essen, Gott bewahre. Diesmal war es nur eine Frage der Theorie.

Nachdem Letzteres abgeschlossen war, rief Inspektorin Moerk an und lieferte ihren Rapport. Bausen reichte den Hörer an Van Veeteren weiter, der halb auf dem Sofa liegend erfuhr, dass sich siebzehn von neunzehn Hotels und Pensionen gemeldet und erklärt hatten, dass sie das ganze Jahr über keine Person namens Maarten Verlangen beherbergt hatten –

oder jemanden, auf den seine Beschreibung zutreffen würde. Weder im April noch in einem anderen Monat.

Blieben noch zwei, die nicht geantwortet hatten – wahrscheinlich hatte der eine Betrieb noch gar nicht geöffnet, aber Beate Moerk versprach, dieser Frage am nächsten Tag nachzugehen. An dem sie außerdem gern mit den beiden irgendwann gegen sechs Uhr essen gehen würde.

Wo?, wollte sie wissen.

Van Veeteren beriet sich schnell mit seinem Gastgeber, und sie einigten sich auf Fisherman's Friend. Das Beste sollte ja wohl gerade gut genug sein, und das schien so ein Wochenende dafür zu sein.

Inspektorin Moerk erklärte sich mit der Entscheidung einverstanden und wünschte den Herren noch weiterhin einen angenehmen Abend. Was sie eigentlich so trieben? Wein, Zigaretten und Schach wahrscheinlich?

Ach, Yogaübungen?

Sie wünschte schöne Träume und baldige Genesung und legte den Hörer auf. Van Veeteren merkte, dass er lächelte.

Die fünfte Partie wurde ein ziemlich kurzes Ersatzremis, und da die Uhr erst halb zwölf zeigte – und eine Flasche 91er Conde de Valdemar noch halb voll auf dem Tisch stand –, kamen sie darin überein, einen letzten Versuch hinsichtlich einer Entscheidung zu wagen.

Und so kam es, dass es schon nach zwei Uhr war, als Bausen die letzte Kerze mit einem müden Seufzen ausblies. Wieder Remis. Endergebnis: 3:3.

»So ist es nun einmal«, konstatierte Van Veeteren, als er sich im Gästebett zurechtgelegt hatte und Bausen in der Türöffnung stand und eine gute Nacht wünschte. »Wir sind ganz einfach unschlagbar.«

»Ganz meine Meinung«, nickte Bausen. »Und wenn dieser Naseweis G. sich hier in der Stadt befindet, dann werden wir den auch noch erwischen.«

»Worum wir nur beten können«, sagte Van Veeteren. »Also, wenn Inspektorin Moerk Verlangen morgen gefunden hat, dann wette ich, dass in dieser alten Geschichte ein neues Kapitel geschrieben wird, komme, was da wolle.«

Aber dem war nicht so.

»Leider«, stellte sie fest, nachdem sie sich draußen auf der Glasveranda des Fisherman's Friend niedergelassen hatten. »Es sieht nicht so aus, als ob dieser Verlangen überhaupt in der Stadt gewesen ist, wenn man es genau besieht. Auf jeden Fall hat er in keinem der Hotels oder Pensionen übernachtet.«

»Wie genau habt ihr das überprüft?«, wollte Bausen wissen.

»So genau, wie man es nur wünschen kann«, versicherte Beate Moerk. »Aber natürlich nicht hundertprozentig. Es gibt ja beispielsweise noch die Jugendherberge und einige private Zimmervermietungen, aber nur während der Sommermonate. Und wenn er für ein paar Tage hier gewesen ist, dann kann er ja auch bei Bekannten gewohnt haben. Oder?«

»Schon möglich«, bestätigte Van Veeteren. »Aber kaum wahrscheinlich. Zum einen hat er keine Bekannten, wie seine Tochter behauptet … zumindest nicht außerhalb von Maardam. Und zum anderen hätte ein guter Freund gemeldet, dass er verschwunden ist. Aber es ist mir selbst verdammt klar, dass das hier alles nur ziemlich dünn ist. Er kann ja beispielsweise auch auf Durchreise gewesen sein.«

»Das Gespräch mit dem Enkelsohn kam vom Bahnhof, nicht wahr?«, fragte Beate Moerk.

»Ja, leider«, antwortete Van Veeteren. »Aus einer Telefonzelle. Das kann natürlich darauf hindeuten, dass er irgendwohin auf dem Weg war – oder zurück nach Maardam fahren wollte –, aber ich fürchte, darüber zu spekulieren nützt nichts.«

»Aber es schließt nicht aus, dass er hier ein paar Tage gewesen sein kann«, stellte Bausen optimistisch fest. »Und das ist doch die Hauptsache … soweit ich es verstanden habe.«

Van Veeteren nickte. *Die Hauptsache?,* überlegte er und schaute aufs Meer hinaus, das in dem frühen Dämmerlicht grau und abwartend hundert Meter unter ihnen lag. Was meint er mit *Hauptsache*?

Der Kellner kam mit der Speisekarte, und das Gespräch wurde unterbrochen. Van Veeteren blätterte vorsichtig die steifen Seiten um und erinnerte sich daran, dass das hier nicht irgendein Restaurant war. Es klammerte sich oben auf die Kalksteinklippe ein paar Kilometer östlich von Kaalbringen, wo die Küste markant aufragte, und besonders hier draußen auf der Terrasse spürte man, dass das Element Luft hier alles beherrschte. Verschiedene Möwenarten segelten im sanften Wind, und er erinnerte sich daran – oder meinte sich zumindest daran zu erinnern –, dass er mit Bausen vor neun Jahren genau an dem gleichen Tisch gesessen hatte. Steinbutt, hatten sie den nicht gehabt? Und ein Sauterneswein wahrscheinlich …

Vor dem Antiquariat. Vor Ulrike. Vor Erichs Tod.

Seitdem ist nicht einmal ein Jahrzehnt vergangen, dachte er. Und dennoch hat sich mein Leben in einem unglaublichen Maße verändert. Das hätte ich damals nie gedacht.

Bausen räusperte sich, und Van Veeteren kehrte in die Gegenwart zurück.

»Nun ja«, sagte er. »Verlangen ist wahrscheinlich hier gewesen, zumindest für ein paar Stunden, aber ich fürchte, weiter werden wir nicht kommen. Darf ich jetzt diese Zusammenkunft hier als einen Vergnügungstrip betrachten?«

»Einspruch«, sagte Bausen. »Warum sich auf Entweder-Oder beschränken, wenn man auch Sowohl-Als-auch haben kann? Ich nehme doch an, dass nach dem Kerl gesucht wird, und außerdem gehe ich davon aus, dass ihr bei der Polizei auch in Zukunft Augen und Ohren offen haltet.«

Es schien eine gewisse Ironie in dieser Vermutung zu liegen, und Beate Moerk lächelte, um zu zeigen, dass sie das verstanden hatte.

»Die Augen des gesamten Teams stehen weit offen«, versicherte sie. »Wenn wir auch nur die geringste Spur von Verlangen finden ... oder von Jaan G. Hennan ... so verspreche ich, dass wir umgehend von uns hören lassen. Bei der Kripo Maardam, oder ...?«

»Nicht so ganz«, meinte Van Veeteren nur und holte seine Karte heraus. »Ich denke, fürs Erste reicht es mit Krantzes Antiquariat. Diskretion Ehrensache, wie man so sagt.«

»Ich verstehe«, sagte Beate Moerk und nahm die Karte entgegen. »Aber wenn ich ehrlich bin, dann werde ich langsam ein wenig hungrig. Ich dachte, zu der Verabredung gehörte auch ein Happen zu essen?«

»Ganz recht«, sagte Bausen. »Alles zu seiner Zeit, jetzt essen wir.«

Auf der Heimfahrt lauschte er Pergolesi und dachte über seine Memoiren nach.

Oder besser gesagt darüber, warum er sie abgebrochen hatte.

Wenn man alles in Betracht zog, dann war es nicht der Fall G. – wie er sich gern vormachte und womit er sich entschuldigte –, der das Projekt ins Stocken gebracht hatte. Natürlich nicht. Er fiel nur in die gleiche Zeit, und er brauchte eine Ausrede.

Tatsächlich war es so, dass ihn das Bedürfnis, alles zu dokumentieren, selbst verlassen hatte. Das Bedürfnis, sich auf irgendeine Weise zu artikulieren und dreißig Jahre Arbeit als Polizeibeamter in Worte zu fassen ... das Gefühl, etwas müsste gerechtfertigt werden.

Wie Fotos eines missglückten Urlaubs, hatte er gedacht, eine Art rückwirkende Authentizität, bei der es einem nicht gelungen war, den Tag und das Jetzt einzufangen, und deshalb die Dokumentation das Erlebnis ersetzen musste.

Im Guten wie im Schlechten natürlich. Zum Glück war es immer noch möglich, wunderbare Poesie aus den schlimmsten Fehlschlägen zu machen!, hatte Mahler ihm einmal anvertraut, und wahrscheinlich gab es in seinem Memoirenprojekt eine Art Parallele dazu ... aber er hatte ihn, wie gesagt, verlassen, dieser dunkle Trieb, seine Taten gedruckt sehen zu wollen – und natürlich war Ulrike auch hierbei der springende Punkt gewesen. Wie bei so vielem anderem.

Die Worte aus dem Korintherbrief kamen ihm wieder in den Sinn, und er fragte sich, wie wohl sein Leben jetzt aussähe, wenn nicht Ulrike aufgetaucht wäre. *Wenn* und *wenn nicht* ... auch darüber zu spekulieren war natürlich sinnlos, und bald wurde er es leid, Wege durch diesen alternativen Sumpf zu suchen. Das Leben war so geworden, wie es nun einmal war, und wenn es ein Gefühl gab, das er jetzt empfinden sollte, dann war es wahrscheinlich doch Dankbarkeit. Trotz allem.

Die Jahre der Gnade?

Er verließ die Fiktionen und versuchte, stattdessen ein paar Gedanken den so genannten Realitäten zu widmen – sowohl Maarten Verlangen als auch Jaan G. Hennan.

Was wusste er?

Nichts, wenn man ganz ehrlich war.

Was glaubte er dann?

Oder *was zu glauben hatte er gute Gründe*? Da war es vermutlich besser, mit einem entsprechend scharfen Rasiermesser vorzugehen.

Er überlegte eine Weile, tauschte dann Pergolesi gegen Bruckner.

Etwas war passiert.

Unbestritten, wie es hieß.

Verlangen war etwas auf der Spur gewesen. Er war dem Feuer zu nahe gekommen und hatte sich verbrannt.

Hatte sich nicht nur verbrannt, war verbrannt worden.

War getötet worden.

Von G.?

Genau das bildete er sich ein, seit die Tochter ins Antiquariat gekommen und ihm ihre Geschichte erzählt hatte. Aber hatte er wirklich gute Gründe, das zu glauben?

Überhaupt einen Grund?

Lagen tatsächlich Maarten Verlangens Überreste irgendwo in der Gegend von Kaalbringen in der Erde vergraben (oder ins Meer geworfen) – während der berühmte Kriminalhauptkommissar a. D. Van Veeteren hier in seinem warmen Auto saß und das Feld räumte? Sah die Geschichte tatsächlich so aus? Für einen allsehenden und allwissenden und leicht ironischen Gott.

Gute Gründe? Bullshit, wie gesagt.

Ich werde es nie herausbekommen, dachte er plötzlich. Ich werde nie erfahren, wie sich der Mord an Barbara Clarissa Hennan zugetragen hat oder was mit Maarten Verlangen fünfzehn Jahre später passiert ist.

Weder ich noch jemand anderes.

Das ist verdammt ärgerlich, aber so wird es kommen.

Hierbei hatte der Kriminalhauptkommissar a. D. Van Veeteren nicht ganz recht, aber es würde gut einen Sommer dauern, bis das zu Tage trat, und zu diesem Zeitpunkt hatte er schon lange vergessen, dass er irgendwann einmal die Hoffnung aufgegeben hatte.

August – September

32

Die Leiche wurde am 24. August gefunden, und es war eine Pilzsucherin namens Jadwiga Tiller, die darauf stieß.

Es war ein schöner Spätsommertag. Frau Tiller war 75 Jahre alt und zusammen mit ihrem Ehemann Adrian in dem gemischten Laub- und Nadelwaldgürtel zwischen den Städten Hildeshejm und Wilgersee ein paar Kilometer östlich von Kaalbringen bereits seit dem Morgen unterwegs. Sie hatten ihr Auto an der üblichen Stelle bei der Holzfällerhütte an einem der vielen sich dahinschlängelnden Kieswege abgestellt, die durch den Wald zum Meer hin führten, und hatten innerhalb nur weniger Stunden fast zwei Körbe mit schönen Pilzen gefüllt, als Jadwiga Tiller mit Hilfe ihres guten Spürsinns (Pilze findet man durchs Riechen!, erklärte sie ihren Freundinnen Vera Felder und Grete Lauderwegs. Man findet sie mit der Nase, ich könnte einen Butterpilz finden, selbst wenn ich blind wäre!) – als sie also dank ihres guten Spürsinns zu einer kleinen Mulde mit jungen Buchen geführt wurde, und nachdem sie eine Weile in altem Laub und heruntergefallener Vorjahresrinde herumgetrampelt war, ohne etwas Essbares zu finden, entdeckte sie, dass dort ein Mensch lag.

Oder, besser gesagt, eine Leiche. Im Stadium weit fortgeschrittener Verwesung. Es schien nicht viel mehr als ein paar Kleiderreste und das Skelett von ihm übrig zu sein, und eine verwirrte Sekunde lang fragte sich Jadwiga Tiller, ob sie etwa diesem Geruch nachgegangen war. Dann verspürte sie ein schnell aufsteigendes Schwindelgefühl und war gezwungen, sich auf einen umgefallenen Baumstamm zu setzen, um sich zu sammeln.

Das dauerte ein paar Sekunden. Dann formte sie die Hände wie ein Sprachrohr vor dem Mund und rief: »Kolihoo! Kolihoo!« Das war das zwischen dem Ehepaar verabredete Signal beim Pilzesammeln, war es inzwischen seit mehr als dreißig Jahren, und ganz richtig hörte sie fast unmittelbar darauf Adrians »Kolihoo!« ganz in der Nähe.

»Kolihoo! Kolihoo!«, rief sie erneut. »Komm schnell her! Ich habe eine Leiche gefunden!«

Es knackte im Unterholz, und Adrian Tiller tauchte auf. Er folgte Jadwigas zitterndem Zeigefinger mit dem Blick und sah, was sie sah. Und obwohl er ein alter Soldat war und schon fast alles gesehen hatte, verspürte auch er eine leichte Übelkeit und den Wunsch, sich zu setzen. Er sank neben seiner Ehefrau nieder, nahm seine karierte Mütze ab und wischte sich die Stirn mit dem Hemdsärmel ab.

»Wir müssen die Polizei anrufen«, sagte er. »Jetzt ist es 15.35 Uhr.«

»Ich verstehe ja, dass wir das tun müssen«, antwortete sie. »Aber warum redest du jetzt davon, wie spät es ist?«

»Weil es immer wichtig ist, die richtige Uhrzeit zu wissen, wenn es um Polizeiermittlungen geht«, erklärte Adrian Tiller.

Als Inspektorin Beate Moerk abends in ihrem Arbeitszimmer auf dem Polizeirevier von Kaalbringen saß und zusammenzufassen versuchte, was sie nach den ersten hektischen Stunden bezüglich des Toten zusammengetragen hatten, war sie nicht der gleichen Meinung wie Herr Tiller, was die Bedeutung des Zeitpunkts des Leichenfunds betraf.

Dafür war die Leiche ein wenig zu alt.

Aber wie auch immer – es handelte sich eindeutig um einen Mann. Wahrscheinlich irgendwo zwischen sechzig und siebzig. Hundertachtzig Zentimeter groß, bei seinem Dahinscheiden in Jeans, abgetragene Seglerschuhe, ein einfaches Baumwollhemd und eine blaue Jeansjacke gekleidet. Sämtliche Kleidungsstücke natürlich ziemlich mitgenommen. Laut den äußerst vorläufigen gerichtsmedizinischen Befunden war er seit vier bis sechs Monaten tot, und die Todesursache konnte mit an Gewissheit grenzender Wahrscheinlichkeit ein Schuss in den Kopf gewesen sein. Das Eintrittsloch auf der linken Schläfe, das Austrittsloch auf der rechten. Wohl eine ziemlich großkalibrige Waffe, möglicherweise eine Berenger oder Pinchmann. Der Schuss war nur aus wenigen Zentimetern Entfernung abgegeben worden. Weder Kugel noch Hülse wurden gefunden.

Und keine Papiere oder persönlichen Gegenstände. Abgesehen von einem Kaugummipäckchen der Marke Dentro Frucht mit zwei noch nicht gekauten Streifen in der rechten Vordertasche. Fingerabdrücke waren in Hinblick auf den Zustand der Leiche nicht zu nehmen, aber das Zahnprofil konnte von der Gerichtsmedizin in Maardam bestimmt werden – und dorthin war die Leiche auch zu allen möglichen weiteren Untersuchungen und Analysen unterwegs.

Am Fundort oder in seiner Nähe war nichts von Interesse gefunden worden. Auch hatten keine Spuren eines Kampfes oder Streites festgestellt werden können. Ein relativ gut zugänglicher und befahrbarer Weg verlief nur dreißig Meter von der betreffenden Mulde entfernt, weshalb anzunehmen war, dass der Körper mit dem Auto in den Wald transportiert worden war. In lebendem oder totem Zustand.

Es gab eigentlich nichts, was die Selbstmordalternative zu hundert Prozent ausschloss, aber vor Ort war keine Waffe gefunden worden, und der Körper war so sehr mit Laub und Zweigen bedeckt gewesen, dass nach allem zu urteilen wohl jemand versucht hatte, ihn vor den Augen der Welt zu verbergen.

Mord, mit anderen Worten. Inspektorin Moerk wusste, dass man es mit einem Mord zu tun hatte. Sie hatte das in gemäßigt deutlicher Manier dem Polizeichef deKlerk mitgeteilt, der sich ausgerechnet an diesem Samstag unglücklicherweise in einer Familienangelegenheit in Aarlach befand, der aber jetzt – ein paar Minuten nach neun Uhr abends – hoffentlich in seinem Wagen auf dem Weg zurück saß (exakt in entgegengesetzter Richtung wie die Leiche und ihr möglicherweise sogar irgendwo auf seinem Weg begegnete, wie Beate Moerk mit einem merkwürdigen inneren Lächeln feststellte), um so gegen halb elf auf dem Revier aufzutauchen.

Das hatte er zumindest versprochen, schließlich hatte man es in Kaalbringen nicht jeden Tag mit Mordermittlungen zu tun, und wenn man Polizeichef war, dann hatte man seine Pflicht zu erfüllen. Beate Moerk trank ihren letzten Schluck Tee und schob ihre Notizen in eine gelbe Mappe. Lehnte sich auf ihrem Schreibtischstuhl zurück und schaute aus dem Fenster, das die warme Augustdunkelheit hereinließ.

Mord?, dachte sie, und da fiel ihr ein, dass sie wusste, wer der Tote war.

Natürlich hätte sie schon früher daran denken sollen, aber es war ein hektischer Nachmittag und Abend gewesen. Sie war von Wachtmeister Bang ein paar Minuten nach vier von der Wache aus angerufen worden, und danach waren alle verfügbaren Kräfte eingesetzt worden. Der Fall lag, zumindest bis auf weiteres, auf dem Tisch der Kaalbringener Polizei. Die Techniker und das Ärzteteam kamen jedoch aus Oostwerdingen.

Hektische Stunden ohne viel Zeit zum Nachdenken also.

Gespräche mit dem pilzsuchenden alten Ehepaar, das die Leiche gefunden hatte. Ausführliche Unterhaltungen mit dem Pathologen Meegerwijk und Kommissar Struenlee, dem Leiter der Spurensicherung. Abwehrende Antworten für ein paar Journalisten, die aus unerklärlichen Gründen (Bang?) Wind von dem Fall bekommen hatten … Telefongespräche hierhin und dorthin, und erst jetzt – gegen neun Uhr abends – hatte sie die Gelegenheit gehabt, sich hinzusetzen und eine Weile nachzudenken.

Aber das genügte. Plötzlich wusste sie, wer da hinten in Hildeshejm eine Kugel durch den Schädel bekommen hatte ... nun ja, *wusste* war vielleicht zu viel gesagt, aber wenn ihr jemand eine Wette dahingehend angeboten hätte, hätte sie ohne zu zögern eine ziemlich hohe Summe gesetzt.

Dieser Privatdetektiv nämlich, verdammt, wie hieß er noch gleich?

Sie brauchte eine Weile, um den Namen zwischen all den anderen Namen zu finden, die in der Kaalbringener Polizeistation aufgeschrieben und archiviert waren, aber schließlich entdeckte sie ihn.

Verlangen.

Maarten Baudewijn Verlangen, wenn man genau sein wollte, und das sollte man wohl in so einer Situation.

So war es also. Dieser verschwundene ehemalige Privatdetektiv, dessentwegen dieser berühmte ehemalige Kriminalhauptkommissar Anfang Mai hier gewesen war, um ihn zu suchen.

Von dem er aber keine Spur hatte finden können. Weil es keine Spur gegeben hatte. Ganz einfach.

Beate Moerk nickte entschlossen vor sich hin. Nahm den Telefonhörer ab und rief Franek daheim an. Spürte einen kurzen Moment lang eine heftig aufkeimende Sehnsucht nach ihm, als sie seine Stimme hörte.

Sprach auch darüber mit ihm, aber das hatte keine Eile, wie er ihr versicherte. Beide Kinder schliefen, er malte und war bereit, mit einer Flasche Rotwein und offenen Armen bis nach Mitternacht auf sie zu warten, wenn es denn gewünscht wurde. Wie es mit der Leiche liefe, wollte er wissen.

Sie erzählte ihm, dass sie zu wissen glaubte, wer es war, und dass sie gezwungen war, noch zu bleiben und einige Telefongespräche zu führen – und auch deKlerk Bericht zu erstatten, wenn er denn die Güte haben würde, endlich aufzutauchen. Dass sie jedoch, sobald das erledigt sein würde, umgehend nach Hause kommen und das Licht im Atelier löschen würde.

Er lachte und versicherte ihr, sie sei herzlich willkommen.

Ein paar Minuten blieb sie nachdenklich sitzen, bevor sie den Hörer erneut abnahm. Es fiel ihr nicht leicht, diesen Entschluss zu fassen, aber dann verwarf sie alle Einwände und wählte die Nummer von Bausens Haus.

Da sie davon ausging, dass das Antiquariat in Maardam samstagabends wohl kaum bis halb zehn Uhr offen war.

Und da Van Veeteren ihr nicht seine Privatnummer gegeben hatte.

Van Veeteren wiederum wurde von Bausen eine halbe Stunde später angerufen – und nachdem er die wenigen vorläufigen Informationen geschluckt hatte, war er noch sicherer als Inspektorin Moerk, dass es sich bei dem Toten tatsächlich um Maarten Verlangen handelte.

Es gab natürlich keine wirklich rationalen Argumente für diese Annahme – aber er hatte erst vor wenigen Nächten von Jaan G. Hennan geträumt (in einer sonderbaren Rolle als schonungsloser gehörnter Richter in einer Art Kriegstribunal) und außerdem die Drei-Züge-Aufgabe in der Allgemejne in weniger als einer halben Minute gelöst, was fast schon ein Rekord war.

Mit anderen Worten: Es hatte etwas in der Luft gelegen, und nach Bausens Telefonanruf wusste er, was es gewesen war. Es war genug Wasser den Fluss hinuntergeflossen, um ein anderes Element zu benutzen, und es war an der Zeit, ein weiteres Kapitel im Fortsetzungsroman G. zu schreiben.

Aber nun soll es verdammt noch mal das letzte sein, dachte er, als er den Hörer auflegte und wieder zum Sofa, Ulrike und dem finnischen Spielfilm auf Kanal 4 zurückkehrte. Ich muss das möglichst bald ein für alle Mal zu Ende bringen. Alles hat zwar seine Zeit, aber trotzdem gibt es Grenzen, oder etwa nicht?

»Wer war das?«, wollte Ulrike wissen, schob Stravinsky zur Seite und ließ stattdessen ihn unter die Decke.

»Bausen«, sagte Van Veeteren. »Sie denken, sie haben Verlangen gefunden.«

Ulrike griff zur Fernbedienung und stellte den Ton ab.

»Den Privatdetektiv?«

»Ja.«

»Tot?«

»Ja. Wahrscheinlich seit April. Wie ich gedacht habe.«

»Wie?«

»Was?«

»Wie ist er gestorben?«

»Durch einen Schuss in den Kopf.«

»Was zum Teufel ...?«

»Du hast richtig gehört.«

»Mein Gott. Und tatsächlich da oben in Kaalbringen?«

»Ganz in der Nähe. Aber sie haben ihn natürlich noch nicht identifiziert.«

»Aber sie glauben, dass er es ist?«

»Offenbar. Sicher wissen sie es erst morgen.«

Ulrike nickte. Nahm den Kater wieder hoch und kraulte ihn gedankenverloren unterm Kinn, während sie die stummen Bilder auf dem Fernseher betrachtete. Es verging eine halbe Minute.

»Was wirst du ...?«

»Wir werden sehen«, sagte Van Veeteren. »Auf jeden Fall ist das eine Sache für die Polizei.«

»Zweifellos.«

Er saß schweigend da und suchte nach den richtigen Formulierungen.

»Schatten zu jagen, wird ja wohl jedem erlaubt sein«, stellte er dann fest, »aber ein offensichtlicher Mord sollte nicht auf dem Schreibtisch eines Antiquars liegen.«

»Natürlich nicht«, stimmte ihm Ulrike Fremdli zu. »Wo habe ich das schon mal gehört?«

33

Polizeichef deKlerk zupfte sich nachdenklich am rechten Ohrläppchen und blinzelte Inspektorin Moerk zu.

»Aha, so soll der Fall also liegen?«, fragte er. »Ich muss sagen, ich bin ein wenig skeptisch.«

Beate Moerk zuckte mit den Schultern. Sie war es gewohnt, dass ihr Chef skeptisch war. Wollte man ein wenig übertreiben, dann konnte man sogar behaupten, dass das seine hervorstechendste Eigenschaft war.

Der Zweifel. Sie arbeitete jetzt seit gut sechs Jahren mit ihm zusammen und wusste, dass er nie die Katze im Sack kaufte. Nie etwas als gegeben hinnahm. Wenn jemand aufs Revier kam und deKlerk erklärte, da stünde ein rotes Auto auf dem Markt im Halteverbot, konnte er denjenigen, ohne mit der Wimper zu zucken, fragen, ob es sich nicht doch um ein blaues handelte. Oder sogar um einen Trecker.

Anfangs hatte sie das irritiert, aber mit der Zeit hatte er auf seine Weise ihren Respekt gewonnen. Als Polizeibeamter und vielleicht auch als Mensch, und sie hatte gelernt, damit zu leben. Sie hatten bei Gelegenheit auch den eventuellen Wert des »gesunden Zweifels als Methode« diskutiert, wie er es auszudrücken pflegte, und ab und zu hatte sie ihm sogar Recht geben müssen. Aber nur ab und zu. Und Gott sei Dank trieb er diese Eigenschaft nie ad absurdum. Trotz allem hatte Polizeichef deKlerk Ehefrau und drei Kinder, daran konnte absolut kein Zweifel bestehen.

»Es ist eine Arbeitshypothese«, erklärte sie und sammelte währenddessen ihre Papiere zusammen. »Nichts anderes.«

»Wir wissen doch noch nicht einmal, ob es sich um Verlangen handelt.«

»Stimmt.«

»Es ist fünfzehn Jahre her seit dem Mord in Linden. Wenn es nun wirklich ein Mord war.«

»Ich weiß.«

»Dieser alte Kommissar ist ein wenig besessen von dieser Geschichte, oder?«

»Besessen?«, wiederholte Beate Moerk. »Nein, das glaube ich nicht. Aber er hat einen Spürsinn, der so manchen Spürhund vor Neid erblassen lassen würde.«

»Spürsinn?«, fragte deKlerk. »Nun ja.«

Beate Moerk schaute seufzend auf die Uhr. Es war zwanzig Minuten nach elf.

»Nun gut«, fuhr deKlerk fort und begann um des Ausgleichs willen am anderen Ohrläppchen zu zupfen. »Wenn wir diesen Jaan G. Hennan wirklich hier im Ort finden, bekommt die Sache natürlich ein anderes Gesicht. Auf jeden Fall müssen wir die Identifikation des Toten abwarten.«

»Ich bin ziemlich überzeugt davon, dass es Verlangen ist«, stellte Beate Moerk fest und stopfte lässig die halb sortierten Papiere in ihre Aktentasche. »Meine weibliche Intuition sagt mir das.«

»Und sagt sie noch mehr?«

»Oh ja. Sie sagt mir zum Beispiel, dass es ganz entscheidend sein wird, Zeugen zu finden. Zeugen, die ihn im April in der Stadt gesehen haben. Ein Foto in den Zeitungen, der Aufruf an die Allgemeinheit, sich zu melden, vielleicht auch ...«

»Stop«, unterbrach deKlerk sie. »Nicht so eilig. Das machen wir, wenn wir wissen, dass er es ist. Das sollte doch wohl morgen klar sein, oder?«

»Wenn es Verlangen ist, dann ist es morgen klar. Ist es jemand anderes, müssen wir wohl noch abwarten.«

»Da hast du Recht«, sagte Polizeichef deKlerk. »Aber jetzt schließen wir den Laden hier, es ist schließlich gleich Mitternacht.«

»Wir haben es hier mit einem Mordfall zu tun«, bemerkte Beate Moerk.

Er hob eine Augenbraue, und sie konnte sehen, dass sie sich verraten hatte. Er hatte bemerkt, dass ihr die Sache fast schon gefiel.

Ich bin pervers, dachte sie. Aber das letzte Mal ist neun Jahre her, ist es da ein Wunder?

Auf dem Heimweg begann sie sich daran zu erinnern, was vor neun Jahren wirklich passiert war, und sie spürte, wie sich ihre Haare an den Unterarmen sträubten.

Kriminalkommissar Münster hatte den größten Teil des Sonntags seinen Kindern gewidmet.

Am Morgen hatte er seine Tochter Marieke zu einem Bauernhof außerhalb von Loewingen gefahren, auf dem es vier Pferde und zwei Freundinnen gab. Im Laufe des Vormittags hatte er seinen Sohn Bart vor dem Richterstadion abgesetzt, von wo aus es weiter per Bus zu einem Fußballspiel in Linzhuisen ging.

Und jetzt am Nachmittag hatte er es sich im Doppelbett gemütlich gemacht und tobte mit Edwina, ein Jahr und drei Monate alt, herum.

Synn, seine Frau, hatte den Tag frei bekommen und befand sich an unbekanntem Ort. Wahrscheinlich irgendwo draußen am Meer mit einer oder mehreren Freundinnen, es war ein schöner Tag mit klarem Himmel und kräftigem Wind, und er hatte Badetuch und Picknickkorb sehen können, als sie sich zwischen den Kindertransporten kurz verabschiedet hatten. Aber es gehörte zu ihrer Übereinkunft, dass er nicht fragen durfte.

Edwina schlief gegen drei Uhr ein, der Kommissar eine Viertelstunde später.

Edwina wachte nicht vom Telefonklingeln auf, dafür aber der Kriminalkommissar.

Van Veeteren.

Der Kommissar.

An einem Sonntagnachmittag? Münster fühlte sich plötzlich hellwach, wacher als seit einem halben Jahr.

»Ja, sicher«, sagte er. »Ich habe etwas Zeit.«

»Ausgezeichnet«, sagte Van Veeteren. »Ja, es tut mir wirklich Leid, wenn ich die Familienidylle und den Sonntagsfrieden störe ...«

»Lass die Floskeln weg«, sagte Münster. »Worum geht es?«

Ich bin mit den Jahren mutiger geworden, dachte er. Deutlich mutiger.

»Verlangen«, sagte Van Veeteren. »Maarten Verlangen. Du erinnerst dich doch an ihn, wie ich annehme?«

»Ich erinnere mich«, bestätigte Münster und ging in den Flur hinaus, um Edwinas Schlaf nicht zu stören.

»Er ist tot«, sagte Van Veeteren. »Sie haben ihn endlich gefunden. Oben in Kaalbringen, das war doch kein Rauch ohne Feuer, da im Frühjahr.«

Münster rief sich schnell die Ereignisse um das Verschwinden des Mannes ins Gedächtnis.

»Ich verstehe«, sagte er. »Und er ist ... wirklich?«

»Ermordet, ja. Ein Schuss in den Kopf ganz aus der Nähe. Seine Leiche wurde gestern in einem Waldgebiet entdeckt, die Identifizierung fand heute statt. Ich habe mit der Tochter und mit der Polizei in Kaalbringen gesprochen ... mit Beate Moerk, falls du dich noch an sie erinnerst.«

»Aber natürlich«, nickte Münster und spürte, wie sein Gesicht heiß wurde, als er ihren Namen hörte. »Und mit anderen Worten, es gibt da eine Verbindung?«

»Ich denke schon«, antwortete Van Veeteren. »Jedenfalls werden sie da oben Hilfe brauchen, und wenn man den Zusammenhang mit den alten Ereignissen bedenkt ... ja, es wäre nicht schlecht, wenn wir uns darum kümmern würden.«

Wir?, dachte Münster und versuchte eine Blitzanalyse des Inhalts dieses kleinen Pronomens.

»Die Maardamer Kripo, meine ich natürlich«, präzisierte Van Veeteren.

Meinst du das wirklich?, dachte Münster.

»Ja natürlich, ich kann das mit Hiller besprechen, wenn du willst«, erklärte er bereitwillig. »Aber man weiß ja nie, wie ...«

»Ich habe bereits mit ihm gesprochen«, unterbrach ihn Van Veeteren. »Da gibt es keine Hindernisse.«

»Du hast bereits mit ihm gesprochen ...?«

»Ja.«

»Na, dann.«

»Genau. Es wäre doch gar nicht so dumm, wenn man das in die richtigen Hände gäbe, nicht wahr?«

»Wie bitte? In die richtigen Hände? Was meint der Hauptkom ... was meinst du denn damit?«

»Jemanden, der einiges davon weiß. Sowohl über G. als auch über Kaalbringen. Wenn du verstehst?«

Münster verstand, konnte aber ein paar Sekunden lang nicht antworten.

»Ach, so meinst du das«, sagte er dann. »Ja, schon möglich. Ich werde Hiller fragen, ob das machbar ist. Schließlich habe ich noch einiges auf dem Tisch liegen, aber wenn es geht, dann ...«

Der *Kommissar* räusperte sich im Hörer, und Münster brach ab.

»Hrrm, na, eigentlich ist das gar nicht nötig. Da ich ihn sowieso schon am Telefon hatte ... und so weiter. Du kannst morgen früh hochfahren, und Rooth kannst du mitnehmen .... Ja, wie schön, dass du einverstanden bist.«

Damit legte er auf. Münster blieb stehen und starrte das Telefon eine ganze Weile lang an. Was ist das gewesen?, überlegte er. Hat er nicht zu Anfang gefragt, ob sein Anruf störe? Schon sonderbar.

Oder eher typisch.

Er schaute nach, ob Edwina immer noch tief und fest schlief, dann ging er in die Küche und braute sich einen schwarzen Kaffee.

Beate Moerk fror.

Das hatte seine Gründe. Sie thronte splitterfasernackt hoch oben auf einem unbequemen Hocker, und es hätte gerne ein paar Grad wärmer im Raum sein dürfen.

»Jetzt reicht es«, sagte sie. »Mir tut jeder Muskel weh und außerdem noch zwei, die es gar nicht gibt.«

»Immer mit der Ruhe, mein Schatz«, erwiderte Franek. »Nur noch eine kleine Minute, bedenke, dass du das für die Nachwelt tust. Nein, bleib still sitzen!«

»Die Nachwelt ist mir scheißegal. Wir haben eine halbe Stunde vereinbart, und inzwischen müssen mindestens drei Viertel vergangen sein.«

Er betrachtete sie über den Rand der Leinwand hinweg. Kniff ein Auge zu und blinzelte mit dem anderen.

»Ein Vorteil bei Aktmodellen ist, dass sie keine Armbanduhr tragen dürfen«, stellte er fest. »Aber in Ordnung, wir machen jetzt einen Punkt. Komm her und schau dir das Wunderwerk an. Oh verdammt, deine Hüftlinie könnte einen griechischen Gott vom Olymp herunterlocken!«

»Ach, Quatsch«, sagte Beate Moerk und schlüpfte in den Bademantel. »Blinder Malerlappen redet in Nachtmütze.«

Sie ging um die Staffelei herum, kroch unter seinen Arm und schaute sich das halbfertige Bild an. Musste zugeben, dass es immer besser aussah und dass es ihr gefiel, wenn er so über ihre Hüftlinie sprach.

»Das ist verdammt unbequem, weißt du. Ich habe diese Rolle des Leidens in der Kunst nie verstanden, bis jetzt, wo ich mich bereit erklärt habe, Modell zu stehen.«

»Ganz genau«, bestätigte er. »Es muss anstrengend sein, das ist ja der Witz dabei. Die Sehnen und Muskeln müssen arbeiten und sichtbar sein, es gibt sowieso schon viel zu viele ruhende Nymphen.«

»Es gibt auch Stimmen, die sagen, dass es viel zu viele nackte Frauenkörper in der Kunst gibt ... alles in allem.«

»Ein Missverständnis«, widersprach er. »Das wäre ungefähr so, als wollte man behaupten, dass man keine Metaphern mehr in der Literatur anwenden sollte ... wäre das vielleicht sogar möglich?«

Er sah ernsthaft nachdenklich aus, wie immer, wenn er sich an einem zufälligen Gedanken festbiss. Kaute auf dem Pinselstiel herum und runzelte die Stirn.

Deshalb liebe ich ihn, dachte sie plötzlich ... weil er alles, aber auch wirklich alles, mit dem tiefsten Ernst betrachten kann.

Weil er an allem so aufrichtig interessiert ist, außer an sich selbst.

Sie knotete den Bademantelgürtel zu. Ich überschätze ihn, dachte sie. Aber das ist mir auch egal. Besser, noch ein wenig Spielraum zu haben, wenn der Überdruss einsetzt.

Obwohl dieser Zeitpunkt hoffentlich noch in sehr, sehr weiter Ferne lag. Beate Moerk hatte Franek Lapter zwei Monate nach dem sagenumwobenen Axtmörderfall vor neun Jahren auf einem Fest kennen gelernt, und als sie sich das zweite Mal liebten, war sie schwanger geworden. Auch gut, wie Franek meinte, als sie es ihm erzählte. Uns beiden hätte Schlimmeres passieren können.

Sie hatten geheiratet, sich ein altes Haus am Limmingerweg draußen in Groonfelt gekauft, ihr erstes Kind bekommen und das zweite eineinhalb Jahre später geplant. Ungefähr genauso lange war sie insgesamt von ihrem Dienst als Polizeiinspektorin im Kaalbringener Polizeidistrikt befreit gewesen. Es gab wohl den einen oder anderen, der meinte, eine gute Mutter sollte ein wenig länger daheim bei ihren Sprösslingen bleiben, aber Franek hatte sein Atelier im ersten Stock und konnte sich absolut nicht vorstellen, ohne Leon oder Myra zu sein. Zumindest nicht mehrere Stunden am Stück. Also, warum nicht?

Und jetzt stand wieder ein Mord auf dem Dienstplan.

Ich liebe meinen Mann und meine Kinder, dachte sie. Aber ich liebe sie noch mehr, wenn ich meinen perversen Neigungen nachgehen darf.

»Kann es angehen, dass du ein bisschen auf diese Leiche fixiert bist?«, fragte er, während er die Pinsel im Waschbecken auswusch. »Und es war tatsächlich dieser alte Privatdetektiv aus Maardam?«

Beate Moerk zog sich ein Paar dicke Wollstrümpfe über, richtete sich auf und nickte.

»Verlangen«, sagte sie. »Ja, er war es.«

»Und jetzt ist geplant, dass dieser deKlerk und du das aufklären sollen?«

»Zweifelst du an unseren Fähigkeiten?«

Er überlegte eine Weile.

»Nicht an deinen. Und ein Genie genügt wahrscheinlich, um diese Gleichung zu lösen. Die anderen müssen nur zur Hand sein, Kaffee kochen und nicht im Weg stehen.«

»Gleichung?«, wiederholte Beate Moerk lachend. »Ich hatte während meiner gesamten Schulzeit nie mehr als eine Drei in Mathe. Hier ist nicht die Rede von irgendwelchen Gleichungen, das ist wahrscheinlich eine Ochsentour für Siebtklässler. Übrigens bekommen wir Hilfe von außen.«

»Von außen? Ist es so ernst?«

Sie begriff, dass Franek neben seiner Fähigkeit, in einer verletzten Fliege ein ernstes Problem zu sehen, ab und zu Schwierigkeiten hatte, die Bedeutung größerer Problemfelder zu beurteilen. Vielleicht war das eine Art Notwendigkeit für einen Menschen wie ihn. Um des Gleichgewichts willen. Um der Kunst willen.

Die Perspektive von außen, wie es hieß.

Blödsinn, dachte sie. Ich überschätze auch seine Gedankenwelt. Aber vielleicht muss man das, wenn man jemanden liebt?

»Was meinst du damit? Ist ein Mord nicht auf jeden Fall ernst?«

Er war mit dem Pinselwaschen fertig. Trocknete sich die Hände an seinem karierten Flanellhemd ab und kam ihr mit ausgebreiteten Armen entgegen. Als er sie umarmte, hörte sie, wie es in den Rippen knackte.

»Natürlich«, sagte er. »Darf ich nicht noch mal einen Blick auf deine Beckenpartie werfen, ich glaube, da gibt es eine Linie, die ich noch nicht so richtig aufgenommen habe.«

»Grrh«, sagte sie und biss ihm in die Schulter. »Ich bin jedenfalls froh, dass du keine Aktmodelle mehr von draußen herholst.«

Das Lieben dauerte seine Zeit, und es war genauso schön wie immer, aber als er sich widerstrebend auf seine Betthälfte gerollt hatte und eingeschlafen war, lag sie noch mindestens eine Stunde lang wach.

Was natürlich nicht besonders überraschend war. Die unbekannten und vertrauten Namen schwebten wie ein Mantra in ihrem Kopf: Barbara Hennan – Jaan G. Hennan – Maarten Verlangen – Kommissar Van Veeteren ...

Und Münster! Sie hatte Kommissar Münster seit neun Jahren nicht mehr gesehen. Sie hatten nicht einmal mehr miteinander telefoniert, als hätten sie eine Art unausgesprochener Vereinbarung getroffen. Und dennoch erinnerte sie sich – so deutlich, als wenn es gestern gewesen wäre –, wie wenig nur gefehlt hatte, und sie hätten eine Affäre miteinander gehabt. Wären miteinander ins Bett gegangen.

Mitten in den Ermittlungen zum Axtmörderfall! Vielleicht hing das auch irgendwie mit dieser Perversität zusammen?

Und morgen würde er wieder in Kaalbringen auftauchen.

Nur gut, dass ich mich etabliert habe, dachte sie. Gott sei Dank.

34

Die Neuigkeit von der Leiche draußen im Pilzwald nahm – neben einem ziemlich langen Artikel auf der Titelseite und der Schlagzeile – eine drei viertel Seite in de Journaal vom Montag ein, der wichtigsten Tageszeitung von Kaalbringen und Umgebung.

Und auch das alte Foto von Verlangen war hier wieder zu finden, das bei der Hotelrundfrage Anfang Mai benutzt worden war, sowie ein Aufruf der örtlichen Polizei an alle verantwortungsbewussten Mitbürger, sich zu melden, wenn sie glaubten, irgendwann im Laufe des Frühlings oder Vorsommers auf den Mann auf diesem Bild gestoßen zu sein.

Oder – natürlich – wenn sie irgendwelche anderen Informationen zu liefern hatten, von denen sie meinten, sie könnten der Aufklärung dienen. Der friedliche Küstenort war in den letzten Jahren von gröberen Gewaltverbrechen verschont geblieben, so hieß es in dem Artikel, aber jetzt war es also wieder soweit. In diesen globalen Zeiten konnte man sich nirgends sicher fühlen, nicht einmal in Kaalbringen, wie der Schreiber Hermann Schalke meinte, der bereits vor einem knappen Jahrzehnt dabei gewesen war und den berühmten Axtmörderfall begleitet hatte, und der keine Schwierigkeiten hatte, sich daran zu erinnern. Absolut keine Schwierigkeiten. Unsere schöne Welt ist voll des Bösen und das Leben gesäumt von dessen Handlangern und gewissenlosen Überläufern, schloss er philosophisch sein dunkles Epos ab.

Bereits am Vormittag dieses heißen Augustmontags ließen die ersten drei Informanten auf dem Polizeirevier von sich hören, wo Polizeichef deKlerk brüderlich die Verantwortung mit Inspektorin Moerk und Polizeianwärter Stiller teilte – Letzterer erst vierundzwanzig Jahre alt und nach bestandenem Examen frisch von der Polizeischule, und seit Mitte Februar neu sowohl in der Berufsrolle als auch in der Stadt.

Alle drei Informanten konnten jedoch ziemlich schnell als uninteressant abgefertigt werden. Zwei von ihnen meinten Verlangen erst im Juni gesehen zu haben, als dieser nachweislich bereits seit mindestens einem Monat tot war – und der Dritte war ein junger, aber bereits erkennbar geistesverwirrter Mann namens Dan Wonkers. Er war offenbar trotz der frühen Stunde bereits betrunken und wollte seine heißen Tipps nur unter der Voraussetzung abliefern, dass ihm irgendeine Art pekuniärer Belohnung dafür winkte.

Als dem nicht so war, zog er empört auf die Bürgerschweine und Polizeinazis schimpfend von dannen – alte Slogans, die er höchstwahrscheinlich mit der Muttermilch von seinem Vater aufgesogen hatte. Dieser hieß Holger Wonkers und war ein entgegen allen Prognosen überwinterter Rotweinradikaler aus den Sechzigern und kein unbekannter Name in der Stadt. Eher im Gegenteil.

Gleich nach der Mittagspause – die Uhr zeigte Viertel nach eins, und ungefähr zu dem Zeitpunkt, als Kommissar Münster und Inspektor Rooth aus Maardam eintrafen – meldete sich dann doch noch ein Zeuge anderen Kalibers.

Sie hieß Katrine Zilpen, und da Inspektorin Moerk zumindest ein wenig mit dem einen der angereisten Kollegen bekannt war – und Polizeianwärter Stiller noch nicht aus der Mittagspause zurück war –, war es der Polizeichef höchstpersönlich, der sich in seinem Dienstzimmer um sie kümmern musste.

»Bitte schön, so setzen Sie sich doch«, begann er. »Sie kommen also wegen unserer Suchmeldung? Frau Zilpen, so war doch der Name?«

»Ganz genau«, sagte Katrine Zilpen und ließ sich ihm gegenüber nieder. »Ich weiß nicht, ob wir uns schon einmal gesehen haben?«

»Das denke ich nicht«, erklärte deKlerk.

Sie war eine ziemlich kräftige Frau in den Vierzigern, er meinte, sich irgendwie vage an sie zu erinnern – so wie er so langsam mehr oder weniger fast jeden Bewohner des Ortes wiedererkannte. In acht Jahren kann man zwar nicht achtundzwanzigtausend Gesichter registrieren und im Gedächtnis speichern, aber dennoch ziemlich viele.

Katrine Zilpens Gesicht gehörte nicht zu den alltäglichen. Ganz und gar nicht. Sie hatte dichtes kupferrotes Haar, das mit Hilfe eines dünnen gelben Schals zu einer Art Ananasfrisur hochgebunden war. Markante Züge und grüne Augen in einem Ton, der ihn an das Salzwasseraquarium in Oudenberg denken ließ, wo er in seiner Jugend ein paar Sommermonate lang als Fremdenführer gearbeitet hatte.

Wenn sie etwas weniger vulgär wäre, könnte sie schön sein, dachte er.

Sie machte eine Art rollende Bewegung mit den Lippen (er nahm an, dass sie neue Farbe draufgeschmiert hatte, kurz bevor sie durch die Glastüren des Polizeigebäudes gegangen war, und dass das zu ihren Routinen gehörte), und fragte, ob sie rauchten dürfte. Er holte einen Aschenbecher aus einer Schublade und schob ihn auf ihre Schreibtischseite. Dann rückte er seinen Stuhl etwas zum offenen Fenster hin und bat sie zu berichten, warum sie gekommen war.

»Diese Leiche da«, begann sie, nachdem sie die Zigarette angezündet hatte. »Ich glaube, die habe ich schon mal gesehen. In lebendigem Zustand, meine ich.«

»Ausgezeichnet«, sagte deKlerk. »Wo und wann?«

»Bei Geraldine's. Irgendwann im April, ich weiß nicht genau, wann, aber auf jeden Fall war es ein Wochenende.«

»Bei Geraldine's«, wiederholte deKlerk und runzelte die Stirn. »Sie meinen diesen Campingplatz?«

»Nun ja, es ist nicht gerade ein Campingplatz. Geraldines Caravan Club heißt er. Nur feste Wohnwagen, ich weiß nicht, wie Sie das nennen wollen.«

»Draußen beim Wilgersee?«

»Nicht ganz so weit. Nur einen Kilometer vom Fisherman's Friend entfernt. Es ist ein Gelände mit zehn, zwölf Wagen, wir fahren ab und zu für ein Wochenende hin, mein Mann und ich. Um mal rauszukommen, das machen wir schon seit ein paar Jahren so.«

»Im April?«, wunderte deKlerk sich.

»Es gibt Heizung in den Wohnwagen. Zumindest in den meisten. Sie selbst wohnt das ganze Jahr dort.«

»Wer?«

»Geraldine Szczok. Ihr gehört das alles.«

DeKlerk bat sie, den Namen zu buchstabieren, und schrieb ihn sich auf.

»Und dort haben Sie also den Mann getroffen, über den wir Informationen suchen?«

»Ich glaube schon.«

»Sie glauben?«

»Ich bin mir natürlich nicht hundertprozentig sicher. Ich bin doch nicht bescheuert.«

»Ich verstehe.«

»Wirklich? Das ist gut. Ja, ich habe heute Morgen dieses Foto in der Zeitung gesehen, und da ist mir sofort dieser Kerl eingefallen. Aber wenn Sie keine Hilfe haben wollen, dann soll es mir auch egal sein.«

»Immer mit der Ruhe. Seien Sie doch nicht so empfindlich, Frau Zilpen. Übrigens, möchten Sie eine Tasse Kaffee?«

»Nein, danke. Meine Mittagspause dauert nur noch eine Viertelstunde. Aber wie auch immer, ich gehe davon aus, dass er es war. Wir haben in einem der anderen Wagen gewohnt, die meisten standen leer, weil es ja noch so früh im Jahr war.«

»Dann haben Sie mit ihm gesprochen? Ausgezeichnet. Und worüber?«

»Über nichts Besonderes. Nur so Höflichkeitsphrasen ... über das Wetter ... und wie man in einem Wohnwagen lebt und so. Wir sind ja nur zwei Nächte geblieben, mein Mann und ich. Er war schon ein paar Tage dort, als wir ankamen.«

»Und er hat noch dort gewohnt, als Sie wieder abfuhren?«

»Ja. Wir haben am Sonntagnachmittag zusammengepackt und sind nach Hause gefahren. Er saß draußen vor seinem Wohnwagen ... wir haben uns verabschiedet und ihm alles Gute gewünscht, wie man das so tut.«

»Hat er seinen Namen genannt?«

»Vielleicht den Vornamen, aber er fällt mir nicht mehr ein.«

»Wie war er gekleidet?«

Katrine Zilpen tat einen kräftigen Zug an der Zigarette und überlegte.

»Jedenfalls nicht irgendwie ungewöhnlich. Jeans und Pullover und Turnschuhe wahrscheinlich ... nein, ich weiß es, ehrlich gesagt, nicht.«

»Hat er Ihnen erzählt, warum er auf dem Campingplatz wohnte?«

»Ich glaube, er hat Horst gegenüber erwähnt, dass er so eine Art Job in der Stadt hat.«

»Horst?«

»Mein Mann.«

»Ach so. Eine Art Job?«

»Ich habe noch im Kopf, dass Horst so etwas gesagt hat ... aber wenn Sie das interessiert, ist es wohl das Beste, wenn Sie direkt mit ihm sprechen. Oder mit Geraldine ... sie muss ja auf jeden Fall ein bisschen mehr über ihn wissen.«

»Natürlich. Wir werden Kontakt zu ihr aufnehmen ... und höchstwahrscheinlich auch zu Ihrem Mann. Wie steht es um den Zeitpunkt? Können Sie dieses Wochenende im April etwas genauer eingrenzen ... vielleicht, indem Sie in Ihrem Kalender nachschauen?«

Katrine Zilpen zuckte mit den Schultern und drückte die Zigarette aus.

»Schon möglich. Ja, das kann ich wohl … wenn es denn nötig ist.«

Polizeichef deKlerk räusperte sich.

»Das ist unbedingt nötig, Frau Zilpen. Und wir sind Ihnen äußerst dankbar dafür, dass Sie mit diesen Informationen zu uns gekommen sind. Haben Sie am Empfang Ihre Adresse und Telefonnummer hinterlassen, damit wir wissen, wo wir Sie erreichen können?«

»Ja, natürlich«, sagte sie und warf einen vielsagenden Blick auf ihre Armbanduhr.

»Noch einen Augenblick. Sind Sie und ihr Mann heute Abend zu Hause?«

Sie überlegte.

»Ich bin zu Hause. Mein Mann hat Nachtschicht, er geht gegen sechs aus dem Haus.«

»Gut. Wäre es denn möglich, dass wir zu Ihnen kommen und Ihrem Mann ein paar Fragen stellen, bevor er geht?«

Sie nickte und stand auf.

»Ich denke schon. Sie können ja vorher kurz anrufen.«

»Aber selbstverständlich.«

DeKlerk stand ebenfalls auf und streckte ihr die Hand quer über den Schreibtisch entgegen. Soweit er es einschätzen konnte, zögerte sie eine halbe Sekunde lang, bevor sie sie ergriff.

Nun ja, dachte er, nachdem sie ihn verlassen hatte. Ich habe mich auch nicht gerade in sie verliebt.

Van Veeteren und Inspektorin Ewa Moreno trafen Belle Vargas am Montagnachmittag in Darms Café am Alexander Plejn. Belle selbst hatte vorgeschlagen, dass sie sich in der Stadt treffen sollten, und nachdem sie sich an einem einigermaßen separaten Tisch niedergelassen hatten, erklärte sie auch, warum.

»Ich musste mal von zu Hause raus. Ich habe mir für ein paar

Tage Urlaub genommen … Ich glaube, die Leute finden es unanständig, wenn sie herauskriegen, dass ich einfach weiterarbeite, nachdem mein Vater ermordet aufgefunden wurde. Aber ich habe einfach nichts zu tun. Diejenigen, die wissen, was passiert ist, trauen sich nicht, anzurufen und zu stören, mein Mann arbeitet, die Kinder sind im Kindergarten und in der Schule … was zum Teufel soll ich machen? Dasitzen und trauern? Mit dem Beerdigungsinstitut das Begräbnis planen? Obwohl ich das jetzt sowieso noch nicht machen kann, oder?«

»Am besten warten Sie damit noch ein paar Tage«, sagte Ewa Moreno. »Sie können sich denken, dass es in so einem Fall immer zu ein paar Verzögerungen kommen kann … aber ich kann mir denken, dass es schwer ist.«

»Im Auge des Sturms«, sagte Van Veeteren und betrachtete sie mit einer Sorgenfalte zwischen den Augenbrauen. »Sie sitzen im Auge des Sturms, und das ist nie ein besonders angenehmes Gefühl. Wie fühlen Sie sich eigentlich?«

Belle Vargas holte tief Luft und schüttelte den Kopf.

»Ich weiß es nicht so recht«, sagte sie. »Ich bin die ganze Zeit davon ausgegangen, dass er tot ist. Und Gewissheit ist besser als Ungewissheit, wie schon gesagt … aber ich hätte mir gewünscht, dass er ein anderes Ende gefunden hätte. Das hier ist … das hier ist einfach nur schrecklich.«

Sie klapperte mit der Kaffeetasse auf der Untertasse und blinzelte ein paar Tränen fort.

»Ermordet?«, fuhr sie fort. »Mein Gott, mein armer einsamer Papa ist ermordet worden! Haben Sie jemanden in Verdacht?«

Van Veeteren wechselte einen Blick mit Moreno.

»Nein«, sagte er. »Aber wenn wir ehrlich sind, dann sind wir nicht ganz überrascht davon. Sie wissen ebenso gut wie wir, dass er seine Gründe dafür hatte, nach Kaalbringen zu fahren. Diese alte Geschichte, über die wir im Frühling gesprochen haben. Ich denke schon …«

Er brach ab, plötzlich unsicher, was er sagen sollte. Belle

Vargas schnäuzte sich die Nase in ein Papiertaschentuch und schaffte es, einen Schluck Kaffee zu trinken.

»Entschuldigen Sie. Ich dachte, ich hätte mich im Griff, aber offensichtlich war das ein Irrtum. Ja, natürlich ist mir klar, dass er vielleicht irgendeiner Art Gefahr ausgesetzt war ... aber trotzdem ist es schwer, das zu akzeptieren. Dann hat er also seit April da tot im Wald gelegen?«

»Offensichtlich«, gab Van Veeteren zu. »Aber glücklicherweise leidet man nicht mehr, wenn man einmal tot ist. Wir, die Trauernden, sind diejenigen, die leiden.«

Sie betrachtete ihn einen Augenblick lang mit Verwunderung.

»Kann sein«, sagte sie. »Ja, ich leide auf jeden Fall, das ist jedenfalls klar.«

»Und Sie sind damit einverstanden, dass wir Ihnen einige Fragen stellen?«, wechselte Moreno das Thema. »Ihr Vater ist ermordet worden, und wir wollen den kriegen, der dafür verantwortlich ist.«

»Ich weiß«, sagte Belle Vargas und fischte ein weiteres Papiertaschentuch aus der Handtasche. »Sie wollen endlich diesen Hennan schnappen ... denn er ist doch wohl derjenige, der hinter dem Ganzen steckt.«

»Das ist nicht unmöglich«, nickte Van Veeteren. »Aber ich will lieber nichts beschwören.«

»Dann legen Sie los«, sagte Belle Vargas. »Was wollen Sie wissen?«

Van Veeteren holte seinen gelben Notizblock heraus.

»Zunächst wollen wir uns auf die Zeit konzentrieren, bevor Ihr Vater aus Maardam verschwunden ist.«

»Bevor er verschwunden ist?«

»Ja, ungefähr ab März bis zum fünften, sechsten April. Wie immer man das ansieht, so muss in diesem Zeitraum etwas passiert sein, was dazu geführt hat, dass Ihr Vater irgendeine Spur von Jaan G. Hennan aufgenommen hat ... und dass er etwas hinsichtlich der Ereignisse von 1987 erfahren hat. Wir haben ja bis jetzt nicht viel in der Hand. Nur dieses Telefongespräch mit Ihrem Sohn und seine Aufzeichnungen auf dem Zettel auf dem Küchentisch. Vielleicht hat er noch andere Spuren hinterlassen.«

»Spuren?«, fragte Belle Vargas nach und sah dabei nachdenklich aus. »Ich weiß nicht so recht ...«

»Er kann sich beispielsweise irgendwo anders Notizen gemacht oder mit einem Bekannten gesprochen haben«, warf Moreno ein.

Belle Vargas sah sie eine Weile mit glänzenden Augen an, bevor sie antwortete.

»Ich glaube nicht, dass er irgendwelche Bekannten hatte«, sagte sie. »Er war ein schrecklich einsamer Mensch, mein Vater. Warum hat sich die Polizei nicht schon um diese Dinge gekümmert, als sie im April passiert sind?«

»Weil ...«, setzte Ewa Moreno an, merkte dann aber selbst, was sie sagen wollte, und biss sich auf die Zunge.

»Weil die Bedeutung meines Vaters deutlich gewachsen ist, nachdem er umgebracht wurde«, stellte Belle Vargas fest. »Ich verstehe es auch so, Sie brauchen es gar nicht zu erklären.«

Ein paar Sekunden lang blieb es still.

»Womit kann ich Ihnen denn eigentlich helfen?«, fragte Belle Vargas dann mit einer deutlichen Spur von Empörung in der Stimme.

Van Veeteren räusperte sich nachdrücklich.

»Nun«, sagte er. »An dem, was Sie sagen, ist vielleicht etwas dran, und es kann den Anschein haben, als würden wir Sie belästigen, aber wir haben, ehrlich gesagt, keine andere Wahl. Seine Wohnung, ist sie immer noch im gleichen Zustand?«

Sie nickte und biss sich auf die Lippen.

»Bitte entschuldigen Sie, ich bin ein wenig ... wie schon gesagt. Ja, wir haben die Miete jeden Monat bezahlt, obwohl ich meinen Fuß kein einziges Mal dort hineingesetzt habe. Wenn Sie Zugang haben möchten, ich habe sogar den Schlüssel hier bei mir ... auch jetzt.«

»Gut«, sagte Van Veeteren. »Ja, warum dann noch unnötig zögern? Wir können gleichzeitig die Nachbarn befragen. Vielleicht gibt es trotz allem ja doch jemanden, der ein klein wenig Kontakt zu ihm hatte.«

Belle Vargas überreichte ihm den gleichen Schlüssel, den er schon vier Monate zuvor benutzt hatte.

»Entschuldigen Sie, dass ich einfach so herausplatze. Ich wollte das nicht, ich möchte natürlich auch, dass Sie den Mörder meines Vaters finden.«

»In dieser Frage sind wir ganz einer Meinung«, nickte Van Veeteren. »Wir werden unser Bestes tun, und ich schlage vor, dass Sie morgen wieder zur Arbeit gehen. Vergessen Sie das mit der Unanständigkeit, das ist mein Rat.«

Belle Vargas lächelte kurz auf.

»Ich werde darüber nachdenken«, versprach sie.

»Und wir werden mit weiteren Fragen auf Sie zukommen«, sagte Moreno.

»Ich weiß«, entgegnete Belle Vargas.

»Das ist eine verdammt unangenehme Überlegung, die sie da angestellt hat«, meinte Van Veeteren, als sie das Café verließen. »Das mit seiner Bedeutung vor und nach seinem Tod.«

»Ja«, bestätigte Ewa Moreno. »Unangenehm ist noch gelinde ausgedrückt.«

»Aber auch vollkommen korrekt, denn wenn wir – rein hypothetisch gesehen natürlich nur – diesen verdammten Fall G. dank des Mordes an Maarten Verlangen lösen sollten, ja, dann muss ich zugeben, dass ich spontan ein gewisses Gefühl der Befriedigung empfinden würde ...«

Moreno ging schweigend eine Weile weiter, bevor sie etwas darauf erwiderte. »Ich weiß, was du damit sagen willst«, erklärte sie dann. »Aber so ist es nun einmal. Verlangen ist ermordet worden, und nichts wäre schlimmer daran, als wenn es zu nichts führen würde ... wir können doch irgendwie nicht zurückfallen in diese moralischen Kategorien.«

»Das stimmt«, nickte Van Veeteren. »Du bist klug wie eine Eule, Frau. Ist dir eigentlich aufgefallen, dass ich mich da drinnen im Café fast so aufgeführt habe, als ob ich noch bei der Polizei angestellt wäre? Ich habe sogar den Schlüssel entgegengenommen.«

»Doch, ja, der Gedanke ist mir auch schon gekommen«, musste Moreno zugeben.

»Das ist aber eine verdammt hübsche Inspektorin«, sagte Inspektor Rooth. »Weißt du, ob sie verheiratet ist?«

»Keine Ahnung«, sagte Münster.

»Keine Ahnung? War sie nicht auch schon hier, als du das letzte Mal hier oben warst?«

»Das ist neun Jahre her«, betonte Münster leicht verärgert. »Und soweit ich weiß, war sie zu der Zeit noch nicht verheiratet.«

»Schön«, sagte Rooth. »Dann ist sie inzwischen sicher reif, zur Ruhe zu kommen.«

Münster betrachtete ihn ungläubig. »Du bist unmöglich, Rooth. Absolut unmöglich. Könnten wir uns jetzt ein wenig auf das konzentrieren, was unsere Aufgabe hier sein wird, statt dein vermeintliches Liebesleben wiederzukäuen?«

»Meinetwegen gern«, sagte Rooth. »Jedenfalls dieses Mal. Und weshalb sind wir eigentlich hier?«

Münster musste zugeben, dass diese Frage in gewisser Weise berechtigt war.

»Die alten Geschichten, wie ich annehme«, sagte er und hielt seinem Kollegen die Fahrstuhltür offen. »Wir sollen eine Mordsache klären ... ungebeten über so viele Schwellen treten wie nur möglich, im Privatleben möglichst vieler Menschen wühlen, einen Täter finden und ihn mit allen zur Verfügung stehenden Mitteln dazu bringen, ein Geständnis abzulegen. Warum fragst du?«

Rooth ging durch das Hotelfoyer ins Freie hinaus und bekam die Nachmittagssonne in die Augen.

»Jedenfalls ist es schönes Wetter«, sagte er. »Obwohl ich glaube, dass es dieses Mal um mehr geht. Mehr als um Klinkenputzen und Herumwühlen. Würdest du Hennan wiedererkennen, wenn du auf ihn stößt?«

Münster zögerte.

»Ich glaube schon«, sagte er. »Zumindest, wenn ich eine Weile mit ihm verbringen könnte. Aber das ist schwer zu sagen.«

»Na, ich denke, dass du deshalb ausgesucht worden bist«, sagte Rooth. »Weil du vor fünfzehn Jahren auch schon mit dabei gewesen bist.«

»Wahrscheinlich ja«, stimmte Münster ihm zu. »Verdammt, wo haben wir den Wagen abgestellt?«

»Da«, sagte Rooth und zeigte in die Richtung. »Ich möchte nur wissen, warum sie mich abbeordert haben ... ich war damals nur ganz kurz dabei, eher gar nicht.«

»Du kommst als mein Sklave mit, hast du das noch nicht begriffen?«, erklärte Münster. »Ich entwickle die Strategie, und du erledigst die groben Arbeiten.«

Rooth schob sich eine halbe Tafel Schokolade in den Mund und zerkaute sie langsam, während sie den Markt überquerten.

»Das glaube ich ja nicht so ganz«, sagte er, nachdem er genügend Schokolade hinuntergeschluckt hatte, um wieder reden zu können. »Es ist doch wohl eher so, dass dieser Fall einen begabten Theoretiker mit ein bisschen Durchblick braucht. Sag Bescheid, wenn du dich verrannt hast, du brauchst dich nicht zu schämen.«

»Mein Gott«, sagte Münster und schloss das Auto auf. »Hast du wenigstens die Adresse dabei?«

»Sure«, sagte Rooth und zog einen Zettel aus der Brusttasche. »Horst Zilpen, Donners Allee 15. Wenn du fährst, lese ich die Karte.«

35

Auf dem Weg hinaus zu Geraldines Caravan Club berichtete Beate Moerk dem Polizeianwärter Stiller, was sie über dessen Besitzerin wusste.

Besser, wenn er schon vorgewarnt ist, dachte sie. Schließlich ist er noch neu in der Stadt, und wenn man vermeiden kann, ins Fettnäpfchen zu treten, ist dies gewiss nicht von Nachteil.

Geraldine Szczok oder Van der Hahn, wie sie als Mädchen hieß, gehörte zu der so genannten Beat-Generation. Verfiel früh Kerouac und floh bereits Ende der fünfziger Jahre aus ihrem gut situierten Elternhaus (Schuhe und Lederwaren) nach Kalifornien. War ein paar Jahre verschwunden und kam 1962 nach Kaalbringen mit einem kleinen Sohn zurück, von dem sie behauptete, dass er von keinem Geringeren als Eddie Cochran in einer heißen Liebesnacht in Salinas gezeugt worden war. Aber sie hatte keinen Erfolg mit ihren Prozessen hinsichtlich des Erbes des toten Rocksängers dort drüben gehabt, und als sie eines regnerischen Februartags bei ihren Eltern in deren Fabrikantenvilla in der Walmaarstraat mit Eddie jr. an der Hand auftauchte, erklärte sie unumwunden, dass sie den ganzen Mist leid sei und nun plane, sich für alle Zeiten in Kaalbringen niederzulassen und einen Roman zu schreiben. Da deren zweites Kind, Geraldines zwei Jahre jüngerer Bruder Maximilian (doch, ja, sie hießen wirklich so: Geraldine und Maximilian, beteuerte Beate Moerk, wahrscheinlich hatte das etwas mit den Ambitionen der Eltern zu tun) – da nun dieser Bruder während ihrer Abwesenheit an seiner angeborenen Leukämie verstorben war, nahmen die Eltern (zumindest die Mutter) die verlorene Tochter und ihren Enkelsohn mit offenen Armen auf. Geraldine ließ sich in einem Flügel der Villa nieder und begann, ihren Roman zu schreiben, und als die ältere Generation zwanzig Jahre später verstarb (einer nach dem anderen innerhalb von nur acht Monaten), war sie immer noch mit diesem Projekt beschäftigt.

Als Geraldine fünfzig wurde, entdeckte sie, dass sie kein Geld mehr hatte, verkaufte das Elternhaus, heiratete einen abenteuerlichen Klempner namens Andrej Szczok und eröffnete oben an dem Hang einige Kilometer östlich von Kaalbringen den Caravanplatz. Andrej verschwand einige Jahre später unter romantischen Umständen mit einer Zigeunerin, Geraldine kaufte sich einen außergewöhnlich gut ausgestatteten Wohnwagen, um über den Schicksalsschlag hinwegzukommen, und ließ sich endgültig auf dem Campingplatz nieder. Soweit Beate Moerk verstanden hatte, musste das irgendwann Anfang der Neunziger gewesen sein.

»Klingt wie eine ziemlich sonderbare Dame«, kommentierte Polizeianwärter Stiller. »Und wie ist es mit dem Roman gelaufen?«

»Der ist immer noch nicht fertig«, erklärte Beate Moerk. »Aber auf jeden Fall sollten wir die Sache vorsichtig angehen. Es heißt, sie könne ziemlich launisch sein.«

»Das kann ich mir denken«, nickte Stiller und sah dabei etwas besorgt aus.

Geraldine Szczok machte ihrem Ruf alle Ehre.

Sie war eine große, schwere Frau, gekleidet in eine unbekannte Anzahl bunter Stoffschichten, mit Gesundheitssandalen, einer kleinen Baskenmütze und einer goldfarbenen, zwanzig Zentimeter langen Zigarettenspitze ausgestattet. Wenn Beate Moerk richtig unterrichtet war, musste sie so ungefähr um die fünfundsechzig sein, und man konnte sich nur schwer vorstellen, dass sie in zehn oder zwanzig Jahren einen Platz in einer Art Altersheim oder einer ähnlichen staatlichen Institution finden würde. Sehr schwer.

Ansonsten sah der Campingplatz gut gepflegt aus. Rund zehn Wohnwagen verschiedenster Fabrikate und Formen standen auf einem sanft abfallenden Gelände, das an ein kleines Stück Mischwald grenzte, der sich bis ans Meeresufer und an den Strand fortsetzte, verstreut herum. Die meisten der Wohnwagen schienen bewohnt zu sein, Leute in Trainingsanzügen spielten Volleyball und Badminton, standen in Grüppchen zusammen und unterhielten sich zu Transistorradiomusik oder saßen da und genossen die Nachmittagssonne bei Zeitung, Bier und Kaffee. Ein paar Hunde jagten einander, und einige Kinder im Vorschulalter waren damit beschäftigt, ein Fahrrad nach besten Kräften zu demontieren. Hinten am Waldrand stand ein dunkelhäutiger Mann und führte Tai-chi-Übungen aus. Ein durch und durch friedliches Bild, wie Beate Moerk fand. Hatte irgendwas von Lebensqualität an sich.

Der Wohnwagen der Campingplatzbesitzerin selbst war blau und kanariengelb, doppelt so groß wie der nächstkleinere, versehen mit Fernsehantenne und Satellitenschüssel sowie einem Schild mit dem Wort »Rezeption« in Neongrün.

Vor dieser Schöpfung saß Geraldine Szczok höchstpersönlich in einem Liegestuhl – mit einem Glas Bier auf dem Tisch und einer zehn Kilo schweren Katze auf dem Schoß.

»Seid gegrüßt«, sagte sie, ohne aufzustehen oder irgendwelche anderen Energie zehrenden Gebärden zu machen. »Sie kommen sicher von der Gendarmerie, wie ich mir denken kann. Setzen Sie sich doch!«

Sie nahm die Zigarettenspitze aus dem Mund und zeigte auf ein paar deutlich einfachere Sitzmöbel. Moerk und Stiller setzten sich jeweils auf eines.

»Ganz richtig«, bestätigte Beate Moerk. »Ein hübsches Plätzchen haben Sie hier oben.«

»Hübsch?«, wiederholte Geraldine Szczok. »Sie sind in die Freie Republik gekommen, das sollten Sie sich gleich mal klarmachen.«

»Interessant«, sagte Polizeianwärter Stiller und schaute sich vorsichtig um.

»Wie ich Ihnen schon gesagt habe, benötigen wir einige Informationen«, sagte Beate Moerk. »Es geht um einen Mord, Sie haben es vielleicht heute schon in der Zeitung gelesen?«

»Ich lese keine Zeitungen«, sagte Geraldine Szczok und drehte eine neue Zigarette ins Mundstück. »Aber lassen Sie hören.«

Beate Moerk holte das Foto von Verlangen heraus.

»Diese Person scheint eine Zeit lang im April hier auf dem Platz gewohnt zu haben. Können Sie sich an ihn erinnern?«

Geraldine schaute das Foto zwei Sekunden lang an.

»Natürlich kann ich mich an ihn erinnern«, sagte sie dann. »Aber das ist ein ziemlich schlechtes Foto.«

»Leider ist es das Einzige, das wir haben«, erklärte Beate Moerk. »Können Sie uns ein wenig über ihn erzählen?«

»Na, erzählen ist zu viel gesagt«, wehrte Geraldine Szczok ab. »Was wollen Sie denn überhaupt wissen? Er hat hier gut eine Woche gewohnt, und dann ist er verschwunden. Dubioser Typ.«

»Er ist ermordet worden«, stellte Beate Moerk fest. »Und deshalb sind wir hier.«

»Das habe ich schon verstanden«, sagte Geraldine Szczok.

»Es wäre für uns sehr nützlich, wenn wir herauskriegen könnten, womit er sich beschäftigt hat, während er hier war«, warf Polizeianwärter Stiller ein. »Falls Sie mit ihm gesprochen haben und so …?«

Geraldine Szczok betrachtete ihn mit einer tiefen Falte zwischen den nachgezogenen Augenbrauen. Als verwunderte es sie, dass er überhaupt sprechen konnte.

»Sehr gesprächig war er nicht«, sagte sie. »Und ich lasse die Leute in Ruhe, wenn sie ihre Ruhe haben wollen.«

»Aber Sie haben doch zumindest seinen Namen?«, fragte Beate Moerk. »Das Datum, wann er angekommen ist und so?«

»Aber natürlich. Das steht im Buch.«

»Im Buch?«

»Liegt da drinnen.«

Sie zeigte mit dem Daumen nach hinten über die Schulter.

»Wenn Sie reingucken wollen, dann kann der Herr Wachtmeister vielleicht reingehen und es holen. Auf dem Regal über dem Kühlschrank ... so'n schwarzes Teil.«

Stiller nickte und verschwand im Wohnwagen. Geraldine Szczok zündete sich eine Zigarette an und schob die Baskenmütze zurecht. Stiller kam nach zehn Sekunden mit einem dicken, schwarzen Notizbuch im DIN-A4-Format zurück.

»Vamos a ver«, sagte Geraldine Szczok, verscheuchte die Katze und nahm das Buch entgegen. Blätterte eine Weile hin und her. Stiller setzte sich wieder, Moerk holte ihr eigenes Notizbuch heraus und wartete.

»Hier! Henry Sommers, ja, genau. Ankunft am 9. April, ist ungefähr zehn Tage später verschwunden. Hat für eine Woche bezahlt, aber wenn er jetzt tot ist, dann braucht man sich wohl darüber keine Gedanken mehr zu machen ...«

»Sommers?«, sagte Stiller. »Dann hat er also nicht seinen richtigen Namen benutzt.«

»In der Freien Republik kann man den Namen benutzen, den man will«, verkündete Geraldine Szczok und trank einen Schluck Bier. »Wollen Sie auch ein Bierchen?«

Moerk und Stiller schüttelten den Kopf.

»Nein, danke«, sagte Beate Moerk. »Und in welchem der Wagen hat er gewohnt?«

»In dem, der verbrannt ist«, antwortete Geraldine Szczok.

»Verbrannt?«, fragte Stiller nach.

»Ja, verbrannt.«

»Was meinen Sie damit?«, fragte Beate Moerk.

»Ich meine nichts anderes, als dass dieser blöde Wohnwagen verbrannt ist.«

Stiller schaute Moerk an. Moerk schaute Stiller an. Dann räusperte sie sich.

»Sie wollen also sagen, dass der Wohnwagen, in dem Maarten Verlangen ... oder Henry Sommers ... gewohnt hat, dass dieser Wohnwagen verbrannt ist?«

»Ganz genau. Die Frau Wachtmeisterin hat es bis auf den Punkt kapiert. Herzlichen Glückwunsch.«

»Und wann ist das passiert?«, fragte Stiller.

Geraldine Szczok zuckte mit den Schultern.

»Ein paar Tage, nachdem er verschwunden war. So um den zwanzigsten April, nehme ich mal an.«

»Wieso?«

»Wieso er gebrannt hat?«

»Ja.«

»Verdammt, das weiß ich doch nicht. Wahrscheinlich war irgendwas mit der Elektrizität nicht in Ordnung. Oder mit dem Gas. Oder aber jemand hat ihn angezündet.«

»Haben Sie das nicht angezeigt?«

Sie schüttelte den Kopf.

»Nein, habe ich nicht.«

»Und warum nicht?«

»Habe keine Lust gehabt. Ich habe es nicht gern, wenn die Feuerwehrleute herkommen und hier herumschnüffeln.«

»Und die Versicherung?«, wollte Stiller wissen.

»Der war nicht versichert. Es war der schlechteste Wagen auf dem Platz, er wollte ihn haben, weil er am billigsten war. Auch nicht schlecht, den los zu sein.«

»Wie haben Sie den Brand entdeckt?«, fragte Beate Moerk.

»Ich bin natürlich aufgewacht«, erklärte Geraldine Szczok irritiert. »Mitten in der Nacht, das Feuer hat richtig Lärm gemacht. Der ganze Wagen stand in Flammen, ich bin hoch und mit dem Feuerlöscher hin ... aber das hat nicht viel gebracht, und außerdem war auch kein einziger Gast auf dem Platz. Dann kam der Regen, und zum Morgen hin war es vorbei.«

»Ist ... ist irgendwas übrig geblieben?«, fragte Stiller.

»Nicht ein Fetzen. Ein schwarzer Fleck auf dem Boden und ein Schrotthaufen, der in zwei Schubkarren passte. Humboldt hat mir geholfen beim Aufräumen.«

»Wer ist Humboldt?«

»Ein Nachbar. Der Bauer auf dem Hof da hinten, er hilft mir ab und zu.«

Sie zeigte wieder mit dem Daumen in eine Richtung.

»Scheiße«, sagte Beate Moerk.

»Wie bitte?«

»Ich habe ›Scheiße‹ gesagt, wenn Sie entschuldigen. Wir sind auch nur Menschen, auch wenn wir bei der Polizei sind.«

»Sieh an«, sagte Geraldine Szczok. Lehnte den Kopf zurück und leerte ihre Bierflasche. Als sie fertig war, wischte sie sich den Mund mit dem Handrücken ab und lächelte.

Oder sah zumindest zufrieden aus. Woran auch immer das liegen mochte.

»Wir hatten gehofft, etwas zu finden, was er hinterlassen haben könnte«, erklärte Beate Moerk nach einer kleinen Pause. »Und jetzt sagen Sie, dass alles weg ist. Denn er hatte seine Sachen sicher noch in dem Wagen, als der verbrannt ist, oder?«

»Soweit ich weiß, ja. Ich war nie da drinnen. Hab ja gedacht, dass er noch mal kommt, er war schließlich erst ein paar Tage weg gewesen. Und wir haben nicht in der Asche herumgewühlt, weder ich noch Humboldt.«

Beate Moerk seufzte und blätterte ihr Notizbuch um.

»Haben Sie häufiger mit ihm gesprochen, als er hier war?«

»Nein, kaum ein Wort.«

»Hat er Ihnen erzählt, warum er hier wohnen wollte?«

»Ja, weil es billig war. Er hatte meine Reklame am Bahnhof gesehen.«

»Ach so. Aber was wollte er eigentlich in Kaalbringen? Hat er Ihnen darüber etwas gesagt?«

»Nein. Und ich mische mich auch nicht in anderer Leute Angelegenheiten ein.«

»Das ist uns schon klar geworden. Aber irgendwas muss er doch gesagt haben ... oder angedeutet?«

»Ja, er hat gesagt, dass er für eine Woche ein Dach über dem Kopf braucht. Und nachdem die Woche vergangen war, hat er gesagt, dass er noch ein paar Tage hier bleiben müsste. Wir sind dann überein gekommen, dass er bezahlt, wenn er abreist.«

»Und Sie haben keine Idee, warum er wohl hier gewesen ist?«

»Nein.«

»Hat er irgendwelchen Besuch gehabt?«

»Jedenfalls habe ich keinen bemerkt.«

»Hat er erzählt, woher er gekommen ist?«

»Nein.«

»Und er hat den Namen Henry Sommers angegeben?«

»Ja. Steht ja auch hier im Buch.«

Sie klopfte mit den Knöcheln auf den schwarzen Umschlag.

»Wie hat er die Tage verbracht? Hier auf dem Campingplatz oder irgendwo anders?«

Sie überlegte eine Weile.

»Das war wohl verschieden. Ich glaube, er war ziemlich viel weg.«

»Und Sie hatten in diesem Zeitraum nicht viele Gäste?«

»Kaum eine Menschenseele. Ein paar Wagen waren an den Wochenenden belegt, das war alles. So ist es immer im April ... aber jetzt ist es voll, wie Sie sehen.«

Sie machte eine stolze Geste zum Campingplatz hin.

»Ja, offensichtlich«, sagte Beate Moerk. »Die anderen Gäste ... die da waren, als Henry Sommers in seinem Wohnwagen gewohnt hat ... die sind doch wohl auch in Ihrem Buch verzeichnet?«

»Aber natürlich. Nicht viele, wie gesagt ... und das kann etwas pikant sein.«

»Pikant?«

»Ja. Außerdem bin ich nicht so genau mit den Namen. Hauptsache, sie schreiben etwas auf.«

»Warum kann das pikant sein?«

»Nun, es kann jemand sein, der verheiratet ist, oder jemand, der es nicht ist.«

»Ich verstehe«, sagte Beate Moerk. »Ich fürchte, ich brauche die Namen trotzdem. Aber wir werden natürlich so diskret vorgehen wie möglich. Dürften wir uns auch einmal die Reste ansehen?«

»Die Reste?«

»Den Platz, wo der Wagen gestanden hat.«

Geraldine Szczok lehnte sich zurück und ließ ein kurzes Lachen vernehmen.

»Aber sicher doch. Da hinten in der Ecke, da ist ein grauer Fleck.«

Sie zeigte auf ein Badminton spielendes Paar. Dann beugte sie sich nach links und fischte eine neue Bierflasche aus einem Eimer, der direkt neben dem Wohnwagen stand. Es war offensichtlich, dass ihr der Besuch trotz allem ein gewisses Vergnügen bereitete. Das Gespräch mit den Vertretern von Recht und Ordnung. Geführt in der Republik der Freiheit. Beate Moerk stand seufzend auf.

»Ich werde mir das mal anschauen.«

Kann nicht schaden, wenn Stiller fünf Minuten allein zurechtkommen muss, dachte sie.

Als sie eine Viertelstunde später Geraldines Caravan Club verließen, machte Inspektorin Moerk einen resignierten Eindruck.

»Da ist nicht viel bei rausgekommen«, sagte sie.

»Nein«, stimmte Stiller ihr zu, »das ist wohl wahr. Und wie sah es da aus, wo der Wohnwagen gestanden hat?«

»Ein graubrauner Fleck im Gras«, berichtete Beate Moerk finster. »Das war alles. Typisch, dass sie sich nicht mal die Mühe gemacht hat, es zu melden. Das Feuer kann sehr wohl gelegt worden sein, aber jetzt werden wir das nie mehr herauskriegen. Hast du noch was von ihr unter vier Augen erfahren?«

»Zwei Namen von Personen, die gleichzeitig mit Verlangen hier gewohnt haben«, sagte Stiller und klopfte sich auf die Brust, wo er seinen Notizblock in einer Innentasche verwahrte.

»Wahrscheinlich jeder verheiratet, nur nicht miteinander, aber sie kannte sie schon von früher. Ansonsten nicht viel ... wir haben in erster Linie über ihr Buch geredet.«

»Was?«

»Über ihren Roman, den sie seit vierzig Jahren schreibt.«

»Ja, ich weiß ... und was hat sie dir darüber erzählt?«

Stiller räusperte sich etwas peinlich berührt.

»Sie behauptet, dass sie fast fertig ist. Hat mich gefragt, ob ich ihn lesen will, bevor sie ihn an einen Verlag schickt ... er muss so gut zweitausendeinhundert Seiten dick sein.«

»Meine Güte! Zweitausend ...«

»... einhundert, ja. Ich habe zugesagt, das war vielleicht ein wenig übereilt, aber ich wollte sie nicht verletzen.«

»Herzlichen Glückwunsch«, sagte Beate Moerk. »Dann weißt du ja, was du im kommenden Jahr an deinen Abenden machen wirst.«

Stiller nickte.

»Ist nicht so schlimm. Ich lese sowieso ziemlich viel, und vielleicht vergisst sie es ja auch.«

Beate Moerk betrachtete ihn verstohlen von der Seite, während er den Wagen aus der Parklücke manövrierte, und dachte, dass er offensichtlich noch weitere Saiten auf seiner Lyra hatte, die sie bisher noch nicht entdeckt hatte. Der Polizeianwärter.

»Was machst du?«, fragte Ulrike Fremdli.

»Wie bitte?«, fragte Van Veeteren zurück und nahm die Kopfhörer ab. »Was hast du gesagt?«

»Ich möchte wissen, was du hier machst. Es ist Viertel nach drei.«

»Ich konnte nicht schlafen«, erklärte Van Veeteren. »Deshalb liege ich hier und höre Penderecki.«

»Ach ja?«, sagte Ulrike.

Van Veeteren setzte sich auf und machte ihr Platz auf dem Sofa. Sie gesellte sich zu ihm.

»Was bedeutet das?«

»Was?«

»›Ach ja?‹ Wie du das sagst.«

»Wie habe ich es denn gesagt?«

»Ungefähr wie Archimedes in der Badewanne. Es klang, als hättest du etwas begriffen.«

»Es gibt eine ganze Menge, was ich so langsam begreife, das muss dir doch auch schon aufgefallen sein.«

Sie gähnte und versuchte, sich den Schlaf aus den Augen zu reiben.

»Oh ja, auf jeden Fall. Aber das hier hat einfach etwas mit meiner Schlaflosigkeit zu tun.«

»So, so.«

»So, so?«

»Ja. Du kannst doch wohl nicht so einfältig sein, dass du nicht begreifst, woher das kommt. Und nicht so einfältig, dass du glaubst, ich würde es nicht verstehen ... zumindest Letzteres nicht.«

Van Veeteren überlegte.

»Da hast du was gesagt.«

»Natürlich habe ich das. Und was gedenkst du damit zu tun?«

»Weiß ich nicht genau. Hast du ein paar gute Vorschläge?«

»Es gibt nur eine Lösung. Warum sich etwas anderes einbilden?«

»Meinst du wirklich?«

»Das weißt du doch. Nun rede keinen Quatsch.«

»Ich rede nie Quatsch. Aber in Ordnung, ein paar Tage, wenn du darauf bestehst.«

»Ich bestehe nicht darauf.«

»Ach so. Na, dann muss ich wohl die Entscheidung selbst treffen.«

Ulrike brach in Lachen aus und ging ihm an die Gurgel.

»Aber erst schlafen wir noch mal über die Sache«, fügte Van Veeteren hinzu und machte sich frei. »Wenn ich ehrlich sein soll, dann habe ich böse Ahnungen.«

Ulrike wurde ernst.

»Ich auch«, sagte sie, und plötzlich – für den Bruchteil einer Sekunde – sah sie so verdammt bloß und ernst aus, dass sein Herz einen Schlag übersprang.

Als ob der Tod zu dieser späten Stunde einen kurzen Besuch gemacht hätte, sich dann aber entschieden hatte, sie doch noch für eine Weile in Ruhe zu lassen.

Ekelhaft, dachte er. Wer ist es, der auf diese Weise den Vorhang ein wenig lüftet?

36

Kommissar Münster hatte Schwierigkeiten, das Gefühl des Déjà vu abzuschütteln, als er sich an diesem Dienstagmorgen in dem blassgelben Konferenzraum des Kaalbringener Polizeireviers niederließ.

Anfangs wollte er nicht einsehen, warum die Vergangenheit so aufdringlich präsent war. Sicher, die Stadt, die Gebäude und der friedliche Markt dort draußen sahen noch genauso aus wie vor neun Jahren, aber die Akteure waren doch zum überwiegenden Teil neu. Weder Rooth noch Polizeianwärter Stiller oder der neue Polizeichef waren damals zugegen gewesen. Nur er selbst und Inspektorin Moerk.

Beate Moerk. Sie war es natürlich, auf die es ankam. Sie war inzwischen Mutter zweier Kinder; musste fast an die vierzig sein, wie er annahm, aber dennoch sah er in ihrem Gesicht und in ihren Augen die gleichen Dinge, die ihn schon bei dem Axtmörderfall überfallen hatten ... was immer es auch sein mochte. Er spürte, dass sie seinem Blick nunmehr ebenfalls auswich, das war für die Anfangsphase sicherlich eine kluge Vorsichtsmaßnahme. Rooth hatte gesagt, sie sei eine verdammt hübsche Inspektorin, und auch wenn Rooth auf dem Felde der Leidenschaften ein trauriges Bild abgab, so hatte er durchaus Augen im Kopf.

Und die Sonne brannte durch das Südfenster genau wie damals. Wenn er es genauer bedachte, dann war ihm schon klar, dass nicht allein Beate Moerk und dieser nur allzu vertraute

Raum die Zeit ein wenig aus den Fugen brachte. Der Fall G. hatte ja vor noch viel längerer Zeit auf der Tagesordnung gestanden – vor fünfzehn Jahren! –, so dass das Gefühl, sich nicht so recht in der Gegenwart zu befinden, vielleicht ganz natürlich war, wenn man alles in Betracht zog.

Und es war dieser Maarten Verlangen, der den Katalysator spielte. Das Bindeglied zwischen diesem und jenem. Die Überreste des abgetakelten Privatdetektivs hatten da ein paar Monate lang draußen im Pilzwald gelegen und waren vor sich hin gerottet. Und dann waren sie entdeckt worden – und um herauszufinden, wer sie dort hin befördert hatte, waren sie nun hier.

Zumindest in erster Linie. Offiziell gesehen. Was es sonst noch mit sich bringen würde, war eine andere Sache. Synergieeffekte, so ließe es sich vielleicht am besten bezeichnen. Kreise auf dem Wasser, so hätte man es früher genannt.

Aber ganz gleich, wie man es nun nennen mochte, dachte Münster, auf jeden Fall waren zwei Kriminalbeamte aus Maardam angereist, um herauszufinden, was mit so einer ausgeprägt haltlosen Existenz wie Maarten Verlangen passiert war – falls es nicht noch andere Zutaten in der Suppe gab als diejenigen, die an der Oberfläche schwammen, das stand jedenfalls fest.

Außerdem fehlten sowohl Van Veeteren als auch Inspektor Kropke in dem Polizeigebäude an diesem heißen Spätsommertag. Und nicht Kommissar Bausen hielt den Taktstock, sondern ein gewisser Polizeichef deKlerk.

Münster hatte sich noch kein Bild von ihm machen können, nahm aber an, dass er ein gestandener Polizeimann war. Auf jeden Fall gab es nichts, was für das Gegenteil sprach. Er hatte gerade seine Jacke über die Stuhllehne gehängt, der Polizeichef, jetzt schaute er ein wenig unsicher in die Runde und faltete die Hände.

»Ja, also herzlich willkommen«, begann er. »Dann wollen wir anfangen. Wenn Gott will, kriegen wir in einer Stunde auch Kaffee.«

»In sh'a Allah«, sagte Rooth. »Es freut mich, in zivilisierte Gegenden gekommen zu sein.«

Vergiss nicht, dass du für deine Dummheiten selber gradestehen musst, Rooth, dachte Münster und zog sich ebenfalls die Jacke aus.

»Lasst mich der Ordnung halber ein kleines Resumee ziehen«, sagte deKlerk und öffnete einen Ordner. »Die Kollegen aus Maardam sind ja besser informiert über die Hintergründe des Ganzen als wir, also bitte korrigiert mich, wenn ich etwas Falsches sage.«

Rooth nickte, und Münster holte seinen Notizblock hervor.

»Auf jeden Fall«, setzte deKlerk an, »haben wir also – zumindest arbeiten wir nach dieser Theorie – im Kern der Geschichte einen alten Fall aus dem Jahr 1987, den Mord an Barbara Clarissa Hennan in Linden. Wir gehen davon aus, dass es sich dabei um einen Mord gehandelt hat, auch wenn er nie aufgedeckt wurde. Wir haben den Ehemann des Opfers, Jaan G. Hennan, wegen der Tat angeklagt, aber vor Gericht aus Mangel an Beweisen freigesprochen. Er hat eine recht ansehnliche Versicherungssumme kassiert und wahrscheinlich im selben Jahr das Land verlassen. In Zusammenhang mit Barbara Hennans Tod steht ein Privatdetektiv namens Maarten Verlangen, seine genaue Rolle ist in vielerlei Hinsicht unklar, aber er ist von Frau Hennan nur wenige Tage, bevor sie tot aufgefunden wurde, engagiert worden, um ihren Mann zu beschatten. Verlangens Zeugenaussage trug dazu bei, Hennans Alibi im Prozess nur noch zu untermauern. Die allgemeine Auffassung bei Polizei und Staatsanwaltschaft war, dass Hennan sich eines Helfers bedient hat, um seine Ehefrau zu ermorden, aber man hat nie etwas gefunden, was diese Theorie bestätigen konnte, und Hennan musste auf freien Fuß gesetzt werden ... irgendwelche Kommentare bis hierhin?«

»Absolut keine«, sagte Rooth. »Nur weiter.«

»Danke. Fünfzehn Jahre später, genauer gesagt, im letzten

Frühling, meldet Verlangens Tochter ihren Vater bei der Maardamer Polizei als vermisst, und ein paar zurückgelassene Notizen deuten darauf hin, dass er sich Mitte April eine Zeit lang hier oben in Kaalbringen aufgehalten hat. Der Grund hierfür scheint zu sein, dass er eine Spur von Jaan G. Hennan gefunden hat. Nota bene ist Hennan zwar ein freier Mann, aber Verlangen behauptet – in einem Telefongespräch mit seinem Enkelsohn und auf einer hinterlassenen Notiz – Indizien gefunden zu haben, die Hennan in Zusammenhang mit dem Mord an seiner Ehefrau bringen. Worauf diese Indizien … oder sogar Beweise … gründen, davon haben wir bis jetzt keine Ahnung. Hauptkommissar Van Veeteren, der 1987 für die Ermittlungen verantwortlich war, begibt sich Anfang Mai hierher nach Kaalbringen, um nach Verlangen zu suchen … oder zumindest nach Spuren von ihm. Er hat Kontakt mit Inspektorin Moerk, die er von früher kennt, und …«

Er wechselte einen Blick mit Beate Moerk, aber da sie nicht gewillt zu sein schien, den Faden aufzunehmen, fuhr er fort.

»… und wir führen eine Befragung aller Hotels in der Stadt durch, können aber keinen Treffer landen. Heute wissen wir, dass das daran lag, dass wir bei unserem Rundruf nicht den Caravanplatz draußen beim Fisherman's Friend einbezogen haben. Geraldines Caravan Club. Ja, damit sind wir also in der Gegenwart … vor drei Tagen, am Samstag, wurde Maarten Verlangen draußen im Wald in der Nähe von Wilgersee tot aufgefunden. Es herrscht kein Zweifel daran, dass er ermordet wurde … und es ist ebenso offensichtlich, dass er ungefähr seit Mitte April dort draußen gelegen hat. Ja, so sieht also die Lage aus. Was habt ihr dazu beizutragen, bevor wir darauf eingehen, was die gestrigen Gespräche gebracht haben?«

»Nun ja, beitragen …«, brummte Rooth. »Dieser Kerl war irgendeiner Sache auf der Spur, ich kann mir nur nicht vorstellen, was es sein könnte.«

»Es kann von seiner Seite aus auch die reine Einbildung gewesen sein, das dürfen wir nicht vergessen«, sagte Münster.

»Man wird nicht wegen einer Einbildung erschossen«, widersprach Rooth.

»Kann man schon, wenn man Pech hat«, hielt Münster dagegen. »Aber ich bin deiner Meinung: die Hennan-Spur ist ziemlich markant.«

»Es ist ziemlich viel Zeit vergangen«, warf Beate Moerk ein. »Seit dem Frühling, meine ich. Wenn sich dieser Hennan damals wirklich hier im Ort befunden hat, hat er seitdem genug Zeit gehabt, wieder zu verschwinden.«

»Zweifellos«, sagte Münster. »Er kann sich heute in Brasilien befinden. Mit neuer Identität und neuem Aussehen. Wir können nur hoffen, dass er nicht davon ausgeht, dass dies notwendig sein könnte ... dass es genügt, Verlangen aus dem Weg zu räumen.«

»Wollen wir denn zumindest voraussetzen, dass er im April hier in der Stadt gewesen ist?«

»Voraussetzen ist zu viel gesagt«, wandte Rooth ein. »Aber lasst uns doch mit dem Gedanken spielen. Es wirkt ein wenig weit hergeholt zu glauben, dass Verlangen sich in der Person geirrt hat, es ihm aber trotzdem gelungen ist, von ihm ermordet zu werden ... zumindest erscheint es mir weit hergeholt.«

»Vollkommen richtig«, nickte deKlerk. »Eine derartige Variante können wir so gut wie ausschließen.«

»Wenn er hier im Ort wohnt, dann hat er zumindest den Namen geändert«, bemerkte Beate Moerk. »Es steht kein Hennan im Telefonbuch, und es ist auch keiner im Steuerregister. Wie sieht es aus, würdet ihr ihn wiedererkennen, wenn ihr ihn sehen würdet?«

Münster hatte diese Frage bereits mit Rooth durchgesprochen und musste zugeben, dass er nicht hundertprozentig sicher war. Schon gar nicht, wenn Hennan bewusst versucht hatte, sein Äußeres in irgendeiner Weise zu verändern.

»Die Fotos, die wir von Hennan von 1987 haben, habt ihr ja alle gesehen«, fügte er hinzu. »Wenn er ganz normal gealtert ist, dann könnte ihn vielleicht jeder von uns identifizieren.«

»Er kann ja jetzt in Netzstrümpfen und Perücke herumlaufen«, wandte Rooth ein. »Wird bestimmt keine einfache Sache, ihn aufzuspüren.«

»Entschuldigung«, wandte Polizeianwärter Stiller vorsichtig ein und richtete sich ein wenig auf. »Wir gehen doch davon aus, dass Verlangen ihn gefunden hat, oder? Dann meinst du damit, dass er jetzt seit dem Sommer in Netzstrümpfen herumlaufen könnte?«

Rooth kratzte sich im Nacken, sagte aber nichts. Der Polizeichef nickte.

»Ein richtiger Hinweis, Stiller«, sagte er. »Verlangen muss ihn ja wiedererkannt haben. Und über diesen Verlangen führt der Weg zu Hennan. Oder? Je schneller wir darüber herausbekommen, was Verlangen hier im Ort im April gemacht hat, umso größer sind die Chancen, dass wir weiterkommen.«

»Stimmt«, nickte Münster. »Aber vergesst eine Sache nicht. Wir dürfen diese Verbindung zum Fall G. unter keinen Umständen an die Medien durchsickern lassen. Wenn Hennan sich hier befindet ... hier in Kaalbringen wohnt, meine ich ... wird er natürlich zusehen, sich in Sicherheit zu bringen, sobald er auch nur eine Zeile davon in der Zeitung liest. Bleibt nur zu hoffen, dass er nicht weiß, dass Verlangen Spuren hinterlassen hat ... das ist lebenswichtig, damit wir überhaupt eine Chance haben, irgendwie weiterzukommen.«

»Haben das alle verstanden?«, fragte deKlerk nach und schaute sich in der Runde um. »Absolutes Stillschweigen, was Hennan betrifft!«

Stiller und Moerk nickten. Rooth gähnte, aber als er die Kiefer wieder geschlossen hatte, reckte er einen Daumen in die Luft als Zeichen, dass er mit den Bedingungen einverstanden war.

»Nun gut«, ergriff deKlerk wieder das Wort. »Die große Frage ist natürlich, was zum Teufel Verlangen entdeckt hat. Er behauptet also, er hätte den entscheidenden Beweis in dieser alten Mordgeschichte gefunden ... und wie Stiller richtig bemerkt hat: Wenn ein abgetakelter Privatdetektiv das zu Stande bringen kann, dann können das ja wohl fünf hoch begabte Kriminalbeamte auch! Also, was ist gestern herausgekommen? Vielleicht zunächst zu Geraldines Caravan Club, ja?«

Anhand ihrer Notizen und mit Hilfe von Polizeianwärter Stiller berichtete Beate Moerk zwanzig Minuten lang von ihrem Gespräch mit Geraldine Szczok. Ließ kein Detail aus – abgesehen von Polizeianwärter Stillers eventuellem Engagement als Romanlektor –, und die Information über den abgebrannten Wohnwagen ließ Inspektor Rooth an die Decke gehen.

»Bingo!«, rief er aufgebracht aus. »Verflucht noch mal! Genau dieser kleine Zufall führt dazu, dass wir nicht mehr von Zufällen ausgehen müssen. Dieses Prachtarschloch G. steckt dahinter, und er ist hier in der Stadt, und jetzt gehen wir raus und schnappen ihn uns!«

»Immer mit der Ruhe, Inspektor Heißblut«, ermahnte Münster ihn. »Aber im Prinzip bin ich mit dir einer Meinung … auf der einen Seite haben sich vermutlich alle Spuren in Rauch aufgelöst, andererseits gibt es jetzt aber auch keinen Zweifel mehr. Wir haben es wieder mit Jaan G. Hennan zu tun.«

Nach dieser Schlussfolgerung blieb es eine Weile still am Tisch. Dann wandte sich der Polizeichef wieder an Münster.

»Horst Zilpen«, fragte er. »Hat das mehr gebracht als das, was seine Frau uns schon erzählt hat?«

»Ich denke nicht«, sagte Münster. »Er hat zwar mit Verlangen ein paar Worte unter vier Augen gewechselt, aber nichts Wesentliches. Auf die direkte Frage, wo Verlangen denn normalerweise wohne, hat er keine ordentliche Antwort erhalten … er hat Verlangen halt als einen sonderbaren Kauz angesehen.«

»Er hat sich gar nicht die Frage gestellt, warum Verlangen auf dem Campingplatz wohnte«, fügte Rooth hinzu.

»Kein besonders heller Typ, dieser Zilpen, und das Nasenbein hat man ihm auch mal gebrochen, ich kann mir denken, dass er Boxer gewesen ist.«

»Was hat das denn mit der Sache zu tun?«, wollte Beate Moerk wissen und sah ihn fragend an.

»Nichts, meine Schöne«, erwiderte Rooth. »Mein Gehirn arbeitet nur ab und zu auf Hochtouren, und dann komme ich nicht umhin, derartige kleine Beobachtungen anzustellen. Ich kann nichts dafür.«

»Ich verstehe«, sagte Beate Moerk.

»So ist er nun einmal«, warf Münster ein und zuckte mit den Schultern.

»Übrigens, sollte nicht der Kaffee schon längst hier sein?«, fragte Rooth.

DeKlerk schaute auf die Uhr und nickte zustimmend. Polizeianwärter Stiller verließ den Raum und kam nach einer halben Minute mit einem Kaffeetablett und einem Teller mit Kopenhagenern zurück.

»Bitte schön«, erklärte der Polizeidirektor. »Aus Sylvies Luxusbäckerei gleich um die Ecke, das brauche ich für diejenigen, die schon mal hier waren, nicht erst zu betonen.«

Während des Kaffees ließ deKlerk noch einmal die Fotos von Jaan G. Hennan von 1987 herumgehen.

»Das Ärgerliche dabei ist ja«, kommentierte Beate Moerk sie, »dass wir ihn wahrscheinlich sofort finden würden, wenn wir diese Fotos veröffentlichten. *Ich* erkenne ihn zwar nicht wieder, aber das bedeutet natürlich nicht, dass er nicht hier wohnt. Wenn man es genau betrachtet, ist Kaalbringen ja keine Kleinstadt mehr. Fünfundvierzigtausend Seelen oder so um den Dreh ...«

»Eine große Kleinstadt«, sagte Rooth.

»Wir sind drei, die ihn sozusagen nicht wiedererkennen«, bemerkte der Polizeichef. »Obwohl Stiller ja erst relativ neu zugezogen ist ... aber ich nehme an, dass du wohl Recht hast. Aber es hindert uns doch wohl nichts daran, unsere Bekannten und Liebsten zu befragen. Freunde und Bekannte ... etwas inoffiziell. Wir brauchen ja nicht zu sagen, worum es geht. Können sie einfach fragen, ob sie den Mann auf dem Foto wiedererkennen.«

Er suchte bei Münster und Rooth Zustimmung. Münster nickte.

»Soweit ich es sehen kann, dürfte das nicht schaden. Wenn wir nur keine allzu große Affäre daraus machen.«

»All right«, sagte Beate Moerk.

Der Polizeichef blätterte eine Weile in seinen Papieren, und niemand schien darauf erpicht zu sein, das Wort zu ergreifen.

»Die Frage ist wohl eher, was wir überhaupt unternehmen sollen«, sagte Rooth schließlich. »Ich persönlich kann mir gut vorstellen, für ein paar Wochen mit Sylvie Bekanntschaft zu schließen, aber vielleicht solltet ihr daneben auch noch etwas zu tun haben.«

»Es gibt noch einen anderen unschönen Aspekt«, sagte Münster, Rooths Kommentar ignorierend. »Nämlich die Frage, wie wir es anstellen wollen, Hennan mit dem Mord in Verbindung zu bringen, falls wir ihn denn finden. Beim letzten Mal hat es nicht geklappt, und diesmal scheint es nicht gerade einfacher zu sein.«

DeKlerk schaute sich im Raum um.

»Nein«, sagte er dann, »wir haben das Schicksal in vielerlei Hinsicht gegen uns. Das wird nicht leicht werden, das hier.«

»G. ist so ein Halunke, den man nie festnageln kann, das Gefühl habe ich seit fünfzehn Jahren«, sagte Rooth.

»Sag genauer, was du damit meinst«, bat Beate Moerk.

»Ja, gern«, sagte Rooth. »Also, irgendwie sind die Gesetze nicht für ihn geschrieben. Er ist doch kurz vor der Geschichte in Linden erst seine Frau in den Staaten losgeworden. Und wenn wir ihn wegen Verlangen nicht belangen können, dann hat er einen Hattrick gelandet. Mindestens. Drei Morde und trotzdem frei wie ein Vogel. Verdammte Scheiße!«

»Dieses eine Mal hast du ausnahmsweise mal Recht«, gab Münster mit düsterer Miene zu.

Es blieb eine Weile still, während deKlerk weiter in seinen Papieren blätterte.

»Nichts Neues aus Maardam?«, wollte Beate Moerk in einem Versuch wissen, eine etwas optimistischere Tonlage anzuschlagen. »Sie wollten doch mit der Tochter sprechen und seine Wohnung durchsuchen.«

»Bisher noch kein Bericht«, stellte der Polizeichef fest und zog sein Ohrläppchen auf die doppelte Länge herunter. »Aber die lassen garantiert von sich hören, wenn sie so weit sind. Was haben wir sonst noch?«

Er schaute sich in der Runde um.

»Zumindest noch eins«, sagte Polizeianwärter Stiller vorsichtig. »Wir haben diese anderen beiden Gäste vom Campingplatz, mit denen müssen wir noch reden. Vielleicht führt das auch zu nichts, aber wenn wir sie schon ...?«

»Natürlich«, sagte deKlerk und holte seine Notizen heraus. »Willumsen und Holt, kommt mir irgendwie bekannt vor ... nun ja, Moerk und Stiller können sich am Nachmittag um die beiden kümmern. Wir dürfen natürlich nichts dem Zufall überlassen. Außerdem warten wir noch auf die Berichte von der Gerichtsmedizin und aus dem Labor, wobei nicht anzunehmen ist, dass sie etwas gefunden haben könnten. Vier Monate draußen im Wald hinterlassen ihre Spuren ... oder besser gesagt, verwischen sie. Wir wollen natürlich nicht gleich die Flinte ins Korn werfen, aber ich muss sagen, ich habe so meine Zweifel ...«

Die Ausführungen des Polizeichefs wurden von Frau Miller unterbrochen, die die Tür öffnete und ihren weiß gelockten Kopf hereinsteckte.

»Verzeihung, aber hier ist eine Mitteilung vom früheren Polizeichef«, erklärte sie mit unterdrückter Erregung.

»Was?«, fragte Rooth.

»Von Bausen?«, fragte Beate Moerk.

»Ja.«

»Was will er?«, wollte deKlerk wissen. Er wirkte verwirrt.

Frau Miller schob den Rest ihres Oberkörpers herein und hustete sich gekünstelt in die Hand.

»Er bat mich mitzuteilen, dass er heute Abend wieder einen Logiergast bekommt. Und dass man gerne von sich hören lassen könnte, wenn etwas wäre.«

»Einen Logiergast?«, wiederholte Beate Moerk.

»Meine Güte«, sagte deKlerk. »Hat er das wirklich gesagt?«

»Ja, genau das hat er gesagt. Einen Logiergast. Ich habe es sicherheitshalber aufgeschrieben.«

»Verdammte Scheiße«, sagte Rooth und nahm den letzten halben Kopenhagener. »In sh'a Allah, wie schon gesagt, ist ein Premierminister erschossen worden oder so?«

»Danke, Frau Miller«, sagte deKlerk. »Na, zumindest können wir uns dieses Mal nicht über Unterbesetzung beschweren.«

»Nein«, sagte Kommissar Münster und warf einen unfreiwilligen Blick auf Beate Moerk. »Offensichtlich nicht. Aber womit um alles in der Welt sollen wir uns denn beschäftigen?«

»Gute Frage«, sagte Rooth. »Doch ich denke, wir werden schon etwas finden.«

37

Van Veeteren wanderte den Strand entlang.

Schatten, dachte er. Ich jage Schatten aus der Vergangenheit.

Zumindest einen. Warum ist es so lebensnotwendig, mit so etwas ins Reine zu kommen?, überlegte er dann. Warum pochen diese Fragezeichen darauf, geklärt zu werden, und diese Schandflecken auf der Seele, poliert und weggerieben zu werden?

Poliert *oder* weggerieben. Das war natürlich ein Unterschied.

Weiß der Teufel, dachte er und zündete sich eine Zigarette an. Manchmal beißen sich Dinge auch ohne Grund fest. So ist unser Gehirn nun einmal gebaut.

Die Sonne stand noch niedrig, er war früh aufgewacht und hatte Bausen nicht wecken wollen. Sich nur eine Tasse Kaffee in der Küche gekocht und war dann zum Meer hinuntergegangen. War ein paar Minuten vor halb acht am Strand angekommen, hatte sich am Kiosk am Jachthafen eine Flasche Mineralwasser gekauft und sich dann Richtung Osten aufgemacht. Eine Stunde hin, eine Stunde zurück, beschloss er. Bewegung, das ist der Motor der Gedanken.

Der Strand sah noch genauso aus, wie er ihn in Erinnerung hatte. Oder wie er so viele andere Strände in Erinnerung hatte, die er in seinem Leben entlanggewandert war. Meer, Himmel, Erde … und ein dreißig Meter breiter grauweißer Gürtel, der zu der hervorragenden Landzunge unterhalb von Orfmanns Punkt hin lief. So hieß das doch? Das Restaurant da oben, Fisherman's Friend, hing dramatisch am Steilhang, aber die ganze Klippe und die weiterführende steile Küstenlinie verlor sich im Morgendunst … existierte eher wie eine Ahnung, wie auch die nächste Bucht auf der anderen Seite, nach Wilgersee hin. Vögel flogen über den Strand, dem Land zu, eine dünne weiße Wolkendecke verschleierte die Sonne, aber das Licht war kräftig. Er holte die Sonnenbrille aus seiner Brusttasche und setzte sie auf. Zweifellos würde das ein heißer Tag werden.

Wieder einmal.

Das also ist mein letzter Fall, dachte er plötzlich. Mein unwiderruflich letzter Fall.

In dem Geschäft, das mein Leben bestimmt hat. Der Mörderjagd.

Er musste zugeben, dass der Gedanke stimmte. Unabhängig vom Resultat. Unabhängig davon, ob sie G. auf Grund der vagen Spur finden würden, die Verlangen hinterlassen hatte, oder nicht. Unabhängig davon, ob sie überhaupt etwas erreichen würden. So sah es nun einmal aus. Sein letzter Fall.

Endlich, durfte man wohl sagen. An so einem Morgen verschaffte das fast ein Gefühl der Befreiung. Er schaute aufs Meer hinaus. Leicht unruhige See und fast kein Wind. Er erinnerte sich daran, dass ihm letztes Mal das Meer nicht besonders zugesagt hatte. Er war genau die gleiche Strecke wie jetzt gegangen und hatte die Zeichen gedeutet: der Wind aus der falschen Richtung und Wellen ohne Leben. Naturkräfte, die die missglückten Mordermittlungen widerspiegelten, und ähnliche Eskapaden. Und Zweifel. Seine ewigen Zweifel.

Auch jetzt gab es in ihm ein Zögern. Unsicherheit darüber, inwieweit es eigentlich richtig von ihm gewesen war, noch einmal hierher zu fahren. Der Beschluss war leicht zu fassen gewesen, hatte aber mehr mit Gefühl als mit Vernunft zu tun gehabt. Wenn so eine Unterscheidung überhaupt möglich war.

Das heißt, der Beschluss war in Maardam leicht zu treffen gewesen. Als er schließlich wohlbehalten hier angekommen war, spürte er eine Art Anmaßung unter der Haut kribbeln. Schließlich waren ja sowohl Münster als auch Rooth vor Ort, um den Mord an Verlangen aufzuklären, und wofür Beate Moerk gut war, das wusste er schon seit langem.

Was hatte er dann noch hier zu suchen? Sollte er nicht zumindest lieber abwarten, bis sie eine Spur von G. gefunden hatten? Es gab nichts, was er zu diesem Zeitpunkt hätte ausrichten können, was die ermittelnden Beamten nicht ebenso gut tun konnten. Dieser Wahrheit konnte er ruhig ins Auge sehen. Er hatte es unterlassen, am gestrigen Tag mit ihnen Kontakt aufzunehmen – hatte nur Bausen mitteilen lassen, dass er vor Ort war –, und er wusste, dass er auch an diesem Tag seinen Fuß nicht ins Polizeigebäude setzen würde. Es sei denn, sie würden ihn ausdrücklich darum bitten.

Also wieder Privatschnüffler, dachte er verbittert. Der alte ehemalige Kriminalhauptkommissar, der im Fahrwasser des gewaltsamen Todes eines ehemaligen Privatdetektivs herumplätschert. Ja, ja. Um das einzige noch verbliebene Missgeschick seiner Karriere aufzuklären. Pathetisch?

Vielleicht schon. Es gab so einen roten Faden, an diesem Morgen war er ganz deutlich zu verspüren, aber wenn schon, er konnte wegen diesem verfluchten Hennan nicht schlafen!

Und wenn sie ihn wirklich fanden?, dachte er plötzlich. Wenn er tatsächlich Jaan G. Hennan leibhaftig gegenübertreten würde? Was passierte dann? Was sprach denn dafür, dass er dieses Mal den Sieg davontragen würde?

Nicht viel. Weiß Gott nicht viel.

Er blieb stehen und zog sich Schuhe und Strümpfe aus. Es ist genau wie vor fünfzehn Jahren, dachte er. Ganz genauso … Wenn wir G. in Kaalbringen finden, dann ist das gleichbedeutend damit, dass er an Verlangens Tod schuld ist. Ich weiß es. Ich werde dasitzen und in die Augen eines Mörders starren und begreifen, dass ich ihn wieder laufen lassen muss. Zum zweiten Mal. Das ist nicht auszuhalten, aber es spricht einiges dafür, dass es so kommen wird, oder?

Er trat eine zurückgelassene Apfelsinenschale ins Wasser.

Verdammter Mist, dachte er, ich sollte die Sache in die eigenen Hände nehmen.

Der Gedanke kam ihm, ohne dass er ihn gewollt hatte. Er schob ihn wieder beiseite. Nicht dieses Mal, beschloss er. Nicht noch einmal. Diese moralische Geheimtür, die bedeutete, dass man das Gesetz umging, um Gerechtigkeit walten zu lassen, die hatte er schon einmal geöffnet ... ein einziges Mal, und hinterher war ihm klar gewesen, dass das ein Ausweg war, dessen man sich nur einmal im Leben bedienen durfte. Wenn überhaupt.

Damals hatte das unschuldige Opfer Verhaven geheißen. Jetzt hieß eines der Opfer Verlangen. Fast der gleiche Name, aber das war natürlich nur ein Zufall. Nichts, was als ein Hinweis oder ein Fingerzeig gedeutet werden konnte.

Er erreichte den alten Bunker aus dem Zweiten Weltkrieg. Halb im Sand versunken und halb vom Zahn der Zeit zernagt, lag er da oben unterhalb des Ufers und schaute über das ewige Meer hinaus. Van Veeteren blieb stehen. Öffnete die Wasserflasche und trank ein paar große Schlucke. Schaute auf die Uhr und beschloss, noch ein Stück weiterzugehen. Bis zur Klippe und ein wenig weiter. Wie oft war er Strände wie diesen entlanggelaufen, dachte er. Wenn man sie aneinander reihte, wie lang würde die Strecke wohl werden?

Und wie viele Stunden war er mit Gedanken an einen Mörder im Kopf herumgegangen? Ob man wohl Schaden daran nahm?

Und die nächste Frage tauchte ganz unangemeldet auf.

Wie viele Jahre habe ich noch zu leben?

Fünfundsechzig plus was?

In irgendeinem Buch – oder in irgendeiner Partitur – war natürlich irgendwo die Antwort aufgeschrieben. In hundert Jahren würde vielleicht jemand seine Biografie schreiben (die er selbst nie in den Griff bekommen hatte) und feststellen, dass der *Kommissar* nicht mehr als nur noch zwei Jahre zu leben hatte, als er in dem vergeblichen Versuch, den Fall G. zu lösen, in diesem Frühherbst nach Kaalbringen gereist war.

Oder zwei Monate?

Blödsinn, dachte er dann. Erst einmal dieser Tag und diese Stunde ... und dann ein Schritt nach dem anderen. Er begann wieder weiterzugehen und beschloss, die Frage auf eigene Faust zu klären.

Ich gehe noch genau eine halbe Stunde lang weiter, beschloss er. Und so viele Menschen, wie mir auf dem Weg begegnen, so viele Jahre habe ich noch.

Fair deal.

Und als er nach dreißig Minuten wieder anhielt, jetzt auf der Höhe der Kirche von Wilgersee – man konnte den obersten Teil des spitzen Turms über dem Buchenwaldrand sehen –, da war ihm kein einziger Wanderer begegnet.

Nicht ein einziger. So war es nun einmal – auch das.

»Ich glaube, ich habe da was«, sagte Polizeianwärter Stiller. »Zumindest besteht da eine Möglichkeit.«

»Ja?«, fragte Beate Moerk.

»Dieser Willumsen. Hat im Wohnwagen nebenan gewohnt. Er scheint mit Verlangen mehrere Male geredet zu haben.«

»Gut«, sagte Moerk. »Und über was?«

»Na, eigentlich nicht über viel, aber Verlangen hat nach einem Fotoladen gefragt.«

»Nach einem Fotoladen?«

»Ja.«

»Verlangen?«

»Ja. Er hatte eine Kamera dabei, und einen Film voll geknipst, den er offenbar entwickelt haben wollte.«

»Verlangen hat fotografiert?«

»Ja.«

»Und was hat er fotografiert?«

Stiller zuckte mit den Schultern.

»Keine Ahnung. Das hat er Willumsen nicht erzählt. Er wollte nur wissen, wo es in Kaalbringen einen Fotoladen gibt … Aber das kann ja etwas mit G. zu tun haben, und ich habe gedacht, ob man nicht …«

»Selbstverständlich«, unterbrach ihn Beate Moerk. »Wenn Verlangen von etwas Fotos gemacht hat, liegt es wohl auf der Hand, worum es sich handeln muss. Und, was hat Willumsen ihm gesagt? Hat er Verlangen helfen können?«

Stiller nickte.

»Ja. Er hat ihn ans FotoBlix in der Hoistraat verwiesen oder zu dem neuen Laden im Einkaufszentrum. Ich weiß nicht, wie der heißt, das wusste Willumsen auch nicht …«

»Ist auch gleich«, sagte Beate Moerk. »Overmaar's irgendwas, glaube ich. Aber Verlangen wollte also zu einem der beiden gehen und dort seinen Film entwickeln lassen?«

»Ich denke schon«, sagte Stiller. »Willumsen hat es jedenfalls behauptet. Auf jeden Fall ist die Sache es wohl wert, dass wir ihr nachgehen.«

»Natürlich«, sagte Moerk. »Vielleicht erkennen sie ihn ja wieder. Nur schade, dass es heutzutage mit dem Entwickeln so maschinell vor sich geht … es wäre doch was, wenn wir herauskriegen könnten, was Verlangen da geknipst hat.«

»Unweigerlich«, stimmte Stiller ihr zu. »Wollen wir das gleich erledigen, oder …?«

»Gleich«, entschied Beate Moerk.

»Da gibt es eine Sache, die ich nicht verstehe«, sagte Inspektor Rooth.

»Ach ja?«, meinte Münster.

»Das mit dem Beweis. Dass Verlangen eine Art von Beweis gegen G. gefunden haben soll. Wie bitte schön soll das gehen?«

»Red weiter«, forderte Münster ihn auf.

»Ich meine, es ist ja möglich, dass er G. aus reinem Zufall

über den Weg gelaufen ist. Wie gesagt, reiner Zufall. Und ich könnte auch akzeptieren, dass er ihn daraufhin verfolgt hat … oder ihn in irgendeiner Weise überprüft hat, er muss ja etwas sonderbar gewesen sein, dieser Verlangen. Aber wie ist es möglich, dass er etwas erfahren haben soll, was mit einem fünfzehn Jahre alten Mord zu tun hat? Das kapiere ich nicht.«

Münster dachte ein paar Sekunden lang nach.

»Ich auch nicht«, gab er dann zu.

»Glaubst du, Verlangen hat mit ihm geredet?«, fuhr Rooth fort. »Wenn wir annehmen, dass er das getan hat, dann kann Hennan ja dies oder das gesagt haben … sich in irgendeiner Weise verplappert haben, worauf Verlangen etwas kapiert hat. So kann es gewesen sein. Aber warum sollte Hennan sich gegenüber einem Typen wie Verlangen verraten, wenn er es vor so langer Zeit geschafft hat, Polizeiverhöre und eine Gerichtsverhandlung zu überstehen? Das ist doch vollkommen unbegreiflich.«

»Ich weiß«, nickte Münster. »Darüber habe ich auch schon nachgedacht. G. ist ja freigesprochen worden. Es gibt eigentlich keinen Grund, sich für ihn zu interessieren, nur weil man ihn zufällig sieht. Es ist nicht verboten, das Land zu verlassen und ein paar Tage im Ausland zu bleiben.«

»Verlangen war offensichtlich besessen von ihm«, sagte Rooth.

»Sicher. Auf jeden Fall hast du Recht, was diese Frage betrifft. Wie konnte Verlangen über etwas stolpern, das er einen Beweis nennt? Das ist verdammt merkwürdig.«

»Vielleicht hat nur er selbst es als solchen angesehen«, schlug Rooth vor. »Dass er was in Händen hat, meine ich. Eine fixe Idee oder so?«

»Und warum hat man ihm dann in den Kopf geschossen? Wenn es nichts Ernstes war?«

»Du sagst es«, stimmte Rooth zu. »Es kann also nicht nur Einbildung gewesen sein. Wie gesagt, ich verstehe das alles nicht.«

»Wir werden schon dahinter kommen«, sagte Münster optimistisch. »Hier ist die Gerckstraat. Welche Nummer war es?«

Rooth schaute in sein Notizbuch.

»Dreizehn«, sagte er. »Was hältst du davon?«

»Bedeutet bestimmt den Durchbruch«, sagte Münster. »Er ist neunundachtzig Jahre alt, hat den Grauen Star, behauptet aber, dass er Verlangen bei mysteriösen Geschäften beobachtet hat. Natürlich müssen wir der Sache noch nachgehen.«

»Natürlich«, seufzte Rooth. »Aber danach gehen wir essen.«

Nachdem sie den Fotoladen aufgesucht hatten, der, soweit sie ausmachen konnten, gar keinen Namen hatte, tranken Moerk und Stiller in dem neofunktionalistischen Café Kroek im Einkaufszentrum Passage eine Tasse Kaffee. Auf jeden Fall gab es kein Schild über dem Eingang.

»Was denkst du?«, fragte Stiller.

»Keine Ahnung«, sagte Moerk. »Aber wenn die sich nicht an ihn erinnern können, dann ist es egal, ob er es war oder nicht. Wir können nur hoffen, dass er stattdessen zu FotoBlix gegangen ist, da ist es wenigstens kleiner und persönlicher.«

»Es ist ja gar nicht sicher, dass er überhaupt einen Film abgegeben hat«, wandte Stiller ein. »Er kann beispielsweise erschossen worden sein, bevor er es geschafft hat.«

»Gut möglich«, nickte Moerk seufzend. »Und der Fotoapparat ist im Wohnwagen verbrannt. Aber so ist es mit der Polizeiarbeit, weißt du. Auch wenn nur einer von tausend Hinweisen etwas taugt, müssen die anderen neunhundertneunundneunzig trotzdem untersucht werden.«

»Ja, das habe ich schon begriffen«, sagte Stiller, und ihr schien, als würde er für einen kurzen Moment erröten. »Aber vielleicht muss ja der richtige Hinweis nicht immer der allerletzte sein.«

»Nicht unbedingt«, sagte Beate Moerk. »Andererseits spricht auch nichts dagegen, dass es sich bei tausend Losen auch um tausend Nieten handelt.«

»Ein schlimmes Los«, bemerkte Stiller mit einem vorsichtigen Lächeln.

»Das schlimmste der Welt«, stimmte Moerk zu und leerte ihre Tasse. »Wollen wir weitermachen?«

»Aber selbstverständlich«, sagte Stiller.

»Was machst du da?«, wollte Van Veeteren wissen.

»Vairasana«, antwortete Bausen mit angestrengter Stimme. »Dehnt das ganze Rückgrat, eine verdammt gute Übung ... gib mir noch fünf Minuten, dann bin ich fertig.«

Van Veeteren ließ ihn auf dem Fußboden zurück und ging nach draußen auf die Terrasse. Nach einer Weile tauchte Bausen mit zwei Bieren auf.

»Wieder schönes Wetter heute«, stellte er fest und blinzelte zu den Bäumen hoch. »Du warst früh wach.«

»Das wühlt in mir«, sagte Van Veeteren.

»Diese Geschichte?«

Van Veeteren nickte und goss sich sein Bier ein.

»Das kann ich verstehen. Ist auch nicht einfach, so untätig herumzusitzen ... wie ich mir denken kann.«

»Nervig«, stimmte Van Veeteren ihm zu. »Ich habe gedacht, im Laufe der Jahre würde man geduldiger werden. Aber dem ist offensichtlich nicht so.«

Bausen hob sein Glas und grinste.

»Ohne Hilfe jedenfalls nicht«, sagte er.

»Die da wäre?«

»Das weißt du genauso gut wie ich. Wie hast du den Morgen verbracht?«

Van Veeteren trank sein Glas halb leer.

»Bin den Strand entlang gewandert. Bis nach Wilgersee.«

»Das ist eine Variante«, nickte Bausen. »Yoga ist eine andere ... um die Seele sozusagen an die rechte Stelle im Körper zu hängen. Ich werde dir heute Abend ein paar Übungen zeigen, wenn du nichts dagegen hast.«

Van Veeteren nickte. Eine Weile saßen sie schweigend da.

»Ja, ja«, sagte Bausen dann. »Wenn ich ehrlich sein soll, dann habe ich heute auch nichts Besonderes vor. Wollen wir eine Partie spielen, solange wir warten, dass sie von sich hören lassen?«

»Gern«, sagte Van Veeteren. »Du glaubst also, das werden sie tun?«

»Aber natürlich«, erklärte Bausen mit Nachdruck und holte das Spielbrett hervor. »Lass die nur erst die groben Arbeiten erledigen, wir rücken dann aus, wenn sie sich festgefahren haben. Wenn du fünfzehn Jahre gewartet hast, dann kannst du es ja wohl noch ein paar Tage aushalten, oder?«

»Vielleicht«, sagte Van Veeteren nur und stellte die Spielfiguren auf. »Aber es gibt da auch eine Schuldfrage.«

»Eine Schuldfrage?«

»Ja. Mich beschleicht der leise Verdacht, dass ich derjenige hätte sein müssen, der da mit einem Einschussloch im Schädel im Wald liegt. Statt des armen Teufels Verlangen.«

Bausen betrachtete ihn einige Augenblicke lang nachdenklich.

»Ich verstehe, was du damit sagen willst«, erklärte er dann. »Aber ich würde empfehlen, dass wir diesen Aspekt im Augenblick außer Acht lassen. Bitte schön, dein Zug … wäre ganz nett mit einer Skandinavischen Variante zur Abwechslung.«

»Skandinavische Eröffnung?«, fragte Van Veeteren. »Warum nicht?«

38

Wegen Urlaub geschlossen!«, stellte Stiller fest. »Das ist doch wieder einmal typisch.«

Beate Moerk starrte auf den Anschlag im Fenster.

»Öffnet Montag wieder«, las sie. »Ja, natürlich ist das typisch. Hm.«

»Was machen wir nun?«, wollte Stiller wissen.

Beate Moerk überlegte zwei Sekunden lang.

»Der Besitzer heißt Baagermaas oder so, wenn ich mich recht erinnere. Es ist schließlich nicht gesagt, dass er in Burkina Faso ist, nur weil er Urlaub hat.«

»Burkina Faso?«, fragte Stiller ungläubig.

»Na, dann eben auf Mallorca oder den Malediven«, führte Beate Moerk weiter aus. »Wir suchen ihn im Telefonbuch und rufen ihn an.«

»Okay«, stimmte Stiller zu und wählte die Nummer der Polizeizentrale auf seinem Handy. Eine Minute später hatten sie von Frau Miller die gewünschten Informationen erhalten, die ihnen außerdem mitteilen konnte, dass der Name Maagerbaas lautete und nicht umgekehrt. Stiller tippte die erhaltene Nummer ein und bekam nach eineinhalb Signalen Anschluss.

»Hallo.«

»Erwin Maagerbaas?«

»Ja.«

»Polizei. Sind Sie in der nächsten Viertelstunde noch zu Hause?«

»Was? Äh ... ja, ich bin zu Hause. Worum geht es denn?«

»Eine Routinesache. Und die Adresse ist Oostwerdingen Allee 32?«

»Ja ... ja, natürlich.«

»Danke, dann sehen wir uns gleich«, bedankte sich Stiller und beendete damit das Gespräch.

Er wächst in seine Uniform hinein, dachte Beate Moerk und schloss die Wagentür auf.

Erwin Maagerbaas sah nicht so aus, als hätte er seinen Urlaub entweder auf Mallorca oder in Burkina Faso verbracht. Eher in einer Mulde draußen im Wald. Sein Gesicht war graubleich, und insgesamt erschien er anämisch, als er sie in seine Wohnung in der Oostwerdingen Allee einließ. Als Erstes nieste er drei Mal und erklärte dann, dass er schon seit ein paar Tagen krank war.

Aber auf dem Weg der Besserung, und er würde auf jeden Fall ein paar Fragen beantworten können. Worum es denn ginge?

Beate Moerk holte das Foto von Verlangen heraus und gab es ihm.

»Erkennen Sie diesen Mann wieder?«, fragte sie. »Wir haben Grund zu der Annahme, dass er in Ihrem Fotoladen gewesen ist.«

Maagerbaas setzte sich eine Hornbrille auf und studierte das Bild gewissenhaft.

»Tja«, sagte er. »Das ist möglich ... ich glaube, ich erkenne ihn wieder, aber ganz sicher bin ich mir nicht.«

»Das ist sehr wichtig für uns, müssen Sie wissen«, sagte Stiller.

»Ja, ja. Nun, ich habe viele Kunden. Wann soll das denn gewesen sein? Der Laden war ja seit Mitte August geschlossen.«

»Das wissen wir«, bestätigte Moerk. »Also, dieser Besuch muss auch schon ziemlich lange her sein. Im April.«

»Im April?«, rief Maagerbaas aus und begann zu husten.

»Wie soll ich mich denn an einen Kunden erinnern, der vor einem halben Jahr da gewesen ist? Auf jeden Fall ist es keiner meiner Stammkunden, so viel kann ich sagen. Was hat er denn gewollt?«

»Er hat wahrscheinlich einen Film zum Entwickeln abgegeben«, sagte Stiller. »Und ihn wieder abgeholt …«

»Und warum suchen Sie nach ihm?«

Moerk wechselte einen schnellen Blick mit ihrem Kollegen.

»Haben Sie keine Zeitung gelesen?«, fragte sie dann. »Am Montag war die Suchmeldung drin.«

»Im De Journaal?«

»Ja.«

»Ich war ein paar Wochen verreist. Bin erst gestern zurückgekommen.«

»Ich verstehe«, sagte Beate Moerk. »Ja, Sie können uns also nicht sicher sagen, ob diese Person bei Ihnen gewesen ist oder nicht?«

Maagerbaas zuckte mit den Schultern und nieste erneut.

»Nein.«

Stiller räusperte sich.

»Entschuldigung. Aber wenn er tatsächlich im April einen Film abgegeben hat, könnte man das irgendwie überprüfen?«

Maagerbaas nahm seine Brille ab, hauchte sie ein paar Mal an und schob sie dann in ein braunes Etui.

»Ja«, sagte er. »Dann ist es auf jeden Fall im Computer vermerkt, aber …«

»Ausgezeichnet«, sagte Beate Moerk. »Können Sie mit uns kommen, damit wir die Sache untersuchen?«

»Jetzt?«, fragte Maagerbaas etwas unwillig.

»Jetzt sofort«, erklärte Stiller. »Es geht um einen Mord, Herr Baagermaas, haben wir das nicht gesagt?«

»Maagerbaas«, korrigierte Moerk ihn.

Zehn Minuten später standen sie erneut am FotoBlix-Laden in der Hoistraat, dieses Mal aber drinnen. Erwin Maagerbaas schaltete den Computer ein und bat sie, sich hinzusetzen.

»Er ist schon etwas älter«, erklärte er. »Er braucht seine Zeit. Wie hieß er noch?«

Beate Moerk sah ein, dass sie dieses Problem noch nicht berücksichtigt hatte.

»Versuchen Sie es mit Verlangen«, sagte sie.

Maagerbaas wartete noch eine Weile, dann tippte er den Namen ein.

»Nichts«, erklärte er. »Leider.«

»Sommers«, sagte Stiller. »Versuchen Sie es mit Henry Sommers.«

Maagerbaas betrachtete seine Gäste einen Moment lang verwundert, tat dann aber, worum er gebeten worden war.

Eins zu tausend, dachte Beate Moerk finster, während der Ladenbesitzer auf die Tasten tippte. Höchstens.

»Tatsächlich«, sagte Maagerbaas und hustete Schleim los. »Ja, es gibt hier einen Sommers. Am fünfzehnten April, kann das stimmen?«

Beate Moerk ging schnell um den Verkaufstresen herum und schaute auf den Bildschirm.

»Besser geht's nicht«, erklärte sie. »Und was bedeutet das jetzt? Ist er also hier gewesen und hat einen Film abgegeben, oder?«

»Ja«, sagte Maagerbaas und schaute sich die Informationen näher an. »Offensichtlich hat er einen abgegeben, aber nicht ...«

»Nicht was?«

»Hm. Er hat die Fotos nicht abgeholt.«

»Nicht abgeholt ...?«

Sie brauchte drei Sekunden, um zu begreifen, was das bedeutete. Oder bedeuten *konnte.* Stiller war offenbar um einige Zehntel schneller, denn er war derjenige, der ausrief:

»Was zum Teufel sagen Sie da? Hat er die Fotos nicht abgeholt? Bedeutet das etwa, dass sie ...«

»… noch hier sind?«, ergänzte Beate Moerk.

Maagerbaas putzte sich umständlich die Nase.

»Wahrscheinlich, ja. Ich bewahre sie immer etwa ein Jahr lang auf, es kommt vor, dass die Kunden sie vergessen… Natürlich rufe ich vorher an, um sie daran zu erinnern … ich oder mein Assistent. Aber das hat in diesem Fall offenbar nichts genützt. Er hat übrigens auch gar keine Telefonnummer hinterlassen.«

»Wo?«, fragte Stiller. »Wo haben Sie die Fotos?«

»Wo?«, wiederholte Erwin Maagerbaas. »Nun ja, die liegen wohl hinten im Büro, wie ich annehme. Ich habe da einen Schrank mit nicht abgeholten Fotografien. Wollen Sie vielleicht …?«

»Aber natürlich wollen wir«, bestätigte Beate Moerk. »Mein Gott.«

»Oh ja, mein Gott«, stimmte Polizeichef deKlerk eine gute Stunde später zu. »Vierundzwanzig Fotos vom Mordopfer selbst geschossen, das sollte ja wohl ein Durchbruch sein. Oder wie soll man es sonst bezeichnen?«

Die Fotos lagen auf dem Tisch des Konferenzraumes verstreut, und die Versammelten starrten sie eine ganze Weile lang an. Jeder Einzelne. Kommissar Münster und Inspektor Rooth. Der Polizeichef selbst. Und Moerk und Stiller, die mit dem Material vor einer halben Stunde angekommen waren. Jedes einzelne Foto war von Hand zu Hand gegangen. Vierundzwanzig Stück. Jedes einzelne war genauestens betrachtet worden. Keiner hatte »Aha!« ausgerufen, und keiner hatte das Wort »Durchbruch« benutzt, bevor der Polizeichef es jetzt in den Mund genommen hatte.

Das Problem war das Motiv der Bilder.

Es war ein Haus.

Immer dasselbe Haus.

Auf jedem einzelnen verdammten Foto, um Inspektor Rooth zu zitieren.

Eine ziemlich große einstöckige Villa, genauer gesagt. Aus verschiedenen Blickwinkeln aufgenommen, genauer gesagt, aus vieren. Zwei von der Vorderseite, zwei von der Rückseite – die bei weitem meisten aus den letzten beiden Perspektiven: Neunzehn der Bilder hatten die Rückseite des Hauses eingefangen, ein Stück Rasen, zwei knorrige Obstbäume, wahrscheinlich Apfel, eine Anzahl kleinerer Büsche, wahrscheinlich Berberitze, eine große Terrasse mit Tisch und vier grünen Stühlen. Die Fassade war mit rotbraunen Ziegeln verputzt, ein dunkles Schieferdach. Münster hatte auf die Fünfziger oder frühen Sechziger getippt, und es gab niemanden, der ihm widersprach. Auf einigen Fotos waren Menschen zu sehen, ein Mann und eine Frau. Der Mann tauchte elf Mal auf, die Frau acht Mal, auf sechs Fotos waren sie beide zu sehen. Beide trugen auf allen Bildern die gleiche Kleidung, und es erschien höchst wahrscheinlich, dass alle Fotos am gleichen Tag geschossen worden waren. Und das innerhalb eines ziemlich kurzen Zeitraums von höchstens einigen Stunden, nach Licht und Schatten zu urteilen.

Was den Fotoapparat betraf, so hatte deKlerk die Vermutung angestellt, dass es sich wahrscheinlich um ein ziemlich einfaches Modell handelte. Der Abstand zwischen den beiden Positionen auf der Häuserrückseite war immer der gleiche, ungefähr fünfundzwanzig Meter schätzungsweise, es war kein Zoom angewandt worden, die Gesichtsausdrücke des Mannes und der Frau waren nur schwer zu lesen, die Gesichtszüge nicht sehr deutlich.

Soweit zu beurteilen war, schien der Mann älter als die Frau zu sein. Er hatte grauweißes Haar und einen gestutzten Bart im gleichen Farbton und schien so ungefähr zwischen sechzig und siebzig zu sein. Er trug eine dunkle Hose und ein hellblaues Hemd mit aufgekrempelten Ärmeln. Die Frau trug auf allen Fotos Jeans und einen schwarzen, langärmligen Pullover. Sie hatte dunkles Haar, das zu einem einfachen Pferdeschwanz hochgebunden war. Auf den meisten Fotos befanden sich die beiden draußen auf der Terrasse, sitzend oder stehend. Die Sonne schien, und es waren Kaffeetassen, eine Thermoskanne, ein paar Zeitungen und Bücher auf dem Tisch zu erkennen. Auf drei der Fotos hatte die Frau eine Zigarette in der Hand. Der Mann trug auf zweien eine Brille.

Das war alles.

»Der Idiot hat ein Haus abgelichtet«, stellte Rooth fest. »Vierundzwanzig Mal! Fantastische Detektivarbeit, der Ruhm sei ihm gewiss. Wenn er nicht tot wäre, wir müssten ihn umgehend wieder bei der Polizei aufnehmen.«

»Ja, das sieht etwas merkwürdig aus«, sagte deKlerk.

»Und es ist sicher, dass ihr es nicht wiedererkennt?«, fragte Münster. »Das Haus, meine ich?«

DeKlerk schüttelte den Kopf.

Moerk und Stiller schüttelten den Kopf.

»Leider«, sagte Moerk. »Ich denke nicht. Sieht ziemlich edel aus ... aber es ist ja nicht gesagt, dass es wirklich in Kaalbringen liegt, oder?«

»Aber logo liegt es in Kaalbringen«, widersprach Rooth. »Warum sollte Verlangen nach Kaalbringen fahren, um ein Haus abzulichten, das in Hamburg liegt? Oder in Sewastopol?«

»Ja, ja«, wiegelte der Polizeichef ab und zupfte sich nachdenklich an der Nase. »Inspektor Rooth hat sicher Recht. Aber was sagt ihr zu dem Typen auf den Bildern? Könnte es sich dabei um Hennan handeln?«

Münster warf Rooth einen Blick zu, bevor er antwortete.

»Gut möglich«, sagte er. »Warum nicht? Kann natürlich auch jeder andere sein, aber wenn dieses Fotografieren einen Sinn gehabt haben soll ... und diese ganze Geschichte überhaupt ... ja, dann bin ich bereit, dafür zu stimmen, das es sich hier wohl um Jaan G. Hennan handelt. Wer die Frau ist, da habe ich keine Ahnung, aber warum nicht davon ausgehen, dass es sich um seine neue Frau handelt?«

»O je«, sagte Beate Moerk. »Gewagte Schlussfolgerungen,

das muss ich schon sagen. Aber gut, wenn wir von der Fehlerquote absehen, was bringt uns das dann? Wenn Hennan wirklich in einem Haus irgendwo in Kaalbringen wohnt, dann hat er doch zweifellos das Recht dazu, oder?«

»Wenn er Verlangen keine Kugel in den Kopf gejagt hat«, sagte Rooth und holte etwas aus seiner Jackentasche, das wie eine halb gegessene Tafel Schokolade aussah. »Ansonsten wird er mindestens zehn Jahre lang seine Adresse nicht mehr aussuchen dürfen. Aber was ich nicht begreife ... diese Fotos können doch auf keinen Fall den Beweis darstellen, von dem er geschwafelt hat? Jedenfalls nicht, wenn er noch nicht vollkommen weggetreten war. Verlangen, meine ich.«

»Es ist gut möglich, dass er das war«, seufzte Münster. »So langsam habe ich den Verdacht.«

»Er ist ermordet worden, weil er etwas gewusst hat«, erinnerte ihn deKlerk.

»Oder weil jemand glaubte, dass er etwas wusste«, korrigierte Stiller vorsichtig.

Beate Moerk stand auf und stellte sich ans Fenster. Sie verschränkte die Arme vor der Brust und schaute auf den Kleinmarckt. »Das ist das, was wir glauben«, sagte sie nachdenklich. »Was wir uns einbilden, damit unsere Theorien stimmen. Aber wenn es nun nur so ein Verrückter war, der ihn erschossen hat ... jemand, der nicht die Bohne mit Jaan G. Hennan zu tun gehabt hat. Das ist doch auch möglich.«

Rooth knüllte das Schokoladenpapier zu einem Ball zusammen, zielte und verfehlte den Papierkorb um eineinhalb Meter.

»Das ist dann Plan B«, erklärte er. »Möglicherweise hast du ja Recht, aber wir machen erst noch eine Weile nach Plan A weiter, oder?«

Polizeichef deKlerk überlegte einen Augenblick. Dann nickte er und begann, die Fotos zusammenzuschieben. Stiller hob den Stanniolpapierball auf und fragte Rooth, ob er einen neuen Versuch wagen wollte. Rooth schüttelte den Kopf.

»Wie gesagt«, erklärte deKlerk. »Auch ich bin ziemlich skeptisch, dass es zu etwas führen wird, aber auf jeden Fall müssen wir es ja wohl, so gut es geht, zu einem Ende bringen ... wie ich denke.«

»Was wollen wir denn jetzt tun?«, wollte Polizeianwärter Stiller wissen und schaute sich am Tisch um. »Konkreter gesagt?«

»Vorschläge?«, fragte deKlerk und ließ seinen Blick ebenfalls zwischen den Kollegen hin und her wandern.

»Da bleibt wohl nur eins«, sagte Beate Moerk. »Das Haus identifizieren. Das muss doch wohl das Erste sein.«

»Und wie?«, fragte deKlerk. »Wollen wir uns jeder in sein Auto setzen und herumfahren, bis wir es gefunden haben?«

Ein paar Sekunden lang blieb es still, jeder schien diese Möglichkeit abzuwägen.

»Nun ja«, erklärte Beate Moerk dann. »Das würde wahrscheinlich irgendwann zum Erfolg führen, aber ich glaube doch, dass wir mit einer anderen Methode schneller sind.«

»Und mit welcher?«, wollte Stiller wissen.

»Es muss doch Leute geben, die sich mit Häusern hier in der Stadt besser auskennen als wir, oder?«

»Vermutlich, ja«, brummte der Polizeichef. »Aber ich denke, dass wir unter allen Umständen den Kommissar Allgemeinheit aus dem Spiel lassen. Schließlich haben wir uns für diese Linie entschieden. Denkst du da an eine bestimmte Person, die uns behilflich sein könnte?«

»Entschuldige«, sagte Beate Moerk. »Ja, da ist mir ein Name in den Kopf gekommen. Er ist über siebzig und hat sein ganzes Leben lang hier in Kaalbringen verbracht. Er kennt jeden einzelnen Briefkasten.«

»Und wer ist das?«, fragte Polizeianwärter Stiller neugierig.

»Bausen«, antwortete Beate Moerk und öffnete das Fenster. »Der ehemalige Polizeichef. Ich glaube, es ist an der Zeit, ein wenig frische Luft hereinzulassen und eine Schachpartie zu unterbrechen.«

39

Es war halb sieben Uhr abends, als Bausen und Van Veeteren in Bausens alten Citroën kletterten und sich auf den Weg machten, um das Haus zu suchen. Es war gerade ein Regenschauer vorbeigezogen, aber der Himmel hatte sich wieder aufgeklart, und wenn keine neuen hinterhältigen Wolkenbänke von Südwesten dahergezogen kämen, sollten sie noch ein paar Stunden Tageslicht zu ihrer Verfügung haben.

Oder zumindest Dämmerlicht. Bausen hatte keinen großen Sinn darin gesehen, in der Dunkelheit zu arbeiten.

»Was habe ich gesagt?«, konnte er nicht umhin, triumphierend zu vermelden, nachdem er den Hörer nach dem Telefongespräch mit deKlerk aufgelegt hatte. »Wir haben es nicht einmal bis zum dreizehnten Zug geschafft!«

Van Veeteren hatte sich jeden Kommentar verkniffen. Dagegen hatte er sich ein wenig über Bausens Motiv gewundert. Denn während des Telefonats hatte der frühere Polizeichef erklärt, dass er ziemlich sicher sei, das Haus auf den Fotos wiederzuerkennen – und dann, als sie allein waren, hatte er zugegeben, dass er diesen Schuppen, ehrlich gesagt, nie im Leben gesehen hatte.

»Warum hast du gelogen?«, hatte Van Veeteren gefragt.

»Nun ja, gelogen«, hatte Bausen geantwortet. »Ich war der Meinung, ein wenig Bewegung könnte uns nicht schaden, dir und mir. Und verdammt noch mal, diese Hütte werden wir doch wohl früher oder später aufspüren können.«

»Wenn sie sich hier in der Gegend befindet, ja«, sagte Van Veeteren.

»Nun sei nicht so kleinlich«, erwiderte Bausen.

Er hatte die beiden vergrößerten Fotos mit Hilfe einer Klemme am Armaturenbrett befestigt und ließ jetzt den Wagen an. Van Veeteren saß mit einer weiteren Vergrößerung in den Händen da: eines der vielen Motive von der Rückseite des Hauses und ein Bild, auf dem das Gesicht des Mannes am deutlichsten zu sehen war. Er hatte die körnigen Gesichtszüge studiert, seit er das Foto vor einer Stunde in die Hand bekommen hatte, hatte aber immer noch nicht sagen können, ob es sich nun um Jaan G. Hennan handelte oder nicht.

Konnte sein, konnte auch nicht sein.

Aber wenn ich ihn von Angesicht zu Angesicht vor mir habe, dachte er, dann werde ich das innerhalb von einer halben Sekunde sagen können.

»Ich denke, wir haben zwei Gebiete, zwischen denen wir wählen können«, erklärte Bausen. »Rikken und Wassingen. Die befinden sich in der richtigen Preisklasse, schließlich handelt es sich hier nicht gerade um eine Arbeiterbaracke.«

»Offensichtlich nicht«, nickte Van Veeteren. »Hast du über die Position des Fotografen nachgedacht? Ich denke, das kann uns einiges sagen.«

Bausen nickte.

»Ja, sicher. Es sieht so aus, als hätte er ziemlich ungestört von hinten knipsen können. Was darauf hindeutet, dass dort ein kleiner Wald oder eine Art Naturgebiet liegt. Auf den Frontfotos sieht es ja auch so aus. Na ja, wir werden sehen. Halte die Augen offen, wir fangen mit Wassingen an.«

Das Villengebiet Wassigen war an Kaalbringens südöstlichem Rand gelegen. Eine großzügig angelegte Bebauung mit gediegenen Einzelhäusern, hauptsächlich aus den Vierzigern und Fünfzigern. Insgesamt um die hundert Villen mit großzügig geschnittenen Grundstücken, von denen viele an den lang gestreckten Waldgürtel grenzten, der sich um zwei Drittel des Geländes entlangzog.

Der Oosthoningerweg verlief in ostwestlicher Richtung durch die gesamte Siedlung, mit leicht gekrümmten Seitengassen nach Norden und Süden, und Van Veeteren und Bausen brauchten eine gute halbe Stunde, um sich durch das ganze Brimborium hindurchzuschlängeln. Hier und da hielten sie an und befragten Verlangens Fotos, wurden zweimal von einem frei laufenden Boxerrüden auf der Suche nach einem geeigneten Baum attackiert (einmal rechtes Hinterrad, einmal linkes Vorderrad, zumindest kamen sie zu dem Schluss, dass es sich um denselben Hund handeln musste, auch wenn es in zwei verschiedenen Straßen geschah), aber als sie fertig waren, konnten sie – mit an Sicherheit grenzender Gewissheit – feststellen, dass der verstorbene Privatdetektiv Maarten Verlangen nicht in diesem Ortsteil gelegen (gestanden? gesessen?) und vor fünf Monaten auf seinen Fotoapparat gedrückt hatte.

»Es ist erst Viertel nach sieben«, sagte Bausen, als er auf die Uhr schaute. »Rikken schaffen wir auch noch, bevor es dunkel wird.«

»Und wenn wir da auch nichts finden?«, wollte Van Veeteren wissen, während er das Seitenfenster herunterkurbelte und sich eine Zigarette anzündete. »Was machen wir dann?«

»Wir werden das Haus in Rikken finden«, entschied Bausen. »Ich habe das im Gefühl.«

Zwanzig Minuten später konnte Van Veeteren feststellen, dass Bausen Grund für seinen Optimismus hatte.

Er konnte außerdem feststellen, dass er noch nicht zu alt für Herzklopfen war. Bausen stellte den Motor ab und räusperte sich.

»Da haben wir es. Kein Zweifel, oder?«

Nein, es gab wohl kaum einen Zweifel. Die Vorderseite des soliden, braunen Ziegelhauses war identisch mit dem auf dem Foto. Auch gab es zur Straße hin eine Steinmauer. Und einen Garagenanbau, der auf dem Foto nur zu erahnen war, sowie das hervorragende Dach über der Haustür. Die beiden beschnittenen Obstbäume auf dem Grundstück waren jetzt voller Laub, im April waren die Blätter noch kaum ausgeschlagen gewesen, aber es waren zweifellos dieselben Bäume.

Das richtige Haus. Daran gab es keinen Zweifel. Van Veeteren spürte, wie das Herzklopfen von einer Trockenheit im Mund gefolgt wurde, und er wünschte sich, er hätte eine Sonnenbrille auf und einen breitkrempigen Hut dabei, den er sich in die Stirn hätte ziehen können. Für alle Fälle.

»Was ist das für eine Adresse?«, fragte er.

Bausen schüttelte den Kopf.

»Wir müssen nachsehen, wie die Straße heißt, ich kann mich nicht mehr erinnern. Auf jeden Fall ist es die Nummer vierzehn ... scheint keiner zu Hause zu sein, aber man weiß natürlich nie.«

»Fahr weiter«, sagte Van Veeteren. »Wir können hier nicht stehen bleiben.«

»In Ordnung. Es gibt da hinten an der Ecke auch ein Straßenschild.«

Er startete den Motor und rollte davon.

»Wackerstraat«, stellte Van Veeteren fest, als sie die Kreuzung erreicht hatten. »Wackerstraat vierzehn. Dann wissen wir das auch.«

Bausen zeigte mit der Hand.

»Der Stadtwald liegt gleich dahinter. Von dort aus hat Verlangen seine Fotos geschossen. Genau wie ich es früher mal gemacht habe ... hm. Und was machen wir jetzt?«

Van Veeteren überlegte eine Weile.

»Wir rufen die Polizei an«, sagte er. »Sollen die doch herauskriegen, wer hier wohnt. Und vielleicht möchten die ja auch dabei sein, wenn wir die nächsten Schritte planen.«

»Glaubst du?«, fragte Bausen. »Nun ja, wir sind wohl gezwungen, Kontakt mit ihnen aufzunehmen.«

»Gezwungen?«, nahm Van Veeteren das Wort auf. »Was meinst du denn damit?«

Aber Bausen gab keine Antwort.

»Bitte schön, Stiller«, sagte deKlerk. »Da du derjenige warst, der die Informationen eingeholt hat, ist es nur recht und billig, wenn du sie jetzt hier vorstellst. Ich bitte die Enge zu entschuldigen, aber normalerweise sind wir ja nicht so viele, und das hier ist ... wie ihr selbst wisst ... der größte Raum, den wir zur Verfügung haben.«

Es gab Grund für den Hinweis des Polizeichefs. Obwohl es bereits nach zehn Uhr abends war, waren alle Beteiligten dem Ruf gefolgt. Die Üblichen: Moerk und Stiller. Die zugereisten Kriminalbeamten aus Maardam: Münster und Rooth. Die beiden Ex-Kommissare: Bausen und Van Veeteren.

Und deKlerk selbst. Sieben Stück also. Wie jemand im Laufe des Tages bereits bemerkt hatte – zumindest konnte man in diesem Fall nicht über Unterbesetzung klagen.

Außerdem kam dem Polizeichef der Gedanke, dass der heruntergekommene Privatdetektiv, wenn er jetzt vom Himmel herabschauen – oder von einem anderen Ort heraufschauen – würde, wahrscheinlich ein wenig die Augenbraue hochzöge angesichts des Aufstands, den sein Hinscheiden verursacht hatte. Oh ja.

DeKlerk zwängte sich auf seinen Platz und nickte Stiller aufmunternd zu.

»Also, ja«, begann der Polizeianwärter. »Da gibt es eigentlich nichts besonders Bemerkenswertes. Die wohnen hier seit zehn Jahren, und ich habe alle Angaben in den Unterlagen des Finanzamtes gefunden. Christopher und Elizabeth Nolan. Besitzer der Galerie und des Kunsthandels Winderhuus unten in der Hamnesplanaden ... sie sind 1992 hergezogen und haben ein Jahr später den Laden eröffnet. Sind inzwischen ziemlich etabliert, wie man wohl sagen kann. Stammen aus Bristol in England, er ist dreiundsechzig, sie einundfünfzig. Nach allem zu urteilen ist es Frau Nolan, die sich am meisten in Sachen Winderhuus engagiert, sie sind mit ziemlich viel Geld hergekommen und besitzen immer noch ein Vermögen, auch wenn ihr Kunstbetrieb in den letzten Jahren nur Verlust abgeworfen hat ...«

»Das ist jedenfalls das, was das Finanzamt glaubt«, warf Beate Moerk ein.

»Ja, ich bin in erster Linie nach deren Angaben gegangen«, stimmte Stiller zu. »Das Paar hat keine Kinder, das Haus in der Wackerstraat wurde 1995 gekauft, in den ersten Jahren haben sie in einer Wohnung am Romners Park gewohnt. Es gibt keine Aufzeichnungen über ökonomische Unregelmäßigkeiten irgendwelcher Art. Im Gegenteil, die beiden haben, seit sie hergekommen sind, jedes Jahr ein gewisses Vermögen angegeben ... ja, das ist alles, was ich herausgefunden habe.«

»Kunsthandel?«, brummte Rooth. »Muss 'ne gute Branche sein, um Geld zu verstecken.«

»Kann sein«, sagte Münster. »Aber Christopher Nolan? Ich weiß nicht, was ich glauben soll ...«

»Ähäm«, sagte Bausen und ließ seinen Blick über die gesamte Gesellschaft wandern. »Wenn ihr mir erlaubt, möchte ich darauf hinweisen, dass es im Augenblick noch nicht sehr hilfreich ist, irgendetwas zu glauben. Entweder ist diese Person hier identisch mit Jaan G. Hennan, oder sie ist nur identisch mit Christopher Nolan. Bevor wir herausbekommen haben, wie es sich eigentlich verhält, können wir alle Theorien beiseite lassen. Im Augenblick bringt es noch nichts zu spekulieren, oder?«

»Kann schon sein«, nickte der Polizeichef und lächelte ein wenig gezwungen. »Und wie sollen wir es anstellen, dieses kleine Detail herauszubekommen? Bitte, meldet euch zu Wort.«

Ein paar Sekunden lang blieb es still. Dann räusperte sich Kommissar Münster.

»Eine Möglichkeit wäre natürlich, dass wir hinfahren und

ihn vernehmen. Oder zumindest mit ihm sprechen. Aber ich weiß nicht, ob das die richtige Methode in diesem Fall wäre.«

»Ich denke, das wäre eine verdammt schlechte Methode«, warf Rooth ein. »Wir können doch nicht so naiv sein und bei einem Prachtarschloch wie Hennan mit offenen Karten spielen.«

»Wir wissen nicht, ob es Hennan ist«, wies Stiller ihn hin.

»Noch ein Grund mehr, nicht mit offenen Karten zu spielen. Zumindest anfangs nicht. In meiner Bibel steht klar und deutlich, dass wir das Ganze mit einem Bluff beginnen müssen. Mit einem großen, prächtigen Bluff.«

»Ja, ich beurteile die Lage genauso«, warf Inspektorin Moerk ein. »Wir können einfach nicht wirklich mit ihm sprechen, solange wir nicht wissen, ob wir es mit G. zu tun haben oder nicht. Es wäre ein massiver Fehler, ihm zu verraten, dass wir einen Verdacht hegen.«

»Der Meinung bin ich auch«, sagte Münster. »Er hat sich ja letztes Mal auch nicht gerade einschüchtern lassen. Wir müssen vorsichtig sein.«

»Gibt es jemanden, der in diesem Punkt eine abweichende Meinung hat?«, fragte deKlerk und schaute sich in der Runde um.

Niemand hatte etwas anzumerken. Van Veeteren wechselte einen Blick mit Münster und schien etwas auf der Zunge zu haben, änderte aber seine Meinung und holte stattdessen seine Zigarettendrehmaschine hervor.

»Bleibt also noch festzulegen, was wir jetzt tun wollen«, fuhr deKlerk fort. »Wer von uns wäre wohl am geeignetsten, wenn es darum geht, Jaan G. Hennan zu identifizieren?«

Die Frage war so rhetorisch, dass Van Veeteren fast seinen Apparat hätte zu Boden fallen lassen. Bausen lachte kurz auf.

»Verdammt noch mal«, sagte er. »Mir scheint, ihr wollt die fröhlichen Amateure die Arbeit machen lassen. Aber meinetwegen, eigentlich ist es nur recht und billig, dass Van Veeteren den ersten Zug hat … du würdest ihn doch wiedererkennen, oder? Das hast du jedenfalls vor einer Stunde noch behauptet.«

Van Veeteren schob seinen Zigarettendrehapparat zurück in die Jackentasche und faltete die Hände vor sich auf dem Tisch.

»Vermutlich«, sagte er. »Zumindest bilde ich mir das ein. Aber ich bilde mir auch ein, dass Hennan mich mit großer Wahrscheinlichkeit wiedererkennt. Wir müssen also entscheiden, ob das ein Vorteil oder ein Nachteil sein kann.«

»Du setzt also voraus, dass ihr euch Auge in Auge gegenübersteht?«, wunderte Beate Moerk sich.

Van Veeteren runzelte die Stirn.

»Ist vielleicht auch nicht nötig«, gab er zu. » Aber ich bin zumindest darauf eingestellt, früher oder später in so eine Situation zu kommen. Wenn er es ist.«

Beate Moerk lächelte kurz.

»Das war mir eigentlich schon klar«, sagte sie. »A man's gotta do what a man's gotta do?«

»Hm, ja«, knurrte der *Hauptkommissar.* »Vielleicht so etwas in der Richtung. Aber wie habt ihr euch das zunächst einmal gedacht? Ich habe ... ich habe keine große Lust, dem Kerl an den Hacken zu kleben, und darauf zu warten, dass er mal den Kopf dreht.«

Bausen hatte schon eine Weile nur dagegessen und sich den Nacken gekratzt.

»So melodramatisch muss es ja nicht sein«, stellte er fest. »Wir können es so machen: Du kriegst ein paar alte Bilder von mir, und mit denen gehst du ins Winderhuus, wenn Mister Nolan an Ort und Stelle ist, und versuchst, sie zu verkloppen. Mit oder ohne falschen Bart.«

»Einfach so?«, fragte Van Veeteren.

»Ja, einfach so«, sagte Bausen.

Vielleicht lag es an der späten Stunde, vielleicht auch an etwas anderem, aber fünfundvierzig Minuten später hatte immer noch niemand einen besseren Vorschlag.

Irgendwann gegen halb zwei, kurz bevor es ihm gelang einzuschlafen, tauchte ein neuer Gedanke in Van Veeterens Kopf auf. Der ihm ganz und gar nicht gefiel.

Wenn, sah er widerstrebend ein, *wenn* Christopher Nolan tatsächlich mit Jaan G. Hennan identisch war, dann musste das bedeuten – laut den Informationen, die der Polizeianwärter Stiller eingeholt und in einer vorbildlichen Art und Weise präsentiert hatte –, dass er bereits zur Zeit des Axtmörders vor neun Jahren in Kaalbringen gewesen war.

Das war eine äußerst unangenehme Einsicht.

Möchte wissen, wie ich reagiert hätte, wenn ich das damals schon gewusst hätte, dachte Van Veeteren. Hätte das vielleicht sogar die Ermittlungen beeinflusst?

Und als er dann endlich einschlief, begann er sofort zu träumen, dass er in einem großen Kunstmuseum herumschlich – verkleidet mit einem riesigen weißen Weihnachtsmannbart und damit beschäftigt, die Leinwände einiger der teuersten und berühmtesten Kunstwerke der Welt aus den Rahmen zu schneiden. Er erkannte Guernica und die Nachtwache und van Goghs Sonnenblumen wieder.

Das war schon ziemlich unangenehm, aber bald wurde es noch schlimmer. Die Gemälde und der Weihnachtsmannbart waren wie weggeblasen, stattdessen wanderte er einen langen, einsamen Strand entlang. Offensichtlich auf dem Weg zu seinem eigenen Tod. Das ging aus einer Reihe gelbschwarzer, angerosteter Schilder hervor, die in regelmäßigen Abständen in den Sand gerammt worden waren, die Entfernungsangaben schrumpften schnell, und wie emsig er auch Ausschau hielt und sich anstrengte, so gelang es ihm doch nicht, auch nur einen einzigen Menschen zu erspähen, der ihm dabei hätte helfen können umzukehren ... nicht einen einzigen.

Als er am nächsten Morgen aufwachte, konnte er absolut nicht begreifen, dass er sieben Stunden geschlafen haben sollte.

Es kam ihm eher vor wie sieben Minuten.

40

Im Laufe der Morgenstunden wurde der Plan ein wenig modifiziert.

Inspektorin Moerk hatte durch ihren Ehemann (der in der Branche tätig war und meinte, das Winderhuus sei eine ziemlich armselige Schmuckstätte) erfahren, dass im Augenblick dort eine relativ gut besuchte Ausstellung stattfand (mit Werken zweier lokaler Künstler, auch die ziemlich armselig laut der gleichen Quelle).

Nach ein paar Telefongesprächen kam man darin überein, dass es eigentlich genauso gut wäre, wenn Bausen selbst den Bilderhandel übernähme – während Van Veeteren die etwas diskretere Rolle eines Ausstellungsbesuchers übernehmen könnte. Wenn es mit der Identifizierung so einfach ablaufen würde, wie der *Hauptkommissar* vorausgesagt hatte, hätte er somit auf jeden Fall eine ausgezeichnete Gelegenheit, Christopher Nolan näher zu betrachten. Und auch seine Stimme zu hören. Münster und Rooth hatten sich die Lokalitäten angeschaut und festgestellt, dass es keine richtige räumliche Trennung zwischen der Galerie und den eher kommerziell ausgerichteten Räumen gab, in denen Rahmen, Reproduktionen, Postkarten und aller möglicher Schnickschnack verkauft wurde, nicht einmal eine Tür.

Polizeianwärter Stiller war als Erster vor Ort. Er saß bereits in einer strategisch günstigen Position in einem Auto auf dem lang gestreckten Hafenparkplatz gleich in der Nähe des

Winderhuus, als Frau Nolan ein paar Minuten nach zehn Uhr kam und die Türen aufschloss. Stillers Aufgabe war es, anzurufen und Bescheid zu geben, sobald Herr Nolan auftauchte. Laut einer Theorie von Rooth würde dieser irgendwann gegen Mittag eintreffen, und es stellte sich heraus, dass der Inspektor ausnahmsweise einmal den Nagel auf den Kopf getroffen hatte. Pünktlich um halb eins kam Christopher Nolan in seinem Auto angefahren, einem bordeauxfarbenen Rover, parkte zehn Meter von Stillers bedeutend anspruchsloserem Fiat entfernt, überquerte die Esplanade und ging ins Winderhuus. Offensichtlich mit der Absicht, seine Ehefrau abzulösen und ihr damit die Möglichkeit zu geben, etwas zu Mittag zu essen.

Sie kam auch ganz richtig nach ein paar Minuten heraus, eine schlanke Frau in den Fünfzigern mit Pumps, rotem Kostüm und dunklem Haar. Augenscheinlich mehr zurechtgemacht als auf den Fotos, wie der Polizeianwärter bemerkte. Aber zweifellos dieselbe. Sie zündete sich eine Zigarette an und lenkte ihre Schritte zum Fischmarkt hin. Stiller rief in der Zentrale an, wo Bausen und Van Veeteren mit einem Schachbrett und vier Ölschinken mit Meeresmotiv warteten.

Das Gespräch dauerte vier Sekunden. Eine Möwe kam angesegelt und ließ sich auf der Motorhaube des Fiat nieder. Die Sonne schien.

Operation G. hat begonnen, dachte Stiller. Er spürte, dass er gespannt wie eine Stahlfeder hinter dem Steuer saß.

»Guten Tag«, sagte Bausen. »Ich weiß nicht, ob wir uns schon begegnet sind. Mein Name ist Bausen.«

»Nolan. Nein, ich denke nicht.«

Bausen stellte sein unhandliches Paket ab und machte sich daran, die Kunst von dem Laken zu befreien, das er zum Einwickeln benutzt hatte.

»Eine alte Tante von mir ist im Sommer gestorben, und ich habe ihre alten Kunstschätze geerbt«, erklärte er. »Aber ich habe keinen Platz dafür. Vielleicht könnten Sie sie schätzen und kaufen, wenn Sie wollen.«

»Lassen Sie mal sehen«, sagte Nolan und half beim Auswickeln. »Man kann ja nie wissen.«

Bausen stellte die Bilder umständlich an die Wand gegenüber von Nolans Schreibtisch. Plötzlich begriff er, warum er sie sonst in einem dunklen Kellerraum verwahrte, richtete sich aber dennoch auf und schaute zufrieden drein.

»Nun, was sagen Sie?«

»Ja ha«, sagte Nolan und strich sich mit der Hand über seinen gepflegten Bart. Nahm eine Brille vom Tisch und setzte sie sich auf. Die Tür ging auf, und Van Veeteren trat herein.

»Zur Ausstellung?«, fragte er.

Nolan betrachtete ihn nur kurz über den Rand der Brille hinweg.

»Dort drüben. Treten Sie nur ein. Hinten auf dem Tisch liegt das Werkverzeichnis.«

Van Veeteren nickte.

»Wann schließen Sie?«

»Um sechs.«

»Danke schön.«

Bausen räusperte sich und zog wieder Nolans Aufmerksamkeit auf sich.

»Gar nicht so schlecht, nicht wahr? Und sehr solide Rahmen.«

Van Veeteren blieb einen Augenblick stehen und schaute ebenfalls auf Bausens Bilder.

»Was für ein Geschmiere«, sagte er.

»Was sagen Sie da?«, brauste Bausen auf.

Nolan bekam einen amüsierten Zug um den Mund.

»Ich muss sagen, dass ich da Ihrer Meinung bin«, sagte er. »Ich denke, von der Ausstellung werden Sie mehr haben.«

»Das hoffe ich doch«, sagte Van Veeteren und ging weiter in den Raum hinein.

»Das ist ja wohl die Höhe«, sagte Bausen.

»Aber wenn Sie eine professionelle Beurteilung haben wollen, dann warten Sie am besten auf meine Frau«, sagte Nolan. »Sie ist im Augenblick zu Tisch, wird aber in einer Dreiviertelstunde zurück sein.«

»Ach was«, sagte Bausen. »Da scheiß ich drauf. Dann werde ich sie eben im Garten verbrennen.«

Er wickelte die Bilder wieder ins Laken und verließ die Kunstgalerie Winderhuus in gespielter Wut.

»Und?«, fragte Münster.

Van Veeteren machte eine vage Kopfbewegung. Zupfte sich ein paar Fusseln vom Jackenärmel. Es vergingen drei Sekunden.

»Ja«, sagte er dann. »Er ist es.«

Das eisige Schweigen blieb noch eine Weile im Raum hängen, dann ließ deKlerk einen langen, pfeifenden Atemstoß hören.

»Gut«, sagte er. »Jetzt aber!«

»Du zitierst«, sagte Van Veeteren.

»Was?«

»Jetzt aber ... das hat Verlangen aufgeschrieben, bevor er im April hierher gefahren ist.«

»Ach so«, sagte der Polizeichef nur und sah dabei etwas verwirrt aus. »Vielleicht kein so gutes Omen?«

»Scheiß auf Omen«, sagte Rooth. »Wir haben es hier also mit Jaan G. Hennan zu tun.«

»Es sieht ganz so aus«, sagte Van Veeteren.

Er zündete sich eine Zigarette an. Blies das Streichholz aus und stellte fest, dass die anderen abwartend dasaßen.

»Es sieht so aus«, wiederholte er langsam. »Aber ich denke, das weitere Vorgehen in dieser Sache erfordert so einige Vorplanungen. Gibt es ... gibt es Einwände dagegen, dass Bausen und ich weiter in einer Ecke mit dabeisitzen?«

DeKlerk suchte in aller Eile die Zustimmung der Kollegen und bekam sie.

»Natürlich möchten wir, dass ihr weiter mitmacht«, erklärte er. »Selbstverständlich. Wir sind ja noch weit davon entfernt, den Fall an Land gerudert zu haben. Äh ... wir wissen also jetzt, dass es tatsächlich Hennan war, für den Verlangen sich hier in der Stadt interessiert hat, und wir haben ihn gefunden. Aber was sonst noch gewesen ist ...«

»... das ist nicht so einfach zu klären«, ergänzte Beate Moerk. »Er hat dich doch wohl nicht wiedererkannt?«

Van Veeteren schwieg einen Moment lang. Dann schüttelte er den Kopf.

»Das kann ich mir kaum denken. Ich habe nicht den geringsten Hinweis darauf erkennen können. Brille und Schnurrbart reichen ziemlich weit, zumindest, wenn man die Vorstellung nicht in die Länge zieht. Nein, wir können wohl davon ausgehen, dass er mich nicht erkannt hat.«

»Mich wird er dagegen nicht so schnell vergessen«, stellte Bausen fest.

»Das tut niemand«, warf Beate Moerk ein und verzog dabei kurz den Mund. »Auf jeden Fall können wir also davon ausgehen, dass Hennan bisher noch nichts ahnend ist. Oder?«

Van Veeteren nickte.

»Hoffen wir es«, sagte deKlerk. »Aber wenn er nun hinter dem Mord an Verlangen steckt, und davon gehen wir ja aus, dann ist er doch sicher wachsamer geworden, seit wir die Leiche gefunden haben ... zumindest seit es in der Zeitung gestanden hat. Und wir sind ... ja, wir sind ja bis jetzt noch nicht viel weiter mit den Beweisen gekommen. Oder was meint ihr? Auch wenn wir wissen, dass er es war, haben wir bisher ja wohl kaum eine Verbindung zwischen dem Verbrechen und ihm ziehen können.«

»Nein, wohl kaum«, stimmte Rooth zu. »Mit anderen Worten: Was machen wir jetzt? Ich persönlich möchte sagen, dass ich so langsam Knoten im Kopf davon kriege, immer so verdammt diskret zu sein. Es wäre doch zu schön mit einer sauberen Hausdurchsuchung und einer Hundertwattbirne ins Gesicht von diesem Satan ... Ich weiß, dass wir ihn letztes Mal damit nicht haben einschüchtern können, aber vielleicht ist er im Laufe der Jahre ja weicher geworden.«

»Glaubst du das?«, fragte Münster.

»Nein«, erwiderte Rooth. »Das sind nur Wunschträume, gerade du solltest das eigentlich wissen.«

»Also gut«, ergriff deKlerk erneut das Wort und wandte sich an Bausen und Van Veeteren an der Stirnseite des Tisches.

»Vielleicht haben unsere etwas erfahreneren Kollegen irgendwelche Ideen?«

»Oh ja«, brachte Bausen an. »Es ist natürlich so, wie Rooth sagt, und früher oder später müssen wir uns auch zu erkennen geben ... ihm sagen, dass wir wissen, wer er ist, meine ich, und dass wir ihn unter Verdacht haben. Aber bis wir soweit sind, sollten wir vielleicht lieber tiefer stapeln und im Verborgenen gewisse Ermittlungen führen. Oder was meint ihr?«

»Das ist eine vollkommen richtige Einschätzung«, sagte Beate Moerk.

»Und was für Ermittlungen?«, wollte Stiller wissen.

»Genau das ist die Frage«, sagte Bausen und kratzte sich im Nacken. »Vielleicht kommen wir über die Frau weiter, aber das ist nur so ein Gedanke, der mir gerade gekommen ist, und ... ja, ich weiß nicht ...«

Er brach ab, aber Münster nahm den Faden wieder auf.

»Ich habe auch schon über sie nachgedacht«, sagte er. »Sollten wir uns nicht ein paar Informationen aus England besorgen? Wenn sie seit zehn Jahren hier wohnen, dann muss Hennan sie doch ziemlich kurz nach seinem Verschwinden aus Maardam gefunden haben ... zumindest innerhalb von drei, vier Jahren. Es könnte interessant sein, ihr ein wenig über seinen Hintergrund zu erzählen und zu sehen, wie sie darauf reagiert. Im Hinblick darauf, wie es seinen früheren Ehefrauen ergangen ist, könnte man ihr ja geradezu dazu gratulieren, dass sie zumindest noch am Leben ist.«

»Klingt schlüssig«, sagte deKlerk. »Zumindest das mit den Informationen aus England. Mit der Ehefrau wird es natürlich etwas kritischer.«

»Wenn wir ihn nicht ins Bockshorn jagen können, dann vielleicht sie?«, schlug Rooth vor.

»Entschuldigung«, warf Stiller ein. »Gehen wir jetzt davon aus, dass Frau Nolan nichts von der Sache mit Verlangen weiß?«

Rooth wedelte mit der Hand, aber er hatte sich gerade zwei Kekse in den Mund gestopft, so war es an Münster, darauf zu antworten.

»Ich denke schon«, sagte er. »Aber wenn dem nicht so ist, dann gibt es ja nur umso mehr Gründe für ein Gespräch mit ihr ... ganz einfach, um herauszukriegen, wie viel sie weiß. Ja, ich bin mit Bausen einer Meinung. Der nächste Zug sollte sein, mit ihr unter vier Augen zu sprechen. Aber wie das laufen soll, das wissen die Götter.«

»Ich würde vorher noch gern etwas wissen«, warf Stiller ein. »War es nicht so, dass sie Verlangens Wohnung in Maardam durchsuchen wollten? Gibt es einen Bericht darüber?«

DeKlerk nickte und zog ein Papier hervor.

»Entschuldigt. Ja, das habe ich in der ganzen Aufregung vergessen. Heute Morgen ist ein Fax gekommen. Leider negativ. Unterzeichnet von einem Moreno ... ich nehme an, dass er bekannt ist.«

»Sie«, sagte Rooth. »Inspektorin Moreno. Doch, ja, sie ist bekannt.«

»Ja? Na gut, jedenfalls hat man nichts gefunden. Und sie haben es gründlich gemacht, schreibt sie.«

»Wir haben auch gar nichts anderes erwartet«, sagte Münster. »Er hat wohl kein Tagebuch geführt. Was ja kaum verwunderlich ist.«

»Danke«, sagte Stiller. »Das ist mir nur eingefallen.«

»Aber gern«, sagte der Polizeichef und schaute auf die Uhr. »Darf ich dann vorschlagen, dass wir hier erst mal vorläufig einen Punkt machen. Wir sind sieben Leute an diesem Fall, und ich denke, es kann nichts schaden, wenn jeder ein paar Stunden für sich alleine darüber nachdenkt. Stiller und ich, wir werden Kontakt zu England aufnehmen, dann werden wir sehen, was dabei herauskommt ... erneute Zusammenkunft um vier Uhr, ist das in Ordnung?«

»In Ordnung«, sagte Rooth.

»Und was Bausen und Van Veeteren betrifft ...«

»So machen die natürlich, was sie wollen«, beendete Bausen den Satz und stand auf.

»Du hast nicht viel gesagt«, stellte er fest, nachdem sie wieder im Auto Platz genommen hatten.

»Ich habe in erster Linie nachgedacht«, erklärte Van Veeteren. »Außerdem bin ich etwas müde, ich habe letzte Nacht nicht gut geschlafen ... und es gab ja genügend kluge Köpfe dort.«

»Was nicht immer ein Vorteil sein muss.«

»Nein«, bestätigte Van Veeteren. »Nicht unbedingt.«

»Du grübelst da doch über etwas?«

»In gewisser Weise schon.«

»Und über was?«

»Über das mit der Hundertwattlampe. Ob er wirklich einen neuen Durchgang durchhalten würde.«

»Hennan?«

»Ja.«

»Du meinst, wir sollten ihn mit der eisernen Faust anpacken?«

Van Veeteren holte einen Zahnstocher aus der Brusttasche und schaute ihn verwundert an.

»Verdammt, wo kommt der denn her? Damit habe ich vor fünf Jahren aufgehört.«

»Offensichtlich tauchen im Augenblick dauernd alte Sachen auf«, bemerkte Bausen. »Eiserne Faust?«, fragte er noch einmal.

Van Veeteren brach den Zahnstocher durch und warf den einen Teil aus dem Fenster.

»Ich weiß es nicht«, sagte er. »Ich kann es einfach nicht einschätzen.«

»Wirklich nicht?«, wunderte Bausen sich. »Nun ja, was mich betrifft, so ist da etwas anderes, was ich nicht begreife.«

»Und was?«, brummte Van Veeteren. »Was begreifst du nicht?«

»Warum ich eigentlich diese blöden Bilder dahin schleppen musste. Du hättest Nolan-Hennan doch auch so identifizieren können.«

Van Veeteren betrachtete ihn ein paar Sekunden lang von der Seite.

»Das war doch deine Idee«, sagte er. »Und ich finde, du hast deine Rolle mit Bravour gespielt. Hast du mal Schauspielerambitionen gehabt? Ich denke nicht, dass du mir in der Richtung was erzählt hast …«

»Halt's Maul«, sagte Bausen und brach in lautes Lachen aus.

41

Es waren Münster, deKlerk und Rooth, die die Richtlinien für das Gespräch mit Elizabeth Nolan aufstellten, und hinterher konnte man natürlich darüber diskutieren, ob man es hätte besser machen können. Sie arbeiteten den ganzen Freitagvormittag an der Sache, und Münster hatte schon bald das Gefühl, dass etwas nicht stimmte. Aber es würde noch lange dauern, bis er begriff, in welchem Ausmaß er Recht gehabt hatte.

Es würde viel zu lange dauern.

Kommissar Münster war auch einer der beiden Polizeibeamten, die gegen halb sechs Uhr am Freitagabend in die Galerie Winderhuus gingen und dort Frau Nolan aufsuchten.

Die zweite Person war Inspektorin Moerk. Dass eine Frau dabei war, hatten sie als zweckmäßig angesehen. Aus dem einen oder anderen unausgesprochenen Grund. Beate Moerk selbst sah es als zweckmäßig an, weil sie eine gute Polizistin, nicht weil sie eine Frau war. Aber auch dieser Grund wurde nicht angesprochen.

»Frau Nolan«, sagte Münster. »Wir sind von der Polizei, und wir kommen in einer äußerst delikaten Angelegenheit. Mein Name ist Kommissar Münster, und das hier ist Inspektorin Moerk.«

Elizabeth Nolan schaute von dem dicken Kunstband auf, in dem sie gerade gelesen hatte.

»Entschuldigung? Ich habe nicht verstanden …?«

Sie schaute einen nach dem anderen mit leicht schielendem Blick an. Schob sich eine Locke des dunklen Haars aus dem Gesicht.

»Polizei«, wiederholte Beate Moerk. »Wir möchten gern mit Ihnen sprechen.«

»Ich verstehe nicht … warum denn?«

Sie hatte einen leichten, fast unmerklichen angelsächsischen Akzent. Beate Moerk erinnerte sich kurz daran, dass Bausen und Van Veeteren gesagt hatten, dass sie bei ihrem Ehemann nichts Derartiges bemerkt hätten.

»Gibt es einen Platz, wo wir uns ungestört miteinander unterhalten können?« Beate Moerk schaute sich um. Soweit sie sehen konnte, gab es keine Besucher in den Ausstellungsräumen, außerdem hatten sie vorher zehn Minuten in ihrem Auto auf dem Parkplatz gewartet und in dieser Zeit niemanden in das Gebäude hinein- oder aus ihm herausgehen sehen. Es schien, als wäre die Anziehungskraft der armseligen lokalen Künstler im Laufe der Woche, die die Ausstellung bereits lief, bedeutend gesunken.

Frau Nolan erhob sich von ihrem Stuhl.

»Ich fürchte, ich habe nicht richtig verstanden. Was möchten Sie?«

Sie schien überrascht zu sein, und Münster deutete zum Eingang hin.

»Vielleicht könnten Sie für heute schließen, damit wir nicht gestört werden?«

Sie zögerte. Machte zunächst ein paar Schritte zur Tür hin, blieb dann aber wieder stehen.

»Haben Sie … darf ich Sie bitten, mir Ihre Ausweise zu zeigen?«

Sie überreichten sie ihr, und sie betrachtete sie einige Sekunden lang sorgfältig.

»Ich … wir haben normalerweise bis sechs geöffnet.«

»Das wissen wir«, sagte Münster. »Aber vielleicht ist es

möglich, dass Sie heute eine halbe Stunde früher schließen. Es scheinen ja sowieso keine Besucher mehr zu kommen.«

Elizabeth Nolan zuckte mit den Schultern und machte gleichzeitig eine Art halbherzig entschuldigende Geste mit den Händen.

»Stimmt, es ist weniger geworden. Aber ich begreife nicht, warum Sie mit mir reden wollen. Ist denn etwas passiert?«

»Wenn Sie die Tür schließen, dann werden wir Ihnen alles in Ruhe erklären«, versprach Beate Moerk und streifte mit ihrer Hand kurz Elizabeth Nolans Oberarm. »Sie brauchen sich keine Sorgen zu machen.«

Wieder zögerte diese einen Moment. Dann nickte sie und ging die Tür abschließen. Münster und Moerk ließen sich auf den beiden Besucherstühlen aus senfgelbem Plastik nieder, die vor dem Schreibtisch standen.

»Frau Nolan«, sagte Beate Moerk, als diese zurückgekommen und ihren Platz ihnen gegenüber eingenommen hatte, »es tut uns Leid, dass wir Sie auf diese Art und Weise belästigen müssen, aber wie die Lage nun einmal ist, so haben wir keine andere Wahl.«

»Ich bitte Sie, nun erzählen Sie mir endlich, was passiert ist.«

Münster erkannte, dass sie offensichtlich auf eine Todesnachricht oder etwas Ähnliches wartete, und das war ja auch kein Wunder.

»Also gut«, sagte er. »Der Grund, warum wir mit Ihnen sprechen möchten, ist ein wenig pikant, da gibt es keinen Zweifel, aber wenn Sie nur offen und ehrlich antworten, dann haben Sie nichts zu befürchten.«

»Zu befürchten?«, rief Elizabeth Nolan aus. »Warum sollte ich denn etwas zu befürchten haben? Was meinen Sie damit?«

»Lassen Sie mich bitte die Situation erklären«, übernahm Beate Moerk. »Es ist nämlich so, dass wir einige Informationen über Ihren Mann benötigen. Wir können Ihnen leider nicht offen sagen, aus welchem Grund, aber lassen Sie es mich so formulieren: Wir sind auf der Suche nach einer Person, die vor sehr langer Zeit einige schwere Verbrechen begangen hat ... sehr schwere Verbrechen. Und Ihr Mann gehört zusammen mit sieben anderen zu einer Gruppe, von der wir mit hundertprozentiger Sicherheit wissen, dass einer von ihnen der Schuldige ist. Derjenige, nach dem wir suchen. Die anderen sieben sind vollkommen unschuldig und haben nichts mit der Sache zu tun ...«

»Was ist das, was ...?«

»Was passiert ist? Das können wir Ihnen nicht sagen. Wie Sie sicher verstehen werden. Und wie gesagt, liegt das Ganze schon einige Zeit zurück. Um was es nun geht, das ist, so viel wie möglich über jeden der acht Männer herauszubekommen ... so diskret wie möglich, ohne dass diese davon etwas ahnen. Wir werden anschließend sieben davon ausschließen können, darunter hoffentlich auch Ihren Mann, Frau Nolan, aber das ist leider die einzige Methode, die uns zur Verfügung steht. Wenn Sie über alle Details informiert wären, dann würden Sie unsere Situation verstehen, aber wir können Ihnen leider nicht mehr dazu sagen. Manchmal müssen wir eben mit großer Diskretion und Vorsicht arbeiten ... haben Sie die Situation jetzt in groben Zügen verstanden?«

Elizabeth Nolan starrte sie einige Sekunden lang ungläubig an. Dann schüttelte sie den Kopf und holte aus ihrer Handtasche, die auf dem Tisch lag, ein Päckchen Zigaretten heraus.

»Ich brauche eine Zigarette.«

»Aber natürlich«, nickte Münster.

»Mein Mann? Es geht also um meinen Mann?«

»Ja.«

»Und Sie wollen ... ihn als Verdächtigen ausschließen?«

»Ja.«

»Das ist doch absurd. Er würde nie ... nein. Wenn ich auf Ihre Fragen antworte, werden Sie ihn dann ausschließen können? Ist das alles?«

»Das ist alles«, bestätigte Beate Moerk. »Es mag für Sie natürlich wie ein Eindringen in Ihre Privatsphäre erscheinen, aber wir versprechen, dass nichts von dem, was Sie uns erzählen, nach außen dringen wird … unter der Voraussetzung, dass Ihr Mann nicht derjenige ist, den wir suchen, natürlich.«

»Ich möchte Ihnen auch empfehlen, dass Sie ihm nichts von unserem Gespräch erzählen«, fügte Münster hinzu. »Aber darauf werden wir noch zurückkommen.«

Elizabeth Nolan zündete ihre Zigarette an, nahm einen Zug und streckte sich ein wenig.

»Ich fühle mich ziemlich überrumpelt«, erklärte sie, jetzt mit festerer Stimme. »Das müssen Sie verstehen, es ist ein Gefühl wie … ja, ich weiß gar nicht so recht, was für ein Gefühl das ist. Aber ich muss Ihnen wohl vertrauen, nehme ich an?«

»Das können Sie auch«, sagte Münster.

»Wie lange wird es dauern? Ich bin mit meinem Mann um halb sieben im Restaurant verabredet.«

Beate Moerk schaute auf die Uhr.

»Das schaffen wir«, sagte sie. »Es ist ja erst zwanzig vor sechs.«

»Dann fangen Sie an«, bat Elizabeth Nolan. »Damit wir es hinter uns bringen.«

Münster nickte und schlug seinen Notizblock auf. Beate Moerk holte tief Luft und faltete die Hände im Schutz des Tisches.

»Christopher Nolan«, begann Münster. »Wie lange sind Sie schon mit ihm verheiratet?«

»Seit dreizehn Jahren«, sagte Elizabeth Nolan. »Seit 1989.«

»Sie sind in England geboren?«

»Ja.«

»Wo?«

»In Thorpe. Einer kleinen Stadt in Cornwall.«

»Aber Sie haben sich in Bristol kennen gelernt?«

»Ja.«

»Haben Sie Kinder?«

»Nein.«

»Waren Sie vorher schon einmal verheiratet?«

»Ja ... warum fragen Sie das? Ich dachte, es ginge um Christopher und nicht um mich?«

»Bitte seien Sie so gut und antworten sie einfach«, bat Beate Moerk. »Das macht alles einfacher. Da wir Ihnen leider den Hintergrund nicht offen legen können, ist es schwer für Sie, die Relevanz all unserer Fragen zu verstehen.«

»Ich verstehe nicht einmal die Relevanz einer einzigen Frage«, gab Elizabeth Nolan zu und zog an ihrer Zigarette. »Aber gut ... ja, ich war schon einmal verheiratet. Es ging knapp drei Jahre gut. Ich war jung, sehr jung.«

»Woher stammt Ihr Mann?«, fragte Beate Moerk.

»Er ist in London geboren. Luton, um ganz genau zu sein.«

»Was arbeitet er?«

»Wir führen gemeinsam diesen Kunsthandel hier, das wissen Sie doch sicher.«

»Und das machen Sie, seit Sie nach Kaalbringen gekommen sind?«

»Im Großen und Ganzen ja.«

»Was haben Sie in Bristol gearbeitet?«

»Ich war Kunstlehrerin an einem College. Mein Mann war Direktor eines Museums.«

»Wie ist Ihr Mädchenname?«, fragte Münster nach einer kurzen Pause.

»Prentice. Aber ich habe den Namen meines ersten Mannes nach der Scheidung behalten. Bowden.«

»Dann hießen Sie also Elizabeth Bowden, als Sie und Ihr jetziger Ehemann sich kennen lernten?«

»Ja.«

»Wie kam es dazu?«

»Wozu?«

»Dass Sie sich kennen lernten.«

Elizabeth Nolan seufzte und ließ ihren Blick eine Weile wandern, bevor sie beschloss zu antworten. Beate Moerk stellte fest, dass die Frau ihr langsam Leid tat.

»Es war auf einer Feier ... nichts Besonderes. Danach trafen wir uns ab und zu und ... ja.«

Beate Moerk nickte aufmunternd.

»Und das war ... wann genau?«

Frau Nolan überlegte.

»Im Dezember 1988.«

»Und zu der Zeit lebten Sie beide in Bristol?«

»Ja.«

»Haben Sie damals schon lange dort gewohnt?«

»Wen von uns beiden meinen Sie nun?«

»In erster Linie Ihren Mann.«

»Er hat da sicher damals schon vier, fünf Jahre gelebt ... ja, seit Anfang der Achtziger. Ich kann mich nicht mehr genau erinnern. Da war er noch der Leiter einer der Abteilungen des Museums.«

»Kannten Sie ihn schon, bevor Sie ihn auf dieser Feier getroffen haben?«

Sie schüttelte den Kopf.

»Nein. Das war das erste Mal, dass ich ihn gesehen habe ... es war ein Weihnachtsfest bei irgendwelchen gemeinsamen Bekannten.«

»War Ihr Mann früher schon einmal verheiratet?«, fragte Münster.

Sie drückte die Zigarette aus und bürstete ein paar Ascheflocken von ihrer Kleidung.

»Ja. So ist es ja nun einmal heutzutage, nicht wahr? Wir brauchen zwei Versuche, um es zu lernen ...«

Sie versuchte es mit einem Lächeln, was aber nicht so ganz gelingen wollte.

»Als wir uns kennen lernten, war er seit gut einem Jahr geschieden.«

»Erst seit einem Jahr?«

»Na, vielleicht seit eineinhalb Jahren.«

»Hat er Kinder aus seiner ersten Ehe?«

»Nein.«

»Haben Sie seine frühere Frau einmal kennen gelernt?«

»Ob ich sie kennen gelernt habe ...? Was spielt denn das für eine Rolle, ob ich seine frühere Frau mal gesehen habe? Worauf wollen Sie eigentlich hinaus?«

»Wären Sie so gut und würden die Frage beantworten«, bat Beate Moerk.

Elizabeth Nolan bekam glänzende Augen und biss die Zähne zusammen.

»Nein, ich habe sie nie getroffen ... habe sie nur einmal kurz gesehen. Sie ist nach der Scheidung nach Schottland gezogen. Mit einem neuen Typen. Ich begreife wirklich nicht, worauf Sie mit Ihren Fragen hinaus wollen.«

Münster lehnte sich zurück und wechselte einen Blick mit Beate Moerk. Sie forderte ihn durch ein Nicken auf, weiterzumachen.

»Was wir herauszufinden versuchen«, erklärte Münster, »ist, ob Ihr Mann ein anderer sein könnte als der, der zu sein er behauptet.«

Elizabeth Nolans Unterkiefer fiel herunter.

»Ein anderer als ...?«

»Ja«, sagte Beate Moerk. »Das kann natürlich ein etwas schockierender Gedanke sein, aber leider müssen wir in diesem Punkt hartnäckig sein. Sind Sie sich absolut sicher, dass Ihr Mann wirklich Christopher Nolan heißt, dass er in London geboren ist und dass er in diesem Museum seit Anfang der achtziger Jahre gearbeitet hat?«

Elizabeth Nolan starrte sie an, als zweifle sie an dem, was ihre Ohren da aufnahmen. Oder an Inspektorin Moerks Verstand. Sie öffnete und schloss ihren Mund ein paar Mal, ohne etwas zu sagen. Schließlich holte sie tief Luft und schüttelte heftig den Kopf.

»Was in aller Welt wollen Sie damit behaupten?«, fragte sie. »Dass Christopher nicht Christopher ist? So langsam habe ich genug von diesem absurden Gespräch.«

»Immer mit der Ruhe«, sagte Münster. »Vergessen Sie bitte

nicht, um was es geht, Frau Nolan! Wir möchten Ihren Mann gern von der Liste streichen, das ist alles.«

Sie zwinkerte ein paar Mal verwundert und sammelte sich dann. Fischte eine neue Zigarette aus dem Päckchen und zündete sie mit zitternden Fingern an.

»Entschuldigen Sie. Das ist nur so absurd ... so vollkommen absurd.«

»Wie gut kennen Sie die Vergangenheit Ihres Mannes?«, fuhr Beate Moerk fort. »Was hat er gemacht, bevor Sie ihn 1988 getroffen haben und so weiter?«

»Ich weiß sehr viel darüber«, erklärte Elizabeth Nolan. »Wir haben uns natürlich gegenseitig unser Leben erzählt.«

»Natürlich«, sagte Münster. »Und Sie haben sicher Personen getroffen, die seine Angaben sozusagen bezeugen könnten? Beispielsweise Verwandte von ihm?«

Elizabeth Nolan vergaß ihre Empörung einen Moment und dachte nach.

»Ich habe seine Mutter kennen gelernt«, sagte sie. »Sein Vater starb irgendwann Mitte der Siebziger, aber wir haben seine Mutter ein paar Mal besucht. In einem Krankenhaus in Islington ... das war im Frühling, nachdem wir uns kennen gelernt hatten, sie ist dann im Juni gestorben. Er hat keine Geschwister.«

Das hat er wohl, dachte Münster streitlustig. Er hat eine Schwester, die er fünf Jahre lang vergewaltigt hat.

»Und Sie haben wohl auch Freunde von ihm getroffen, die ihn schon kannten, bevor Sie ihn kennen gelernt haben?«

»Ja, natürlich.«

»Einige, mit denen Sie sich heute noch treffen?«

»In großen Abständen, ja. Wie Sie vielleicht bemerkt haben, wohnen wir nicht mehr in Bristol.«

»Warum haben Sie England verlassen?«, fragte Beate Moerk.

Elizabeth Nolan wirkte plötzlich ruhiger.

»Warum tut man etwas im Leben?«, fragte sie. »Wir waren

unsere Jobs leid, alle beide. Ich habe ein kleines Erbe gemacht. Also beschlossen wir umzusatteln. Keiner von uns fühlte sich in Bristol so richtig wohl … oder in England überhaupt, ja, deshalb haben wir die Chance genutzt. Wir sind beide sehr an Kunst interessiert, damit wollten wir uns beschäftigen. Also sind wir über den Kanal gezogen, und so wurde es Kaalbringen.«

»Warum gerade Kaalbringen?«

»Ein guter Freund von mir war einen Sommer über einmal hier gewesen und hatte davon geschwärmt, ja, das hat wohl die Sache tatsächlich entschieden. Wir haben ein paar Monate hier zur Probe gewohnt und festgestellt, dass es uns gefällt. Und dann haben wir auch ein schönes Haus gefunden … und diesen Platz hier.«

Sie machte eine vage Geste und lächelte kurz.

»Ich verstehe«, sagte Münster. »Sagt Ihnen der Name Jaan G. Hennan etwas?«

Er hatte mit der Hand Inspektorin Moerk ein Zeichen gegeben, bevor er die Frage stellte, und er wusste, dass sie genauso aufmerksam Frau Nolans Reaktion beobachtete wie er selbst.

»Hennan?«, wiederholte sie. »Nein, ich denke nicht … wer ist das?«

Münster schluckte. Nichts, konstatierte er. Absolut nichts, was darauf hindeuten könnte, dass sie log oder von der Frage berührt war. Er warf Beate Moerk schnell einen Blick zu und versuchte es mit dem nächsten Namen.

»Und Verlangen? Maarten Verlangen?«

Sie schüttelte den Kopf.

»Nein. Ich kenne einen Veramten, aber keinen Verlangen.«

»Sind Sie sicher?«

Sie überlegte.

»Ja. Darf ich eine Frage stellen?«

»Bitte schön«, sagte Münster.

»Dieser Mann? Welches Verbrechen soll er begangen haben? Können Sie mir nicht das wenigstens sagen?«

»Warum fragen Sie?«, wollte Münster wissen.

Elizabeth Nolan sah einen Augenblick lang unschlüssig aus.

»Ich ... ich weiß es nicht. Ich würde es nur gern wissen.«

»Tut mir Leid«, sagte Münster. »Aber wir müssen das geheim halten. Zumindest bis auf weiteres.«

»Na gut«, sagte Elizabeth Nolan.

»Hat Ihr Mann früher schon einmal hier im Land gelebt?«, fragte Beate Moerk.

»Ja, er hat während seiner Kindheit ein paar Jahre in der Gegend von Saaren gelebt. Gleich nach dem Krieg. Aber noch nie so weit im Osten ... haben Sie noch viele Fragen? Es ist nach sechs, und ich müsste ...«

»Ich denke, das reicht erst einmal«, sagte Münster.

»Nur noch ein Detail, bevor wir aufbrechen«, warf Beate Moerk ein. »Vielleicht müssen wir noch einmal wiederkommen, um bestimmte Informationen zu vervollständigen, doch das wird sich erst später zeigen. Aber wie schon gesagt, wir wären Ihnen äußerst dankbar, wenn Sie Ihrem Mann gegenüber nichts von diesem Gespräch verlauten lassen würden.«

»Wir können Ihnen natürlich nicht den Mund verbieten«, fügte Münster hinzu, »dazu haben wir kein Recht. Wir rechnen damit, dass unsere Ermittlungen in den nächsten zwölf, vierzehn Tagen abgeschlossen sind, und danach ist es kein Problem, wenn Sie es ihm erzählen. Aber bis dahin wären wir Ihnen dankbar ... wie schon gesagt.«

»Ich verstehe«, erklärte Elizabeth Nolan mit verbissener Stimme. »Das alles ist außerordentlich unangenehm für mich, ich hoffe nur, es hat einem guten Zweck gedient. Ich werde ihm nichts davon erzählen.«

»Danke«, sagte Münster. »Dann wollen wir Sie nicht länger aufhalten.«

Er klappte sein Notizheft zu, in das er nur wenige Zeilen geschrieben hatte, und schob es in die Jackentasche. Stand auf und gab Frau Nolan die Hand.

Beate Moerk tat das Gleiche, und als sie sich noch einmal

auf dem Weg nach draußen in der Tür umdrehte, sah sie Frau Nolan immer noch am Tisch sitzen, das Kinn in die Hände gestützt. Es war zwanzig nach sechs, aber Elizabeth Nolan schien es nicht besonders eilig zu haben, ihren Mann zu treffen.

Das Hafencafé war noch geöffnet. Münster fragte Inspektorin Moerk, ob sie nicht ein Bier trinken wollte, und das wollte sie.

»Frag mich bloß nicht, was ich glaube«, bat er sie, als sie von der Bar kamen und ihre beiden Gläser auf den Tisch gestellt hatten. »Alles, aber nicht das.«

Beate Moerk betrachtete ihn mit leichter Verwunderung und trank einen Schluck.

»Ich kann ja sagen, was ich selber glaube«, sagte sie.

»Aber gern«, nickte Münster.

Sie machte eine kleine Pause.

»Es würde mich wundern, wenn sie lügen würde.«

Münster erwiderte nichts.

»Es würde mich dagegen *nicht* verwundern, wenn sich herausstellt, dass Christopher Nolan ausschließlich mit Christopher Nolan identisch ist.«

Münster lehnte sich zurück und schaute zur Decke.

»Du willst damit andeuten, dass der *Kommissar* sich geirrt haben könnte?«

Sie zögerte eine Weile mit ihrer Antwort.

»Ich spreche nur von meiner spontanen Reaktion. Was glaubst du selbst denn?«

»Das war genau die Frage, die du bitte vermeiden solltest«, antwortete Münster und hob sein Glas zum Mund.

»Ach ja, natürlich«, sagte Inspektorin Moerk. »Na, jedenfalls prost. Schön, dich wiederzusehen.«

42

Und?«, fragte Van Veeteren. »Was sagen sie?«

Bausen blieb eine Weile mit der Hand auf dem Telefonhörer stehen. Sein Blick war aus dem Fenster gerichtet, so dass Van Veeteren nichts aus seinem Gesichtsausdruck lesen konnte.

»Sie sind unsicher.«

»Unsicher?«

»Ja, offensichtlich. Oder besser gesagt scheint Frau Nolan nichts Bemerkenswertes zu wissen. Sowohl Moerk wie auch Münster behaupten, sie hätte einen äußerst überzeugenden Eindruck gemacht. Sie hat auch einige Informationen liefern können ... sie haben schon eine Anfrage nach England geschickt.«

Van Veeteren nickte und betrachtete das Schachbrett. Sie hatten draußen eine Partie begonnen, waren aber gegen halb neun ins Wohnzimmer umgezogen, als eine Regenfront aus dem Nordwesten heraufgezogen war. Bausen hatte ein einfaches Ratatouille mit Basmatireis gekocht, und dazu hatten sie seine unwiderruflich letzte Flasche 82er St.-Emilion bis auf wenige Tropfen geleert.

Gruyèrekäse mit Birnenscheiben als Dessert.

»Keine beneidenswerte Position«, stellte der *Kommissar* fest, als Bausen sich wieder am Tisch niedergelassen hatte. »Die von Frau Nolan, meine ich. Sie ist ja irgendwie etwas paradox.«

»Wie meinst du das?«, fragte Bausen.

Van Veeteren verzog das Gesicht.

»Auch wenn wir ihn nicht schnappen können, können wir zumindest dafür sorgen, dass seine Ehe zerbricht. Schließlich hat er sie hinters Licht geführt, und das macht er seit dreizehn Jahren ... es gibt nicht viele Frauen, die so ein Benehmen akzeptieren. Zumindest nicht nach meiner Erfahrung.«

Bausen gab keine Antwort. Er saß nur schweigend da und trommelte mit den Zeigefingern auf die Sessellehnen. Van Veeteren drehte sich eine Zigarette und betrachtete ihn mit fragendem Blick.

»Was ist los mit dir?«, fragte er schließlich. »Du siehst besorgt aus.«

Bausen beugte sich über den Tisch, als wollte er den nächsten Zug machen.

»Der Polizeichef hat mich gebeten, dich etwas zu fragen«, sagte er dann.

»Ja, und was?«

»Nolan betreffend.«

»Ja?«

»Hrrm. Seine Identität betreffend. Wie sehr du davon überzeugt bist, dass es wirklich Hennan ist.«

Van Veeteren erstarrte. Irgendwie langsam und wie in Zeitlupe, er spürte es selbst.

Als ob sich Eis auf einen Dezembersee legt, dachte er. Oder als ob Blut gerinnt. Was zum Teufel geht hier vor?, fragte er sich und blieb mit seiner unangezündeten Zigarette im Mund sitzen, während er Bausen über das Schachbrett hinweg betrachtete. Er hätte nicht sagen können, wer von ihnen beiden am meisten beunruhigt war. Es vergingen einige Sekunden. Bausen schob einige Spielsteine zurecht, machte aber keinen Zug. Wich Van Veeterens Blick aus.

»Das steckte also hinter der Unsicherheit?«, fragte Van Veeteren.

Bausen vollführte eine zweideutige Bewegung mit den Händen, sagte aber nichts.

»Dass sie an dem zweifeln, was ich gesagt habe?«

»Leider.«

»Zweifelst du an meinem Urteil?«

Bausen versuchte ein vorsichtiges Lächeln.

»Man muss ja nicht …«

Er brach ab.

»Verdammte Scheiße«, sagte Van Veeteren und leerte sein Glas.

So sollte man nicht die letzten Tropfen eines 82er St. Emilion konsumieren, dachte er. Das ist Blasphemie.

»Auf jeden Fall hat er mich gebeten, dich zu fragen«, erklärte Bausen. »Und es ist doch verständlich, dass sie in diesem Punkt Gewissheit haben wollen. Absolute Gewissheit … nimm das nicht persönlich, ha ha.«

»Haha«, stimmte Van Veeteren ein.

Bausen trank auch sein Glas leer.

»Sie hat offensichtlich ziemlich viele Informationen preisgegeben. Über ihre eigene Vergangenheit in England und die ihres Ehemannes. Und man könnte ja meinen, dass sie das nicht getan hätte, wenn nun …«

»Ich verstehe, was man meinen könnte«, sagte Van Veeteren. »Du brauchst mich nicht darüber aufzuklären. Wann bekommen sie Antwort aus England?«

»Frühestens in vierundzwanzig Stunden. Das dauert eine Weile … es wäre wahrscheinlich schneller gegangen, wenn es sich um London gehandelt hätte, aber nun geht es halt um Bristol.«

»Bristol?«

»Ja.«

»Da sollen sie gelebt haben?«

Bausen nickte.

»Frühestens in vierundzwanzig Stunden, hast du gesagt?«

»Ja. Also wahrscheinlich morgen Abend.«

Van Veeteren zündete sich eine Zigarette an und zog zweimal daran.

»Und sie glauben also, ich hätte mich geirrt?«, fragte er. »Sie glauben, ich würde ihn nicht wiedererkennen?«

»Ich weiß nicht, was sie glauben«, erklärte Bausen mit finsterer Miene.

Van Veeteren nahm einen schwarzen Springer vom Brett und starrte ihn an. Es verging eine ganze Weile.

»Und was meint Münster? Beim Barte des Propheten, er müsste sich doch daran erinnern, wie G. aussieht! Warum fährt Münster nicht hin und nimmt ihn einmal ordentlich in Augenschein? Wenn sie sich so nicht entscheiden können.«

Bausen gab keine Antwort. Blieb einfach nur mit bekümmerter Miene sitzen.

»Ich habe mir etwas überlegt«, sagte er schließlich. »Wie zum Teufel sollte diese ganze Geschichte eigentlich zusammenhängen, wenn Nolan *nicht* Hennan ist? Das kapiere ich nicht.«

Van Veeteren setzte den Spielstein auf c6 zurück.

»Das würde gar nicht zusammenhängen«, sagte er. »Aber vielleicht glauben sie ja auch, dass ich eh schon wusste, was ich wollte, als ich ihn identifiziert habe. Dass ich mich vorher schon dazu entschieden hatte.«

»Kann sein«, sagte Bausen. »Nun ja, wir müssen uns wohl mit Geduld wappnen. Nur ein Glück, dass wir nicht mehr so jung und heißblütig sind.

Van Veeteren seufzte.

»Wer ist am Zug?«, fragte er. »Mir ist so, als ob du es bist.«

»Stimmt«, nickte Bausen und schob einen Bauern vor.

Er wachte um Viertel vor sechs auf. Versuchte noch eine halbe Stunde zu schlafen, aber vergebens.

Stand dann auf und stapfte in die Küche. Eine graue Dämmerung hing draußen vor dem Fenster, die Fensterscheibe war feucht, aber der Regen hatte aufgehört. Er zweifelte nicht eine Sekunde daran, dass er wiederkommen würde.

Fand das Kaffeepulver und setzte den Wasserkocher auf.

Während er wartete, trank er ein Glas Saft. Überlegte, hinauszugehen und die Morgenzeitung zu holen, aber er war nicht sicher, dass sie schon da war, also ließ er es bleiben.

Vier Stunden, dachte er, als er das Wasser auf das Pulver goss.

Vier Stunden Schlaf im Körper. Das ist verdammt noch mal zu wenig, in meinem Alter würde es reichen, vier Stunden am Tag wach zu sein.

Als er nach draußen ging, stellte er fest, dass es trotz allem aufklarte, und er ließ den Wagen stehen. Die verschlafene Küstenstadt schien an diesem Samstagmorgen kaum aus dem Bett gekommen zu sein. Kein Wunder, dachte er, schließlich ist es erst zwanzig nach sieben.

Er ging die Hoistraat entlang und nahm dann die Treppen zum Fischmarkt und zum Hafen hinunter, ohne sich des Wegs wirklich bewusst zu sein, aber als er die Wellenbrecher und den Jachthafen erblickte, da wusste er es. Natürlich.

Unten auf der Esplanade kontrollierte er die Öffnungszeiten des Winderhuus. Samstag–Sonntag 10–15, stand auf einem Anschlag an der Tür. Er nickte und ging weiter zum Stadtwald. Der verschlungene Fuß- und Radweg sah immer noch wie in seiner Erinnerung aus. Eigentlich war ziemlich viel noch genau so, wie er es in Erinnerung hatte. Er formte die Hände zu einer Muschel und zündete sich die erste Zigarette des Tages an. Ob das wohl etwas mit seinem Alter zu tun hatte? Dass das Vergangene manchmal deutlicher und einem näher erschien als die Gegenwart?

Blödsinn, beschloss er. Ich bin mir vollkommen im Klaren darüber, was passiert. Gerade im Augenblick, hier und jetzt. Aber eine kleine historische Betrachtung kann ja nicht schaden.

Nach zwanzig Minuten war er an der Wackerstraat angekommen. Ging an Nolans Haus vorbei und registrierte einen silberfarbenen Wagen auf der Garagenauffahrt. Wahrscheinlich asiatischen Ursprungs ... Hyundai oder wie immer die nun hießen.

Er nahm an, dass es sich um das Auto der Ehegattin handelte, wahrscheinlich hatten sie zwei, und wahrscheinlich war es Christopher Nolan, der den deutlich potenteren Rover fuhr.

Van Veeteren verlangsamte seine Schritte, bis er fast stehen blieb. Von drinnen war kein Lebenszeichen zu erkennen, und er nahm an, dass es noch nicht aufgestanden war, das verschworene Kunsthändlerehepaar. Es war noch nicht einmal acht Uhr, die Galerie öffnete um zehn, da gab es natürlich keinen Grund zur Eile.

Warum nenne ich ihn Nolan, wenn ich doch weiß, dass er Hennan heißt?, dachte er gereizt und blieb an der nächsten Straßenkreuzung stehen.

Und warum vertrauen sie meinem Urteil nicht?

Plötzlich spürte er, wie Wut in ihm aufstieg.

Antwort aus England frühestens heute Abend!

Vermutlich nicht vor morgen.

Und was für eine Art von Antwort würde das sein? Es war nicht so schwer, das zu sagen. Wenn Hennan sich einen neuen Namen verschafft hatte, dann hatte er ganz gewiss viel Sorgfalt dabei walten lassen. Das konnte sogar ein alter Buchhändler beim Morgenspaziergang begreifen. Vermutlich gab es einen Nolan in Bristol – oder hatte es gegeben –, der den Informationen entsprach, die Münster und Moerk serviert bekommen hatten. So dumm war er nun auch nicht. Verflucht noch mal.

Und womit gedachte sich das Ermittlungsteam heute zu beschäftigen? Wollten sie im Bett liegen und den Samstag mit Spekulationen verbringen?

Er stand immer noch an der Straßenecke und drehte sich zwei neue Zigaretten. Die Konturen eines Aktionsplanes begannen sich plötzlich vor seinem inneren Auge abzuzeichnen, und in dem Moment, als zwei rot gekleidete Jogger an ihm vorbei Richtung Wald liefen, wusste er, was er zu tun hatte.

Es war trotz allem nicht besonders kompliziert. Er schaute auf die Uhr und begann eilig den Rückweg zu Bausens Nest anzutreten.

Sein Wirt war inzwischen aufgestanden und hatte seine morgendlichen Yogaübungen begonnen. Van Veeteren erklärte ihm, dass er am Vormittag noch etwas zu erledigen hätte, dass er aber zum Mittag wieder zurück sein würde. Anschließend ignorierte er Bausens Fragen, sammelte das zusammen, was er brauchte, trank noch eine Tasse Kaffee, nahm den Wagen und machte sich auf den Weg.

Um zwanzig Minuten nach neun war er wieder an Ort und Stelle in Rikken. Er parkte auf der anderen Seite der Wackerstraat, schräg gegenüber dem Haus Nummer vierzehn. Der silberfarbene Japaner stand noch da, eine Lampe war inzwischen in der Küche eingeschaltet worden, ansonsten sah es unverändert aus. Van Veeteren setzte sich Mütze und Sonnenbrille auf. Er holte de Journaal hervor, drehte die Rücklehne zurück, so dass er in bequemer Stellung halb lag, und bereitete sich darauf vor zu warten.

Es verging eine gute halbe Stunde. Während dieses Zeitraums passierte eine Hand voll Menschen seinen leicht verwahrlosten Opel, aber niemand schien näher von ihm Notiz zu nehmen. Oder darüber nachzudenken, warum er wohl hier stand. Van Veeteren hatte soeben den zweiten Satz aus Mahlers zweiter Symphonie zu Ende gehört, als Elizabeth Nolan durch die Haustür trat und zu ihrem Auto eilte.

Sie startete, setzte auf die Straße zurück und war nach weniger als einer Minute verschwunden.

Kein Wunder, dachte Van Veeteren. Die Galerie soll in fünf Minuten geöffnet sein – und auch wenn sicher keine ungeduldigen Menschenmassen sich davor die Füße in den Leib stehen, so gibt es vielleicht ja doch den einen oder anderen kulturinteressierten Kaalbringenbewohner, der samstags frei hat und auf den Rücksicht genommen werden muss.

Er wartete eine Weile. Dann schob er Kopfbedeckung und Brille zurecht und stieg aus dem Wagen.

Christopher Nolan öffnete erst nach dem dritten Klingeln. Er trug ein gelbes Badelaken und Pantoffeln. Wasser tropfte von ihm herunter.

»Ich war gerade unter der Dusche«, sagte er. »Was wollen Sie?«

»Entschuldigen Sie«, sagte Van Veeteren und überreichte die Karte. »Ich suche nach dieser Adresse, aber ich habe mich irgendwie verlaufen. Ob Sie mir helfen könnten?«

Nolan wischte sich die Hände am Handtuch ab, nahm die Karte entgegen und versuchte zu lesen. Holte sich eine Brille von einer Kommode und versuchte es noch einmal.

»Die Singerstraat? Und die soll hier in Rikken sein?«

»So ist es mir gesagt worden.«

Nolan nahm seine Brille ab und runzelte die Stirn.

»Nie gehört. Tut mir Leid, aber ich fürchte, da müssen Sie jemand anders fragen. Aber ich habe meine Zweifel, dass die überhaupt hier in der Gegend ist.«

Van Veeteren nickte enttäuscht und nahm die Karte wieder entgegen.

»Es tut mir Leid, dass ich Sie aus der Dusche geholt habe.«

»Macht nichts«, versicherte Nolan. »Ich gehe wieder drunter.«

Er schaute Van Veeteren eine Sekunde lang an. Dann schloss er die Tür.

DeKlerk und Stiller waren im Polizeigebäude, als er vom Kleinmarckt her eintrat.

»Ich habe gehört, ihr habt da so eure Zweifel«, begann er.

»Zweifel?«, fragte deKlerk nach. »Na, ich weiß nicht, ob man das so nennen kann ...«

»Nenn es, wie du willst. Aber auf jeden Fall scheint ihr an meinen geistigen Fähigkeiten zu zweifeln. Ich jedoch nicht.«

»Ich glaube nicht ...«, sagte Stiller.

»Wir warten auf Antwort aus England«, sagte deKlerk. »Wir müssen unserer Sache natürlich sicher sein, bevor wir den nächsten Schritt unternehmen können.«

Er machte eine halbherzige Geste, die offensichtlich zeigen sollte, dass Van Veeteren sich setzen könnte, wenn er denn Lust dazu hätte.

Aber das hatte er nicht.

»Ich kenne das«, sagte er stattdessen. »Denke aber doch, dass die Frage lieber etwas früher als später geklärt werden sollte. Bitte schön, hier habt ihr seine Fingerabdrücke.«

Er holte die kleine Plastiktüte mit der Karte aus seiner Innentasche.

»Fingerab ... ja, wirklich?«, fragte deKlerk.

»Die von Hennan sind in Maardam registriert«, fuhr Van Veeteren fort. »Ich dachte, ich überlasse es lieber euch, sich darum zu kümmern. Bei der heutigen Technik dürfte es nicht länger als ein paar Stunden dauern. Ihr habt doch wohl einen Computer?«

Er hätte schwören können, dass deKlerk errötete.

Geschieht ihm nur recht, dachte er.

»Aber natürlich«, antwortete Polizeianwärter Stiller. »Selbstverständlich, wir regeln das augenblicklich. Wie haben Sie das geschafft ...?«

»Ist doch egal«, schnitt Van Veeteren ihm das Wort ab. »Aber verlier die Karte nicht, ich habe keine Kopie. Ich würde vorschlagen, ihr lasst von euch hören, wenn ihr die Bestätigung gekriegt habt.«

»Ja ... ja, natürlich«, stammelte deKlerk. »Sie wollen nicht vielleicht ...?«

»Nein, danke.«

In der Türöffnung fiel ihm noch etwas ein. Er drehte sich um und bohrte seinen Blick in den Polizeichef.

»Wenn das stimmt«, sagte er. »Wenn Nolans und Hennans Fingerabdrücke übereinstimmen, dann würde ich empfehlen, ihn überwachen zu lassen. Es wäre doch zu ärgerlich, wenn der Vogel gerade jetzt ausflöge, wo wir so eine starke Besetzung haben.«

DeKlerk nickte. Stiller nickte.

Van Veeteren machte auf dem Absatz kehrt und verließ das Polizeigebäude.

Zeit für ein kleines Nickerchen, dachte er, während er den Marktplatz überquerte. Allerhöchste Zeit.

Und wenn ich mich doch geirrt habe, dachte er dann, dann ist es wohl am besten, wenn ich nie wieder meinen Fuß in diese heiligen Hallen setze.

Aber als er wieder hinter dem Steuer saß und das Fahrzeug auf Bausens Nest hinlenkte, da war es nicht dieser Gedanke, der ihn am meisten beunruhigte. Das war etwas anderes.

Es war der letzte Augenkontakt mit Christopher Nolan.

Diese Sekunde, in der sie einander angeschaut hatten.

Das war zu lange gewesen.

43

Als der Telefonanruf von Kommissar Mulder aus dem Polizeilabor in Maardam kam, waren alle fünf im Konferenzzimmer versammelt.

DeKlerk und Stiller waren seit dem frühen Morgen an Ort und Stelle gewesen, Münster und Rooth seit elf Uhr, und Inspektorin Moerk war wenige Minuten nach zwölf Uhr eingetroffen. Jetzt war es zehn Minuten nach. Rooth nahm den Hörer ab und überreichte ihn dem Polizeichef, der in auffallend rascher Folge fünfmal »Ja«, zweimal »Ich verstehe« und einmal »Dann danke schön«, sagte.

Anschließend legte er den Hörer auf und befeuchtete sich mit der Zungenspitze die Lippen.

»Übereinstimmung in elf Punkten«, erklärte er. »Die Sache ist vollkommen klar. Christopher Nolan ist identisch mit Jaan G. Hennan.«

»Verdammte Scheiße«, erklärte Inspektor Rooth. »Dann können wir auch heute nicht nach Hause fahren.«

Anschließend blieb es einige Sekunden lang still. Münster versuchte, einen Blick mit Beate Moerk zu wechseln, bekam aber keinen Kontakt. Stiller kaute auf einem Kugelschreiber, dass es knackte, und der Polizeichef schaute abwesend drein. Rieb immer abwechselnd mal das rechte, dann das linke Ohrläppchen.

»Was machen wir nun?«, fragte er, als er damit fertig war.

»Wie er gesagt hat«, schlug Beate Moerk vor.

»Wer?«

»Na, Van Veeteren natürlich. Wir beschatten Nolan. Das ist doch wohl das Mindeste, was wir tun können.«

Münster stand auf.

»Ich fahre raus und rede mit den Herren Kommissaren«, sagte er. »Irgendwie habe ich das Gefühl, dass wir es ohne sie nicht schaffen. Oder was meint ihr?«

»In Ordnung«, sagte deKlerk. »Das stimmt wohl. Und vielleicht wäre eine kleine Entschuldigung auch angebracht.«

»Ich werde sehen, wie ich es hinkriege«, erklärte Münster. »Ich muss jedoch sagen, dass ich das Fluchtrisiko nur schwer einschätzen kann.«

»Wie meinst du das?«, fragte Rooth.

»Ich meine nur, soweit ich weiß, hat Hennan bisher immer noch keine Ahnung davon, dass wir wissen, wer er ist ... aber sobald er auch nur das Geringste ahnt, besteht natürlich das Risiko, dass er abhaut.«

»Aber warum?«, wollte Beate Moerk wissen. »Warum sollte er fliehen? Wir haben doch nichts, wessen wir ihn anzeigen könnten ... abgesehen davon, dass er unter falschem Namen auftritt, natürlich.«

»Nicht einen Deut«, stimmte ihr Rooth zu. »Wir haben nichts gegen ihn in der Hand. Außer dass wir uns einbilden, dass er drei Menschen ermordet hat. Aber wenn wir uns in einen Wagen vor sein Haus setzen, dann sollte doch früher oder später etwas passieren. Ich kriege schon Pickel von so einer Flaute.«

»Du meinst, wir sollten ihn provozieren, damit er einen Zug macht?«, fragte deKlerk.

»Nun ja, provozieren ist vielleicht zu viel gesagt«, brummte Rooth verärgert. »Verdammt, ich weiß es nicht. Aber wenn uns Van Veeteren einen Dreifachmörder auf dem Silbertablett serviert, dann wäre es doch wohl peinlich, wenn wir ihn entwischen ließen. Das ist meine persönliche Ansicht zu der Sache, und ich melde mich freiwillig für die erste Schicht.«

Er schaute sich um.

»Okay«, sagte Beate Moerk. »Ich komme mit dir. Ach, übrigens – wie schätzt ihr das Risiko ein, dass er gewalttätig wird ... wenn er entdeckt, dass wir da sitzen und ihn ausspionieren?«

»Friedfertiger Bursche«, sagte Rooth. »Abgesehen von seiner kleinen Neigung, ab und zu mal einen Menschen umzubringen. Nimm deine Waffe mit, das rate ich dir. Und du kannst sie ja immer noch putzen, dann wird es dir nicht so langweilig ... ich für meinen Teil werde Kreuzworträtsel lösen und mir die Nägel feilen.«

Er machte Anstalten zu gehen, aber deKlerk bat ihn, noch einen Augenblick zu warten.

»Nur noch eine Frage«, sagte er. »Es ist keiner von euch auf eine Idee gekommen, was diese Crux betrifft?«

»Welche Crux?«, fragte Beate Moerk.

»Was es sein könnte, das Verlangen entdeckt hat ... den Beweis in diesem alten Fall. Keiner, der eine Idee hat?«

Niemand hatte eine. Auch an diesem Tag nicht.

Bausen und Van Veeteren saßen draußen und aßen Zwiebelsuppe mit Croutons, als Münster eintraf.

»Willkommen im Dschungel, Herr Kommissar«, sagte Bausen. »Willst du auch eine Kleinigkeit essen?«

Münster willigte ein, und Bausen ging in die Küche und holte einen Teller, ein Glas und einen Löffel. Füllte ihm eine Portion aus dem Topf ein, der mitten auf dem Tisch stand, und nickte Münster zu.

»Wir trinken trockenen Weißen dazu«, erklärte er. »Darf es ein Glas sein?«

Ohne die Antwort abzuwarten, goss er ein.

»Danke«, sagte Münster. »Nun ja, da wäre eine Sache. Wir haben von Mulder Nachricht.«

»Ja?«, sagte Bausen.

»Es stimmt. Nolan ist Hennan.«

Van Veeteren war bis dahin intensiv mit seiner Suppe beschäftigt gewesen, aber jetzt legte er den Löffel hin und wischte sich umständlich mit der Serviette den Mund ab.

»Das wissen wir«, sagte er. »Ich dachte, du kämst mit irgendwelchen Neuigkeiten.«

Bausen ließ lächelnd den Blick zwischen ihnen hin und her wandern.

»Ich möchte mich entschuldigen«, sagte Münster. »Aber jetzt sind wir auf jeden Fall hundertprozentig sicher. Rooth und Inspektorin Moerk stehen Wache beim Haus. Die Frage ist jetzt nur, was wir machen sollen.«

»Das habt ihr noch nicht beschlossen?«, wunderte Van Veeteren sich und trank einen Schluck Wein.

»Nein«, antwortete Münster. »Obwohl ich persönlich zu der Ansicht neige, dass wir ihn uns schnappen sollten. Darauf zu warten, dass er sich irgendwie entlarvt ... oder dass wir irgendetwas damit erreichen könnten, dass wir uns im Hintergrund halten ... nein, daran zweifle ich.«

Bausen räusperte sich.

»Aber wenn ihr ihn beschattet, dann wird er doch mitkriegen, dass ihr hinter ihm her seid, oder?«, fragte er. »Oder haben Moerk und Rooth geplant, diskret vorzugehen?«

Münster zögerte.

»Ich weiß es wirklich nicht«, sagte er. »Das war nicht so ganz klar, und wir haben es nicht so richtig diskutiert. Obwohl ich nicht glaube, dass Rooth Lust hat, besonders lange wirklich diskret zu sein ... unter keinen Umständen, das ist einfach nicht sein Stil.«

Van Veeteren drehte nachdenklich sein Glas.

»Nun gut«, sagte er schließlich. »Das ist keine ganz einfache Lage. Wollt ihr einen guten Rat haben?«

Münster nickte ergeben.

»Beschattet ihn so, dass er es merkt«, sagte Van Veeteren. »Macht ihn nervös. Schnappt ihn euch heute am späten Abend oder morgen. Und wenn ihr immer noch an meinen

Diensten interessiert seid, so bin ich bereit, ihn achtundvierzig Stunden am Stück zu verhören.«

Bausen zog eine Augenbraue hoch.

Münster zwei.

»Gut«, sagte er. »Ich werde es deKlerk übermitteln.«

Er wollte aufstehen, aber Bausen drückte ihn zurück auf den Stuhl.

»Erst wird aufgegessen«, sagte er. »Das ist ein alter, guter Chardonnay, den du da im Glas hast. Den trinkt man nicht im Stehen.«

»Entschuldigung«, wiederholte Kommissar Münster erneut.

Es war das erste Mal, dass Beate Moerk allein mit Inspektor Rooth war, und auch wenn nicht das geschehen wäre, was am Ende ihrer vier gemeinsam verbrachten Stunden geschah, so hätte sie ihn doch in Erinnerung behalten.

Zumindest glaubte sie das, während sie dort saßen.

»Du bist verheiratet, nicht wahr?«, begann Rooth, als sie sich ins Auto gesetzt hatten. »Ich meine, Münster hat so etwas angedeutet.«

»Stimmt«, bestätigte Beate Moerk. »Und selbst?«

»Single«, erklärte Rooth. »Wie ein Apfelbaum in der Taiga. Dann hast du sicher auch Kinder?«

»Zwei«, nickte Beate Moerk.

»Und keine Pläne, dich scheiden zu lassen?«

»Nein.«

»Ach ja«, seufzte Rooth. »Es ist nicht leicht für einen Menschen, so allein zu sein.«

Beate Moerk dachte nach.

»Ich dachte, du wolltest Kreuzworträtsel lösen und Fingernägel schneiden. Wann willst du denn damit anfangen?«

»Feilen«, sagte Rooth. »Nicht schneiden. Na, ich dachte, wir könnten stattdessen ein wenig philosophieren und Pläne schmieden. Zumindest anfangs. Was hältst du davon?«

»Von mir aus gern«, sagte Beate Moerk. »Aber jetzt starte endlich den Wagen, damit wir loskommen, bevor Hennan hat abhauen können.«

Rooth betrachtete sie mit trauriger Miene und tat, wie ihm geheißen.

»Wir könnten doch den Fall ein wenig durchgehen, oder?«, schlug sie vor, nachdem sie gegenüber von Nolans Haus in der Wackerstraat geparkt hatten. »Übrigens – sollen wir hier wirklich stehen bleiben?«

Rooth zuckte mit den Schultern.

»Ich weiß nicht«, sagte er. »Was meinst du?«

»Wenn wir wollen, dass er auf uns aufmerksam wird, dann ist es hier perfekt«, sagte Moerk und schaute zum Haus hinüber. »Wenn zwei Menschen einen ganzen Nachmittag in einem Auto in einem Villenviertel wie diesem hier verbringen, dann ...«

»... dann sind das entweder Bullen oder ein Liebespaar«, ergänzte Rooth. »Vielleicht wäre es das Beste, wenn wir ein Liebespaar spielen, damit wir uns nicht verraten?«

»Oh ja, küss mich«, sagte Beate Moerk.

»Genau das habe ich damit gemeint«, erklärte Rooth.

Sie starrte ihn an und überlegte schnell, ob sie ihm eine Ohrfeige geben sollte, unterdrückte aber den Impuls.

»Hör auf mit diesem sexistischen Gefasel«, sagte sie stattdessen. »Du machst dich nur lächerlich.«

Rooth schaute sie verwundert an. Dann kratzte er sich am Kinn.

»Ich bitte vielmals um Entschuldigung«, sagte er. »Das ist mein altes Kurtisanenleben, was mir einen Streich spielt. So ist es immer, wenn eine schöne Frau in der Nähe ist. Aber vielleicht sollten wir uns stattdessen lieber ein wenig aus der Schusslinie bringen und woanders hinstellen?«

Er startete den Wagen erneut und setzte ihn zehn Meter zurück. Sie hatten weiterhin einen guten Blick auf das Haus, aber solange Nolan nicht das Grundstück verließ, würde er sie höchstwahrscheinlich nicht bemerken. Rooth stellte den Motor ab. Moerk schaute auf die Uhr. Es war zwanzig Minuten nach zwei.

»Die Crux«, sagte Rooth. »Diese verdammte Crux ist einfach unbegreiflich. Aber wenn wir unsere klugen Köpfe zusammenstecken, vielleicht können wir sie lösen?«

Beate Moerk überlegte kurz, ob in dem Ausdruck, die Köpfe zusammenzustecken, vielleicht eine versteckte sexistische Anspielung steckte, aber als sie in seine ehrlichen blauen Augen sah, beschloss sie, dass dem nicht so wäre.

»All right«, sagte sie. »Schieß los!«

»Verlangen war Alkoholiker«, sagte Rooth.

»Stimmt.«

»Wahrscheinlich nicht besonders hellsichtig.«

»Wahrscheinlich nicht.«

»Und trotzdem behauptete er, etwas Entscheidendes hinsichtlich des Mordes damals in Linden gefunden zu haben.«

»Ja.«

»Wie zum Teufel ist das nur möglich? Was kann er damit gemeint haben?«

Beate Moerk dachte ein paar Sekunden lang nach.

»Er muss G. entdeckt und wiedererkannt haben«, sagte sie. »Zumindest muss es so angefangen haben.«

»Gut möglich«, stimmte Rooth zu.

»Wo? Wo hat er ihn gesehen?«

»Gute Frage. Höchstwahrscheinlich in Maardam. G. muss dort zu Besuch gewesen sein.«

»Im April dieses Jahres?«

»Oder kurz vorher.«

»Hm. Und Verlangen entdeckt ihn zufällig ... das genügt nicht.«

»Was genügt nicht?«, fragte Rooth und justierte den Rückspiegel, so dass sie Blickkontakt behalten konnten, ohne sich den Hals zu verrenken.

»Da muss noch mehr gewesen sein. Es gibt doch keinen Grund für Verlangen, Hennan zu verfolgen, nur weil er ihn nach fünfzehn Jahren wiedergesehen hat. Wenn er nicht total schizo war … Verlangen, meine ich.«

»Das ist wohl wahr«, sagte Rooth. »Obwohl er wohl den entscheidenden Punkt erst hier oben in Kaalbringen entdeckt hat. Oder?«

»Ich weiß es nicht. Glaubst du, dass er mit ihm gesprochen hat?«

»Wo? In Maardam?«

»Sowohl dort als auch hier … ja, hier in der Stadt muss er es ja wohl gemacht haben.«

»Ich könnte mir denken, dass er auch in Maardam mit ihm gesprochen hat«, sagte Rooth. »Und Hennan kann etwas gesagt haben, das … ja, etwas Entlarvendes. Oder etwas, das Verlangen zumindest verwundert hat.«

Beate Moerk saß eine Weile schweigend da und dachte nach.

»Was kann er in so einem Fall denn verraten haben?«, fragte sie. »Vielleicht den Namen seines Mittäters? Denn er hatte damals doch einen Helfer, oder?«

»Soweit ich es verstanden habe, ja«, seufzte Rooth. »Aber wir kommen immer nur auf die gleichen alten Fragen zurück. Warum zum Teufel sollte Hennan so dumm sein, sich gegenüber einem Typen wie Verlangen zu verplappern? Nein, ich habe das Gefühl, da stimmt etwas nicht mit unseren Schlussfolgerungen, das habe ich schon die ganze Zeit gedacht.«

»Dann bring was, das trägt«, bat Moerk ihn.

»Kann ich nicht«, musste Rooth zugeben. »Aber jetzt mal was anderes. Woher wissen wir eigentlich, dass er zu Hause ist?«

»Wer?«

»Nolan-Hennan. Vielleicht sitzen wir ja hier und bewachen ein leeres Haus.«

Beate Moerk dachte erneut nach.

»Blöd«, sagte sie. »Das wäre wirklich blöd. Was machen wir?«

»Das hier«, sagte Rooth und holte sein Handy heraus. »Wir rufen ihn einfach an und überprüfen, ob er rangeht.«

»Genial«, sagte Beate Moerk.

»Genialität war schon immer mein Leitstern«, verriet ihr Rooth und wählte die Nummer.

Nach drei Freizeichen war Christopher Nolans Stimme zu hören, und Rooth beendete die Verbindung.

»Okay«, sagte er. »Er ist da drinnen. Dann wissen wir zumindest das.«

»Er könnte über die Rückseite abhauen«, wandte Moerk ein. »In den Wald hinein.«

Rooth bedachte dieses Argument einen Moment lang.

»Das macht er nicht«, sagte er. »Er weiß ja nicht einmal, dass wir hinter ihm her sind. Aber wenn du dich um das Grundstück herumschleichen und dich in die Büsche in den Hinterhalt legen willst, bitte schön, tu dir keinen Zwang an. Aber dann verlierst du meine Gesellschaft.«

Beate Moerk konnte das Für und Wider eines derartigen Manövers gar nicht überdenken, denn im gleichen Moment fuhr ein silberfarbener Hyundai an ihnen vorbei und auf die Auffahrt zur Villa. Frau Nolan stieg aus dem Wagen, nahm eine schwarze Aktentasche vom Rücksitz und verschwand im Haus. Rooth schaute auf die Uhr.

»Fünfzehn Uhr elf«, konstatierte er. »Elizabeth Nolan kommt nach einem Tag in der Galerie nach Hause. Du musst doch zugeben, dass es ungemein spannend ist, Polizist zu sein, nicht wahr, Frau Inspektor Moerk?«

»Zweifellos«, nickte Beate Moerk.

Es dauerte exakt eine Stunde und zwei Minuten, bis in Verbindung mit dem Nolanschen Haus in der Wackerstraat das nächste Ereignis geschah – aber das war dafür mindestens genauso dramatisch wie das vorhergehende.

Frau Nolan trat aus der Haustür. Sie winkte ihrem Gatten im Flur zum Abschied zu, ging zu ihrem Auto, setzte sich hinein und fuhr in Richtung Zentrum davon.

»Aha?«, sagte Rooth, der mangels Stimulans in der letzten halben Stunde fast am Einschlafen war.

»Mhm«, sagte Moerk.

Sie merkte, dass sie nicht mehr in der Lage war, in ihrem Kopf nach passenden Worten zu suchen.

»Da fuhr sie also wieder dahin«, führte Rooth gähnend aus. »Weißt du, was mir dabei einfällt?«

»Nein«, sagte Moerk. »Was fällt dir dabei ein?«

»Na, war es nicht so, dass wir auf dem Weg hierher an einem Kiosk vorbeigekommen sind? Gleich unten an den Bahngleisen … Ich denke, ich werde einen kleinen Spaziergang machen, eine Zeitung und ein paar Erfrischungen kaufen. Vielleicht könntest du das Hauptquartier inzwischen anrufen und fragen, ob sie irgendwelche Instruktionen für uns haben?«

Moerk richtete sich in ihrem Sitz auf und nickte.

»Und frage sie, ob sie was gegen Wundliegen haben.«

Er stieg aus dem Wagen und ging die Wackerstraat hinunter. Beate Moerk wartete, bis er außer Sichtweite war, dann wählte sie die Nummer des Reviers.

Polizeianwärter Stiller war am Telefon.

»Wie läuft es?«, wollte er wissen.

»Wie es läuft?«, wiederholte Beate Moerk. »Es passiert rein gar nichts. Doch, Frau Nolan hat das Haus wieder verlassen. Wir haben die noch unbestätigte Hypothese, dass sie einkaufen gefahren ist.«

»Interessant«, sagte Stiller. »Ist es langweilig bei euch?«

»Eine Beerdigung würde uns durchaus aufmuntern«, erklärte Moerk. »Habt ihr besprochen, wann wir abgelöst werden?«

»Einen Augenblick«, sagte Stiller und hielt die Hand über die Muschel.

Sie versuchte, trotzdem etwas mitzubekommen, konnte aber nicht verstehen, was gesagt wurde.

»Hallo«, meldete Stiller sich nach fünfzehn Sekunden wieder. »Ihr müsst noch knapp zwei Stunden durchhalten. Münster und ich kommen um sechs.«

»Habt ihr Kontakt mit Van Veeteren und Bausen?«, fragte Beate Moerk.

»Ja. Die meinen auch, dass wir bis zum Abend warten sollen.«

Beate Moerk seufzte.

»Na, dann ist das wohl abgemacht.«

Sie drückte den Polizeianwärter weg und schaute zum Haus hinüber.

Dort hatte sich nichts bewegt.

Als Beate Moerk später – viel später – an das zurückdachte, was zwischen zehn Minuten vor sechs und fünf Minuten vor sechs geschehen sollte, war es immer – aus welchem Grund auch immer – der Zwischenfall mit der Einkaufstüte, der ihr als Erstes ins Gedächtnis kam.

Elizabeth Nolan hatte gerade auf ihrem üblichen Platz auf der Einfahrt geparkt; Rooth hatte festgestellt, dass man offensichtlich auch in Kaalbringen mit einem Supermarkt der Kette Merckx beglückt worden war – da er den Druck auf den Tüten wiedererkannte, die soeben vom Rücksitz genommen und an den Rand des gepflegten Rasens gestellt worden waren –, und Beate Moerk hatte auf ihre Armbanduhr geschaut und registriert, dass es genau zehn Minuten vor sechs war.

Elizabeth warf die hintere Tür des Wagens zu, ergriff die beiden voll gepackten Tüten, eine mit jeder Hand, und als sie sie hochhob, riss der Handgriff der einen.

Ein Berg von Lebensmitteln purzelte aufs Gras. Moerk und Rooth konnten sehen – eher als hören –, wie sie laut fluchte. Sie zögerte eine Sekunde, dann trug sie die heile Tüte ins Haus und kam nach einer halben Minute mit einem braunen Pappkarton zurück.

Während sie die Sachen in den Karton packte, überlegte Moerk etwas verwundert, warum um alles in der Welt ihr Ehemann nicht herauskam, um ihr zu helfen.

Typischer Chauvi, konnte sie gerade noch denken. Sitzt bestimmt vorm Fernseher und glotzt Fußball!

Das war eine gänzlich falsche Annahme, wie sich bald herausstellen sollte.

Frau Nolan verschwand erneut mit dem voll gepackten Karton im Arm im Haus. Sie zog mit einiger Mühe die Tür hinter sich zu.

Rooth schaute Moerk an. Moerk schaute Rooth an. Rooth gähnte und schaute auf die Uhr.

»Noch sechs Minuten bis zur Ablösung«, informierte er sie. »Willst du wirklich nicht mitkommen und was essen gehen, wenn wir hier fertig sind?«

Beate Moerk lehnte zum fünften Mal dankend ab. Dann öffnete sich die Tür der Nolanschen Villa erneut. Elizabeth Nolan kam herausgelaufen.

Direkt auf den Rasen, beide Hände an die Schläfen gedrückt, die Ellbogen zur Seite. Nach einigen Schritten hielt sie an. Blieb einen Moment lang schwankend stehen. Dann fiel sie unbeholfen auf die rechte Seite und rollte von dort auf den Bauch.

Moerk und Rooth waren gleichzeitig bei ihr. Gemeinsam drehten sie sie um, sie jammerte leise, Augen und Mund standen halb offen, und sie schien kaum bei Bewusstsein zu sein. Rooth umfasste ihr Kinn mit einer Hand und schüttelte es vorsichtig.

»Was ist los?«, fragte Beate Moerk. »Was ist passiert?«

Elizabeth Nolan kam zu sich. Starrte die beiden ein paar Sekunden lang verwundert an. Dann zeigte sie auf das Haus und bewegte die Lippen.

»Was sagen Sie?«, fragte Rooth.

Sie schloss die Augen und holte tief Luft. Öffnete erneut die Augen.

»Im Badezimmer«, flüsterte sie mit kaum hörbarer Stimme. »Er liegt in der Badewanne.«

Rooth starrte sie an, dann starrte er Beate Moerk an.

Dann rannten alle beide ins Haus.

Sie fanden den Weg sofort. Das Badezimmer im Haus der Nolans lag am Ende des L-förmigen Flurs, und Frau Nolan hatte die Tür offen gelassen.

In der Badewanne, die bis zum Rand gefüllt war, lag Christopher Nolan. Sein Kopf lehnte am Rand, und das Wasser war so rot, dass Beate Moerk einen schnell wieder verschwindenden Gedankenblitz lang meinte, es wäre schön.

»Verdammt!, rief Inspektor Rooth aus. »Verdammte Scheiße!«

»Was ist denn hier los?«, war eine Stimme vom Eingang her zu hören.

Es war Münster. Beate Moerk zog sich eilig aus dem Badezimmer zurück, drehte sich um und stieß in der Flurbiegung auf ihn.

»Was ist passiert?«, fragte Münster noch einmal. »Wir sind gerade gekommen, um euch abzulösen. Frau Nolan scheint unter Schock zu stehen, und …«

»Es ist keine Ablösung mehr nötig«, sagte Beate Moerk. »Hennan hat sich das Leben genommen. Er liegt da drinnen.«

Sie drängte sich an Münster vorbei. Trat durch die Tür und sah Polizeianwärter Stiller, der neben Elizabeth Nolan hockte, die ausgestreckt auf dem Rasen lag.

Plötzlich bekam Beate Moerk einen Streifen der untergehenden Sonne in die Augen und spürte, wie sehr sie sich nach ihren Kindern sehnte, so sehr, dass es schon wehtat.

44

Nachdem Van Veeteren die Nachricht von Jaan G. Hennans Tod erhalten hatte, äußerte er innerhalb der folgenden drei Stunden höchstens zwanzig Worte, und auf dem Höhepunkt der Krise überlegte Bausen, ob er nicht einen Arzt rufen sollte.

Aber er begnügte sich dann doch damit, in den Keller zu gehen und eine Flasche 79er Château Peripolignac zu holen, aber nicht einmal diese gewichtige Medizin schien zu helfen.

Erst als sie sich endlich, kurz nach zehn Uhr abends, in dem blassgelben Raum im Polizeigebäude versammelten, schien der *Kommissar* in irgendeiner Weise bereit zu sein, wieder Kontakt mit der Wirklichkeit aufzunehmen. Er sank an der Stirnseite des Tisches nieder, zündete sich eine Zigarette an und bohrte seinen Blick in den Polizeichef.

»Berichte!«, befahl er. »Und zwar bitte jedes einzelne verfluchte Detail!«

DeKlerk betrachtete ihn und Bausen mit leicht unsicherem Blick, zog seine Jacke aus und kontrollierte, ob die Kaffeetassen und Butterbrote auch gerecht verteilt worden waren. Dann räusperte er sich und begann.

»Das haben wir nicht voraussehen können«, setzte er an. »Aber jetzt ist es nun einmal so. Christopher Nolan, alias Jaan G. Hennan, hat sich am Nachmittag das Leben genommen, indem er sich in die Badewanne gelegt und die Pulsadern aufgeschnitten hat. An beiden Handgelenken. Sicherheitshalber hat er sich auch noch ein paar Schnitte am Hals …«

»Es war mehr Blut in der Badewanne als im Körper«, ergänzte Rooth und biss in eine Brotscheibe. »Das reinste Rote Meer.«

»Wir haben gerade einen Anruf von der Gerichtsmedizin in Oostwerdingen bekommen«, fuhr deKlerk unbeeindruckt fort. »Er bestätigt, dass Hennan außerdem eine gewisse Anzahl an Schlaftabletten genommen hat ... es stand ja ein Röhrchen am Badewannenrand.«

»Womit hat er geschnitten?«, fragte Bausen.

»Mit einer Rasierklinge. Die lag auch auf dem Badewannenrand.«

»Fein säuberlich und korrekt, wie es scheint.«

»Exakt.«

»Habt ihr mit seiner Frau gesprochen?«

DeKlerk schüttelte den Kopf.

»Noch nicht«, sagte er. »Ihr geht es nicht so gut.«

»Nein?«, fragte Bausen.

»Sie hat einen Schock«, ergänzte Beate Moerk. »Wir haben versucht, mit ihr zu reden, wir waren ja sowieso an Ort und Stelle, Rooth und ich, aber es war kein vernünftiges Wort aus ihr herauszukriegen.«

»Die zeitlichen Eckdaten?«, fragte Van Veeteren.

Rooth wischte sich den Mund ab und konsultierte seine Aufzeichnungen.

»Sie hat das Haus um 16.13 Uhr verlassen«, sagte er. »Hat was erledigt. Unter anderem bei Merckx eingekauft, und um 17.50 Uhr war sie wieder zurück. Ist ins Haus gegangen und hat ihn gefunden.«

»Also grob gesagt zwei Stunden«, meinte deKlerk. »Er hatte also genügend Zeit ... laut Obduktion dürfte er wohl seit einer Viertelstunde tot gewesen sein.«

»Warum hat er Schlaftabletten genommen?«, wollte Stiller wissen.

»Um den Prozess zu vereinfachen, davon müssen wir wohl ausgehen«, antwortete deKlerk. »Oder um das Ganze nicht mitzukriegen. Softal heißt das Präparat, es ist eines von diesen neuen, an denen man nicht sterben kann, wie viel man auch schluckt... aber wenn er fünf davon genommen hat, dann dürfte er ziemlich weit weg gewesen sein, als er die Grenze überschritten hat. Und dann Längsschnitte, ganz nach Lehrbuch. Heißes Wasser führt ja außerdem dazu, dass das Blut leichter fließt...«

»Seneca«, brummte Van Veeteren. »Alte, bewährte Methode. Eine Nachricht? Was hat er hinterlassen?«

»Nichts«, erklärte Rooth.

»Nichts?«

»Nein, nicht ein einziges Wort.«

Rooth hob die Hände mit den Handflächen nach oben und versuchte auszusehen, als bedauere er das.

»Wie gesagt«, ergriff deKlerk erneut das Wort. »Nein, das kam wirklich wie ein Blitz aus heiterem Himmel, das hier... Frau Nolan liegt also noch im Krankenhaus und schläft, aber wir müssen natürlich morgen mit ihr sprechen.«

»Habt ihr überhaupt nichts aus ihr herausgekriegt?«, wollte Bausen mit einem leicht vorwurfsvollen Ton wissen.

»Äußerst wenig«, gab Beate Moerk zu. »Ich bin ja mit ihr im Wagen ins Krankenhaus gefahren, und sie war wirklich vollkommen weggetreten. Nein, er hat kein Wort hinterlassen, es stimmt, was Rooth gesagt hat... und Frau Nolan scheint nichts Ungewöhnliches bemerkt zu haben, als sie zwischen drei und vier zu Hause gewesen ist. Zumindest hat sie den Kopf geschüttelt, als ich sie danach gefragt habe. Sie scheint den Selbstmord zunächst auch nicht in Verbindung mit unserem Gespräch in der Galerie gebracht zu haben... zumindest nicht bis zu dem Zeitpunkt, an dem ich sie verlassen wollte. Da hat sie mich angeschaut und gefragt...«

»Was?«, fragte Rooth. »Was hat sie gefragt?«

»Sie hat gefragt: ›Dann war er es also?‹ Ich meine zumindest, dass sie das gesagt hat... aber ihre Stimme war äußerst leise.«

»›Dann war er es also?‹«, wiederholte Münster. »Ja, ich denke, du hättest mit Ja antworten können ... dass er es *war.*«

Beate Moerk nickte.

»Ich habe gar nicht geantwortet«, sagte sie. »Aber auf jeden Fall gehe ich davon aus, dass wir ihr morgen so einiges zu erklären haben, oder?«

»Meinst du?«, fragte Bausen.

Van Veeteren drückte seine Zigarette aus, gab aber seine Gedankengänge nicht preis. Wenn es sie nun gab.

»Wir können ja wohl trotzdem gewisse Schlussfolgerungen hieraus ziehen«, fasste der Polizeichef stattdessen zusammen. »Oder? Nolan ... Hennan ... muss doch bemerkt haben, dass wir ihm auf der Spur sind. Entweder hat seine Frau etwas gesagt, obwohl wir keinen Beweis dafür haben, oder aber ... ja, ich weiß es nicht.«

»Eine Andeutung kann schon genügt haben«, wies Beate Moerk hin. »Etwas, das ihr einfach rausgerutscht ist, ohne dass sie es selbst bemerkt hat.«

»Gut möglich«, sagte deKlerk. »Er kann auch dich und Rooth im Auto entdeckt haben. Auf jeden Fall hat er eingesehen, dass das Spiel aus war, und hat beschlossen, lieber aufzugeben.«

Er schaute sich um, ob andere dieser Hypothese zustimmen würden, aber nur Polizeianwärter Stiller erlaubte sich ein schwaches Nicken.

»Es stimmt natürlich, was du da sagst«, stellte Münster nach einer Weile dumpfen Schweigens fest. »Aber es ... es sieht G. so überhaupt nicht ähnlich. In so einer Situation aufzugeben. Wo wir kaum ein Fünkchen an Beweisen haben und bevor wir ihm eine einzige Frage gestellt haben. Man kommt nicht umhin, sich zu wundern ...«

Bausen unterbrach ihn.

»Vielleicht spielten da noch andere Dinge eine Rolle«, schlug er vor. »Wenn er seit dieser Geschichte von damals ein rechtschaffenes Leben geführt hat, und jetzt wird seine neue

Identität plötzlich in Frage gestellt, seine gesamte neue Existenz ... ja, vielleicht ist das einfach zu viel für ihn geworden? Könnte es nicht so sein? Fünfzehn Jahre sind nun einmal fünfzehn Jahre.«

»Nicht so witzig, der eigenen Frau beichten zu müssen, dass man jemand anderes ist«, nickte Rooth. »Dass man im Knast gewesen ist und des Mordes an drei Menschen beschuldigt wird.«

»Genau das meine ich«, bestätigte Bausen. »Es gibt lustigere Situationen. Vielleicht hätten wir ihn nie zur Strecke gebracht, aber auf jeden Fall ist es uns gelungen, seine Ehe kaputt zu machen.«

»Mit anderen Worten hatte er Angst, hart drangenommen zu werden«, meinte Rooth nachdenklich. »Das können wir immerhin feststellen. So ein Schwächling.«

Der Polizeichef blätterte in seinen Notizen.

»Was die Frage betrifft, wie er ... wie er uns auf die Spur gekommen ist«, sagte er zögerlich, »so gibt es dafür natürlich verschiedene Theorien. Trotz allem stand er ja Van Veeteren zweimal Aug in Aug gegenüber ... du hattest nicht das Gefühl, dass er erkannt hat, wer du bist?«

Van Veeteren faltete die Hände im Nacken und schloss ein paar Sekunden lang die Augen, bevor er antwortete.

»Ich kann es nicht sagen«, erklärte er dann. »Aber eins kann ich euch sagen, während all meiner Jahre in diesem Geschäft habe ich noch nie einen so jämmerlichen Abgang erlebt. Noch niemals.«

»Was sonst war von so einem Prachtarschloch wie G. denn zu erwarten?«, fragte Rooth. »Wenn man alles in Betracht zieht, war es vielleicht sogar typisch für ihn.«

Danach schien keiner mehr etwas zu sagen zu haben, und da die Uhr auf elf zuging, schlug Polizeichef deKlerk vor, dass sich alle Betroffenen am Sonntagnachmittag für eine erneute Lagebesprechung treffen sollten.

»Und Elizabeth Nolan?«, fragte Beate Moerk.

»Ich werde mich um sie kümmern«, erklärte deKlerk. »Außerdem werden wir morgen noch weitere Informationen aus der Gerichtsmedizin erhalten. Und hoffentlich eine Antwort aus England ... auch wenn das keine große Rolle mehr spielen sollte. Wir müssen diese Sache hier ordentlich zu einem Ende bringen, wie es sich gehört. Lose Fäden verknüpfen. Oder?«

»Aber natürlich«, sagte Rooth. »Am Montag fahren wir aber auf jeden Fall nach Hause. Ich sehne mich nach meinen Haustieren.«

»Du hast Haustiere?«, wunderte Münster sich. »Ich dachte, du wärst dein Aquarium losgeworden?«

»Milben und Staubmäuse«, informierte Inspektor Rooth die Kollegen freundlich.

Der Himmel war hoch und sternenklar, als sie auf den Marktplatz hinaustraten, und er erklärte Bausen, dass er einen Spaziergang brauche. Bausen sah für einen Moment so aus, als wollte er irgendwelche Einwände anbringen, dann zuckte er jedoch mit den Schultern und stieg ins Auto.

»Wir sehen uns beim Frühstück«, sagte er, bevor er die Tür zuzog. »Weck mich, wenn du gute Ratschläge brauchst.«

»Danke«, erwiderte Van Veeteren. »Ich werde morgen auf jeden Fall nach Hause fahren.«

»Du kannst bleiben, so lange du willst.«

»Ich weiß. Aber das hier scheint ja jetzt zu Ende zu sein. Fahr du nach Hause, geh ins Bett und schlaf gut.«

Bausen nickte und fuhr los. Van Veeteren blieb stehen und sah die Rücklichter oben bei der Molkerei an der Doomstraat verschwinden. Er zögerte einen Augenblick, dann ging er los, in Richtung Leisnerpark und Blaue Barke.

Ich könnte ein Bier vertragen, dachte er.

Ich könnte zwei Bier vertragen.

Es ist aber auch zu dumm, dass ich nicht einmal mit Bausen reden kann.

Die Blaue Barke war relativ gut gefüllt – ihm fiel ein, dass ja schließlich Samstagabend war –, aber es gelang ihm dennoch, einen Tisch für sich allein in dem kleinen Durchgang zwischen der Bar und dem Restaurant selbst zu ergattern.

Er bestellte ein dunkles Bier und zündete sich eine Zigarette an, während er gleichzeitig überlegte, wie viele er eigentlich seit der Nachricht von G.s Tod am Nachmittag geraucht hatte. Es müssen über zehn gewesen sein, dachte er. Verflucht noch mal, morgen höre ich endgültig auf.

Es fiel ihm immer noch schwer, die Gefühle und Gedanken, die ihn durchrasten, in den Griff zu bekommen.

Es fiel ihm schwer, die Tatsache zu akzeptieren.

G. war tot.

Er hatte sich in die Badewanne gelegt, sich die Handgelenke aufgeschnitten und den Kampfplatz verlassen. Tot!

Das war, als ob … er wusste nicht, wie es eigentlich war.

Ein Gegner, den es plötzlich nicht mehr gab?

Ein Schachspieler, der nicht zum Brett kam, obwohl die Partie noch andauerte? Nur weil er keine Lust mehr hatte?

Schlechte Metaphern, das war ihm selbst klar, aber er fand keine anderen, um diese eigenartige, sterile Empörung zu beschreiben, die er empfand.

Das letzte Kapitel im Fall G.? Dass das auf diese Art und Weise geschrieben werden sollte! Er hatte äußerst diffuse Bilder dahingehend, welche Alternative ihm denn eigentlich vorgeschwebt hatte, aber eine Sache war klar. Alles, nur nicht das hier.

Es wäre besser gewesen, wenn ich ihn wenigstens selbst hätte umbringen können, dachte er verbissen und trank einen großen Schluck Bier. Dann hätte ich zumindest eine Hand im Spiel gehabt.

Der Gedanke war natürlich erschreckend, er sagte so einiges über seine wahren Beweggründe aus, aber wie üblich war es wahrscheinlich besser, den Tatsachen ins Auge zu sehen.

Sich den eigenen Motiven zu stellen, das tut weh, aber wenn

du weiterkommen willst, ist das der einzige Weg! Das hatte Mahler irgendwann gesagt – oder geschrieben –, und so war es wohl auch. Sich etwas vorzumachen, das war einfacher, und es gab keine Belohnung dafür, es nicht zu tun. Außer, dass man sich selbst wiedererkannte.

Er trank noch einmal von seinem Bier und nahm ein paar Lungenzüge. Betrachtete ein paar Sekunden lang einen Mann, der allein an einem Tisch schräg gegenüber saß und tief schlief, das Kinn auf der Brust.

Eine Gnade, die man sich erflehen sollte?, dachte Van Veeteren düster.

Und diese Leere! Jaan G. Hennan hatte mit seiner Tat eine Leere hinterlassen, das war auch sonderbar. Natürlich kann man jemanden noch hassen, wenn er tot ist, konstatierte er, aber es erscheint doch ziemlich sinnlos.

Als hätte G. sich in irgendeiner Weise seiner Strafe entzogen, aber war es nicht auch so? Doch, genau das war natürlich der Punkt. Im letzten Moment – obwohl er das Spiel verloren hatte – hatte er selbst sein Schicksal bestimmt. Statt dem die Rache zu gönnen, dem sie rechtmäßig zustand.

Nämlich *Hauptkommissar* Van Veeteren.

Verflucht noch mal, dachte er. Wenn ich gläubig wäre, könnte ich mir zumindest einbilden, dass die Rache des Herrn ist.

Er trank sein Bier aus und bestellte noch eines. Ich weiß nicht einmal, wie der Mord an Barbara Hennan abgelaufen ist, kam ihm in den Sinn. Eine Weile dachte er über diesen Aspekt nach. Vielleicht war das das Schlimmste, wenn man alles in Betracht zog. Das, was am höhnischsten und am wenigsten zu akzeptieren war. Dass G. in gewisser Weise gestanden, aber nicht gesagt hatte, wie er vorgegangen war. Ein höhnisches Lachen, dann war er gestorben.

Ein höhnisches Lachen, dann war er gestorben? Das klang ja fast wie ein Buchtitel.

Nach allem zu urteilen hatten nur zwei Menschen etwas gewusst. Hennan und Verlangen. Beide waren tot. Das Spiel war aus, und sie hatten ihr Wissen mit ins Grab genommen. Kein Mensch würde jemals erfahren, was mit der schönen Amerikanerin an dem bewussten Abend in Linden vor fünfzehn Jahren geschehen war. So war es nun einmal.

Oder war dem nicht so? Gab es vielleicht noch jemanden? Einen quicklebendigen Täter? Den Helfer?

Weiß der Teufel, dachte Van Veeteren, und dann begann er darüber nachzudenken, was um alles in der Welt sie Elizabeth Nolan sagen sollten, wenn diese in ihrem Krankenhausbett erwachte.

Die Wahrheit?

Es gab viele gute Gründe, ihr diese vorzuenthalten. Zumindest Teile davon. Wie gesagt, es war einfacher, ein wenig zu schummeln. Mit der Wahrheit ist es so eine Sache, nicht immer hat sie auch etwas mit Menschlichkeit zu tun.

Nun ja, fasste er zusammen, das ist auf jeden Fall nicht mein Problem. Immerhin etwas.

Er trank auch das zweite Bier aus und rauchte noch eine Zigarette. Betrachtete den schlafenden Mann eine Weile und spürte, dass er selbst langsam so weit abgestumpft war, dass auch er vermutlich ein paar Stunden Schlaf finden könnte. Trotz allem.

Und mit dieser frommen Hoffnung im Hinterkopf verließ er die Blaue Barke.

Als er vor Bausens Haus ankam, war es Viertel vor eins. Bausen hatte sich bereits schlafen gelegt, und Van Veeteren selbst kroch mit einem Gefühl der Scham und des schlechten Gewissens seinem Gastgeber gegenüber ins Bett.

Das muss ich ihm gegenüber irgendwie wieder gut machen, bevor ich morgen abreise, dachte er. Es kann nicht besonders vergnüglich sein, mit so einem wie mir Tag und Nacht klarkommen zu müssen.

Absolut nicht.

45

Inspektorin Moerk hatte gedacht, sie könnte den Sonntag mit Mann und Kindern verbringen, aber schon um acht Uhr rief der Polizeichef bei ihr an und bat sie, ihn doch zu einem Gespräch mit Elizabeth Nolan ins Krankenhaus zu begleiten.

Beate Moerk war klar, dass es die weibliche Empfindsamkeit war, die mal wieder erwünscht war, und einen Moment lang überlegte sie, ob sie ihn nicht zur Hölle wünschen sollte. Aber es gelang ihr, ihre Zunge im Zaum zu halten, und nach einigen Diskussionen erklärte sie sich zu zwei Stunden bereit gegen das Versprechen, in der kommenden Woche einen ganzen freien Tag zu bekommen.

Franek stand während der Verhandlungen am Herd und kümmerte sich um den Morgenbrei, er sah etwas bekümmert aus. Nicht um seiner selbst willen, das wusste sie, sondern ihretwegen. Als sie den Hörer aufgelegt hatte, überlegte sie für sich, ob es eigentlich noch mehr Männer wie ihn gab oder ob sie einzigartiges Glück gehabt hatte, wie ihre Mutter behauptete, als sie ihn fand.

Aber vielleicht stimmte ja doch, was er zu sagen pflegte: Zerbrich dir nicht den Kopf über das Gute. Halte es einfach nur fest. Das allein ist wichtig.

»Ich bin vor zwölf Uhr zurück«, versprach sie. »Dann machen wir einen Ausflug.«

»Du kannst die Dame von mir grüßen und ihr sagen, wenn sie gut bezahlt, bin ich bereit, im Dezember zwölf Bilder bei ihr auszustellen. Aber vielleicht ist das im Augenblick nicht der passende Moment.«

»Vermutlich nicht«, bemerkte Beate Moerk und gab ihm einen hastigen Kuss.

Umarmte die Kinder und machte sich wieder einmal auf im Dienste der Menschlichkeit.

»Was ist das?«, fragte Bausen mit gerunzelter Stirn.

»Ein kleiner Beweis meiner Dankbarkeit«, erklärte Van Veeteren. »Eine Einladung, Weihnachten in Maardam zu feiern, sie gilt für dich und Mathilde. Du hast mir doch erzählt, dass ihr sowieso nur allein herumsitzt und eine Flasche Bourgogne trinkt ... und die Flasche, das ist ein Cognac, den du den Herbst über trinken kannst. Bache Gabrielsen, eine norwegische Variante übrigens, jeder Tropfen das reinste Gold, ich weiß nicht, ob du den kennst.«

Bausen schob die Karte wieder in den Umschlag und begutachtete die Flasche.

»Habe ich nie von gehört«, musste er zugeben. »Aber das ist doch nicht nötig, dass ...«

»Quatsch. Jetzt möchte ich nur eine Scheibe Brot, dann verlasse ich dich und diese ganze verdammte Geschichte.«

Bausen zeigte ein schiefes Grinsen.

»Na, dann vielen Dank. Wir werden ja sehen, ob wir zu Weihnachten noch leben, aber ich verspreche dir auf jeden Fall, den Gabrielsen noch vorher auszutrinken ... neben allem anderen, was ich noch in mich hineinzuschütten habe.«

»Ja, das ist mir schon klar«, nickte Van Veeteren. »Wie viele Flaschen hast du denn noch?«

»Irgendwas zwischen elf- und zwölfhundert«, seufzte Bausen. »Die Gefängniszeit hat mein Tempo reichlich gedrosselt. Aber wenn nur die Gesundheit mitspielt, dann wird es schon klappen.«

Van Veeteren schaute auf die Uhr. Es war fünf Minuten nach zwölf.

»Darf ich kurz bei dir telefonieren und Ulrike Bescheid sagen? Mein Handy hat offenbar eine Art Virus.«

»Wenn du nicht zu lange redest«, grinste Bausen.

Ulrike war nicht zu Hause, aber er hinterließ eine Nachricht auf dem Anrufbeantworter, dass er gegen fünf Uhr zu Hause sein würde und dass er hoffe, sie könne den Gedanken ertragen, ihn wiederzusehen.

Als er den Hörer aufgelegt hatte, zögerte er kurz, dann wählte er die Nummer der Polizeizentrale.

Bekam dort keinen Anschluss und versuchte es stattdessen mit Münsters Handy.

»Ja?«, meldete sich Münster.

»Van Veeteren. Ich haue jetzt ab von hier. Habt ihr was von Elizabeth Nolan gehört?«

»Ein wenig«, antwortete Münster. »Jedenfalls war sie heute Morgen wohl etwas gefasster. DeKlerk und Moerk waren bei ihr und haben mit ihr eine Weile geredet, aber sie haben beschlossen, es morgen noch einmal etwas gründlicher zu machen.«

»Was hat sie denn gesagt?«

»In erster Linie war offensichtlich sie es, die die Fragen gestellt hat ... was vielleicht nicht so verwunderlich ist. Ich glaube, die beiden haben ziemlich ausweichend geantwortet, aber sie hat trotzdem mitgekriegt, dass ihr Mann eine etwas andere Vergangenheit gehabt hat, als sie sich das dachte. Auch wenn sie nicht ins Detail gegangen sind.«

»Ist sie noch im Krankenhaus?«

»Nein, ich glaube, sie ist heute Vormittag entlassen worden. Soll das heißen, dass du nicht zur Besprechung kommst?«

»Nein«, bestätigte Van Veeteren. »Das mache ich nicht. Ich habe genug davon. Aber ruf mich doch an, wenn ihr die Fäden zusammengeknüpft habt.«

»Das verspreche ich dir«, sagte Münster. »Es ist doch vermaledeit, dass wir ... ja, dass wir das hier immer noch nicht so richtig auf die Reihe gekriegt haben. Ich meine, sowohl der Mord an Barbara Hennan als auch der an Verlangen muss jetzt wohl ad acta gelegt werden. Dabei ist es alles andere als klar, wie ...«

»Ich weiß«, unterbrach Van Veeteren ihn. »Es stimmt, was du sagst, wirklich vermaledeit. Aber wie gesagt, lass von dir hören.«

Münster wiederholte sein Versprechen, das auf jeden Fall zu tun, und legte auf.

Ja, ja, dachte Van Veeteren. So viel dazu.

Dann ging er in die Küche und aß ein Abschiedsbutterbrot mit Bausen.

An der Abfahrt zur Autobahn hielt er an, um zu tanken, und während er dort stand und auf die elektronisch weiterrückenden Ziffern der Benzinpumpe starrte, änderte er seine Pläne ein wenig.

Wie hatte Münster sich ausgedrückt? ›Etwas gefasster‹? Das sollte doch wohl beinhalten, dass sie stark genug für ein kleines Gespräch war.

Wenn nicht, dann würde er sie natürlich in Ruhe lassen, dachte er. Aber es gab ja trotz allem ein oder zwei Fragen, bei denen es interessant sein könnte, eine Antwort darauf zu bekommen.

Ein paar Dinge, die ihm eingefallen waren, nachdem er mit Münster telefoniert hatte. Das würde ihn nicht mehr als eine halbe oder drei viertel Stunde kosten, und er hatte ja keine Eile.

Eher alle Zeit der Welt.

Er bezahlte an der Kasse, stieg in den Wagen und fuhr wieder zurück in den Ort.

Bei der Besprechung des Falles Hennan-Verlangen am Sonntagnachmittag im Polizeigebäude von Kaalbringen war die Anzahl der Teilnehmer auf ein Quartett reduziert. Die beiden ehem. Kommissare hatten zum Rückzug getrommelt, und Inspektorin Moerk hatte – kraft ihres Einsatzes am Morgen im Krankenhaus – die Erlaubnis vom Polizeichef erhalten, dem Ganzen fernzubleiben.

Dieser jedoch war an Ort und Stelle. Ebenso wie Polizeianwärter Stiller – außerdem mit frisch geschnittenen Haaren (wie zum Teufel hat er das denn geschafft?, fragte sich Inspektor Rooth und zog den vorläufigen Schluss, dass er mit einer jungen, gut gebauten Friseuse verlobt war) – sowie die beiden von der Maardamer Kripo, die so genannte Verstärkung.

Bevor deKlerk das Wort ergreifen konnte, tat Rooth es.

»Das hier ist unsere letzte Sitzung, nur damit ihr es wisst. Morgen kehren Münster und ich zurück in die Zivilisation.«

Es war dem Gesicht des Polizeichefs anzusehen, dass er einige Schwierigkeiten hatte, die beiden Größen Rooth und Zivilisation unter einen Hut zu bringen, aber er sagte nichts.

»Lasst uns zusehen, ob wir diese ganze Geschichte zusammenfügen können«, schlug er stattdessen vor. »Zumindest soweit das möglich ist. Es bleiben natürlich noch einige Ungereimtheiten und einiges zu tun übrig, aber das können wir hoffentlich in der nächsten Woche allein bewältigen. Ich denke, wir fangen mit den Informationen aus England an. Stiller?«

Polizeianwärter Stiller schaute von seinen Papieren auf.

»Die sind erst vor einer halben Stunde eingetroffen«, erklärte er. »Es hat doch länger gedauert, als sie uns versprochen hatten, und sie sind auch ziemlich kurz gehalten ... da drüben haben sie ja kein wirklich übergreifendes System. Vielleicht können wir später noch nach ausführlicheren Informationen fragen ... wenn wir es in irgendeiner Weise für notwendig erachten.«

»Das werden wir natürlich routinemäßig tun«, bestätigte deKlerk. »Aber was steht nun in den Informationen, die wir erhalten haben?«

»Hm«, sagte Stiller. »Ich finde, die sind etwas überraschend. Auf jeden Fall gibt es tatsächlich ein Ehepaar Nolan in

Bristol, auf das zutrifft, was Frau Nolan uns erzählt hat. Christopher und Elizabeth, sie haben im Juni 1989 geheiratet. Keine Kinder. Er hat am Museum of Modern Art gearbeitet, sie an irgend so einem College ... School of Advanced Creative Processing, ich weiß nicht, was das bedeutet. Auf jeden Fall haben sie Bristol 1992 verlassen, genau wie sie behauptet hat ... ja, das ist im Großen und Ganzen schon alles, ich weiß selbst nicht so recht, was wir davon halten sollen.«

Münster ergriff das Wort.

»Es ist doch klar, dass Hennan das nicht aus der Luft gegriffen hat«, sagte er. »Und eigentlich ist es ja die Zeit vor 1989, die für uns interessant ist ... Es gibt natürlich tatsächlich einen Christopher Nolan. Wenn man sich eine neue Identität beschaffen will, dann ist es immer am sichersten, wenn man jemanden nimmt, den es bereits gibt, das wissen wir schon lange. Der wirkliche Nolan kann tot sein, oder er ist nach Australien ausgewandert oder was auch immer ...«

»Ja, sicher«, stimmte Stiller ihm zu. »Das ist mir schon klar. Vielleicht bringt uns das ja nicht besonders viel, aber wir müssen doch wohl trotzdem beweisen ... obwohl, das haben wir doch eigentlich schon, oder? ... also in irgendeiner Art und Weise *festlegen* können, dass derjenige, der da in der Badewanne gestorben ist, wirklich nicht Nolan hieß.«

Er schaute sich nach Zustimmung um, und schließlich nickte zumindest deKlerk bestätigend.

»Wir müssen natürlich sicherheitshalber die Sache überprüfen«, sagte er. »Aber ein Fingerabdruck ist zumindest ein Fingerabdruck. Nun ja, daran werden wir in der nächsten Woche gehen. Noch irgendwelche Kommentare?«

Rooth und Münster schüttelten den Kopf. DeKlerk zog ein neues Papier heraus.

»Der Gerichtsmediziner hat mir einen vorläufigen Obduktionsbericht geschickt«, erklärte er. »Auch hier nichts Sensationelles, möchte ich mal behaupten. Nur die Bestätigung dessen, was wir schon seit gestern wissen ... oder zu wissen meinten. Nolan ist auf Grund starken Blutverlusts irgendwann zwischen Viertel nach vier und fünf Uhr gestorben. Schnitte in beide Handgelenke und am Hals. Betäubt durch fünf Softaltabletten à zwanzig Milligramm, die ihm seit zwei Jahren ärztlicherseits verschrieben wurden. Gegen Schlaflosigkeit natürlich … Mageninhalt: Bier, ein wenig Whisky, Brokkoliauflauf und einiges anderes, nein, ich denke, hier werden wir nichts von Bedeutung finden.«

»Glaube ich auch nicht«, sagte Rooth. »Und ich nehme an, dass wir ihn ohne Umschweife für den Mord an Verlangen festnageln können? Ohne technische Beweise, meine ich? Oder wollt ihr noch hinfahren und nach der Waffe suchen?«

»Wir werden sehen, was wir tun«, erklärte deKlerk. »Der Staatsanwalt möchte sicher ein Wörtchen dabei mitreden, aber ich denke nicht, dass das ein Problem werden könnte.«

»Ich finde es merkwürdig, dass er nichts hinterlassen hat«, meinte Stiller. »Zumindest für seine Frau.«

Münster nickte.

»Ja«, stimmte er zu. »Es ist schon merkwürdig, aber was zum Teufel sollte er denn schreiben?«

»Alles Mögliche, abgesehen von der Wahrheit«, schlug Rooth vor. »Nein, ich denke, die Sache ist klar. Aber wie ist es eigentlich im Krankenhaus gelaufen? Hat sie erfahren, dass sie mit einem dreifachen Mörder verheiratet war?«

DeKlerk zögerte eine Weile mit seiner Antwort.

»Nein«, sagte er dann. »Inspektorin Moerk und ich, wir haben beschlossen, sie in diesem Punkt noch eine Weile im Unklaren zu belassen. Aber sie weiß, dass es da so einige Ungereimtheiten gab.«

»Ungereimtheiten!«, brauste Rooth auf. »Was ist denn das für eine bescheuerte Umschreibung? Und was glaubt sie jetzt? Ihr Kerl hat sich schließlich das Leben ohne die geringste Erklärung genommen. Das macht man ja wohl nicht wegen ein paar *Ungereimtheiten*?«

»Wahrscheinlich nicht«, musste deKlerk zugeben. »Aber

ich glaube nicht, dass sie darüber schon so viel nachgedacht hat. Wir müssen uns entscheiden, wie wir morgen vorgehen wollen ... ich nehme an, dass wir ihr auf jeden Fall reinen Wein einschenken müssen. Früher oder später. Die arme Frau.«

»Irgendetwas stimmt da nicht«, brummte Rooth. »Aber ist ja auch egal, die Hauptsache ist, dass Jaan G. Hennan aus der Welt ist ... auch wenn es verdammt ärgerlich ist, dass er auf diese Art und Weise den Hinterausgang genommen hat.«

»Zugegeben«, sagte deKlerk. »Aber so ist es nun einmal.«

Kommissar Münster hatte eine Weile scheinbar abwesend dagesessen, nur den Stift zwischen den Fingern hin und her gedreht.

»Ich verstehe einfach nicht, warum er von so einer Panik überfallen wurde«, sagte er. »Und wie ist er uns auf die Schliche gekommen? Nach allem, was wir wissen, hat seine Frau ihm ja nichts erzählt, und Rooth und Moerk hätten ja viele andere Gründe haben können, da draußen im Auto vor dem Haus zu sitzen ... ja, ich bin Rooths Meinung, es fällt mir schwer, das auf einen Nenner zu bringen.«

»Vielleicht hat er Van Veeteren wiedererkannt«, schlug Rooth vor. »Das wäre eine Lösung.«

»Gut möglich«, nickte Münster.

»Und vielleicht hat der *Hauptkommissar* das auch bemerkt«, fuhr Rooth fort. »Mein Gott, die haben doch damals vor fünfzehn Jahren stundenlang zusammengehockt und sich angestarrt ... und Van Veeteren hat schließlich ein Blick genügt, um sicher zu sein, oder? Dann kann es auf der anderen Seite doch gut und gern genauso gewesen sein ... aber das spielt jetzt ja wohl keine Rolle mehr. Habt ihr sonst noch was?«

Polizeichef deKlerk blätterte eine Weile in seinen Papieren und erklärte dann, dass man eigentlich nichts mehr hatte.

Rooth und Münster trafen am Sonntagabend um zwanzig Minuten nach sieben wieder im Hotel See Wharf ein – in dem Hotel, in dem sie während ihres gesamten Aufenthalts in

Kaalbringen gewohnt hatten –, und sie waren gerade am Überlegen, ob sie aufs Zimmer gehen oder ein Bier in der Bar trinken sollten, als Münsters Handy klingelte.

Rooth ging zur Toilette, und als er zurückkam, war Münster bereits mit dem Gespräch fertig.

»Wer war das?«, wollte Rooth wissen.

Münster stand mit dem Handy in der Hand da und sah leicht verwirrt aus.

»Ulrike«, sagte er. »Das war Ulrike Fremdli, die Frau, mit der Van Veeteren zusammenlebt. Sie fragte, ob ich wüsste, warum er nicht nach Hause gekommen ist.«

»Ach ja?«, sagte Rooth. »Warum …?«

»Er hat ihr gesagt, dass er gegen fünf Uhr aus Maardam zurück sein würde …. jetzt ist es gleich halb acht, und er geht offenbar nicht an sein Handy.«

»Ach so«, sagte Rooth. »Hast du sie mal getroffen, diese Ulrike Fremdli? Ich habe immer nur von ihr reden gehört.«

»Doch, ich habe sie mal kennen gelernt.«

»Ist sie eine nette Frau?«

»Sehr, sehr nett«, sagte Münster. »Ich frage mich nur .. nun ja, dafür gibt es sicher eine ganz logische Erklärung.«

»Sicher«, bestätigte Rooth. »Und, trinken wir jetzt ein Bier?«

46

Als Van Veeteren seinen Wagen in der Wackerstraat geparkt und den Motor abgestellt hatte, kamen ihm plötzlich Zweifel.

Er blieb sitzen, trommelte mit den Fingern auf das Lenkrad und versuchte zu begreifen, woher sie kamen. War es eine Art Intuition oder nur ein Zeichen ganz normaler Ambivalenz?

Er entschied sich für Letzteres und stieg aus dem Wagen. Registrierte, dass Frau Nolans silberfarbener Japaner auf der Garagenauffahrt stand und dass alles ganz friedlich aussah. Die Sonne war durch die grauweiße Wolkendecke des Vormittags gestoßen, und auf einem Nachbargrundstück war ein übergewichtiger Mann in den Sechzigern dabei, den Rasen zu mähen. Das scharfe Geräusch des Rasenmähers schwebte wie ein hartnäckiger Virus über dem Villengebiet.

Frau Nolan öffnete nach einer halben Minute. Sie trug schwarze Jeans, eine ebensolche Tunika, und sie sah ihn mit Augen an, die nicht wirklich anwesend zu sein schienen.

»Ja?«

»Entschuldigen Sie bitte. Mein Name ist Van Veeteren. Ich komme aus Maardam, und ich habe Ihren Mann früher gekannt. Könnten Sie sich vorstellen, mit mir ein kurzes Gespräch zu führen?«

Sie musterte ihn von oben bis unten. Fuhr sich mit einer Hand durch das dunkle Haar, es war überraschend dick im Hinblick darauf, dass sie die fünfzig überschritten haben musste, dachte er.

»Sie wissen, was passiert ist?«

»Ja. Mein Beileid.«

Sie nickte und ließ ihn herein. Er vermutete, dass sie irgendwelche beruhigenden Medikamente im Krankenhaus bekommen hatte. Ihre Art zu sprechen und sich zu bewegen – mit einer Art mechanischer Verhaltenheit – deuteten daraufhin.

»Bitte schön.«

Sie führte ihn ins Wohnzimmer, und er setzte sich in einen weinroten Sessel mit gelben Schondeckchen auf den Armlehnen.

»Wie heißen Sie noch?«

»Van Veeteren.«

Sie sank ihm gegenüber auf ein Sofa. Schlug umständlich ein Bein über das andere und kniff den Mund zu einem dünnen Strich zusammen.

»Und was wollen Sie? Ich habe keine ...«

Sie beendete den Satz nicht. Van Veeteren spürte einen kurzen Nachschlag des Zögerns, wappnete sich dagegen und ließ ihn vorbeiziehen.

»Ihr Mann ... ich gehe davon aus, dass die Polizei Ihnen erzählt hat, wer er eigentlich war.«

Sie machte eine unbestimmte Bewegung mit dem Kopf, er konnte nicht sagen, ob sie nun bestätigend oder verneinend sein sollte.

»Dass er eigentlich Jaan G. Hennan hieß und dass er eine Vergangenheit hatte, von der Sie nichts wissen.«

»Was wollen Sie?«, fragte sie. »Sind Sie auch von der Polizei? Ich denke nicht, dass ich ...«

»Gewesen«, unterbrach Van Veeteren sie. »Und in dieser Beziehung hatte ich einiges mit Ihrem Mann zu tun.«

Sie runzelte die Stirn.

»Ich verstehe nicht.«

»Sie sind doch vor kurzem von zwei Polizeibeamten befragt worden, nicht wahr? In Ihrer Galerie.«

»Das stimmt. Und was hat das ...?«

»Welche Schlussfolgerungen haben Sie daraus gezogen?«

»Schlussfolgerungen? Warum sollte ich irgendwelche Schlussfolgerungen daraus ziehen?«

»Sie müssen sich doch darüber so Ihre Gedanken gemacht haben?«

»Sicher habe ich mir meine Gedanken gemacht ...«

Er wartete auf die Fortsetzung, aber es kam keine. Stattdessen lehnte sie sich im Sofa zurück und zündete eine Zigarette an.

Wie abgestumpft ist sie eigentlich?, dachte er. Er beschloss, es mit ein wenig gröberer Munition zu versuchen.

»Das war doch keine Überraschung für Sie, nicht wahr?«

»Was?«

»Dass Ihr Mann sich das Leben genommen hat.«

»Was meinen ...?«

»Oder dass er eine verbrecherische Vergangenheit hatte?«

Sie zog an ihrer Zigarette, und wie sie das machte, verblüffte ihn. Oder besser gesagt ihre Art, zurückgelehnt dazusitzen und ihn zu betrachten. Als gingen seine Worte einfach an ihr vorbei. Er wiederholte seine Frage.

»Sie wussten, dass Ihr Mann eine andere Identität hatte, dass er nicht Christopher Nolan war, nicht wahr? Und zwar, schon bevor die Polizei Ihnen das erzählt hat.«

Sie nahm einen tiefen Lungenzug.

»Natürlich nicht. Wer sind Sie eigentlich? Darf ich Sie bitten, mich jetzt in Ruhe zu lassen.«

Alle drei Sätze in einem einzigen Atemzug. Van Veeteren blieb eine Weile schweigend sitzen. Frau Nolan rauchte erneut, machte aber keinerlei Anstalten aufzustehen und ihn hinauszuweisen.

»Hat Ihr Mann Ihnen nicht erzählt, dass ich ihn besucht habe?«

»Dass Sie ... Warum sollten Sie ihn besucht haben?«

»Weil es so einiges gibt, worüber wir uns hätten unterhalten sollen.«

Erneute Pause. Er ließ die Sekunden verstreichen.

»Entschuldigung, wie heißen Sie noch?«

»Van Veeteren. Sind Sie sich sicher, dass Ihr Mann meinen Namen in den letzten Tagen nicht erwähnt hat?«

Sie schien nachzudenken.

»Absolut. Er hat überhaupt nichts von neuen Bekanntschaften erwähnt.«

»Nun ja, Frau Nolan. Ich bin eine äußerst alte Bekanntschaft, ich dachte, dass hätte ich Ihnen erklärt.«

Sie gab keine Antwort. Aber ein paar Mal zuckte es in ihren Mundwinkeln.

»Und jetzt haben die Ihnen heute Morgen im Krankenhaus erzählt, dass Ihr Ehemann vor fünfzehn Jahren ganz offensichtlich einen anderen Namen gehabt hat.«

Keine Reaktion.

»Dass er sich Christopher Nolans Identität geliehen hat, um mit seiner Vergangenheit abzuschließen. Es macht keinen glaubwürdigen Eindruck, wenn Sie noch länger daran zweifeln, Frau Hennan.«

Er sprach den Namen so vorsichtig aus, wie man … wie man einen harmlosen Springer aus einer Position befreit, auf der er fünfzehn Jahre lang verharren musste, und sie reagierte zu spät.

Zwei Sekunden, die durch keine Medikamente der Welt erklärt werden konnten.

Aber es war auch ein Zug, dessen Konsequenzen er nicht vorhersehen konnte. Verdammt, dachte er.

»Hennan? Was sagen Sie …?«

Er holte seinen Zigarettendrehapparat heraus. Stellte ihn vor sich auf den Tisch und begann, die ausgestanzte Mulde mit Tabak zu füllen. Die Gedanken schwirrten ihm jetzt im Kopf herum, und er brauchte eine Beschäftigung für die Hände. Elizabeth Nolan saß unbeweglich da und betrachtete ihn.

»Sie haben sie angelogen, oder?«

Keine Antwort.

»Sie wussten von seiner Vergangenheit?«

Sie rauchte und schaute an ihm vorbei aus dem Fenster. Er zündete sich seine Zigarette an und versuchte schnell, sein weiteres Vorgehen zu planen. Begriff, dass er plötzlich ganz nah an einer Entscheidung war.

Entscheidung?, dachte er. Könnte es ...?

»Ich muss Sie jetzt wirklich bitten, mich in Ruhe zu lassen«, wiederholte sie. »Ich weiß nicht, wovon Sie reden.«

Er kümmerte sich nicht um ihren Einwand. Das Geräusch des nachbarlichen Rasenmähers verstummte plötzlich, und die Stille wurde greifbar wie ein Würgegriff.

»Und Sie wissen auch ganz genau, was mit Maarten Verlangen passiert ist, nicht wahr?«

Die Fragen kamen fast automatisch. Er begriff, dass ihr Widerstand gebrochen war. Sah es ihr an. Sie senkte die Schultern und schaute ihm direkt in die Augen. Es vergingen einige Sekunden, dann schüttelte sie langsam den Kopf und seufzte tief.

»All right, Sie lassen mir keine andere Wahl, Herr Kommissar Van Veeteren. Es ist Ihre eigene Schuld.«

Sie musste die Pistole zwischen den Polstern des Sofas versteckt gehabt haben, denn er bemerkte sie erst, als sie sie in ihrer Hand hielt und aus einem Meter Abstand auf ihn zielte.

»Es war idiotisch von Ihnen, hierher zu kommen«, fügte sie hinzu.

Etwas hatte Bausen stark berührt, und anfangs begriff er nicht so recht, was es eigentlich war. Dann sah er ein, dass es sich um Van Veeterens Einladung handelte, ihn zu besuchen und mit ihm Weihnachten in Maardam zu feiern.

Er und Mathilde. Gemeinsam mit Van Veeteren und Ulrike. Vielleicht auch noch andere, das wusste er nicht. Und er wusste nicht, warum das eigentlich so etwas Besonderes sein sollte, aber dieses leicht sentimentale Gefühl, das in seinem Schädel herumschwappte, das war nicht zu leugnen.

Oder in der Brust oder wo auch immer? Mein Gott, dachte er, ich bin bald vierundsiebzig, ich sollte zu alt für so etwas sein. Aber vielleicht wird man mit den Jahren ja empfindsamer.

Er machte seine fünfundvierzigminütigen Yogaübungen am Nachmittag. Dann rief er Mathilde an und fragte sie, ob sie nicht kommen und heute Abend mit ihm etwas essen wolle. Sie hatten sich seit einer Woche nicht gesehen, und sie sagte ohne Zögern zu. Er hörte, dass sie sich freute.

Er fuhr mit dem Wagen zum Fischmarkt, kaufte ein Kilo Seeteufel, Muscheln und frisches Gemüse. Dann fuhr er nach Wassingen und holte sie ab. Klappte wie immer den Rollstuhl zusammen, stopfte ihn in den Kofferraum und trug sie hinaus zum Wagen.

Es wurde ihm klar, dass er Van Veeteren nicht erzählt hatte, dass Mathilde an den Rollstuhl gefesselt war, und er fragte sich selbst, warum. Deutete das auf irgendetwas hin, dass er es zurückgehalten hatte, und wenn ja, worauf?

Nun ja, es waren noch dreieinhalb Monate bis Weihnachten. Wenn tatsächlich etwas aus der Maardamreise werden sollte, dann gab es noch genügend Zeit, dieses Detail am Telefon nachzureichen.

Gemeinsam bereiteten sie den Fisch zu. Seit sie sich kennen gelernt hatten, hatte er einiges in der Küche verändert, so dass Mathilde leichter herumfahren und dort arbeiten konnte. Während sie mit den Vorbereitungen beschäftigt waren, tranken sie jeder ein Glas Elsässer Wein, und er ertappte sich bei dem Gedanken, dass er sie liebte.

Im Herbst des Lebens, in dem er sich nun einmal befand, fand er keine anderen Worte. Aber warum auch, *Liebe* war ja wohl ebenso gut wie jedes andere Wort.

Er berichtete ihr von seinen Gedanken, gerade als sie sich zu Tisch gesetzt hatten, und sie erklärte, dass sie schon schlimmere Kerle als ihn getroffen hätte. Zumindest einige. Er lachte, ging um den Tisch herum und gab ihr einen Kuss.

Sie hatten Flasche Nummer zwei geöffnet, als Ulrike Fremdli anrief. Es war Viertel vor neun.

»Bausen?«

»Ja.«

Sie hatten vorher schon ein, zwei Mal miteinander gesprochen, aber nie mehr als ein paar Worte.

Jetzt wurde es etwas länger. Aus gutem Grund.

Ulrike Fremdli erklärte, dass Van Veeteren immer noch nicht in Maardam aufgetaucht sei. Obwohl er versprochen hatte, gegen fünf Uhr zurück zu sein. Und an sein Handy ging er nicht dran. Es musste etwas passiert sein.

»Er hat gesagt, dass da etwas nicht in Ordnung ist«, fiel Bausen ein.

»Mit seinem Handy?«

»Ja.«

»Wann ist er denn in Kaalbringen abgefahren?«

Bausen überlegte.

»Ungefähr um halb eins. Doch, dann müsste er schon lange da sein.«

»Ich begreife nicht, warum er nichts von sich hat hören lassen.«

Das begriff auch Bausen nicht. Er konnte Ulrike Fremdlis Stimme anhören, dass sie unruhiger war, als sie zeigen mochte, und er versuchte sie damit zu beruhigen, dass wahrscheinlich etwas mit dem Wagen war.

Und dass er natürlich sofort von sich würde hören lassen, wenn er etwas wüsste. Aber es war gewiss nichts Ernstes, wie schon gesagt.

Er erwähnte nichts von Weihnachten. Schließlich hatten sie erst den achten September.

Was ist nur passiert?, überlegte er, als er den Hörer aufgelegt hatte. Ist er von der Straße abgekommen und liegt irgendwo hilflos im Graben?

Nein, nein, dachte er dann und ging zu Mathilde zurück. Bloß nicht den Teufel an die Wand malen.

47

Wirklich idiotisch«, wiederholte sie, und er konnte wieder feststellen, dass es in den unendlich feinen Muskeln um ihre Mundwinkel herum leicht zuckte. Schmetterlingsleichte Bewegungen wie ein Windhauch über der Wasseroberfläche.

Ansonsten war es nicht viel, was er wahrnahm. Höchstens ein Gefühl, dass sie in ihrer Beurteilung nur allzu Recht hatte – er fühlte sich wirklich wie ein Idiot –, sowie eine gewisse wachsende Empfindung, die mit seiner Wahrnehmung zu tun hatte. Etwas Ähnliches wie ein Tunnelblick. Die Umgebung, die Möbel, die grellen, mit Kunst gefüllten Wände, das Panoramafenster zum Garten und Stadtwald hinaus, alles schrumpfte zur Bedeutungslosigkeit und zum Unsinn zusammen. Das Einzige, was weiterhin anwesend und wirklich blieb, das Einzige, was den Anspruch erhob, im Fokus zu stehen, war, dass er in diesem weinroten Sessel gegenüber dieser schwarz gekleideten Frau saß, die ihre Waffe genau auf ihn gerichtet hielt.

Eine Pinchmann, wenn er sich nicht irrte. 7,6 Millimeter. Es gab nichts, was dagegen sprach, dass auch Maarten Verlangen mit ihr Bekanntschaft gemacht hatte. Absolut nichts.

»Ich verstehe«, sagte er.

Was eine offensichtliche Lüge war. Sie zog eine Augenbraue hoch, und er sah, dass auch sie daran zweifelte, dass er es tat.

»Eine Sache möchte ich gleich klarstellen«, sagte sie. »Ich kann mit dieser Pistole umgehen, und ich werde nicht zögern, von ihr Gebrauch zu machen. Wenn Sie wollen, kann ich Ihnen gleich ins Bein schießen, damit Sie keinen Zweifel daran haben.«

»Das ist nicht nötig«, versicherte Van Veeteren. »Ich glaube Ihnen.«

Es zuckte etwas stärker in einem ihrer Mundwinkel, aber es kam kein Lächeln hervor.

»Gut. Sie haben ja auch den Großteil Ihres Lebens schon hinter sich und scheinen ein vernünftiger Mann zu sein. Bis jetzt jedenfalls.«

Er gab keine Antwort. Sie schien eine Weile nachzudenken, während sie problemlos mit nur einer Hand eine Zigarette herausholte und sie anzündete.

Ich muss mit ihr reden, dachte Van Veeteren. Unbedingt. Das Schweigen ist dieses Mal nicht mein Bundesgenosse.

»Verlangen?«, fragte er.

»Ja?«

»Dieser Privatdetektiv. Wie ist das eigentlich mit ihm abgelaufen?«

Sie befeuchtete die Lippen mit der Zungenspitze und zögerte einen Augenblick lang.

»Er hat uns gesehen«, sagte sie.

»In Maardam?«

»Ja. Reiner Zufall, aber vielleicht musste es ja früher oder später so kommen.«

»Wann war das?«

»Im März. Irgendwann in der Mitte des Monats. Wir waren dorthin gefahren, um uns einige Gemälde aus einer Erbschaft anzusehen.«

»Aber Sie werden ihn doch nicht wiedererkannt haben? Das ist schließlich …«

»Natürlich nicht«, unterbrach sie ihn und klang etwas verärgert. »Er hat es uns später erzählt. Sagen Sie, Sie haben nicht zufällig ein Handy in der Jackentasche?«

Van Veeteren holte es heraus und legte es auf den Tisch.

»Es funktioniert sowieso nicht.«

Sie nahm es an sich, schaute es sich kurz an. Fand den richtigen Knopf und schaltete es ab.

»Sicherheitshalber«, sagte sie. »Ja, Verlangen war offenbar vom gleichen Schrot und Korn wie Sie. Einer, der die Sache nicht auf sich beruhen lassen konnte.«

»Davon gibt es mehr, von Leuten, die diese Schwäche haben«, gab Van Veeteren zu. »Haben Sie etwas dagegen, wenn ich auch rauche?«

»Aber gar nicht. Bitte schön, Sie können eine von mir haben, dann brauchen Sie nicht diesen plumpen Apparat zu benutzen.«

Er tat, wie ihm geheißen. Spürte, als er die Zigarette anzündete, dass seine Hände nicht sicher waren. Kein Wunder, dachte er.

»Er ist Ihnen dann hierher gefolgt? Verlangen, meine ich?«

Sie nickte.

»Ja. Dieser Idiot. Seine alten Detektivnerven haben wohl noch einmal gezuckt. Es war natürlich kein Problem, uns hier zu finden, nachdem er einmal die Witterung aufgenommen hatte. Nicht einmal für ihn. Er tauchte an einem Abend im April auf, behauptete, er käme von irgendeinem Marktforschungsinstitut ... nach ein paar Minuten wussten wir, wer er war.«

»Sie haben ihn erschossen?«

Sie zog an ihrer Zigarette und ließ mit der Antwort auf sich warten.

»Mein Mann hat sich darum gekümmert. Nur ärgerlich, dass er die Leiche so schlecht versteckt hat.«

Van Veeteren merkte bei dem letzten Satz auf. Die Art, wie sie es sagte, machte deutlich, wie das Kräfteverhältnis in dieser Ehe ausgesehen hatte.

Mehr als deutlich.

Und es sagte bedauerlicherweise einiges darüber aus, welche Art von Gegner sie war. Es war klar, dass ihr dieser Fehler mit der Leiche nicht unterlaufen wäre.

Alles, dachte er. Ich habe alles falsch verstanden. Fünfzehn Jahre lang.

Und jetzt kriege ich meine Strafe dafür.

Sie drückte ihre Zigarette aus und stand auf.

»Wären Sie so gut und würden ebenfalls aufstehen«, sagte sie.

Er erhob sich von seinem Sessel.

»Ziehen Sie alles bis auf die Unterhose aus.«

»Ich habe seit fünf Jahren keine Waffe mehr getragen.«

»Tun Sie, was ich sage.«

Während er ihrem Wunsch nachkam, stand sie in zwei Metern Entfernung von ihm und betrachtete ihn. Ohne eine Miene zu verziehen. Er warf ein Kleidungsstück nach dem anderen über die Sessellehne, aber nicht einmal, als er schließlich in seiner ganzen Erbärmlichkeit nur noch in der Unterhose dastand, verzog sie eine Miene.

»In Ordnung«, sagte sie. »Sie können sich wieder anziehen.«

Er vollzog die umgekehrte Prozedur mit einer gewissen Umständlichkeit und setzte sich anschließend wieder in den Sessel. Ohne ihn aus ihrem Blick oder der Pistolenmündung zu lassen, holte sie aus der Handtasche, die auf dem Sofa lag, eine kleine Schachtel heraus. Von einer niedrigen Anrichte holte sie sich eine Karaffe und ein Glas. Schenkte ein paar Zentimeter hoch ein – er vermutete, dass es sich um Whisky handelte – und ließ vier, fünf Tabletten aus der Schachtel hineinfallen. Diese lösten sich sofort in der braunen Flüssigkeit auf. Sie rührte mit einem Stift um, den sie ebenfalls aus ihrer Handtasche holte. Das Ganze sah fast gedankenverloren aus, wie ihm schien. Als säße sie da und führte irgendwelche mechanischen Arbeitsbewegungen aus, wie sie es schon tausend Mal vorher getan hatte.

Meine letzte Mahlzeit, dachte er.

»Bitte, trinken Sie«, sagte sie und schob das Glas auf seine Seite des Tisches.

Er starrte in die Pistolenmündung. Erinnerte sich daran, dass er sogar einmal das Austrittsloch im Nacken eines Mannes gesehen hatte, der von einer Pinchmann erschossen worden war. Es war ziemlich groß gewesen, wenn er sich recht erinnerte.

Wenn ich dreißig wäre, würde ich jetzt wahrscheinlich einen Ausfall versuchen, dachte er.

Und nicht älter werden.

Er holte tief Luft, schloss die Augen und leerte das Glas. Registrierte, dass er bezüglich der Alkoholsorte richtig gelegen hatte.

Ein ziemlich guter Whisky. Die Tabletten waren überhaupt nicht zu schmecken.

»Gut«, sagte er. »Vielleicht ein wenig zu starker Rauchgeschmack.«

Sie zuckte mit den Schultern. Ein paar Minuten lang blieben sie sitzen, ohne etwas zu sagen, und das Letzte, was er bemerkte, war, dass der Nachbar seinen Rasenmäher wieder einschaltete.

»Ich habe das Gefühl, dass wir etwas übersehen haben«, sagte Rooth.

»Du hast drei Bier und einen großen Cognac getrunken«, entgegnete Münster, während er der Kellnerin ein Zeichen gab, die Rechnung zu bringen. »Deshalb hast du solche Gefühle.«

»Blödsinn«, widersprach Rooth. »Das habe ich schon seit gestern im Hinterkopf, da ist etwas, an das ich hätte denken sollen ... ich habe schon früher solch ein Gefühl gehabt, und eigentlich war ich damit nie falsch gelegen.«

»Du könntest dich nicht vielleicht etwas deutlicher ausdrücken?«, wollte Münster wissen.

»Deutlicher? Ich habe doch gesagt, dass ich nicht weiß, worum es dabei geht ... Manchmal hat man halt so eine Ahnung, die einfach direkt durch die Schädeldecke dringt und sich im Unterbewusstsein ablegt. Passiert dir das nie?«

»Doch, immer wieder«, erklärte Münster. »Und normalerweise bleibt das dann da liegen.«

»Genau«, stimmte Rooth eifrig zu. »Das ist ja die Gefahr dabei. Aber in diesem Fall will ich nicht, dass es da bleibt. Ich weiß, dass ich gedacht habe: ›Das ist ja komisch‹ oder etwas in der Art … aber anschließend hatte ich nicht die Zeit, weiter darüber nachzudenken.«

»Nicht die Zeit?«, fragte Münster. »Zeit ist doch wohl das Einzige, was wir in dieser verdammten Geschichte mehr als genug gehabt haben, oder?«

Rooth nickte und versuchte, sein Cognacglas von innen sauberzulecken.

»Ich weiß«, sagte er und gab seine Putzarbeit auf. »Auf jeden Fall wäre es nicht schlecht, wenn mir dieses Detail wieder einfallen würde. Schließlich gibt es immer noch das eine oder andere Fragezeichen.«

Münster schwieg. Er schaute sich etwas versonnen in dem gepflegt eingerichteten Speisesaal um und stellte fest, dass sie die letzten Gäste waren. Es war kurz vor halb zwölf, er spürte, dass es an der Zeit war, den Fahrstuhl vier Stockwerke hinauf zu nehmen und ins Bett zu gehen.

Die letzte Nacht im Hotelbett. Schön. In den letzten Tagen hatte er sich ziemlich stark nach Synn und den Kindern gesehnt, eine ganze Woche ohne sie, das war einfach zu lange.

Verdammt viel zu lange. Ein paar Stunden Trennung würden eigentlich reichen.

Aber es war etwas dran an dem, was Rooth da vor sich hinfaselte, das war nicht zu leugnen. Sie *hatten* etwas übersehen. Oder war ihnen etwas unterschlagen worden? Vielleicht war das der bessere Begriff dafür. G. war fünfzehn Jahre lang in einer Art verborgener Agenda versteckt gewesen – natürlich nicht in seiner eigenen, sondern in der des *Kommissars* – und als sie jetzt endlich Witterung aufgenommen und dann mit seinem Selbstmord konfrontiert worden waren, da war das ein Gefühl wie … ja, was für ein Gefühl war das?

Als hätte ihnen jemand die Pralinen vom Teller weggeschnappt?, dachte Münster. Ja, genau, als wären sie *beraubt* worden.

Nämlich der Befriedigung, ihn sich vorzuknöpfen und zur Rede zu stellen. Zuzusehen, dass Jaan G. Hennan seine gerechte Strafe bekam.

Eine durchaus verständliche und berechtigte Reaktion, oder etwa nicht? Dieses Gefühl, dass es einfach gemein war.

Gleichzeitig gab es ja die Tatsache, dass sie den alten Mordfall nicht gelöst hatten. Wie es eigentlich dazu gekommen war, dass Barbara Hennan auf dem Grund dieses Swimmingpools in Linden landete – dieses Geheimnis hatte G. mit sich ins Grab genommen. Dass er es gewesen war, der den armen Maarten Verlangen erschossen hatte, davon konnten sie wohl ausgehen, aber wie man es auch drehte und wendete, der Linden-Mordfall war ungelöst. Und würde es wohl auch bleiben, wie anzunehmen war. Für alle Zeiten.

Eigentlich war es wohl kaum ein Rätsel, ging Münster weiter mit sich zu Rate, während Rooth mit halb geschlossenen Augenlidern neben ihm hockte. Hennan hatte einen Mörder gedungen, sie hatten ihn nie erwischen können, und jetzt, wo sein Auftraggeber von dieser Welt verschwunden war, konnte dieser Mörder sich natürlich sicher fühlen, niemals entdeckt zu werden.

Aber das brachte diese Branche wohl mit sich. Gewisse Verbrecher bekam man nie zu fassen, und gewisse Fragen wurden nie beantwortet. Das war ärgerlich, aber man musste lernen, damit zu leben.

»Vielleicht ist es auch nur dieser Kretin G., der mich so irritiert«, knüpfte Rooth an seinen früheren Gedanken an. »Weißt du, was ich am liebsten mit dem machen würde?«

»Nein«, antwortete Münster.

»Na, das Gleiche wie mit Jesus.«

»Jesus?«

»Ja. Ihn für ein paar Tage wiederauferstehen lassen. Ihn

dann ohne jede Gnade verhören und anschließend wieder unter die Erde bringen. Einfach nur, um diesen Satan zu quälen. Das geschähe ihm recht.«

Interessante Bibelinterpretation, dachte Münster und konnte ein Schmunzeln nicht unterdrücken.

»Eine gute Idee«, sagte er. »Jedenfalls stehst du zu deinen abscheulichen Motiven, das ist gut.«

»Ich bin ein ziemlich abscheulicher Mensch«, seufzte Rooth. »Im tiefsten Inneren. Ich weiß, dass mein ritterliches Auftreten die Menschen blenden kann, aber wenn ich ehrlich bin, so ist es doch so, dass …«

Die Kellnerin kam mit der Rechnung, und Rooth unterbrach seine Selbstbekenntnisse. Sie bezahlten und verließen das Restaurant. Im Fahrstuhl auf dem Weg zu ihren Zimmern nahm sich der Inspektor noch einmal das Unterbewusstsein vor.

»Weißt du, diese Sache, an die ich mich nicht mehr erinnern kann«, sagte er. »Es muss etwas damit zu tun haben, als wir ihn gefunden haben … als wir in Nolans Villa gelaufen sind, meine ich.«

»Wieso?«, wollte Münster wissen. »Warum muss es damit was zu tun haben?«

»Wie du selbst gesagt hast. Das war doch das einzige Mal in dieser Woche, dass wir es eilig hatten.«

Münster überlegte, gab aber keinen Kommentar dazu ab.

Stattdessen gähnte er, schloss seine Tür auf und wünschte Inspektor Rooth schöne Träume.

48

Er kam wieder zu Bewusstsein.

Wachte nicht richtig auf, die Außenwelt schob sich nur wie ein dünner Streifen in sein Gehirn. Mehr war es nicht.

Vielleicht war es auch gar nicht die Frage irgendeiner Außenwelt. Vielleicht waren es nur Reflexe seines eigenen Körpers, spröde, ungeschliffene Signale in der Dunkelheit und Trägheit. Sein Kopf schmerzte. Die Zunge klebte ihm am Gaumen. Die Müdigkeit in Armen und Beinen war betäubend.

Er lag auf einer Art hartem Sofa in einer Stellung, die schrecklich unbequem war.

Auf der linken Seite. Die Hände fest auf dem Rücken zusammengebunden. Die Füße ebenfalls zusammengebunden. Die Fußknöchel schrammten aufeinander. Der grobe Stoff roch nach Staub, eine Woge von Übelkeit stieg in ihm auf.

Dunkel. Er öffnete die Augen für den Bruchteil einer Sekunde einen Millimeter weit und sah, dass es außerhalb von ihm ebenso dunkel war wie in ihm.

Er sank zurück.

Eine gewisse Zeit später wachte er wirklich auf. Müdigkeit hing immer noch an ihm, aber die Frau stand in einer hellen Türöffnung und sprach mit ihm.

Sagte ihm etwas, gab ihm Anweisungen.

Kam zu ihm und stellte etwas auf den Tisch, direkt vor seinem Gesicht.

»Kaffee.«

Das war das erste Wort, das er erfassen konnte.

»Setz dich hin. Trink den Kaffee.«

Er öffnete die Augen, schloss sie wieder. Das tat weh. Er sog den Kaffeeduft mit den Nasenflügeln auf.

»Setz dich hin.«

Das erschien einfach lächerlich unmöglich, aber als er das Manöver dennoch ausführte, weckten ihn die Schmerzen im Steißbein.

»Ich kann nicht ...«

Die Stimme versagte, er begann noch einmal.

»Ich kann nicht mit auf dem Rücken gefesselten Händen trinken.«

»Es ist ein Strohhalm in der Tasse.«

Er beugte sich vor und trank.

Ich lebe noch, dachte er.

Wozu immer das auch gut sein soll.

Er zog die Arme nach links und konnte so auf die Uhr sehen.

Viertel nach fünf. Am Morgen, höchstwahrscheinlich. Es musste eine lange Zeit vergangen sein. Der Raum, in dem er die letzten sechzehn Stunden verbracht hatte, war offensichtlich eine Art Gerümpelkammer. Ein Schuppen für alte, ausgediente Möbel, aber gleichzeitig eine Verbindung zwischen dem Haus selbst und der Garage. Er registrierte das mit einer Art widerwilliger Automatik, es betraf ihn nicht.

Und zu eben dieser Garage beorderte sie ihn, als er ausgetrunken hatte. In Schlusssprüngen, schmerzlich unbeholfenen Schlusssprüngen und mit dem Problem, das Gleichgewicht zu halten. Er war gezwungen, sich an Möbeln und der Wand abzustützen. Schmerzen im ganzen Körper.

Hoffentlich lässt sie mich zumindest einigermaßen in Würde sterben, dachte er. Die ganze Zeit drohte ein schwarzer Vorhang sich über seine Augen zu senken. Eine unterschwellige Übelkeit hielt ihn bei Bewusstsein.

Er erblickte seinen blauen Opel. Sie musste sie bewegt haben, dachte er. Die Wagen. Hatte offensichtlich den Rover und den Japaner auf die Straße gefahren, um seinen Opel in die Garage zu stellen.

Dazu hatte sie ihm wohl seinen Schlüssel aus der Tasche genommen, während er schlief.

Er versuchte zu überprüfen, ob das wirklich der Fall war, kam aber mit den Händen nicht so weit. Auf jeden Fall war das ein Zeichen, dass sie nichts dem Zufall überließ.

Das war nicht ihre Art. Das war ihm inzwischen schon allzu klar geworden.

In letzter Sekunde, wie man meinen konnte.

Die Gedankenarbeit ließ die Kopfschmerzen wieder stärker werden. Er holte mit offenem Mund tief Luft und betrachtete sein Auto. Registrierte, dass der Kofferraum offen stand.

»Bitte schön.«

Er starrte sie an. Starrte die Pistole an.

»Da rein?«

Sie nickte.

»Wir fahren nicht weit.«

»Und wenn ich mich weigere?«

»Dann erschieße ich dich gleich.«

Er dachte kurz nach.

Dann duckte er sich unter den Kofferraumdeckel und kletterte hinein.

Das Sofa war deutlich bequemer gewesen.

Alles ist relativ, dachte er.

Konnte auch der Tod relativ sein? Schon möglich.

Einige Momente lang beschäftigte er sich mit dem Gedanken, ob er nicht versuchen sollte, herauszukommen. Dann sah er ein, wie vergeblich das wäre. Er hatte das Gefühl, bereits begraben zu sein, in diesen engen Kofferraum gepfercht. Ein Geruch nach Schmutz. Nach Öl und Frostschutzmittel … er erinnerte sich daran, dass er irgendwann im letzten Winter einen halben Liter verschüttet hatte, es war noch zu riechen.

Kohlrabenschwarz und schwer zu atmen, ein Druck auf der Brust … Schwierigkeiten, sich zu bewegen, und dann noch die Hände auf dem Rücken gefesselt. Es gab keine Möglichkeit, sie frei zu bekommen. Und selbst wenn es die gegeben hätte – man konnte die Klappe von innen wahrscheinlich gar nicht öffnen, oder?

Sie setzte auf die Straße zurück und hielt an. Ließ den Motor laufen. Er hörte, wie sie die Fahrertür öffnete und ausstieg. Überlegte, ob er schreien sollte, verwarf aber auch diesen Gedanken wieder. Zu dieser Tageszeit gab es keine Menschenseele auf der Straße, und dass jemand ausgerechnet jetzt vorbeikommen und seine gebrochene Stimme hören sollte … lächerlich, wie gesagt. Er hatte keine Lust, sich zum Narren zu machen. Hier zu liegen und um Hilfe zu rufen, das wäre das Letzte.

Er hörte, wie ein anderer Wagen startete. Begriff, dass sie die Ordnung wieder herstellte. Den Rover in die Garage, den Japaner auf die Auffahrt. Den fremden Opel weg aus den Augen der Nachbarschaft.

Nein, nichts wurde dem Zufall überlassen, wie schon gesagt.

Er versuchte, seine Position zu verändern, eine zu finden, die ein wenig erträglicher wäre, aber auch das war sinnlos. Stattdessen scheuerte er mit der Wange gegen etwas Raues, das hervorstach, gab auf und begann, an Erich zu denken.

Das war sonderbar. Aus irgendeinem Grund hatte er die Vorstellung, sein Sohn sähe ihn genau in diesem Augenblick.

Nicht Ulrike, nicht Jess.

Nur Erich und niemand sonst.

Es war schwer zu sagen, wie lange die Fahrt dauerte. Die Dunkelheit, sowohl die innere wie auch die äußere, ließen ihn abstumpfen. Der Schmerz in den Lendenwirbeln wurde immer stärker, er fragte sich, ob er noch aufrecht würde stehen können. Die Schultern und Oberarme wurden gefühllos, und der Kopf schien zu explodieren.

Eine Viertelstunde vielleicht? Er schätzte, dass es nicht länger war. Also ein Stück außerhalb der Stadt. Zehn, fünfzehn Kilometer, die letzte Strecke war uneben und holprig, wahrscheinlich ein schmalerer Weg durch einen Wald oder über einen Acker.

Sie hielt an. Er hörte, wie die Fahrertür geöffnet und wieder zugeschlagen wurde. Dann verging eine Minute, bis die Kofferraumklappe geöffnet wurde.

Er drehte den Kopf und blinzelte ins Licht. Scheuerte sich wieder die Wange auf, fast an derselben Stelle. Sein Blick wanderte ein paar Mal zwischen der Pistolenmündung und ihrem Gesicht hin und her.

Reden, dachte er. Je länger es mir gelingt, mit ihr zu reden, umso länger habe ich zu leben.

»Steig aus.«

Sie wedelte mit der Waffe. Er brauchte eine Weile, um heraus und auf die Füße zu kommen. Und noch länger, den Rücken zu strecken. Er schaute sich in dem schwachen Dämmerlicht um. Wald in alle Richtungen, genau wie er gedacht hatte, sie waren auf einem Weg hergefahren, der nur aus zwei Reifenspuren mit einem hohen Grasstreifen in der Mitte bestand.

Überwiegend Buchen, hier und da andere Bäume. Espen und Nadelbäume. Ziemlich hügelig, er nahm an, dass sie Richtung Osten gefahren war. Als er vorsichtig die Luft einsog, meinte er, einen Hauch von Meer riechen zu können.

Obwohl das Einbildung sein konnte. Vielleicht wollte er in so einem Augenblick das Meer einfach nur spüren.

»Das wird Ihnen nicht glücken«, sagte er.

»Ich schlage vor, dass wir uns duzen.«

»In Ordnung. Du wirst damit nicht davonkommen.«

»Blödsinn. Du selbst bist derjenige, der nicht davonkommen wird.«

Es klang, als wäre sie von dem, was sie sagte, überzeugt. Ihm kam der Gedanke, dass es jetzt nur noch die Frage von Sekunden war, aber da sah er, dass sie einen Spaten in der Hand hatte, und ahnte, dass sie andere Pläne hatte.

»Leg dich auf den Bauch.«

Umständlich ging er in die Knie und ließ sich vornüber kippen.

»Das Gesicht zum Boden.«

Er gehorchte. Sein Rücken schrie. Mit zwei schnellen Schnitten durchtrennte sie das Seil. Sowohl an den Händen als auch an den Füßen.

Das ist der Moment, dachte er. Der Moment, in dem ich eine Chance gehabt hätte. Wenn ich noch dreißig wäre.

Aber es dauerte eine Weile, das Seil abzuwickeln und sich von ihm zu befreien, und als er wieder auf den Beinen war, da stand sie in zwei Metern Entfernung und hatte die volle Kontrolle über die Situation.

»Los.«

Sie zeigte die Richtung durch Kopfnicken und ein Zeichen mit der Pistole an. Er streckte vorsichtig den Rücken, so dass die Blockade sich lockerte, und begann, die leichte Steigung hinaufzugehen.

Ein wenig dichtere Vegetation. Etwas mehr Unterholz. Er begann zu verstehen, was sie vorhatte.

Er begann zu verstehen, wer sie war.

»Hier ist es gut.«

Er blieb in der kleinen Mulde stehen und schaute sich um. Nicht mehr als zehn Meter Sicht in alle Richtungen. Die Morgendämmerung hatte die Nacht noch nicht besiegt. Jedenfalls nicht vollkommen. Einzelne Vögel waren zu hören, aber nur wie vereinzelte Lautfetzen in der Stille. Kein Wind. Noch eine gewisse übrig gebliebene Nachtkühle und dünne Nebelstreifen, die sich langsam hoben. Er nahm an, dass es noch keine sechs Uhr war – machte sich aber nicht die Mühe, das zu überprüfen. Spürte, wie die Müdigkeit ihn wieder überkam.

Ich stehe immer noch unter Drogen, erinnerte er sich. Zuckte zusammen, als sie ihm den Spaten vor die Füße warf.

»Grab!«

Er schaute sie an.

»Und wenn ich mich weigere?«

Das habe ich schon mal gesagt, dachte er. Habe ich keine besseren Fragen?

»Dann erschieße ich dich und grabe selbst.«

»Du wirst damit nicht davonkommen.«

»Ich werde nicht davonkommen, wenn ich dich leben lasse.«

Er überlegte. Es war nicht schwer, ihre Argumente zu verstehen. Natürlich musste sie ihn töten.

»Linden?«, fragte er. »Du bist mir zumindest eine Erklärung schuldig.«

Sie betrachtete ihn blinzelnd und hob die Waffe, so dass sie direkt zwischen seine Augen zielte. Stand ein paar Sekunden lang absolut still, dann senkte sie sie um einige Zentimeter.

»Fang an.«

Er begriff, dass das eine Art Abmachung war, und ergriff den Spaten. Schaute sich nach einem geeigneten Platz um.

Geeignet?, fragte er sich selbst. Wo will ich liegen?

»Wo ist Osten?«, fragte er.

»Warum willst du das wissen?«

»Ich will mit dem Kopf in der Richtung liegen.«

Sie lachte laut auf.

»Da.«

Er nickte. Suchte sich eine Stelle aus, von der er annahm, dass sie am weichsten war. Wenn ich schon mein eigenes Grab buddeln muss, dachte er, dann will ich mich nicht auch noch mit jeder Menge Wurzeln und Steinen herumquälen. Das wäre … unwürdig.

»Linden«, erinnerte er sie und stieß den Spaten in die Erde.

Sie setzte sich auf einen umgefallenen Baumstamm, zwei Meter von ihm entfernt, und zündete eine Zigarette an – genau wie beim letzten Mal nur mit einer Hand und ohne ihn auch nur eine Sekunde mit dem Blick oder der Pistole aus den Augen zu lassen.

»Was willst du wissen?«, fragte sie.

49

Rooth wurde von den Kirchenglocken geweckt.

Zumindest glaubte er – eine schöne, hoffnungsvolle Sekunde lang –, dass es Kirchenglocken waren. Er hatte von seiner eigenen Hochzeit mit einer sanft olivfarbenen Frau namens Beatrice geträumt – sie hatte ziemlich viele Züge mit seiner alten Klassenkameradin aus dem Gymnasium, Belinda Freyer, gemeinsam, in die er verliebt war, so lange er sich erinnern konnte – und irgendwann während der Zeremonie, mit brechend voller Kirche, jubelnden Engelchören und der Braut in Weiß, da klingelte das Telefon.

Er tastete über den Nachttisch, schaltete eine Lampe an und stellte fest, dass es nicht später als 6.15 Uhr war.

Wer zum Teufel ruft denn um Viertel nach sechs Uhr morgens an?, dachte er.

Und was bedeutet es bitte schön, wenn man um diese Uhrzeit von Kirchenglocken träumt?

Er stellte fest, dass das Telefon hinten auf dem kleinen Schreibtisch stand. Er warf die Bettdecke zur Seite und stand auf, und genau in dem Moment, als er gleichzeitig Münsters Stimme im Hörer vernahm und sein eigenes kreideweißes Gesicht im Spiegel über dem Tisch erblickte – genau in dieser winzigen Sekunde –, fiel ihm das fehlende Glied ein, das er seit ein paar Tagen im Hinterkopf hatte.

Dieses Detail.

Es wurde ihm schwarz vor Augen.

»Warte mal eben«, sagte er zu Münster.

Er beugte sich vor und kam wieder ins Gleichgewicht.

»Was ist denn mit dir?«

»Tut mir Leid«, sagte Rooth. »Mir war nur eben schwindlig. Ich bin wohl zu schnell hochgekommen ...«

»Ach so«, sagte Münster. »Ja, ich weiß, es ist noch verdammt früh, aber wir haben ein Problem.«

»Was?«, fragte Rooth. »Ein Problem?«

»Van Veeteren ist nicht in Maardam angekommen. Es scheint ... ja, es scheint, als wäre ihm etwas zugestoßen.«

Rooth starrte erneut sein eigenes Gesicht an. Es war kein schöner Anblick, aber in diesem Moment war ihm das gleich.

»Der Hauptkommissar?«, fragte er nach. »Ist nicht nach Hause gekommen? Was sagst du da?«

»Bausen hat vor einer Viertelstunde angerufen«, fuhr Münster fort. »Er hat mit Ulrike Fremdli in Maardam gesprochen ... es muss etwas passiert sein. Er ist gestern kurz nach Mittag hier losgefahren, alle Krankenhäuser und so sind schon überprüft worden. Er ist ... ja, ganz einfach verschwunden.«

Rooth spürte, wie die Synapsen in seinem Gehirn einander suchten. Das war ein Graben und Wühlen nach Zusammenhalt. Van Veeteren verschwunden ... und dann diese plötzliche Einsicht dahingehend, was er gesehen hatte, dessen Reichweite er aber nicht sofort begriffen hatte ...

Konnte das ...?

Warum sollte ...?

Das Graben und Wühlen hielt inne und zeigte eine Botschaft.

»Verdammter Scheiß«, sagte er. »Lass mich einen Moment nachdenken ... ich glaube, ich bin da auf was gekommen.«

»Auf was gekommen?«

Münster klang zweifelnd.

»Ja.«

»Dann sieh zu, dass du es ausspuckst! Das hier ist langsam wie ... ich weiß nicht, womit ich es vergleichen soll.«

»Komm in zwei Minuten zu mir, dann werde ich es dir erklären«, sagte Rooth. »Verdammte Kacke!«

Anschließend legte er auf und überprüfte noch einmal seine Gesichtsfarbe im Spiegel.

Machte dann eine äußerst kurze Morgentoilette und zog sich an.

»Mir ist übel«, sagte Münster. »Das darf doch alles nicht wahr sein. Ich kann kaum sagen, ob ich träume oder wache.«

»Zumindest bist du angezogen«, sagte Rooth. »Dann können wir doch erst einmal davon ausgehen, dass wir beide wach sind.«

»Okay. Was war das also, worauf bist du gekommen?«

Rooth knöpfte umständlich sein Hemd zu und zog sich die Schuhe an, bevor er antwortete. Münster betrachtete ihn ungeduldig. Überlegte eine verrückte Sekunde lang, ihm dabei zu helfen, ließ es dann aber doch bleiben.

»Frau Nolan«, sagte Rooth. »Da stimmt was nicht mit Elizabeth Nolan.«

»Wieso nicht?«

»Ich habe dir doch erzählt, dass da irgendwas in meinem Hinterkopf war, und als du angerufen hast, da ist es mir wieder eingefallen.«

»Als ich angerufen habe?«

»Genau da, ja. Ich bin aus dem Bett gesprungen, um ranzugehen, und mir wurde schwarz vor Augen. Aber ich habe es noch geschafft, mein Gesicht im Spiegel zu sehen. Es war weiß ... oder fast grau.«

»Ja?«, fragte Münster verständnislos. »Und?«

»Und da ist mir Frau Nolan eingefallen. Als sie aus dem Haus gelaufen kam ... nachdem sie ihren Mann tot in der Badewanne gefunden hatte. Moerk und ich, wir saßen da doch ...«

»Das weiß ich«, unterbrach ihn Münster. »Was stimmte denn nun nicht?«

Rooth räusperte sich.

»Die Farbe«, sagte er.

»Die Farbe?«

»Ja, die Farbe. Sie kippte um und blieb auf dem Rasen liegen ... ich habe schnell nach ihr gesehen, bevor ich ins Haus gelaufen bin. Sie war ganz rot im Gesicht.«

»Ja, und?«

»Ja, und? Mehr hast du dazu nicht zu sagen? Ich muss zugeben, du enttäuschst mich. Wie kann man rot im Gesicht sein, wenn man in Ohnmacht fällt? Wenn das Blut aus dem Kopf fließt, dann wird man verdammt noch mal blass!«

Münster starrte ihn drei Sekunden lang an. Rooth starrte zurück.

»Dann meinst du also ...?«

»Ich meine, dass sie gespielt hat. Sie ist kein kleines bisschen in Ohnmacht gefallen. Da stimmt etwas nicht mit Elizabeth Nolan, und wenn Van Veeteren jetzt verschwunden ist, dann kann es sehr gut sein, dass ...«

»Mein Gott!«, rief Münster aus und holte sein Handy aus der Tasche. »Das würde ja bedeuten, dass ...«

Er brachte seinen Gedankengang nicht zu Ende. Verstummte und wählte die Nummer von Bausen. Bekam nach nur einem Freizeichen Kontakt, konnte sich aber noch selbst fragen, warum er eigentlich Bausen und nicht deKlerk angerufen hatte.

Vielleicht war das einfach die Nummer, die noch frisch gespeichert war nach dem Gespräch vor zwanzig Minuten?

Oder lag es noch an etwas anderem?

Es dauerte nicht lange, Bausen zu informieren. Münster erklärte, dass er selbst und Rooth im Begriff waren, sich in die Wackerstraat zu begeben, und er bat Bausen, deKlerk und Inspektorin Moerk zu informieren.

Bausen klang genauso verblüfft, wie Münster sich selbst fühlte.

Man nahm also an, dass Van Veeteren zu Elizabeth Nolan gefahren sei, statt sich nach Maardam aufzumachen?, wollte er wissen. Das wollten sie damit sagen?

Münster antwortete, dass sie keine Ahnung hatten, ob es wirklich so war oder was sonst passiert sein könnte – und fühlte gleichzeitig, während er diese Worte aussprach, wie ihn eine Art von Frostschauer durchfuhr, der so stark war, dass er sich für einen Augenblick einbildete, er hätte einen Herzinfarkt.

Dann begriff er, dass das nur etwas Mentales gewesen war – trotz allem war er noch nicht einmal fünfzig –, verabschiedete sich von Bausen und legte den Hörer auf.

Rooth war fertig angezogen und bereit zu gehen.

»Erklär mir mal, was das hier eigentlich zu bedeuten hat«, sagte Münster. »Ich meine, wenn du Recht hast. Bedeutet das, dass ... dass Jaan G. Hennan keinen Selbstmord begangen hat, oder was willst du eigentlich damit sagen?«

»Ich will gar nichts damit sagen«, sagte Rooth. »Ich versuche nur, endlich loszukommen, um nachzuschauen, wie es bei den Nolans so steht. Kapierst du? Und willst du jetzt mitkommen oder wieder ins Bett gehen?«

»Okay«, nickte Münster. »Worauf warten wir noch?«

50

So langsam beginne ich zu begreifen, dass ein bestimmter Plan dahinter steckte.«

Sie rauchte und schien immer noch zu überlegen, ob sie mit ihm reden sollte oder nicht. Van Veeteren wartete ab.

»Zum Teil«, sagte sie schließlich.

»Mehr als bei Philomena McNaught?«

Sie erlaubte sich ein leichtes Lächeln, und plötzlich, durch diesen unfreiwilligen Spalt, sah er sie. Ganz und gar, von außen und von innen ... als wäre es ihr immer noch, bis jetzt, gelungen, ihre Verkleidung zu behalten. Das war sonderbar.

Lady Macbeth, dachte er. Schön, Sie kennen zu lernen.

»Graben«, erinnerte sie ihn. »Wenn ich dir einiges erklären soll, dann erwarte ich wenigstens, dass du währenddessen arbeitest.«

»Natürlich.«

Er begann damit, die Abgrenzungen abzumessen. Stach ein längliches Rechteck mit der Spatenspitze ab ... zwei Meter mal sechzig Zentimeter, so ungefähr. Sah ein, dass das eine Weile dauern würde. Zwanzig Minuten, vielleicht eine halbe Stunde.

Die abgemessene Zeit.

Wenn sie nicht vorher die Geduld verlor und ihn erschoss.

»Es tut mir Leid, dass ich ihn habe töten müssen«, sagte sie. »Das war euer Fehler ... euer und der dieses verfluchten Detektivs. Aber er ist irgendwie weich geworden.«

Ach ja?, dachte er. Also doch das Bedürfnis, zu erklären.

»Weich geworden? Hennan?«

»Ja. Mit den Jahren.«

Er überlegte.

»Männer werden etwas weicher«, sagte er. »Gewisse Frauen auch, wie ich annehme. Aber wenn du um eines deiner Opfer nicht trauern musst, dann doch wohl um deinen Mann?«

Sie betrachtete ihn mit einem Gesichtsausdruck, den er nicht deuten konnte.

Gleichgültigkeit? Oder allgemeine Menschenverachtung?

Oder überlegte sie einfach nur, ob sie den Druck des Zeigefingers auf den Abzug ein wenig erhöhen sollte? Er fand, es sah so aus. Jetzt, dachte er. Jetzt ist es also soweit.

Aber nichts geschah.

»Bilde dir bloß nichts ein«, sagte sie nach einer Weile. »Bilde dir verflucht noch mal nichts ein. Wenn du mit Tricks anfängst, bringe ich dich auf der Stelle um.«

Einen Moment lang versuchte er, sich vorzustellen, wie es wohl war, wenn die Kugel in ihn eindrang.

Der Schmerz. Natürlich ein kurzer, weiß glühender Schmerz, aber dann? Wie würde er sich verbreiten, wie fortpflanzen, und würde er noch das Bewusstsein verlieren, bevor er wirklich tot war?

Würde alles nach einer Sekunde oder nach fünf Sekunden vorbei sein?

Er schob diese Gedanken beiseite. Es gab absolut keinen Grund, das zweimal durchzumachen.

»Linden?«, wiederholte er hartnäckig. »Wie ist es damals abgelaufen?«

Sie ließ die Zigarettenkippe auf den Boden fallen und trat sie in der weichen Erde aus. Wechselte ihre Position auf dem Baumstamm. Wenn ich ihr nahe genug kommen kann, dachte er, dann könnte ich einen Ausfall mit dem Spaten machen.

Mit der Chance eins zu hundert, aber bessere Prognosen werde ich nie kriegen.

»Das war eine Hure«, sagte sie. »Sie hieß Betty Fremdel, wir haben sie aus Hamburg geholt.«

»Aus Hamburg?«

»Ja. Es war natürlich notwendig, ins Ausland zu gehen, um nicht zu riskieren, dass man irgendwelche Zusammenhänge herstellte. Wir haben ein paar Wochen dort oben verbracht, bevor wir sie gefunden haben. Aber da läuft ja so einiges rund um den Hauptbahnhof ... auch einige, die nicht drogenabhängig sind, zumindest war es zu der Zeit so. Und als wir sie uns ausgesucht haben, da war es ganz einfach.«

»Womit habt ihr sie gelockt?«

»Mit Filmaufnahmen. Pornofilm natürlich. Keine Details, aber gut bezahlt ... sehr gut bezahlt. Und natürlich volle Diskretion, sie durfte niemandem erzählen, worum es ging oder wohin sie fahren würde ... das wusste sie übrigens selbst nicht. Nur, dass sie für ein paar Tage mitkommen sollte, um Aufnahmen zu machen.«

Sie machte eine Pause und dachte nach.

»Ich habe sie in Oostwerdingen abgeholt und bin dann mit ihr nach Linden gefahren. Ich habe eine blonde Perücke getragen, sie hat nie begriffen, wie ähnlich wir uns sahen ... ich hatte dafür gesorgt, mein Haar in dem gleichen blöden Rotton zu färben wie sie ihrs ... habe mir sogar das gleiche Tattoo auf den Arm machen lassen, nein, wie gesagt, es gab keine größeren Probleme. Und wir haben ja einen Monat gewartet, bevor wir alles in Szene gesetzt haben.«

Wieder verstummte sie. Van Veeteren dachte über das nach, was sie gesagt hatte, ihm fiel aber kein passender Einwand ein.

»Sie durfte ein paar Stunden lang im Haus herumlaufen, etwas trinken und ihre Fingerabdrücke hinterlassen. Dann sind wir schließlich auf den Turm geklettert, wo wir ein paar Einstellungen drehen wollten ... wir hatten da oben eine Kamera hingestellt. Sie hat sich ausgezogen und den Badeanzug angezogen. Ich habe mich hinter die Kamera gestellt und so getan, als würde ich filmen, und während sie da stand und die Beine breit machte, da habe ich sie runtergeschubst. Tja, und dann bin ich runtergestiegen und habe nachgesehen, ob sie auch tot war, bin dann weggefahren und habe mich versteckt gehalten. Es gab natürlich nie jemanden, der daran zweifelte, dass ich es war, die da unten auf dem Beckenboden gelandet ist. Oder?«

Van Veeteren streckte den Rücken.

Scheiße, dachte er. So verdammt einfach. So ausgekocht simpel. Konnte das wirklich möglich sein?

»Oder?«, wiederholte sie.

Er musste zugeben, dass es möglich sein konnte. Erinnerte sich daran, dass sie versucht hatten, Röntgenbilder von den Zähnen aus den USA zu bekommen, aber nie eine Antwort erhalten hatten. Zumindest soweit er sich erinnerte. Nein, sie hatte Recht, niemand hatte daran gezweifelt, dass es Barbara Hennan war, die in diesem verfluchten Schwimmbecken lag. Keiner von ihnen.

Und deshalb sollte er sterben?

Nach fünfzehn Jahren Grübeln hatte er jetzt die Lösung des Falls G. Er hatte den Mörder selbst gefunden, und der Preis dafür war sein eigenes Leben.

Es schien, als bestünde eine Art Gerechtigkeit darin.

Zumindest eine Logik.

»Und die Identifikation?«, fragte er dennoch, in erster Linie, um das Gespräch am Laufen zu erhalten.

Sein letztes Gespräch.

»Du erinnerst dich doch sicher noch daran«, sagte sie. »Ich persönlich war ja nicht anwesend, aber laut meinem Gatten lief alles wie geplant. Da er sofort jeden Verdacht auf sich gezogen hat, tauchte nie die Frage nach der Identität der Leiche auf. Verlangen hat alles mit Haut und Haaren gefressen ... wir hatten uns ja gedacht, er könnte auch noch bei der Identifizierung helfen, aber das war gar nicht nötig. Es genügte, dass es Jaan und diese widerliche Nachbarin taten.«

»Ja, jetzt fällt es mir wieder ein«, gab Van Veeteren zu. »Frau

Trotta. Aber dafür hat er dich fünfzehn Jahre später identifiziert? Verlangen, meine ich.«

Sie gab ihm mit einem Zeichen zu verstehen, dass er weitergraben sollte, und er ergriff den Spaten von Neuem. Die oberste Schicht hatte er inzwischen abgetragen. War einige Zentimeter tief gelangt und bisher noch auf keine unmögliche Wurzel oder größeren Steine gestoßen. Es wird zu sehen sein, dass hier gegraben wurde, dachte er. Vielleicht werden sie mich eines schönen Tages finden und umbetten.

»Ja, das hat er«, bestätigte sie. »Dieser Idiot. Das hat ihn und noch zweien das Leben gekostet … und davon wird sie auch nicht wiederauferstehen, diese Hure. Siehst du irgendeinen Grund, warum er darin wieder herumbohren musste?«

Kurz sah Van Veeteren vor sich, wie er einmal mit Bausen über irgendetwas gesprochen hatte. Während der Ermittlungen im Axtmörderfall, vor neun Jahren.

Über Gleichungen, die man nicht lösen musste.

Schachpartien, die man nicht zu Ende spielen sollte.

Bausen hatte gemeint, dass es eine ganze Menge solcher Phänomene gäbe, und das müsste man einfach akzeptieren. Was ihn selbst betraf, so war er unsicher gewesen.

Und jetzt stand er also mit der Lösung des Falles (der Gleichung? der Schachpartie?) G. in der Hand da, und die Antwort war mit seinem eigenen Tod verwoben. Ebenso wie mit dem von Verlangen und G.s eigenem.

Wie gesagt, es lag eine gewisse Logik darin. Eine zwingende Notwendigkeit in einem diabolischen Muster.

Oder aber ein ganz triviales Muster? Und das ganz banale Böse. Warum das eine oder andere überbewerten?

»Ich habe ihn gehasst«, erklärte er. »Deinen Mann, meine ich. Du weißt sicher, dass er seine kleine Schwester fünf Jahre lang vergewaltigt hat? Außerdem hat er einen Jungen getötet, als wir noch zur Schule gingen.«

Aus irgendeinem Grund erschien auch das zwingend notwendig. Darüber zu sprechen.

Sie reagierte nicht. Zumindest konnte er nichts aus ihrer Miene ersehen. Und er erinnerte sich daran, dass er hier mit Lady Macbeth zusammenstand und sich unterhielt. Vielleicht hatte sie von der kleinen Schwester gewusst, vielleicht auch nicht.

»Mein Mann hat dich nicht gehasst«, sagte sie nach einer Weile des Schweigens. »Hatte nur Verachtung für dich übrig, genau wie ich. Du brauchst gar nicht zu glauben, dass du mit diesem Geschwätz irgendwas wirst gewinnen können.«

»Hast du Philomena McNaught auch getötet? Oder war er es?«

Plötzlich sah sie ihn höhnisch an. Höhnisch wie eine schlechte Schauspielerin bei einem missglückten Vorsprechen.

»Gemeinsam«, sagte sie. »Das haben wir gemeinsam gemacht. Es war eine schreckliche Frau. Grab weiter, ich habe keine Lust, noch länger zu warten.«

Er überlegte einen Moment lang. Dann tat er, was sie gesagt hatte.

Münster bremste, stellte den Motor ab und sprach ein lautloses Gebet. Er warf Rooth einen Blick zu, der während der sechs Minuten langen Fahrt von See Wharf zur Wackerstraat die meiste Zeit nur dagesessen und an den Nägeln gekaut oder ihn gebeten hatte, doch schneller zu fahren.

Rooth nahm die Finger aus dem Mund und öffnete die Wagentür.

»Keine Verzögerungen«, sagte er. »Nun mach schon!«

Sie gingen nebeneinander über die Steinplatten, die zur Haustür führten. Münster konnte nirgendwo ein Lebenszeichen entdecken, bis auf die leichte Übelkeit, die in ihm pulsierte. Aber kein äußeres – abgesehen von einem blassen, frühen Herbstmorgen, dämmerungsgrau, lau und ohne Wind.

Ein Morgen wie so viele im Leben. Er nahm an, dass die Leute nach und nach auch in diesem wohl situierten Viertel wach wurden. Es war jetzt fast sieben Uhr, sicher stand so mancher Villenbesitzer unter der Dusche, während so manche Villenbesitzerin am Frühstückstisch saß, die Zeitung vor sich aufgeschlagen, und versuchte, Energie für einen neuen Tag zu schöpfen. Wieder einen.

Wie es um das Nolansche Haus stand, das zu beurteilen war nicht so einfach, aber Rooth drückte einfach mit dem Zeigefinger auf die Türklingel und ließ ihn dort fünf Sekunden liegen – was ja wohl auf jeden Fall irgendeine Reaktion nach sich ziehen sollte.

Aber dem war nicht so. Münster und Rooth starrten abwechselnd einander und die braun gebeizte Tür an, während sie warteten. Aber nichts geschah.

Rooth versuchte es noch einmal.

Er trampelte nervös von einem Fuß auf den anderen und wartete noch ein paar Augenblicke.

»Niete«, sagte Münster. »Entweder sie ist nicht zu Hause, oder sie will uns nicht sehen. Was machen wir?«

Rooth wollte gerade noch einmal klingeln, zögerte dann aber.

»Ich weiß es nicht«, sagte er. »Was denkst du?«

Münster versuchte, mit den Schultern zu zucken, merkte aber, dass sein Körper so angespannt war, dass es nicht ging.

»Wir könnten bei den Nachbarn nachfragen«, schlug er vor. »Ob die was gesehen haben, meine ich.«

»Was sollen die denn gesehen haben?«

»Na, den *Hauptkommissar* natürlich ... oder jedenfalls seinen Wagen. War das nicht unsere Frage?«

Rooth sah plötzlich ganz resigniert aus.

»Doch, ich denke schon. Aber wir können jetzt doch nicht Klinken putzen gehen. Ich finde, wir sollten reingehen.«

»Reingehen?«, fragte Münster und drückte vorsichtig die Klinke herunter. »Es ist abgeschlossen.«

»Ich meinte nicht unbedingt durch die Tür«, sagte Rooth.

»Ach so?«, meinte Münster und dachte kurz nach. Dann holte er sein Handy heraus.

»Was machst du?«, wollte Rooth wissen.

»Ich rufe deKlerk an. Ich denke, er hat auf jeden Fall hier ein Wörtchen mitzureden.«

Rooth kratzte sich am Kopf, während Münster die Nummer wählte.

»Informiere ihn«, sagte er, gerade als deKlerk sich meldete. »Das genügt ... erzähl ihm, dass wir reingehen. Lass ihn nicht erst einen Beschluss fassen, das kostet nur unnötig Zeit.«

Münster nickte. Rooth ging ums Haus herum, um nach möglichen alternativen Eingangswegen zu suchen.

51

Ein paar Spatenstiche lang schwieg er. Jede Bewegung tat ihm inzwischen im Rücken weh, aber in Anbetracht dessen, was auf ihn wartete, bekümmerte ihn das nicht. Solange mir etwas wehtut, lebe ich, dachte er. Inzwischen schwitzte er auch, aber er wollte seine Jacke nicht ausziehen. Eine vage Vorstellung dahingehend, dass es unten in der Erde kalt war, hielt ihn wahrscheinlich davon ab.

»Ihr hättet Verlangen nicht mit hineinziehen müssen«, sagte er. »Es hätte auch so geklappt.«

»Blödsinn. Jaan hatte allen Grund, ihm eins auszuwischen ... außerdem war er natürlich nötig.«

Er ahnte, dass sie widerstrebend doch bemüht war, ihn davon zu überzeugen. Als hätte sie das Bedürfnis, ihre Handlungen zu rechtfertigen, trotz allem.

»Und warum?«

»Um euren Blick in eine andere Richtung zu lenken. Jaan G. Hennan hat seine Ehefrau ermordet, die Gattin hatte vorher schon so ein Gefühl und hat sich deshalb an einen Privatdetektiv gewandt, dem es jedoch nicht gelang, ihr Leben zu retten. So solltet ihr das sehen, und so habt ihr es auch gesehen. Ist euch jemals der Verdacht gekommen, es könnte sich bei dem Opfer um jemand anderen handeln?«

Er antwortete nicht, aber ein Gefühl der Scham schoss in ihm hoch. Sie hat Recht, dachte er. Wir haben es nie gesehen. Weder ich noch jemand anderes. Nur ein alkoholisierter

Privatdetektiv fünfzehn Jahre später. Das waren die Tatsachen.

Und die waren kaum sehr ehrenhaft.

Geschieht mir nur recht, folgerte er. Dieses Finale hier ist der würdige Schlusspunkt von dem ganzen Dreck. Es fehlt nur noch, dass es anfangen wird zu regnen.

Aber das sah die Prognose für diesen Septembermorgen nun doch nicht vor. Zumindest nicht für den kurzen Zeitraum, der noch blieb. Inzwischen war es fast volles Tageslicht. Aber keine Sonne, und die würde die Mulde unter keinen Umständen vor der Mittagszeit erreichen. Und dann würde alles schon lange vorbei sein.

Nur ein bleicher, ahnungsloser Himmel. Kein Wind, kein Zeichen. Er grub einige Spatenstiche lang schweigend weiter. Dachte, dass ihm trotz allem der Geruch von Erde gefiel.

»Wer war Liston?«, fragte sie plötzlich.

»Liston?«

»Ja. Verlangen faselte von einem Typen, der Liston hieß. Er soll Geld von meinem Mann genommen haben.«

Van Veeteren streckte den Rücken und stützte sich mit den Ellbogen auf den Spatengriff.

»Keine Ahnung.«

»Wirklich nicht?«

»Ehrenwort. Wo habt ihr euch eigentlich kennen gelernt?«

»Wer?«

»Na, du und Hennan.«

Sie zögerte kurz. Beschloss dann aber, ihm auch das mitzuteilen.

»Das war 1980. Ein paar Jahre, bevor er Philomena heiratete.«

»Ich verstehe. Dann war das also von Anfang an eine Scheinehe?«

»Scheinehe?« Sie lachte auf. »Ja, so kann man es wohl nennen. Sie war eine schreckliche Gans, dass sie überhaupt einmal Braut sein durfte, dafür hätte sie schon dankbar sein müssen.«

»Ihr hattet keine moralischen Bedenken?«

Jetzt kam ihr Lächeln sogar aus ihrem tiefsten Innern heraus.

»Moral, Herr Kommissar! Sie nehmen aber große Worte in den Mund. Glauben Sie mir, es gab niemanden, der um Philomena NcNaught getrauert hat. Wir haben ihr Leiden auf dieser Welt um vierzig, fünfzig Jahre verkürzt ... und was schätzen Sie, wie viele zu Verlangens Beerdigung kommen werden?«

Er registrierte, dass sie die Anredeform geändert hatte. Begann wieder zu graben, da fiel ihm etwas ein.

»Das Kind«, sagte er. »Sie hatte mindestens ein Kind, diese Frau, die du ermordet hast, wusstest du das?«

Ihr Lächeln verzerrte sich zu einer Fratze.

»Unvorsichtigen Huren passiert so etwas.«

Plötzlich stellte er fest, dass er keine Worte mehr hatte. Sie ist es gar nicht wert, dachte er. Nicht wert, dieses makabre Gespräch am Laufen zu halten. Sie soll bloß nicht glauben, dass ich sie mit irgendeiner Form von Respekt betrachte – als einen Gegner, dem gegenüber ich den Nacken beuge.

Und wenn sie davonkommt?, kam ihm in den Sinn. Mit fünf Menschenleben auf dem Gewissen. Meins eingeschlossen.

Vielleicht gab es ja noch weitere – beispielsweise in England, sie hatten wohl trotz allem einige Zeit dort zugebracht –, aber er wollte sie nicht danach fragen. Wollte überhaupt nichts mehr sagen. Nichts mehr wissen.

Während er weitergrub, versuchte er dennoch einzuschätzen, wie wahrscheinlich es wohl war. Dass sie davonkommen könnte. Er musste sich eingestehen, dass seine analytischen Fähigkeiten im Hinblick auf die Umstände nicht die besten waren, aber auf jeden Fall schien sie ziemlich gute Chancen zu haben. Oder etwa nicht?

Verdammte Scheiße, dachte er. Wenn das meine Memoiren wären – welch enttäuschendes Ende. Der große Hauptkommissar setzt einen Punkt hinter seinen einzigen nicht aufgeklärten Fall, indem er sich von Lady Macbeth töten lässt. Nur ein Glück, dass ich das Schreiben aufgegeben habe. Ein Glück, dass ich bei der Polizei aufgehört habe.

Aber hier ging es nicht um die Memoiren oder den Beruf, hier ging es um das Leben selbst. Einzig und allein darum.

Erich?, murmelte eine Stimme in ihm. Siehst du mich immer noch, mein Sohn?

Er konnte keine Antwort hören, entschied aber, wie die Endszene auszusehen hätte. Es gab keinen Grund, länger zu zögern. Die Zeit war abgelaufen. Er fühlte den Schweiß am Rücken kleben.

Eins zu hundert, wie gesagt.

Höchstens.

»Was zu tun ist?«, fragte Bausen. »Das kann ich dir sagen. Du sollst Van Veeteren und seinen Wagen in jedem verdammten Rundfunk- und Fernsehsender, den du nur finden kannst, suchen lassen. Und zwar sofort! Das hier hat nichts mit Zufall zu tun, und wenn etwas an dem, was Rooth behauptet, dran ist, dann ist es brandeilig ... verdammt brandeilig!«

Es kann auch schon zu spät sein, dachte er, sagte es aber nicht.

»In Ordnung«, sagte deKlerk. »Ja, das wollte ich natürlich selbst schon tun. Aber sonst, meine ich?«

»Sonst«, brummte Bausen, »sonst müssen wir zusehen, wie wir Rooth und Münster helfen können. Bei den Nachbarn fragen, ob jemand gestern in der Wackerstraat einen blauen Opel gesehen hat ... und dann müssen wir wohl die Daumen drücken. Willst du, dass ich in die Zentrale komme?«

DeKlerk zögerte eine halbe Sekunde lang.

»Ja, mach das«, sagte er dann. »Das wäre wohl nicht schlecht.«

Münster und Rooth drangen durch ein offenes Lüftungsfenster auf der Rückseite in die Nolansche Villa ein.

Verbrachten fünf, sechs Minuten damit, ziellos in den einzelnen Räumen herumzuirren in der vergeblichen Hoffnung, auf etwas zu stoßen, was ihnen eine Art Wink geben könnte, was eigentlich passiert war.

Wenn denn überhaupt etwas passiert war.

»Wonach suchen wir?«, wollte Münster wissen.

»Weiß der Teufel«, antwortete Rooth. »Aber wenn du es findest, dann werde ich es dir sagen.«

»Fein«, sagte Münster. »Du hast eine Gabe, Dinge klarzustellen, die ich schon immer an dir bewundert habe.«

Rooth erwiderte nichts. Münster seufzte und sah sich in dem geräumigen Wohnzimmer um. Keine Spur von Elizabeth Nolan, so viel konnten sie zumindest feststellen.

Oder genauer gesagt nichts, was einen Hinweis darauf gab, wohin sie verschwunden war. Natürlich konnte man sich viele gute Gründe für sie denken, jetzt nicht zu Hause zu sein – sie hatten festgestellt, dass beide Wagen, der Rover und auch der Japaner, an ihrem Platz in der Garage und auf der Garagenauffahrt standen, aber auch das war eine Tatsache, die nicht viele Informationen beinhaltete. Schließlich gab es ja auch noch Bus und Bahn. Und Flugzeug, wenn man den Wunsch hatte, sich etwas weiter weg zu begeben. Nachdem Münster zum dritten Mal überprüft hatte, dass Frau Nolan weder in ihrem Bett lag, noch im Schlafzimmerschrank hing, bemächtigte sich seiner eine lähmende Ohnmacht.

»Das bringt doch nichts«, erklärte er Rooth, der gerade zum zweiten Mal aus dem Badezimmer kam. »Wir latschen hier wie die Idioten herum. Hier gibt es nichts zu holen, wir müssen rationeller vorgehen.«

Rooth zuckte hilflos mit den Schultern und schaute durch das Fenster auf die Straße, wo Beate Moerk und Polizeianwärter Stiller gerade aus dem Auto stiegen.

»Es kommt Verstärkung«, konstatierte er. »Jetzt sind wir zu viert. Wollen wir zumindest jeder einen Nachbarn übernehmen ... und hoffen, dass die nicht zur Arbeit gefahren sind?«

Münster schaute auf die Uhr. Es war zwanzig nach sieben, und die Übelkeit war nicht abgeklungen. Hatte eher zugenommen.

»All right«, sagte er. »Ich denke, das kann jedenfalls nicht schaden.«

»Kaffee?«, fragte deKlerk.

Bausen schüttelte den Kopf und ließ sich am Schreibtisch gegenüber seinem dreißig Jahre jüngeren Nachfolger nieder.

»Die Suchmeldung ist rausgegangen«, erklärte deKlerk. »Wird in den Nachrichten im Fernsehen gesendet, und im Radio alle halbe Stunde ab …«

»Ich weiß«, unterbrach Bausen ihn. »Habe es schon im Wagen hierher gehört. Wie läuft es in der Wackerstraat?«

»Sie sind dabei, die Nachbarn zu befragen. Frau Nolan war nicht zu Hause. Das muss ja nichts zu bedeuten haben, aber im Augenblick haben wir keine andere Spur, der wir folgen könnten.«

Bausen nickte niedergeschlagen.

»Das reicht im Augenblick, wie ich fürchte«, sagte er. »Wenn wir Rooths kleines Detail ernst nehmen … dass sie wirklich die Ohnmacht nur simuliert hat … tja, dann ist mit Elizabeth Nolan nicht zu scherzen.«

»Es ist ein äußerst kleines Detail«, wies deKlerk ihn hin.

»Sicher. Aber das spielt keine Rolle. Wir haben eine Entweder-oder-Situation, wie man das so nennt.«

»Entweder-oder?«

»Ja. Wenn Rooth Recht hat, dann dürfen wir das nicht bagatellisieren. Sie hat versucht, geschockt zu spielen, während sie es eigentlich gar nicht war. Die Erklärung kann nur eine sein. Der Tod ihres Ehemannes war keine Überraschung für sie … und die Folgerung daraus ist nicht schwer zu ziehen.«

»Du meinst, dass sie ihn umgebracht hat?«, fragte deKlerk.

»Wir können das zumindest als Hypothese hernehmen. Bis auf weiteres. Genau wie die Tatsache, dass sie wohl gute

Gründe dafür hatte ... und so weiter. Wie wir es auch drehen und wenden, das Ganze muss auf diese alte Geschichte von vor fünfzehn Jahre zurückzuführen sein. Aber frage mich bitte nicht, wie. Verdammter Mist, aber ich habe Van Veeteren im Laufe der Zeit ziemlich gut kennen gelernt, und er ist verflucht noch mal kein Mensch, der sich ohne Grund einfach in Luft auflöst.«

»Was glaubst du eigentlich wirk ...?«, fragte deKlerk, wurde aber vom Klingeln des Telefons unterbrochen.

Er nahm den Hörer ab und hörte zu. Legte die Hand auf die Muschel und flüsterte Bausen verschwörerisch zu:

»Eine Frau mit einem Tipp. Was die Suchmeldung betrifft.«

Dann hörte er weiter zu, stellte einige Minuten lang Fragen und machte sich Notizen. Bausen lehnte sich auf seinem Stuhl zurück und beobachtete ihn aufmerksam – und als nach und nach klar wurde, worum sich das Gespräch handelte, begann sich etwas in ihm zu lösen. Als hätte er den ganzen Morgen den Atem angehalten.

Oder einen festen Knoten im Solarplexus gehabt.

Endlich, dachte er. Endlich klappt mal etwas in dieser verdammten Geschichte.

Aber mein Gott, lass nicht ...

Er formulierte den Gedanken nicht zu Ende. Das war nicht nötig.

»Ich bin jetzt fertig.«

Sie erhob sich von ihrem Platz auf dem Baumstamm.

»Woher weißt du das?«

Er kletterte aus der Grube, streckte vorsichtig die Rückenmuskeln und umfasste den Spatengriff mit beiden Händen. Sah, dass das Blatt nicht in die Erde sank, sondern auf einem Grasbüschel stand.

»Ich denke, tiefer will ich nicht liegen.«

Sie betrachtete das Grab einen Augenblick lang und schien über etwas nachzudenken. Er schaute auf die Uhr. Es war fünf

Minuten vor sieben. Der Wald war inzwischen erwacht. Er vernahm das auf eine distanzierte, halbbewusste Art und Weise, durch Sinneseindrücke, die so subtil waren, dass er sie nie im Einzelnen registrierte. Oder sich überhaupt die Mühe machte, sie registrieren zu wollen. Kleine Geräusche, feine Gerüche, schnelle Bewegungen.

»Dem Himmel nah«, sagte er. »Ich denke, ich ziehe es vor, hoch zu liegen. Wenn es dein Grab wäre, würde ich natürlich tiefer graben.«

Dazu hatte sie nichts zu sagen. Presste nur die Lippen zu einem feinen Strich zusammen und hob die Waffe.

»Habe ich noch einen letzten Wunsch frei?«

»Einen letzten Wunsch? Lass hören.«

Sie lachte auf. Aber dennoch ein wenig nervös. Er räusperte sich und umklammerte den Spatengriff. Spannte die Muskeln in Armen und Beinen an.

»Ein Vogel. Ich würde gern einen Vogel sehen, bevor ich sterbe. Kannst du solange warten?«

Er hob den Blick zum bleichen Himmel über den Bäumen. Hörte, wie sie einen Laut ausstieß, etwas zwischen einem Schnauben und einem neuen, kurzen Lachen.

Dann sah er, dass auch sie ihren Blick nach oben hob.

Jetzt, dachte er.

Trat einen kleinen Schritt vor und schwang den Spaten.

Hörte den Schuss und spürte den Schmerz im selben Moment.

Einen Schmerz, so stark, wie er ihn sich nie hatte vorstellen können. Nie.

Dann ein blendendes Weiß.

Dann Dunkelheit.

52

Die Witwe Laine war uralt und runzlig wie die Obstbäume um ihr Haus herum am Waldrand. Als sie ihnen auf der Küchentreppe entgegenkam, sah sie so spröde und zerbrechlich wie eine verblühte Pusteblume aus – mit dem weißen, durchsichtigen Haar wie ein Glorienschein über dem Gesicht, das von den Falten eines Jahrhunderts durchfurcht war. Daran fehlten sicher nur wenige Jahre.

Die klaren Augen gaben Zeugnis davon, dass es auch im Inneren Falten gab, wie Münster fand, der ihr als Erster die Hand schüttelte.

»Na, so was«, kicherte sie und trat eine melierte Katze beiseite, die sich an ihr reiben wollte. »So viele Leute habe ich nicht mehr gesehen, seit ich neunzig geworden bin. Wenn Sie Kaffee wollen, müssen Sie ihn sich selber kochen, ich muss gleich meinen Morgenschlaf machen. Ich bin schließlich seit sechs Uhr auf.«

Münster nickte und erklärte, dass das nicht nötig sei. Aber es stimmte schon, sie waren ziemlich viele. Die drei Wagen waren fast gleichzeitig angekommen. Bausen und deKlerk aus der Polizeizentrale. Er selbst, Rooth, Stiller und Moerk aus der Wackerstraat, wo sie die Befragung der Nachbarn abgebrochen hatten, sobald sie von Frau Laines Beobachtungen erfuhren.

Sechs Stück. Doch, es gab einen Grund für ihren Kommentar.

»Sie haben also den Wagen gesehen?«, fragte deKlerk. »Wo denn? Ich war es, mit dem Sie telefoniert haben.«

»Da unten.«

Sie zeigte mit einem krummen Zeigefinger über die Wiese zum Waldrand hin. Fünf Paar Polizeiaugen und ein Paar ehemalige Polizeiaugen starrten in die angegebene Richtung. Der Weg, der von Frau Laines Haus zur Straße hinführte, setzte sich in schmalerer Form – eigentlich nicht mehr als ein paar Reifenspuren – quer über die Wiese fort, hinein unter die hohen, leicht schwankenden Espen und Buchen.

»Ich gehe morgens immer eine Runde mit Ginger Rogers«, erklärte sie mit lauter Stimme, damit alle es hören konnten. »Jeden lieben Tag. Zum Meer hin und wieder zurück, wir brauchen beide Bewegung. Bei Wind und Wetter.«

»Mit Ihrem Hund?«, wollte Bausen wissen.

»Ja, mit dem Hund. Dich kenne ich doch. Äh, sie ist vierzehn Jahre alt und hat ebenso viele Rassen in sich ... manchmal muss ich sie nach Hause tragen, sie ist fauler als ein Pastor ... liegt jetzt schon vor dem Kamin und pennt.«

»Sie haben die Suchmeldung im Radio gehört?«, fragte Inspektorin Moerk.

Frau Laine nickte und schob das Gebiss mit der Zunge zurecht. »Ich höre immer um halb acht die Nachrichten. Aber jetzt müsst ihr allein zurechtkommen, ihr braucht nur dem Weg zu folgen ... das Auto steht zweihundert Meter weiter im Wald. Ein blaues, wie ihr gesagt habt.«

Münster ergriff wieder ihre Hand und bedankte sich. Frau Laine machte eine Kehrtwendung, ging zurück in die Kaminwärme und schloss die Tür hinter sich.

Stiller und Moerk hatten bereits einen Vorsprung von zwanzig Metern.

Es waren auch Stiller und Beate Moerk, die zuerst am Auto waren. Dort blieben sie einen Moment stehen und warteten auf die anderen.

»Ist er das?«, wollte Stiller wissen.

»Ich denke schon«, sagte Moerk. »Ein blauer Opel mit dem Kennzeichen …«

»Das ist er«, bestätigte Münster über ihre Schulter hinweg. »Verflucht noch mal!«

Rooth öffnete die Tür an der Fahrerseite und schaute hinein.

»Die Schlüssel stecken«, stellte er fest. »Was immer das bedeuten mag.«

»Öffne mal die Motorhaube«, bat Bausen. »Wäre vielleicht nicht schlecht zu wissen, ob der Motor noch warm ist.«

Rooth stopfte sich die Schlüssel in die Tasche, fand den Hebel unter dem Armaturenbrett und zog ihn. Bausen bekam die Haube auf und schob die Hand hinein. Münster tat es ihm nach.

»Jedenfalls nicht ganz kalt«, sagte Bausen. »Kann zumindest nicht die ganze Nacht hier gestanden haben. Oder was meinst du?«

»Höchstens ein paar Stunden«, schätzte Münster. »Aber welche Schlussfolgerungen daraus zu ziehen sind, das kann ich nicht sagen.«

Rooth schlug die Tür wieder zu.

»Scheiß auf Schlussfolgerungen«, erklärte er. »Lasst uns lieber besprechen, wie wir vorgehen wollen.«

Münster betrachtete die kleine Schar. Sah bei jedem die gleiche angespannte Unruhe, die gleiche unterdrückte Hilflosigkeit, die ihn selbst beherrschte.

Das hier werde ich niemals vergessen, dachte er plötzlich. Diesen verdammten Morgen in diesem verdammten Wald, davon werde ich den Rest meines Lebens Albträume haben. Wenn das ein Film wäre, dann würde ich jetzt aufstehen und den Saal verlassen, ich will gar nicht dabei sein …

DeKlerk räusperte sich und unterbrach Münsters Gedanken.

»Wir müssen natürlich suchen«, sagte er und machte eine

Geste mit dem Arm. »Wenn wir uns diese Seite des Wegs zuerst vornehmen … auf fünfzehn Meter Lücke … ja, und dann gehen wir zehn, fünfzehn Minuten direkt geradeaus. Und dann das Gleiche in die andere Richtung, wenn wir …. nichts gefunden haben.«

Er ließ seinen Blick wandern und suchte Zustimmung. Bekam sie schließlich von Bausen in Form eines kurzen Nickens und eines Fluchs.

»All right«, sagte Rooth. » Warum nicht? Wie steht es mit der Bewaffnung? Es könnte ja sein …«

Der Rest des Satzes blieb in der kühlen Morgenluft hängen, während jeder seine Dienstwaffe hervorholte.

»Ich habe keine«, stellte Bausen fest. »Aber das ist mir auch vollkommen schnurzepiepegal.«

»Mach, was du willst«, erklärte deKlerk neutral.

»Wollen wir endlich los, oder wollt ihr hier noch weiter Konversation machen?«, bemerkte Beate Moerk.

Mit einiger Mühe formierte man sich entlang des schmalen Pfads. Deckte so ungefähr einen Abschnitt von hundert Metern ab, und auf deKlerks und Münsters gemeinsames Signal von den Außenkanten hin setzte man sich langsam zwischen den Bäumen in Bewegung.

»Achtet darauf, mit euren Nachbarn Augenkontakt zu halten«, ermahnte der Polizeichef. »Und gebt sofort Meldung, wenn ihr auf etwas stoßt.«

Münster schaute auf die Uhr und wich einem umgestürzten Baumstamm aus.

Viertel nach acht. Er fühlte, wie ihm ein Tropfen kalter Schweiß die Schläfe hinunterlief.

Es dauerte keine fünf Minuten, bis Bausen die Stelle fand.

Nach einer etwas buschigen Partie mit Espen- und Birkengestrüpp gelangte er auf eine Lichtung mit Gräsern und Kräutern, und der Anblick, der sich ihm bot, ließ ihn abrupt stehen bleiben.

Vor ihm, nur wenige Meter entfernt, war ein Grab frisch ausgehoben worden. Daran konnte kein Zweifel bestehen. Die Grube war ungefähr zwei Meter lang und einen halben Meter breit und klaffte wie eine offene Wunde in der Erde. Nicht sehr tief, die ausgehobene Erde lag in einem ordentlichen Wall entlang der einen Längsseite, und der Spaten war ein Stück weiter ins Gras geworfen worden – aber es waren nicht diese Beobachtungen, die Bausen dazu brachten, sich abzuwenden und das einfache Frühstück, das er genossen hatte, zu erbrechen.

Nur eineinhalb Meter von dem Platz, an dem er stand, lag ein Kopf.

Ein Frauenkopf mit dunklem Haar und weit offenem Mund – und ebenso weit aufgerissenen Augen, die ihn in einer Art zu Eis gefrorener Verwunderung anzustarren schienen.

Und mit einer Art groteskem Lächeln. Blut und blutige Innereien waren aus dem Hals geflossen und bildeten nun eine dunkle Pfütze, die ihn in einer makabren Assoziation kurz an ein Dessert erinnerte, das er vor ein paar Wochen gemeinsam mit Mathilde im Fisherman's Friend gegessen hatte.

Schokoladensorbet auf Himbeerspiegel.

Vielleicht hatte er sich deshalb übergeben müssen.

Der Körper selbst befand sich zwei Meter weiter, gleich neben dem Spaten, und innerhalb weniger Sekunden verstand Bausen, wie es sich zugetragen haben musste.

Wie Elizabeth Nolan geköpft worden war.

Dann entdeckte er Van Veeteren.

Der lag am entgegengesetzten Rand der Lichtung. Auf der linken Seite, die Knie ein wenig angezogen und Arme und Hände dicht an die Brust gedrückt. Fast in einer Art Fötusstellung. Er musste sich aus eigener Kraft ein Stück fortbewegt haben ... mindestens zwei oder drei Schritte ... wenn es denn so zugegangen war, wie Bausen vermutete. Und direkt neben Elizabeth Nolans ausgestreckter rechter Hand lag eine Pistole im Gras. Ja, das Szenarium war ziemlich offensichtlich.

Gerade als er bei Van Veeteren angekommen war, tauchte Münster aus einer anderen Richtung auf.

»Mein Gott«, stöhnte er und starrte Bausen an, der neben dem *Kommissar* auf die Knie ging. »Was ist denn …?«

Bausen hob einen Finger als Zeichen, dass Münster still sein sollte. Er beugte sich noch näher zu dem unbeweglichen Körper hinunter und tastete vorsichtig mit den Händen über Hals und Kopf. Münster schloss die Augen und wartete. Hatte einen Augenblick lang das Gefühl, der Boden würde unter seinen Füßen beben, was ihn aber in keiner Weise verwunderte.

Absolut nicht.

Mein Gott, dachte er. Bitte sorge dafür, dass …

»Er lebt!«, stieß Bausen aus. »Verdammt noch mal, er lebt!«

Münster sank neben ihm auf die Knie. Bemerkte nicht, dass Beate Moerk und Rooth hinter ihm auftauchten, aber er registrierte, dass Van Veeteren die Augen öffnete und seine Lippen sich bewegten.

»Er will etwas sagen.«

Bausen zog seine Jacke aus und legte sie mit einer fast zärtlichen Geste über den *Hauptkommissar*. Dann beugte er sich ganz dicht zu dessen Gesicht hinunter und lauschte. Nach einigen Sekunden richtete er seinen Rücken wieder auf und schaute Münster an.

»Was sagt er?«

Bausen runzelte die Stirn.

»Wenn ich es recht verstanden habe, dann hat er gesagt, dass ihm auf dem Rückweg fünfzehn Personen begegnet sind.«

»Dass ihm …?«

»Ja, frag mich nicht. Er behauptet, er sei einen Strand entlanggegangen und habe diese Menschen getroffen. Fünfzehn Stück. Aber das ist jetzt ja auch egal, ruf lieber einen Krankenwagen, ich denke, er ist in die Brust geschossen worden. Und liegt hier schon eine Weile. Hoffen wir nur, dass alles gut geht, denn viel Leben ist nicht mehr in ihm.«

Münster kam auf die Beine, aber bevor er auch nur sein Handy herausgezogen hatte, hatte Inspektorin Moerk bereits die Unfallzentrale am Apparat.

Er hob den Blick und hatte das Empfinden, dass der fast weiße Himmel ungewöhnlich nahe schien.

Er rief sie an ihrem zwanzigsten Geburtstag an, und eine Woche später trafen sie sich. An einem regennassen Oktoberabend mit Smog und gelbem Laub auf den Fußwegen. Sie unterhielten sich eine Stunde lang in einem Restaurant am Ku'damm, und als er sie verlassen hatte, konnte sie kaum glauben, dass es Realität gewesen sein sollte.

Dass er nicht nur eine Figur aus einer traurigen Sage oder einem merkwürdigen Traum war, eine Art Nebelgestalt, der sie im klaren Tageslicht niemals Glauben schenken würde.

Deine Mutter, hatte er gesagt, ich möchte mit dir über deine Mutter sprechen.

Meine Mutter? Mami?

Du hast sie Mami genannt?

Mami, ja. Mami, die verschwunden ist. Die immer verschwunden war, seit ...

Ich weiß, sagte er. Aber du weißt nicht, was passiert ist, als sie verschwand, oder?

Sie tranken roten Wein. Eine teure italienische Sorte. Bestellten auch etwas zu essen, aber sie brachte nichts runter. Bis auf ein paar Bissen, und ihm ging es genauso, sie wusste nicht, ob er sein Besteck nur hinlegte, um mit ihr solidarisch zu erscheinen, aber das war ja auch gleich.

Wer bist du?, fragte sie. Warum ...?

Aber er schüttelte nur abwehrend den Kopf.

Dann begann er zu erzählen. Langsam und umständlich,

mit langen Pausen und nachdenklichem Nicken. Als wäre er gezwungen, sich an alles wieder zu erinnern, während er erzählte. Als wäre es lange Zeit gründlich vergessen gewesen.

Und an dem Abend, als sie starb, sagte er schließlich. Da hast du gespürt, dass sie tot war?

Sie nickte vage. Er faltete die Hände und stützte das Kinn auf die Knöchel. Sie ist während der Dreharbeiten gestorben. Deine Mami. So war es.

Dreharbeiten?, dachte sie. Mami ist ein Filmstar gewesen.

Vor fünfzehn Jahren, bestätigte er. Sie war eine große Schauspielerin, aber dann ist ein Unfall passiert. Eine Reihe merkwürdiger Umstände haben dazu geführt, dass die Sache vertuscht wurde.

Vertuscht? Warum?

Was waren das für Umstände?

Umstände, wiederholte er nachdenklich und holte einen dieser uralten Zigarettendrehapparate hervor. Füllte ihn mit Tabak und Papier in der ausgesparten Mulde und drehte schweigend zwei Zigaretten. Bot ihr eine davon an. Normalerweise rauchte sie nicht, aber jetzt nahm sie eine.

Es war eine schwierige Rolle, fuhr er fort. Sie war eine begabte Schauspielerin, stand kurz vor ihrem Durchbruch, als das Unglück geschah.

Etwas war mit seinen Augen, als er das sagte. Sie begriff es nicht sofort, erst später. Vielleicht wollte sie es auch nicht sofort wahrhaben. Ich sage nicht die ganze Wahrheit, sagten die Augen, aber ich gebe dir eine Wahrheit, mit der du leben kannst. Das verstehst du doch, oder? Es ist nicht immer notwendig, alle Dinge in Frage zu stellen. Das Leben ist eine Erzählung.

Sie gab ihm keine Antwort.

Fabeln und Geschichten, mit ihnen bekommen wir ein Verständnis von dieser Welt, erklärte er. Ein erträgliches Verständnis. Und wenn wir aus unserem Leben keine Geschichten mehr machen, dann kann es passieren, dass wir auf dem Weg kaputt gehen. Verstehst du?

Er machte eine eigenartige Bewegung mit dem rechten Arm und der Schulter. Als hätte er Schmerzen oder wollte einen Muskel dehnen.

Sie sagte, sie würde verstehen, und er betrachtete sie lange mit ernster Mine. Dann wollte er wissen, wie sie lebte und was sie tat. Sie berichtete ihm, dass sie studierte. Dass sie von neuen Eltern adoptiert worden war, als sie sechs Jahre alt war und dass sie einen guten Start ins Leben bekommen hatte. Dass sie Glück gehabt hatte. Trotz allem.

Sie sah, dass ihn das freute, und plötzlich flüsterte eine leise Stimme in ihr, dass …

… dass sie es vielleicht nicht so gut gehabt hätte, wenn Mami nicht gestorben wäre. Wenn sie nicht in dieses Heim gebracht worden wäre, in das Vera und Helmut hatten kommen und ausgerechnet sie hatten aussuchen können. Das war ein sonderbarer und schmerzhafter Gedanke, den sie schnell wieder beiseite schob.

Wer bist du?, wiederholte sie. Woher weißt du das alles?

Ein guter Freund, erklärte er. Ich war ein guter Freund deiner Mutter.

Wo ist ihr Grab?

Es gibt kein Grab. Ihre Asche wurde ins Meer gestreut, so hatte sie es sich gewünscht.

Wieder war da etwas in seinem Blick. Sie stellte keine weiteren Fragen.

Nachdem er sie verlassen hatte, blieb sie noch eine Weile am Tisch sitzen. Durch das regennasse Fenster sah sie, wie er auf der Straße in einen Wagen stieg.

Einen roten Wagen. Ganz neu, soweit sie es beurteilen konnte. Eine Frau auf dem Fahrersitz. Sie gab ihm einen Kuss auf die Wange, und er legte ihr für einen Moment die Hand in den Nacken.

Als sie abgefahren waren, kniff sie sich zweimal in den Arm.